叶舟作品

叶舟 著

凉州十八拍 下卷

下 卷

(第十四拍至第十八拍)

第十四拍

胡笳八十四节

这个地方叫长官路口,以前具体有哪个大人物经过,迄今谁也说不清、道不明。

气候和缓了。这个季节的风,从西藏和青海的方向上吹来,越过祁连山脊,弥散四方,让河西一线缠绵的绿洲挣脱了冰雪,耸出天表,一时间山川青苍,气象明秀。长官路口位于武威城南,这里土脉膏腴,民物殷稠,人烟辐辏,自古而来就是通往乌鞘岭和省城兰州的主要关卡,又恰逢一个农业大集,所以买卖丛聚,牛来马去,吆喝声就像一锅炒爆的豆子,令人目迷口噤。挑了一处宽展的地方,承平堡的车轿款款停下后,车把式刚取出下马凳,却见顾山农已经打起了帘子,趸身而出,麻利地跳了下来。

长官路口附近,春树云生,官柳夹道,如界画然,一切都蔚然入目。顾山农长舒一口气,顿生感慨,是啊,天地有好生之德,经历了去冬的那一场铁灾,凉州人终于卸下了惊恐、寒冷与无助,积雪融化,泥壤松软,站在了这个艳阳天气下,有了新的盼头。至于承平堡么,当然亦不例外,这一冬的事情纷扰不堪,乱如缠麻,如今好歹也理顺了,步入了正轨,而且随着北疆沿线各路的开通,保价局名下的驼队、马帮和大型商团,包括不计其数的零担,突然间络绎于途,星夜不断。自打张汲水跟随惊白离开后,堡子内外的大小事情,统统寄在了廖逢节一个人的肩上,可真是苦煞了这名管家,他每天起得比鸡早,睡得比鬼迟,但也没有任何怨言,没有牢骚。用人不疑,廖逢节虽然没念过几年书,有时候连草流和契约也搞不清,账目总是疙里疙瘩的,但其忠心可鉴;顾山农于是放开手,让他在明面上总绾全局,自己则端坐中军帐，落了个无官一身轻。见时辰尚早，顾山农忽然来了兴致，嘱咐车把式在原地待命，观察着动静，他自己打算去集市上溜达一圈。

边缘上是散集，卖啥的都有，甚至还有西瓜摊子，据称在地窖里藏了许久，但切开的瓜瓤一概呈絮状，吃起来肯定像棉花。顾山农一路走来，随性极了，打问了洋芋、胡萝卜和包菜的价格，又欣赏了补锅的、锔碗的、钉鞋的、擀毡匠人们的手艺。这一趟下来，顾山农只买了两样东西，一个是铜质的挂锁，硕大如圆茄子，沉甸甸的，另一个则是金汤牌香烟，省城兰州制造，总计有二十余盒，价钱有点贵。

返回时，顾山农忽然瞭见了旁边的剃头摊子，那一盆热水的气息让他心有所动。虽说不久前在佛具店里，陈匹三曾用推子铲掉了他的头发，但是二把刀的手艺毕竟有限，现在头顶上就像被狼啃过似的，坑坑洼洼。关键在于，这一趟是专门来迎接达云的，以新面目示人，给妻子一个崭新的形象，或许也有利于彼此之间的和睦，况且顾山农最近一直心虚，忐忑不安。这么着，顾山农摘下礼帽，坐在躺椅上，对待诏如此这般地交代了一番，催他赶紧。待诏憋红了脸，给客人围上护脖子，打湿了头发，试探说：敢问，足下是承平堡的少东主吧？顾山农答：咦，你认得我么？待诏坦承道：嗯，我不光见过少东主你，我还受过权爱棠大人的恩惠，我到死也忘不了他老人家，真的，我做梦还梦见过几回呐。岂料，这句话被隔壁的摊主耳食了去，匆匆忙忙收拾起家当，一闪就不见了。

这以后，待诏便不再絮叨了，抓紧忙碌。顾山农仰躺着，五官上盖了一块热手巾，抽吸之间，一股温馨的气息沁入心脾，感觉自己在整个冬天里锈死的骨骼，于一瞬间松弛开来，就像被这个温煦的气候膏了油，换掉了不听话的零件，顿时活泛无比。前人栽树，后人乘凉，品咂了一番待诏的话，顾山农的脑海中浮现出了泰山大人的音容，知道这就叫阴德，也是福报。倏忽间，顾山农的内里潮起了一种不可遏止的冲动，告诫自己说，达云就要回来了，妻子今天回家，以后要加倍地对她好，七成不够，九成也不行，必须是十成的足金，不能有一点点杂质。这个念想惬意极了，加之热手巾的熏陶，顾山农不知不觉地睡着了。

收拾罢了，待诏摇醒客人，又拿来了一块水银镜子。顾山农起身，整理好衣裳，目光瞥向镜子时，突然被钉在了地上，失声道：胡子呢？你怎么把我的胡子给剃掉了？待诏辩解说：我先头问过你的，你说全修，全修就这个规矩，我并没有错呀。顾山农陡然生出了一股子邪火，一把抢走镜子，趔开了几米远，仔细地审查着自己的嘴脸。天呐，山根里居然连一根毛也不见了，童山如秃，恍惚成鬼，原先那么漂亮而冷峻的盖胡子，他已经习惯了许久的那一副男人的标志，竟然被这个驴日的乱批颓面，给剃光了，给铲净了，现在鼻子不是鼻子，下巴不是下巴，犹如一个陌生人似的，面色狰狞，山水荒劣。彳亍于长官路口，顾山农连哭的心也有了，对这名待诏打也打不得，骂也骂不成，直感觉自己就像被剥光了衣裳，赤条条地站在路旁，被凉州人看尽了笑话。这一刻，顾山农青皮寡脸的，竟不知该怎么办，盯视着地上的那一堆凌乱毛发，不忍割舍。可偏偏，待诏又不识相，诧异地说：少东主，你的嘴咋了？你看你，你的嘴怎么歪了呀？

顾山农一惊，慌忙扔掉了镜子，将礼帽抓过来，掩在了嘴巴上：呃，风打的，半夜里赶路遇见了鬼，我正吃药呐。镜子碎了，尖叫声四起，留下了一地的心荆肉棘，引得路人们纷纷侧目。待诏狠狠抽了自己几耳光，歉疚道：我不是人，我不够人，我把少东主给丑化了，这该如何弥补呀？事已至此，顾山农不想纠缠，丢下一把碎钱，混进了人群中，迅速离开了这个是非之地。

却不承想，迎面驶来了几辆豪华的车轿，将顾山农当街拦住，无法走脱了。

车轿一停，伙计们各自摆好了下马凳，分别走下来了两位熟悉的郡老，一个是武威城外五门十八姓的总乡约王曰信，另一个则是大盐商沈光宅。猝然相见，原本应该是亲切与热络的气氛，但顾山农却像吃下了一碗酸菜饭，胃里开始抽搐了，翻江倒海一般，显得极不情愿。二位郡老移步而至，率先抱拳作揖，说了一大堆久别重逢的话，目光殷殷地巴望着。此刻，胡子没了，嘴唇上光秃秃的，顾山农觉得下盘不稳，就好像身体里丢了一块秤砣似的，略微有点失重，突然攻讦道：哎哟！春三月来了，泥土松软了，虫子露头了，你们这些地底下的老古董也急吼吼地拱了出来，两位大人恐怕喝了不止半斤吧？果然，酒气冲天，手舞足蹈，郡老们并不在意顾山农因为心虚，如此口无遮拦的这一番诘难，左右扰住了对方，问东问西的，煞是亲热。原来，长官路口的这一个农业大集，今年由北疆的雅布赖盐场唱主角，沈光宅多年来垄断了这一项贸易，肯定要御驾亲征，光临现场，在乡邻们面前露一露脸。事毕，大盐商这才想起此乃总乡约的地盘，不去府上拜访的话，于情于理恐有亏欠。平素里，凉州郡老这个议事班子各自为政，分别把持一方，实际上是一个松散的联盟，甚少走动。对于沈光宅的突然莅临，王曰信自然是喜出望外，当即吩咐下人们杀鸡烹羊，沏茶温酒，一叙别后之情。酒喝到了半途中，双方已是面红耳赤，掏心挖肺，说了一河滩的知心话，并当场达成了合作的重大意向，抓紧在酒桌上签署了正式协议。这时有门人来报，称坊内的一个摊主在集市上邂逅了承平堡的当家人，千真万确，少东主此刻正在长官路口一带剃头修面。天赐的机会，王曰信顿感蓬荜生辉，双喜临门，这一下子来了两位郡老，想必王家的祖坟上冒了青烟，今年的运程似乎有点开门见喜，即便顾山农仍在候任当中。沈王二人赶紧下了炕，穿衣戴帽，收拾利索，坐上各自的车轿，直奔长官路口，打算力邀顾山农一聚，添酒回灯重开宴。无疑，这三个人今天的聚首，等于议事班子的半壁江山，将来在凉州，尤其在五门十八姓当中，也堪称一桩美谈。

不过，顾山农摇了摇头，当即否决了，绝无二话。

王曰信苦瓜着脸，央告道：你看你，你来也来了，都站在了家门口，不进去喝个茶，端个酒，我的这张老脸往哪里搁呀？又趁机搬出了另外两位郡老，劝服说：哎呀，我这里虽是穷家陋舍，比不上少东主你的承平堡，但秦望澜大人还在春节时来过，他的儿女不在身边，秦木和秦琼在外面当军官，家中冷清，他就是来图个热闹吧，住了很有几天；另一个光临寒舍的是彭大居士，这里离白塔寺较近，他去参加一个祈祷大法会，也是专门下马来探望我，吃了一顿素面条，让我的心上一直有疙瘩，至今还过意不去呐。顾山农问说：朱先生呢，谁跟朱绣照过面？王曰信喷着酒气，轻蔑道：哼！他那个脸面就跟大姑娘的屁股一样，外人是见不到的，咱也不稀罕去见。旁侧里，沈光宅已是按捺不住了，左瞅瞅，右瞧瞧，目光像刮刀一般地审视，令顾山农彤红绯赤，极不自在。大盐商怒斥道：呸！兰州城亏死先人了，少东主你看你去了一趟省城，饿成了什么样子，颧骨出来了，肩膀塌下了，去年的树叶子也比你攒劲，比你精神。丢失了那一抹盖胡子，天平歪了，斜了，差错了，顾山农不敢开口附和，只能报之以苦笑，哼哼哈哈的。沈光宅也开始游说：少东主，择日不如撞日，既然遇见了，咱们就别客气，借王大人的台面，喝他的酒，吃他的肉，再听你讲讲兰州城里的风月和逸事，岂不快哉？是这，北疆也慢慢解冻了，我计划回雅布赖盐场去，夏秋两季都在那边晒盐，以后难得回来一次，今天就请你给我赏个脸吧？顾山农坚不吐口，目光越过二人，盯望着远处自家的车轿，似乎还没有动静，不免心焦。沈光宅急了，俯身而来，耳语道：少东主，你就别犟了，你给我一个机会，让我敬你三杯水酒，说一声感激的话吧。见对方眼神询问，又赶紧释解说：山农，你在腊月里让廖逢节捎来的那一笔钱，说是分红，但沈某人明白，那其实是你的奖掖与厚爱；呵呵，世界上再好的钱庄，也不可能有那么高的利息，除了你旗下的承平堡和保价局！是这，那笔钱我不敢挪作他用，趁着今年冬天的铁灾天气，在俄境与蒙古一带，低价收购了百十来头大牲口，准备扩充运输力量，替承平堡再开几条新路，打开捷径之门；的确，大河里有水，我这个小涝坝才不会干涸么。

话说到了这种软弱的地步，就差强行掳人了，但顾山农依旧目中无人，盯视着前方，忽然捂住口鼻，打了一声哈欠，神色疲倦。顾山农端正了礼帽，一再辩称，今天就算了吧，他之所以出城，守在长官路口，把脖子都抻成了鹅颈，不为别的，只因为内子在前不久去了古浪的土门镇，昨日里捎来口信说要返家，他是专门来迎接鸾驾的，分身不得。原来如此，沈王二人立刻眉飞色舞，互相捶了一拳，兴奋得就像炸开的灯花，毕剥作响，一连迭地摆出了更多相聚的理由。天老爷，大小姐来了，少夫人即将路经此地，承平堡的女当家巡游而返，难怪长官路口左近日光澎湃，藏风聚气，俨如一座金色的行宫。但是，他们的嗓子说干了，唾沫吐尽了，腿脚也站麻了，却根本上难以撼动顾山农，简直算是顽石一块。更加沮丧的是，后来顾山农用手遮住了嘴巴，下了软话，恳切地说：唉，二位大人也想必知道，这几年大小姐的身子骨不适，成了梅郎中家里的常客，吃的药比饭还多，这一趟从土门镇回来，恐怕又要躺上个十天半月，才能穿住鞋子下炕呀！各家有各家的苦楚，谁都有谁的难肠，山农告罪，十万个告罪，恕不能替大人们斟酒沏茶了，你们赶紧回去吧，热闹是你们的，也拜托替我多喝上几杯。

门彻底关闭了，连一丝缝隙也没有，郡老们让开了路，目送顾山农走远了。

这一刻，沈王联盟也等于彻底瓦解，于是改走了独立路线。王曰信提住裤带，突然撒腿狂奔，跑向了远处的柳树林子，似乎尿急。沈光宅追撵上去，傍在了顾山农身畔，待步伐一致后，忧心地说：山农，你可不敢大意，我估摸着你可能掉了有二三十斤的肉吧，像这样突然暴瘦下来，其实是很危险。顾山农道：瘦了好，瘦了才精神，我最见不得街上的胖子，他们就像一坨坨猪油，那不是我想要的。沈光宅又说：呃，这些年我走南闯北，不敢说别的，但起码积攒了一些上等的东北人参、藏红花、鹿茸、虫草、黄芪和党参，这可都是大补，改天我让伙计们送进承平堡，你跟少夫人千万别亏欠了身子骨。顾山农笑说：呵呵，白天一碗面，晚上一个馍，天生的面肚子，我觉得没有比五谷杂粮更妥帖、更可靠的，山农心领了，大人不必劳碌。水米不进，刀子过去棉花接，沈光宅讨好了半天，均被逐一拒绝了，悉数奉还，心中也着实不快，犹如凉州人说的那样，舔沟子舔到了痔疮上。这么着，沈光宅故作讶异，探问说：少东主，你最近不太顺吧？你好像遇见了什么麻缠事，家里和身上或许也不太洁净？是这，我建议你抽空去寺里点个灯，或者请法官在承平堡里燎一燎邪祟，这个最管用。咦？顾山农当即一怔，停下了脚步。大人法眼，那你到底看见了啥么？你总得给我下一个方子吧？恰是由于这一霎的仓皇，也因为那一抹盖胡子不翼而飞，顾山农竟然忘了用手遮挡，让沈光宅趁机窥见了真相，失声道：你的舌头，你的嘴怎么歪了？天呐，少东主你这是遭了什么罪，碰上了哪个劫？

　　一阵色飞骨惊之后，顾山农用袖子遮住了嘴巴，沉静地说：唉，倒霉极了，这是被风打的，从兰州城回来的路上，山风跟我过意不去，一口气就打歪了，我正在吃汤药呐。面瘫，沈光宅老练地讲解说，这个病其实就叫面瘫，他以前也不幸害过，吃药不管用，扎针也效果不大，但是后来用了雅布赖盐场的一个土方子，经过炒热的粗盐外敷，五官归位了，模样也端正了，一切无碍。大盐商当即许诺，承平堡将很快收到这样的粗盐，待顾山农痛快地答应后，他终于心花怒放，有了十足的面子，但是又意犹未尽，诡异地说：不过呢，疗治是一个方面，另一方面还必须得讲讲迷信；承平堡那么大的摊子，门开四方，商贾如云，一道道门槛上难免会带进来污秽与邪祟，恕在下多嘴，但这颗心却是实诚的，少东主你最好留个心眼吧。顾山农答复说：哼！外父权大人和尹先生曾经讲过，国人之迷信，迷信之危害，究其实，总归与世界大势不符，也跟天下之文明相悖，乃是极大的糟粕，乃是无用的异端邪说罢了。实际上，盐就是一种奇怪的东西，越是被日光照晒，便越发坚硬，大盐商自然亦不例外，执拗地说：敢问少东主，你自立门户，举整个承平堡之力，开了这一家保价局，你究竟想要保什么？顾山农慨然道：嗯，这个简单，我可以用一句话来告诉你，我就是想保凉州，保河西一线的路途畅通，也是为了保天下贸易。沈光宅凝重地说：不错，可是少东主，你有没有扪心想过，你保了凉州，保了河西四郡，保了天下贸易，那么到了最后谁来保你？人世上的事情都是因果循环，万一将来你落了单，无枝可栖，岂不是很悲惨？是这，我劝你趁早留个后手，闷声发财，隔山的金子不如到手的铜，这也是迷信，但更是我的经验。就在顾山农怔忡不语之际，沈光宅终于甩出了底牌，相告说：少东主，隔行不取利，我最近也真是头大了，雅布赖盐场让我焦头烂额的，就在刚才，我已经将城里的那些买卖打掉了，全部转让给了王曰信大人；对了，我指的是那几家平心定气馆。事实上，这堪称是一次完美的脱逃，大盐商软硬兼施，手段高明，于三言两语之间，彻底解套了，将自己撇得一干二净，不愿意再被勒索，被盘剥；同时他又保持着一种表面的殷勤，笑脸迎人。

这一席话就像绳索,将顾山农吊在了浑白的日光下,赤裸裸地公然示众。嗫嚅了半晌,顾山农伤感地说:保我?谁来保我?这么些年以来,我其实早就习惯了,我这个人太独,承平堡的大小事情也都是我一直在扛,至今还找不见哪个人来替换我的肩膀,来分担我的压力。沈光宅长叹一声:唉!我也是才从北疆回来不久,怎么就听说承平堡出了问题,麻烦大了?武威城里的谣言不可尽信,但有的时候么,却也不得不信。闻听路边的呱喊声,沈光宅当即住嘴,知道总乡约从柳树林子里出来了,便赶紧朝顾山农虚上一礼,埋首离开,匆忙走向了自家的那一辆车轿,擅自中止了后续的酒局。

王曰信跑了过来,上气不接下气的,扶住膝头,喘息了一阵子,这才缓过劲来。先时,王曰信避开人群,并非去撒尿放水,那个关节上,他突然想起了随身携带的一件东西,而东西被自己的婆娘缝在了裤腰上,不便当街解开。在柳树林子里,王曰信提住裤腰,用牙齿咬开了几根线,摸出来一串珠子,准备赠送给承平堡的主人。珠子像黄豆那么大,总计一百零八颗,当中吊着一块镀金的方牌,指甲盖似的,两面各有一颗汉字,一个是"信",另一个则是"总"。武威城外五门十八姓的百姓们全都知道,此乃总乡约王曰信大人的信物。

"少东主,你不该跟我见外,这回我真的生气了。"

"大人明示?"

"哎呀,这件事责任在我,一是我御下无方,让子弟们无法无天,一个个吃了豹子胆似的,目中无人。另一个也怪我礼数不全,伺候不周,慢待了少东主你,我有愧,我着实有愧。"王曰信攀住了对方的胳膊,谄媚说,"前不久,你去了平心定气馆做客,子弟们有眼无珠,慢待不说,居然还拘禁了你几日,我一得到消息,当天就收拾了那几个狗日的,让他们打野食去了。我本该专程去道歉,可到了承平堡的门口,犹豫再三,觉得不方便,也就作罢了。"

被彻底扒光了,在游街示众,顾山农顿感无地自容,狡辩说:"误会,这是误会。"

"嘿嘿,你是当家人,你做啥都有自己的道理,这个不必拉呱。

再说了，咱们身为一个个男将，假如不在这一世里去遍尝百草，不屠龙打虎，不上天入地，不寻求一点点刺激，岂不是有所缺憾、修不成正果么？"王曰信一边喋喋，一边掏出珠子，绾在了顾山农的手腕上，"少东主，你可别贵人多忘事呀！你当初是入了股的，虽然是干股，沈大人他认可，我王曰信也就没有推翻的道理；平心定气馆易手了，以后是我在打理，但归根结底由你说了算，你才是幕后的大掌柜，这个尺码我有，规矩我也懂。"

顾山农盯视着那一挂珠子："大人，山农愚钝，听不懂你方才的话。"

"哎哟，我的话根本不打粮食，只要少东主你能听懂芙蓉香的话，那也算是我的一份孝敬。"王曰信抬手，掸了掸对方肩膀上的灰土，又叮嘱说，"钟鼓楼旁边的那家馆子，新近添了一道菜，据说味道不错，少东主抽空可以去尝尝。"

"请问大人，这是你给我拴的狗链子吧？"

"不，去了你就知道了。"

总乡约矢口否认，最后也虚了一礼。

实际上，武威城内的各家平心定气馆，瓢子早就被掏空了，大小伙计基本上都是五门十八姓的子弟们，沈光宅徒有一张皮子，这也恰是他痛快地签署了转让协议的根由之一。杯酒释兵权，王曰信在一日之内，相继拿下了两位凉州的门面人物，感觉这一刻的日光，就像刚刚打下的新鲜酥油，流淌在自己的面庞上，沁润无比。

从土门镇驶来的车轿，终于被截停在了长官路口。

下半天时，集市上人粥稠密，尘土飞扬，仿佛撑开了一把巨大的黄伞。顾山农肃立在路边，瞭见自己带来的车把式一阵忙乱，将另一辆车轿领了过来，彼此呈犄角之势，相对安静了不少。未及开口，两匹辕马率先亲热了起来，鼻碰鼻，脸擦脸，简直亲热极了，似乎在给主人做一个示范。惦记着妻子的身体，忧心着达云的风湿病，顾山农的双臂突然灌注了一股开山劈石的力量，急忙上前，打算将她抱出来，舒缓一下筋骨，最好晒晒日头。不料想，这个关节上，丫鬟叶小梳一个蹁子跳下车,支起下马凳,然后撩开帘子,双手托住了女主子的胳膊。达云利索地下了车,站在凳子上,一眼瞥见了丈夫,甜蜜地一笑。

胖了,腮帮子上有了肉,下巴也圆润了。最重要的是,妻子现在能站了起来,谢天谢地。

一时鼻酸,顾山农的心中忽然出现了一座明亮的赞堂,梵音四起,花雨广洒,天上的众神和下界里的先人们般般而来,各归其位,一道念唱着这个恩泽与奇迹的时刻。上佛啊,菩萨啊,度母啊,外父大人啊,此乃诸位的降赐和加持,更是你们不弃不离的恩典所致。顾山农的眼睛湿了,通红了,喉咙哽咽着,原本准备了一肚子的热心话,现在全部作废了,慌忙张开了双臂,静候着妻子。

那还是在倒春寒的天气里,达云接获了老姨娘的一封信,催促她立刻奔赴土门镇。的确,不是邀请,而是催促和勒令。老姨娘是母亲生前的干姊妹,曾经在权家吃过几年的饭,后来嫁在了古浪,定居于土门镇。此地乃是一座旱码头,形势扼要,控制着峡口,也是乌鞘岭以西的第一个重大关隘,买卖兴隆,声名远播。民间也有一种说法,要想赚银子,就去大靖的土门子。顾山农无缘得见,平时偶尔从妻子的嘴里听见老姨娘的这那,也只当她是一个外人,并不上心。大概是去秋的时候,达云念叨说,老姨娘的儿子们在哈溪镇开的金厂开始出金子了,发了大财,一家人现在翻了身,日子可红火了。按着脾性,哪怕平时去城里逛逛街、串串门,达云也要知会一声,或者留下一个口信,毕竟她是权大人拉扯大的,礼数上也还讲究。但是,达云这一趟却走得异常突然,挑了一个老练的车把式,率着叶小梳,天不亮就出了堡子,进城收拾了一些东西,离开了南门,根本不顾忌铁灾的天气。车把式返回后,速报给了管家,廖逢节大惊失色,还以为这两口子吵了架,少夫人一时难平,这才负气出走,去了土门镇的亲戚家里躲清闲。不敢隐瞒,廖逢节马上告知了顾山农,主动担责,并提出了申领两块惩牌的要求,但被少东主及时摁住了,打发他去接待一批陇西来的药材商人。知道了,大小姐征求过我的意见,顾山农敷衍地回答。

无疑，这个消息就像一把剪子，解除了顾山农心上的绳索，倏忽间他宽释了许多，意外地获得了一段喘息的机会，感觉至少有几天太平祥和的日子，可以供他挥霍。究其实，弟弟惊白的出走事件，一是突然，二是决绝，令整个承平堡吓傻了，哑巴了，灶房里不再冒烟，车辘轳也没了油，大家犹如被扔在了山根下，骇然地盯望着头顶上的那一块巨石，掐算不出塌方的最后时刻。那几日，上上下下，从里到外，大家严密地封锁着消息。惊白进城了，惊白跟朱先生访学去了，惊白在堡子外背课文，惊白和同窗在郊田上捉麻雀，惊白睡下了，总之又是撒谎，又是串谋，单单将达云一个人踢出在外，惘然不知。谁都清楚，大小姐一旦获知弟弟不告而辞，踏上了远路，那就等于活杀了她，要了她的命。最是顾山农头疼了，这个天祸可是他惹下的，因他而起，才有了惊白代兄出征的这一折子。如何编撰一套说辞，圆满而恰切地安抚住妻子，雷不要炸，霹雳不要扔在承平堡的头上，方是第一要义。此前，达云的生活纠缠于两个重心，一个是弟弟，另一个则是治病，鸟之双翼，车之双轮；可现如今惊白的缺席，将构成一段巨大的空白，他一日不归，这个难题也就一日无解，顾山农自然也就成了热锅上的蚂蚁，承平堡的公敌。这么着，顾山农在外逍遥了好一阵子，得过且过，大有死猪不怕开水烫的架势，却不料想，古浪方面捎来了一个口信，达云要从土门镇回家了。

也好，顾山农仓促上阵，匹马单车地走出了武威城南门，站在长官路口迎候妻子。心虚自不必说，他还打了整整一夜的算盘，觉得应该将这件事消灭在堡子外，免得达云一回到家里，睹物思人，立刻翻脸，那可就彻底失控了，让下人们看尽了笑话。这么着，顾山农收住了恓惶，吞下泪水，瞭见达云嘻哈哈地过来后，赶紧张开了双臂，只想将这个天大的难题搂入怀中，迅速拔掉她的火捻子，令其无从发作，方为上策。

但是，达云停在了一米开外，臊红了脸，那意思似乎在说人多眼杂，拒绝了公开亲热。

小别胜新婚，四目相对之际，顾山农尴尬地放下了手臂，发现达云初愈了，膝盖骨、胯间和臀部有了些许的力量，即便孱弱如风中之柳，但她毕竟站了起来，还独立行走了七八步，让丈夫目睹了这一喜讯。呵呵，也难怪旁边的林子里有一群花喜鹊，叽叽喳喳的，先前令人讨厌，此刻听来却相当地悦耳，这八成就是一个喜事班子，在夹道欢迎哩。顾山农指了指远处，事先酝酿成熟的一肚子甜言蜜语，正打算逐一上菜、款待妻子时，却见达云咯咯咯地狂笑了起来，笑得心肺皆无，笑得花枝乱颤，笑得气息也几乎断了似的，才冷不丁地问说：山农，你见过老鹰打架的么？顾山农一怔，慌忙摇头，又听妻子描绘道：哎呀，我跟叶小梳这个小蹄子坐在车上，路过黄羊镇的时候，瞭见两只老鹰在天上打架，打得可厉害了，一个拔另一个的毛，这个啄那个的眼珠子，竟然流血了，头顶上掉下来的全是血滴子，你不信的话，你问问她。旁侧里，叶小梳频频点头，充当了证人。顾山农也被惹笑了：后来呢？那两只老鹰后来怎样了？达云迅速板住了面孔：哼，还能咋样？但凡窝里斗，兄弟阋于墙，最终的下场也只能是两败俱伤，彼此反目，就像那两只被拔光了毛的老鹰，从天上摔了下来，结果连一只草鸡也不如，活该被黄鼠狼和野狗给吃掉。

来了，果然就来了，报应不爽。好端端的晴明天气，谁愿意让一片乌云遮顶呀，顾山农心里哀求着，听见妻子说：山农，你的胡子呢？你嘴上的那些毛，让谁给拔掉的？你看你，你就像黄羊川里打架的老鹰，失笑死了。顾山农抬手指着远处，一再怨怪，称这是待诏的失误，其实也没什么，习惯了就好。达云义愤地说：罢了，一双狗皮袜子，狼狈为奸，你最好少替那个贼疙瘩涂脂擦粉，也别惯着他；难道我不明白么，敢在承平堡的当家人嘴上拔毛薅草的，除了惊白那个东西，全凉州不会有第二个人。辩解无效，当着丫鬟和车把式的面，顾山农不便如实相告，嘴里哼哼唧唧的，表情上堆满了讨好与驯服，一让再让。然而，达云却揪住不放，质问说：那个少爷羔子呢？惊白干么不来接我？哼，白眼狼，我就知道白疼他了，姐姐的心在他身上，他的心却在石头上，我真是凉透了。顾山农一直捂着嘴，讳莫如深地说：唉，这本来就是凉州么，怨怪不得，该来的时候，惊白自然会来的，你千万别多心。

不承想，就这么几句话的工夫，达云已然不堪，忽然现出了疲倦、气短和惊悸的朕兆，额头上也孵出了一层冷汗，被叶小梳及时搀住后，安顿在了凳子上。底子太薄，身子骨太虚，妻子刚才的喜悦与咋咋呼呼，俨然是从土门镇带来的一种余兴，目下风止浪息了，原本的病症便像一块礁石似的，浮出了水面。用手巾擦完脸，叶小梳又给少夫人灌了一颗丸药，气息匀称之后，达云的颊面上慢慢有了一层酡红色，神情恢复了，开腔道：

"山农，咱们干脆不回承平堡了，现在就去城里串个门吧？"

"咦，这是唱的哪一折子呀？"

"忍了整整一冬的坏天气，心里着实发了霉，长了草，辜负别的可以，辜负了这个大好春光，岂不是亏欠自己么？"达云的欢欣油然而生，不是央求，而是拍板定夺，"咱们去朱先生家吧，许久未见他了，这个礼性可不能输。"

"朱绣？去朱先生家？"

顾山农一时骇然，只觉得那是一座公堂，一个法庭，在请君入瓮。

"嗯，是这，土门镇的老姨娘在年前抱上了孙娃子，弄璋之喜，长得可心疼了，我也就多待了一段时日，沾了沾吉。问题在于，娃娃都已经快三个月了，可是连一个像样的名字也没起下，老姨娘的托付我不能不办吧？"提及这个话题，达云异常开心，似乎她就是娘老子，娃娃是她自己生养下的。又笑说："呵呵，放眼整个凉州，自打尹先生下世后，也就属朱先生的学问最大，不亲自登门拜访的话，我也无法给土门镇那边交代。"

劫数。朱绣也许没别的问题，但他的存在本身，就是一个劫数。顾山农无奈，只有硬着头皮，搀扶住妻子，灰败地说：

"也好，朱先生见了你，估计他要高兴死了。"

胡笳八十五节

一念天堂，一念地狱。

果如顾山农所猜测的那样，在此后的一个半时辰里，凉州总教让他如坐针毡，悲欣交集，要么堕入了冰河，要么升入了天庭。而这一切的根由，不过是朱绣在试图取悦于达云，刻意给他升血压、上螺丝、紧皮罢了。顾山农不得不步步为营，仔细应对。

天热了，巷口出现了一个象棋摊子，楚河汉界两端，挤满了口讲指画的看客们，双方在吵群架，逞口舌之能。吊诡的是，一向独来独往、埋首书斋的朱绣，竟然意外地参与其中，跟大家打成了一片，连续支了几招妙棋，令人钦佩。实际上，朱绣这是忙里偷闲，在巷口一带等待妻女回家，所以不时地拔长了脖颈子，回看着远处。

略一分神，朱绣便错过了机会，不知道贵客已经临门。大家揖让着，朱绣并不客气，挽起袖子亲自上阵，开始拱卒，开始要将，棋风泼辣而大胆。街坊提醒说：朱先生，好像有人在砸你家的大门，想必来客人了吧？答复道：八成是敲错了门，我在城里头没亲戚，吃炮。邻居又说：啧啧！看车轿上的号牌，应该是承平堡的车马。也难怪，咱们这个穷街陋巷，除了总教大人而外，谁还能攀得上承平堡，结交顾山农那样的门面人物呀。朱绣确实懒得回望一眼，因为一条马腿被别住了，彼此呈胶着之势，更为关键的，则是顾山农上一次的粗野与狼狈，给他种下了恶劣的印象，三回两次之间，肯定也难以修复。再者，朱绣揣测，这可能是承平堡的伙计跑过来牵马，那匹枣红马一直拴在朱家的后院，几乎成了妻子的心病。朱绣置气地说：哼！顾山农咋了，即便是袁世凯来了，我朱某人的大门想开就开，不想开便也不开，帝力于我何有哉？这本是一句牢骚话，却好像一把火钎子，捅开了昨晚夕封死的炉子，突然间焰火高炽，群情汹汹，一下子热烈了起来。

就在朱绣陷入长考的过程中，街坊们七嘴八舌的，开始乱嚼牙茬，拉老婆舌，戳是弄非，唾沫星子飞溅，几乎打湿了整个棋盘。听说，反正城里头都在疯传，说承平堡出了问题，麻烦大了，一个是小少爷被军部给掳走了，扣为了人质，南下充军去了；另一个则是顾山农，他可能患上了失心疯，居然在稠人广众的面前，将自己扒光了，身体发肤，受之父母，此乃大不敬之罪行，令人不齿。听说，顾山农和梅郎中彻底交恶了，翻脸了，关系就像臭狗屎一样；前一向，梅宅的门口还贴出了一份告示，凡承平堡门下的求医问药者，概不接待，敬请绕行。还听说，哎呀，不过这个消息尚未坐实，还请诸位斟酌，疯传顾山农现在是平心定气馆里的一名常客，每次一去，必定是单门独院，出手阔绰，吸食的鸦片都是上品的芙蓉香，一顿的开销就能购买一头牲口。听说，县府和陈垦丁阁下对承平堡甚为不满，照保价局目前的样子发展下去，指不定就是一个凉州民团，只差机关枪和大炮了。卧榻之畔，岂容他人酣睡，天台大人对顾山农动手，那是迟早的事情，大家静观其变吧。有人当即提出反对意见，不，你这个说法砸锅倒灶的，目光短浅，纯属不白之辞！诸位可别小看了那个戏班子出身的顾山农，他绝不是平地里久卧之人，这才区区半年多，他居然一口气将承平堡吹大了，保价局如此红火，背后的靠山可想而知，我的话只能说到这里，最好一风吹过吧。且慢，你的意思是顾山农有军部在撑腰，新城大营在暗中作保，这才滚雪球一般，凉州的银子全都进了承平堡的腰包吧？座中有人请教。哈哈，我说过么？我并没讲过这个话呀，大家最好各整衣冠，莫论国事，答复道。但是，这个话题肯定比下棋还来劲，停顿了片刻，有的人舌头又痒了。听说，大小姐病得可不轻了，害的是风湿病，如今连炕也下不来，两只脚肿得就像一对大馒馍，鞋子也穿不上，更别指望将来让她去生养个一男半女。可惜喽！权大人的这一门家产，恐怕是后继无人了。对对的，这个风湿病可是绝症，最初发在了腿脚上，浑身长满了疙瘩，等蹿入了体内之后，那就剩下搭灵堂、绘棺材和抬埋的事情了，有人惋惜道。这时，一个曾被承平堡拒绝雇佣的大龅牙诡笑说：太难肠了，权大人的在天之灵也不得安稳，假如大小姐最终不治，万一归天，顾山农再续上一房的话，承平堡自然要更名换姓，权家也就在凉州从此消失了，将来就是后人们嘴里的古今。众人纷纷摇头，对此不予采纳，直言道，别忘了权爱棠的义子，顾山农即便有独吞家产的胆子，惊白那个混世魔王答应不答应，还在两可之间；儿子总比姑爷强，况且姓顾的不过是一个招女婿罢了。大龅牙怀着仇恨，一句话便击垮了众人：呔！诸位也不用脑子想想，顾山农棋高一着，已经提前落子了；他干么不去当首要代表，偏偏装疯卖傻，临阵脱逃，一脚将弟弟踢了出去，陷惊白于危险之境？不错，这就叫借刀杀人，先把拦路虎给干掉，给灭口，至于再续一两房黄花闺女，那不过是顾山农裤裆里的鸡巴小事，不信了走着瞧。一锤定音，众人纷纷哑默了。

一种黑暗的情绪，始终弥漫在朱绣的脑海中，像瘴气，像沙石横空，像夏天腐烂的靴子，也像一座蚁穴，一切都乱糟糟的。对朱绣而言，大家惜疼惊白可以接受，指责顾山农也能够忍耐，但唯独达云这个话题，旁人是碰不得的，一句话也不行，遑论这些狗日的还在乱语三千，背地里妄议生死。含着悲愤，也不知道朱绣到底怎么了，先将一只帅揣进兜里，后来又偷走一颗卒，恓惶地起身，掉头走入了巷子深处。

其他的街坊们不明就里，再想一争高下时，却发现丢了两颗棋子，后来也就散了。

迎着那一辆车轿，朱绣走向了自家的院门，越发相信，承平堡的人无事不登三宝殿，又来泼烦自己了。出于自尊，或许也是自卑心在作祟，朱绣故意绕开了车马，掏出钥匙，打开了锁头，俯下身掸了掸裤脚上的灰土。朱先生，哎呀朱先生，你可总算回来了！闻听身后的喊叫声，不必再去猜解，朱绣似乎被雷电给击中了，一下子僵在了地上，半天也直不起腰来。隔着两腿之间的缝隙，朱绣瞅上一眼，果然瞭见了大小姐达云，不过那只是一个倒影。倒影的背后，另有一个家伙刻意躲闪着，面目不详，仿佛被吊在了天坑上，随时可能栽下去。朱绣仔细辨认，这才发现对方竟然是剃掉了胡子的顾山农，也难怪。这么着，凉州总教突然失慌了，赶紧起身，在袖子上擦了擦手，猛一抱拳，假嗔道：哎哟，好我的大小姐，好我的小姑奶奶，你会不会挑日子？你难道不问问黄历么？这如何是好，你这么冷不丁地打上门来，第一我没个精神准备，第二也忘了洒扫，你怎么进门呀？达云喜兴地说：呵呵，不讲究，与其去翻黄历，还不如当面求教朱先生。我爹以前反复说过，先生就是一本凉州的活字典，包罗万象，无所不知，我何必舍近求远呐。一语中的，这恰是总教大人的软肋，此刻面对权爱棠唯一的闺女，如见故人，所以心中湿漉漉的，暗自哽咽了一番。不必聒噪了，达云的到来，让朱绣的这个季节烂漫若锦，善面涵春，赶紧将客人让进了院子里，自己则尾在了大小姐的身后，始终也没有跟顾山农言传一句，似乎他就是一个跟班，可有可无。

其实，朱家的这个院子洁净整丽，雀声燕语，另有一种不可多见的朴素气息。

照例是待客的老样子，朱绣推开书斋的门，忙着将炕桌上的书本和墨笔收拾掉，用笤帚疙瘩扫了一遍，招呼达云上炕。显然，他刚才还在用功，毫尖是湿的，砚田里的一摊墨汁浓黑油亮。少顷，朱绣又从灶房里回来，端着一壶热茶，另有一碟子葵花子，可又眉头一皱，顿时不悦。扯淡，狂妄，不知礼数！那一种黑暗的情绪再次占据了朱绣的身心，他气呼呼地将东西搁在炕桌上，只给达云单独沏了一碗茶，奉了过去。瞧瞧吧，达云贵为权家的千金，但举止有尺码，言谈有分寸，还知道男女授受有别，老幼有序，并没有大咧咧地脱鞋上炕，而是骗腿坐在了炕沿上，一迭声地称谢。可顾山农这个贼娃子，竟然目无尊长，一屁股坐在了上席，抓起葵花子就嗑，呸呸呸的，嘴里像在下蛋。肉厚，皮糙，廉耻皆无，见妻子喝得正香，顾山农也给自己沏了一大碗，呱唧呱唧的，声音如同鸭子饮水。真的，人一旦见不上对方，那也是毫无办法的事，如同热火点不着冷灰，也好比酥油碰不得烧红的刀子。然而，越是轻蔑，越是鄙视，朱绣的目光却越发地脱了缰，不由自主地瞟了过去，发现顾山农又是作揖，又是点头哈腰，打着哑语，一味地提醒凉州总教，可千万别提及他上一回的丑事，拜托了，求饶了，诸如此类的。这一刻，朱绣直接把承平堡的当家人看小了，豌豆之人。

茶汤惬意，达云很吃了几碗，润完了喉咙，消解了这一路上的乏气，这才大概询问了朱先生的近况，以及家里的日常，最后才道出了来意。起名字？朱绣闻听此事，慌忙摆手，连称兹事体大，他自己缘浅根微，不善策谋，一辈子百事罔效，像如此重大而机深的事情，大小姐最好另请高明、再寻他人吧。见对方铁板一块，不肯答应，顾山农便将一顶顶高帽子扔了过去，吹捧，奉承，谄媚，几乎用光了他肚子里的优秀辞藻，却也无计可施。末了，还是达云的一句话撬开了朱绣的嘴，让他乖乖地从了命。

朱先生，老姨娘可是家母的结拜姊妹，就等于是权家的一员，虽然现在来往稀了，想必你们以前也照过面，这是她的第一个孙娃子，难道你忍心拒绝？达云使出了一记撒手锏，当即瓦解了对方。朱绣的表情上飘过了一朵回忆的云彩，眉眼含笑，痛快地接下了这一桩难事，并详细询问了婴儿的身世、辈分、生辰八字等各方面的细节，最后还从架子上挑了几本参考书，声称要去隔壁的屋子里动脑子，让客人们随意，不必太拘束。

苦主斋里悄静了下来。日光打在窗户纸上，簌簌而响，应该不是风吹的缘故。

达云逡巡了一圈，从墙上取下来那只镜框，发现是一张委任状，武威县府颁发的，任命朱先生为凉州总教。玻璃上落了一层灰，达云抓起抹布，擦拭得干干净净，重又挂在了原处。方桌上捂着一个竹罩子，揭开后，达云瞭见是一碟子猪油炒干豆角，油水沁住了，白腻腻的，另有半块吃剩的干馒头，这大概是朱先生的午饭吧。达云也不嫌弃，用筷子搛了一根豆角，喂在嘴里，嚼了几下，突然吐在了地上。太咸了，简直能把卖盐的打死。是的，眼前这一种清贫而苦寒的气息，似乎不应该是赫赫著闻的凉州郡老的家境，它更多的像是一介读书人落魄之后的无奈状况。一念至此，达云有些心酸，却也不知道该如何去帮衬，因为朱先生太敏感，太倔强，也太挑剔了，这是她自小种下的一个印象。

这时，达云的目光落在了那一方洮砚上，因为墨香压倒了茶香，带着另一种凛冽的味道，令人开怀。砚台旁有一沓子诗稿，近八九十页，誊抄得干净整洁，笔迹隽永，一丝不苟。封面和山根里各有一行小楷标题：苦主斋诗抄。而最后一页的落尾则是：朱绣定稿于凉州。达云不谙诗词格律，一向觉得此乃风雅之人的喜好，所以并不上心，胡乱翻看了一阵子，却不料想，居然发现了其中的蹊跷之处。

"山农，这个朱先生也真是奇怪，怎么老在背后琢磨人呀？"

"咋了么？"

顾山农正忙着沏茶，随口一问。

"你过来瞧瞧，在他写的这些诗文中，除了风花雪月，除了山川形胜，除了凉州的杂七杂八，竟然还有赠权达云、致承平堡、怀权爱棠、寄徐惊白……天呐，他这是把咱们家一网打尽了，一个也不剩呀！"惊讶过后，达云这才耐下性子，开始了细读，突然间表情晴朗，发生了急遽的变化，"嗯，相当不错，朱先生说的全是好话，没一句刺耳的。"

"呵呵，他给外父大人的怎么说？你念来我听听。"

斜签在炕上，顾山农懒洋洋的。

"是这么说的，山农你可听仔细了，《蝶恋花》一首。"达云清了清声嗓，逐字逐句地诵念道，"白发满头如乱雪，夜饮归来，携手披残月。说起蹉跎心未彻，功名合被才名折。举目长安人道阔。怎奈文章，憎命无由达。自是人间无可说，仰天一啸幽怀发。"

"那么，他致承平堡的呢？"

"哎呀，这一页字很少，他好像舍不得给承平堡多写，只有简单的两行，这应该是一副对子吧。"达云熟悉了一番，开腔道，"泪酸血咸，悔不该手辣口甜，只道世间无苦海；金黄银白，但见了眼红心黑，哪知头上有青天。"

茶水洒在了炕上，顾山农分明觉出了朱绣的累累耳光飞扑过来，一记，两记，三记，就像一堆鞋底子那样，抽在了他的颊脸上，一时间难堪不已，窘迫至极。但鉴于妻子在场，顾山农不好发作，也不便拔腿走人，赶紧相问说：

"朱先生赠给你的呢？我想听听这个。"

"不，这个怪让人难为情的，不念也罢。"达云羞臊，赶紧翻过了那一页，终于寻见了理想的篇目，"给惊白的，朱先生专门赠给他的弟子的。呵呵，这恐怕是赏识吧，世上哪有老对少、上对下的道理，咱家的那个少爷羔子真是有福了。《满江红》一首，你安心听。"

顾山农不知，一切都东窗事发了，再也隐瞒不得。

"诗曰……居边鄙，何自薄？甘凉动，风雷作。听陇头鸣镝，马驰人跃。自有甘凉骁劲旅，能将鬼魅凶氛廓。待归来，再唱老民谣，为君酌。"这一霎，达云的五官犹如发酵失败的面团，皱成了一堆，"待归来，待什么归来？惊白干啥去了？"

"哼，这就是读书人的无病呻吟、忸怩作态，你又何必当真？"

顾山农头皮一麻。

"山农，你一定瞒着我什么，你现在实话让我知道！"

"求求你，这可是在做客。"

"顾山农，我弟弟呢？我的惊白呢？他怎么了，他出了什么事？"

"我对你发誓，惊白好端端的，你可千万别咒他了。"

顾山农冷汗连连，忙膝行过去，将妻子按坐在了炕头上，连哄带骗了一番。

偏偏此时，书斋的窗外传来了隐约的啜泣声，哭得很委屈，也很胆怯，像一只猫似的。夫妻俩停止了内讧，大眼瞪小眼的，仔细谛听了半晌，竟也不知道发生了什么伤情。达云在丈夫的额头上戳了一指头，警告味十足，暂且留下了疑问，赶紧拢了拢鬓发，整理完衣裳，这才撩开门帘，趋身而出。

原来，朱家的妻女二人回来了，也在小声斗嘴。朱王氏撅起屁股，将一只大筐子扔在地上，从里头滚出来了几十双布鞋，大的，小的，男将的，女式的，堆成了一座小山。不知何故，这些布鞋全都水淋淋的，似乎刚刚从涝坝池子里抢出来，变了形，发了霉。朱王氏踮着小脚，将鞋子逐一摆在窗台上，架在墙根下，抓紧晾干，否则就日塌了。闺女扎着一根油亮的麻花辫，窝在廊檐下，膝头上放着半个锅盔，正哭得恓惶，哽咽不止。朱王氏劝慰道：唉，赵汇鞋袜店姓赵，又不姓朱，人家想寄售了，那是给咱们面子；现在店铺打掉了，兴许是老掌柜也遇到了什么难处，将心比心么，这个也怨怪不得。闺女还嘴说：我没哭赵家，我恨的是老楂头那个贼，不寄售也倒罢了，你看他连一个脖子也不给，还把咱们给轰走了，他不够人，他做人太短了。朱王氏哀恳道：乖，咱们背地里不议论旁人，谁都有谁的难肠，各人有各人的苦经，等鞋子晒干了，我拿到城隍庙里便宜卖掉，还能挣几个碎钱，不会吃亏。闺女拖曳着哭腔，愤懑地说：哼，不就是因为我爹书呆子一个，这辈子无权无势么？郡老又怎么样，总教能值几个钱，这些虚头巴脑的东西，终究也换不来一口热饭。这一刻，朱王氏简直惊掉了，愕然地张看着女儿，突然抓起一只鞋，打算去揍她一顿时，胳膊却拐了弯，直接抽在了自己的颊面上，惩罚再三。闺女扑将过去，抱住了娘老子，二人登时哭作了一团。

少顷，待情绪平静了之后，朱王氏方说：对的，你眼睛里有水，郡老不过是一顶冠冕，总教也只是一个身份罢了，这些浮世上的虚名，将来都会被一风吹净的；但是你爹肚子里的那些学问，装进去的那些书本，墨笔写下的那些诗文，谁也抢不走，谁也拿不去，这才是他活人的本钱，也是凉州人尊敬他的缘故。闺女嘟囔道：你看我爹吧，天天都圈在屋子里，要么古怪地发笑，要么长吁短叹，他万一关出了什么毛病，那可怎么得了呀？朱王氏提醒说：嘘，仔细你的嗓门，鱼在水中，老鹰在天上，佛爷在庙里，旁人就不要打搅了，说不定人家们正在里头修仙呐。闺女知道自己错了，频频点头，替娘老子擦掉了她眼角上的泪水。朱王氏抬起闺女的一条腿，撸起裤管，发现她的膝关节上破了，青了，肿了，幸好还没有出血，吓唬道：哎呀，刚才可把我给吓死了，你那一个跟头差点摔进了水渠里，我的魂当时就丢了，到现在也没有回来。闻听此言，闺女抬起手，在虚空中抓了一把，对准娘老子的心口，噗地吹了一口气：好了，你的魂回来了，现在还给你了，两不相欠。

无疑，这个闺女的稚气与天真，包括她的直率和倔强，均给达云留下了极为深刻的印象，一下子就喜欢上了。后来，达云打劫了顾山农身上的所有现钱，加上自己的，总之有少没多，偷偷地压在了热炕的毛毡下，巴望着朱家夫妇能给这个丫头扯一身新衣裳，再买上几盒子胭脂什么的，权当是一份见面礼吧。

婶，你干脆送我一双新鞋吧？达云上前，柔声道。朱王氏猛一愣怔，忽地靠在了墙上，讶异地说：大小姐，你怎么来了？你看我这么愚笨的，眼皮子跳了一上午，竟然错过了去巷口接你，你可千万别怪罪呀。达云也是嘴上甜蜜，翻看了一阵晾晒的鞋子，恰巧最近自己的脚肿得很厉害，她立马挑了一双千层底的大号布鞋，单另放下了。闺女怕生，一直侧转着身子，目光却在悄悄地瞥望，她在乡下的亲戚家里住了许久，尚未适应过来。朱王氏见状，一把将闺女拽过来，戳在了客人的跟前：喊大小姐，你快喊呀，你哑巴了么？哎呀，真是养了个白眼狼，你忘了那时候大小姐还抱着你，去街上买过六合糖么？可越是催逼，闺女越牙关紧咬，鼻翼两侧急出了汗珠子，战战兢兢的。朱王氏没了辙，又央求达云务必赏脸，一定要在家里吃夜饭，不能空肚子走人。因为达云另有安排，便随口答应了，只让朱王氏做一些烫面饼子，简单且省力，等一下也好下饭。烫面饼子也叫油胡旋，此乃凉州特色之一，也是朱王氏的拿手好戏，赶紧系上了围裙，喜滋滋地进了灶房。

院子里悄静了下来，凉州的天空仿佛一座干净的佛龛，供养着这个重生的季节。达云将闺女揽过来，揽在了怀中，发现她的个子蹿高了，已经接近了自己的眉毛，几年的工夫下来，居然长成了一个大姑娘。乖，你以后就别喊我大小姐了，最好去掉前头两个字，你就只喊姐，愿意么？达云蔼然道。闺女身上的褂子旧了，也嫌小了，肩胛紧绷绷的，后襟也缩了一截水，刚刚发育出来的一对胸乳缓缓凸起，像核桃那么大。此刻，春光照在了闺女的颊脸上，一层细微的茸毛清晰可见，似乎带着一种青草的气息，令人惜疼不已。喏，你喊姐也并不吃亏呀！我记得你比惊白要小五六岁吧，既然惊白喊得那么甜，你学他一下又何妨？达云率先伸出了小拇指，要跟对方拉钩上吊，终于瞭见闺女咧笑开来，将小手塞进了自己的掌心里，轻唤了一声：姐。

土门镇的老姨娘抱上了孙娃子，那是一喜；现在又顺利地认了一个俊秀而腼腆的妹子，更是一喜。这个双喜临门，令达云的心里乐开了花，好像白捡了一个宝贝似的，也让这一段时间的身体忘记了病痛，恢复了不少，笑问说：小心疼，你的学名叫什么呀？闺女道：朱懿，我爹起的。又问：哪个字，一心一意的意么？答复说：不，司马懿的懿；听说我爹还查了字典，问了卦，专门挑了这个生僻字，凉州境内也没有重名。达云心中咯噔一下，预感到自己所托非人，难怪朱先生半天也出不来，恐怕是被难住了。达云叫屈地说：天呐，这个懿字太繁琐了，几十根笔画，把我小心疼的手也给写累了，真是不划算。这一刻，闺女环顾左右，见四下里无人，神秘地说：姐，我也讨厌那个懿字，我偷偷地给自己改了名，我爹至今不知，我是第一个说与你听的。达云不能辜负这种信任，从灶房门口拿来了一根火钩子，交给了闺女，又朝着脚下努了努嘴。这么着，闺女在地上写出了两颗大大方方的汉字：

一念

达云甚是不解，忙蹲了下去，从头看到尾，又从上看到下，最后将目光停在了闺女的颊脸上，开始求问。闺女彤红绯赤的，羞涩道：姐，这也是我从书本上摘来的句子，从中挑出了两个字，欢喜得不成，我便擅自做主改了。什么好句子呀？你说来听听，督促道。闺女板正地说：哦，唯有一念在，能呼观世音。如今武威城里都在传言，说权家的大小姐，承平堡的少夫人，就是当今凉州的一位菩萨娘娘，我刚才认了你这位姐姐，这岂不是一念之功么？达云忽地起身，一把抱住了对方，在闺女的额头上，狠狠地亲了一口。

这个关节上，朱家的院门被推开了，叶小梳率先进了门。

按照达云事先的吩咐，叶小梳去了一趟鸿宾楼，点了两个羊肉锅子。鸿宾楼的伙计们挑着一根扁担，上面挂着食盒，一路走来，锅子鼎沸到了极点，肉香四溢，馋坏了几条街上的行人。一番忙碌后，在书斋和廊檐下各摆了一只木炭锅子，朱王氏的油胡旋也烙好了，热气腾腾地端在了桌案上，只待开席。达云站在卧房门前，三回两次地催喊，朱绣终于出来了，表情很释然，仿佛完成了一桩重大使命，现在可以交差了。接过朱绣递来的一张纸，达云几乎没看，折叠整齐，直接揣进了兜里，因为起名字这件事已经退居其次了，她的心头上有了另外的疙瘩。朱绣交代说，他一共起了三个，三选一，请大小姐和土门镇的亲戚们定夺吧。倏忽间，朱绣嗅到了羊肉锅子的气息，顿生不快，埋怨大小姐太客套了，看不起朱家的粗茶淡饭，下不为例。达云四两拨千斤地说：先生，你既然给娃娃起了名字，那就得有润笔吧，莫非你嫌少了？朱绣一连迭地摆手，拒斥道：哎呀，老夫纸上谈兵，最后能不能入了你们的法眼，那还在两说呐。

羊肉锅子算得上奢侈的饭食，尤其在这个季节，肉价贵得离谱，况且还是从著名的鸿宾楼里叫来的，光是菜蔬一项，竟然多达七八种，满桌子的绿意。趁着高兴，朱绣打开了书斋里的炕柜，翻腾了大半天，这才掏出来一坛子老酒，仔细斟满了三碗，酒液微黄，黏稠腻手，果然是年深日久的好东西。开席了，朱绣率先端起了其中一碗，跟顾山农夫妻俩碰了碰，却并没有饮下去，而是祭在了地上，泼掉了大概有小半碗，最后才象征性地抿了抿，抓起了筷子。

炕桌是方的，除了眼前的这三个人，另有一套干净的碗筷虚席以待。达云一边下炕，一边说：我去请婶子，娃娃和丫鬟伙计可以在外面吃，她是长辈，她得进来坐席。朱绣当即拦挡住了，闷声道：不，她上不了炕，她没资格，那个位子是留给权大人，留给令尊的，这是凉州的礼数，不能慢待了先人。达云惭愧，赶紧学习朱先生，将头几筷子挑起来，攥在了对面，码了尖尖的一大碗，算是孝敬给了爹老子的在天之灵，这才回头招呼左右二人。这时候，顾山农其实早就饱了，不饿了，胃口全无，分明感觉到这是一场鸿门宴，危险就像那一根根嶙峋不堪的羊骨头，正在刺向自己。或者说，朱绣和达云，再加上那位隐形的老泰山，俨然一幕三堂会审，他自己将百口莫辩，难出此门。

事实上，在这个过程中，一种强烈的恳求，一种渴望被接纳、被认同的念想，沁出了心头，漾荡在了顾山农的脏腑之间，不可遏止。达云自不必说，她是妻子，她是枕边人，她是自己在这一世里的镇纸与秤砣，也是宿命的因果，始终压住了他，不许他轻佻与涣散，更不能堕落和沉沦，变成一个下三烂的角色。而外父权爱棠大人，他虽然缥缈如空气，指头戳不见，声音喊不来，却又是一个确凿无误的存在，肉身已灭，名望不死，依旧在参与凉州社会的各个方面。至于朱绣么，顾山农此刻也拿捏不住，毫无对策；用戏班子里的行话说，朱绣可能随时会漏了，劈了，折了，将这满屋子的和睦与融洽，统统砸锅倒灶，也在所不辞。思想至此，顾山农便也横下了一条心，反正刀子来了棉花接，笑脸相对，只要自己守住了最终的秘密，一切都可以忍受，不在话下。

达云始终不肯上炕，骑腿坐在了炕桌的下首，殷勤极了，给朱先生搛了肉块、脊骨、丸子、夹沙、豆腐之类的，另外还舀了一碗羊汤，撒上了芫荽，催喊他快吃，别放凉了。那种黑暗的情绪不请自来，犹如一块冒烟的煤砖，朱绣继续板着脸，单独跟达云碰了一下酒碗，长鲸吸水，居然干掉了一大半，将旁边的顾山农视若无物。达云回敬了过去，笑说：

"朱先生，这一口是我替弟弟敬你的，感谢你对惊白的育化之恩。他现在懂事了，长进也不少，这全都仰赖了先生的栽培与信任。"

"不，这个酒我不能端，你是你，他是他，除非惊白辞掉了那个欺世盗名的所谓首要代表，毫发无伤地返回武威城，我才能开心地痛饮这一碗。"

漏了，劈了，报应来了，顾山农眼前一黑，恨不得跳出窗外，一个蹦子飞走。

"……待归来，再唱老民谣，为君酌。"

达云狡黠一笑，吟哦道。

"咦，这句话是老夫的词章，信口涂鸦，大小姐你怎么会吟诵？"朱绣回眸，瞥见了桌子上的那些纸墨笔砚，立时明白了大概，便抽丝剥茧地介绍了一番军地双方之合作，扶灵南下，将惊白突然裹挟进去的一幕，伤感地说，"唉，这的确没办法，事后诸葛亮罢了，我也是在惊白一时激动，逞少年之勇，离开凉州的三两天之后，才听说了各界慰问团的消息。我还能怎么办，我一个捉笔的文人，又不能策马挥刀，将惊白从半路上抢回来吧。我只能填这么一首词，将热肝辣肠放进去，冀望他平安归来，不久之后师徒相见。"

"那么，依先生你的见识和判断，惊白去了好，还是关在堡子里妥当？"

"话有两说吧。"

"眼下惊白已经走了，你就剖析剖析这个。"

步步紧逼。

"嗯，是的，生米已经煮成了熟饭，现在惊白和各界慰问团究竟在哪个山梁上，在哪个沟壑中，你我不知，凉州也不知，他们就像断了线的风筝一般，飘失天涯，命运难测。"或许是酒水点燃了朱绣的情绪，也或者，这一腔子的话语积蓄了多年，此刻瓜熟蒂落，终于找见了发泄的渠道，"但是，自古官民两张皮，和平的时节，你来我往一番，倒也无可挑剔，可如今国难当头，战火遍地，新城大营却出面主导了这一支送灵的队伍，这难免让人怀疑。哼，谁不知道那个军阀头子，他们就是从杀人越货中起家的，他们的官帽子也是从血水里捞出来的，难道还在乎一个张观察的死尸么？"

"朱先生，我记得你和家父以前常说的那句老话，叫什么官前马后少蹦跶？"

"官是官府的官。"

校注道。

"哈哈，马自然指的就是北门外，那个在营盘里深居简出的军阀头子了。"达云毫无顾忌，也不怕隔墙有耳，如同在过去的年月里，偎在父亲和叔伯们的膝下，偶尔稚气地冒一句怪声。又直率地说："啧啧，既然惊白都已经走了，也不可能再把那个小贼抓回来，关在角院当中，天天温习课业；先生你不妨开明大度，就当给自己放了一个长假吧。"

貌似安抚，实则是一种无礼的挑衅。朱绣突然停下筷子，感觉被解雇了，这一顿羊肉锅子之后，彼此之间吹灯拔蜡，自己将失去与权家和承平堡的一切关系。一时伤感，朱绣便用酒水来缓释心中的不怿，荒凉地问说：

"大小姐，你真的放心让弟弟这样离开，踏上一条叵测未知的长路么？"

"可是，惊白是戴着勋章走的呀，又担任了首要代表，这是先生你刚才告诉我的。"

反诘道。

"看来，我打了自己的脸，我的操心和忧虑显得多余，一文不值。"

"山农，你赶紧瞧瞧，朱先生竟然也像个娃娃似的，有一点点不开心，他的脸就拉了下来，罢吃罢喝，难不成还要轰走咱们，老死不相往来么？"缘于达云的皮毛认知，还不了解这一桩事件的重大底细，所以她被一种想象中的浪漫所蛊惑，心无城府，陶然地说，"哎呀，那个少爷羔子，我平时撵也撵不出去，就像一块狗皮膏药粘在我身上，始终也长不大。现在好了，他既然打算远走高飞，那就去外面飞吧。西安城、北平城、天津卫、上海滩，哪一个不比武威县攒劲？将来开了眼界，见了世面，等他的翅膀硬了之后，他准保会乖乖地飞回来，照样是我的弟弟，我岂不是捡了个大便宜么？"

"这不是你的真心话，大小姐。"

"朱先生，豹子要在山里养，老鹰须在天上放，像惊白这样被宠坏了的娃子，我也一定能割舍下这份挂念，受得住这种熬煎。天气也热了，我以后隔三岔五地要去无量寺里烧香，拜托上佛和菩萨，给弟弟开一条长长的大路，再赐一艘宽宽的宝船，一切都顺风顺水。"

"也好，同此一愿，你顺便替老夫供一盏灯吧。"

朱绣捉起了酒碗，灰暗道。

旁侧里，顾山农盯看着妻子，突然觉得达云有点陌生，全然不是自己平日里熟悉的那个样子，也不像是知根知底的枕边人。他的心中讶叫了一声，感觉在这一刻瞎了，走眼了，辜负了。渐渐地，顾山农醒悟了过来，妻子的果敢、独执己见、开朗明快，这一系列的性格似曾相识，究其实，它来源于外父权爱棠，也是达云自小耳濡目染、啜饮甘露的结果。原本，惊白出走的这个事实，仿佛一根危险而燃烧的梁木，横亘于承平堡的头顶，简直难死了顾山农。他知道，只要自己一旦开口相告，说出真相，那就等于活杀了达云，后果不堪。再者，顾山农还臆想出了三种情形：其一，达云肯定会寻到武威县府的门上，一把揪住陈垦丁的脖领子，当面索要惊白；其二，在县府求告未果后，达云也就彻底疯了，披头散发，哭天抢地，直接杀进了新城大营，什么拒马和铁丝网，什么鸣枪警告，统统对她无效，马长官当然避而不见，矢口否认；其三，这也是最坏的结局，旧病未愈，又添新疾，达云的身体忽然间垮掉了，困坐愁城，天天以泪洗面，罢吃罢喝，整个堡子里弥漫着一种丧事般的气氛，到了那时，又将如之奈何？

但是，这一切都不曾发生，虚惊一场。即便朱绣面目狰狞，一再挑唆，赤裸裸地扮演了纵火犯的角色，明火执仗地去引燃这个话题，但达云却一派云淡风轻，用了她的笑声、大方和嘻嘻哈哈的本事，将弟弟惊白的远行，想象成了当年的少年将军霍去病卷旗西返，金戈铁马，最终创立了不世之功。的确，扬汤止沸何如釜底抽薪，几个招式下来，达云便基本上掏空了凉州总教肚子里愤怒的烈焰，让他风至草偃，举火无望，开始专注于羊肉锅子，一边劝菜，一边敬酒，像普天下的东家那样，殷勤周到，唯恐冷落了客人。

事实上，直到这天夜里返回承平堡之后，顾山农这才获知了妻子喜悦的缘由，也明白了达云远赴古浪土门镇的真正目的，还是印证了那一句老话，女人的心，海底的针。但是目下，在这个炭火炽烈的炕桌旁，顾山农一面被妻子的笑声所感染，一面又心生不忍，不愿看见朱绣在客套当中夹杂的那些落寞与失望，遂慷慨而出，捧起满满一大碗老酒，言辞恳切地敬给了总教大人。朱绣一个激灵，双手迎了上去，慌忙接住后，不打折扣地灌进了肚子里。来而不往非礼也，顾山农亦是如法炮制，仰头而尽之后，发现朱先生赐赠的这一碗老酒，业已在自己的身体内丛聚成河，一时间波光潋滟，水汽蒸腾。

突然，在炕桌的上首，留给权爱棠大人的那一只瓷碗啪地炸裂了，炸成了两瓣。不，应该是三瓣、四瓣、五瓣，大小各异，锋芒乍现。

这意外的插曲，让众人都惊呆了，吓坏了，竟不知此乃炉火炙烤的缘故，而不是神迹。但是在凉州的迷信里，既然摆了那只碗，请来了那一位亡灵，这个席面上当然有他说话的机会；倘若你不给，那么他起心动念，擅自发作，那也只能姑息不究、一探虚实了。朱绣臊得慌，一个劲地揽罪，赶紧拿来了簸箕和笤帚把子，将碎碗渣子往里刨，一不小心，指头却被划破了，登时血流如注。顾山农接着收拾，虽然格外仔细，小心翼翼，可是照样被一丛尖刺给咬住了，指尖上汹涌着血水，疼得他蹙住了整个五官。倒是达云最麻利，抓起一块湿抹布，逐个拾走了所有的碎片，将炕桌周围打扫干净，恢复了原貌。朱绣从锅子下面取出来一勺子木炭灰，晾凉之后，在顾山农的伤口上撒了一半，剩下的则撒给了他自己。倏忽间，血水被止住了，伤口也合上了嘴，这种草木灰是民间最灵验的创伤药之一，百试不爽。

经此一遭，顾山农和朱绣相视而笑，突然和解了，两只手握在了一起，似乎血水交融，你中有我，我中也有了你。重新落座后，虽然宾主之间继续动起了筷子，寒暄不停，但刚才的那一桩炸裂事件，阴影未散，每个人的舌根下都压着疑问，拼命地忍着。末了，终究还是权家的大小姐率先崩溃了，提心吊胆地问说：

"朱先生，我爹的碗怎么就炸碎了，这是什么兆头呀？"

"你看你，谁说那是令尊的饭钵了，它明明姓朱，朱家不值钱的瓷碗罢了。"

劝慰道。

"不，你方才说我爹也在这个饭桌上呢，你不要反悔，我现在不踏实，我一直心虚。"

"呵呵，想不到你年纪轻轻的，居然还是一个迷信罐罐，捕风捉影，胡思乱想，什么事情都往阴阳和八卦上归纳，这一点我可不欣赏。"实际上，朱绣的这番话，仅有一成说与了达云听，剩下的九成，其实在努力地说服自己，镇定情绪，不至于荒疏了礼节，怠慢了客人。刚才的那一声炸裂，来得太过蹊跷，也太吊诡了，迄今仍在朱绣的脑子里轰鸣不绝，让他的脊背上敷满了一层鸡皮疙瘩，如坐针毡。碗炸了，多半是不祥之兆，朱绣迷信不已，嘴上却说："大小姐，我时常给惊白讲，可以按佛的话去听，但不能照佛的话去做。"

"请先生明示？"

"还是糊涂一点好，人不能那么太分明，白不提黑，黑不提白。"

其实，大家都在这个红尘凡世上过活，水至清则无鱼，人至察则无徒，毕竟连佛陀和菩萨也没有那样的公心，又何必强求一个答案呢？"

"你话里有话，朱先生现在好像牢骚满腹？"

逼问道。

"唉，罢了罢了，吃肉喝酒的时候，不要议论上佛，那是一份重罪。"朱绣的内里布满了心荆肉棘，连筷子也在发抖，苦笑说，"二位可要替老夫做个见证呀，不是我吝啬，不想款待权大人，实在是令尊的脾气未改，过于挑剔，他自己刚刚罢箸不食的。"

"呵呵，先生你才是一只老罐罐，装满了迷信。"

达云揶揄后，便不再究问下去了。

这个关节上，顾山农的态度突然出现了一个重大转折，这绝非酝酿已久的计策，也不是眼前的气氛使然，而是直觉，针一般的直觉。显然，总教大人身上的怨愤、不快和抵触，以及他貌似热情背后的那一种骨子里的冷漠，不单单是他个人的情绪，实则是凉州百姓的集体看法。顾山农犹记得，在去年秋天的深夜里，朱绣头戴草帽，绕着承平堡不停地转圈子，一趟又一趟的，好像在上发条，紧螺丝；重阳节的那日，朱绣面色阴郁，一方面缘于尹先生题写的那块牌匾，另一方面却是因为保价局的开张，令其大为失落，幸亏自己预备了先手，让弟弟惊白提前拜入了朱绣的门下，又裂土分疆，提供了角院那么一席之地，所以才暂时止息了纷争。远的也不必啰唆了，就说桌子上的那些诗稿吧，什么叫泪酸血咸、悔不该手辣口甜、只道世间无苦海？什么叫金黄银白、但见了眼红心黑、哪知头上有青天？此乃朱绣本人亲自撰写的，这要是刊刻成了两块明晃晃的牌匾，悬挂在承平堡的左右门柱上，岂不是佛头泼粪、毁人名节么？刚刚，这原本是一场欢愉的宴席，一顿吃喝，可朱绣偏偏给人添堵，往活人的眼睛里插柴，干么非要单独摆上一套碗筷，谈玄说法，另设道场，且从虚空中请来了一位亡灵，赫然地坐在上首，明摆着这个饭将难以下咽。凡此种种，让顾山农在这一霎心窍顿开，计出如神，当即决定让步，向凉州百姓们招安。

这么着，顾山农将受伤的指头塞进嘴里，牙齿一咬，伤口开裂，血水哗地淌了下来，滴在他个人的酒碗里，瞬时浮起了一层红沫，款然道：

"朱先生，这可不是迷信，这叫惩罚。"

"你怎么这样说？"

"嗐，晚生刚才只顾着在一旁刨食了，听你跟达云像寺里的老和尚那样在辩经，各有各的理，谁也说服不了谁，我干脆插不上嘴。"这些皆为铺垫，顾山农心知，唯有剑走偏锋，将一切都推向极端，才能控制住眼前的局面，慑服对方。又说："我哑巴可以，但外父权大人在生气，一怒之下，就将那只碗给砸了，让我的指头见红，疼得我想起了他老人家的托付。"

"山农，你没说胡话吧，爹在哪？"

达云捂住了嘴，神色慌乱。

"大小姐，这是男将们的公事，女流之辈最好回避，起码也不应该打问。"顾山农制止了妻子，侧转过去，凝视着朱绣，款款一礼，笃定地说，"先生，晚生着实太忙，一直穷于应付四面八方的琐碎事务，结果忘记了权大人临下世前交代的那句话，告罪，真是告罪！刚才的这一记惩罚，其实是惊堂木，对我的当头棒喝，真是来得太及时了。幸好，现在也没有外人，那就允许山农一字不落地转告与你。"

"少东主，我的手也被割破了，这个怎么讲？"

凉州总教伸出了指头。

"嗯，想必这个就是以血见血、以血证血吧。再者，外父当年八成也猜到朱先生将有所疑问，担心小婿口说无凭，没有证据，所以他老人家刚才从天上下来，刺破了你，也刺破了我，这两个血指头就像一对带血的印信，彼此印证。"顾山农抱拳，朝着虚空深处揖上一礼，大有一番通达天地、游走三界的气概。又道："很简单，其实总共只有一句话。"

"老夫在听，在洗耳恭听。"

朱绣恳切道。

"完璧归赵，将整个承平堡交给朱先生你去打理，权家人从此不再染指，切割干净。"

"天呐，这是权爱棠的原话么？"

"千真万确，此乃外父托付给我的，这也算是他老人家的临终遗言。"

"少东主，你这是在取笑老夫，给朱某人难堪，让我下不了台面呀。你瞧瞧，这人世上的光阴真是经不住开销，忽忽焉，权人人也已经下世多年，撒手不问凉州的冷暖了，可是你今天却突然提来了一壶温吞吞的水，假传圣旨，声称这是你外父的临终嘱托，你又如何让我相信？"这些推托之辞，其实是在叩问，在诘难，在进逼。朱绣因为被对方窥破了心思，戳中了他长期以来郁结不化的怨气，辩白和否认也就成了一种本能的抗拒。颊面上异常烧烫，也许红得像一盒胭脂，朱绣一方面尽力拖宕，另一方面却清晰地瞭见了希望，扣住这个话题不放："当然了，权爱棠乃是凉州人杰，朱某跟他共事了很久，深知他向来不按常理出牌，但不知他将承平堡拱手相送，将这个千斤的担子压在老夫的肩上，究竟是何用意？"

"朱先生，承平堡乃凉州公器，权家不可以霸占独吞，它更不是山农的私产。"

"此话怎讲？"

"想当初，的确是权大人最先发愿，打算在武威城北割地划水，创建一所新式书院，以响应共和，策动西北，开文明之风，除河西之锈，剔尽历朝历代社学、义学和私塾的八股风气，栽下梧桐树，引来金凤凰，还凉州子弟们一个澄明的读书天地。权大人初心良善，矢志不渝，这件事又得到了朱先生和郡老班子的一致支持，很快就兑现了，铺开了摊子。"往事般般，历历在目，顾山农虽然缺席了这一桩惊天撼地的工程，但此刻讲述起来，俨然他就是当年的一介激进分子，事无巨细地参与过了。又道："先生，你也是始作俑者之一，你最清楚了，承平堡这座城池，可是凉州百姓一梁一木、一砖一瓦地捐赠出来的，没有这些田夫故老、贩夫走卒的鼎力帮衬，那一块地皮恐怕至今还在撂荒，形不成如今的气候。"

"难为了权大人，那些年他一直风里来、雨里去，奔走于四乡八村，在各处劝募，嘴皮子说破了无数回，鞋子也穿烂了上百双，可是连一句怨言也没有。哎呀，我这个挂羊头卖狗肉的老匹夫，其实无寸尺之见，也无一毫之功，跟着权大人沾光了，偶尔在睡梦中，我还能听见他的爽朗笑声。"

念及故人，朱绣目中闪闪，一时间情难自禁。

"所以，天下公器，理应交还给凉州百姓，由朱先生全权打理，这个再不必扯皮了。"

"可惜老夫岁数大了，难当此任呀。"

"不，狮子老了，可它还是狮子。"

"凉州没有狮子。即便有，那也是在佛门和天梯山的画墙上。"

"可偏偏朱先生心如雄狮，这是权大人亲口告诉我的。"

"嗯，话虽这么讲，可在下一无权势，二无权爱棠大人当年的赫赫声威与人望，我那个凉州总教的名头，不过是一页草纸，挂在墙上天天吃灰的。"朱绣放下了姿态，一让再让，最后却直捣龙庭地说，"少东主，不知权大人给你讲过没有，我当时跟他商量了有大半年，准备为书院起一个名字，斟酌来去，最后敲定了一个相当复古的，你还记得么？"

这是读书人的试探，朱绣即将认领了。顾山农嫣然一笑，伸出了满满一个巴掌，在凉州总教的面前晃了晃，故意不语。朱绣辨识了几眼，答复道：

"五？"

"五凉书院。"

"天呐，原来根本瞒不住你，少东主果然早就知道了。呵呵，这原本是我和权爱棠之间的秘密，绝不会有第三个人听说过，当时打算在开山立宗的时候公之于众，结果却在半路上夭折了。"朱绣的喜悦灿烂而透明，老顽童似的，百转千回之后，终于确信了、认可了这一桩突然降临的幸福，迫切地说，"少东主，现在开春了，光阴急迫，咱们应该抓紧筹谋一下，尽快给五凉书院挂牌子，先把名声吆喝出去吧！"

"但是朱先生，这需要耐心，你得给我一段时间，不可冒进呀。"

"多久？"

"晚生不知，或许一两年，也可能得要七八年，待我料理完了承平堡的事情，它才能分灯法脉，别立新宗，以五凉书院的面目正式示人。先生,这个你要等,切勿急躁。"

朱绣的心顿时凉了一大半,挠了挠头皮,苦楚地说:

"承平堡如日中天,还能有什么事,值得少东主花这么大的功夫,去亲力亲为呀?"

"叫魂。"

"什么魂?为谁叫?"

"替凉州叫魂。"

这一霎,朱绣当即哑默了,谈话碰见了铁钉子,戛然而止,心知再问下去,大概也关涉到了什么机密,一定徒劳无益。朱绣捧起酒碗,发现自己的这一张嘴脸,倒映在了液体的表面,虚虚实实,影影绰绰,不甚真切,犹如水中月,好似镜中花,空荒地欢喜了一场。顾山农眼尖,不情愿让凉州总教陷入失望与悲戚的境地,赶紧堆起了笑容,相问说:

"朱先生,我借你一样东西如何?"

"少东主尽管吩咐。"

"喏,我刚才进门时,就发现桌子上搁着一本《赵氏孤儿》,原来是西安易俗社的本子。我记得你说过,这个本子最全,唱词也优美,想必是先生托人寻来的,山农打算一睹为快。"顾山农也恭恭敬敬地端起了碗,以酒作誓,许诺道,"天地为证,等将来,我给朱先生还这本书的那一天,便是五凉书院挂牌、山门打开的喜日子。"

"但愿吧,只要不死,老夫绝对等得起。"

朱绣先干为敬。

胡笳八十六节

夜空衔着一枚月牙,承平堡的晚夕并不比城里清静,尤其在春天。

达云洗完澡,解除了这一天的疲倦与风尘,一身轻松,头上戴着包巾,簌簌簌地跑回了卧房。此刻,叶小梳正站在门端里,嗅见了空气中飘来的香胰子的气息,忙收住了啜泣,将挽起的袖子放下来。从武威城回来的路上,顾山农就醉成了一摊泥,加之车马颠簸,夜凉如水,狂吐了三四回,最后人事不省,还是被堡子里巡夜的护卫们扛了进去,安顿在了炕上。虽说是少夫人的贴身丫鬟,但叶小梳毕竟不忍,打来了几盆子热水,替顾山农擦洗干净,又在炕洞里填了柴草,以防受凉。达云过来后,将手中的羊皮方灯交给了丫鬟,叮嘱她赶紧去歇息,别这样耗着了。就在灯光转移的一刹那,达云发现叶小梳的眼角上挂着泪瓜瓜。

对,委屈了才是泪瓜瓜,而不叫泪水。

达云一怔,慌忙拽住了丫鬟的臂膀,突然听见哎呀一声,叶小梳疼得抽搐了起来。三七不问,达云撸起了她的袖子,竟然发现胳膊上青一块紫一块的,仓皇地问:咋了么?好我的小姑奶奶,你这是跌了跤,还是给碰着了?叶小梳含着委屈,嘴上却讥讽说:哼!急吼吼的,喝酒没本事,刚才认错了人,他把我当成了大小姐你,一边甜言蜜语,一边又揪又掐的,这可是我代主子受罪呀。达云真是臊死了,幸亏四下里无人,不曾被耳食了去,当即詈骂说:天呐!这个狼吃的,他竟然有动手动脚的这个坏毛病,降不住那几碗尿水也就罢了,还敢在我的身边打鬼主意,这般下作,这般的鸡零狗碎,你看我不剐了他的爪子,我就无法给你一个交代。叶小梳扑哧一笑:呵呵,大小姐你就别再演了，只要你平时少掐我，少揪我，少数落我，就算我这辈子烧了高香，跟对了主子。达云简直被噎死了，轻抚着那些伤痕，哀告说：天热了，改天我带你进城去，给你扯上一两匹料子，在王宝珠裁缝店里做几件衣裳，你漂亮了，我这个脸上也就有了光彩。叶小梳推搡着达云，往卧房里送：快去吧，别跟我磨嘴皮子了，小别胜新婚，你进了门，我也该去歇缓了，真是骨头架子都快累塌了。在门扇将要关闭的那一刻，叶小梳又叮嘱道：喏，你记得把药吃上，一定要吃够，可不许偷懒呀。

拨亮了灯台，桌子上果然放着两只碗，一碗是水，另一小碗则是药。

你说它是药吧，却没有一点点药材的味道，反倒散发出一股土腥气，干干爽爽的，就像褐色的面粉。你要说它不是药，土门镇的老姨娘那可是一千个不答应，确凿地认为这种粉末乃是送子观音赏赐给人世间的；古浪一带的婆娘们也可以作证，但凡吃下了它，她们的肚皮一个个鼓了起来，最终生养的娃娃全是大腿根里吊肉的，从此不再发愁家里的香火问题了。早些年，老姨娘家境不好，跟权家的联系时断时续，如今开金厂发了大财，这才惦记起了城里的外甥女，一封急信，便将达云勾了过去，欢聚了一段时日。除了牛羊肉，除了山珍美味，老姨娘按照早中晚一天三顿的规律，定时给达云端来一碗药，逼着她当面吃下去，必须吃得一干二净。达云吃第一口时，哇地吐掉了，说这是土，比土还难吃，人怎么能吃土呢？老姨娘绍介再三，说这本来就是土，不过是从灵石上刮下来的土，再经过蒸煮与烘焙，现在就变成了药。达云一再究问，这个药到底是治什么的？我现在天天吃梅郎中开的方子，也不见风湿病有所好转，腿脚一直在麻木，怕冷畏寒，难道它有奇效不成？老姨娘带着伤感，明人不做暗事，催促说快吃掉吧，趁着你现在下得了炕，还有力气生养的时候，让我替你娘早点抱上一个孙子，将来也好给权家顶门立户，不至于让那么一大摊子，落在了旁人的手中。在凉州境内，对招女婿的成见亘古不移，老姨娘这么讲，达云也不敢生气，当即吃下了第二口，很快也就吃光了。

原来，在古浪峡内，自古就矗立着一块巨石，形如男根，表面生长着一层琐屑之物，又像盐，又像硝，其实是风化土。也不知从哪个朝代开始，河西一带尚无子嗣且处于生育年龄的妇人们，纷纷远赴古浪峡，争先恐后地趴在巨石上，舔食一两口风化土，这才掉头返家。吊诡的是，这些吃过土的妇人们，大多数生养的是儿子娃娃，终于得偿所愿，至于那些下了丫头片子的，则怪罪自己吃得还不够，于是又蠢蠢欲动。名声闹大后，这块巨石有了更多的称谓，求子石、送子石、抱子石，还有人从侧面眺望过去，发现它原本就是一位菩萨的样子，惟妙惟肖，便又喊它送子观音。老姨娘揪心达云的身体，怕她上不了山、进不了沟、摸不到石头，便痛痛快快地花了一笔钱，委托附近庄子里的人们，隔三岔五地上去刮土，大半年下来，居然也积攒了一小口袋。鉴于这种粗土杂质太多，味道苦涩，且伤脾害胃，老姨娘亲自动手炒熟后，又用最细的箩箩筛了三两遍，这才成了如今的面粉状。

出城三里，心花怒放。或许是严冬过去，日头眷顾，春天爬上了乌鞘岭两麓，让土门镇一带鹅黄浅绿了起来；也或许是离开了武威城，脱离了承平堡的那个男人窝，尤其是有了老姨娘无微不至的照顾，达云就像这个季节的花园，一天一个样，额头亮了，腮帮子有肉了，下巴也圆润了，隐约当中带着一股富态的气息，兔子般地活蹦乱跳，简直跟刚来的时候判若两人。亲戚归亲戚，但也不能太过分，不懂得尺码。到了承平堡的车马来接达云的那一天，老姨娘哭了一鼻子，又将半袋子熟土交给叶小梳，叮嘱她看紧了，督促大小姐按时服药。

其实，达云现在已经吃出了经验，用勺子搋上一小撮，搁在舌面上，迅速用水冲服下去，丝毫也不敢停留，更不敢咀嚼，否则就搅拌成了泥浆，非吐不可。吃到最后一勺时，达云刚刚含住一口水，却听见身后的丈夫醉眼迷离地呻唤起来，嚷喊着水，给我水。这一时，达云诡笑起来，立刻有了坏主意，当即付诸了行动。

调暗了灯台，达云骑在炕头上，三下五除二，便将自己扒了个精光。顾山农蜷卧在被窝筒子里，还在嚷喊，着实被那种不要脸的水给拿住了，不知今夕何夕。达云噙住一口液体，不，她已经忘了那是满嘴的泥浆，从丈夫的脚下蹿进了被窝，沿着起伏不定的身体，终于匍匐上去，搂住了顾山农的脖子，脸贴脸，面对面，一时间开心得不成。顾山农浑然不觉，一任妻子鬼祟着，除下了他全部的衣裳，赤条条的，从头到脚滚烫得就像一碗开水。达云好奇，摸了摸丈夫嘴唇上那一片光溜溜的皮肤，胡子被刮净了，虽说没有了那股威猛之势，但看上去毕竟年轻了四五岁，棱角分明，一如当年的帅气和勇武。达云捏住了丈夫的鼻子，掰开嘴角，慢慢地送进去了几滴水，感觉对方接纳了，润了润喉咙，又贪婪地洞开了口舌，乞求更大的援救。如此一来，达云便也不管不顾了，忽地吞住了丈夫的嘴巴，将剩余的浑水一股脑地灌了进去，一滴也不曾浪费。

这还没完，达云顺势将自己的舌头探下去，塞入了丈夫的口腔，一边搅拌，一边吮吸。舌头是有知觉的，舌头也长了一双眼睛，突然间瞥见了真相，发现在顾山农的舌根下，居然多出了一块肉疙瘩，一根凸起物，简直蹊跷极了。达云不甘心，又用舌尖来回逡巡，仔细审视了那一座黑暗的洞穴，再次确信了自己的判断。双舌、异人、鸠摩罗什、报应不爽、不灰之舌、九层砖塔，这些骇人听闻的辞藻，仿佛一枚枚寸针，夺面而来，钉在了达云的心头，令其色飞骨惊，山崩海立，浑身上下顿时凉透了，冷若冰窖。与此同时，达云忆及了自小在家里的申明亭和旌善亭上，林林总总耳食来的一些传闻，包括爹老子曾经亲口讲述过的那些凉州古今与逸事；经年之后，这些传闻、逸事仍然在她的意识深处板结、冬眠和窖藏，根本就不曾灭失。现在好了，一切都纷至沓来，天道循环，记忆如同春天的田野，蜂飞蝶乱于眼前，达云只用了一口水的代价，便松动了泥壤，刨出了根系，即将揭开河西大地上这一桩隐蔽的机密。

那些年，在权家的庭院里，不论是尊贵的郡老、乡绅和贤达，抑或是前来求助权爱棠调解纠纷、评判是非的普通人，往往喜欢将鸠摩罗什挂在嘴上，乐此不疲。其间的差异就在于，前者谈论的是这位大德高僧的生平、译介、奇迹与妙果，而后者则专门用来赌咒发誓，以证自身的清白。天老爷，我要是给权大人撒谎的话，那就让我再长一根口条，噎死我吧；佛陀看着呢，我舌头上没抹油，没分叉，字字为真，句句属实，我不怕天上的电打雷劈；菩萨明鉴，我假如说了一个字的谎，你赶紧拿刀子来，先把我明面上的舌头剜掉，再把那一根暗舌头剁碎了去喂狗，我绝无二话；等等。

公元413年，在长安草堂寺，一代高僧鸠摩罗什于脱缁之前，曾给弟子们留下了临终遗言，说如果我毕生致力于译介的所有佛经与典籍准确无误，那么在我的这一具形骸火化后，舌头一定完好不烂。果然，鸠摩罗什的法舌不仅不烂，还变成了珍贵的舍利子，入藏于武威城内的罗什寺砖塔之下，三寸不烂之舌这个家喻户晓的典故，由此行世。凉州，鸠摩罗什法师曾经在此驻锡了长达十七年之久，由于舌舍利的到来，它再次披上了黄金之甲，沐浴了恩慈之光，俨然是佛门之圣土，百姓之依怙。渐渐地，春来秋去，日落月升，百千年弹指一挥间，凉州人不忘根本，早已将鸠摩罗什法师的这句话，悄然化成了一种行为方式，一种黑白立判的活人准则，尤其是在关涉名誉与利益的关口上，用于痛陈内心，用于赌咒发誓，似乎来得更为简便而可靠。

因为凉州人笃信，这一片祁连山下的绿洲大地，乃是被佛经和圣僧加持过的沃野，布满了应许，遍植了因果与报应，不可侵犯，更不可谮妄及撒谎，这一点只能用舌头来担保。

顾山农被呛醒了，突然支起了上身，发现妻子举起手中的灯台，正在狐疑地盯视着自己。口腔里充斥着一股泥腥气，黏糊糊的，那些所谓的药水沉淀下来，淤积在了舌根下，顾山农连续啐了好几口，但也无济于事。四壁明亮，灯光澎湃，笼盖在了这一对男女赤裸裸的肉体上。显然，达云仍处于激动当中，被那个诡异的念头唆使不已，呼吸急促，白雪雪的胸乳呼哧呼哧的，仿佛兔子般地跳跃着。这一刻，顾山农认出了妻子的愠怒，摸了摸她的颊脸，相告说：哎呀，一旦把胡子刮掉，我也真不自在，好像不是我本人了，你别那样看我，看得我心慌。达云将灯台挪移过来，罩住了丈夫的五官，究问道：山农，你的嘴怎么了？舌头呢？让我照一照你的舌头，否则我就不素心。无奈，顾山农将洞开的嘴巴拱上去，并按照妻子的盼咐，卷舌头，压舌头，挑舌头，左一下，右一下，任凭摆布。灯台太近了，一时间烟熏火燎的，达云擦净了一根指头，直接塞进了丈夫的口腔，仔细翻检着，审查着，寸土不让。但是，那些褐色的泥浆水糊满了天与地，掩盖了真相，这是达云自己造成的，她也无从抱怨。喂，你这是半夜抓贼呢，还是捉赃呢？你还让不让人歇息了？顾山农不悦道。达云不肯答话，又开始了新一轮的搜查，那一番认真的样子，并不亚于收生婆在接生。不料，灯苗意外地点着了达云鬓角上的一绺头发，刺啦一声焦煳了。顾山农趁势拿走了灯具，一巴掌拍灭了危险，将妻子搂在了怀中。

山农，你最近不舒服么？你瘦得很厉害，我能感觉得到，你吃饭恐怕也在将就吧？达云慢慢地暖和了，丈夫身上的阳气总是比火炕还顶用，虽然他酒气未散，但此刻埋在他的胸膛上，也是这一段日子夜思梦想的事情。顾山农抚摸着妻子，宽慰说：唉，可不是么，牙疼不是病，疼起来要人命！我这次算是遭了大罪了，从兰州城回来就一直牙肿，牙龈溃烂，幸亏去找梅郎中开了方子，现在消退了不少，终于轻松了。梅郎中，此乃凉州的金字招牌，畅行无阻，达云闻听则喜，将一颗心揣在了腔子里，踏实无比，反而责怪自己疑神疑鬼，半夜三更的像个疯婆子，不由得生出了愧疚之感。

但是，顾山农料定，只要开了这个口子，类似的怀疑以后将马不停蹄地袭扰自己。

倏忽间，女人的直觉迟钝了，疑心也消泯了，服属了自己的男将，迅速被这一团热辣辣的体温所裹挟，内里深处也沁出了一股甜蜜的汁液，漾荡在每一根汗毛和发尖上。达云翻过身子，像一根蚂蟥钉那样，牢牢地趴在了丈夫的躯体上，探摸着他的嘴唇，因笑说：

"山农，我喜欢你脸上干干净净，但更喜欢你留一个盖胡子，有了胡子就威风。"

"对呀，这是凉州的风俗么，骏马剪鬃才算马，娃娃剃头方成人，不留个胡子的话，出门办事也不方便。嗯，很快就好了，我这个毛长得快，小心我将来扎你，你可别后悔呀。"

"我活该让你扎。你怎么扎，我都不呱喊。"

"对了，我想起来了，我这一趟从兰州城回来，突然发现惊白有了变化，我还没来得及给你说。"言及弟弟，达云立时肃静了下来，好像天下诸事，世间万物，唯此为大，目光巴兮兮地张看着丈夫，寻求一个喜悦。顾山农笑说："呵呵，惊白嘴上的那一撮毛好像变黑了，声嗓也粗粝了，我越看越喜欢，他将来肯定是一个标致的儿郎，优良而正直的青年。"

"当然了，这叫君子豹变，权家的大门里走出来的没一个瓢人，那可都是儿子娃娃。"

截铁道。

"唉，怪就怪我这个做哥哥的不够格，一是体格欠安，二是分身乏术，结果让惊白替换了下来，临时换将，他却跟着各界慰问团上了路。这件事让我很内疚，今个天我专程去长官路口接你，就是想赔一个不是，求得你的宽谅，不承想被打扰了，一直也没机会说出口。"

达云蓦地伸手，捂住了丈夫的嘴，恳切道：

"山农，你啥也别说，更不许自责，这件事由我来做主。我身为姐姐，比谁都惜疼惊白。他既然受命于县府，军部也认可，至少说明他是一个栋梁之材，我高兴还来不及呐。况且，他并不是一个人走的，而是一伙子，一支大队伍，首要代表再加上一枚勋章，只要他胃口不错，五湖四海的水，天南地北的饭，不愁他将来会饿着回来，我真是一百个放心。"

"那，那万一你想他了，给我哭鼻子，我该咋办？"

"我给弟弟托个梦，让他随时捎一封信回来，向我报告行程，交代胖瘦和心得体会。"

"迷信罐罐，难怪朱先生这样说你。"

顾山农哎呀一声，感觉大腿上的一疙瘩肉被掐掉了，火辣辣的。

"实话说吧，其实我对朱先生有别的看法，堂堂一位凉州总教，朝令夕改，首尾不一，真是让我失望。"达云收住手，语气肃穆地说，"喏，去年让惊白拜朱先生为师，他当时确凿地告诉我，儿子娃娃要散养，一定不能圈养。现在可好，惊白成了凉州方面的首要代表，随着慰问团风风光光地南下了，他却自食其言，又在你跟前再三抱怨，标榜正直，什么官前马后别蹦跶之类的话，虽说不是嫉妒，但泄愤也是有的，我听了很不舒服。"

"嗯,也怪不得朱先生,惊白这一走,他门下无人了,心里难免空落落的。"

"但是一想到他家里的那番状况,我也就心软了。"

"的确,你压在炕毡下的那些钱太少了,改天让廖逢节专门去一趟,找个借口,编撰个理由,总之捎给他一笔钱,先把春夏两季打发了,以后再细水长流地补贴他吧。"顾山农心知,朱绣今日的诘难与怨气,并非来自他个人的贫寒之境,恰恰相反,那是读书人的耿介、卓立和据理力争,如此行事,他才能真正维护凉州总教的巨大声望,令人钦佩。但是,在妻子的面前,顾山农也不敢扯得太远,担心达云步步追问,没完没了。又道:"我估计,朱先生兴许现在还没睡,他正在炕上翻斤斗呢,一座五凉书院,够他消化一年半载的了。"

"哈哈哈,他肯定没睡,他想睡也睡不着。"

达云古怪地笑开了,别有深意。

"怎么了?你好像话里有话?"

"真没啥。不过么,我也给朱先生预备了一件礼物,不过不是现在,等将来再让他得偿所愿,了却这一桩心事吧。"达云隐而不告,留下了这一谜底,却问,"山农,你真的打算把承平堡拱手相送,交给朱先生,让他出任山长,去打理五凉书院么?"

"当然,泰山大人的心愿,小婿莫敢不从,一定要帮他老人家兑现。"

"保价局这么红火,又养了一河滩的人,你怎么能撂挑子,干脆撒手不管呢?"

"唉!且共从容吧。书院之事还得从长计议,仔细盘磨,并不是想开就能开的,其中的头绪乱如缠麻,我还需要搭建一个高参班子,让众人拾柴。"顾山农也是蜻蜓点水,今天的坦率与供述已经足够了,绥靖也并不符合他的性格,于是作结道,"无论如何,承平堡乃是凉州百姓的心血,不是权家的私产,你我夫妻一场,务必要有做人的尺码,大义在身。即便将来五凉书院验照开门,训子课徒,成了河西一带的文明渊薮,咱们也要尽量撇清关系,将这一份天功归于凉州,归于父老乡亲们,正所谓人杰地灵、皆堪不朽吧。达云,我其实没那么高明，我只是记性好，这些话都是外父大人当年告诉我的。"

妻子像一只猫似的，团住身子，蜷在了顾山农的臂弯里，唏嘘道：

"只可惜，惊白错过了，等五凉书院打开山门，他也就长大成人，念不成了。"

"前人栽树么，这个不必计较。"

"呵呵，我倒是想起来了，惊白虽然会错过，但权家还有一个人，不，也许是好几个人，将来肯定是五凉书院的门生，我敢打保票。"念想至此，达云简直乐坏了，一骨碌爬起来，伏在丈夫的躯体上，咬住耳朵喋喋了半天。顾山农终于获知了古浪之行的原委，以及土门镇和求子石之类荒诞不经的民间传闻，一时间皱眉，抽吸着嘴里的那些残余泥浆，又不忍拂了妻子的喜悦，一点一滴地咽进了肚子里，苦涩难耐。讲述完毕，达云的身体迅速滚烫了起来，又像一根充斥着暴力的蚂蟥钉那样，前后左右地箍住了丈夫，挣出了满身的热汗。迷离中，达云相问说："山农，你喜欢带把把的，还是喜欢扎花的？"

"哎呀，这个可不由我，让天老爷做主吧。"

"不行，你给我一个准信。"

"随便，我还真没思想过这个问题，达云你说了算，听你的。"

一指甲掐了过去，顾山农惨叫一声，立刻老实了。

"那我来问你，要是头一胎下了个带把把的，你给他起个什么名字，叫顾啥？"

"不，他应该姓权，不姓顾，别忘了我是你们权家的上门女婿。"顾山农一再辩白，两手抚在了妻子的后背上，疼爱不已，似乎在呼应着她身体中的那种召唤，"我不能让外父大人失望，权家的香火也不能断，我当初有过承诺。"

"这才叫迷信，什么香火不香火的。这个娃娃姓顾，我决定了，名字由你来起。"

"还请夫人独裁。"

"呵呵，那究竟叫顾盼，还是叫顾意，你二者选一吧？"达云的这个玩笑，不经意的一句话，为日后的冲突，悄然埋下了某种根由。汗水汹涌,代之而起的却是一场情欲的火灾,烈焰将两个人吞噬其中,犹如一堆风滚草,燃烧在四壁之间的旷原上。达云咬住了丈夫的肩头,哀求道:"山农,快疼我,快疼我一下吧。"

孰料,一番折腾过后,顾山农竟然无能,临事不举,便也垂头丧气地放弃了,兀自盯望着头顶上的仰衬纸,一语不发。

达云并未生气,更不强求,重又蜷住了身子,偎在丈夫的怀里,一边劝慰,一边掐弄了起来。在达云看来,承平堡如此大规模的摊子,上百人的饭碗,加上一些地方性的事务,仅仅每天的迎来送往和流水席,就足够让丈夫精疲力竭了,所以现在他需要的是歇息、轻松和笑声。顾山农仰躺着,失败极了,头脚也慢慢地冰凉了下来,最凉的则是雄心与男人的自尊,觉得他自己的肉身变成了一座废弃的粮仓,被劫掠一空的躯壳,而那个强盗不是别的什么,恰恰是芙蓉香,是鸦片与烟灯,是罪恶的毒瘾。哈欠来了,鼻涕和眼泪同样也尾随而至,顾山农尽力掩饰着这一罪行,附和着妻子的说笑,眼皮子开始了打架。这时候,达云连续出手,掐得丈夫嗷嗷乱叫,一迭声地告饶,却闻听妻子说:

"哼!我这是替叶小梳掐你的,一报还一报。"

"怎么了?那丫头咋了?"

仓皇道。

"呵呵,你装得倒像是一个正人君子,干么要反问我?"达云终于掐够了,不能再掐了,揽住了丈夫的脖颈子,逼问说,"你实话告诉我,你到底是被不要脸的水给拿住了,醉糊涂了,还是在故意欺负叶小梳?哼,罪证俱在,明日一早你去看看那丫头胳膊上的伤痕,我奉劝少东主你不要狡辩,赶紧给人家赔个不是,求得宽谅吧。"

顾山农无地自容,恍惚掉进了冰河里,耻辱淹没了他的头顶,不甘地说:"怎么可能呀?她就是个丫鬟,一个下人,我岂能不知分寸,败坏纲常,对她动手动脚来着?"

"啧啧!那你意思是说,丫鬟就配不上你,你喜欢那种出身显赫、谈吐不俗的女子?"

"你误会我了,好我的夫人,你听我讲么!"

"沈阁兰是谁？"

冷不丁，达云抛出了这个致命的问题。

"你，你怎么也知道沈阁兰？天呐，这是谁在你跟前嚼的舌头？"

"山农，实话说给你知道吧，惊白虽然走了，离开了凉州地界，但武威城里还有我另外的弟弟们，我照样还是姐姐。既然这个风声灌进了我的耳朵里，我可不是一块酥油捏塑的，我总得了解一个子丑寅卯，听你亲口给我一个答案吧？"

再也掩盖不住了，顾山农迫于无奈，吹熄了灯火，在这个铁石般沉重的春夜里，坦白道：

"确有此人，我已将沈阁兰藏在了朱家嘴子。"

达云始终哑默着。

"是这，沈阁兰原本来自北平城，以前是女学生，现在却败落成了一个走投无路的女人，就像鬼打了墙似的；这个人世对她不公，凉州无情，凉州也待她太险恶，假如顾某人不站出来庇护的话，那沈阁兰只有死路一条，迟早要葬埋于此。"

胡笳八十七节

列位，总因笔墨俭省，记忆浅陋，此处不能铺陈开来，长篇宏论地去叙述这一段乱世情缘，进而勾勒出西北腹地，乃至于凉州这一座河西首郡的历史脉络，及其幽微的心跳，殊为遗憾。但是，一花一世界，一叶一菩提，自然有灵慧之人朝花夕拾，抚掌而吟，款然接纳了说书者的这一份苦心。在此深表谢意，书归正传。

大概在四年前的夏天，或者更早，沈阁兰终于抵达了凉州，站在了武威城北的新城大营门前。虽然绿洲之上水木清腴，草树迷离，飞鸟低空，但是这个季节里，来自腾格里沙漠一带的火风，依旧将凉州全境打得昏头涨脑，一色混茫。军营之外，也就是在东校场附近，村落衔接，市阁纵横，散布着瓜果摊子、吃喝摊子、浆洗摊子与缝补摊子，车马店和商栈鳞次栉比，三合土的道路上牛来马去，披上了一层轻薄的黄雾，俨然是一座热闹的集镇。时值午后，沈阁兰买了一脸盆温水，净了面，洗了手，戴上那一顶北平城里最时兴的遮阳帽，拎起唯一的小皮箱，走向了军部。

军部门前却是另外一番景象，三步一岗，五步一哨，除了岗楼里的卡兵，城墙下还穿梭着骑兵队，军犬的舌头一律吊下来，就像白昼天里的红灯笼。外围一带，横七竖八地堆砌着大量的沙袋和拒马，铁丝网的尖刺犹如一地的光斑，令人目光生疼。事实上，在沈阁兰越过马路，突兀地拐向了引桥方向时，她身后猛地出现了一批便衣特务；这些人假扮成了葱姜贩子、车把式、麦客子和路人，已经切断了后路，将目标人物单独锁定了。

的确，那一顶洋气的遮阳帽异常惹眼，就像开路的大纛，一路无阻，款款地飘到了岗哨跟前。帽子是竹篾编织的，颜色纯白，边际卷翘，腰身上束了两道粉红色的丝带，又垂落下来，曳在了沈阁兰的脑后，飘飘欲仙，一切都仿佛来自天梯山的画壁。

瞭见卡兵们闪出了哨位，沈阁兰搁下小皮箱，摘掉帽子，认真地鞠了一个九十度的躬，道了一声长官辛苦。排长发现来人不俗，举止相当文明，典型的女学生装扮，又听见了一种别致的口音，便也和缓了态度，客气了许多。什么，你说什么？你从北平城赶来，专门到这里来寻你的哥哥？闻听了对方的来意，排长大呼小叫的，觉得太不可思议了，于是耐下性子，仔细地盘问起了细节。沈阁兰问说：长官，这里就叫满城吧？听说大清朝还在的时候，清军就驻扎在这一座城池里，我是一路上打听来的，辗转了上千里，今天终于见到了满城。排长如实相告：嗯，不错，这个四方城老早之前，确实是八旗士兵在河西一带的总营，问题是你翻的哪一年的黄历呀？现在它叫新城大营，是国民革命军的指挥部，里面没一个留辫子的家伙。日光炎热，晒得城墙也在开裂，掉下来一些冒烟的土疙瘩，灰老鼠似的。沈阁兰噙着泪水，以手遮眉，巡望了几眼高耸的城门楼子，哽咽道：长官，我哥哥叫沈容，容易的容；他当年在满城里是一名副参领，辛亥那年之后，他便没有了任何音讯，寄给家里的最后一封信，落款就是凉州满城大营，所以我大老远地跑来了，想实地打听一下。排长用指头掐算之后，怜惜地说：瓜女子，现在是共和的天下了，辛亥那年迄今也过去了十几载，即便是当初的一棵苗木，现在也长成了参天大树，你如今才想起来寻你哥哥，你这是念的哪门子的经呀？沈阁兰答复道：长官万岁，我一路走来，还没有遇见过像你这样如此耐心的人，真是三生有幸，如见贵人！其实吧，原因只在于哥哥沈容年长我许多岁，他从军离开之后，就再也没有回过家，父母也已经去世多年，北平城对我意义不大，好在我今年春季毕业了，便一路向西，前来投靠唯一的亲人。万岁，这个词突然吓住了值班排长，恐有杀头之罪，慌忙止住了话头，作结道：这位小姐，我可以拍着腔子告诉你，新城军营里大概有九成的人都姓马，至于外姓么，我一个巴掌就能数过来，赵钱孙李都在，可偏偏没有一个姓沈叫沈容的，你还是去别处打问吧，此乃军事禁区，千万不要给你自己找麻烦。排长吹了一声铁哨子，卡兵们各归其位，钢蓝色的枪管不怒自威，将沈阁兰单独抛在了广阔的日光地里。

用排长的河州话说，这个女学生的板颈太硬扎，也就是太轴了，一点不识好歹。

此后的几日，沈阁兰两点一线，掐着时辰，每天早起在驿馆里梳洗完毕，总是踏着军营里出操的号声，准时出现在了引桥的对面。还是那一顶漂亮的遮阳帽，还是那两根在热风中飘曳的粉红色丝带；不同的是，沈阁兰再也不愿开口去打听，一直像天鹅那样拔长了颈子，眺望着城墙下跑操的官兵们。这种无害的行为，和平的姿态，也让附近的特务与卡兵们放松了警惕，网开一面，时时谈议着这个奇怪的女学生，要么猜度，要么挖苦，要么语出污秽，下流不已。除了早操，另有黄昏之际的体力对抗赛，拔河、双杠、掰腕子、跳远、吊石锁、抬石磨、舞枪弄棒等等的，官兵们踩踏的尘土飞扬而来，落在了沈阁兰的颊脸上，混合着汗水，样子也就变丑了。夜幕四合，收队的军号再一次响起后，谁也不清楚那个从北平城来的女学生是怎么走掉的。

这样早出晚归了七八天，沈阁兰的落寞与不快，引起了驿馆老板的注意。那日晚夕，炎热未退，火风席卷了凉州大地，老掌柜从水缸里捞出来一只西瓜，冰冰凉的，叩开了客人的房门，邀请她一同吃瓜。彼时，沈阁兰正在记日记，颊面上挂着一颗颗泪疙瘩，似乎还在伤感当中，却又不好违拗主人的盛情，当即拧上了钢笔帽，落座在了花园中。天呐，这是什么瓜？世上竟然还有这样的西瓜么？沈阁兰刚刚咬了一口，感觉就像吞下了一团蜜，不，这比世上所有的蜜糖还要甜，简直甜得腮帮子麻酥酥的，半个脑子都在疼。于是，异域的西瓜迅速俘获了这名女学生，一瞬间眉开眼笑了，阴郁不再，也就打开了话匣子，道出了这一趟的真正目的。

老掌柜乃忠厚之人，坦承道，他家的这个驿馆开了有二三十年，从光绪末年开到了现在，起初做的就是满城的生意，挣的就是八旗官兵的响元，后来改朝换代了，他又挣上了革命军的大洋，反正区别不大，钱财才是最亲的爹娘老子。驿馆的生意，主要是接待那些前来探亲的家属；军部有严格的条例，级别不够，或者未曾特批，禁绝将闲杂人等带入新城大营，哪怕是三姑六姨、叔伯子侄，否则便军法从事，犯案人员将被驱逐到边远一带的防区，那无疑等于去送命。闲章中，沈阁兰问及了辛亥那年前后的凉州境况，不承想，老掌柜长叹一声，唏嘘说：唉！人其实就是地上的一群蝼蚁，只求个温饱罢了，宁做太平犬，不做离乱人，那一幕乱象我至死不忘。

据绍介，武昌首义不久，兰州城内就炸开了锅，肃王府及辕门一带风声鹤唳，大批学生和省议员们天天在游行，在静坐，在示威，各阶层开始响应共和，准备迎接国民革命军入甘。立冬前后，消息翻越了乌鞘岭，犹如一场地火，迅速烧遍了河西四郡，并于次年开启了共和元年，民国粗定，鼎沸一时。老掌柜记得很清楚，那个阶段，武威城里经常在敲锣打鼓，鞭炮声不断，可满城却四门紧闭，鸦雀无声，连灶房里的炊烟也瞭不见，就像在办丧事一样。终于，当第一条革命标语被油漆刷在了城门上，满城内部突然间就怂了，停止了哭声，八旗官兵们各打各的算盘，各逃各的性命，犹如一盘散沙。吊诡的是，满城周围迅速形成了一个庞大的旧货市场，兜售的东西有家具、骡马、车辆、各式兵器、锅碗瓢盆、秘药、军服等等的，也不乏人肉贸易，比如一个饭婆子卖两块响元，一个长相姣美的年轻丫鬟开价五块响元。官兵们急于变现，同僚之间因为争抢生意，偶尔也会刺刀相向，大开杀戒，一旦死了人，便匆匆丢在了附近的林子里，让狐狼和野狗吃席去了。直到国民革命军的先头部队开进了凉州，接管了满城以后，这个旧货市场才在一夕之间彻底消失了。此后，满城的四个门楼上升起了共和的旗帜，军号一直吹到了现在。

听罢了这些，沈阁兰的嘴里渐渐地变苦了，哪怕是世上最甜的西瓜，也难以让她开怀起来。这么着，沈阁兰结清了驿馆的账目，打算天一亮就走，并给主人仔细地鞠了一躬，道谢再三。就在房门即将关闭的那一霎，老掌柜突然说：小姐，或许有一个运气，一个机会，但不知道你敢不敢碰？沈阁兰抢出了门，欢喜地说：伯父，恕小女子贪心，运气我想要，机会我也不能错过，但不知你指的是哪一条阳关道？老掌柜答复说：后天，后天下午，这是军部长官大人的惯例，一旬一次，他肯定要在东校场上驯马，你不妨去碰碰运气，也许还能问出令兄当年的下落。长官大人？他是谁呀，他姓字名谁？究问道。老掌柜指了指军部，悄语道：喏，他就是那座四方城的主子，咱们凉州的楚霸王，整个河西的土皇帝，姓马名廷勷，人们尊称他是长官大人，因为位列家中老三，也被称为三少君。沈阁兰恍然道：哟，不就是军阀头子么，我知道他，北平的报章上时常有他的名字。见客人如此口无遮拦，老掌柜立时后悔了：小姐，礼数还是要有的，你千万别把我给卖了，我还想多活几年呐！

孰料，恰是因为这一席话，沈阁兰竟然孤身犯险，滑入了万劫不复的境地。

到了那天，依旧是一个烈日汹汹的天气，整个新城大营和周遭的市集，陷落在了死一般的寂静当中，屋瓦几乎被烤化了，槐柳打蔫，三合土的马路烫得下不去脚，几只麻雀飞了一半，突然栽了下来，砸出了一摊摊血水，很快就变黑了。最后一锤子买卖，问上则好，问不出也罢，所以沈阁兰拎着唯一的小皮箱，打算谋面之后，去赶傍晚时分的那一趟班车。甘凉道上的班车三天一发，倘若路上顺利的话，四天之后，才能抵达兰州城下。

果然，东校场内外早就热闹成了一锅粥，除了身穿制服的官兵们，除了飞奔的骏马以外，更多的则是凉州子弟。实际上，这一天也是军地双方的联谊日，秋季募兵在即，所以军部调来了两个骑兵连公开演武，策动人心，场面自然不会冷清。沈阁兰踅进了看台，挑了一个阴凉的位置，搁下小皮箱，迅速被卷入了喧哗与喝彩的声浪当中，情绪一下子给点燃了。不错，眼前的这一幕，不就是北平城里的大运动会么，野蛮体魄，倡导合作，精诚友爱，沈阁兰对此并不陌生，她也曾经参与过几次，全凭的是嗓子，而不是腿脚。视野中，校场上的主角却不是熟悉的青年伙伴，而是骏马，是一团团肌肉疙瘩里爆发出来的疯狂力量，是飞沙走石的速度，是闪电与霹雳。沈阁兰从来也没见过如此优美的马群，一圈又一圈地奔行不止，仿佛传说中的凉州天马。此刻，乃是两个骑兵连的最后一轮竞赛，决胜局，所以双方派出了最强的阵容，而沈阁兰看好的则是那一匹白马，因为它跟自己的遮阳帽颜色一致。这么着，沈阁兰将两手箍成了喇叭状，一边跺脚，一边狂喊道：白马，白马，白马。

这时候，一名身穿汗褡的青年军官跑了过来，在沈阁兰的跟前支起一个方凳，摆上了瓷碗和琥珀色的饮料，并绍介说，此乃长官大人相赠的杏皮水，河西特有的土产，小心别喊干了嗓子。长官大人，他在哪儿呀？沈阁兰顺着对方指示的方向，瞥见在斜对过的凉棚下，端坐着一位戴石头镜的中年汉子，虽然不穿军装，但虎虎生威，煞有气派，果然印证了驿馆老板的说法，主子，楚霸王，土皇帝。沈阁兰忙道了谢，随口问对方的名字与职务，获知答案后，开心地说：呵呵，你叫马超？一个小小的副官，你也敢叫西凉马超？对方赧然道：重名罢了，我给人家提鞋也不配，小姐你慢用吧。

一碗冰凉的杏皮水下肚后，沈阁兰畅快极了，舌下生津，气息贯通，双手又箍成了喇叭状，拼命地喊叫起来，全然丧失了女学生应有的那种文静与高傲。不出所料，白马争得了冠军，在沸腾的掌声和嗖哨中，马超牵住了缰绳，将其带到了长官大人的跟前。马首上立刻披挂了一朵绸子结成的大红花，以示嘉奖；长官大人当即宣布收归己有，绝无二话。天气太大了，燃烧的空气令人烧心呛肺，演武大赛很快就结束了，两个骑兵连和凉州子弟们迅如一道洪水，眨眼之间便撤离得一干二净，只留下了那个拎着小皮箱的女学生。

沈阁兰知道，这是最后一次机会，假如没有结果，她此生将再也不会踏进凉州，出现在河西一带了。但是，就在沈阁兰迈开第一步的时候，灾难等着她，陷阱等着她，悲剧也在等着她，此后的经历犹如一场噩梦，令其生不如死，变成了一只待宰的羔羊。

照样是行礼如仪，沈阁兰摘下帽子，认真地鞠了一个九十度的躬，连称打扰了，对不起。石头镜子很夸张，几乎遮住了长官大人的半张脸，剩下的部分，则完全被胡须占据了，一半油亮，一半发白，让她难以猜出对方的真实年龄。茶色的石头眼镜，沈阁兰从镜面上发现了两个缩小的自己，一个畏惧不安，另一个手脚局促，似乎在参加面试一般。忐忑道：阁下，学生沈阁兰唐突而来，现有一事相求，恳请你谅解了我的无礼吧。半响后，马长官突然一拍桌子，声如洪钟地说：对了，来了你这样一位北平城的女公子，女诸葛，我干么要折磨个家，难为自己的脑袋呀？快坐，坐下来我再请教你这个女秀才吧。沈阁兰执拗地站着，个子高高挑挑的，又漂亮，又大方，浑身散发出一种说不出来的文明气息。见客人相当拘束，马长官便也不再强求，嘻然道：呵呵，这匹白马在女公子你的襄助下得了冠军，我现在将它收在了个人名下，你既然已经帮了，那就干脆帮到底吧！你给它起个像样的名字，我以后也好称呼它。原来如此，沈阁兰登时轻松了不少，抬手抚摸了一番白马的颈鬃，发现它纯白如雪，几无一根杂毛，当即脱口说：银子，就叫银子吧。

先是旁边的马超竖起了大拇指，予以首肯。紧接着，马长官又拍了桌子，赞赏道：不错不错，秀才毕竟是秀才，这么难肠的事，她竟然用一句话就给解决了；银子好，雪花银的颜色，以后干脆就叫银子吧。原来，这是一匹三岁的儿马，不久前被驯服了野性，纳入了骑兵连，刚才的一系列突出表现，让马长官立刻相中了它，当了一回伯乐。也许，正是因为这种意料之外的宽松气氛，让沈阁兰忽然忘形了，掂量不住个人的斤两，言辞放肆开来，诘问道：咦，原来阁下喜欢收集马匹呀？对方笑说：的确，在下姓了一辈子的马，平生也没有别的喜好，就热衷于收集良马神骏；我还建了一座专门的马厩，现在大概有了六七十匹，我视若兄弟，一点也不敢马虎。沈阁兰板正了表情，又道：这就对上号了，难怪北平的报章上讽刺说，军阀一般都有收藏的癖好，比如收集地盘，比如收集女人，比如收集枪支大炮，比如收集信徒和喽啰，你却不一样，原来你在凉州专门收集马匹呀。马长官被一口杏皮水呛住了，拿起手巾，擦拭着前襟上的水渍，苦笑道：女公子，你似乎对"军阀"这个词很厌恶，那你说说看，你对军阀又知道多少呢？这一刻，沈阁兰真是不知天高地厚，再次引用了报章上的话，答复说：军阀者，华夏之公敌，共和之梅毒，五族之仇雠；而今世界乃是文明当道，中国一日不解除军阀之心患，则天下一日不安宁，长此以往，势必将国家支离，山河瓦裂，看不见任何未来之希望。马长官摇头苦笑，耐下性子释解说：女公子，既然你来到了凉州，那就是在下的客人，军部的朋友，我高兴还来不及呢；你不妨多住一些时日，我让你瞧瞧，凉州并不是你方才痛斥的那样。

吊诡的是，沈阁兰竟然也忘了此行的目的，未曾打问哥哥沈容的下落。

相反，沈阁兰却突兀地提出，她想骑着这一匹银子，在校场上跑几圈，因为这是她第一次骑马，机会难得。马超面呈怒色，刚打算呵斥时，却见马长官摆了摆手，递了一个特殊的眼色，例外允许了。这么着，马超当即会意，一个蹦子跃上了马背，一手勒住缰绳，另一只手拽住沈阁兰，将她揽了上去，安顿在了自己身后。

下半天开始了，日头喷溅着炭火，整个校场上犹如窑炉。沈阁兰搂住马超的肩胛，疯狂地兜了十几圈子，迎面而来的火风险些将她掀下马背，只得咬牙硬扛着。这是她自讨的，活该如此。速度太快了，银子的四蹄几乎没有触地，而是踩在空气上，滑向了前方，但马超仍不罢休，还在挥动鞭子，一迭声地咆哮着。沈阁兰真是吓坏了，趴在这名副官的脊背上，颊脸贴住了他湿漉漉的汗褡，感觉那些汗水就像铁匠铺子里烧红的铁汁，粘连着皮肉，撕心裂肺。拐至弯道的那一霎，银子放缓了步伐，沈阁兰睁开眼睛，蓦地惨叫了一声：血！你流血了，马超你停下，你脊背上全是血。

马超挽住缰绳，跳下了马脊，突然瞭见凉棚下的马长官一脚踢翻了桌子，扬长而去。

沈阁兰并不清楚这一幕愤怒的根由，只是盯住了副官，催促他赶紧查看一下伤情。马超除下了血水淋漓的汗褡，露出了疙瘩状的肌肉，伸手在脊背上抠了一阵子，却并无异常。这时候，沈阁兰的表情一蹙，这才发现祸首原来是自己，鼻血一直汹涌着，不光衣服和胳膊上黏糊糊的，胯下的马背上也是血水沉积，混合着汗液，令人错愕。白马不是银子了，或者说，银子也不是白马，这个糟糕的局面如此不堪，简直无法收场。沈阁兰害怕血，害怕极了，忽然间一阵晕眩，身体趔趄了几下，便头重脚轻地栽了下去，幸亏被一双有力的胳膊环住了，不曾跌倒在地。

半晌后，沈阁兰从马长官的那只椅子上慢慢醒来，发现除了副官之外，整个偌大的校场上空空荡荡，再无旁人。马超撕碎了汗褡，在饮牲口的水缸里淘洗干净，先搓了两根小布条，塞住了女学生的鼻孔，又蘸上清水，替她擦洗了颊脸和手臂，这才蹲下来歇息。河西的天气一贯如此，哪怕太阳再酷烈，只要有一坨阴凉，人也就清静了许多。但是，这一匹站在凉棚外的白马，在日光的炙烤下，咴咴地嘶叫着，汗水羼杂着滞留于脊背上的血液，顺着毛发，滴答在了地上，殷红一片，犹如传说中的汗血宝马。沈阁兰脸色煞白，央求副官去照顾一下银子，别那么暴晒了，赶紧将它牵进棚子里吧。岂料，催促了好几次，马超突然动怒了：不必，这家伙已经废了，以后发配到马车班去拉货吧，能饶它一命，便是它的造化。沈阁兰不解道：怎么了呀，它难道不是冠军么？你主子刚才还给它戴了大红花，当众嘉奖了它呢。马超恶狠狠地说：小姐，北平城的小姐，这要问你，全是你造的孽。

彼此置了气，互不言语，最后还是马超开了腔：女公子，我家主子有一个习惯，别人动过的东西，他绝不会再碰，不管是骏马，还是一碗茶。沈阁兰疑惧道：可是，刚才是他允许的，他完全可以拒绝我呀？哎哟，我还以为自己替白马起了一个漂亮的名字，他在奖赏我呐。马超释解说：尤其是女人不能碰，这是个禁忌；马长官虽然为你破了例，但也没让你将不洁之物洒在马身上，所以它彻底报废了。原来如此。沈阁兰讥讽道：哼！这恐怕就是军阀的说辞。如今海内提倡男女平等，开文明之风，不能因为我的这一点点过失，就迁怒于银子，将它打入冷宫吧？马超苦笑说：女公子，你别再夸夸其谈了！这是战争，一旦上了战场，人是机器，马也是机器，机关枪和大炮照样是机器，不讲点迷信的话，这些机器便无法发动，也运转不灵，我们以前吃过这样的亏，所以马长官格外敏感。这一刻，沈阁兰忽然横下心来，哀恳地说：西凉马超，你帮我一个忙吧，你带我去军部，我欠马长官一个道歉。

蹴在了阴凉下，马超仍在冒汗，汗水像一堆蚯蚓似的，挂在他赤裸的脊背上，仿若一尊黝黑的塑像。沈阁兰嗅闻到了一种雄性的气息，却也一再忽视了对方的暗示与善意，进而错失了这个逃离凉州的时刻，机会不再。女公子，沈容是你什么人？探问道。沈阁兰一怔：

家兄，他是我唯一的亲人，也是我此行的目的，你怎么知道这个名字？马超相告说：啧啧，你在新城大营门口站了这么些天，不想知道你也很难；不过我奉劝你一句，三十六计，走为上策，凉州根本没有答案，凉州最终也会让你失望的。沈阁兰似乎觅见了一线希望，因笑道：哎呀，你这是代表凉州说话呢，还是在以军方的身份驱逐我？我本来打算今晚上离开，但现在突然改了主意，我要去见马长官一面，还请西凉马超给个方便如何？马超沉吟片刻，苦涩地说：沈小姐，你们北平城大呀，还是凉州的地界大？你不应该在涝坝池子里逗留，你的天地在外边。答复道：别紧张，我只是进去说一声道歉，说完就走，其实我对凉州没有好感，更谈不上留恋。言毕，沈阁兰伸出手，将对方拉拽了起来，双方差点撞了个满怀。

傍晚时分，头戴遮阳帽的女学生骑在白马上，进入了军部，牵马之人竟然是马超，这让新城大营的官兵们大惊失色。谁都知道，一个马超，一个马乙麻，乃是长官大人的左膀右臂。况且从根脉上来讲，马超无疑更亲近一些，属于堂兄弟。

一入军门深似海。此后的三个月，沈阁兰被圈禁在一座单门独院里，熬过了整个夏天。

开头的十天半月，沈阁兰真是彻底错乱了，哭过，喊过，叫过，拔过自己的头发，打碎了不少玻璃窗，砸烂了碗碟，掀翻了桌案，甚至还撞过墙，绝过食，一下子消瘦了许多。但是，这些反抗与咆哮，就像撒出去的一把沙子，在凉州的天际下寂寂无声，甚至连高墙一带铁丝网上的麻雀也惊动不了。终于疲沓了，精神不再。就在沈阁兰暗无天日的时候，唯一的联系人马超，居然意外地将白马牵了进来，拴在了院子里，气氛陡然一变。银子，雪花白的银子，状若天马的银子，这是沈阁兰亲口命名的，此刻重逢，不胜有天涯之感。搂住马颈子，沈阁兰哭了一鼻子，又笑了一场子，觉得这个深宅大院不再冷清，也不再难熬，虽然银子不过是一个哑巴朋友，却足以相依为命。在马超手把手的辅导下，沈阁兰很快就学会了上马下马，如何控扼缰绳，如何驱使速度，就连一些带有浓重河州方言的口令也悉数掌握了，学得惟妙惟肖。刚开始，银子是碎步，沈阁兰斗胆在院子里跑上三四圈；渐渐地便习惯了撒野，她直接扔掉了缰绳，悬在马背上，如同一只拨浪鼓那样摇曳，竟也甩不下来。为此，马超不吝辞藻，夸奖沈阁兰有慧根，银子也许真是跟她有缘，彼此互通性情，莫逆不已。一人，一骑，在这种令人发指的单调中，沈阁兰仰看着来自北方的一群群候鸟，飞掠了凉州，跨越了祁连山，正在大规模地迁徙。秋天开始了，日子也短了。

四周的院墙厚重而高耸，墙脊上栽满了带刺的铁丝网，还悬挂着一只只铃铛。每日五次，墙外总会传来换岗的口令，偶尔还有几条狼狗，吠叫声明晃晃的，比尖牙利齿更为恐怖。院子里的设施十分齐备，除了卧房、客厅、盥洗室、浴室、灶房、马厩、饲料棚和水房之外，另有一间单独的阅读室，只可惜架子上摆放的那些书籍，并不曾引起沈阁兰的兴趣。至于一日三餐，每到军号吹响后，森严的院门便准时打开，马超拎着食盒入内，将饭食逐一摆在桌案上，或者肃立一旁，或者陪她搛上一两筷子，闲章几句，最后收拾干净就走了。渐渐地，马超发现了客人的特点，她对瓜果之类的充满了空前的热情，好在河西境内盛产此物，这一阶段又是旺季，根本不必发愁。一入秋，早晚寒凉，沈阁兰带来的衣服明显不够，但这也难不倒聪明的副官。马超偷偷拿走了一件晾晒的衣服，特地跑了一趟兰州城，照着尺码，采购来了两箱子秋装。沈阁兰简直乐坏了，逐个试了一遍，不论是花色、款式与尺寸，就像是专门为她定做的，况且一点也不土气，兰州城的档次并不比北平差。不过，抱着这些新衣服，沈阁兰的喜悦戛然而止，悲哀却日渐深重。她显然嗅见了一种不祥的气息，这个秋天无情也无义，那一扇院门或许已经锈死了。

西凉马超，每次称呼对方时，沈阁兰总会发现他脸一红，头一低，带着罕见的羞涩，完全不像一名青年军官。马超什么都好，有求必应，有问必答，但是只在一件事情上却讳莫如深，嘴上贴满了封条。不，其实马超开了腔，也答复了，可每次都是那一句车轱辘话，马长官率部开赴北疆，这是例行军演，恕不奉告。后来又称，秋季演习开始了，马长官在北疆坐镇，一切都属于军事机密，还请多多谅解。沈阁兰很清楚，如果不是军阀头子亲自下令，她自己断不至于失去自由，被囚禁在这么一所庭院里，长达三四个月。副官不过是跑腿的，奉命行事罢了，沈阁兰在屡次询问无果后，便也不再为难马超。剔除了这个心结，双方的交流随意了许多，有时候还会开一些玩笑，尽兴而归。

忽一日，马超在离开前，犹豫了半晌，相告说：我有紧急军务在身，大概要离开十天半月左右，你自己多多保重。沈阁兰登时慌了，感觉将要失去这一根拐杖，从此没了依靠，询问之下，这才得知马超要押解一批军饷前往祁连山防区，代表最高长官去劳军，再迟的话，恐怕将大雪封山。见对方不舍，马超突然握住了沈阁兰的手，羞赧地说：你记住，我走了之后，接替我的人叫马乙麻，不管他怎么套你的话，你既不要说是，也不要说否，你尽量拖住他，务必要等我回来。这是重话，傻瓜也能听得懂，沈阁兰忙问此人是谁。马超简略地说：呸，他不是人，他就是一条蛇蝎，一头恶狼，整个新城大营都被他玩于股掌之间，包括马长官在内，根本就不是他的对手，所以我担心你也会上当受骗。沈阁兰频频点头，答应照办，眼角上挂满了泪滴。马超唏嘘道：哎呀，只可惜刘北楼不在，他去了临潼前线，他要是在的话，那我可就放心了。刘北楼，此乃沈阁兰第一次闻听这个名字。

不巧，窗外传来了上操的军号声，又唯恐隔墙有耳，不宜多言，马超松开了对方的手，掉头欲走。沈阁兰忽然冲动起来，觉得这是死生一刻，扑将上去，抱住了马超的脊背，嘤嘤而泣。马超静默不动，半晌后，他才挣脱了这种束缚，在外面将房门掩上了。

缘于西凉马超的嘱托，沈阁兰从一开始，便对特务头子马乙麻充满了敌意。

表面上看，马乙麻绝非蛇蝎之人、恶狼之辈，既不是凶神恶煞，也没有青面獠牙，顶多就算一个笑面虎吧。接替了马超，马乙麻仍旧按部就班，踩着军营里的号声，拎着食盒进门，款款地摆放在桌案上，而后笑眯眯地盯望着客人用餐，话不多，有时候甚至连一句话也不讲。秋深了，贴膘的季节到了，这时候的饭食以牛羊肉为主。沈阁兰为了防止自己乱说话，便打定主意先吃饱喝足，提前攒够反抗的力气，所以也就不顾吃相，大口咀嚼，往往杯盘皆空，饱嗝声不断。双方在暗中较劲，却也保持着一份必要的体面，这一个敬礼，另一个鞠躬，再无其他过多的交流。那一日寒潮来袭，气温突降，马乙麻收拾完食盒，并没有离开的意思，而是讲解了一番国内局势，战争的进展，新城大营的概况，以及军部的举足轻重，等等。最后归结为一点，国家正在用人之际，有为青年纷纷投笔从戎，为民国而战，为共和献身，期盼沈小姐积极响应，不要错失了这个难得的机会。言毕，马乙麻从门外拎进来一个精致的箱子，打开后，捧出了一套崭新的军装，依次将上衣、裤子、军帽和皮靴搁在桌子上，绍介再三。沈阁兰被这一举止惊呆了，彻底忘记了西凉马超的叮嘱，雀跃地说：

"阁下，这是邀请我参加革命么？"

"沈小姐，不，现在你应该是一名少尉，革命征召你，国家也迫切需要你。"

"啊，国家需要我？我还是少尉？"

喜悦道。

"不错，只要现在穿上它，你就是革命的一分子。"

"阁下，我不是在做梦吧？哎哟，怎么会这样？我在北平的时候也递交过几次申请书，要么被驳回，要么就没有了下文，凉州竟然如此善待我，猜中了我的心思。"往事般般，忆想起当年的同窗们群情激昂，为了中国的明天而呼号、而请战、而咬指血书、而奔赴前线，沈阁兰本来愧疚丛生，为她的自私与狭隘汗颜不已。好吧，失之东隅，收之桑榆，连她自己也未曾料到，当初鸡飞蛋打、灰心丧气的一切，此刻在荒凉的西北腹地，在祁连山下的古老凉州，在眼前的军营里，居然一梦成真，变作了现实。沈阁兰瞧见对方频频点头，颤抖地说："阁下，我真的够格么？我一不会开枪，二不会打仗，我最近才学会了骑马呀？"

"坦率地说吧，军部已经派员去过北平城，调查过你了。"

"调查我？"

"是的，你的经历很单纯，背景也并不复杂，学生出身，在学校期间不属于激进分子、狂热之徒，这一点尤其重要。"马乙麻最后从箱子里取出来一双白雪雪的手套，搁在桌子上，叮嘱说，"你先适应几天，等习惯了这一身戎装后，我再带你去觐见长官大人，宣誓效忠，然后开始工作。"

"我具体干什么呀？还请阁下明示。"

"副官。也就是说，任命你为马长官的机要秘书。"

"那西凉马超呢？他不就是副官么？他天天干一些鸡毛蒜皮的杂事，根本不像个军人，既不上前线，也没见他负过伤，一个用人罢了。"沈阁兰惦记着这名青年军官，念及了他的种种好，笃定地说，"不，我不能拆台，副官还是马超的，我可不想恩将仇报。"

"分工不同，他负责军务，而你则是贴身的，专门照顾长官的日常生活。"

"呵呵，好一个贴身！"

沈阁兰不由得失笑开来。

"沈小姐，这可是长官垂青于你，对你另眼相看呀。实话说，你初来乍到，又在凉州举目无亲，如果能攀上了他这一根高枝，抱住他这一棵大树，又何愁将来的前程呢？当年花木兰，今日沈阁兰，说不定二位还能成就一段佳话，为世人所传颂呐。"实际上，身为特务头子，此乃马乙麻平生所干的最棘手、最难堪的一桩事情，却又不得不如履薄冰，一手蜜糖，一手毒药，尽力拿捏着分寸，以免惹恼了对方，坏了大事。又道："唉！这一门人也真是不容易，血里来，火里去，凭借着老先人马安良跟随左宗棠大帅平定西北，立下了赫赫战功，这才有了今天的地盘与实力，所以陇上名人王陶撰写了一副名联《赠马提帅安良》，称颂其'巩固国家，唯我军魂；震慑西北，敢拜老成'。马廷勷长官身为安良大人的三儿子，早年间也曾在北平城的总统府任职，担任过袁世凯大总统的侍卫武官，授陆军少将军衔，他至今仍然对那一段生活留恋不已。可巧了，那一天在东校场上，你沈阁兰一开口，他便听出了你的北平口音，一眼就相中了你。"

"所以，我毫无寸尺军功，居然还能一飞冲天，担任军部的少尉？"

"战争时期，自然有特殊的方式，这个并不奇怪。"

"喂，你有香烟么？"

这一刻，沈阁兰忽然伸出了手，索要烟卷。马乙麻简直惊掉了下巴，还以为自己听错了，慌忙从身上掏出来烟盒与洋火，推了过去。沈阁兰叼上一支，点燃后，一股烟雾泻出了嘴角，又被鼻孔吸入进去，显得老练极了。喷吐了一阵子，沈阁兰辩解说：

"大脚丫子大烟袋，大白屁股大锅盖。呵呵，我是东北满人，我就喜欢这一口。"

"喜欢就好，卑职可以长期供货。"

其实，掩饰是徒劳的，哪怕是云遮雾绕，避重就轻，这逃不过马乙麻的眼睛。

"阁下，我想请教你一件事？"

"不敢。"

"革命需要小老婆么？我指的是你们所谓的革命，可不是当前的中国。"沈阁兰又抽出来一支烟卷，娴熟地续上了，吧嗒着，"说什么少尉，其实就是逼迫我做小，当小老婆罢了。"

"沈小姐，你太直率了。"

"呵呵，难道这套军服，就是新城大营的聘礼？少尉军官，就是你们主子抛来的诱饵？这一座守卫森严的宅院，将来就是万恶的军阀金屋藏娇的囚笼？"沈阁兰掐灭了烟头，踩上几脚，认真地鞠了一躬，"抱歉，这个月老的身份，阁下你恐怕是不能交差了，恕不相送。"

马乙麻咳嗽了起来，倒也不是被烟雾所呛，直觉得这个北平城来的女学生属于硬茬子，浑身长满了尖刺，还得徐徐图之。这么着，马乙麻在临走之前，抛出了一记撒手锏：

"沈小姐，沈容是你什么人？"

"阁下的意思是？"

究问道。

"是这，在马长官的亲自安排下，这个叫沈容的人渐渐有了一点点眉目，但是很棘手，毕竟时间过去太久了，查找起来相当地困难。呃，这几个月真是委屈了你，不敢告诉你详情，但是整个军部都在奉命行事，一刻也没有消停过，还望你宽谅。"

"我哥哥还活着？他还在凉州么？"

沈阁兰忽然软在了地上，喜极而泣。

　　"不，目前刚刚发现了一点有价值的线索，生死尚且不知，这个谁也没有把握。不过呢，你最好天天祈祷一下吧，祈祷也许管用。"

　　出了门，马乙麻蓦地止步，站在空旷的院子里，仰看着铅灰色的云团，突然伤感了起来。此刻，一只老鹰挂在天坑深处，不动，也不摇，犹如一滴墨汁似的，突兀而孤独。这让马乙麻想起了沈阁兰的处境，这个孤身犯险、沦入囹圄的女学生，又何尝不是这样呢？起初，按照设计好的方案，第一步便是熬鹰，将沈阁兰圈禁在这个僻静的所在，与世隔绝，磨灭她的性情，浇熄她的怒火，打掉她浑身的棱角，待其服帖下来后，一切也就迎刃而解了。紧接着，马长官将得偿所愿，顺利地纳上一房年轻的太太，龙心大悦，论功行赏，他马乙麻自然是头功一件。却不承想，刚才把话说开之后，这个聪颖的女学生反应之激烈，言辞之刻薄，实在是出乎马乙麻的预料。熬吧，继续熬，祁连山里的那些土著居民，连天上的金刚老鹰也能熬垮，马乙麻偏就不信，他自己会折戟于沈阁兰这一棵牡丹树下。再者，马超已经被支走了，倘若不趁着这个机会抢先得手，磨磨蹭蹭的，等那个狡黠的对手回来后，一个油馍馍分着吃，一根骨头两个人啃，岂不是索然无味么。实际上，伤感绝不是特务头子的本性，马乙麻在这时候的情绪，应该是月老的迫切、媒婆子的焦虑，虽然在迎娶的那一天，他表面上只能获得一双羊毛袜子的酬谢。

　　但是，气候渐渐地寒凉了，这并不是剪羊毛的季节，因为天意难问。

　　马超提前回来了，暨入了院子，拎着一只背篓，里面装满了祁连山里的野果子。夜饭已毕，天色一派昏暝，马超打算给对方一个惊喜，遂踮起了脚尖，趴在窗台上朝里头打望。这日傍晚，也不知道怎么了，沈阁兰忽然起心动念，盯住搁在桌案上的那一套军服，第一次伸出手，并迅速穿在了身上。没错，这一定是他们偷走了旧衣服的尺寸，按照沈阁兰的身材定制的，肩是肩，腰是腰，就连那一双锃亮的靴子也格外合脚，踱上几步，脚下的地砖在嗡嗡作响，煞有气派。马超瞭看过去时，沈阁兰刚刚戴上了军帽，正在墙上悬挂的一块水银镜子前欣赏自己，一边立正，一边频频敬礼，笑声不断。沈阁兰也未曾料到，在北平城里求之不得的从军之事，竟然在荒天远地的凉州，人家乖乖地送上了门来，还让她一举成了少尉军官，简直太匪夷所思了。呵呵，真是应了那一句老话，人靠衣装，佛靠金装，所谓的投笔从戎，说到底就是这样一件笔挺的制服，撑起了每个军人的门面；但沈阁兰穿的却是呢子，少尉的门面，这足以让她万般欣喜，恨不能一口气跑进北平城，站在当年的校园中，晓谕众人，煊赫一时。窗外，马超也是屏住了呼吸，出神地盯望着沈阁兰俊俏的身影，在这座完全充斥着男性气息的军营里，如此的曲线，如此的妩媚，不啻于一场深夜的沙暴，迎面袭来。不过，墙外的军号声响起来了，马超跌回到了现实当中，冷不丁地思索开来，觉得那一件女式军装甚为可疑，他突然间踢翻了背篓，急速入内。

祁连山的野果子滚落一地，靴子踩踏过后，原来是黑皮红心的，汁水饱满。

你回来了，西凉马超回来了？乍见对方，沈阁兰一面欣喜，一面尴尬地敬礼。马超黑着脸，当即使出了一记格斗术，扣住沈阁兰的腕子，将其抵在了墙壁上，另一只手粗暴地去解纽扣。沈阁兰慌了，刚要呵斥时，咽喉一麻，突然失了声，只能听凭摆布。马超解开那一排扣子，强行除下军装，发现沈阁兰身上只剩下了一件单薄的内衣，胸乳半裸，胳膊也精赤溜光的，遂赶紧将目光瞥开。出于尊重，马超吹灭了几盏灯台，但内里的愤怒与怨怼，显然不可能一下子排解干净。

此刻，铁石一般的黑暗包围着他们，喘息声彼此可闻，一个是因为害怕，另一个却是仇恨使然。马超恍悟了，立刻猜出了这是谁干的，这也就是他被支走的真正原因吧，但仍旧不甘心，必须耳听为真：沈小姐，这件老虎皮是怎么来的？你实话让我知道，这可不是儿戏，它关乎你的生死呀。这个关节上，隐瞒和羞涩形如犯罪，凭着这几个月以来的信任，沈阁兰坦率至极，将马乙麻前来征召自己入伍的那一幕悉数道出，不留死角。听罢这些，马超几乎气炸了，从腰间拔出来一把明晃晃的匕首，连戳带刺，将那一件军衣和军帽撕成碎片，踩在了脚下。然而，愤怒一直蔓延着，不肯熄灭，马超切齿地说：

"这个老牲口，我在东校场的那一天，就发现他盯上了你的身子。"

"你也是帮凶，你当时说白马被废了，让我误以为欠一个道歉。"

"不，我不是帮凶，我发誓不是。"

咆哮道。

"西凉马超，对不起，我害怕，我错怪了你。"黑暗中，沈阁兰突然扑将过来，抱住了对方，颊脸贴在了马超的脊背上，终于寻见了靠山似的，慢慢地不再发抖。半晌后，又呢喃地说："我想回家，我想回北平城去，我不找哥哥了，凉州是我的噩梦，求你帮帮我吧。"

"沈小姐，我要带着你杀出新城大营，哪怕被他们乱枪打死，我也在所不惜。"

"不许你这样讲话，我可不答应。"

沈阁兰滑到了马超面前，伸手堵住了他的嘴。

"呸！大不了我就将这一具热身子变成血身子，交给那个老贼，赎你一个自由罢了。我真是压抑得太久了，老子早就不想干了，为你拼命我值得。"

"西凉马超。"

不待沈阁兰再说什么，马超突然揽住了她的腰身，死死地抱在了怀里，饮泣开来。

胡笳八十八节

熬吧，熬过了一整个冬天，翻过年就进入了四五月间。

军事会议连续开了两天半，最后一场由刘北楼主持，绍介了蒋、桂、冯、阎中原大战的最新情况。散会后，待其他人都走光了，马超在门口迎住了这位政训员，互相捶了一拳，像往日那般亲昵，似乎并不曾分开过。在新城大营内，马超最欣赏的人物就是刘北楼，这不单单是因为刘北楼的谈吐与做派，还有他的军事技能和眼光，无不散发着一种新式军官的魅力，况且行事潇洒，人也长得攒劲，可谓是一介美男子。传闻很多，谁都知道他是马长官特殊引进的栋梁之材，有的说他肄业于黄埔武汉时期，也有人认为他毕业于湖北陆军武备学堂，前些年在兰州军官训练团执掌教鞭，被长官大人赏识之后，花了重金，硬是从马步芳的手上挖到了凉州，成了如今的骨干力量。这不，刚刚在军事会议上，刘北楼又冷不防地丢了一颗炸弹，对凉州的建制大加讥讽，贬低为旧思想作祟，井蛙之见，不足以应对现代战争。刘北楼的原话是这样的：你们在座的诸位口口声声地喊军部，左一声军部，右一声军部，实际上凉州的这个盘子就是一个混成旅，别再打肿脸充胖子了；再说了，咱们手里拿的是什么？是烧火棍，是擀面杖，可蒋介石和冯玉祥的嫡系，扛的则是德意志和日本的机关枪与大炮，凉州用的是四条腿的马，人家却是吃油的卡车；倘若这样继续固步自封下去，再不抓紧进行军事变革的话，我看新城大营迟早也就是别人的囊中之物。这种直肠子的话，自然讨不来掌声，相反却赢得了一大堆冷笑和咳嗽声，马长官率先离席而走，一个字的评价也没有。

一面说笑，一面往营区内走去，相谈甚欢。马超相问说：怎么样,你刚从临潼那边回来,一定馋羊肉了吧,我做东?对方答:岂止是馋,简直就是想疯了!凉州羊肉,天下第一,我估计我现在一顿能吞下去整整一只。于是迅速约定了,就近的哪天,两个人还像往昔里那样,骑马出营,在东郊的沙山一带野餐,砍上一些红柳枝子,来个烤全羊。拐过弯,前头便是那一座守卫森严的别院,马超忽然面露羞涩,坦承道:北楼兄,我告诉你一个秘密,我去年得了一个绰号,旁人根本不知道。咦,什么绰号呀?你看你的脸也红了,就像盖了两坨红印泥,追问道。这么着,年轻的副官眉开眼笑,语带骄傲地说:西凉马超,有个人喊我是西凉马超,一直叫到了现在,这么大的帽子,真让我戴不住呀。刘北楼拍了拍伴当的肩膀,夸赞说:呵呵,西凉马超,锦袍将军,五虎上将之一,这个名号虽然不错,但还是有一点点美中不足呀。瞭见对方巴兮兮的样子,一脸疑问,刘北楼又道:其实,西凉马超早就过时了,尘封了,他是旧兵器时代的英杰,不足挂齿;我更盼望你做一个共和时代的马超,简称就叫共和马超,阁下以为然否?马超喜悦地说:嗯,这个帽子更大了,不过我先试着戴几天吧。

  分手时,两个人又互相捶了一拳,各自西东。盯望着政训员的背影,马超忽然略感遗憾,心中怨怪了一番对方:哎呀,你咋就不问问我,这个西凉马超究竟是谁起的,你也太粗心了!

  快到了别院门口,马超喜从中来,一边吹口哨,一边掸净了身上的灰尘,俯下身去,用一块手巾擦了擦鞋面。不料,刚要抬腿进门,左右两侧的卫兵突然卸下肩上的长枪,用枪刺对准了马超,喝令他退后,不许靠近。马超头皮一麻,当即拉下了脸,究问是怎么回事。问了许多遍,卫兵们一概不答,马超这才恍然,别院周围的警戒工作,已经被特务组接管了。

  轰的一声,门扇被打开了,里头乱糟糟的,形势骤变。

  先是抬出来了一副担架,沈阁兰仰躺在上面,八成陷入了昏迷,面色煞白,表情扭曲。军医追了出来,将一块毯子盖在了沈阁兰的身上,探了探鼻息,又摸了摸脉搏,催促特务们慢一点,轻一点,赶紧送往医务室紧急抢救。东窗事发了,马超预感到会有这么一天的,本来已经做好了潜逃的准备，却不承想，灾难提前降临，甚至连一声招呼也不打。马超骇然万分，一屁股坐在了墙根下，眺望着远去的担架，心如死灰，内里深处大喊了一声沈小姐。不过，毕竟是儿子娃娃，这个糟糕的念头一闪即逝。马超掏出了手枪，迅速上了膛，拔身而起，打算先劫持了那一副担架，冲出这个该死的军营，至于将来的事情么，只能走一步看一步了。好狗不挡道，可偏偏，正当马超发足狂奔的时候，那两个不知好歹的卫兵追撵过来，刺刀几乎戳在了他的腰上，一时间难以摆脱。生死关头，马超再也顾不得那么多了，只好大开杀戒，左侧放了一枪，右侧也放了一枪，竟然将身后的二人当场击毙，血溅军营。

又跑出了七八米，刚要拐弯，马超蓦地抬头，瞭见马乙麻堵在了眼前。

日光斜下来，打在了马乙麻的颊脸上，一边冷清，另一边红肿不堪，像发糕似的：唉！我倒霉透顶了，我刚才替你挨了几耳光，幸亏三少君没动杀心，否则我现在就是一碟子手抓肉，丢给狗，恐怕狗也要嫌弃。马超想起来了，军事会议开到了半途中，马乙麻仓促离开，显然是接获了什么突发情报，他刚才又去面见了马长官，衔命而来，专为抓捕自己。马超不敢大意，特务头子的狡诈与毒辣，一向令人闻风丧胆，哪怕一个哈欠的工夫，也会被对方钻了空子，于是举枪瞄准了马乙麻，逼问说：你快告诉我，沈小姐她咋了，她到底怎么了？马乙麻活动了一下腮帮子，诡笑道：哎呀，大夫说恐怕是大出血；门口的卫兵听见沈小姐的惨叫后，这才发现她情况不妙，等我赶到时，人已经昏厥了，至于能不能抢救过来，那还在两说。大出血，闻听此言，马超的眼睛里忽然间血光一片，山崩地裂，不由得剧烈发抖，仓皇道：救得，还是救不得？大夫是咋说的么？你快点告诉我，小心老子开枪毙了你！马乙麻摊开两手：太不幸了，沈小姐是个孕妇，她的肚子那么大，如今碰上了这种危险，要么一尸双命，要么留大留小，再或者就是母子平安；我可是个善良的人，当然希望是后一种结果了，这样对你也好。马超噙住了泪水，哽咽地说：天呐，沈小姐她上半天还好端端的，怎么会这样？我真是该死，我该死！马乙麻释解道：我仔细查看了现场，可能是被门槛绊倒的，沈小姐当时应该端着一脸盆水，碰巧了。

至此，马超再也绷不住了，扔掉枪，瘫坐在地上，犹如一头野兽那般，号哭了起来。

马乙麻肯定不会错过这个机会，一脚将手枪踢开，解除了眼前的危险，用皮靴踩在了对方的脊背上，痛斥道：狗东西，没料到你这么个蔫货，竟然干出了惊天的事情，让三少君颜面扫地，气得他正在吐血；杀罪，还是剐罪，你自己挑一个吧。马超哭噎地说：放屁的话，我没干啥，我啥也没干，这是我跟沈小姐你情我愿的，天王老子来了也管不着。马乙麻摇了摇头，忽然使用了一句河州花儿的唱词，诡笑道：嗯，碟碟儿喝水太浅了，难为了急性子的少年！我知道你一直在打光棍，但是就算你憋不住的话，你完全可以去武威城里放一梭子呀；城里头也有青楼，也有窑姐，你糟蹋谁不好，偏偏把沈阁兰的肚子给搞大了。这是侮辱，马超一下子被激怒了，咆哮道：日你妈的！你杀我剐我都可以，但沈小姐的名字干干净净的，你的狗嘴里最好别提她，小心我要了你的命。马乙麻见识过不少败将，但是从来也没见过如此犟嘴的家伙，痛斥道：干净？沈阁兰还算干净么？你个叫驴，你把一个好好的黄花闺女，一个女学生，如今变成了妇人、婊子和娼妓，你的脖子里已经套上了绞索，你就等着送命吧！话音未毕，马乙麻突然发现，对方的手中握着一把左轮枪，再次瞄准了他。

实际上，刚才的那两声枪响，已经引起了整个军营的哗然，包括宪兵队、内卫大队和特务组的枪手们，已经占据了各个制高点，锁定了马超这个目标。日光下，那两具尸骸横陈于地，血水横流，假如不出意外的话，第三具也很快就要躺下了。

马乙麻仰首，盯望着凉州的天空，忽然掏出了肺腑：老伙计，我喊你一声老伙计吧，你枪杀了两个自己人倒也罢了，也许还能寻见一个托词，免除了死罪，但你千错万错，不该日弄了沈小姐这个客人，你犯了大忌，你居然动了太岁爷头上的土，那可就麻烦大了。马超惨笑道：哼！我知道三少君的脾气，不管是吃的、穿的、用的、耍的、还是女人和枪械，只要是旁人碰过的，他绝不会再动一指头。但是你们也别忘了，沈小姐是一个自由身，文明青年，她不甘心去做长官大人户头上的姨太太，我喜欢她，她也中意我，这就足够了。马乙麻怅然地说：的确，话可以这讲，但你身为属下，却掂不住个人的斤两，一再胆大妄为，一再偷鸡摸狗，比如这次你去了一趟祁连山押运军饷，你还干了什么？马超陡然一惊，辩白道：呃，那不过是在公务之余，我顺便替沈小姐打听一下她哥哥的下落；我可并没有触犯军纪，况且也毫无结果，我根本没找见那个叫沈容的人，我起誓。马乙麻冷笑开来：老伙计，你可太不实诚了，你不像个军人，你也没有儿子娃娃的肝胆；也罢，既然你守口如瓶，那我只好去问问沈小姐了，沈小姐不愧是一位高材生，她留下的日记本相当详细，那里面肯定少不了你的献媚和心机，我得仔细拜读拜读。

无疑，沈小姐的日记本，成了压死骆驼的最后一根稻草。马超当即一怔，绝望地瞥了一眼医务室的方向，突然抬手，将枪口顶在了自己的下颌上，扣动了扳机。诡谲的是，左轮手枪并没有响，传来的却是马超的一声嚎叫，因为一群士兵飞奔而来，迅速擒获了他。

将近有一个多月，新城大营的气氛外松内紧，室碍难明，陷入到了种种的猜测与流言当中，一时间军心不稳，官兵涣散。按着惯例，这时候就必须祭刀，只有人头落地，血溅五尺，才能驱散笼罩在军营头上的这一团阴霾，将这一桩丑闻涤荡干净。渐渐地，权威的声音出现了，据称来自马长官官邸，指斥马超忘恩负义，狼子野心，在近一两年的时间内，勾结祁连山里的土匪武装，盗窃军火，私印通关证照，于事情败露之后，公然枪杀两名卫兵，后自杀未遂，令人痛心与不齿。紧接着，又放出来了另一种口风，称马长官气得开始吃药了，毕竟也是一根藤蔓上的瓜，他实在不忍心将堂弟送上军事法庭，最后押赴刑场。后来，事情最终明朗化了，马长官决定用家法解决，而不是诉诸法庭，首先征得了死者亲属的谅解，赔付了一大笔抚恤金，而后削除了马超的军籍，逐出凉州界，勒令其回乡务农，永不叙用。

自始至终，这一桩枪杀事件严格保密，封闭在了新城大营内部，外界根本无从知晓。至于那一副担架抬出来的北平城的女学生，在巨大的血腥与惊恐之下，反而鲜有人提及，似乎那不过是事发当日的一个巧合，一幕插曲。

不久后，也就是小暑节气之前，行动开始了。

军部派出了一辆卡车，要将马超押解出境，首先翻越乌鞘岭，而后在平番县附近予以释放，随他自生自灭去吧。念在过去的交情上，刘北楼征得了长官的首肯，又游说了马乙麻，这才坐进了驾驶楼子里。其实，马乙麻先前不同意，后来一想，刘北楼又不姓马，在新城大营里是一个异数，人畜无害，也就卖给他这个面子。殊不知，这个无意之举，竟然拉开了此后更为血雨腥风的一幕，几乎将整个军部席卷了进去，拖入泥潭。

在官兵们的注视下，马超被扔在了帆布篷子下的车厢内，身上捆绑着绳子，颊脸上挂着一股子眼泪。借此，马长官赢得了好名声，马超捡了一条命，新城大营的军纪也得到了整肃，一切都看似过去了。卡车驶出了南门，一路东行，约摸在太阳落山的时候，抵达了黄羊镇，开进了祁连山脚下的一个骑兵连驻地，熄火吃饭。

天色昏暗了下来，马超刚吃了一半，饭碗就被夺走了，士兵们不仅给他扎了绳子，五花大绑，还上了脚镣，将其强行拖进了一座灯火如昼的饲料库房。马乙麻正在跟刘北楼交头接耳，传达了马长官的意思，让他担任监斩官，不得推辞，后者意欲辩解，忽然闻听到了门口的脚镣声，便知道一切已晚，终究成了死局。马超沉重地过来了，发现刘北楼躲闪的目光后，更加确信了自己的猜测，嘴角一扬，率先笑出了声。实际上，马超也决定引颈就勠，赔上这一具热身子，毕竟枪杀了两人，主子能放过他，但天意绝不会纵容罪恶，对他网开一面。

这时候，马超的喜悦真诚而坦率，一再告慰自己，天可怜见，沈小姐真是命好，这下子有救了，只要刘北楼在场，接下来自己所说的每一句话，每一颗字，他一定会种在心上，有所动作的。一种空前的宽释感降临了，马超忽然觉得死不过是另一扇门，推开，走掉，被埋在这个夏夜的山脚下，其实也还不错。这么着，马超叼住了马乙麻递来的一根烟，抱怨道：

"你太心急了，我还没吃完那一碗辞阳饭，简直亏待了肚子。"

"不必了，等一下你就不饿了。"

"哎呀，我本来以为这最后一顿饭，你会请我吃烤全羊，比如去东郊沙山的泥泉子，拔来一些红柳枝子，这样烤出来的羊肉最香，只可惜我现在没这个福分了。"

烟灭了，马乙麻喂过来一根洋火，点着后，蔼然地说：

"你有什么想托付的？尽管吱声，我一定会帮你。"

"对了，我还真有一件要紧事，请你帮帮沈小姐呐。"马超吸了一口烟，忆想地说，"大概在两个月前吧，沈小姐写了一大堆信，我进城的时候全部邮寄了出去，她叮嘱我留个意，一旦有回信的话，务必要赶紧交给她，别给耽误了。"

"你说什么？你说沈小姐居然跟外界有过联系？她写过一大堆信，被你给寄走的？你难道忘了三少君的话，忘了对她的封锁令么？"

"沈小姐跟昔日的同窗们联系，这也是人之常情，有何不可？"

"等等，你帮我回忆一下那些地址。"

"啊啧啧，这怎么可能呀！两个月前的事情了，我可没那么好的脑子。"马超咂巴着烟卷，料定沈阁兰可以继续活下去了；这最后一击，乃是他深思熟虑之后的计策，抓住了马长官的软肋，扣准了三少君的死穴，绝对能让那个军阀头子坐卧不宁、噩梦连连。又忽然道："印象不太深，我大概记得那些信皮子上有政府部门，有学校，有报馆，也有军队和私宅，寄往了天南地北。我以前就听沈小姐讲过，她那些同学的家世和背景都很厉害，毕业以后，干啥的都有，大家都对她很不错，估计那些信的内容，不外乎是想报个平安吧。"

"回信的地址是军部么？"

"对，我让她这么写的，地址就是新城大营。"

确认道。

"马超，你这是扇了我特务组的脸，你干么一直要跟我对着干呢？"发怒已经没有必要了，在马乙麻的眼中，对方马上就要死了，但在他临死之前，再追补一刀，这口郁闷之气才能真正地化解。于是，马乙麻诡笑说："喂，你干么不托付我敦煌方面的那件事呢？"

"敦煌？你想说什么？"

"沈容。"

"狗日的，原来你早就摸到了我的脉息，抄了我的后路。唉，只可惜老子来不及了，沈容只能听天由命，看他将来的造化。不过，即便我死了之后，我也会开山劈路、筑桥结筏，期望他们兄妹二人早日团圆。"

"老伙计，你是怎么查到沈容其人的行踪，又让他迅速获释的？"

"鸡有鸡道，猫有猫路，这个恕难奉告。"这一霎，马超料知自己的时间不多了，必须抓紧将这个情报递送出去，让旁边的刘北楼默记于心，"我后来才明白，敦煌境内的罂粟基地是军部的最高机密，除了三少君和你本人掌握之外，谁也不可能获知。的确，你们做得很干净，一个是距离凉州太远，一旦事发，便很容易撇清关系；再一个，种植鸦片的那些匠人，除了囚犯以外，还有当年接管满城时抓获的八旗官兵，沈容就是其中一个。这些人无名无号，活着是牲口，死了便是戈壁干滩上的一座座坟包，军部几乎毫无代价，却年年坐享其成。"

"所以你就伪造了一套军部的公文，让敦煌方面释放了沈容，让他来武威城见面？"

"其实并不难，我这个副官还管用。"

得意道。

罂粟基地。敦煌。贩运鸦片。最高机密。此乃刘北楼第一次闻听这些核心秘密，内心的震惊不亚于一座宫殿倒塌了，砖石横飞，乌烟瘴气，但他毕竟是一个富有经验的军人，保持着表面的平静，对特务头子投过来的目光置之不理。其实，在这个关节上，马乙麻已经被杀人的快感攫取了，他杀过很多人，但眼前的这一场杀戮，却是格外的新鲜而刺激，平生仅见，所以他也就大意了，忽视了旁边政训员的那一双耳朵。这么着，马乙麻唎笑说：

"马超，我再喊你一声姑舅，我给你介绍一个人吧。"

"谁？"

"沈容。"

岂料，这个名字并没有引起马超的兴趣，忽然凝重地说："沈小姐还好吧？我现在赔上一条命，恳求你和三少君将来能善待她，让她回到北平城去，凉州是她的伤心之地。"

"哎哟,那要问一问她哥哥,在下不便擅自做主。"

"沈容来了?"

"来了。"

话未落地,一个铁塔般的男人从库房门外踉跄了进来,胳膊上挽着一张旧弓,样子赳赳然的,状若金刚力士。四壁间挂满了马灯,灯火如炬,但是纵然如此,谁也看不清这个叫沈容的家伙面目如何,因为他黑得就像一块精炭,仿佛刚刚从矿井里挖出来的,连灯光都消失在了他的肤色中,一派暗沉。马乙麻努了努嘴,沈容点头,停在了五花大绑的马超身后,取下那一张弓,套在了青年军官的颈项上,而后快速绞动了起来。

弓弦是牛筋绳子的,虽然很旧,但保养得很好,想必定期膏了油,柔软且力道十足。马超咽下了最后一口唾沫,突然听见身体内嘎巴一声,先是喉结断了,气管断了,接着是骨骼崩裂,人当即就软塌了,声息皆失。绞杀完毕,沈容架住了这一具仍然发烫的身子,卸下弓弦,将马超安顿在了一堆干枯的麦草上,而后弯下腰去,仔细地鞠了一躬,掉头说:

"阁下,你吩咐我的,我干完了。"

"不错。"

马乙麻慷慨地竖起了大拇指。

"我妹妹呢?你答应我今天能见到她,我妹妹在哪儿?"

"快去吧,她正在门口等你呐。"

沈容大喜,匆忙从地上捡起了那一张弓,斜挎在脊背上,簌簌而走。刘北楼不忍心去看麦草堆上的那一具尸骸,同样也加快了步伐,打算赶紧离开这个血腥之地,却被马乙麻突然拽住了,推搡在了旁边。这时候,马乙麻掏出手枪,瞄准了前头的沈容,扣动了扳机。

刘北楼听得很清晰,前后开了五枪,总计五枪。

胡笳八十九节

绞杀次日，沈阁兰在新城大营内诞下了一名男婴，属于早产儿，情况堪危。

彼时，这母子二人虽然离开了医务室，再次被圈禁在了那一座别院中，但身体状况不容乐观，每况愈下。军部原有一个班的医生和护理人员，皆为男将，对于头疼脑热、跌打损伤之类的完全在行，可现在面对着产妇和月子娃，一则不懂，二则嫌污秽，唯恐避之不及。显然，有一条神秘的指令在发挥作用，别院周围的警戒级别提高了，基本上被划为了禁区，不得擅入；军部的几个传事室也是气氛紧张，但凡邮差的铃声一响，特务组便及时出现了，其检查之严密，相当于马长官官邸左近的安保手段，竟也不知他们在搜查什么。无疑，别院当中的那一对母子，如今成了烫手的山芋，咽也咽不下，扔也扔不得，令军部一时间两难。

岂料，政训员刘北楼接手了马超留下的这个担子，开始自由出入于这一片禁区。

实际上，这并非刘北楼的本愿，而是马长官的金口玉言，违拗不得。一日黄昏，刘北楼正在营区的宿舍里临帖，马长官突然进了门，自称饭后散步，溜达过来看看他，没啥要紧的。话虽如此，但马长官特地放下了一罐子春尖茶、一包冰糖和一袋子枸杞，这跟以前的造访迥然不同，判若二人。闲章了几句，马长官一时兴起，落座下来，捉住了毛笔，照着帖子临了几行字，并自嘲就像鸡爪子描下的，他这双手只配扛枪打仗，念不了文戏。刘北楼在旁边悉心伺候，一边恭维，一边研墨铺纸，忽然发现对方停下了笔，正在欣赏纸面上的两颗大字：

阁
　　楼

　　尚未开口赞美，刘北楼突然就被马长官搂住了，并肩站在了那一纸墨字前，共同赏析了起来。夕光从窗外洒落而下，力透纸背，让这两颗原本并不太端庄的汉字金灿灿的，似乎灵动无比，飞升在了眼前。马长官含笑道：北楼，你给我拆一下这两个字，猜中了有赏，猜不中你就去关禁闭，我绝不通融。刘北楼抢白说：阁下，你慢慢用茶吧，我这就去宪兵队报到，只要大人你高兴，我乐意去把牢底子坐穿。马长官自然是有备而来，下手很轻，当即给了政训员一个抽脖子，惜疼地说：你呀，你虽然在军事上头头是道，但是在男女之事上，你还没怎么开窍，七尺男儿，现在也不愿成家，夜里连个焐被窝的人也没有，我真替你着急。这是说媒的架势，刘北楼臊红了脸，又闻听对方朗笑道：呵呵，此乃天作之合，天作之合呀！

　　谁也不会料到，马长官乱点鸳鸯谱，竟然错乱到了如此地步，喜滋滋地说：沈阁兰、刘北楼，刘北楼、沈阁兰，你们一个是阁，另一个称楼，这是要在凉州扎根落户的意思吧？刘北楼骇然地说：阁下，你可千万不能陷我于不义呀！我不担这个坏名声，还请你收回刚才的话。马长官兴致犹在，吟哦道：西北有高楼，上与浮云齐；交疏结绮窗，阿阁三重阶……呵呵，你自己听听吧，我就不再过多地劝你了。人啊，人有时候还得认命，是命躲不过。刘北楼彤红绯赤的，辩白道：阁下，卑职向来以班、霍二人为榜样，认为匈奴未灭，何以家为，所以一直独马单枪惯了，一个人吃饱，全家不饿，你可别赶鸭子上架呀。这个关节上，马长官才打出了底牌：尕兄弟，我得给你拴一根链子，时时看住你，以防你哪一天不告而辞，让我空欢喜一场，也让他人指责我容不下你这一位张良；再说了，依我对你的长期了解，你一不爱钱，二不喜欢当官，三不擅权，那沈阁兰总可以吧？呵呵，她可是北平城里的高材生，你们肯定能说在一块，彼此欣赏，琴瑟和谐。至此，刘北楼似乎恍然了，马长官已经将沈阁兰当成了一根钉子，打算钉住他，彻底地钉在凉州，钉在新城大营内，为其所用。刘北楼尴尬道：敢问，这是命令呢，还是阁下一时间的心血来潮？马长官又给了他一记抽脖子，含混地说：聪明人不可细提，你个人去揣摩吧。

临走前，发现政训员的眉头蹙成了一堆，马长官再次宽慰道：唉，沈阁兰虽然不是完璧之身，现在还拖着一个小油瓶，但你们都是新派青年，过去的那些烂事你最好既往不咎，这样你的心里也自在一点。倏忽间，马长官俯身耳语说：别着急，等过个三年五载，我给你在省城和凉州再说几房姨太太，绝不会亏欠你的；女人么，就像衣裳一样，多穿几件也累不死人，这次算你帮我一个忙。自始至终，马超这个名字根本不在话题之内，已然被抹掉了。

这天晚夕，刘北楼坐在门槛上，目送着一轮落日慢慢地沉陷在了远处的祁连山中。

沈阁兰刚开始坐月子，她自己本就虚弱不堪，还要照顾一个不足月的男婴，简直手忙脚乱，昼夜颠倒。男女有别，因为产妇恶露不断，恢复欠佳，加之护理人员吊儿郎当，刘北楼独自一人在门前门后地整天忙碌，真是急出了满头的疙瘩。无奈之下，刘北楼托人从附近的庄子里，请来了两名颇有经验的妇人，一个照顾月婆子，另一个经营婴儿，这才将他解脱出来，终于喘上了气。窝囊，真是窝囊透顶了，虽然马长官发了话，替他打开了方便之门，一切需求，均由军部解决，但一身戎装的刘北楼站在院子当中，忽然间觉得暗无天日，灰败不已，自己怎么就一念之差变成了用人，成了一个下九流的角色呀？慢慢地，刘北楼借故推托，甚少走进那一扇门里，担心沈阁兰开口盘问。每当这个死而复生的女学生，问及西凉马超的行踪时，刘北楼总是敷衍地回答，他上前线了，军令如山倒，哪怕是拍十次电报，恐怕目前也召不回来。前线，这个词就像一盒万金油，刘北楼简直得心应手，百试不爽。

偶尔，话题略微扯开后，沈阁兰就问：前线在哪里？陕西，河南，还是两湖？答复说：打仗的地方就是前线，战局瞬息万变，谁知道呀。再问：西凉马超会不会出事？他只是个副官，他不应该冲在最前头吧？答曰：这个难说，子弹可没长眼睛，也不会挑人下手，反正每一次开战前，我们都会写一份遗书，把后事给交代清楚。又问说：那么，你估计马超秋天回来，还是明年才能回到凉州？政训员模糊处理了：最迟，我说的是最迟，等全中国统一后，等天下太平了，他也没有不回家的理由，这个得需要耐心。

好在，有了这名男婴，上述伤筋动骨的话题并不太多，沈阁兰渐渐脱去了以往的青涩与稚嫩，身心当中突然焕发出了一种强烈的母性，迅速恢复了起来，颊脸上也有了血色。听两个妇人讲，沈小姐啥也不错，唯一的麻烦在于奶水不足，甚至下不了奶，而婴儿又过于羸弱，对羊奶和牛奶很排斥，一喝就吐，真是棘手呀。刘北楼不谙此情，不悦地说：笑话，什么叫下不了奶，母亲哺乳孩子，岂不是天经地义么？妇人们压根不知道这个军官的身份，怂恿道：那好，我们回避一下，你进去用嘴拔一拔，把奶头给拔开了，也许还有指望；哎呀，你看你，你还脸红了，你自己的婆娘，这有什么好害臊的呀？刘北楼心知被误解了，干脆也懒得辩白，相问道：除了这个，还有更好的办法么？妇人们齐声说：鱼，最好是鱼，鱼汤最下奶了。

放眼整个凉州，去哪里寻一条鱼呀？刘北楼问遍了武威城内的市场，一时间被难死了。

不过，就像俗话所说的那样，天无绝人之路。在跑出了武威城，返回新城大营的路上，刘北楼恰巧经过了承平堡，突然一拍大腿，有了，这下子有了。彼时，承平堡的门楼子上仍旧悬挂着一杆杆黑旗，鸦雀麇集，狐狸和黄鼠狼出没其间，整个堡子里凋敝、破败而荒凉，少东主顾山农矢志守孝三年，犹如老僧闭关，不闻声息。实际上，堡子周围安插了不少的特务与暗桩，昼夜游走，监视着这一座城池，从未间断。刘北楼很清楚，此乃军方跟承平堡的对峙，措施是软禁，军地双方的矛盾与冲突时大时小，这不过是其中僵持的某个阶段。缘于这一身制服，也因为刘北楼以前就是权家的常客，即便在权爱棠大人下世、顾山农困坐愁城之后，他还会偶尔叼个空子，前来叙叙旧，聊聊天，甚至采摘上一束野花，在角院里祭奠一番故人，所以这一路上无人拦挡，径直叩响了承平堡的大门。

顾山农既不惊怪，亦无热情，让了一碗热开水，便落座在旁侧里，一边眯眼诵念着，一边捻动着佛珠，整个面貌土苍苍的，似乎又瘦了一大截。鱼？你让我去找几条活鱼？亏你能想得出来，你没瞭见我手上的珠子么？哼，你这样教唆杀生，真是罪加一等，孽报呀！顾山农立时翻了脸，下达了逐客令。刘北楼身为政训员，一副天生的好口才，不费吹灰之力，当即就让对方稳静了下来，乖乖地洗耳恭听：少东主，你在这里守孝，陪伴亡灵，这件事对过去无补，也对将来无益，只不过是为了安慰活人，挣一个虚妄的好名声罢了，但婴儿不同，婴儿乃是现世佛，你不出手搭救，你这个经岂不是白念了？顾山农讥讽道：北楼兄，没听说过你娶妻生子呀，这么快就当了爹，你真不愧是行伍出身，凡事都是先知先觉，领先一步。这么着，刘北楼也算是掏出了心窝子，简略地介绍了一番沈阁兰、马超和婴儿的来龙去脉，再次央求对方拔剑相助，尽快给一个结果。顾山农收起了佛珠，慨然道：

"呵呵，既然你北楼兄准备做一介救命的金刚，那我顾某人绝不当无情的罗刹。"

"有劳少东主。"

"呃，凉州有鱼，但是又远在天边，我准备今晚夕动身。"

"天边？天边在哪儿？"

"石羊河，在石羊河的下游。据我所知，羊拐骨码头那一带的鱼最肥最美。"顾山农已然摆脱了浑身的丧气，眸子很亮，表情上也焕发出光芒，"是这，城外面虽然也有几条小河汊子，但是水不深，必定鱼也不大。要摘最好的雪莲花，那还得上祁连山；要捉最肥的鱼虾，只能去石羊河下游了。现在秋水泛滥，泥沙俱下，估计码头附近的情况还不错。"

刘北楼眺望着北疆的天空，有点后悔，但又被对方的血勇与慷慨所鼓舞："问题是，少东主你如何才能走出堡子，堡子外可有一群杂种在拦路呢？"

"呵呵，这就是你北楼兄的高明之处。"

"此话怎讲？"

"喏，我怀疑你真的未卜先知，能掐会算，抽了上上签，你早就预料到会有这一天，所以我准备要土遁了。"一面玩笑，顾山农一面跺了跺脚，朝地底下努了努嘴，那是地宫的位置。刘北楼会心一笑，地宫的建造源自他当初的建议，不承想，居然就被权爱棠大人采纳并实施了，这才有了那一条秘密通道，于是骄矜地说：

"你可别小瞧我，卑职当年在土木工程这个科目上成绩甲等，位列全校第一。"

"岂敢，外父大人在世时，他对你的赏识和夸奖，让我这个做女婿的也眼红。在下是他老人家从街上捡来的，可你却不同，在那一年的军地联谊会上，于百千人当中，他可是一眼就相中了你，从此跟你成了无话不谈的忘年交，莫逆无比呀！"

刘北楼眼圈一红："少东主多多谅解，我不该打扰了你的孝心。"

"也好，趁着月黑风高之时，我也想出去骑骑马，透透气，松活一下骨头；我快要锈死了，假如你今日不来找我，恐怕我就会锈成了一块秤砣。"顾山农活动着臂膀，不想让对方继续悲戚，笑说，"晚饭是廖逢节天天送来的，他骑的是我那一匹枣红马，刚好。"

"阿尔金马？"

"嗯，它耐力强，肯跑，舍得下力气。我争取快去快回，不耽搁你的事，也不会让那个月娃子饿肚子，毕竟我还算是叔伯辈的人么。"

于是，双方约定了接货的地点，大致的时间，互相揖了一礼，就此辞别。刘北楼临到了门口，忽然想起一件事，仓促地喊了一声少东主。顾山农一怔，冷不丁地瞭见对方抛过来一样东西，慌忙接在了手中，定睛一瞧，竟是一套军装和帽子，显然是刘北楼刚刚扒下来的，而他现在只穿着秋衣秋裤，还了俗似的。刘北楼叮嘱说：

"喂，老虎皮辟邪，你带在路上，或许能省掉不少的麻烦。"

"军人也迷信么？"

"呵呵，我如今是精沟子撵狼，要命不要脸。"

刘北楼居然使出了一句凉州土话。

很快，石羊河里的几条鱼，游进了新城大营，游进了那一口铁锅。刘北楼站在灶台旁,抽吸着鼻子,一股鲜香而浓烈的味道,犹如久别的甘霖,温和地洒在了他的心中。这一刻,刘北楼醒转了,唏嘘不已,自打他来到凉州之后,鱼不仅绝迹了,似乎连这个词也被打入了冷宫,甚少提及。鱼汤炖好了,奶白色的液体,两个妇人把汤汁滗出来,将剩下的那半碗交给了政训员,让他赶紧解解馋。妇人们失笑再三,戏谑说还没见过像你这样贪吃的男将,忍心从婆娘娃娃的嘴里抢食,啧啧,居然连一口汤也不放过。又当场揭丑,说先前让你用嘴去拔一下你媳妇的奶头,你偏偏脸红,现在却甘心吃剩饭,你真是有出息呀。刘北楼突然被呛住了,更不幸的是一根鱼刺卡在了嗓子里,一连几天,说话声尖尖的,就像一名太监。

日光恬静,像诵经声那样撒在了庭院里。树上的叶子泛黄了,飘落了,秋天在响。

刘北楼斜在躺椅上,一边晒阳,一边思忖说,生命的确是一件不可思议的事情,冰雪化成了水,水养大了鱼,鱼又奇迹般地变成了乳汁,喂进了一个婴儿的嘴里,让他将来长大成人。那么,这一连串的逻辑,这一种神秘的因果,究竟所为何来?爱,只有爱。爱才是泥壤,爱也是雨露,爱更是一粒强劲的种子,让这个世界生发出无数的根须、枝条、叶片与鲜花,繁茂而婆娑,壮烈而明丽。终于,刘北楼解开了这一道命题,倏忽间释然无比,欣慰极了,觉得婴儿的啼哭也那么悦耳,怎么说呢,就连沈阁兰的呻吟,似乎也是一种撒娇的表现。

祁连山下的天空高邈、幽深而广袤,这不仅仅缘于日月星宿的提携,也不是因为雪山的反光。实际上,这一座名叫凉州的佛龛,乃是一辈辈人接续供养的结果,这才筑就了今日的法相、慈悲和肃穆,并一再召唤后来者,继续这如水的天命、未竟的道路。恍惚中,那些挂在晾绳上的尿褯子散发出来的屎尿味道,那些从窗缝间飘逸而来的奶水气息,那些灶火,那些半夜三更拍打婴儿入眠的歌诀,让刘北楼一度觉得,在残酷且漫长的内战之余,这个热烈的人间,仍然有一些值得追索的东西,那是他陌生的领域,虽然艰难,但必须去推敲,去叩问。这么着,刘北楼忽然焕发出了大把大把的精力与想象,先是抱来了一堆木头，又拿来了一套工具，将这座别院变成了木匠的工房，挥汗如雨，夤夜而战。

到了深秋的时候，沈阁兰的窗台上，陆续摆放了各种各样的木鸟，大至鹰隼，小至麻雀，有十几样之多，另外还有骆驼、奔马、山羊以及虎豹大象，简直就像走进了祁连山里的榛莽丛林深处。这些木偶虽然笨拙，也显得不伦不类，但作为一名新手的初次尝试，它们却又显得亲切可信，令人爱不释手。鉴于是一个男婴，刘北楼犹不罢手，陆续制作出了弹弓、木剑、风火轮、方天画戟、手枪、紫金冠和盾牌，眼见着天气寒凉了下来，水将要结冰，于是又削了几只陀螺，打制了一辆滑冰车。待收工之后，刘北楼的目光检阅着那一堆飞禽走兽、刀枪剑戟，突然觉得自己就像兵马大元帅，如今只差一位未来的先锋官了。

岂料，天不遂愿，那个男婴在出生三个月之后，因为体质太弱夭亡了，实在可惜。

这等于是要了沈阁兰的半条命，她哭得肝胆俱裂，死去活来，身体犹如一只呜咽的琴箱，在秋风中吹鸣不息，昏厥不堪。可偏偏在这个关节上，刘北楼又狠下心来，干了两件雪上加霜的事情。第一，他用一把火烧光了那些木偶和玩具，不想让沈阁兰睹物思人，该消失的，统统消失在了那个寂灭的季节当中；第二，他找了一个恰当的时机，坦率地告诉沈阁兰，西凉马超死了，在前线战死了。

不，刘北楼当时用了一个神圣且凛然的词汇，殉国了，西凉马超不久前以身殉国了。说完这些，刘北楼给自己的鼻梁来了一拳，鼻血喷溅而下，似乎只有这样，他才能减轻内心的罪恶与磨折，也可以分担一点点对方的痛苦。之所以如此，刘北楼也是权衡再三，长痛不如短痛，与其让钝刀子割肉，反倒不如坦诚相告，将痛苦合二为一，让沈阁兰一次性地渡过这场劫难，不再吃二遍苦，遭二茬罪。本来就产后虚弱，气血两亏，加之丧子之痛在作祟，沈阁兰闻听了这一噩讯后，已经没有力量去悲伤了，或者说悲伤就像一床厚重的棉被，紧紧地压住了她，让她只能在梦中晾干泪水，淘洗往日的一切。刘北楼丝毫也不敢大意，生怕沈阁兰寻了短见，他白天在院子里徘徊，入了夜，又自愿成了一个加强哨，戳在窗户下，张着耳朵，瞭见冬天像一支白色的武装，攻城略地而来，将整个凉州收服在了冰雪的旗下。

也算是仰仗了那两个妇人的精心照顾，沈阁兰的状况最终并没有彻底变坏，而是渐渐向好，这一点可以由奶水作证。虽然失去了哺乳的对象，但沈阁兰下奶却很厉害，一天几次，每次都是小半碗，凉却之后，上面浮着一层淡黄色的油脂。可惜了，这些金贵的奶水要么被泼掉，要么就被冻成了碗坨子，扔在了墙根下，慢慢地让风干了，连妇人们都在淌眼泪，直呼造孽呀造孽。那一日，刘北楼刚刚进门，发现一个妇人端着半碗温热的奶水，正打算泼掉，遂慌忙拦住了，叮嘱她赶紧灌在水囊中，待收集上一半时，另作他用。妇人也是好奇，究问不停。刘北楼灵机一动，谎称自己在军营外的镇子里有一个结拜兄弟，恰巧最近得了一对龙凤胎，奶水不够吃，不如转赠给他们，也不啻为一桩功德。孰料，这句话被转述给了沈阁兰以后，她忽然精神大振，看似熄灭的心火重新被点燃了，母性的力量又让她恢复得很快，奶水不说，竟然还渐渐地有了笑声与寄托，一天几次地追问那一对龙凤胎的情况。

事实上，刘北楼偷偷带着沈阁兰的那些奶水，骑马走进了承平堡，全美了梅郎中开出的一张偏方，用于疗治顾山农刚刚出现的疾患。此处按下不表。

一整个冬天过去后，沈阁兰不许旁人搀扶，她自己从热炕上爬下来，迈出了卧房，瞭见了马棚下的银子。凉州之行，让沈阁兰的生涯发生了急遽的变化，上天赐予了她很多，却在一夕之间又狠心收走了全部，如今只剩下了这匹白马，这个哑巴伴当。显然，银子也认出了这位命名者，咴咴地嘶叫着，十分亲热。沈阁兰蹒跚过去，搂住了马颈子，抚摸着它的鼻门和长耳，泪水如同开春后的一股股涌泉，再也抑制不住了。刘北楼担心她旧疾复发，陷入新一轮的悲情当中，便决定带她走出军营，去外面散散心，调剂一下情绪。恰巧，武威县府和郡老班子共同组织了今年的打春牛活动，耍狮子，划旱船，扭秧歌，整个仪式要持续三至五天，百姓们更是闻风而动，期盼着沾吉。沈阁兰犹豫了片刻，半信半疑地答应下了，换完衣服，歪歪斜斜地骑在了马背上。

意外的是，军营的大门畅行无阻，进出自由，竟然无人拦挡，甚至连一句盘问也没有。可越是这样，刘北楼越发相信，特务组已经开始动作了，不管他和沈阁兰走到哪里，一定有一张秘密的罗网，时刻罩在头顶，盯梢着这一切，诸如英雄救美、连夜遁逃、双双私奔之类的举动，不是愚蠢，便是找死，那不过是戏台子上的演义。这么着，看完了热闹的打春牛，刘北楼又将北平城的女学生安全带了回来，一根汗毛也不曾丢失，她却多了不少的笑声。

这个口子一开，后续的事情便顺理成章了。下一回，也就是旧历四月八，刘北楼率着沈阁兰去了海藏寺；这一天是浴佛节，整个绿洲上的善男信女们齐聚于各个山门，香火炽烈，法会空前，自然是尽兴而归。到了端午节，武威城里全是大集，但这一双男女对别的门类不感兴趣，只专注于吃喝，从南吃到北，又从东吃到西，带着一肚子的稀罕回到了院子里，感觉各自都胖了一圈。有天傍晚，反正既不是年，也不是节，刘北楼拽着沈阁兰跑出了军营，在城外的麦田里穿行，恰逢麦子扬花的季节，让女学生不禁潸然，一种丢失了许久的浪漫突然充溢于怀，一边踱步，一边吟哦。天气热了，刘北楼变换方式，频繁地领着沈阁兰去了军部的靶场，先是短枪，后是长枪，她甚至还尝试过几次机关枪，嘟嘟嘟地扫射一番后，仿佛将板结在内心的苦楚与怨恨，统统地发泄了出来，情绪一下子晴朗了。更多的时候，两个人毫无目标，放开了缰绳，整日浪达在旷原干滩上，天地之间寂寥一片，仿佛能听得见彼此的心跳，饿了啃干粮，渴了灌水囊，大有一番互相托命的感觉。不错，正是在这种润物无声的疗治过程中，沈阁兰缓慢地痊愈了、康复了，除了被羁押的身份未变之外，仍旧是那个当初刚刚进入凉州地界的女学生。

也许，只有刘北楼知道，沈阁兰眉宇之间的那一抹哀愁，却是怎么也擦不掉的。

中秋节前夕，从内地来了一个军事代表团，刘北楼奉命参加了培训。这一晚的课程讲授东北局势，以及日本国的最新动向，机密级，参与的人数很少。听了半截子，刘北楼就被紧急喊出了会议室，萧索地站在秋风中,头顶一轮月亮,也不知因何待命。半晌后,一群人踅出了马长官的官邸,你请我让的,乌泱泱地迎面而来,气派不凡。月光浑白,笼盖在了这一座军营之上,大概距离七八米的时候,刘北楼瞭见当中的那位摆了摆手,遣散了其他人,独自一个走了过来。陆军中将,刘北楼借着微光,清晰地认出了对方身上的军衔,当即立正,敛住了表情,一点也不敢造次。

喏,报上名字来?对方温婉地发问。卑职刘北楼,向长官报到,听候吩咐!吼喊道。这一刻,对方却忽然哑默了,绕着政训员转了三圈,最后停在了面前,目光像一把梳子,将刘北楼上下左右地捋了好几遍,扑哧一声笑开了。刘北楼一时紧张,脊背上出了汗,却冷不丁地发现对方一拳挥了过来,捶在了自己的胸膛上,像是斥责,又像是关爱。混蛋,你小子在凉州吃了几年的野食,居然连我也不认识了,你睁开眼看看吧,对方摘下了军帽,笑得更厉害了。刘北楼斗胆盯望过去,如同在做一场梦似的,激动地说:老师,老师怎么是你呀?

原来,军事代表团的这位团长,偏巧是刘北楼在武汉时期的授课老师,师生之间原本就关系和睦,情同手足,不料经年之后,却意外地重逢在了西北腹地,一时间悲欣交集,四目相对。傍晚时,在官方的宴会上,团长特地提起了这名弟子,打算晤面,马长官顺水推舟,赶紧安排了下去,让刘北楼即刻待命,不得有误。这还不算,马长官或许有意结交这一位上级大员,跟团长咬了半天的耳朵,如此这般地勾兑了一番,这才将贵宾送出了官邸。目下,刘北楼真想扑将过去,将老师搂抱在怀里,美美地转上几圈,哪怕摔倒了也是一种幸福;但是囿于身份,他不敢放肆,只能笔挺地站着,恪守军纪。稍息,别这么见外,你是凉州的客人,我也是凉州的客人,咱们就当还在校园里那样,你陪我去散散步吧。团长丢下了这句话,率先离开了,刘北楼赶紧摘下军帽,寸步不离地尾在了后面。

依旧是在做梦,事后回忆起来,刘北楼竟也不知道当时到底兜了多少个圈子,反正月亮东升,月亮又到了中天的位置,记忆毛茸茸的,犹如营区上空的那一层白纱,在银河之水中漂洗着。除了国内局势以及当前的战局,团长还简略地介绍了他此行的任务,语气要么悲观，要么激愤，基本上都是他一个人在自言自语，刘北楼根本不敢插嘴，也插不上嘴。其间，团长还问及了刘北楼的个人事项，人际关系，当下的处境与打算，甚至开诚布公地提出，假如学生想动一动，换个环境，他完全有能力将其调回内地，跟昔日的同学们一起共事，前景可期。老师的苦心，包括这一番悲深愿重的提携之意，虽然可亲、可敬、可感，带着滚烫的情义与温度，却并不曾引发刘北楼的共鸣，而是被他一再地婉言谢绝了。

临分手前，团长忽然攀住了学生的肩膀，蔼然地问说：老弟，弟妹都还好吧，你也不带来见见我？刘北楼失声道：弟妹，什么弟妹？团长抿笑道：嗐，你还给老师打埋伏呀？沈小姐，我说的是那位北平城来的沈阁兰，马长官可是一五一十地告诉了我，你别想蒙混过关。往事一箩筐，乱如缠麻，刘北楼料定马长官一定掐头去尾，极力渲染了他跟沈小姐的关系，一方面取悦于团长，另一方面也彰显他马长官爱兵如子的襟怀，但此刻又不能如实相告，遂敷衍道：沈小姐近日不适，等下次吧，下次再来拜谒阁下，还请老师宽宥。岂想，团长忽然变色，截铁地说：不，我这一生也来不了几次凉州，唱不了几首《凉州词》，我必须见，而且明天就见，这是命令。见刘北楼蓦地立正，抬手敬礼，团长便缓颊道：呵呵，马长官也是有心人，为了我见弟妹这件事，特地安排了一场交际舞会；这样吧，明天晚上我在礼堂门口恭候沈小姐和你，不得迟到，否则我关你的禁闭，让弟妹一个人去哭鼻子。

这天夜里，刘北楼彻底失眠了，不知道该如何向沈阁兰开口，讨来一份大赦令。

天亮后，依旧没有一个过硬的理由去游说对方，刘北楼坐在别院门口抽烟，一直盯看着脚下的蚂蚁在忙碌，脑子里却如同一锅糨糊。偏巧，门内传来了妇人们的嘀咕声，说沈小姐就要洗头了。刘北楼闻声进去，接过了水勺子，一面帮着冲洗她头上的胰子泡沫，一面开口央求。洗毕，沈阁兰擦拭着头发，只问了一句话：北楼，他真是你老师么？刘北楼举手发誓：一日为师，终身为父，这个我不可能撒谎；只是要委屈你了，拜托你假冒上一时半会，等这一夜过去后，他们代表团也就离开了凉州，到时候我再谢你也不迟。呃，那请你稍等等，我给你一个答复，沈阁兰丢下这句话，转身进了卧房。

半晌后，沈阁兰款然出来了，她竟然云鬟轻拢，勾眉画目，一副高高挑挑的妩媚样子。尤其让刘北楼惊讶的是，沈阁兰简直就像变戏法似的，身穿一件白色的旗袍，想必它一直被压在了箱底里，难得展示。门外的两个妇人瞭见后，不停地在吐舌头，啧啧声不断。行么，这样子行么？相问道。刘北楼简直开怀不已：呵呵，不是行，简直是太行了！

新城大营的礼堂高广明亮，洒扫一新，门前扎了一座旗门，各式鲜花和彩色的飘带装饰其上，煞是喜庆。礼堂的门楣上悬挂着一面横幅：共和之风吹边地，凉州圆月盼统一。这场由马长官倡议、军部主导的交际舞会，显然是不惜血本，穷尽了各种手段，只为了博取军事代表团的欢心，更确凿地说，专门为了那一对师生而举办。门前的小广场上，竟然还有一个弦乐班子在演奏，整齐划一，声音明丽，犹如头顶上吹掠而去的一阵阵秋风，令人心旷神怡。更为奇特的则是，军部获得了一份情报，武威城内的天梯驿馆入住了一帮洋女人，她们来自欧洲，乃是德国人开办的酒泉海关医院的女眷们，如今探亲结束，准备取道凉州、兰州和西安城回国。军部派出了一辆卡车，带着邀请函，将这些高鼻深目、金发白肤的女人接进了营区，礼堂门口顿时热闹了起来，音乐声也更加优美了。

踏着夕光，刘北楼挽着沈阁兰，出现在了小广场上，心中难免忐忑不安。

团长破例迎出了大门，目光一怔，仔细打量了一番北平城来的女学生，微微颔首，满意地笑开了。刘北楼立正，敬礼，问候了老师，又赶紧将双方互相介绍了一番，已是大汗淋漓，语无伦次。团长摸了摸口袋，掏出来一只首饰盒，释解说这是他跟弟妹头一次见面，略表心意，还望笑纳。沈阁兰道了谢，款款接在了手中，打开一瞧，却不是什么金银之类的东西，竟然是一枚烁烁光华的一级勋章，不由得迟疑起来，目光求助于政训员。刘北楼也是惊了一跳，当即认出了此物，当年在军校念书时，他曾经在校史馆见识过这枚勋章，北伐的纪念,孙中山先生签发的嘉奖令。他一时间大感慌乱,哀恳地说:老师,这个不可,万万不可!团长摆了摆手,迅速叫停了这个话题,不想生发开来,忽然问说:沈小姐,敢问你是什么属相?沈阁兰道:回老师的话,学生属鸡。团长思忖着,感慨说:嗯,属鸡的真好,金鸡一唱天下白么!不过我倒更希望你属别的,也好让我放下心来,不再忧心这天远地偏的凉州一角。沈阁兰含胸,求问说:老师希望学生属什么?晚生必当遵奉,还请阁下明示。这一霎,团长兀自笑了,笑得穿云裂帛,声音滚烫:呵呵,拜托沈小姐你了,我可真希望你属武松,女武松,请你前来这个人间伏虎,降伏了这一头桀骜不驯的野兽。说着话,团长猛地捶了刘北楼一拳,叮嘱道:你小子听着,你的劫数算是来了,我这个老师以往管束不住你,任你走南闯北,天下飘零,但现在我请来了一位景阳冈上的女武松,以后我可就撒手不管了,让沈小姐慢慢调教你吧。闻听此言,属虎的刘北楼蓦地涨红了脸,点头称是。

团长伸出了胳膊,殷勤相邀,沈阁兰大方地挎住了他的臂弯,双双步入了礼堂。刘北楼跟在后面,手里多出了一只首饰盒,思想着如何璧还回去,此乃老师戎马半生的荣誉,即便人家真心相赠,但作为门生,分寸还是要有的。当然了,这根本难不倒政训员。

礼堂内,司仪念完了欢迎致辞,宣布舞会开始后,音乐声便淹没了众人。

比起那些奔放而热情的洋女人来讲,沈阁兰的恬静、文雅与微笑,显然要略占上风。尤其是她身上的那一件旗袍,充满了东方韵味,既内敛,又性感,既独特,又不过于招摇,俨然成了整个舞会的焦点,引得人们目光丛聚,喝彩声不断。虽然身处军营,但参会的大多数是捉笔杆子的副官们,正应了凉州人的那句话:副官多如狗,县长满地走。刚开始,还轮不到刘北楼上场,他规矩地坐在一旁喝茶,不停地和周围打招呼,心思却系在了沈阁兰和老师的身上,竟然疏忽了同僚们的调侃、暗示与贺喜。其实,双颊一直烧烫着,并未消停,刘北楼瞭见老师一边迈着舞步,一边跟沈阁兰有说有笑,还时不时地回头瞥望自己一眼,八成是在告状,在揭露他当年的种种不堪。呵呵，这才是真正的见面礼，难怪沈阁兰笑得那么开心，舞步也更加轻盈了，一扫往日的忧郁和阴霾，表情上布满了彤云。跳罢了一曲，又接着跳另一曲，有几个洋女人分别跑过来，邀请刘北楼入场，但都被礼貌地拒绝了，连称不会，根本不会。这时，老师停下了舞步，也许是跳热了，脱掉了军服和帽子，一个副官跑上前去，接在了手里，赶紧退下场，径直去了隔壁的衣帽间。哦，机会来了，刘北楼攥着那只首饰盒，谎称想去方便一下，悄然离开了同僚们，闪出了偏门。

殊不知，机关算尽，刘北楼竟然一脚踏进了事先挖好的陷阱，一朝成囚。

璧还了那一枚勋章，从衣帽间踅了出来，刘北楼打开走廊的窗户，刚想透透气，却瞥见左右两侧跑过来一群同僚，三七不问，将他迅速制服后，立刻押入旁边的一个房间。眨眼间，刘北楼发现自己除了一件裤头，浑身光溜溜的，被绑在了椅子上，同僚们拢成一圈，吆喝着要给他化妆。挣扎是徒劳的，又不敢呼喊救命，刘北楼只有乖乖地忍受着，腮帮子上被抹了黝黑的锅灰，额头上擦了一层蜂蜜水，嘴唇上也被涂了胭脂，最后对着镜子一瞧，彻底的丑八怪，完全是一介罗刹鬼。这还没完，同僚们替他松了绑，架住了胳膊，强行给他穿上了一件崭新的红罩衣，系住了纽扣，而后在腰间束了一根黄绳子，绳子的左右挂上了两瓣子大蒜，肚子上也吊了一只黄铜的响铃，丁零零作响。帽子是报纸糊成的，锥子状，大约有一米高，夸张地戴在了刘北楼的头上，脖子里另外挂了一串鲜红的干辣椒，这才罢手。刘北楼懵懂地说：哎哟，让我请客的话，大家不妨直说吧，我在城里头最好的馆子设宴，我恰巧领了这个季度的津贴，但是想要让我唱戏，诸位可能就要失望了。同僚们并不言传，一个个坏笑着，似乎这个恶作剧还不能收场。

少顷，礼堂内的舞会暂停了，代之而起的则是一阵阵军乐声，铿锵有力，直冲云霄。

同僚们闻声而动，立刻打开了房门，将刘北楼连同他屁股下面的椅子一道抬起来，呼啦啦地冲出了走廊，现身于礼堂。这个关节上，礼堂内的情况也是骤然一变，与会的所有嘉宾，不论是军事代表团的诸位成员，还是社会各界及新城大营的参与者，已经分列两厢，掌声雷动，纷纷拔长了脖颈子，眺望着主席台的方向。随着军乐声的奏鸣，一条红色的横幅缓缓地升了起来，最终停在了主席台的上方，自右至左有一行夺目的标题：恭祝刘北楼先生沈阁兰小姐喜结革命伉俪。

大厅中央，沈阁兰同样也是手足无措，表情僵硬，先是发现一顶漂亮的花轿抬进了礼堂，停在了自己身边，接着她就被一袭红盖头蒙住了脑袋，眼底里一黑，完全不知其详。一帮海关医院的女眷更是开心极了，她们见过不少的婚礼，但是从来也没目睹过如此奇异的东方仪式，尤其是这样的怪诞风俗，于是嘻嘻哈哈地挽成了一条人链，围着一对新人又唱又跳。刘北楼被松了绑，撤掉了椅子，拉拽到了沈阁兰的身畔，司仪将一条红绸带拴在了两个人的腕子上，此乃永结同心、生死不弃的意思。

军乐奏完了，掌声就像一群鸽子栖落下来，团长和马长官出现在了主席台上。

也许，他们事先就已经达成了默契，有所分工，一唱一和。团长忽然以娘家一方的身份讲话，不吝辞藻，尽情夸奖了沈阁兰的美貌、学识和温柔，肯定了这一场浪漫的爱情传奇，北平至凉州，凉州至北平，一对璧人跨越千重山、万重水，能够在战火硝烟当中相识、相恋并修成正果，这既是革命之锻造，亦是共和之果实，犹如此时此刻的窗外月光，实在是令人感慨与钦佩。末了，团长又玩笑说：马长官，我可是将闺女亲手交给你了，交给婆家人了，以后就由你们去调教吧；在下跟代表团明日就要离开凉州了，我希望随时能听到沈小姐的喜讯。马长官当即拍了拍腔子，郑重地承诺了，又顺手接过副官递来的一纸婚书，以证婚人的身份宣读完毕。

仪式仅仅是序幕，接下来的闹婚环节，那才叫一个乌烟瘴气，整个军营里秩序大乱。

沈阁兰被塞进了花轿里，但红绸子的另一头却绑在了轿杠上。刘北楼同样无法脱困，只有亦步亦趋地跟在花轿旁边，一方面提防突然袭来的抽脖子和拳头，另一方面又害怕摔跟头，这件红罩衣实在是太长了，曳在了地上，举步艰难。八名孔武有力的士兵掮起了花轿，一阵风地跑出了礼堂，因为舞会的下半场即将开始，洋女人们成了主角。门外，月光广漠地照耀着，夜空中甚至有一群迟滞未归的雀鸟在鸣叫，在伴舞，似乎这就是一个不眠之夜，丝毫也没有战争的任何迹象。花轿在营区内反复兜圈子，前头是铙钹与锣鼓班子，后面则是负责分发糖果瓜子的小分队；官兵们倾巢而出，乌泱泱地挤在了两侧，讨要礼物是小，主要是想一睹新娘子的风采。因为这个口风已经放出去了，说政训员娶了那位貌若天仙的女学生，她的姿色和惊艳，不仅折服了军事代表团团长，就连向来不苟言笑的马长官也走出了官邸，与民同乐，毫无一点点长官架子。天呐，这可是两位陆军中将，一位担任了证婚人，另一位千里来送亲，并且发表了热情洋溢的讲话，何等的面子，何等的荣耀！这不单单是新城大营的喜日子，也许还预示着凉州的这一锅水终于滚开了。

游街，公然示众，凌辱不断，刘北楼一边愤怒，一边懵懂地跟随着，笑容僵硬，但耳朵却格外灵敏，隐约地捕捉到了花轿上的那一丝啜泣声。乱世儿女，这一对在中国的边角之地苟活性命的青年，实际上就像断了线的风筝那样，于四野八荒吹来的秋风中身不由己，颠沛跌宕，难以把握住此刻的方向，更无法驾驭个人的命运，只有随风飘零，载浮载沉，永远地悲观下去了。渐渐地，刘北楼已经习惯了闹婚的把戏，不知道身上究竟挨了多少拳头，脖颈子好像也肿了，举首盯望着营区上空的那一轮明月，暗中告诫自己，不可翻脸，更不能逃跑，因为沈阁兰一旦失去了他这个靠山，其结局将悲惨万状。这一刻，虽然人影绰绰，但周围似乎都消声了，哑默了，唯有沈阁兰的泪水带着轰鸣声，一滴，又一滴，溅落在了刘北楼的心底里。不，它甚至不叫眼泪，而是镪水，而是水银，腐蚀并磨折着这个青年军官的意志，让他在最后的关头，突然间觉醒了，腾起了一种不可遏止的保护的欲望。

爱，也许真正的爱意，就是从卑微与死境中诞生的，仿佛粪土之花，也犹如夜半歌声。

终于结束了，官兵们押送着花轿，蜂拥进入了别院，先将新娘子抬出来，款款地放在了卧房的炕上，又将刘北楼赶进去，迅速撤走后，反锁了院门。军营上空，熄灯号吹响了，大概是子夜时分吧，但这间屋子里却是灯火如昼，充满了喜庆与欢愉的气氛。窗户上贴着大红喜字，墙上用红色的毛线勾勒出了一对喜鹊的形状，桌子、椅子和衣橱是崭新的，炕上码放着簇新的被褥与枕头，就连脸盆架子、毛巾和香胰子也是新配的。原来，趁着礼堂内的仪式进行的空隙，内务组已经迅如闪电，把这里布置成了一间漂亮的洞房，甚至将刘北楼宿舍里的全部家当也统统搬了过来，等于宣告了他单身生涯的结束。红烛突然炸裂了，打破了这一刻的尴尬和寂静，沈阁兰慢慢地摘掉了红盖头，回眸一望，讶叫了一声。

眼前，刘北楼就像一个十足的小丑，袖子被撕烂了，脖领子也绽开了，头戴一顶锥状的纸帽子，颊脸上的锅灰与胭脂，犹如开了一家酱菜铺子。刘北楼傻呵呵的，瞭见沈阁兰从炕上蹿下来，扯掉了他腰间的两瓣子大蒜，揪断了他颈子上的那一串红辣椒，撕碎了纸帽子，又沿着线头，用牙齿咬开了整个红罩衣，这才将所谓的新郎官解放了出来。仍不罢休，沈阁兰先后打来了几盆子温水，用胰子搓洗，用毛巾擦拭，脸盆里的水才渐渐地变稠了，刘北楼的这一副嘴脸也清晰了起来。干完这些，沈阁兰简直累得够呛，身上的白旗袍也丧失了本色，污渍斑斑，但她并不计较，忽然找来了一包烟卷，叼在了嘴角，在烟雾腾腾中相问说：北楼兄，我知道你是被迫的，这一切非你所愿，你不一定会真心接纳我，我个人无权裁决，反正一切都由你说了算。刘北楼怔忡道：咦，你如何觉得我不能接纳，你竟然先替我做了主？沈阁兰答复说：你有前程，你的前程一片光明，跟你相处了这一段时间，我知道你心中有一头豹子，你只是在等待时机。这是嘉许，但刘北楼不愿意被人揣摩，赶忙摇头否认：不，我不过是一名逍遥分子，不愿意介入党争和军阀之间的恶战，更不想成为流血的工具。沈阁兰苦笑道：其实，我知道你会在乎的，因为我不是完璧之身，你跟我之间还隔着一个西凉马超，我很抱歉，我需要一些时日来消化这件事。闻听此言，刘北楼抱起一套被褥，径直走进了外面的阅读室，在桌子上将就了一夜。后来也就睡习惯了，刘北楼一直懒得挪窝，究其因，实际上是无处可以寄身，他也不想被同僚们耻笑。

就此开始，这一对所谓的夫妻，生活在同一座院子里，同一片屋檐下，泯然于军营当中，与其他军官们没有什么两样。早起，刘北楼夹着公文包出门，参加晨操，一整天都在忙碌；傍晚回来时，他一般会从灶上打来两份饭菜，与沈阁兰面对面地进餐，绍介一些当天的见闻，这是最开心的时刻，而后互道晚安，各自回去读书，彼此并不打扰。其实，只有刘北楼本人最清楚，对这座别院的警戒措施始终也不曾解除，虽然门口的岗哨撤离了，但是更多的眼睛从四面八方盯梢而来，如同一张密实的罗网，须臾也不敢大意。

事实上，在中秋节的前夜，刘北楼在跟老师散步的过程中，已经秘密地接受了一桩特别使命。不能说完全仰赖于刘北楼个人的建树，但是自此而后，西北腹地更加动荡，变乱加剧，其标志性的事件之一则是新城大营的最高长官，亦即军阀头子马廷勷的突然丧命，结束了他在凉州、乃至于河西一带的长期统治，这或许另有更为复杂的背景和原因。

此处需要补缀的是，马廷勷者，字少翰，河州人，马安良之第三子，清末优贡出身，文武兼备，执掌兵权之后，世人称其为"三少君"。国民革命军入甘，马廷勷遭遇失败并被整编，后转投东北军，继又投向蒋介石。在往来奔波当中，被冯玉祥部所侦知，诱捕于郑州车站，旋即被杀害于河南焦作。

胡笳九十节

夏天到了。那一日正午，沈阁兰正在午睡，刘北楼突然返回家中，如果这还算一个家的话。走，咱们去骑马，去城外面逛一圈吧，这座城池就像个热蒸笼，人都快被蒸熟了，刘北楼兴冲冲地说。烈日当头，军营的上空白花花一片，狗在吐舌头，鸦雀杳然，在这个时辰上出行，一定有他的道理，因为政训员并不是一个轻率之人。沈阁兰并无二话，一骨碌爬起来，迅速换上了装束，从马棚下牵出来那一匹银子，俪影双双，相率而出。

果然，在军营门口，刘北楼给哨卡报备说，沈小姐最近头晕得很厉害，时常恶心，吃西药不管用，他们打算去武威城里寻一个老中医看看。过了引桥，马头直指城里，半个时辰之后，两个人便钻进了青年党部对面的孔氏药材铺子，来不及歇息，赶紧登上了一辆普通的车轿，驶出了偏门，又一道烟地离开了武威城。车轿在官道上摇晃了几里地，而后躲进了一片玉米林，就此消失了。刘北楼长出一口气，手心里全是汗，接住沈阁兰递来的手巾，一再地摇首，示意她不要开口，不必发声。实际上，这一辆车轿足够保险的，因为它来自承平堡，由管家廖逢节亲自驾车。但生性警觉，刘北楼还是不敢马虎，将手按在了枪套上，窥视着帘子外的任何动静。越走越荒凉，越走越颠簸，已经行驶在了旷野干滩上，沈阁兰误以为这是要带她逃跑，忽然趴在了刘北楼的脊背上，颊脸贴着对方的后心，将一阵阵恐惧的颤栗传递了过去。顿时，两个人浑身都湿透了，汗水粘连着，已经顾不得去害羞了。

终于，车轿停了下来。待廖逢节的脚声走远，发出了一声唿哨后，刘北楼这才跳下车，将沈阁兰搀在了地上。傍晚前后，夕光打在了沙山上，每一粒沙子似乎都在燃烧，但气温慢慢凉了下来，正适合登顶。其实，这是沈阁兰第一次见识沙漠，诸多的好奇与疑问还来不及求教，被刘北楼拽住的那一条胳膊也几乎快断了，哼哧哼哧地随在后边，却突然拐了一个弯，进入了沙丘的北侧。倏忽间，巨大的阴凉袭面而来，这一座背阴的沙窝窝晚风习习，沁人心脾，满目中皆是绿色，原来是一大片红柳林子，很有些年成了。泥泉子，听这个名字便知道地下有水，难怪草木与枝条如此茂密。沈阁兰太累了，坐在沙坡上喝水；刘北楼瞅准了一棵红柳，用一把短锹开始刨挖，挖到了一半时，突然间泪水潸然，哽咽了起来。不错，这个该死的泥泉子，正是他跟马超相约来野餐的地点，但眼下故人已逝，只留下了一个暗示和口信，召唤他前来一问究竟。怎么了，你哭什么呀？沈阁兰跑了过来。刘北楼谎称眼睛里吹进了沙粒，赶紧埋下头去，加快了挖掘，短锹突然就被卡住了，传来了金属撞击的声音。这么着，一只镔铁盒子被起了出来，外表簇新，毫无破绽，刘北楼将它搬到了宽展的地方，相告说：喏，这是马超留下的，你自己打开看看吧，我最好回避一下。

西凉马超？沈阁兰就像被雷电击中了似的，连滚带爬地扑将过去，抱紧了那只盒子。

刘北楼仰躺在另一侧的沙丘上，盯望着天坑深处，忽然被一种针刺般的孤独抓住了，心里难过至极。真的，凉州之广袤，河西之修远，犹如这头顶上的巍峨苍穹，他和沈阁兰原本就是两粒风中的沙子，在天涯的尽头无根无须，却又被命运无情地捉弄，生死难测，只有彼此取暖，默默地互相照应。但是，那个镔铁盒子的出现，又让他不免心生醋意，预感不祥，一时间慌乱不已，隐约地觉得沈阁兰就要离开凉州了，即将随着祁连山一侧的落日悄然消失，而明日白昼，整个别院里将只剩下他独自一人。抽心一疼，刘北楼不愿面对如此的结局，但也寻不见一个妥善的良方，一抬头，瞧见沈阁兰蹒跚而来，表情哀怨：北楼兄，盒子里的东西全是马超留给你的，你快去瞧瞧吧，好像很重要，我没敢动它。刘北楼诧异地问：什么？他告诉我泥泉子这个地点的,却对你没有一句交代,这个混蛋,他在搞什么鬼?这一刻,沈阁兰寂然而笑,扬了扬手腕:你瞧瞧,盒子里还有这只玉镯子,我好喜欢呀,我先戴上试试。刘北楼恭维道:嗯,那一定是留给你的,除了你,谁还能配得上这么漂亮的镯子呀!

轮换了位置,现在是沈阁兰兀坐在沙丘上,与落日为伴,渐渐地有了她本人的主见。

天色陡峭了下来,薄暮降临,刘北楼业已看完了那一卷材料,悉数装在了自己的肚子里,又划着一根洋火,将它们全部焚毁。循着火光,沈阁兰跑上前去,瞭见政训员将空空如也的镔铁盒子,重新填埋在了红柳树下的沙坑里,恢复了原状。至于那些零乱的纸灰则不必操心,这一夜过去后,它们也就飘失一空了,不会留下任何的痕迹。但是,意外毕竟发生了,附近的林子里突然腾起了一群雀鸟,黑压压的一片,转瞬消失在了夜空深处。坏了,坏了坏了!刘北楼心下大骇,当即断定自己捅了娄子,无意中暴露了行踪,赶紧拽住沈阁兰,沿着那一座沙丘滑将下来,匆匆跑向了车轿。

片刻之后,轿厢外传来了廖逢节责难的声音:阁下,你太大意了,你刚才干么举火,这附近有几个流动哨,你应该比我更清楚吧?隔着帘子,刘北楼嗅闻到了一股血腥气,歉疚地说:抱歉,我真是习惯了阅后付火,所以刚才疏忽了,你没受伤吧?管家跳上了辕驾,一甩鞭杆子,车子行驶了起来,答复说:关系不大,幸亏少东主事先安排了人手,否则我就被那两个流动哨给干掉了;咱们抓紧赶路吧,熄灯号之前,你要按时返回新城大营,耽搁不得。或许是夜凉的缘故,辕马焕发出了一股空前的力量,脚步凌云,箭矢一般地飞向了武威城。实际上,中断已久的线索,在这天夜里又被接续了起来,进而引发了后续的一切。

颠簸中,沈阁兰伸手,揽住了对方的胳膊,悄声问:阅后付火,你干么要一把火给烧光呀?刘北楼道:习惯了,这也是保护措施,一切都为了安全起见,只有烧光了,这里才能记得住。随即,他指了指自己的脑袋。沈阁兰哀伤地说:唉!马超他一定没提我,他要是能给我留下片言只语的话,你也不至于一把火烧掉;我现在懂了,我什么都明白了。薄暗下，望着那一具颤抖的身体，被失望与挫败笼盖的一团表情，刘北楼纵然有千般的不舍、百般的话语，也迅速咽进了肚子里，感慨道：沈小姐，我恳求你原谅马超吧，他是战死的，他是这个国家的忠魂和烈士，他生前不曾苟且，死后也不应该被误解。沈阁兰抢白道：北楼兄，难道革命就容不下爱情么？你们口口声声所谓的革命，假如连儿女情长、卿卿我我也被禁绝了，将来的世界，岂不是苍白而单调么？刘北楼苦笑地说：继续熬吧，等战争结束了，中国统一之后，也许会好起来的，你盼望的那些罗曼蒂克才有可能实现，但绝不是现在。沈阁兰蓦地笑了，手指贴在了政训员的颊脸上，抚摸再三：北楼兄，军阀虽然万恶不赦，举国共讨之、全民共伐之，但至少凉州的这位马长官，他还干了一件不错的事情。咦，你这话怎么讲？刘北楼一头的雾水。沈阁兰相告说：我以为去年的中秋之夜，在礼堂里举办的那一场婚礼相当漂亮，我这辈子也不会忘记，我真的知足了。闻听此话，刘北楼突然抱住了对方，将其死死地抱在了怀中，嘴也贴了上去。

这一吻持续到了武威城南门，双方均感觉舌头也麻了，也醉了，也碎了。

当日夜里，在新城大营幽闭的别院内，这一对去年的新人，才有了夫妻之实，行了鱼水之欢。事毕，两具滚烫不息的肉体仍旧缱绻在一起，不肯入眠，彼此都有一腔子的肺腑要掏给对方；也许，这就是爱情的根基，伴侣的信任。思想了良久，刘北楼决定不再隐瞒妻子，更不能辜负了这一场情感，遂坦承道：

"阁兰，你知道今天中午，我为何急匆匆地回来，拉着你去东郊的沙山么？"

"你当时的脸色很焦虑，但也很兴奋。"

"是的，因为季节到了，现在是夏天，狐狸的尾巴再也藏不住了。"一旦触及这个话题，刘北楼的亢奋溢于言表，拳头也攥得嘎巴乱响，"马超兄弟留下的那只镔铁盒子，恰巧跟我前一段时间秘密调查的线索两相印证，不，他的那一卷材料更翔实，也更准确，那是他直接抄录的密件，因为只有他才能随时进出机要室，接触到最核心的电文和档案。"

"北楼兄,你们到底在干什么?你的话让我害怕,害怕极了,你得告诉我。"

"敦煌的鸦片丰收了。"

"鸦片?"

懵懂地问。

"是的,今天中午我偶然瞥见了一封电报,原来是敦煌方面发来的。罂粟基地报告说,今年的鸦片空前丰收,已经挂果成熟了,请求军部下令,在十天之后予以收割。"刘北楼冷笑一番,庆幸地说,"呵呵,难怪长官大人和马乙麻那么高兴,中午就开始了宴饮,给了我一个偷窥的机会。按照他们的计划,接下来的秋冬两季,一定会加紧制作烟膏,上品的鸦片;等翻过年开了春,则会绞尽脑汁地销往京津冀与江南一带,牟取暴利。"

"我想知道,你身为军人,革命与共和的一分子,鸦片跟你有关么?"

"不仅有关,而且关系重大。"

"北楼兄,这是咱俩的第一夜,我怎么悲哀地觉得,自己又掉进了冰窖里?"

"阁兰,你且听我说,军部在敦煌境内秘密经营的那一块罂粟基地,不仅跟你我有关,还关涉到中国之命运,民族之未来,这才是要义所在。"政训员的口才、学识与聪慧,尤其是此刻的肌肤相亲,四目相对,大有一番彼此患难与共、互相托命的感觉。刘北楼再也不可能对自己怀中这个心爱的女人遮遮掩掩、有所保留了,遂相告说:"归根结底,任何军阀就是一台台杀人的机器,是裂土分疆的元凶,也是这个国家四分五裂、难以一统山河的绊脚石,更是共和之心腹大患,梅毒和烂疮。哼,既然是机器,它们就要吃油,否则也运转不了,等同于一堆堆废铁,而这种油来自列强们的资助,来自连年征战、强取豪夺、榨取百姓、贩卖矿石和主权。凉州,包括整个河西却大有不同,在这一片无声无臭、土瘠民弱的地带,在这个孤悬一隅的法外之地,油水浅陋,脂膏难寻,所以军阀头子和马乙麻这才另寻出路,终于找到了鸦片这个捷径，其实他们已经秘密地干了好些年，也尝到了巨大的甜头。"

"的确，咱们现在就身处这一台杀人的机器里，我能听见那种无声的轰鸣。"

附和道。

"必须让它停下来，把它变成一堆废铜烂铁，这样才能制止战争。"

"这会要了你的命，北楼兄，我真的害怕。"

"哎呀，假如能以一己之躯，让这台疯狂的机器停止运转，我刘北楼又何必吝惜这一百三四十斤的肉体，虽然它受之于父母，但国家有难，我也是责无旁贷。"刘北楼起身，从椅子上拽过来军服，掏了半天口袋，最后摸出来一枚白银质地的纪念币，交给了沈阁兰，"你瞧，这是我离开黄埔军校时带走的唯一一件东西，老师颁发的，你去年见过他。"

沈阁兰不停地摩挲着，发现正面乃是国父孙中山的浮雕画像，背面额顶上镌刻着"亲爱精诚"四个字，左右两侧则是黄埔校训，不由得念出了声：

"贪生怕死莫入此门，升官发财请走别路。"

"所以说，我刘某人别无选择。"

"不，北楼兄，哪怕你明天告诉我这些话，我估计我还能接受，但是此刻、现在、今夜今时，我无论如何也不想再听下去了，我揪心，我恐惧，我害怕失去你。"泪水潸然，沈阁兰忽然将颊脸贴在了丈夫的胸膛上，凄苦地说，"先是我哥哥沈容下落不明，后来是婴儿，接着是西凉马超战死疆场，我不想再举丧，我哭不动了，我这一辈子的眼泪都流在了凉州。"

这个关节上，也许是讨好，也许是为了鼓舞沈阁兰的生之勇气，并获取妻子的理解与援手，刘北楼居然悖逆了真相，幻想般地说：

"阁兰，万一沈容他还活着，你们兄妹俩终有见面的那一天呀。"

"真的么，我哥哥他还活着？你快说，你快点告诉我。"

喜从天降似的。

"嗯，我有这个信心，他可能还活着，因为当年易帜受降的那一部分八旗官兵，被秘密押解到了敦煌境内，开辟了一块罂粟基地，现在业已形成了气候，产量上去了，鸦片的质量也是跻身于一流，尤其是今年烟苗健硕，丰收指日可待，他们一定会有大动作的。"

"敦煌，敦煌，敦煌。"沈阁兰反复叨念着这个陌生而遥远的词汇，一丛心火陡然升腾，燃烧在了她的体内，相问说，"北楼兄，敦煌是什么意思？"

"众神之宫殿。"

"什么神？"

"依我看，敦煌者，乃是一座中国的佛龛，只要香火还在，还不曾熄灭，这个国家就不会沦丧，这个民族也不可能瓦裂。剔亮佛前灯，收拾旧山河，我以为这是每一个儿子娃娃的天职，那么首先就从我刘某人身上开始吧，演讲家是可耻的，行胜于言，多说无益。"

沈阁兰频频颔首，显然被这一份期冀所策动、所唤醒。她忽然抬起双臂，环住了丈夫的脖颈子，那一番依恋与温存的感觉，仿佛永远不谙世事的女学生。刘北楼眼尖，突然发问说：

"阁兰，你腕子上的玉镯子呢？"

"你猜。"

"碎了，不小心碰碎了？"

"不，临走之前，我把它埋在了泥泉子的那一棵红柳树下，我不想再回忆。"

话音刚毕，新城大营的军号吹响了，新的一日如约而至。

夏天过去了，在整个秋冬之季，刘北楼果然像他所计划的那样，明面上在按部就班地工作，但是暗中张开的另一双眼睛，却紧盯着军部的机要室、往来电文以及马乙麻的特务组，连任何一丝可疑的细节也不肯放过。借此，刘北楼基本上掌握着敦煌方面的大小动静，也随时可以预判到鸦片制作的进度，他犹如一只潜伏的鹰隼，做好了时刻出击的准备。但是，这种孤胆主义的行为毕竟有限，也显得过于鲁莽与草率，因为有关鸦片运输的渠道和时间，也正在军部的核心层激烈地酝酿着，短期内尚无定论。在往年的数次押运途中，凉州方面的鸦片要么被友军所扣，要么被强悍的土匪武装所劫掠，马廷勤和马乙麻心中的这一口恶气始终难平，被迫采取了更谨慎、更隐秘、更难以预料的手段，天天都在筛选并设计各种方案。据报，今年的鸦片成品有望收获七至八吨，突破十吨也未尝不可。啧啧，那可不是简单的大烟膏子，而是沉甸甸的真金白银，是机关枪，是山炮，是马匹，是源源不断的巨额军饷，是扩军备战，也是独霸一方，从此称王。事以密成，言以泄败，越到了后来，这个最高级别的机密越是被封锁在了三两个人之间。直到翻过年、元宵灯节之前，武威城北门下突然出现了两具尸骸，一个是尹先生，另一个则是张观察，军部的机密开始急剧地发酵了。

刘北楼始终在外围徘徊着，无门可入，无隙可乘，更不敢发展任何一个同党，来分担他的焦虑与无助。按照个人的判断，鸦片一旦上路，机器就会轰鸣，刘北楼自然将目光投向了汽车团二连，好在他跟那一帮司机混得很熟，最近又学会了河西一带的牌戏，天天去掀牛九，输多赢少，大家对政训员的热情格外空前。下雪的一天，刘北楼吃罢夜饭，揣着钱包走进了汽车连，发现院子里空空荡荡的，司机们不见了，所有的卡车也已外出。闲荒中，值勤的哨兵透露说：他们去接新车了，三天后才能返回。刘北楼颇为好奇：怎么，军部又购买了新车，还是冯玉祥将军又馈赠了一批二手货？哨兵却相告说：不，不是美式卡车，听说是一批定制的胶轮大车，不吃油，而是专门为骡马预备的。

不巧，这时候另一桩事情别生枝节，险些坏了刘北楼的计划。

为了扶灵南下，将张观察的尸骸护送到上海滩，军部和武威县府几经磋商，决定各自挑选一位代表，再加上本地的一名民间人士，共同组成凉州各界慰问团，以示郑重。马乙麻根本不用过脑子，直接将刘北楼推荐给了马长官，一则借助他跟友军之间千丝万缕的联系，只要有昔日的同窗肯说话，愿通融，乐于援手，又何愁搬不动拦路的石头呢？再者，即便慰问团如期开拔，离开了凉州界，刘北楼也绝不会变成一只断线的风筝，更不怕他反水，因为沈阁兰作为人质被扣押在军营，马乙麻等于吃下了一颗秤砣，心里稳当极了。为此，马长官特地召见了刘北楼,请他喝了一顿三泡台,碗里码满了冰糖和桂圆,并简略地交代了他此行的任务与职责所在。岂想,听罢了这些,刘北楼误以为此乃调虎离山之计,军部的真正行动可能已经开始,他当即就反弹了,坚辞不受。实际上,刘北楼的辩解苍白且无力,什么他身为军人,宁可为共和战死,也不愿意为一具横死的尸体当仆人;什么他七尺男儿,头顶日月,背负星辰,绝不能让一副不祥的棺材玷污了身上的风水,总之巧舌如簧,说干了嘴里的唾沫渣子。最终,马长官面呈不怿,说这不是在跟你商量,这是老子的命令,你去准备吧。在被迫无奈的状况下,刘北楼再次找见了一个借口,声称沈阁兰怀孕了,这一段时间妊娠反应很剧烈,干脆无法进食,整日吐天哇地的,她身边急需要有人照顾。也不知什么缘故,长官大人被一口茶水给呛住了,手中的盖碗突然碎在了地上,失声地问:什么,沈小姐怀上了娃娃?

　　这件事拖宕了好几天,刘北楼的心中暗无天日,无计可出,揣了一团缠麻似的,忽然想起了顾山农,于是飞鸽传信,打算去承平堡痛饮一场,缓解压力,发泄一通郁闷。但是,黄连碰上了苦胆,那一天的顾山农也是走投无路,被大烟瘾彻底攫取了,全然没有了过去的热情,装也装不出来,各自失望而归。趑出了承平堡的地宫,刘北楼沿着朱家嘴子一路北上,打算回新城大营里歇息,不小心被罡风所扰,酒劲突然就上了头,一时间晕头转向的。在路过军部东校场的一座战备仓库时,刘北楼误打误撞地闯了进去,碰见了汽车二连的那帮家伙,发现他们正在收拾十几辆胶轮大车,给车轴膏油,整理轮毂,安装挡板与篷布,校正车头,等等的。在其中一辆略显夸张的车轿上,刘北楼瞭见轿厢两侧各画了一个圆圈,圆圈内站着两颗漆黑的大字,一个是"奠",另一个则是"哀"。刘北楼伸出指头一摸,油漆未干,大概是刚刚刷上去的,当即明白了这是灵车,便迅速撤离了战备仓库,知道附近一定有特务组的桩子,像马乙麻那样的阎王爷,最好还是不招惹为妙。

　　然而,一种反抗的勇气,叛逆的意志,又让刘北楼在酒醒之后心生不甘,忆想起了去年秋天的月圆之夜,老师在散步途中秘密下达的任务。事实上,在这个叵测且无端的人世间,的确存在着一块反骨,它天生,它铁定,它确凿,它命运使然,它被一腔子热血所驱策,就像夜空中的那几颗寒星,钉在了颤抖而凄凉的天幕上,无论如何磨洗,如何运转,也不会削减了自身的锋芒,灭失了内心的骄傲,反而越发地不可一世,烁烨光辉。过了引桥,站在军营的大门前,刘北楼眺望着星空下这座城池的轮廓,告诫自己说,必须得让这一台杀人的机器停下来,要么刹住车,要么捣毁它。

可谁也不会料到,一个突然袭来的漩涡,差点吞噬了这一切。

那天散会后,刘北楼夹着公文包回家,刚走到别院门前,却发现雪地上落了一层黑乎乎的东西。风雪汹涌,刘北楼拈起一指头,搭在眼前细察,却原来是一小撮纸灰,于是并不在意。可偏偏,门下的缝隙里又吹出来一些纸灰,吹在了他的脚下。刘北楼拾起一小片尚未焚毁的余烬,骇然地瞭见纸头上有一行清晰的墨字:罂粟基地。那一霎,刘北楼色飞骨惊,料定自己的末日到了,慌忙用皮靴铲开了浮雪,掩埋了地上的纸灰,闪身入内。

沈阁兰正坐在凳子上洗手,半盆子水已经变黑了,蓦地抬头,瞥见丈夫气冲冲地闯进了堂屋,又突然停步,仇恨地盯视着自己。不知其详,沈阁兰刚要开口询问,却见刘北楼做了一个噤声的手势,蹲在了脸盆旁,拿起一块帕子,开始替她擦手。哎呀,不是我说你,阁兰你身子累赘,你可不敢动力气,千万要小心肚子里的宝宝;来,我抱你去炕上躺着,别着了凉。沈阁兰纳罕极了,丈夫这忽冷忽热的态度,其实是有话要讲,什么身子累赘呀,不过才怀孕三两个月,分明是夸大其词,在提防隔墙有耳,小人作怪。上了炕,沈阁兰便被一床棉被盖住了,刘北楼竟然连衣服和靴子也没脱,像一条冷水鱼似的,蹿在了她的身边,用被角捂住了两个人的脑袋。阁兰,你刚才干什么了,你身上怎么有烧火的味道?故作镇静地问。呃,我把自己的日记本烧了,烧光了,我以后不再记日记了,这个习惯不好,沈阁兰答复道。咦,你怎么会有这样的想法呀?我可知道,像你们这些女学生都喜欢在日记本里倾吐一些伤感和浪漫,难道说戒就戒了?刘北楼追问道。沈阁兰说:你不是叮嘱过我么,要阅后付火;以后咱们家的一切，我全部装在脑子里，绝不会让外人打探，也省得你操心。终于撬开了一丝缝隙，刘北楼断定情况有异，未及再问，便听妻子嘀咕说：哼，太没规矩了，我当时正在桌子上记日记，内务组的尕六子送来了一根羊腿，军部发的，我从灶房里出来后，竟然发现日记本被他动过了，我吓了个半死，赶紧就烧掉了。刘北楼心里咯噔一惊，嘴上却说：烧了也好，人的脑子是最可靠的，什么也比不上强悍的记忆，我知道你一定行。

寻了个借口，刘北楼下了炕，跑出了别院，当日晚夕，便将在军营附近镇子上采买的尕六子绑架走了，几经审问之后，又将其溺死在了一个涝坝池子的冰窟窿里，不留痕迹。原来，尕六子名叫马德六，趁着去送羊腿的工夫，窃走了沈阁兰的一笔钱，但是他对罂粟基地之类的问话，却是一再摇头，惘然不知。回到了新城大营，刘北楼鬼使神差地碰见了马乙麻，寒暄了几句后，这个特务头子居然拿出来两条香烟，声称这是他昨天从省城兰州带来的，请沈小姐品尝一下著名的白塔牌烟卷。刘北楼客气了几句，婉言谢绝，理由是妻子有孕在身，吸烟对胎儿不利。马乙麻也不再强求，婉转地说：北楼兄，最近风干物燥，你最好劝劝沈小姐，让她小心用火，今个天别院里漾起来的那一阵子黑烟，惊动了消防队，可真是危险呀。

刘北楼心知，他跟沈阁兰的生活是透明的，毫无秘密可言，但特务头子的话，让他立刻觅见了一次机会：是呀，内子最近身体欠安，加之妊娠反应很厉害，我正琢磨着带她搭个顺风车，去省城兰州看看西医，她根本吃不下汤药，一吃就吐，可真是愁死我了。马乙麻诡笑地说：哎呀，你不能去兰州城，过两天，你就要作为特别代表，跟着各界慰问团一道开拔，沈小姐的事你尽管交给我，这个不难。刘北楼抱拳道：心领了，但是何必呢，反正运送张观察的卡车要路经兰州，等看完病，我把她安顿在城里，待我完成任务返回后，再接她一起回凉州报到，岂不是更为简便？马乙麻果决地说：不，慰问团不打算进兰州城，也不坐卡车，所以你带不走沈小姐，还是让我来代劳吧。刘北楼讶异地说：什么，不进兰州城？张观察这么大的人物，按理说应该由省府公祭一番的，那将来走的哪一条线路呀？马乙麻摇了摇头：

北楼兄,出发的那天你自然就知道了,现在还属于机密,恕难奉告。

实际上,就在这短短的一刹那,一切都水落石出了,刘北楼不再有疑问。

临分手前,刘北楼忽然攀住了特务头子的肩膀,面露难色,央请对方走个门子,抓紧开一张特别通行证,说他想带着沈阁兰去一趟海藏寺,烧个香,磕个头,替肚子里的孩子求一根吉祥结。因为信仰的缘故,刘北楼料定佛门之地乃是特务组的盲区,马乙麻的触角一般不会伸向那里。本以为是天大的难事,岂料马乙麻很痛快地答应了,从口袋里摸出来一本皮质的通行证,慷慨地交给了政训员,这为沈阁兰的逃离提供了极大的便利。

然而,事情并非那么简单。

第三天午后,风雪骤歇,刘北楼携着妻子走出了新城大营,拎着两只皮箱,据说装满了朝佛的纸火,在镇子上临时雇了一辆车轿,直奔海藏寺而去。进入寺门,刘北楼突然获得了一种大解脱,却也来不及享受,在一个相熟的执事引领下,穿过大殿,绕过曲折的廊道,站在了后门外。寺里同样提供了一辆麻布车轿,轿顶上的幌子绣着"海藏"二字;鉴于这一座名刹的巨大声威,沿路上的哨卡并没有拦停它,也不曾盘问,所以车轿顺利地抵达了武威城,将刘北楼夫妇卸在了汽车站门前。事先,刘北楼已经替妻子购买了一张车票。驶往省城兰州的长途班车开始了检票,喇叭声刺耳,乘客们蜂拥上前,大人喊,娃娃哭,简直乱成了一锅粥。刘北楼左手提着两只小皮箱,右手攥住妻子的手,暗中感觉到沈阁兰在发抖,激烈地发抖。这么着,刘北楼挑了一个安静的角落,放下皮箱,将沈阁兰拥在了怀中,抱得很紧。

耳语了一番,刘北楼松开臂膀,揩净了妻子眼角上的泪滴,因笑说:短则半年,长则八九个月,待任务一旦完成,我就去兰州城里找你;那个地址你一定要记牢,那是老师秘密安排的,不会有任何麻烦,你快上车吧。沈阁兰不为所动,仰看着沉重的天空,抽吸着鼻子,感慨道:凉州,凉州的确太凉了,我这些年一直没能暖和过来,想不到今天就这样滚蛋了,我真是心有不甘。刘北楼安慰说:不,凉州不凉,凉州其实是一块燃烧的精炭,只不过它现在暂时灶冷烟寒,你看不见它内部的火焰罢了。等将来的中国一统山河、民族光大、国魂鼎立的时候，我一定会带你来故地重游，看看祁连山下这一片和平而沃美的绿洲，我发誓。沈阁兰收回了目光，苦楚地问：北楼，你真的不想跟我走么？你有信念，也不乏勇气，但我知道你所做的这一切太危险了，你等于在刀尖上搏命，孤苦无助，又让我如何不担心呢？刘北楼截铁地说：不错，正是因为危险重重，刀山火海，我才要去拆掉引信，解除后患，我并不觉得自己孤单；这个国家必须有人去疼爱，去抢救，去保护，这样的儿子娃娃大有人在，而我不过忝列其中，只是普通一员罢了。

就像是在印证这句话，汽车站门前突然枪声大作，子弹横飞，一场抓捕开始了。

刘北楼拽住妻子，赶紧藏在了一根柱子后头，瞥望过去时，发现交战的一方是长途班车上的几名乘客，另一方则是从大门外冲进来的马警和步警，武装到了牙齿。这显然是一次精心策划的行动。果不其然，在第一波攻击结束后，步警队架起了机关枪，一阵扫射，迅速将那一辆铁皮客车打成了破筛子，轮胎也相继爆了，车屁股上冒出了一股股黑烟。这时候，县警察局的王伯鱼出现了，举起一支镔铁的喇叭，喊话说：共党分子，我勒令你们立刻投降，将手中的武器统统扔出窗外，否则我格杀勿论！喊了诸多遍，王伯鱼的威胁难以奏效，客车上仍然有人在抵抗，在放枪，子弹刺破了空气，发出一种凛冽而寒冷的啸叫，彼此僵持不下。

奇怪的是，王伯鱼扔掉了喇叭，一个手势，带着部下们离开了汽车站的大门。

逃生的机会就在眨眼之间，刘北楼断定，王伯鱼的这种怪异之举，绝不是鸣金收兵，也不是放弃了抓捕，而是在图谋下一次更加致命的攻击。趁着双方喘息的刹那，刘北楼将妻子护在身后，借助那一根根柱子，很快就远离了铁皮客车，跑出了车站大门。果如所料，街道上传来了一阵阵轰鸣声，一帮警察连拉带踢，滚过来了几只大铁桶，铁桶的身上刷着一行油漆字：武威县油库。随着王伯鱼一声令下，油桶依次被放倒了，带着一丝丝焦糖色的汽油喷射而出，沿着三合土的地面，冲下了门口的坡顶，漫流开来，犹如城外萨班渠里的春水，扑向那一辆正在冒烟的客车。

但是，刘北楼和妻子并没能及时走脱，跑出去十几米之后，竟然被王伯鱼追撵上了，拦截在了东乡锅盔店门口。原来是阁下呀，你今个天不穿军装，我还差一点没认出你来，你这是打算出门呢，还是刚刚回到凉州？王伯鱼乜斜地问。在军地双方的联谊会上，这二人曾经打过照面，但也谈不上有什么私交，此刻王伯鱼突兀地追过来盘查，自然引起了政训员的不快。哎哟，这应该是嫂夫人吧？天气太冷了，两位最好抓紧出城，回家里去烤火，等一下全城戒严之后，恐怕会绊住你们的腿脚，再走就难了，王伯鱼又道。这是在递话，在关照，刘北楼当即心中一热，但也不想欠下这一份人情，遂掏出了特别通行证，交给了对方。岂料，王伯鱼简单扫了一眼，并没有去接，嘀咕道：快走吧，特务组的那个阎王爷正在赶来，据我了解，他不光痛恨共党分子，他对自己人也下手无情。如此一来，刘北楼终于绷不住了，搁下皮箱，抱拳一揖：

"伯鱼兄，咱们后会有期，多谢了。"

"对了，罗什寺附近比较安全，大搜捕就要开始了，你应该明白我的意思。"

王伯鱼叮嘱道。

"你我素无交情，你干么要告诉我这些？"

"可能是因为承平堡，谁知道呀。"

"顾山农？"

"也许吧。"王伯鱼含混地点了点头，掉转而走，又匆匆撂下一句话，"是这，今早上发了一辆早班车，嫂夫人应该在那趟车上，警察局里有售票的存根，我一定会处理妥当的。"

闻听此言，刘北楼脚跟一磕，拔直了脊梁，朝着王伯鱼的背影，行了一记标准的军礼。离开没多远，也就是他们刚刚拐入流木巷的那一霎，汽车站的方向上突然传来了巨大的爆炸声，腾起了几个火球，冲击波掀翻了屋顶上的瓦叶子，天空陡然一沉，又开始下雪了。

下半天时，刘北楼将妻子安顿在了法牙街的一座宅院里，幸亏主人不在家，沈阁兰可以避难一段日子，暂时无虞，后续的事情只能托付给承平堡的友人。干完了这些，当日晚夕，刘北楼回到了新城大营，感觉自己从此了无牵挂，再也没有了任何束缚，终于能够像一把出鞘的匕首那样，吐露锋芒，光寒凉州。

胡笳九十一节

　　附近庄子里的公鸡陆续打鸣了，承平堡被一片霞光所笼盖，骡马喧腾，贸易如常。

　　顾山农挑三拣四，倾肠相告，此刻讲述完了那个来自北平城的女学生的辛酸故事，该省略的省略，该夸张的夸张，总之让妻子泪水涟涟，一直哭到了天亮。达云的指甲太尖了，问东问西的，但凡顾山农有一点点的含混不清，一下子就掐住了他的皮肉，究问不休，催令他重新开始叙述，仿佛那个叫沈阁兰的女人是一台戏，堪比秦香莲与窦娥，久听不厌。泪水洒在了顾山农的胸膛上，湿漉漉的，什么瞌睡，什么酒醉，什么哈欠和鼻涕，什么鸦片瘾，这些破败而无耻的情绪，完全失踪了，代之而起的则是一种清冽而追忆的声音，弥漫于下半夜的四壁之间，让达云浸淫其中，哀伤不已。真的，眼睛都哭肿了，视线模糊，达云收住了哽咽，首肯说：

　　"山农，你把沈阁兰接回来就对了，这是一桩善功。"

　　"哎呀，我真的差点错过了，有负于刘北楼。他此前专门来找过我一次，可偏巧我害了牙疼，也许是情绪不对劲，他话到了嘴边，又活生生地吞了下去。再后来，他塞给我一个地址，想必他也是走到了绝境，干脆没了办法，那么我定然不会辜负了他，我现在做到了。"

　　"但是你把她藏在了朱家嘴子，这保险么？"

　　忧心道。

　　"半年，顶多也就是一年，刘北楼他就能回来。"

　　"那个什么鱼，他见过沈小姐，他可是一条疯狗呀，我记恨他。"

　　"呃，他叫王伯鱼，陈垦丁的头号干将，支走了步警队的张彝之后，他一心想当局长。这就是县长的手腕与高明之处，他只让狗发疯，但从来不想喂肉。"倏忽间，顾山农想起了王伯鱼私下里对自己的巴结和示好，坦承道，"其实呀，姓王的并不是对手，因为他把承平堡当成了钱庄，我自然也对他出手大方，索一给二，有求必应，现在拿住了他的七寸。举目凉州，真正可怕的就是那个特务头子马乙麻，这个名字就让我头皮发麻，一向生畏。"

"胡笳。我想起来了，惊白揍过那个姓马的，朱先生后来给我诉过苦，说可惜了胡笳。"

"什么胡笳？"

"嗐，就是弟弟在校场上逞能，他当众打了那个马特务，朱先生的布口袋里事先藏着一颗卵石，结果毁坏了朱先生的乐器不说，另外还赔上了伙计的一根指头，这才作罢的。"

嘻然道。

"不，那是他暂时吞下了这一口恶气，另有所图罢了，你可千万不敢门缝里看人。像马乙麻这样的家伙，绝不是通融之人，他更有野心，也更毒辣，他甚至想当新城大营的主子，我有这个预感。"

"山农，我觉得你把沈小姐扔在朱家嘴子，这可不是待客之道。"达云思想一番，立意已决，"干脆，咱们把她接回来，就住在堡子的内院当中，她还可以跟我搭伴呀？"

"不必了。"

"她孤零零的一个外乡人，心里肯定很难受。"

"呃，反正不太远，朱家嘴子就在承平堡的眼皮子底下，这样也便于照顾她。等刘北楼返回凉州后，我再囫囵着交回去，不枉了他对我的托付和信任。这一段日子我耽搁得起，达云你也要理解我。"这一刻，顾山农不免兴奋，却又别生枝节地说，"沈小姐有孕在身，据说怀了孕的妇人一般都很娇气。再说了，她也是北平城来的女学生，我迄今尚未摸准她的脾性，朱家嘴子最好，咱们别打扰她。"

不承想，这番话就像一榔头打烂了醋缸，达云立时变色，愠怒和耻辱在体内乱蹿一气后，终于不可遏止地发作了：

"顾山农，你是嫌弃我不生养、不会下蛋么？"

顾山农猛地抱住了妻子，一再忏悔着。

"我知道，这就是你心里的病根子，你嫌弃我的肚子，你讨厌我的身子，憋了那么久，你的狗牙终于露出来了。哼！我一个凉州土丫头，自然比不上北平城里的女学生。"

"达云，我可真不是那个意思，求你了！"

"你来呀，你现在就来么？母鸡下蛋，还需要公鸡骑上一程，你别光顾着打鸣了。"

但是，这个早上的顾山农无势也无能，只能屡屡以失败告终。

哭了半晌，也许是觉得没意思了，自己有点太无理取闹，达云忽然一骨碌爬起来，赤条条地站在炕柜下，一把拉开了门扇，翻箱倒柜地搜腾起来，最后找出来了几样料子，在身上不停地比画。恰在此时，叶小梳叩了叩窗户，喊两个东家赶紧出来吃早饭，别饿着了。达云一下子变换了声噪，阴阳怪气地说：

"哎呀，你们都是我的姑奶奶，是武威城里的仙女，也是凉州画壁上的香音神。我这就去王宝珠裁缝店，给你们每人做一套料子衣裳总可以吧？"

叶小梳不知内情，尖声道："还是张宝福家的好，王宝珠的手艺太次了。"

"死蹄子，等着我出去撕你的嘴吧！"

威胁道。

第十五拍

胡笳九十二节

北归的大雁就像一丛丛热烈的香火，供在了天空，供在了六盘山的头顶。

六盘山南北纵亘，犹如一根强劲的脊梁，挑起了这一片黄土层叠的大地；北有古原州，东有平凉府，南下则是秦州，亦即天水郡，自古而来便是一座令人生畏的天堑要冲、关河锁钥。其冈峦重复，沟涧纵横，山峰静默如佛，烟云变幻，恍若梦寐，尤其是在这个季节上，隘口与坡顶一带的风雪仍未歇停，似乎在故意刁难这个人世间。到了下半天，凉州各界慰问团终于漫下了山坡，众人的眼前晴光一片，气象深秀，抬头瞭见那一行行北归的大雁时，眼泪立刻就下来了。

不，或许那并不是大雁，亦非香火，而是一帮穷亲戚，前来接应了。

大家乱糟糟地坐在山脚下，有的在啃干粮，有的在打盹，谁也不愿意言传，仿佛经过这四五个昼夜的长途跋涉，一个个被扒了皮，被抽了筋，耗尽了最后一丝力气，连咳嗽一声也不会了。坡地上青草新嫩，枝叶翠绿，卸下了缰绳与笼辔的骡马们，如同一群饿汉子遇见了流水席，前头吃，后面拉，再也顾不得基本的礼数了。不过，估计还得一两个时辰才能动身，因为有几辆车子坏在了半山腰，张彝带着手下，包括北疆的那几个野汉子，原路上山了。慰问团的核心当然是灵车，此刻就停在了一片老松树林子里，张观察整整歇了一路，看样子还要歇息下去，没有人愿意跟他计较，除非脑子里进了屎。灵车的车头上插着一把野花，叫不出名字的野花，这是政训员干的，也许在用一种文明的手段祭奠亡灵。但是，刘北楼意犹未尽，继续佝偻着身子，在草坡上寻觅着，摘采着，一不小心靠近了法事班子。此刻，灰老鼠一般的和尚们围拢而坐,像是在诵经,又像在商议着什么;刘北楼尖起耳朵,却连一句也听不周详,忽然壮起了胆子,迅速靠了过去。

这个关节上,两名僧人突然从松树上跳将下来,截住了政训员。

刘北楼仔细一瞧,原来林子里停放着他们须臾不离的车马,车是胶皮轮子的,牲口也是耐力十足的长走马,正在嚼吃着精饲料,目中无人,就像这一帮僧侣,根本不合群。自从离开了凉州地界之后,整个慰问团实际上就是两张皮,彼此之间鲜有交流,各说各话,各吃各饭。布虚和尚听见了动静,脚不沾尘地跑了过来,赳赳然地说:阁下,法事刚刚进行了一半,打扰不得,否则就前功尽弃了;在六盘山上没念经,我得抓紧补回来才是呀。刘北楼晃了晃手中的那几根绿草,释解说:法师,你忙你的吧,我也没啥事,我在找兰花;喏,你瞧瞧多漂亮呀。布虚因笑说:呵呵,阁下真是好兴致,劳碌了这一路,竟然还在拈花惹草,不赶紧去歇息,咱们距离下一站的丰洛镇还有五六十里呐。这应该是第一次如此轻松的交谈,刘北楼感慨道:呃,内子的名字里有一个兰花的"兰"字,刚才发现了这种野花,忽然间不觉得累了,就想摘上一把带走,也好一解相思。布虚频频点头,深表理解:的确,阁下的福田里鹅黄浅绿的,也跟这眼前的春天一样喜人,不像我们这些出家人了无牵挂,对什么东西都不会起心动念。这一刻,刘北楼探问说:咦,请问法师的主寺在哪里?驻锡在什么方向,又在何处设坛说法?布虚掸了掸僧衣上的尘土,答复说:其实,一个人只要有持守,心中安坐着一尊上佛,不管他走到哪里,庙宇便会跟随到哪里,又何必拘泥于一座殿堂、两块山门、几堵围墙呢?这是拒绝,似乎也是故弄玄虚。刘北楼再问:那么照法师的说法,此时此地,在这个荒郊野岭的所在,莫非还有一座庙宇不成?布虚和尚心知,这个俊秀的青年军官并非好奇,也不是请益与求教,而是在刺探,于是抬手一指对面的主峰,笃定地说:喏,那便是贫僧的庙宇,俗人瞭不见,但我刚刚从山门里走出来,踏入了你们的红尘凡世当中,听命于阁下你。刘北楼诧异道:六盘山?你意思在说六盘山是你的庙宇,你好大的口气呀?布虚逊然一笑:嗯,只有有缘人才能瞭见,六盘山其实就是一尊坐佛。

刹那间的交锋，刘北楼当即败下了阵来，却也实在不甘，图谋着下一轮的反扑。

目光尽头，六盘山主峰上突然刮起了一团云雾，缭绕不绝。在若隐若现之间，刘北楼似乎真的发现了一尊佛像，壁立而耸峙，静默地打望着这个人世间，一副心事重重的样子。法师，既然有了庙宇，上佛也在，那你的香火呢？刘北楼诘问道。布虚和尚拨弄着一串珠子，答复说：你瞧，这漫山遍野的松树、白桦和杨柳，就是贫僧的献供；阁下能从一朵野花中思念夫人，那也得法外开恩，允许我插几根草木的蜡烛吧？刘北楼被刺得够呛，一时间尴尬无比：呵呵，法师真是高人，十足的罗曼蒂克主义者！我还以为你们的那十几辆大车上拉的是法器和供品，原来我误解了，告罪，卑职告罪。此乃火力侦察，迫不得已之际，只能采取开门见山的策略。又道：我发现那些车辆身子沉重，轮毂和车轴还是特制的，这一路上你们也防范得太紧了，法事班子跟慰问团就像两家人似的，冷脸贴不上热屁股，我这个军方的特别代表难免不快，所以才有此一问，还望法师体谅。闻听此话，布虚忽然捏住了政训员的腕子，一边相邀，一边强行拉拽，将刘北楼带到了那一排车马前，让他随便挑了其中一辆，当场打开了车轿内的箱子。

岂料，揭开了箱盖，掏出来一捆棉絮与麦草，呈现在政训员面前的，果然是一些金佛、鎏金佛、玉佛、铜佛和石质的佛像；另有一堆大大小小的法器及灯碗，刘北楼不认得，更是叫不出名字。布虚释解说：阁下，河西一带的佛门弟子，听说我要东进和南下，所以纷纷请出了各自的镇寺之宝，委托我供奉在五台山或普陀山，以此沾吉，这便是内幕，所以你大可不必疑心。刘北楼简直臊死了，手停在了半空中，不敢去触摸佛像，尴尬道：哎哟，难怪车身沉重，原来这里头不是金子，便是美玉，看样子价值连城的，卑职不敢多嘴，盖上吧，快盖上吧。这么着，布虚拉下了脸，沉声道：阁下不妨再多检查几辆吧，反正丰洛镇还远，咱们要在那里休整几日，也不在乎这一时半会，有请。刘北楼仓皇而走：多谢了，卑职乃一介俗人，不敢打搅法师的清修，我还要去那边摘采一些兰花，以慰相思，告辞。

返回的路上，刘北楼觉得自己积攒了许久的勇气和机智，前期所做的全部努力，此刻就像一只慢撒气的皮囊，渐渐地瘪塌了下去，失败不已，空虚至极。但是疑问仍在，这些疑问犹如去年秋天落下的松针，干涩、尖硬、锋利，在戳弄着他的内心，在不停地嘲笑他的自以为是：鸦片呢？敦煌方面的鸦片呢？那些上品的芙蓉香究竟在哪儿？

结局明摆着，刘北楼输了，碰了一鼻子的冷灰，而那个布虚和尚言行谨慎，几无破绽。

摘采了一束野花，刘北楼绕到了另一面草坡，蓦地闻听到一阵子饮泣声，打眼一瞧，竟然是惊白在偷偷地哭鼻子。此刻，惊白仰躺在草地上，一边凝望着陇东天空中北归的大雁，一边咒骂道：呸，你们两个小贼，以前骗我说磕头拜把子，义结金兰，天上的大雁就是一炷炷见证的香火，狼日的，现在香火回来了，可你们把我给抛弃了，继续待在武威城里吃香喝辣，我不咒你陈匹三、不骂你马眉臣的话，小爷我这一肚子两肋巴的怒气，实在是快要爆炸了。停了半晌，泪水更加汹涌了，真是恓惶得不成，惊白又哭诉说：姐，我瞭见六盘山上这一只落单的大雁，就想起了那个下雪天里的推车子，你带着寒腿酸腰，卧在车子上，当时我的眼睛里就哭出了血，哭了满满三大缸；呃，估计凉州现在也暖和多了，我从地耳朵里听见了你的说笑声，我要托付这只大雁捎一个口信给你，你得好好的，你得活蹦乱跳，你得等我将来回家呀！惊白随即闭目，胡乱叨念了一番阿弥陀佛之类的，似乎将内里的祈愿，交给了天上的候鸟，了却了一桩重大心事。再次盯望时，六盘山一侧的穹顶上干干净净，雁群已然掠过，整个天际仿佛一张素笺，无处落墨，也不忍心去糟践。但是，惊白仍然有话要说，肺腑尚存，于是也顾不得姿势了，枕着双臂，跷起了二郎腿，詈骂道：木哥，你这个狼吃剩下的，你绝情无义，你是生铁铸造的，迄今为止你居然不给我托一个梦来，罔顾了咱们过去的情分；天老爷作证，我勒令你今晚夕来一趟，这是最后通牒，否则的话，我就用这一口痰把你吐出去。言毕，惊白果然朝着天坑深处啐了一口，但是那一团唾沫飞到了半空中，又折返下来，眼看着就要掉在他的鼻脸上，自取其辱。这么着，惊白一骨碌滚远了，避免了这一场人为的天祸。

倏忽间，惊白发现政训员就坐在不远处的草地上，低头忙碌着。

刘北楼失笑道：少爷，你刚才念的是哪一门子的经呀？嘟嘟囔囔的，你比法事班子的道行还深，令在下心生佩服。惊白唯恐自己的秘密被偷听了去，堆笑说：呵呵，如果我平时不这么作法，急时想去抱佛脚，那个铁疙瘩也就不灵光了，等于废物一块，阁下又如何才能掌握凉州方面沈小姐的消息，如何侦听那一帮贼和尚的底细呢？一锤定音。因为有求于惊白，刘北楼短了一口气，不便究问，遂讨好地说：特别代表，你刚刚作法的时候，好像忘了顾山农、朱绣、廖逢节诸位，这些人可都是你的至爱亲朋。我郑重提醒你一句，最好不要厚此薄彼，这应该不过分吧？惊白摇头：不，阁下你有所不知，那个老法器可是有灵性的，我不呼叫谁的名字，谁就没有资格出现在地耳朵里，这就好比一桌酒席，位子总是不够，等我下一次念经时，再把他们补上吧。这种诡谲的论调，完全不在政训员的经验之内，但惊白的说辞，又似乎披上了一层神迹与魔幻，让刘北楼不得不深以为然，笃信不疑。这么着，刘北楼晃动着一沓子信纸，傲然地说：

"拜你所赐，这是我写给太太的家信，等到了丰洛镇，我找一支向西的商团或马帮，托他们捎回凉州，给沈小姐报一声平安。"

惊白努了努嘴，讥诮道：

"呵呵，你看你，你的心思比绣花针还细，居然在每一页夹了一朵野花。"

"内子的芳名里有一颗兰字，兰花的兰。"

"那么请问阁下，我从地耳朵里瞭见的那些凉州故事，我对你讲过的关于沈小姐的现状，我这一路上喇嘛念经地说过的话，难道你从来也不怀疑么？你身为军人，真的相信我这个黄口小儿的描述么？"

刘北楼颔首道："我信你，所以才抽空写了这封信。"

"呵呵，多谢了，那我再斗胆挑个你的刺？"

"什么刺？"

"喏，你手里的那不是兰花，那叫马莲草。"

说罢，惊白狂笑开来，就像一只鹞鹰似的，一蹦子飞远了。

丰洛镇属于三不管地带，依傍着六盘山东麓，濒临一条季节河，半年红火，半年消停。在穿州过府的商团和马帮心目中，这一座码头胜似天堂，不仅可以补充给养、休憩身心，而且各种贸易渠道上的消息纷乱如羽、真真假假，凭着耳朵和口舌就能吃上饭，吃得还不赖。因为离煤矿、金厂和著名的安口窑产地不太远，丰洛镇除了暴力之外，更多的则是钱庄、赌场、窑楼、客栈、驿馆与车马店，被背景各异、成分复杂的黑帮社团所控制，事实上成了一块法外之地，拳头为大，拳头说了算。跟河西一带不同，这里的气候更加温润，雨水也多，镇子上的民宅与牌坊造型别致，精巧而繁复，尤其是两檐水的屋脊上，铺满了乌黑的瓦叶子，像一只只休眠的蟾蜍那般，不动声色。凉州各界慰问团抵达的当日凌晨，牛毛似的春雨已经飘了十天半月，到处湿漉漉的，街道上长满了青苔，摔一跤容易，但是打一声喷嚏却很难，因为黏稠的空气让人很难张开嘴巴，痛快地放肆一把。

天拉下脸来，一派昏沉。刘北楼吩咐完各种琐事后，摸出怀表一瞧，大概是午饭之际。

奔行了整整一夜，趁着天色将明时，来自凉州的这一支车队驶进了丰洛镇，分成了僧俗两界，入住在了相邻的两家客栈内。不承想，两个掌柜的干起了架，日娘搞老子地骂完后，又纠缠不休，结果被布虚和尚及时劝住了，这才和好如初。原因只在于那一辆灵车，那一具棺木。掌柜们不清楚张观察是横死的，冤魂一个，瞧见这么大的送灵阵势，误以为死者乃一方中央大员，最起码也是一位得享高寿的长者；他们为了子嗣，为了求官发财，坚持要让灵车停在自家的院子里，不容外人分享。布虚和尚不偏不倚，居中调解，当即裁定灵车在各家的院子里分别停放两日，人人沾吉。之所以逗留这么久，车辆磨损严重，牲口疲累，恐怕也是当务之急。消停之后，法事班子退出了这家院子，其他人全都上了炕，抓紧去补觉，只剩下了张彝和刘北楼这两位特别代表。

其实，类似的防腐措施还是在凉州本地敲定的，那就是每隔一段时间，要给那一具棺木上蜡，军地双方的人员必须同时在场。张彝点着了一堆劈柴，在墙根下化了半桶子蜡水，滚沸再三，赶紧拎进了马棚子里。棺木并没有落地，继续停在车架上，只是拆下了周围的轿厢，整个身躯仿佛一只巨大而笨重的怪兽，踞伏于眼前。刘北楼拧干了抹布，一味地摇头，指了指棺材板上的水珠，又瞥了瞥外面的牛毛细雨，说：在这样的坏天气下，渗水相当严重，实在难以擦干，根本不可能上蜡。自打死者入殓以后，棺盖上便布满了冥钉，严丝合缝，浑然一体，可即便这样，随着东进的步伐，空气越来越潮湿，难免让人担心那一具尸骸。果然，一些琐碎的嘎巴声不时地传出来，好像榫卯之间在变形，在松弛，在扭曲。张彝查看了几遭，擦拭了许多遍，很快也就灰心丧气了，那些蚂蚁大小的水珠子挂在棺木上，令人怀疑张观察这家伙在故意捣乱，不肯合作。不过，这件事根本难不倒张彝，他喊来了客栈的伙计们，让他们去镇子上买来了几麻袋干燥的木炭，层层叠叠地堆放在了棺材四周，犹如给这只木头匣子穿上了一件黑色的大氅，等待晾干。

张彝随后也去歇息了，刘北楼虽然困得像一头春牛，但心里搁着事，转身踅出了大门。

丰洛镇不设邮局，这不过是一座虚张声势的码头，只认钱，不认人，而真正的正人君子更是少之又少。穿行在细密的雨水中，刘北楼一再思忖，车马店是不能去打问的，那些零客和走单帮的买卖人出没无常，一般难以信任，而落脚于商栈里的大东家们，必须得仔细摸清了他们的底细与贸易线路，才能托付自己的心事。如此一来，事情也就简单多了，刘北楼一边注意脚下，一边巡望着街道两侧的旗幌和店牌，专门寻找那种门面干净、精巧雅致的驿馆，知道入住于此的客人们身份体面，不事声张，足可以信赖。逛遍了整个镇子，在濒临河水的一侧，刘北楼偶然耳食到了一种留声机的声音，仔细辨听之后，凭着他在凉州期间的见识，知道此乃秦腔《法门寺》的唱段。院墙上藤蔓密布，滴水不断。叩响了大门，应声出来了一位中年人，刘北楼仅仅嗅了一鼻子，便断定对方是一名军人，而且级别不低。

办理得相当顺利，刘北楼留下了那一封家信，委托对方在路经凉州时，捎给武威城外承平堡的顾山农。临别之前，他又要走了桌子上的一份《西北民国日报》，半个月前的。

同理，在站着交谈的过程中，这名肖姓军官也确认了刘北楼的真实身份，于是惺惺相惜，打开窗子说亮话，互不相瞒。肖军官的寡母随儿子在咸阳一带驻扎，但近几个月，国内战局的突变，已经不允许她继续拖累下去，加之思乡心切，这才踏上了返回河西的长路，目的地是酒泉以北的金塔。岂料，在丰洛镇逗留的当夜，老人家害了一场寒热病，几经救治，慢慢地痊愈了，但还是不敢舟车劳顿，仍处于后续的静养当中。这位肖军官原是一位大孝子，担心母亲在病床上寂寞难耐，于是照着她的喜好，打开了行李箱中的一台留声机，正陪着一起听戏，却被一阵敲门声给打断了。

挥手别过，看了看时间，在返回客栈的路上，刘北楼急切地掏出了兜里的那一张报纸，目光掠过，身体突然一僵，戳在了雨天雨地当中，感觉自己就像一根被泼满了火油的木头，哗的一声燃起了熊熊烈焰，连血管当中的液体也沸腾不已，浑身烧得慌，几乎要呐喊出来，才能摆脱这一幕困境。纵火者并非他人，而是报纸上的那一行行标题，粗黑，压抑，野蛮，暴力，对这个青年军官构成了极大的侮辱与挑衅：关东军强悍集结，企图肢解东三省，中华国危在旦夕，期盼全民共存亡；黑云压城，东北军内乱不休，危如累卵，大中华何去何从；小日本区区四岛，难以征服我疆土，大中华亿万脊梁，誓死扛起救亡旗……报纸被雨水打湿了，沉甸甸的，刘北楼似乎抓不住它，一屁股坐在了地上，又反反复复地通读了五六遍，默记于心。这一刻，一种愧疚的心理，一种无力杀贼的虚弱感，冲破了悲伤的闸门，终于让刘北楼扯开声嗓，绝望地嘶吼了起来，就像一只动物走进屠场，看见了明晃晃的尖刀那样。

的确，军人的绝望，或许来自末路上的仓皇，也是眼睁睁地看着脚下的这一座悬崖开始松动，柱梁崩塌，大厦将倾，而他自己又束手无策的那一种自责与痛悔。于丰洛镇这个春雨绵密的中午，刘北楼在发疯地嘶吼之后，发现嗓子里一阵阵咸腥，八成是撕裂了，出血了，他充当了一回哭庙的祭品。

不过，就在手指碰见裤兜里的那一枚特别代表的勋章时，刘北楼突然一个激灵，脑子里立刻浮现出了老师的形象。天呐，那一场月夜下的散步，那一番秘密的叮咛，险些被他忘得一干二净了。刘北楼不免后怕，假如刚才被那一种激愤的情绪所误导，再干出一些莽撞、出格和轻率的事情，去跟法事班子的贼和尚们撕破脸皮，岂不是有负所托，悖逆了老师的苦心，也耽搁了他计划中的一切么？这么着，刘北楼忆想起了老师的话，在去秋的月光下，老师曾经语重心长地说过，值此民族生死存亡之际，地不分南北，人不分东西，只要大家在每一条战线上各司其职，干好分内的事情，就像一颗颗铆钉那样吃住劲，绝不松动，这个国家就垮不掉，这个民族也不可能亡种。共勉！老师在讲述完这些后，用一只手攀住了学生的肩膀，说了一句共勉。刘北楼至今还记得，他当时血脉偾张，心跳狂乱，抬头眺望了一眼月亮，发现月亮就是一块干净的银子，中国的银子，谁也抢不走，谁也拿不去。

刘北楼俯身，拾起那一张湿透了的报纸，随手放在了旁边的窗台上，转身之时，却发现惊白正站在自己的面前，表情不快，嘴角上带着怒火与仇恨。

阁下，想不到你也这样落怜，我原本以为自己够窝囊的，但刚才听见了你的嚎叫，我心里起码好了一半，你究竟咋了？惊白相问道。刘北楼一时尴尬，但身负的秘密使命，不足与外人道，况且在他的眼中，惊白仍是一个稚气未脱的少年，遂说：怎么了，少爷有何指教？呃，想必你也喜欢这一场浪漫的春雨吧，那咱们一起走走，这个丰洛镇可真美，简直跟凉州是两个世界，大有看头。惊白横在了对面，执拗地说：刘代表，你别把我当鼻涕娃娃，你先前的那一种嚎叫，肯定事出有因，我知道你心里有一颗苦胆破了，你在发泄，你在舔舐伤口，这瞒不了我。人小鬼大，的确不能以年龄论人，刘北楼咳嗽了几嗓子，托词道：唉，在下也没什么心事，更无秘密可言，伤春悲秋罢了，淋上这一身的雨水，难免会心里作怪，想起仍旧滞留在凉州的家眷，还有她肚子里的孩子，所以就喊了那么几声。目光在躲闪，话也说得疙里疙瘩的，惊白知道对方在撒谎，却也不能再好奇下去了，因笑道：呵呵，阁下不愧是一个罗曼蒂克主义者，那你继续吟哦吧，我的地耳朵丢了，我还要去找那一只老法器呐。

"什么，你说什么？地耳朵丢了？"

愕然道。

"嗯,我现在彻底聋了,我本来就是个聋子么。"

"惊白,怎么弄丢的?你快告诉我呀!"

"天知道,说不定有人在跟我故意作对吧,反正一眨眼就丢了,承平堡的伙计们也真是粗心,我给他们记下这一笔。"原来,惊白的怒火与仇恨来源于此,难怪刚才像吃了枪药似的,又道,"阁下,万一弄丢的话,我就再也不能帮你打探凉州方面的消息了,沈小姐那里也就断了音信,以后承平堡远在天涯,咱们只能睡在枕头上各自托梦了。"

这句话恰巧戳中了政训员的软肋,最糟糕的事情发生了,他也不由得慌乱起来。这一路上,惊白从地耳朵里获取的情况,以及他所转述的关于沈阁兰的一些日常细节,让刘北楼深信不疑,踏实万分,渐渐地对那一块铁疙瘩抱有了迷信的心理,仿佛它不是一件器械,而是千里眼、顺风耳之类的天赐神品。该死的,它居然被弄丢了,这等于彻底地割裂了与凉州方面的联系,让这一支队伍成了断线的风筝,无根的飘萍,尤其是让刘北楼满腔子的思念,从此无处寄托,无法安放。

"惊白,我跟你一起去找吧,这个不能丢,也丢不得。"

"对了,我忘了告诉你,我姐姐给沈小姐做了一套新衣服,在张宝福裁缝店做的。那块料子很漂亮,她自己一直舍不得穿,这回倒是挺大方的。"

"哎哟,那我得谢谢达云了,有情后补吧。"

"再一个,少东主给朱家嘴子派去了两名女佣人,姐妹俩,一个叫梁凤,另一个叫梁华。虽说她们的心肠和茶饭手艺都不错,但毛病就坏在嘴上,简直把我给吵死了。"

"我知道朱家嘴子,怎么了?"

"沈小姐的新家。她就落脚在那一座新打的庄院里,过起了安稳日子,专等你回家。"

刘北楼仰看着天空,一时间鼻酸。

早上,在客栈里小睡了片刻后,惊白忽然醒来了,却也懒得下床，尖起双耳，仔细谛听着牛毛细雨掉在屋瓦上的声音。凉州是狂草，与凉州的飞沙走石、大雨倾盆不同，丰洛镇的这种下法，让惊白觉得就像一堂小楷课，一切都充满了静谧与肃穆，笔尖是软的，墨汁是清淡的，而落墨之后，宣纸上洇开的过程，令人迷醉。实际上，对这个凉州少年来讲，第一次出门远行，哪怕是一阵风，一声鸟啼，一句陌生的方言，一碗异乡的饭食，无不让他新鲜而刺激，心里头一直在哇哇乱叫，大呼过瘾。目下，仅仅是一场缠绵的春雨，惊白便已经知足了，微合双目，神思徜徉于丰洛镇的上空，心田慢慢地湿润了，酥软了，大有一种萌芽待发的状态。冥想中，雨丝就像刷子似的，将一叶叶乌黑的瓦片子擦亮了，亮得如同一堆银块，亮得好比清洗之后晾干的羊毛，覆盖在了这一幕光阴当中，替人间遮风避寒。不过，惊白又有了另一重发现，缘何那些针尖般大小的雨滴，一旦掉在了屋瓦上，便响如重锤，嗡嗡营营的，结成了一张绵密的大网，湿漉漉地渗漏了下来呢？对，声音被屋瓦放大了，龟壳般的屋瓦其实具备了一种神秘的法力，这才是核心所在。解开了这一谜题，惊白登时自负了起来，喜悦也像门外的雨水，漫溢在了体内，一下子波澜无比。

那么铁喇叭呢？地耳朵呢？那一只老法器又将如何？

带着这样的疑问，惊白忽然精神抖擞，打开箱子，取出了那个铁家伙，兀自站在了客栈的院子当中。周围一片阒寂，除了地上的雨泡在破灭，除了牲口咀嚼的声音之外，这恰好是一双耳朵的道场，也是窃听与窥探的机会。但是，惊白并不着急，此刻的凉州少年已经有了簇新的想法，不再像以前那样草率和粗心，他将锥状的铁疙瘩戳在地上，瞭见雨丝被一阵阵斜风吹送而来，打湿了金属的半边，等掉转个方向后，另一半也很快就水淋淋的了，外表上出现了从前的锈迹。每年的古历四月八，姐姐总要带着惊白去一趟无量寺，这天是浴佛节，也是释迦牟尼的生辰，据说在当日献供的香火，等于是平时的十倍或百倍功德。浴佛，干么要给佛像洗澡呢？针对弟弟的疑问，达云释解说：其一，这是一种高级供养，佛像的法力将会倍增，以后可以更好地护佑人间，普度众生；其二，这也是在提醒四方信徒，每个人须有一颗清净心，不生妄念，和睦友爱，同时也将获得上佛的一种加持力。呵呵，既然可以给佛像洗澡，那么给这只老法器来上一场天浴，又有何不可呢？惊白被这个念头所鼓舞，盯看了大概半个时辰，发现它已经彻底湿透了，就像刚刚从水缸里捞出来似的。

一行神秘的铭文出现了，铸刻在铁喇叭的边口上，惊白摩挲了良久，无法识读，但也不可能去求助他人。仿佛在呼应这些文字，喇叭嘴子一带，也就是地耳朵的耳眼附近，另有一枚模糊的箭头，被铁锈所覆盖，如果不是雨水显影的缘故，肉眼一般很难发现。

获知了这个机密，惊白忽然有了一种做贼的感觉，目光扫视了一趟整个客栈，时机大好，于是俯下身去，将耳朵贴在了喇叭嘴子上，扪心谛听。这一刻，整个丰洛镇就像被压缩了，压缩成了拳头大小的一幕图景，被这只锥状的老法器吸附而来，清晰而确凿地呈现在了惊白的面前，无一遗漏，和盘托出。事实上，惊白不单单是耳食了这一切，乃是在目睹，在旁观，在偷窥，犹如他悄悄打开了一双天眼，洞悉了这一幕大光阴的秘诀，同时也体悟了人世上的琐碎与尘埃。雨丝飘拂，和风不止，接近中午时，一些空旷的鸟啼飞溅而下，仿佛更大的雨滴，掉落在了惊白的身上，令这名少年雀跃而亢奋，不肯罢休。是的，与往日大相径庭，现在的惊白秘密掌握了那一枚箭头，这个箭头似乎伸缩自如，可长可短，跟随着他纷飞的意念，上天入地，可谓是指哪打哪，一马平川，无往而不胜。其间，客栈的老掌柜出来了一趟，瞭见这名异乡少年站在雨中，耳朵搭在了一块铁器上，斜耸起身子，正在慢慢地转圈，行止古怪，好像发了癔症那般。老掌柜大半生经营着这座客栈，什么人没见过呀，对此并不意外，将残茶泼在了地上，掉头进了门。

惊白跟随着那一枚箭头，像长腿圆规那样旋转着身体，将整个丰洛镇尽收眼底，仔细地观望了一遍。在桥头下方，一辆马车陷进了泥浆中，但措施不当，紧接着又侧翻过去，十几口大缸砸落而下，碎的碎，破的破，这可都是安口窑的一品货，也难怪车夫哭得那么悽惶。在牲口市场上，刚刚办结了一桩交易，双方正在交割钱钞，却见那一头被售卖出去的黄牛挣断了绳索，狼亢地奔了过来，跪在了主人的膝下，一个劲地落泪。循着尖厉的哭喊声，惊白将箭头对准了一座家境殷实的宅院，心下大骇，发现一个恶婆婆拿着锥子，不停地虐待她的儿媳妇，锥子专扎屁股蛋子，这样就留不下什么罪证。在沿河的麻石街上，惊白瞭见了一个熟悉的身影，特别代表刘北楼，他正在寻访一支西去的商团，口袋里的那一封家书，夹杂了几朵六盘山下的野花，花香早已消失了，罗曼蒂克遭受了一定的损失。后来，惊白便开始侦听隔壁客栈里的那一帮贼和尚，原来法事班子并没有歇息，因为车辆出现了不同程度的麻烦，他们正在大规模地维修，整个院子里嘈杂声不断，斧锯挥舞，木屑横飞。

正在兴头上，心里乐开了花，却不承想，惊白的这种怪异之举，被伴当们发现了。

北疆来的这一群汉子围拢在四周，错愕、惊慌、骇然，生怕惊白不小心沾上了什么邪祟，失了三魂，丢了六魄，变成了白昼天的一介游神；他们喊也不敢喊，拉也不敢拉，只能悻悻然地盯望着惊白，一时间无计可施。惊白收住姿势，将铁喇叭戳在地上，一边掩饰尴尬，一边用眼神挑衅，责怪他们多管闲事，坏了自己此刻的心情。游击却并不忌惮，抱拳道：请问师公子，你这一套跳大神的本事是从哪里学来的？你是在祈神，还是在杀鬼？惊白怒了，鄙夷地说：在下姓徐，名惊白，你最好把那一双贼招子洗干净，再来跟本少爷理论吧。张汲水佯笑道：呃，原来少爷姓徐呀！我真是走了眼了，误以为碰见了跳大神的师公子呐。饶是如此，北疆汉子们仍不放心，因为身处异乡，那些陌生而狞厉的鬼魂往往最容易上身，附体作乱，咂骨吸髓，这也是长路上最凶险的事故之一，轻则瘫痪于途，重则分崩瓦解、人马俱亡。这个关节上，游击不再多嘴了，苏巴什款款上前，哀恳地说：少主子，多有得罪，为了咱们北疆人的好，也为了这一支队伍顺风顺水，烦请你暂时委屈一下，我们现在要走一道手续。惊白轻蔑地说：呸，反正我欠你一根指头，早晚都得偿还，你去把斧头拿来吧，我绝无二话。苏巴什吓坏了，赶紧释解道：不，少主子你误会了，我们只想替你过过火，燎干净你身上的邪祟与腌臜。天老爷在上，这顶多就是一炷香的工夫，你就屈尊成全了我们吧？

然而，北疆汉子们在客栈里寻了一大圈，竟也没有找见一根麦草，客栈里只有煤炭和劈柴，但那不是过火的材料。活该要出事，似乎这一切都有前定。

苏巴什抽了抽鼻子，暗自一笑，就在这个清新而酥润的下雨天，一股新鲜的刨花味道跃墙而来，袭向了他的面门。不错，隔壁的客栈里正在下料，解板的解板，推刨的推刨，斧锯和刀凿的声音犹如一个响器班子，令苏巴什觉得相当熨帖。凭着经验，苏巴什猜想这种刨花一定油性少，耐燃烧，火焰干净，岂不就是北疆人专门用来作法的东西么。这么着，苏巴什找来了一只大背篼，斜挎在肩上，叮嘱伴当们稍候片刻，而后他孤身一人出了门。

待这个北疆汉子再次返回客栈时，他已经脱胎换骨、面目皆非，他或许不能再叫苏巴什了，他应该叫噩讯，他叫仇恨，他也叫死。因为他本来就是一名死士，一个暂且苟活于人间的死人。这一刻，一切都不可逆转了，命运狠狠地踢了他一脚，苏巴什跌倒在地，趴在了一摊雨水中，半天也爬不起来。

背篼里的刨花撒出来不少，蜷曲在地上，像一片片被雨水打败的花瓣，但木头的清香却格外浓烈，比空气还甜。苏巴什摔坏了，或者说，他根本不打算站起来，就那样趴在地上，手脚并用地拱了过来，比蛤蟆还难看。一边朝前拱，苏巴什一边拾起地上的刨花，露出了猩红色的牙花子，鸡皮蛙脸地仰看着惊白，干笑说：寻见了，终于寻见了！天老爷开了眼，天老爷并没有死绝，他老人家还记得咱们这些可怜的北疆人呐！惊白愣怔不已，他本来就对这几个承平堡的护卫有看法，成见颇深，此刻又目睹了苏巴什的这种乖张与诡异，一时间深感不解，呵斥道：寻见了啥么？你别连毛带草地说话，我脑子里只有豌豆大的一滴脑油，我可不想费心去猜。苏巴什当即停了下来，用肘关节支起了下颔，继续干笑道：少主子，显而易见的天意来了，这就是天意，咱们北疆人终于等到了这一天，一切都是功不枉费呀！惊白被这种唾沫渣子的话激怒了；就在苏巴什伸出胳膊、试图去抓一卷刨花时，他突然抬脚扣住了对方的手，野蛮地踩踏了一番：呔，我现在警告你，你别以为替我捐过一根鸡巴指头，以后就可以放肆地骑在本少爷的头上，我可不是一块烂泥巴，让你想捏就捏、想塑就塑的。苏巴什的表情骤然变了形，疼痛让他的牙花子更红了，咧笑道：呵呵，打是疼，骂是爱，我知道这是少主子在惜爱我，在赏识我，在犒劳我，我这辈子也知足了。

这时候，客栈里的一扇窗户打开了，张彝探头瞭看了一眼，或许又接着去睡了。

惊白奈何不得，一时间气馁极了，赶紧收起了脚，打算走人。岂料，张汲水率着伴当们横在了面前，三七不问，动作凌厉，直接叉住了惊白的四肢，将他掀在了半空中，开始过火。北疆人的这一套鬼把戏娴熟而默契，携带着边地一带的野蛮气息，令当事人不知所措，惊恐万状。此刻，挣扎是徒劳的，惊白犹如一扇夸张的羊排，被众人抓举起来，离地三尺。苏巴什蹲在地上，将背篼里的刨花掏出来，码成了一座虚笼笼的小山，而后划着了一根洋火，喂了过去。刨花干爽，加之内部空虚，火舌刚开始还是软的、惺忪的，呼哧一声就醒来了，硬朗地燃烧了起来。北疆汉子们抬着少年人的躯体，在火焰的上方依次作法，先是燎了三遍惊白的正面，而后又翻转过来，燎了三遍他的脊背和屁股。过火讲究的是全须全尾，一件也不能落，当惊白被一大堆胳膊所控制，倒栽葱似的竖立在火焰之上时，他瞭见了苏巴什那个贼趺坐在地上，正在念念有词地祷告着：一过你的心，愿你得入永生门；二过你的灵，愿你得入清凉门；三过你的身，愿你得入金刚门……烟熏火燎当中，惊白的眼泪唰地淌了下来，一再断定苏巴什就是黑老鸹转世的，一只碎嘴的黑老鸹。

仪式结束后，惊白被放了生，大汗淋漓地蹴在了廊檐下，半天也喘不过气来。

然而，替惊白过火，燎擦那些所谓半路上沾染的邪祟与腌臜，似乎只是一幕序曲。北疆汉子们另有主张，迅速忽视了惊白的存在，将剩下的半背篼刨花丢在火堆上，慢慢地引燃之后，他们便开始肩并肩、牛顶牛，紧密地围拢在一起，叽叽喳喳地交流开来。雨雾羼杂了刚才的强烈炙烤，让惊白一阵子发冷，一阵子发热，牙齿在打架，虽然尖起耳朵去偷听，但奈何苏巴什诸人用的是一种拗口的土话、诡异的手势，他自然就被革除在外了。商议已毕，那只背篼也已经烈焰滚滚，火焰像一个踩着高跷的小丑，摇曳于空中，北疆人忽然散开了，各自下跪，朝着虚空里磕头不止。苏巴什摘下腕子里的那串珠子，扔进火堆，张汲水也拿来了干粮口袋，将奶疙瘩仔细掰碎后，扬撒了过去，这无疑是一次祭祀。

干完了这些，两个人互视一眼，从对方的泪水中，发现了自己的前世与今生。这一霎，石头也会开花，朽木即将发芽，般般往事，犹如潮水似的涌集而来。突然间，他们就唱和了起来，用了一种旷野般的声嗓，低沉而痴迷：

"树上有果子么？"

"果子在。"

"青的，还是绿的？"

"不青也不绿，恐怕还需要撒一把盐。"

"已经熟了，该熟的已经熟了。"

张汲水怆然道。

"不，继续腌，腌下怒火、耐心和仇恨，谁先动弹，谁就第一个溃烂。"

"实话说，我等不及了。"

"果子还在，但谁也不能摘。"

岂料，闻听此话，张汲水冷不丁地抬手，将一记响亮的耳光，擂在了对方的颊脸上。苏巴什趔趄了几步，心中着实不甘，将浑身的力气灌注在右手上，狠狠地回敬了过去，一报还一报。游击摔倒后，复又从地上挣扎起来，朝手心里啐了一口唾沫，再次抛出了耳光。这回轮到苏巴什了，他换了一只巴掌，甩出去的时候，忽然一个转向，反手抽在了游击的面门上，鼻血哗地淌了下来，溅落在脚下的积水中。这以后，你来我往、互相斗狠的车轮大战持续着，在广漠的雨水中，血腥的气息占据了上风，令人不快。

但是，在一旁作壁上观的惊白，渐渐地窥破了眼前的把戏，先时的忧心与愤懑，被一种洞察之后的快感所取代，不由得心花怒放，暗自喝彩说：快打，狗日的打死驴日的，蛤蟆掐死王八，反正你们是一路子货色。事实上，惊白的判断相当准确，也极为英明，这种来自北疆地带的肉体刑罚，不过是这些在长路上活命的苦汉子相互告诫的方式之一，他们在提醒，在棒喝，在慰藉，彼此扎堆取暖，不至于让这一世的光阴寒凉下去。

看了半天热闹，惊白也不会料到，倒霉的事情居然也找到了他的头上，跟他过意不去。因为铁喇叭不见了，地耳朵失踪了。它刚才还好端端地戳在院子当中，怎么就长了腿，生出了翅膀，眨眼之间走得一干二净了呢？惊白记得，客栈的大门口曾经闪出过几张陌生的面孔，看来丰洛镇的人们绝不是善茬，也不会是饶爷爷的孙子。

如此一想，惊白拔腿跑出了客栈，迎面而来的雨水似乎下大了。

胡笳九十三节

　　带着高烧和咳嗽，惊白被政训员独自扛进了客栈里。
　　内讧，或者说团伙把戏，反正在惊白遁逃之后，北疆汉子们的肉体惩罚停止了，就像一架天平突然失去了重量，意义不再。张汲水一路，苏巴什率着另一路，在附近地毯般地搜索了七八圈，均告无果；于黄昏之际会合后，每个人仿佛被抽掉了脊梁骨的死狗，一无声气，二无表情，一个个蹴在了廊檐下，袖了手，龟缩起脖颈子，瞭见天光慢慢地黯淡了下去，甚至连死的心也有了。客栈不负责饭食，只提供炉灶，老掌柜听不见锅碗瓢盆的动静，便挑着一盏防雨的灯笼，从后院里跑出来察看。张汲水一个蹦子上前，接住了灯笼，询问店家有没有储备松明。孰料，客栈里不仅有，而且堆满了半间柴房，北疆人迅速将一根根松明取出来，插在了院门内外，包括周围的一面面山墙上。一时间，整个客栈上下灯火如昼，大家的心情这才稍稍放松了一些。
　　其实是迷了路，加之惊白咳嗽连连、喷嚏不断、浑身烧烫，软得像一根面条，根本就站不住，刘北楼只得将他扛在肩上，一路打问了过来。其间，恰巧碰见了一家药房，刘北楼请郎中给惊白号了脉，开了方，抓了几包中药。当丰洛镇上空突然腾起了一片热烈的灯火时，刘北楼这才恍然，赶紧掉头，等进入客栈之后，将病人交在了承平堡的护卫们手中。
　　不料，麻纸被雨水打湿后，忽然挣破了，几包药材撒了一地。张汲水蹲在地上，扯开了衣襟，将湿漉漉的药材全部拾起来，仔细兜住了，明白它的用处。就在起身的那一霎，张汲水猛地搂住了政训员的一条腿,将颊脸贴在了他的膝关节上,来回摩挲,半天也不肯丢手,最后又动情地说:谢谢阁下!你今日里善待了少主子,就是有恩于我们大家,有恩于整个北疆,这一桩功德比天还大,我迟早会报还的。

如此大礼,让刘北楼一时错愕,连称不敢当、不敢当,慌忙搀起了这名游击。

此后,惊白被安顿妥当了,捂上了几条棉被,正在发汗。北疆汉子们陆续熄灭了大小松明,也顾不得饥饱与疲惫,守候在那一间临时病房,唉声叹气,噤若寒蝉。雨水的气息被篡改了,客栈里弥漫着汤药的味道,让夜色更加地抑郁和沉重了起来。刘北楼洗罢脸,换了一身干净衣裳,刚打算去灶房里寻些饭食,哄一哄肚子,却见张彝打开窗子,在召唤自己。

关上门,落座下来,刘北楼的心魂这才回到了腔子里,手脚也渐渐地有了知觉。素朴的灯光,洁净的客房,尤其是桌子上的烧鸡和酒,让他在这一天悲喜交加的心情,终于稳静了下来,或许也有了一个宣泄的渠道。客套了几句,彼此开始把盏对饮,话题从大而无当的凉州起步,逐渐地收缩到了武威城和新城大营,又谈及了各自的工作琐事与种种苦闷,最后才落实在了这一支送灵队伍的身上。究其实,这是政训员和步警队队长之间的第一次单独相处,虽然此前也有过公务方面的某些往来,可毕竟一个是城外飞的,一个是城里跑的,交集并不太多,更谈不上有什么私谊。目下,身处异乡,酒肉相伴,门窗外传来的一阵阵陌生的雨水声,仿佛在提醒他们,凉州已远,凉州远在了西天之外,唯有此刻的对饮才是最真切的。

"北楼兄,我想请你见识一样东西。"

"咦,什么稀罕呀?"

果然,前期的铺垫和试探暂告一段落,张彝擦净了油手,分别斟满了各自的酒碗,盯看着对方,突然开了腔。见政训员语含期待,一脸的好奇,张彝俯下身去,将东西从椅子下面拎出来,咚的一声,搁在了桌面上。刘北楼见状,不由得失笑开来:

"铁喇叭,惊白的铁喇叭。"

"哎哟,仁兄好像一点也不奇怪,还相当熟悉了?"

"呵呵，少年人的玩具，惊白从凉州带出来的，也不怕累赘，兴许这就是他的天性吧。刚才发现这东西被弄丢了，急得他乱咬人，幸亏你给收拾下了。"大事化小，刘北楼不敢附和，也不愿泄露个人的心迹，用指尖弹了几下铁疙瘩，聊赖地说，"怎么，这东西有什么可怀疑的？卖进铁匠铺子，恐怕也换不来一碗酒水。"

张彝哑默不语，目光似刀，兀自饮下了半碗。

"喂，你干么这样看我？"

"北楼兄，你可不像一名军人，第一不磊落，第二也不坦荡，也许你被那个少爷羔子给蒙蔽了，也许是你一直在防备我。自打离开了凉州地界，惊白就始终带着这个玩意，须臾不离，我本来就疑心，结果今个天他在院子里的一系列古怪举止，让我不得不先斩后奏，趁机拿来了，仔细研究了一下这个东西。"

"呵呵，那个兔崽子冒犯了你吧？他可是属猴子的，时常顶撞我，我早就习惯了。"

丝毫也不敢大意，刘北楼且战且退。

"这个恐怕也不是用来吹的，虽然它看起来像一支喇叭，我瞭见惊白在用耳朵偷听，那么它必定就是一只顺风耳，可我检查了半天，也没发现其中暗藏什么机关。"张彝举起灯台，照亮了铁喇叭边口上那些凸起状的铭文，用指尖摩挲着，催促道，"喏，你快来瞧，这便是证据，说明它绝不是一件简单的玩具，其来有自，渊源甚深，我也搞不明白它怎么就到了那个少爷羔子的手中？"

"哎呀，让我来瞧瞧。"

这完全出乎了刘北楼的预料，他也相信，惊白此前同样被蒙在了鼓里，并未发现这些生锈的铭文。刘北楼接住灯台，一颗字、一根笔画地辨认着，识读着，但越是深入下去，越是一头的雾水，茫然无知。在丰洛镇的这个雨夜，当初由脱可木赠送给徐惊白的这一块铁疙瘩，竟然产生了两种奇妙的结果。在步警队队长看来，刘北楼专注而认真的表情，以及那种全然忘我的状态，至少说明他并不洞悉此事，也不曾跟那个顽劣的少年沆瀣一气，虽然在路途上，他们像胶水一般粘在一起。此乃一次试探，信任由此开始了，张彝另有下文，反正长夜漫漫，也不愁这几炷香的工夫。另一方面，在政训员的眼中，假如今天捎往凉州的那一封家书，依据的是惊白的片面描述、凌空蹈虚的渲染，那么此刻面对这些神秘的铭文，即便一窍不通，盲人摸象，但他忽然间就信服了，内心也澄澈无比。是的，惊白并未撒谎，就算这个少年有一身的毛病，可他至少忠于内心，天赋异禀，或许真的具备了俗人无法理解的某种本领。一念至此，刘北楼便开始了辩护，将灯台移近后，指着光芒丛中的那些铭文，释解道：

"你来看，这一行是蒙文，旁边那一行则是藏文。"

"不错，这两种我都见过，以前见过。蒙文大多出现在北疆地带，藏文一般在祁连山和青海境内，以前办差的时候，我少不了跟他们接触，但一直是睁眼瞎。"

"抱歉，我其实跟你一样，只知道大概的皮相，却不明白什么内容。"

刘北楼哀声一叹。

"仁兄，那这一行又是什么？劣弟觉得它们似汉字，却不是汉字。"

"河西字。"

刘北楼截铁道。

"你说什么，我可是河西子弟，老根子就扎在凉州呀？"

"河西字，或者说，它就叫西夏文。"这一刻，政训员的学识派上了用场，终于不负平生所学，相告说，"嗯，我恰巧翻过一本志书，其中有一篇《书西夏天祐民安碑后》，乃清朝嘉庆年间的著名学者张澍所撰，记述了他于甲子年回到家乡凉州养病期间的一桩功德。据文中记载，他在游览清应寺时，拆开了寺内一座前后砌砖、封闭已久的碑亭，得见一座高碑，碑身上所刻的文字体形方整，字体好像都认识，却又无一字可识。根据碑身另一面的汉文，以及建碑的年款，张澍就此破译了那些陌生的文字，应当是西夏国字，也称河西字；那通石碑迄今仍在凉州，它就是大名鼎鼎的《重修凉州护国寺感通塔碑》。呵呵，卖弄了这么多废话，其实在下也是一介白丁，根本不清楚这三样文字，究竟跟铁疙瘩有什么关联。"

"北楼兄不愧是博物君子，腹有诗书，实在是令人钦佩。"

张彝竖起了大拇指。

"不过，虽然难以识读，但根据这些细节和锈迹来判断，这玩意一定是年深日久的老古董，洪荒之物，远在你我二人的八辈子祖宗之前。"为了根除步警队队长的怀疑，刘北楼放下灯台，散漫地吃喝了起来，谈笑开怀，却不承想，因为张彝的一句无心之辞，让他突然获得了灵感，刹那间有了惊天的发现。刘北楼撕咬着鸡腿，绍介说："对了，我听那个少爷羔子唠叨过，这个东西是石羊河下游蒙家庄子里他的同学赠与的。这并不奇怪，像北疆那样的地方，我时常跟着主力部队去拉练，去演习，别说西夏和元代了，就算你让我找一枚汉朝的钱币，隋唐的箭镞，我也能从戈壁滩上给你拾来一簸箕，真的。"

"这个不假，城隍庙的各家铺子里也有，我还见过上千年前的干尸呐。"话锋一转，张彝道出了自己的疑惑，"可这一块铁疙瘩有啥好玩的，惊白却那么痴迷，伴随了他一路？"

"无用之物罢了，少年人的癖好。"

"绝不那么简单。"

类似的质疑，不仅仅出于职业的敏感，另有张彝的一番深沉打算。

"呵呵，你大可不必判案了，依我看，这就是惊白的一件玩具，谁不是从他那个岁数上过来的呀。这个世界上总有一些无用、但又让人着迷的东西，比如佛像，你说佛像有用么？"

"阁下，你这次可问到了点子上，因为家父生前就是一名塑匠。"

"此话怎讲？"

"是这，这个行当里有一句老话，针对佛像而言的，叫塑匠给爷不磕头，爷的底细我清楚。你别看那些佛像一个个掐金走银、冠冕堂皇、富态端庄，其实它们的内胎里都是烂棉絮和劈柴棒子，根本不值钱。"张彝俨然是一位行家，接续说，"我爹在天梯山佛窟当了一辈子塑匠，所以我知道，天下的佛像除了让人膜拜与供养之外，它还可以用来装藏，在肚子里存放一些佛经、卷子、法器和珠宝，当然也可以储藏粮食，假如碰上灾年的时候，专门去救济百姓。阁下，佛像并非一无是处，而是有大用，这恰恰是善男信女们的念想所在。"

"装藏？你刚才是这样讲的吧？"

"对，佛门里叫装藏，应该是脏腑的脏，意思一样。"

这一霎，刘北楼突然僵住了，喘不过气来，因为一根鸡骨头卡在了他的喉咙里，脸红脖子粗的，相当危险。张彝见状，赶紧站在了对方的身后，用拳头一顿捶打，政训员这才将异物咳吐了出来，双臂撑在桌子上，眼睛里储满了液体。窗外，雨声依旧，但刘北楼的神思业已穿过了客栈，跃过了围墙，捕捉到了隔壁院子里法事班子的动静。斧锯之声在这个春夜里格外刺耳，仿佛挑衅，也犹如蔑视，公然冲着他一个人来的。不过，鸡骨头只是一节插曲，更大的喜悦澎湃而至。刘北楼因为张彝的这一句话，彻底破解了僧侣团的机密，洞悉了大宗鸦片的下落，这无论如何都是千金不换的事情，也唯有酒水，才能铭记此刻。

是夜，在丰洛镇的这一场对饮，就此改写了凉州各界慰问团的使命，它不再是为张观察扶灵南下，而是一次彻头彻尾的贩毒之旅，所有人已经被裹挟了进来，成了仆从与帮凶。

连续干了好几碗，二人的面色比灯光还要红润。烧鸡啃完了，张彝却又变戏法似的，拿出来一包毛豆、一碟卤豆腐，这是他在傍晚时分采购来的丰洛镇特产，大有重新开席的架势。酒为媒，趁着心情愉悦，刘北楼带着窃火者的那种暗喜，也就不自觉地多饮了一些，跟张彝各自谈起了青年时期的梦想、现实的种种遭际，以及人际关系的羁绊，少不了长吁短叹，又互相劝慰与激励，一时间惺惺相惜了起来。这个过程中，窗外传来了一种异样的声音，刺啦刺啦的，打搅了酒局不说，还让两个人的耳根子生疼，略显败兴。张彝起身，启开了一条窗缝，朝外头瞥望了几眼，又迅速关闭后，落座下来，讥笑说：

"半夜三更的，他们在磨刀，真是一帮歹人呀。"

"磨刀？谁在磨刀？"

"哼，除了顾山农的手下，除了那几个不知天高地厚的承平堡的护卫，谁敢在你我二人的面前扮关公、耍大刀呀？实话说吧，我早就看不惯他们了，要不是特别代表这个身份，我不惜跟这些贼翻脸，且能的。"张彝剥开了几个毛豆，摆在了桌子上，愤慨地说，"北楼兄你没见，白天时，这些歹人在讲迷信，将惊白架在一堆柴火上燎烤，气得老子简直要吐血。"

"对付惊白？发生了什么事？"

刘北楼绝不会放过任何的蛛丝马迹。

"鬼才知道，反正这一帮北疆歹人很神秘，我有一个不太好的预感，但现在也说不清楚。北楼兄你且听听，这种磨刀的架势，难道不是在宣战么？不是在给仇人下战书么？"

"未必，他们是承平堡的护卫，刀子不能生锈。"

"护卫？好我的北楼兄，你见过将自己家的小少爷如此捉弄的伙计么？"张彝登时不快，急慌之中，将自己思谋了许久的想法悉数道出，"劣弟是县府的一员，仁兄你是军方的代表，那个少爷羔子虽然也戴了一枚勋章，却不过是一个摆设，滥竽充数罢了。恕我冒昧，劣弟有个请求，只要你我达成一致，两票对一票，明天就可以终止惊白的行程，勒令他带着那一帮北疆的贼骨头滚回凉州去，别再添乱了。"

"这是你的鸿门宴？"

"不，你别误会，劣弟就想掏掏心窝子，请教仁兄而已。"

"三方协作，此乃军地最高长官几经筹划，并得到省府批准的一次行动。现在照你的话，打发惊白滚蛋，敲掉了其中一角，这个慰问团岂不是名存实亡么？"刘北楼对惊白这一支人马的极力维护，多半是建立在他个人的雄心上，因为他依稀地觉得，面对僧侣团这个强悍的存在，承平堡的那几个杂牌军也必须得倚重，绝不能自断臂膀。又道："贤弟，你想过没有，假如惊白滚蛋了，折返凉州，你让承平堡的面子往哪里搁，你让顾山农以后还怎么做人？"

"阁下，看来你并不了解我，你以为我只是警察局的一条狗，陈垦丁的爪牙么？"

刘北楼一时惊悚，嘴里的酒水差点喷出来：

"步警队队长张彝，就凭这一句话，足够将你押上法庭，后半辈子专门去吃牢饭了。"

"我并不介意。"

"呸，你个狗娘养的，你干么跟我作对，偏偏不听老子的忠告？"

"少他妈废话，别忘了你姓刘，你可不姓马，我早就厌倦了你们军部的嚣张。"

凭借着酒劲,加之长期以来的龃龉和摩擦,这两个军地双方的特别代表突然间发作了,各怀心事,几乎在同一刹那,拔出了各自的家伙,子弹上膛,枪口瞄准了对方。在这种静默的对峙中,目光相撞,犹如一桶火油被点燃了,烈焰熏天,但是谁也不打算败下阵来。吊诡之处在于,越是这样僵持不下,窗外传来的那种磨刀声,越是清晰而明亮,每一刀下去后,仿佛都有一只小嗓子在催喊,动手呀,快点动手呀。倏忽间,灯花砰的一声炸裂开来,一豆灯火慢慢地委顿下去,最终彻底熄灭了,就像那个绝望的词:灯枯油尽。

此刻,陷落于黑暗当中,四壁之间充斥着这两个人急促的喘息声,仿佛凉州百姓家中的风箱,呼哧呼哧的,一时间气息难平。客栈里的老鼠出现了,地上的那些碎骨头渣子,让它们就像过年似的,一个个呼朋唤友,大快朵颐,简直就无法无天了。思想了片刻后,刘北楼关上机头,率先将家伙放在了桌案上,苦笑说:

"贤弟,我需要你帮个忙。"

"帮啥忙?"

"嗯,帮国家一个忙,也是在帮凉州。"

央求道。

"算屎了,你别再唱高调了,什么共和,什么统一,我讨厌这种骑上旱獭当骏马的说辞;我也好歹理解了你这个政训员的角色,原来你靠的并不是男人的胆量和拳头,而是你那一根三寸不烂之舌,但你要想说服我的话,恐怕也没门。"

枪口仍然直指对方,张彝的口气灰败而失望。

"呵呵,你这位特别代表,当初还是本人力荐的,也就是说,我从一开始就挑选了你,试图让你助我一臂之力。"事已至此,刘北楼心知,这个所谓的凉州各界慰问团,已然站在了分水岭上,将来的生死命运,或许就在丰洛镇的这一夜露出了端倪,他别无选择,只能耐下性子,争取这一位同盟军。又接续道:"我本来以为路途还长,时间还充裕,以后有的是机会,但现在看来,我最好还是坦率一点,对贤弟你一吐为快吧。"

"推荐我？你，你干么要推荐我？"

"因为咱们是一类人。"

"笑话，你是穿老虎皮的正规军，我那不过是一件老鼠的外衣，咱们各为其主。"

嘲讽地说。

"张彝，你身上有命案，或者说你早就背了一条人命，所以这些年以来，你惶惶不可终日，你只有拼命地奔波和工作，才能忘掉那一桩血腥，以此麻痹个人，欺骗自己。"的确，撕破了脸，道出了真相，争取对方的回心转意，才是此刻的不二法门。黑暗中，刘北楼不再忌惮眼前的枪口，也不再患得患失，反正这一锤子的买卖，将要见出分晓，便笃定地说："据我所知，你还有一个亲妹妹，在父母亡故之后，她是你一手拉扯长大的，你们兄妹俩相依为命，感情甚笃。到了待嫁的年龄，也是你这个当哥哥的全权做主，将妹妹送进了一个小买卖人的家里，你卸下了肩上的包袱。唉，人世上的事情，十有八九难偿心愿，你也未曾料到，那个原来老实本分的小买卖人，怎么就沾上了鸦片，变成了一个大烟鬼，每每毒瘾发作时，便对着妹妹拳脚相加，血泪横飞，一家子人从此鸡犬不宁。妹妹可真是遭了大罪，挨打成了家常便饭，要么吐血，要么骨折，甚至连她肚子里的孩子竟然也没能保住，最后还差点丢了性命。这件事被妹妹瞒了很久，她不想让哥哥揪心，但终究纸里包不住火，还是被张彝你发现了。有一次，你顺路去看望妹妹，恰巧碰见那个杂种正在施暴，妹妹已经奄奄一息，于是你便气炸了，一时激愤，当场就要了妹夫的命。"

扔下驳壳枪，张彝突然瘫在了凳子上，抱住脑袋，兀自饮泣开来。

"身为一名警员，你很清楚这件事的后果，你不会在凉州受审的，只能被押往省城兰州执行枪决。无奈之下，你求助于承平堡，顾山农怜惜你平时为人正直，嫉恶如仇，有君子之风，所以替你迅速抹平了这一桩命案，干得滴水不漏。"刘北楼知道，对方的泪水不单单是一种忏悔，更多的则是对这些陈述的认领，忽然开怀道，"呵呵，好在妹妹解脱了，终于逃离了苦海，先是在大小姐达云的身边做了两年多的贴身丫鬟,后来找了一户平番县的人家,嫁到了乌鞘岭以东,听说还生了一个大胖小子,你现在做了舅舅,恭喜呀。"

"阁下,你没少下功夫,你对我可谓是一清二楚。"

"既然力荐你,我只能如此。"

"那么请问,北楼兄你在下一盘什么棋?你让我去拱卒,还是要跳马?"

张彝从泪水中抬头,服属地发问。

"贤弟,我知道过去的事情,对你的刺激很大,这影响了你的处世态度和人生法则,所以你一直在追缴鸦片,对武威城内的各家平心定气馆也盯住不放。但显然你势孤力蹙,一个人在斗法,你根本不了解那些烟馆的背景,其复杂,其黑暗,其血腥,注定了你一开始就不可能顺利,失败只在早晚之间。"陈述完了这些,刘北楼再次提出了请求,"我需要你帮一个忙,你来做我的助手。"

"阁下,我似乎听懂了你的意思,你这是要智劫生辰纲?"

"必须阻止他们,否则的话,这一趟疯狂之旅,不仅要将你我二人赔进去,恐怕还会连累了凉州和整个河西。喏,你仔细听听,一方在磨刀霍霍,另一方也在抓紧整修车马,咱俩最好不要内耗,赶紧斟酌一个万全之策吧。"

言毕,刘北楼伸出了双手,盟誓的意思,但对方根本不为所动,诘问道:

"我有一个条件,对阁下来讲易如反掌。"

"请讲。"

"北楼兄,你实话让我知道,你跟少东主顾山农,你跟承平堡,你们究竟是什么关系?凉州那么大,你们干么偏偏挑选了我,在背后调查我,相信我跟二位属于同一路人?"张彝的疑问是真诚的,这个耿直且爽快的汉子,此刻钻进了牛角尖,困惑而又不解,"照理说,一个是军部的少校,另一个是凉州的买卖人,你们不大可能有交集,却不承想,二位居然在马乙麻那个恶魔的眼皮子底下,偷偷地结成了同盟军,这真是让我吃惊不小。"

"忠义。因为忠义。"

"什么忠义？"

"就像现在，就像我刚才跟你掏心窝子那样，有些事情，根本来不及推敲与解释，只能靠咱们男儿的肩膀和赤诚去扛，时间不多了，情况也越来越明朗。"

"呵呵，我原本以为政训员会说，死国，乃忠义之大者。"

"不，这并不是课堂。"

一时间尴尬，辩解道。

"既然阁下这么口口声声，忠义当头，那么就请你赶快下令，从速让惊白和承平堡的那些贼骨头折返凉州，将他们驱逐出这支队伍吧。唉，夜长梦多，我担心再不撵走他们的话，少东主顾山农那边恐将不测，承平堡一定会有大麻烦。"

刘北楼大骇，不由得惦记起了妻子沈阁兰，以及她肚子里的孩子：

"且慢，此话怎讲？"

"是这，在离开凉州前，劣弟已经预感到陈垦丁发疯了，以革命的名义疯了，他的下一个目标便是少东主，他一定会围剿承平堡。"直到此刻，张彝才露出了底牌，道出了缘由，"陈垦丁断定，北疆一带的黑喇嘛武装跟顾山农属于同伙，蛇鼠一窝，现在又正值开春，只要悍匪们封锁道路，截断东西，那些商团、驼队、马帮和零客便无路可走，他们不得不去保价局纳贡，求得一张平安符，这等于少东主在变相地抽成，雁过拔毛。"

"拥敌自重，这也是兵法之一。"

"不过，谁都知道，真正的悍匪头子黑喇嘛其实早就死了，已经消失了许多年，但这并不妨碍北疆地带的杂毛土匪们借他的名声，打他的旗号，重申恐怖之主张。"

"陈垦丁分明在抢功，这不叫革命，他是机会主义分子。"

"所以，阁下必须将惊白诸人尽快打发回去，他们或许能助少东主一臂之力。"见刘北楼书生意气，仍在犹豫不决当中，张彝苦涩地说，"除了县府和陈垦丁，马乙麻也是一块悬石，只要少东主不肯配合，军地双方一旦联手，定然会将承平堡扼死在武威城外。"

"不，军部看不起姓陈的，也看不起地方，根本谈不上合作。"

摇首道。

"翻脸很简单，只需要一个借口罢了。"张彝划着了一根洋火，点亮了灯台，光芒似水，忽然布满了各自的颊脸，仿佛灯下认出了兄弟，"阁下，马乙麻和三少君之所以迟迟未动少东主，也不曾举兵剿灭承平堡，只因为顾山农的手里，有一件他们朝思暮想的东西。"

"什么稀罕之物？"

"铜马。一尊铜马。"

笃定道。

"呵呵，你这唱的又是哪一折子呀？"

"北楼兄，你似乎并不吃惊？难道，莫非你早就掌握了马乙麻的动机？"

"不，在下洗耳恭听。"

是夜，张刘二人饮罢之后，抵足而卧，竟宵密谈。

胡笳九十四节

骡马一旦犯病，比人害了急症还麻缠，况且是在丰洛镇这个陌生的地方。

次日午后，天空终于放晴了，日头将炭火泼溅下来，加之水汽弥漫，整个镇子就像坐在了热蒸笼当中，昏沉不堪。拜六盘山所赐，法事班子所属的这一支车队损耗严重，和尚们各显其能，加固车轴，更换胶轮，弥合缰绳，膏油，刷漆，校正，总之这个偌大的客栈院子，俨然变成了一座木匠作坊。实际上，如果他们不是一个个秃头，以及头皮上有戒疤，很难看出这是一个僧侣团体，还几乎让人误以为这里属于木匠之家。和尚们的确干累了，袒胸露腹，除了那一片遮羞布之外，汗水淋漓，溽热的空气中夹杂着一种酸臭的体味，令人浑浊不堪。布虚法师披着一件单衣，手攥一串佛珠，在院子里来回踱步，这里指点几句，那里示范一遭，每一个细节都不肯放过。

蹊跷的是，围墙一侧的马圈里突然炸了棚，大牲口反了，犹如一座兵变的军营，形势堪危。其实，昨晚夕就出现了不好的苗头，布虚法师得到了报告，说骡马异常，牲口们不吃不喝，全部卧在了圈里，一个个死眉耷眼的，迄今还没有从六盘山的颠簸中缓过劲来。当时是夜课，布虚也就撒了懒，忘了去过问，人和牲口同此一理，他也被一阵阵疲倦所裹挟，深感肉身不适。早起时，布虚法师专门去马圈里瞭了一趟，发现牲口们正在嚼食，青草的气息格外新鲜，就像在印证这个季节似的。但也有可疑之处，牲口们在咀嚼的途中，根本收不住口水，滴滴答答地从嘴角淌了下来，马棚子里湿滑一片，招来了无数的苍蝇。院子里劈柴多，刨花更多，几个和尚抓紧垒了一座石头灶，燃烧殆尽时，又将半筐子洋芋倒进去，用发红的灰烬填埋后，各自去忙了。整个早上，一道淡青色的烟雾笼盖在客栈上空，也许是受了潮的缘故吧，湿重地悬挂着，经久不散，犹如刚刚浆洗之后的一幅新幛子。

大概中午前后，布虚终于忙罢了，带着客栈里的一罐子盐、一碟子腌韭菜，坐在了石头灶旁边。年轻和尚们慢慢刨开了柴灰，将烤洋芋逐个拣了出来，布虚抓在了手中，开始仔细地剥皮。在焦黑的表皮褪尽后，一疙瘩软黄金便出现了，外焦里嫩。布虚掰开瓤子时，瞭见一缕热蒸气袅娜而出，转瞬飘失了，就像佛经上所说的那样，如电，如露，亦如梦幻泡影。撒上盐粒，擽了一筷子腌韭菜，布虚也真是饿坏了，一连咥下了三四个，胃里总算踏实了不少。可偏偏，一个小僧吃腻了，将剩下的半块吃食掷在了灶坑里，咒骂说：什么鸡巴呀！太水了，根本不如咱们凉州的旱洋芋。布虚恼怒不过，胳膊肘子一抖，迅若闪电，当即惩罚而去，对方的鼻子立刻开了花，血水喷溅了下来，多嘴的结果。布虚法师告诫说：狼日的，你一定要记住，你是一个僧人，不可乱语三千，你最好去关自己的禁闭，小心老子抽了你的脚筋，打烂你的箍拐。

孰料，按下葫芦却浮起了瓢，马棚子里的变乱突然爆发了。

布虚也算是一个经见过世面的主子，这大半生的闯荡与磨砺，本已经让他冥顽似铁，一心念佛，不为外界所动，但此刻当他率着法事班子，愕然地站在马厩外，目睹了这一群大牲口犯病后，蓦地觉得这应该是一桩不祥之兆。的确，这些骡马昨日里还好端端的，仅仅一夜的工夫，它们就像被谁窃取了魂魄，丢失了精神，肉松了，皮也塌了，眼睛里无光，一个个纷披着肮脏的长鬃，状若乞丐，形似囚徒。这倒也罢了，牲口跟人一样，谁都有颓废与灰败的生涯，但诡谲之处在于，这些骡马忽然间就属了狗，属了狼，属了食腥的动物，张开了牙口，抬起了蹄子，相互撕咬与搏击了起来；晴天丽日之下，血水横飞，哀嚎不止，整个马圈里掀起了一场内战的狂潮。头一次碰见这种事，布虚法师却偏偏不信这个邪，依照过去的经验，想当然地以为凭着拳头，擒贼擒王，便能够止息这一幕纷争。这么着，布虚解下腕子上的佛珠，交给一个青年僧侣，朝手心里啐了几口唾沫，一个蹦子飞身而起，跃入了马厩。

骡马并没有受惊，仍然不管不顾，继续陷入在了这一场内战的硝烟当中，你死我活，打得不可开交。有的皮开肉绽，有的血水模糊，大多数受伤的牲口开始发疯了，一个个抵住头颅，拼命地撞击着四周的围栏，试图觅见一条生路。倏忽间，围栏松动了，边角上的蚂蟥钉也是摇摇欲坠，几乎破门。瞅上几眼，布虚法师挑中了一匹栗色的辕马，这个狗日的显然杀红了眼，占据了上风，夺得了本场的武状元。这么着，布虚踮起了两脚，踩着地上稀泥般的马粪，慢慢地偎了过去，伸出一根胳臂，揽住了对方的长颈子，嘴里啧啧地哄唆着，安慰着。趁其不备，布虚稳住了自己的下盘，突然发力，当即将辕马撂翻在地，赶紧拾起地上的一根长绳，捆住了它的两条前腿。布虚法师大意了，或者说太过于自负，待他拽着多余的绳子，正准备去捆扎后腿时，却不料想，辕马的蹄子从虚空中踢踏而至，直接踹在了他的胸膛上，咔嚓一声，人也随即摔了出去，失去了知觉。

其他的僧侣们吓坏了，以木板为盾牌，冲进了马棚子，将首领抢了出来。

布虚法师清醒后，发现自己躺在了一堆锯末上，周身疼痛，但马圈里的畜生们仍在嚣张，仍在不罢不休地争斗；他思想一番，竟也不知道病发何处，如何去终结眼前的这一幕。恰在此时，客栈的围墙上露出来了几颗脑袋，大呼小叫的。布虚慌忙抬手，遮住头顶的日光，瞅了又瞅，终于认出他们是承平堡的伙计，小少爷惊白的跟班。张汲水呱喊说：

"凉药，必须马上灌凉药，牲口已经疯了。"

"什么凉药，你给个方子？"

布虚喝问道。

"法师如果放心的话，干脆让我们来干吧。"

"快请，快开门！"

这个午后，北疆救孤团的死士们，终于获得了允许，蜂拥而至，彻底进入了法事班子的领地，紧急张罗了起来。实际上，这些牲口的急症与异常，未必跟他们脱得了干系；但类似这样的疑问和念头，就像一个个无聊的气泡，扑哧几声，湮没在了布虚法师的脑海中，相反却信任有加，大胆一用。北疆汉子们拿来了一只木盆，倒入半麻袋干土，打了十几颗鸡蛋，又解开随身带来的药囊，撒上几种颜色不一的粉末，迅速搅拌成了稀泥状，开始了疗治。布虚疼痛难忍，硬撑着身子坐了起来，瞭见这一帮家伙打开围栏，一边吹着口哨，一边靠近了骡马。也真是见鬼了，那些原本狰狞而疯狂的大牲口，闻听了这种怪异的口哨声，又见北疆人的手抚在了它们的鼻门上，立刻规矩了，老实了，犹如一尊尊石像，伫立不动，默然地领受对方的疗治手段。苏巴什吆喝着大家，各自分摊了几头大牲口，捧起木盆中的稀泥，涂抹在了骡马的身上，从头至尾，从脊梁到蹄子，基本上糊了一遍，除了马眼之外，皆呈泥土之色。天气太大了，这些稀泥被涂抹上去后，当即就干透了，恍如一块块墙皮，也好似一件件铠甲，忽然间让这些大牲口充满了一种庄重的气息，仿佛刚刚从墓坑里挖出来的古代马俑，阵势威猛，不可一世。北疆人不敢消停，知道这是用药的关键时刻，掉下来一块泥皮，又抓紧将一把稀泥补上去，就害怕药效外泄，功亏一篑。在守候的过程中，这些粗糙的汉子眼睛突然就湿了，泪水盈眶，因为脚下半尺厚的马粪正在日光下发酵，一种旧日的辛辣气息袭面而来，让他们措手不及，一时间搞不清楚今夕何夕。

苏巴什哭下了，抓起一疙瘩马粪，仔细掰碎后，好像在找寻什么，但也一无所获。旁侧里，张汲水从身上摸出来一把金斧头，攥在手中，但胳膊却不听话，一直在剧烈地战抖，喉咙里也同样滚过了一阵阵悲鸣之声。狼吃的，果子还没熟，现在千万不能摘！苏巴什低声警告了一句，将一团马粪扔过去，砸在了游击的脑门上。张汲水并不在乎，揩了一把粪水，顶牛道：呸！不熟又能咋样，老子就喜欢吃酸的，等熟透了的话，果子也就烂掉了。这时候，双方互不谦让，目光对峙了起来。

盯看了半晌，终究因为疼痛难忍，布虚法师再也支撑不住了，躺在一块毡毯上，撕开衣裳，仔细检查身上的伤口。这一蹄子踹得太凶险了，尤其带着马掌上的蹄铁，布虚觉得自己的几根肋条已经断了、骨折了，也许腔子里还淤积了不少的血水，内伤严重，险些送掉了这条老命，不免有点庆幸。然而，伤口很快就发作了，肿胀如球，绷紧的皮肤下血管像一根根蚯蚓，随时都有扯断的危险。布虚不敢动弹，也不敢哀嚎，僵硬地侧躺在毡毯上，眉头蹙成了一疙瘩咸菜的样子。

但是，伤口是燃烧的、炽烈的，就像架起了一堆火，火舌飞卷，而断裂的骨茬，犹如插在火焰当中的烙铁或钎子，已经遍体通红了。布虚法师的牙齿也快咬碎了，诵念了一番阿弥陀佛，却也无济于事，只有开始骂人：日他妈的，老子快烧成了一捧灰，你们还愣着干么？快去提几桶子冷水来，泼在我身上，让我缓一口活气吧。冷水来了，浇了五六桶子，但布虚并没有获得那种想象中的舒坦和惬意，灼烧感一直持续着，开始在地上打滚。这个关节上，一个僧侣恍然道：凉药，他们有凉药，不妨请来一试吧。驴日的，那可是治牲口的猛药，你拿老子当畜生对待么？布虚刚打算骂人，但疼痛让他立刻改了口：快去请，你们最好礼数周全一点。

天可怜见，北疆救孤团的死士们图谋了许久的这一机会，居然如此意外地出现了，搁在了众人的面前，像上苍在襄助，在成全，在应允了诸人的心愿似的。事后，当他们在爬梳和回味这一幕时，删繁就简，从一大堆草蛇灰线当中，发现源头其实是牲口的那一蹄子。机密之门被踹开了，除了心头在滴血，这一帮强硬汉子突然认出了前世今生，料定宿命来了，因果报应也来了，谁也不可能被豁免，逃出如来佛的手掌心。是的，那一桩北疆的灭门惨案，那一幕血仇，皆因马匹而肇始，此刻又回到了当初，站在了原点。

苏巴什接受了请求，率着张汲水等人，趸出了客栈的马圈。

毕竟是救治活人，而不是对付大牲口，话必须要放在台面上，求得一个相互的善意。布虚生性警觉，撑住身子问：凉药，这是哪里的方子，贫僧怎么一无所知？苏巴什哈下腰说：法师，你是佛殿里的大人，我等是刨食的野鸡，一个在天上，一个在地下，这些下九流的手艺，你自然难以知晓。布虚再问说：呃，我见你们刚才上完药之后，圈里的那些牲口一个个规矩了，稳静了，但不知凉药的成分是个啥么，竟然有如此的奇效？游击接住了话茬，答复说：法师，这个方子是老辈子先人们传下来的，总之就叫凉药，配方也相当简单，治病是第一位的，你何必要究问它的底细？布虚刚要动怒，但疼痛伸出了一只锋利的爪子，控制了他的身心，遂缓颊道：呵呵，嫁姑娘还要看公婆，不问问这个方子的来历，我怎么敢将这一副皮囊托付给你们，让一堆泥浆给腌了五花肉呢？张汲水释解说：法师，我也是个信佛之人，我天天都要唠叨几句南无阿弥陀佛，念得嘴皮子都薄了，但我至今也不清楚这句话是什么道理，反正念上了以后，我心里就觉得格外舒坦，就像含了一口蜂蜜似的。这个答复简直无懈可击，甚至带着一丝谄媚与邀宠。布虚颔了颔首，又问道：咦，你们在受雇于承平堡之前，在哪里吃饭，端的是什么碗？张汲水说：唉，野鸡无名，草鞋无号，在少东主收留之前，我们这些野人在北疆一带保商护团，看别人的脸色吃饭，半年在路上奔波，半年在忍饥挨饿，现在承平堡就是我们的三生殿，顾山农便是大家的主心骨。布虚瞥了一眼马圈，苍冷地说：你们八成也是马户吧，看你们的手段，似乎以前也是马贩子出身，对这些大牲口了如指掌，否则就不可能掌握凉药这个方子？哑默了片刻，张汲水的眼圈忽然泛红了，虚上一礼，哀恳道：法师，在我们这些野人看来，马是家中的一员，更是齐肩的兄弟，知根知底，恩重如山，这一世的饭都是它们赏赐的，那就没有理由不孝敬，不服侍，不伺候。

在游击跟法师谈说的过程中，苏巴什洗净了那只木盆，倒入几斤干土，撒上药粉，也照旧打了几枚鸡蛋，搅拌成了一种黏糊糊的泥浆，气息犹如春天时翻耕之后的田地。苏巴什搀扶着法师，让布虚的双臂支在了墙上，不许旁人插手，由他独自一人开始上药，仔细地涂抹起来。疼痛仍在扩散，布虚始终在发抖，皮肉之间的那一场火灾持续肆虐着，下话说：快点，我受不住了，我快烧化了。苏巴什蹲在地上，扯开了对方的衣襟，将一把把泥浆糊上去，尤其在伤口的部位用药甚重，抹了有七八遍之多。昏瞑中，布虚的眉头渐渐松开了，感觉一股清凉之气灌注在了自己的体内，有薄荷的味道，也有冰块的刺激，仿佛此时此刻，他正置身于一口千年古井当中，火焰在熄灭，凉爽在降临。这是个不错的苗头，布虚睁开一只眼，感激地盯望着苏巴什，哀告说：好我的伴当，我的这条老命是你赎回来的，我欠着你这一份情义，将来报还吧。苏巴什并未作答，累出了一头的汗水，依旧在用泥浆补漏，不放过任何一点空白。伙计，我的前半截子舒坦了，但现在疼的是后半截子，你赶紧在我的脊背上用药吧，我不能当半脸汉，求你了！布虚再次恳求道。

这么着，苏巴什蹒跚过来，站在了法师的身后，但奈何那一件单衣浸透了汗水，湿重不堪，怎么也撕不开。没了办法，苏巴什踅到了张汲水身边，突然出手，从对方的腰间抢走了那一把斧头，又折返回来了。变起肘腋，这个关节上，几名青年僧侣闪电般地杀奔而来，一方面将法师护在了身后，另一方面又纷纷举枪，瞄准了这个北疆汉子。张汲水心下大骇，暗自吃惊，从这些僧侣的凌厉和气势上看，他们训练有素，手段一流，绝不是平时在沙门里口诵佛号的羸弱释子，应该是行伍出身，应该是一支隐秘的武装团伙。果然，张汲水眯缝着双眼，从他们袒露的肉体上，发现了枪伤、弹孔与缝合的痕迹，这便是证据。游击的心里不由得一阵阵后快，幸亏刚才被苏巴什阻拦了，否则的话，完蛋的只能是北疆人，恐怕连怎么送命的也不知道。布虚的双臂继续支在墙上，并未回头，似乎后脑勺上长了一双眼睛，瞭见了这突发的状况，冷漠地问道：

"咦，身怀利器，必定有个歹念，你这是哪一门子的戏呀？"

"回法师的话，这不是斧头，这是游击们吃饭的家什，我正要割开衣裳，给你上药呐。"

"斧头怎么吃饭？"

"是这，用斧头在长路上刨着吃饭，一个是斩断山涧沟壑里的榛莽藤条，另一个还可以打虎驱豹，击退猛兽，这是随身携带的家什，并不奇怪。"苏巴什眼珠子一转，瞅了瞅额头附近的枪口，哆嗦地说，"我害怕，快别指着我，假如你们的手一滑，我的脑袋就开花了。"

"也罢，断人钱财，犹如杀人父母，你们赶紧收起来吧。"

瞭见这几名僧侣退下去以后，苏巴什这才长出了一口气。

"对了，你好像一点也不好奇？"

"好奇个啥？"

"呵呵，出家人怎么会持枪弄棒，这有悖常理，一般人免不了怀疑，但你却很冷静。"

"这没啥，佛陀也孤单，佛陀也需要下人么。"

言毕，苏巴什扯住了对方的脖领子，沿着脊椎的方向，用斧头割开了那一件单衣。两片布料犹如门扇一般，被推开之后，露出了布虚法师高耸的后背，彻底呈现在了北疆人的眼前。实际上，这不单单是一具皮囊，更准确地说，它是一幅夸张的刺青，满脊背的纹身，当中盘踞着一条青龙，周围饰以云水图案，山川与星宿棋布，栩栩如生。大概是针尖绣出来的，每一粒针眼细若蚕子，密密麻麻地蔓延开来，形成了一种立体的效果，声势威猛，状如帝王。来自北疆救孤团的死士们暗中移步，簇拥在了布虚的身后，眸子里喷射着愤怒的火焰，牙齿紧咬着当年的誓约，看清了，瞅够了，认准了，确定了。这历时十几载的寻找，以及经过了两辈子人酝酿的血仇，竟然在远离凉州的丰洛镇尘埃落定，查获了当年的真凶。

事实上，布虚此人乃是光绪末年以来，横行于北疆地带的著名盗马贼，原本姓柴名汉忠，缘于脊背上的这一团纹身，人称盘龙爷。他的猝然消失，犹如他当年的异军突起一样，来也迅疾，去也无踪，始终是一个重大谜团。或许是疼痛所致，也可能是太大意了，毕竟这人世上的光阴岁月已经换了好几茬，物是人非，容颜尽改，布虚还以为这一袭袈裟将是他最终的归宿，但北疆的新一代死士没齿不忘，孜孜矻矻，终于熬过了艰难时日，等到了这一天。

"怎么还不动手，你见死不救么？"

"不，我是不敢下手，法师不愧是大人物，脊背上扛着一条青龙，我岂敢造次，将烂泥抹在龙王爷的身上呀！"苏巴什的畏惧令人信服，他一直在发抖，在哆嗦，手中的利斧也掉在了脚下，哀恳道，"法师，我需要你的一个允诺，宽赦了我的罪孽，我才敢上药。"

"贫僧想起来了，你昨日里也有这么一折子。"

"还请法师降罪。"

"哼，昨日下雨的时候，你挎着一只背篓进来，张口就要借一些刨花。刨花不值钱，你借就借吧，当时我正在换衣裳，你瞭见我脊背上的这一条盘龙时，突然脸色大变，就像被雷公给劈了似的，急慌慌地走掉了。伙计，你认得我这个护身符么？"

"回法师的话，我并不认得。"

赶紧揖了一礼。

"那怎么你当时满脸抽搐，眼睛通红，连个招呼不打就跑走了？"

"法师，这一切只因为我爹老子属龙，我现在远离凉州，远离了他老人家，一瞭见这个生肖，我心里的苦胆就破了，免不了惦记起来。"苏巴什蓦地啜泣开来，声嗓滞涩，又释解说，"我爹他是个残废，半辈子直不起腰来，腰椎就像一根被撅断的棍子。唉！他现在怎么吃饭，他如何过活，让我这个做儿子的忧心不已。"

"上佛护持，原来你还是一个大孝子呀。"

布虚法师似乎被说服了。

"在下谢过法师，我这就慢慢用药，你暂且忍一忍吧，这个方子有灵效。"

"喂，你缺了一根指头？"

"这是小时候造的孽，打架打的，被一个歹人给暗算，一镰刀就被剁掉了。"

"阿弥陀佛，谁的过去不是一笔冤孽呀！世上没有后悔药，你吃不上，贫僧也难以如愿。你这个人挺实诚的，快动手吧，我受不住了。"

催喊道。

照着吩咐，苏巴什捧起了木盆中的稀泥，款款地搁在了对方的后背上。这跟糊牲口不同，苏巴什格外地仔细，先是将泥水灌在了青龙的眼眶中，让它瞎了，黑了，脏了，而后又抹掉了它的口鼻，灭失了它的头角和鳞甲。龙从云，虎从风，这些原本澄澈清丽的云水造型，让苏巴什突然间感到恶心，抽空啐了几口唾沫，搅拌在了泥浆当中，因为凉州人相信，唾沫是有毒的，唾沫也是一种咒语。其间，苏巴什耳食到了张汲水的咳嗽声，那是一种暗示与催促，又顺着对方的目光，瞥见了地上的斧头。有那么一刹那，苏巴什几乎失控，幻想着抄起斧头，一下子钉在布虚老贼的脑袋上，砸开一个洞，掏出里面的脑浆，喂了院子里的那条土狗。还不肯罢休，斧头应该劈下去，沿着脊椎骨劈下去，将这个仇人劈成两半，一半挫骨扬灰，另一半蒸了煮了，捎回北疆老家，祭奠在那些亡灵的坟前，让他们从此瞑目，销了这个阳世上的血债。但是，苏巴什的手刚刚碰到那一根斧柄，却又触电般地缩了回来，捧住了泥浆，命令自己冷静，切不可发难，更不能将北疆亲人们积攒了将近二十年的心血打了水漂，付诸一空。最要紧的是，少主子惊白就在隔壁客栈，他还在病榻上发烧，倘若此刻贸然动手的话，这一干人谁也走不脱，势必将成为枪下之鬼。

苏巴什放弃了冲动，口中叨念着阿弥陀佛，又开始搅拌稀泥，涂抹起了仇人的脊背。

咫尺之距，张汲水看在眼中，恨在心头，猛地一跺脚，捂住了肚子，撒腿就往后院里跑去，这是拉屎的意思，和尚们并没有出面阻拦。实际上，既没有屎，也没有尿，张汲水不过是气疯了，跑进了后院里，在茅厕门口站了片刻之后，挑了一块阴凉的屋檐，蹴在了墙根下，开始喋喋地骂人了。你个驴日的苏巴什，这样的机会你都敢错过，眼睁睁地放脱了仇人，以后你想吃一泡热屎，也不会有人给你拉，你走着瞧吧。狼吃剩下的，清凉池的这一帮窝囊废，卖洗澡水还可以，但事到临头，一家伙就可以报仇的时候，你们却怂了，蔫了，软蛋了，玷污了我这个游击的金斧头，让我羞耻极了。啧啧，你看你苏巴什的那个走狗样子，舔沟子的货色，他分明是咱们北疆人的死敌、杀害了老主子的凶手、救孤团的仇人，可你居然点头哈腰地在伺候他，在救老贼的性命，他是你亲爹呀，还是你娘老子？游击痛斥了半天，越骂越上瘾，渐渐地入了戏，竟而恓惶了起来，洒下了几滴泪水，落在了襟子上。

不巧的是，身后的明屋里，竟然也传来了一阵阵恐惧的哭声，吓了游击一跳。

张汲水收住伤感，赶紧起身，发现门上挂着一把铁锁，旁边的窗扇早就被钉死了，一根根钉子粗壮而烁闪，显然是不久前才干下的。叩了叩窗户，游击悄声说：是谁，里头是谁？你们号的什么丧？这样询问了好几遍，却没有答案，张汲水的驴脾气突然发作了，开始拆卸窗子,这个对他来讲并不难。打开之后,张汲水探头一望,瞭见一老一少被绳索捆绑着,正躺在地上呻唤,浑身上下没一块囫囵的,满身鲜血,鼻青脸肿,俨然是受过拷打的样子。原来,这二人乃爷父俩,恰恰是这家客栈的大小掌柜,也不知跟法事班子起了什么冲突,竟然落到了这般境地。游击向来是肝胆之人,路见不平,便一个蹦子跳将进去,当场解救了他们。

相帮着逃出了明屋,这还不够,张汲水又在围墙下支起肩膀,先将老掌柜送了出去,又催喊小的。这个货又蠢又笨,加之身躯肥胖,伤痕累累,好不容易爬了上去,却又不肯逃走,突然跪在了墙头上,朝着游击乱磕头:恩人,这帮子贼和尚可不好惹,也惹不得,你们也赶紧走吧,挣钱是小事,命才是自己的。闻听话里有话,张汲水停下了脚步,狐疑道:咦,怕是你动了人家的香头子,冒犯了和尚们,这才吃了一顿痛打吧?死胖子咳了两口血,血水里夹杂着几颗被打断的牙齿,哭诉说:假的,他们根本就不是出家人,昨晚上在喝酒吃肉,还从镇子上喊来了两个窑姐,排着队日弄了整整一宿,窑姐至今还在床上趴着呢,也不知是死是活。突然,这个货哑巴了,不再絮叨,人也顺着围墙滑到了外边,捡了一条性命。

游击料知有变,暗中镇定了片刻,慢慢地侧转过身子,发现一名青年僧侣诡笑着,已经截断了自己的退路。不必说,刚才的谈话,无疑被对方悉数获知了,无秘密可守,恐将引发进一步的轩然大波。这个关节上,张汲水立意已决,杀心顿起,第一个就想到了灭口。岂料,对方却率先开了腔,冷然地说:

"受雇于承平堡,以护卫的名义混进了这一支慰问团,但你们别有使命,怀有贰心?"

"彼此彼此,法事班子也不过是一介傀儡,来路不明。"

"你们究竟是什么人?"

青年僧侣摩挲着一串佛珠,变色道。

"那好,那老子就来告诉你吧,我这些伴当的真实身份便是北疆死士、救孤团成员,之所以跟着这一支凉州人马沿路走下来,只为了保护少主子的安危,也是为了复仇。"张汲水忽然有些激动,仰看了一眼异乡的天空,怆然地说,"长生天还好,天老爷健在,上佛也并不曾瞎了眼,他竟然将柴汉忠这个老贼送到了我们手里,现在只等着割下他的项上人头,老子也好撒一泡长尿。"

"咦,柴汉忠是谁?干么要杀他?"

"人称盘龙爷,老贼的脊背上有一块刺青,他这辈子也难以狡辩,除非他被大卸八块。"

"布虚法师?"

愕然道。

"正是。但你知道得太晚了,我现在就要超度你。"

言毕,张汲水矬下身子,从单靴里拔出来一把短刀,奋力一掷,刺向了对方。刀子破空而出,钉在了青年僧侣的喉咙上,他甚至连一声呱喊也来不及,慌忙抱住了肉脖子,随即就像一根扁担似的,摔在了地上。不敢怠慢,张汲水抓紧将这一具尸体沉入了粪坑,扔进去一堆烂砖碎瓦,打扫了院子里的血迹,这才佯装拉完了屎,拎着一截子裤带趔出了后院。

天杀的,游击居然捡起了地上的那一串佛珠,吹了吹,鬼使神差地揣在了他自己的兜里。

胡笳九十五节

天气一好，武威城就活泛了，贸易鼎沸，买卖红火，城门关闸的时间也延后了半个时辰。

钟鼓楼左近，刚刚驶过了一支接亲的队伍，八成是大户人家的喜事，不仅雇了秧歌、旱船、锣鼓班子，一路表演，一路弦索，还给围观的人群一把一把地撒糖果，丝毫也不吝惜。糖是六合糖，本来也没什么，但有个人剥开糖纸后，竟然发现里面包的是票子，一角两角的票子，嘴里刚一呱喊，场面登时就乱了。在凉州境内，这种大手笔叫派喜，十年不遇，人们哄抢的目的，不仅仅在于糖果和角票，而是图一个吉兆，谋一寸念想，让个人的生活在来年翻身做主。花轿被阻拦了许久，绣着龙凤的帘子也被撕破了，直到掌事的亲自出面，鞠了一圈躬，下了一番话，这才被众人放行，犹如一支溃军似的，逃出了钟鼓楼一带。

此刻，日光澎湃，街道上行人与车马甚少，人们追逐着锣鼓声跑光了，仍打算沾吉。

在河南会馆的西侧，也就是青云公所的屋顶上，两个伴当看罢了接亲的热闹，忽然闲荒了下来，趁着这个空当，各自将身体放倒后，枕着臂膀，仰看着天坑深处。最近一段日子，人们发现总有一对漂亮的大雁，在武威城的头顶上再三盘旋，日出而鸣，日落而息，就像远路上来的穷亲戚似的，天天在问安。按理说，半个月之前，北归的候鸟早就全部撤光了，去了蒙古和俄境一带讨生活，但这两只大雁掉了队，迟滞不归，或许也有别样的因果吧。实际上，这其中的缘由，整个凉州满打满算，也不外乎三个人知道，堪称机密。

盯看了半天，日头也已经西斜了，可那两个穷亲戚并不曾出现，想必昨夜里走掉了。

这原本应该是伤感的事，反倒让两个伴当释然无比，似乎卸下了心中的一块磨盘，不再牵念，不再惦记。马眉臣道：哎呀，想起来了，昨晚夕我跟惊白在梦里头说话，我讲了大雁的事情，那个贼疙瘩却说他现在会作法，只要他吹一吹铁喇叭，一定能将这两口子送走，果然应验了。陈匹三失笑说：呔，天下哪有这么神通的铁喇叭，这种不打粮食的话，等于放屁。马眉臣不喜欢佛具店公子的傲慢，反诘说：你归你，我归我，反正整整一宿，我干脆就没睡踏实，脑子里如同塞了一个响器班子，嗡嗡营营的，就属铁喇叭的声音最响了，这一定是惊白干的。陈匹三诡笑地说：呵呵，你别假传圣旨了，昨日夜里，惊白也给我托了一个梦，他可没吹铁喇叭，他一直在赶路，天亮的时候已经抵达了崆峒山。马眉臣吃惊道：平凉府？这么快就到了平凉府？

或许，真是在昨晚夕被折腾够了，马眉臣卧在温烫的瓦片上，盖着一根根光线，短暂地睡着了，鼾声若雷。陈匹三摸出来一块喜糖，丢在嘴里，慢慢吮吸着，盯望着钟鼓楼南侧的那一家店面，丝毫也不敢大意。

晚饭时节，城里的各个街道上漾起了一股股柴烟。柴烟混合着夕光，一半如金，一半呈蓝，虚笼笼地飘浮于城池之上，让这一座河西首郡如梦似幻，仿若坛城，也好似炼炉，一切都充满了未定的元素。马眉臣醒来后，吊诡地说：哎呀，惊白那个贼又来我的梦里捣乱了，一瘸一拐的，说他在崆峒山上崴了脚，不打算随队东进了，只想回家，一直哭哭啼啼的，惹得我也恓惶了一鼻子。孰料，陈匹三冷漠地说：哼，他最好别回来，回来就中计了，上了大当；凉州有什么好呀，惊白还不如在满世界浪荡，至少不必看别人的眼色。贼日的！马眉臣断喝一声，一把揪住了伴当的耳朵，反了你，满嘴的炉灰渣子，惊白是咱们的磕头兄弟，天上的那两口子大雁可以作证，你居然罔顾情义，乱嚼牙荃，真是令人心寒啊！陈匹三哀告连连，这才收回了耳朵，忏悔道：不，你误会了，咱们三个铁打的，属于金刚关系，我只是担心惊白一旦回来,就重蹈了我的命运,被人拉着去相亲,真是臊死了。闻听此言,大皮匠的儿子顿时乐开了花,耻笑道:瓜娃子,你真的去相亲了?相的哪个街道、哪个坊的女子?陈匹三害臊极了,在逼问之下,方吐口说:唉,佛具店的儿媳妇,必然要跟沙门有一点点瓜葛,但我爹娘老子真是吃了一锅糨糊,让猪油蒙住了心,绍介来的那个女子,虽然模样周正,年岁相仿,但她却是一个姑子,刚刚还俗的姑子,仙风道骨的,我看了瘆得慌。马眉臣一拍大腿:这就对了,鱼找鱼,虾找虾,乌龟找的是王八,此所谓门当户对也。理论了半天,马眉臣终于承认,他也在不久前相过两次亲,一次是肉贩子的闺女,另一次则是醉仙楼红案师傅家的,但均以失败告终,所以他跟陈匹三半斤八两,扯平了,谁也不能笑话谁。

　　这么着,话题再次转向了权家的少爷羔子,陈马二人一面眺望着街道,一面剖析个中缘由,认定惊白这一世的姻缘,他个人说了不算,等于指屁吹灯,姐姐达云才是王母娘娘,拍板定夺的主子。一提及姐姐,忽然就肃穆了,庄重了,两个伴当抱住膝盖,仿佛在谈说一桩神迹似的。邪门了,我发现姐姐经常率着朱先生的闺女,三天两头地在堡子外的田野上摘采野花,对那个丫头百般呵护,惜疼不已,莫非想要许给惊白?陈匹三质疑道。马眉臣摇头:不大可能,那个丫头瘦得就像一只尕鸡娃,一巴掌就能攥住,她的沟子上也没肉,将来生养还是个问题。陈匹三认可道:对,此话在理,姐姐本人就是一根筷子的体型,这么些年来,也不见她给少东主生下一男半女,武威城里的闲话简直比屎臭,兴许已经传进了她的耳朵里,她心里头有苦难说。马眉臣感喟道:唉,倒也不见得,姐姐虽然自己没生养,但她一直把惊白当儿子一样在拉扯,那个小贼现在到了说媳妇的年岁了,她肯定要把关,要入得了她的法眼。陈匹三频频颔首:呵呵,朱先生这下子中彩了,将来高攀上权家的话,他也就算一只脚踏进了承平堡,遂了他这半辈子的梦想。两个童男子,在薄暮下老练地谈论着女人和婚姻,擅自替缺席的惊白,安排好了未来的生活和家庭,煞是过瘾。

　　不过,凭着少年人的机敏,他们很快就发现了某种破绽,因为达云时常带着朱先生的闺女,在田野上出没,采花不过是一个幌子,其实质在于侦察与窥探，而沈小姐便是姐姐唯一的目标人物。马眉臣哀叹说：难免的，一个窝里的老母鸡们都会斗架，况且是姐姐那样眼睛里揉不得沙子的人；承平堡的卧榻之畔，忽然多出了一个北平城来的女学生，还挺着一个大肚子，哪怕再宽容的女主子，不打翻几缸酸醋才怪呐。此乃核心机密，知道朱家嘴子那一座庄院的人，想必也不超过一巴掌，但是出于对姐姐的偏心与拥戴，陈马二人既然提起了这个话题，自然要替达云打抱不平。陈匹三道：哎呀，咱们算是见识过的，可真不能怨怪沈小姐，她也是一个落难之人；少东主收留了她，虽说是一桩功德，但特地为她置办了新院子，在姐姐的眼皮子底下安家落户，这就太过分了，这分明是给姐姐难受呀。马眉臣附和说：勾魂，那个女学生太勾魂了，现在的少东主一旦得了闲，便往朱家嘴子跑，他们孤男寡女的，也不怕败坏了门风，一个奏乐，另一个唱戏，好像过的是神仙眷侣的日子，指不定姐姐的心上已经戳了一把刀子，在暗中落泪，无处去诉苦。抱怨了半天，两个少年为达云的遭际长吁短叹，却也无计可施，只能在想象中惩罚一顿顾山农。陈匹三坏笑道：罢了，罢了罢了，咱两人或许得更名换姓，你来做王朝，我当马汉，将来把这个坏了天良的陈世美，一绳子押解到开封府的大堂上，交由包大人去处置吧。这一霎，马眉臣怒目圆睁，当即给了伴当一记抽脖子，詈骂道：你个贼日的，万一陈世美被铡了，姐姐就沦落成了寡妇，这个你想过没有？这种放屁喷屎的话只许一次，下不为例！

　　肚子开始嗷嗷叫了，街道上的柴烟夹杂着一阵阵饭香，令人直咽口水。这两个逃避相亲的伴当，最近一直流落在外，口袋里连一块铜板也没有，真是难心死了。正在发愁之际，一个挎着算盘的家伙，趔出了青云公所，不是旁人，他就是雅布赖盐场的经纪脱可木。

　　碰了面，脱可木被昔日的同窗们簇拥着，也被一口一个木哥地喊晕了，当即答应请客，去民族街上吃一顿胡锅子。陈马二人不干，因为他们身衔使命，决定就在钟鼓楼附近咥一碗凉面算了。天呐，老虎竟然开始吃素了，脱可木慷慨地拍了拍钱袋子，他刚刚在青云公所办结了一项业务，抽成不少，也乐意放血。矛盾了半天，马眉臣坦言相告：

"木哥,你请客当然好,但咱们不能吃独食,还得等一个人。"

"哪位?"

"少东主。喏,他就在那个院子里,八成是在谈贸易吧。"

陈匹三努了努嘴,将平心定气馆这个名字压在了舌根下,不肯泄露。

"太好了,我也很久没见过少东主了,我还一直惦记着去承平堡给姐姐请安,结果忙得连放屁的工夫也没有,心里着实愧疚。"天气一热,雅布赖盐场的生意显然红火,脱可木的那只算盘油光光的,尤其是那一块铜皮格外闪亮,那是金钱的颜色。又说:"前些天,我碰见了梅郎中,他也说要去城外看望一下大小姐,想想他的腿脚那么不利索,还揣着这份心意,我这个囫囵之人,真是惭愧万分呀!"

"姐姐现在可麻利了,天一热风湿病便消失了,活泼泼的,跟三九天判若两人。"

马眉臣喜悦道。

"对了,姐姐还说过,如果你在雅布赖干得不开心、薪酬太低的话,你可以随时去保价局的账房,承平堡的大门永远向你敞开。"陈匹三跷起了大拇指,夸赞说,"木哥,你的算盘打得太有名了,弘毅乡学里的那一班人,也就数你最有出息,我们的脸上也有光。"

"不,我讨厌这个经纪的身份,我早就不想干了。"

伴当们一怔,目光纷纷询问。

"是这,拜托二位在这里仔细候着,我去一趟街道那头,我去给姐姐称些点心和干果,等一下请少东主捎回承平堡吧。"脱可木眼圈一红,更换了话题,拽开手脚,簌簌簌地跑远了,"也有你们的点心,先垫上些,胡锅子才是重头戏。"

瞭看着对方消失在了街角,马眉臣一时间唏嘘不已:"唉!木哥他在填窟窿,他爹赌博留下的大窟窿,他的自尊心太强了,牙碎了也不愿意吐,全部吞进了肚子里,真是好汉一条!"

"他爹那个老贼呢?"

"被债主扣下了,如今在城外晒粪卖粪呢,估计猴年马月才能赎回来。"

遵从了脱可木的叮嘱，陈马二人原地不动，守候在街边。饥饿是丑陋的，但饥饿也有一点好处，那就是令人格外警觉，目光锐利。这时候暮色深沉，暮色裹挟着一股股柴烟，让钟鼓楼一带的景致黏稠而古旧，似乎有什么东西在发霉，在慢慢地腐烂。一个妇人在殴打娃娃；几名乞丐捉住了一条土狗，在尾巴上浇了火油，突然点着了，仿佛一条燃烧的火蛇在地上蠕动；路边停着一辆牛车，在牲口反刍的过程中，疙瘩状的粪便从后门里排泄下来，带着青草的气息，很快就被拾粪人铲走了。倏忽间，有五六个人，不，应该是十几个汉子出现了，从不同的方向上奔跑过来，停在了平心定气馆门前。陈马二人本就是武威城里的子弟，打小沾染了不少二流子的习气，也了解猫道狗道上的一些秘闻，此刻大惊失色，愕然道：砍刀帮！

果然，这帮人突然动手了，解开了地上的一只麻袋，抽出明晃晃的砍刀，就像一群饿狼似的，扑进了平心定气馆的大门，院子里登时鬼哭狼嚎，鸡飞狗跳，打砸声不断。陈马二人不敢逗留，生怕火星子飞溅过来，点着了自己，赶紧趸开后，贴住一堵围墙，拔长了脖颈子开始偷窥。但是，眼前的这一场袭击事件并没有持续太久，因为院子里传来了枪声。

枪声一响，砍刀帮的这些歹人知道中了计，掉进了人家事先设伏的一张罗网里，便折返而出，打算趁着暮色遁逃，各自去活命。不承想，在这个关节上，县警察局的马警队和步警队自天而降，分别从左右两侧包抄了过来，呈一面扇形，枪口直指这一伙散兵游勇。身后的院门哐当一声关闭了，打扮成伙计模样的警员们，业已截断了砍刀帮的后路，形成了瓮中捉鳖之势。降了，大家都降了，赶紧丢家什，活命最要紧了，砍刀帮的头把子呱喊一声，率先举起了双手。这么着，其他伴当纷纷相随，跟头把子患难与共地站成了一排，等待公家人前来受降，前来招安。

半晌后，在王伯鱼和几名侍卫的陪同下，陈垦丁踱出了钟鼓楼，朝事发地点走来。实际上，陈垦丁已经在楼上喝了一下午的茶，单等着暮色降临之际，发动这一场歼灭战，进而给自己就任县长以来的生涯，写下浓墨重彩的一笔。王伯鱼同样也是兴奋异常，满脸潮红，脚步煞是高迈。虽说这个行动计划是陈垦丁首肯的，亲口下达的指令，但从侦察获知砍刀帮要血洗平心定气馆，抢劫鸦片与钱财，包括具体的日期和时辰，一切应对手段及抓捕措施，均是他王伯鱼独立完成、秘密执行的。这件事犹如吸食鸦片，令他格外刺激，因为张彝奉命出省以后，马警队和步警队合二为一，统统归其管辖，这让他忽然间有了一种万人之上、一人之下的幻觉，甚至觉得离局长的宝座又近了一步，丝毫也不敢懈怠。成了，事情成了，干净利落地成了，不拖泥带水，也不曾出现一点点纰漏，堪称完美。此刻，砍刀帮的这一群虾兵蟹将投降了，只等着县长阁下发话，然后将这些杂种统统收监，等待来日的判决。

不过，走到了半途中，陈垦丁突然停下脚步，站在了那一排持枪警员的身后，眉头一蹙。王伯鱼不解其意，赶紧跑上去请教，却见长官掏出来一块白雪雪的手巾，捂住了口鼻。声音是从手巾背后发出来的，果决而简单：

"格杀勿论。"

"长官？"

王伯鱼一下子惊掉了。

"开枪。一个活口也不许留下，这是命令。"

"阁下，这是抢劫，他们犯下的并不是死罪，罪不该死。"

"糊涂，你真是糊涂虫，你一点也不长脑子。"陈垦丁收起手巾，一时间怒目，申斥道，"革命是不讲道理的，值此大乱大治的关口上，就凭着那一堆凶器，也足够杀了他们。"

"卑职需要一项罪名，开枪的理由。"

"哼！这个简单，他们是北疆黑喇嘛的部从，潜入武威城，公然行凶抢劫。"

"的确，他们真就是黑喇嘛的走狗，这个我疏忽了。"

王伯鱼转念一笑，吹响了哨子，命令立即开枪。

马警队和步警队的弟兄们根本不会手软，打光了枪膛里的全部子弹，令砍刀帮的歹人们血肉模糊，横尸于街头，残肢与尸块遍布脚下。钟鼓楼一带弥漫着呛人的硝烟，陈垦丁照例拿起那一块手巾，捂住了口鼻，却没有离开的意思。枪声消失后，去而复返的凉州看客们重新围拢了过来，因为尸体让人兴奋，杀戮令人刺激，谁也不想缺席这一幕大戏。陈马二人找寻了半天，这才跟脱可木会合，但他手里的那几个点心包子已经破了，吃食撒了一地，又被无数双脚踩碎后，有点粘鞋底子。但是，比起钟鼓楼下的这种热闹来讲，饥饿已经是芥末小事了，伴当们矬起肩膀，蝉联而入，挤到了最前列，惊恐地盯望着那一扇大门。

不一时，那些尸体就被拉走了，送往郊外的化人场。平心定气馆的伙计们跑出了侧门，将一筐筐炉灰倾倒在地上，覆盖了血水和弹壳，杀戮之气顿时消泯了，似乎什么也不曾发生过。众人盯看着陈垦丁这位河西首郡的最高行政长官，口中啧啧不已，夸赞他的霹雳手段，褒扬他的雷厉风行，称许他为这一片绿洲带来了安宁与和平，真可谓爱民如子、体恤百姓，实乃当世之肱股、国家之良才。如此一来，大家渐渐形成了共识，决定央请郡老班子出面，以凉州各界的名义，具书陈请，紧急上报兰州城，恳求甘肃省府予以嘉奖陈垦丁。和风拂过了钟鼓楼，类似的赞美之辞，星星点点地飘入了陈垦丁的耳朵，这让他越发地踌躇满志了，深感革命不愧是一种最佳的策略，无往而不胜。

根据情报，或者说缘于一种宿命般的预感，刚才的屠杀，不过是一道开胃菜，而真正的对手即将登场，这便是陈垦丁一直不肯离开的原因。在陈垦丁看来，只有搬倒了这个家伙，革命才能名副其实，武威县府和他个人的权威方可确立；否则，强龙压不住地头蛇这一句古话，极有可能再一次应验，他唯一的出路，就是挑一个后半夜的机会，灰溜溜地离开凉州界，被这一方水土彻底抛弃，迅速遗忘。

咣啷一声，平心定气馆的大门打开后，店内的伙计拽着一根缰绳，将一匹漂亮的枣红马牵出来，停在了门端外。这一霎，顾山农出现了，单衣薄衫，白面短发，手里攥着一把珠子，抬脚跨过了门槛，猛一抬头，乍见陈垦丁，不慌不忙地抱拳一揖：

"哎哟，原来是阁下，山农有礼了。"

"少东主。"

答复了一声，陈垦丁借着周围明亮的火光，仔细审视了一番对方的面色与表情，暗自叹气，也略微有点失望。盖胡子不见了，新生的胡茬生长缓慢，虽然双颊瘦削，颧骨凸出，但顾山农的整张脸，此刻毫无保留地呈现于眼前，仿佛一份卷宗，等待着对方阅批。逡巡了几眼，陈垦丁既没有发现鸦片压榨之后的痕迹，也未曾捕捉到毒瘾发作前后的那一种饥渴与涣散，恰恰相反，顾山农沉静如水，嘴角含笑，似乎这不过是一次街头邂逅，打个招呼罢了。放下了双手，顾山农相问说：

"怎么，夜都黑了，阁下还这么劳碌，刚才在办案吧？"

"少东主难道一点也不警觉？"

"嗯，我的确听见了枪声，据说还杀了人，刚才院子里实在太乱了，也不知道真假。"

一展两臂，无辜地说。

"此乃县府的应急决策，也是警察局的特别行动。刚才干掉了一伙歹徒，被杀的是北疆黑喇嘛土匪团伙的骨干分子，他们于今日下午潜入武威城，幸亏被我提前获知了。"陈垦丁简要地介绍完，语气陡然一变，愤慨地说，"少东主恐怕还蒙在鼓里，惘然不知。这一帮土匪其实是来请财神的，而目标人物就是你顾山农，所以他们直奔你的落脚点，这才是关键。"

"什么，我成了肉票？"

色飞骨惊地问道。

"所以么，你这个人很危险。"

"阁下，你是天台大人，你最了解我了，我不过就是一个买卖人，他们兴师动众地从北疆下来绑我，总得有一个道理吧？山农何其无辜，那他们到底图了个啥？"这种致命的指认，犹如祁连山上滚落下来的一块巨石，砸在了顾山农的肺腑当中，一时间山崩水飞，窒人气息，"阁下身为父母官，我可是你的草民，假如我一旦成了肉票，他们究竟要谋个什么？"

"据说，少东主的手里有一样东西，可谓是千金不换，价值连城。"

"还望阁下明示。"

"铜马。一尊铜马。"

顾山农两腿发软,感觉自己的心跳撒了一地,再也难以捡拾起来了:

"咦,什么铜马?"

"凉州之图腾,河西之精魂。你顾山农胆大妄为,私吞公器,秘密掌管着它,这些年以来一直不敢示人,让铜马难见天日。"

当众指斥道。

胡笳九十六节

自打成家以来，顾山农跟妻子吵过嘴，偶尔也红过脸，但从来没像今个天这样恶语相向，还险些动了手，彼此心碎了一场。

昨晚夕，顾山农带着管家跑了一趟永昌，保价局名下的一支四川商团更改路线，擅自离开了北疆方向，结果出了事，在双湾附近遭遇了狼群，骡马惊掉之后，意外地撞翻了路边的摊子，致使摊主毙命。因为交货日期迫近，急于赶路，大掌柜舍出了一笔钱，打算私了，但死者庄子上的乡邻们闻听对方是异乡口音，突然变了卦，又借机滋事，将命价翻了好几倍。不幸下世的是一位七旬鳏夫，可呼啦啦地冒出来了一大群子侄辈的人，号称以前赡养过老人，现在都想分一杯羹。僵持不下时，双方进入了永昌城，一起叩衙报官，商团方面这才出示了凉州保价局的全套手续，一匹快马飞报给了承平堡。理亏在先，讹人在后，这是各打五十大板的纠纷，顾山农考虑到开春以来客商盈门，贸易节节攀升，便打算息事宁人，将这件腌臜之事就地消化，于是放手使了钱，连眉头也根本不皱。钱的话，谁都能听懂，大概半个时辰后，这一桩命案便办结了。

歇息了一宿，天麻麻亮时，主仆二人策马返回，一路上颇为顺利。

回到承平堡，正巧赶上了午饭的尾声，顾山农端着一碗拌面狼吞虎咽，吃到一半时，忽然发现这是待客的档次，羊肉疙瘩很多，还有粉条、黄花菜、木耳、豆腐什么的，便随口问了一句。厨师答复说，家里来了几个花匠，大小姐专门请来的，他们正在角院里忙碌，还念了牡丹经。呸，乱嚼舌头的话，什么狗屁的牡丹经，顾山农呵斥道。厨师再次介绍说，大小姐将城里家中的那一棵牡丹树移栽了过来，种在了角院里，忙了整整一晌午，现在也差不多了。闻听此语，顾山农撂下饭碗，一道烟地穿过了中庭，奔向了文楼脚下的那一座角院，还险些跟叶小梳撞了个满怀。该死的丫头，一边雀跃，一边拎着喷壶，朝少东家洒过来不少的水花，全然没有了规矩。来，我问你个话，你务必要告诉我，将牡丹这么移栽过来，这是谁的馊主意？顾山农沉声道。叶小梳满不在乎：哼！馊什么馊，你惦记个人的身份，别咋咋呼呼的！现在万物花开了，春姑娘的主意，有本事你去掐她呀，春姑娘身上的肉多，肤色也白。旧事重提，顾山农忽然羞臊极了，连耳朵根子也红透了，赶紧掩面逃进了角院。

但是，一切都晚了，成了马后炮。此刻，牡丹树站在了角院中，蓬蓬勃勃的，一身新绿。

原来的小花坛，也就是墓室和课堂之间的那一片泥壤，现在被彻底改造了，成了新主人的领地。按着牡丹树的身材，顾山农猜想，它的根须至少有两米左右，这也就是说，匠人们挖了一座深坑，这才将植物安置进去，回填了熟土，又在一旁神神叨叨地作法，不知道他们的嘴皮子里在嘀咕什么。顾山农的腿脚上灌满了铅水，鹅立着，目光落在了妻子的面庞上，竟然发现达云双手合十，泪下如雨，似乎受到了某种感应，对着牡丹树磕下了不少的头，额顶上沾满了泥土。本来已经气炸了，濒临崩溃的边缘，但妻子的虔敬与泪水，就像一根荆棘刺，扎破了顾山农的愤怒，怨气也流失殆尽，转而钳口噤声，等待这一幕荒唐的仪式赶紧结束。终于，花匠们念罢了所谓的牡丹经，在顾山农阴冷的注视下，拿着工钱走了，达云掸净了膝盖上的草屑，仿佛创立了一桩不世之功，揽住了丈夫的胳膊，笑意盈盈地开始表功。

山农，也真就奇怪了，我爹下世的当年，这一棵牡丹树就半死不活的，后来干脆枯萎了，一连几年都发不出枝芽，幸亏廖逢节偷了懒，没把老根子刨掉，现在竟然又歇缓了过来，重新活泼泼了，这肯定是一个喜兆呀，达云开心道。顾山农惜疼地拍了拍妻子的脑门，释解说：花随主人么，外父他生前最喜欢牡丹了，这棵树在权家的历史，恐怕比我还要长，自然就有一份深情厚谊，如今它转世而来，想必也认出了你这位大小姐；喏，你看枝芽发得这么繁茂，真是攒劲极了,我也估计好事将近。环视了一圈,牡丹树带来的兴奋绵绵不绝,但达云接下来的一句话,却让这种温馨的时刻猝然中止,继而跌入了冰崖。

哎呀,惊白那个小贼,没良心的东西,自打离开凉州后就音信断绝,可昨晚夕他对着我吹了一夜的喇叭,硬生生地托来了一个梦,今个天果然就成真了,应验了,达云诡异道。什么喇叭?他在哪里吹喇叭,居然还给你托了梦?质问道。达云沉浸在喜悦中,并未瞧见丈夫的不快,乐陶陶地说:嗐,那个少爷羔子,他一向鸡灵狗怪、邪门歪道的,也不知吹的什么法号,反正把我从梦里弄醒了,再三告诉我,说城里家中的这棵牡丹树今年活了,抽枝发芽了,还叮嘱我将它移栽过来,种在爹老子的坟头前,让父亲大人在九泉之下有一个依伴。此乃事实,在家庭迭遭变故、权爱棠猝然下世之后,不仅仅这棵牡丹树凋零枯萎,就连申明亭和旌善亭也是油漆剥落、瓦叶碎裂,日复一日地破败而荒凉,整个院子犹如一座被洗劫之后的前朝遗迹,无人洒扫,可一旦洒扫起来,又让人怆然而悲鸣。达云又说:山农,你可不知道,今早上我抱着试一试的目的,回到了城里,天老爷,果然就像惊白托梦的那样,我欢喜极了,估计这也是爹老子的心愿,所以我赶紧叫来了花匠们,将它请进了角院里;这下子好了,晚上我也给弟弟捎个梦,就说姐姐我不辱使命,当天办结了。如此云遮雾绕的话,神鬼莫测的言辞,令顾山农的脊背上一阵阵寒凉,孵起了一层鸡皮疙瘩,更加不快。这一刻,达云竟然得寸进尺,伸出一只手:山农,把钥匙给我,快给我。顾山农疑惑道:啥钥匙?你要干么?达云朝着那一间紧闭的墓室努了努嘴,咧笑说:哎呀,我要把门窗打开,让我爹知道牡丹来了,牡丹就站在他老人家的坟前,替他守着阳世上的光阴,守着咱们这些后人。

猖狂,你真是个妇道人家,连一点点起码的规矩也不懂,竟然插手承平堡的事情,你把我当成了一件摆设,眼睛里干脆没我么?顾山农的愤怒来得太突然了,但达云的泪水也不会很慢,委屈地说:山农,你干么吼我,干么这么凶巴巴地吼我?爹老子就在地底下躺着呢,你如此气急败坏的,惊动了亡灵不说,岂不是给他老人家难堪么？顾山农恼恨至极，一拳头砸在了砖墙上，暴躁地说：大小姐，你的孝心一文不值，你在添乱，你在帮倒忙！惊动了爹老子亡灵的，恰恰是你跟惊白这两个不知天高地厚的姐弟，只要我顾某人在承平堡一天，就绝不会允许你们如此造次，目中无人。愤怒像一头野兽，驱使着顾山农抓起地上的铁锨，向牡丹树拼命砍去，一些枝条和嫩叶飞落下来，连空气都在喊疼。铁锨再次举起时，达云却扑身而来，护住了树木，一双眸子仇恨地盯看着丈夫，丝毫也不畏惧。这个关节上，顾山农知道自己过分了，慌忙扔掉了家什，释解说：

"好我的大小姐，你自己瞧瞧吧，这个树坑离屋子里的坟头如此近，也就是一墙之隔。你这么鲁莽地动土，表面上看似在移栽，实际上却是在刨坟，伤了权家的风水。"

"我姓权，我都不害怕，那你担心什么？"

"这是外父生前交代的。"

"哼，你拿给我看！"

"权大人当时亲口告诉我的，并无字据。"

顾山农无计可施，只得请出尚方宝剑，以此来搪塞。不料想，丈夫躲闪的目光，以及这一种敷衍的态度，令达云疑心顿生，当即判定顾山农在撒谎，在回避，在推脱。这么着，达云知道自己捏住了丈夫的七寸，扣住他的命门，冷笑道：

"顾山农，你实话告诉我，这个坟里究竟埋的是啥？"

"泰山大人，在下的外父。"

"哼！既然埋的是一堆骨殖，你又何必如此紧张，全然不像你平时的样子，这么气急败坏，如此丧心病狂？"既然说开了，达云也就没有了顾忌，哀恳道，"家父一生喜欢牡丹，尤其在我娘下世后，更是对这种花寄托了不少的情感，我之所以移栽过来，无非就是想让这棵树继续陪伴他老人家。这难道动了你的香头子，拆了你的祖庙么？"

"你先斩后奏，你可曾事先问过我一句么？"

反诘道。

"笑话，真是天大的笑话！这座堡子并非你个人的领地、权家的私产，它本来就是凉州公器，也是百姓们捐献出来的一座城池。我实心地说，我觉得我爹埋在这里的确大煞风景，着实不应该，恐怕还有人另有所图，借尸还魂，以死人来压活人，遂了他不可告人的目的。我作为后人，将来如果有机会的话，我一定要将它迁出去，埋在该埋的地方。"

"放肆！你这种话令人心寒，让我汗毛倒竖。"

"顾山农，你心虚了？你胆怯了？"

"只要我在承平堡主事一天，达云你休想动它一撮土，更别说迁坟了。"

"呵呵，你不会是在演戏吧？"

冷笑声犹如一群野鸽子，扑棱棱地飞掠而起。

"大小姐，你这是在杀人诛心。山农虽然是戏娃子出身，但那是以前扛戏箱子时候的陈年旧事，我跟过去早就一刀两断，没有了一点点瓜葛，你不必如此侮辱我，诋毁我，让我在自己的女人面前抬不起头来。"上门女婿，对任何一个河西男儿来讲，这都是输了一口气、短了一份精神的角色，顾山农亦概莫能外，"不错，早些年我热衷于唱戏，我就是一个戏娃子，但现在我可不想再演戏了，我打定主意，我要做一回自己的主人。"

"敢问，我爹是怎么死的？他老人家临终之际，你为何隐瞒不报，不让我来见一面？"

"外父猝然离世，我也是吓慌了，难免有不周之处。"

辩白道。

"哼！等我赶来时，我见到的不过是一口棺木，已经入殓了。他老人家穿了几件套的寿衣，枕头里塞了几斤茶叶，身子下的麻钱摆的什么形状，我竟然一概不知。"达云口舌滔滔，这些年来积攒在心中的疑惑与郁愤，犹如一座垮塌的沙丘，倾泻而出，"后来，你在承平堡里守孝三年，赢得了凉州父老们的口碑，还候任了郡老班子里的一员，但你想过没有，作为权爱棠的闺女，我度日如年，我肝肠寸断，我就像被人活杀了一样？"

"薄殓，速葬，这也是外父对我的叮嘱。"

"那干么不葬在城外，不埋在我娘的身边呢？我偏就不信，我爹会出此下策,愿意睡在这座堡子里,在这个阴暗的角院中化成一把白骨,给活人添堵,也让他自己的亡灵难以安息。"

"大小姐,我将来一定会告诉你的,但不是现在。"

"干么不说?"

"你得相信我,就像你一直信任外父大人那样,我也有我的苦衷,我的不得已和难处。"

"哼!那你张开狗嘴,让我看看你的舌头,短了,还是没了?"

达云粗野地扑上前来,作势要撕扯的样子。这一霎,顾山农骇然失色,赶紧埋下头去,捂住了口鼻。然而,达云被那一把铁锹绊倒了,扑通一声,当即摔在了地上。或许是疼痛,但更可能是缘于悲伤,达云又挣扎着爬起来,忽然间扯开了哭腔:

"山农,我需要一个膝盖可以下跪的地方,整整三年多了,我现在才找到。"

"我不想看你哭,我带你回城去吧?"

"滚!你滚开!"

"知道么,你这样子作践自己,让我心如刀绞?"

"山农,我就想安静一下,我想陪陪我爹。"

这么着,顾山农万般无奈,朝着虚空里鞠了一躬,掉头踅出了文楼下的角院。

策马走出了承平堡,顾山农索性撒开了缰绳,任由大牲口甩着蹄子,散漫地前行。

蹊跷的是,枣红马绕着堡子,转了三圈之后,忽然找见了方向,朝着朱家嘴子而去。这是一份灵慧,它还记得主人在最近一段时日里,最喜欢去那一座新打的庄院,要么吃茶,要么唱戏,往往流连不返,乐此不疲。顾山农摇曳在马脊上,心说也好,不如现在去看看沈阁兰,将心中郁结的苦闷化解一番,否则的话,这个春天将很难消停。喜悦慢慢滋生着,就像心田里泌出的一滴蜂蜜,漫延开来,但是顾山农还来不及品尝,这一愿望便迅速破灭了,反而产生了更大的不快。

不为别的，就在距离沈阁兰的新庄子尚有半里地的时候，顾山农突然发现了异常。不错，那两个小贼一个叫马眉臣，另一个叫陈匹三，正攀爬在官道旁的一棵柳树上，戴着柳条帽子，衔着柳笛，呜呜呜地在作祟。顾山农内里犹豫，打起了算盘，这陈马二人与其说是弟弟的同窗，倒不如说乃是达云的眼线、妻子的走狗，他们跟惊白属于一路货色，只唯大小姐马首是瞻，此刻徘徊在朱家嘴子一带，无异于桩子和特务，在盯梢眼前的这一切。心情大坏，顾山农赶紧拨转马头，离开了官道，隐入了附近的郊田中。

毕竟，少年人的眼睛更尖，顾山农的一举一动，并没有逃脱陈马二人的视线。或者说，承平堡主人的颓丧与落寞，引起了他们的极度关注，预感到事情不祥，便尾随了上来。

走了大半晌，枣红马已经大汗淋漓，顾山农也被晒晕了，恰巧碰见了一段萨班渠，两岸树木茂密，浓荫遍地，于是跳将下来，打算歇息一阵子。拴完马，顾山农除下湿透的罩衣，在渠水里淘洗干净，挂在了日光下，慢慢地晾晒，却不经意地发现，裤脚上粘着几片牡丹叶子，想必是自己先前发疯时留下的罪证。顾山农用指尖拈起那些叶子，吞进嘴里，咀嚼了几口后，便被一种辛涩的汁液所控制，苦哈哈的，连表情也变了形。倏忽间，妻子伤心而绝望的哭声充盈于耳畔，顾山农再也绷不住了，涕泗滂沱，一边号哭，一边忏悔道：达云，我真不是那个意思，你误解我了，山农宁可被整个凉州所辜负，也不情愿让你对我的信任有一点点的松动；我刚才不是人，我不该动粗，尤其不该对你吆三喝四的，你饶恕我吧！

实际上，哭声就像一团发面，越哭越发酵，以至于不可自拔。顾山农哭到了恓惶透顶时，便趴在了萨班渠一侧，将脑袋埋进了春水中，试图让自己冷静下来，不要被这种恶劣的情绪所裹挟，进而耽误了肩上的使命。岂料，偏偏就在扎入水中的那一霎，顾山农睁开眸子，意外地瞥见了两张熟悉的面庞：尹先生，权大人。他们似乎至今还活着，尚在人世上，微笑着从水流中滑过，一面点头，一面在叮咛着什么，近在咫尺，触手可及。顾山农突然急了，张开双臂去拦挡，去拥抱，去抓取，直到最后拔出了头颅，朝两只手上打量时，这才发现自己一无所获，恍如黄粱一梦。视野中，唯有穿透树丛的一块块光斑，洒落在水面上，虚幻不已，真假莫辨。

这以后，顾山农心中的苦胆全部破了，胆汁带着剧烈的腐蚀性，一下子冲决而出，令其突然间大为慌乱，魂不守舍。顾山农跑远了，离开了萨班渠和那一片阴凉地，站在了广阔的郊田中，仰首长叹，盯望着凉州头顶上弧形的巨大穹顶，心如乱鼓，一迭声地质问道：

天老爷，假如你法眼在上，神通广大，你瞭见了我的苦楚，体恤了我的无助，那就请你再给我膏一些油、添一把柴吧！山农累了，疲沓了，散架了，如今就像一根受损的车轴，再也跑不动路了，也像一座四面漏风的炉灶，难以持续燃烧下去了，专等着你老人家的襄助，你的援手，你的法雨和甘露。天老爷，有句话我憋了许久，三年，不，其实这已经是第四个年头了，我只想问问你，在凉州十几万户人家当中，在成百上千的儿子娃娃里面，你干么独独挑中了我？你为何使出了这样的雷霆手段，试炼我，考验我，煎逼我，将这一辆马车架在了我的身上？将这一份磨盘大的使命，荷担在了我的肩头？天老爷，实话让你知道吧，山农不过是一个平常人，一具肉身凡胎，他既没有大闹天宫的本事，也没有封狼居胥的资格。你一定是走眼了，你喝醉了，你痴呆了，所以才在矮子里头拔将军，如此地为难我，作践我，让我身心俱疲，漏洞百出，甚至连自己的女人也维不住，害得达云泪水涟涟，眼泪哭满了三大缸，几乎要淹死了我，淹没了整个承平堡。天老爷，你究竟是慈悲的恩主，还是惩罚的化身？你现在最好言传一声，或者咳嗽一下，好让我知道你的用心呀！

天老爷，你到底在哪里？你在何处驻跸，又在哪个方向上打坐、散步、用膳和作法？天空那么深，那么滑，那么薄凉，我怎么就望不见你的宫殿，你的朝廷，你的烟火，你的浩荡威仪，你的千军万马和天兵天将呢？云朵是你登天的靴子么？老鹰是你的羽毛袜子么？夜半的繁星是你腕子上的那一串念珠么？天老爷，我似乎看见了你，但你又悲深愿重，高远莫测，躲在那一道帘子后面，不肯露出你的天颜。这是因为你的尊贵，还是缘于我的卑贱？身为凉州子弟，我跟祁连山下、河西绿洲上的田夫故老、兄弟姐妹们一样，自打出生以来，便无条件地服属了你，归顺了你，膜拜了你，成为你的臣民与子嗣，不敢高声语，恐惊天上人，但是你始终不吭不哈，冷漠如此，带走了这个人世上的一幕幕大光阴，葬埋了一辈又一辈的老先人，视他们为蝼蚁，为草芥，为粪土，为献祭。天老爷，这一切的一切，你究竟依凭的是什么？谁给你戴上了主宰者的冠冕，披上了这一件蓝色的大氅？谁给了你统御的权杖？谁又为你赐下了万世不磨的官印，让你耸立于云表，高高在上？天老爷，假如你能耳食了我的这些话，我的质疑与冒犯，那就请你在治罪之前，赶紧走下这一架云梯，进入凉州，来到庶民百姓们当中，再放下你的臭架子，公平地跟我理论一番、对质一场吧！

咦，怎么了？你瞎了么，你哑巴了么？你这是看不起我呢，还是你驾着自己的龙马在天边巡游，连一丝耳音也不曾灌给你，所以你对我不理不睬，视若无物？天老爷，山农再也扛不住了，肩膀快塌了，脊梁骨快断了，肝胆也要破裂了；我祈求你搭一把手，给我一句热话，一个眼神，也好让我赶紧振作起来，剔除了身上的百病，像一个人那样活着，像一个硬朗的儿子娃娃那样去爱、去苦、去欢喜、去追逐，替这一片恩养的大地，替这一方沃美的绿洲，替整个凉州与河西，秘密地将这一桩使命完成，拴住它的三魂，筑牢它的六魄，等待将来太平世界的那一天吧！

天老爷，好我的上苍，我三尺头顶上的广大神明，你无所不在，你无所不知，假如你真的顾及山农的苦楚与困境，怜惜我这个破嗓子，又恰巧听见了我的这一腔子肺腑，那你就慷慨地给我一个明示吧！闪电也好，天雷也罢，哪怕仅仅是一幕海市蜃楼，也好歹让我明白，你老人家不聋不哑，不痴不呆，不偏不倚，仍旧是全境之怙主，苍生之教亲；你至今还端坐在天庭之上，三洲感应，悲智双运，继续在做着有情的业行，庇护着下界里的凡世，主持着人间的公义、公正与公平；你一如既往地在用莲花手、妙果心，在给凉州大地布施着绵绵不绝的恩泽，耕种着这一块天人共同的福田。

哦！天老爷，那就让山农现在吃个咒、发一个重誓吧，如果你首肯了我的念想，应允了我的愿心，在今晚夕，在子夜来临之前，你从天庭里降下一道明示的话，山农愿意在料理完凉州的事情后，从此为你披一件袈裟，终身茹素，永不更改。

言毕，顾山农膝盖一软，当即跪在了郊田上，朝着广大而虚无的天空，重重地磕下了三个响头，仿佛将这个咒语种在了泥土中，等待它抽枝发芽，到了秋天再去收割，去兑现。

附近的林子里，传来了羊群的咩叫，以及少年人的说笑声。顾山农一时间窘迫，生怕被外人撞见，窥破了他的懦弱与胆怯，慌忙抓起那一件晾干的罩衣，穿在身上，解开了枣红马的缰绳，迅速离开了朱家嘴子一带。

事实上，在这个下半天里，顾山农无枝可栖，只能去往武威城里散散心了。

胡笳九十七节

进入平心定气馆之后，顾山农突然就活了，满身心沸腾。

也真就怪了，钟鼓楼附近人烟稠密，牛来马去，空气中弥漫着一股土腥味，连日光也是灰突突的，但是跨进了这个院门，随手将缰绳交给了前来迎接的伙计，顾山农蓦然觉得这个新开的院子闹中取静、别有洞天。兀立于前院中，顾山农双目微合，抽吸着鼻子，一种奇异而浓烈的鸦片气息如约而至，大面积地降临，俨然是老友重逢一般，令其不胜有天涯之感。的确，在这种静默而愉悦的品咂中，顾山农渐渐地发现，昨日的永昌之旅，今早上的返程之行，包括瞌睡、饥饿与劳顿，以及先前跟妻子争执所带来的郁愤和灰败，倏忽间不见了，统统消失了。此刻，占据了顾山农整个身心的，乃是一种空前的惬意，妥定的踏实，似乎每一个毛孔都张开了口鼻，贪婪地吮吸着，连一丝一缕的味道也不肯放过。陶醉之中，顾山农庆幸自己来对了，犹如一条鱼游入了熟悉的水面，一片叶子躲进了从前的密林，于是叮嘱自己说，天呐，这一天简直太长了，拉磨、赶路、赶路、拉磨，真是骨头架子快要散掉了，不如今晚夕就在此处歇息吧，不回承平堡，也不必去看妻子的脸色了。

睁开眼睛，顾山农背起两手，开始了踱步，目光依次扫过了左右两侧的廊道，但见一根根柱子上悬挂着簇新的联匾，金底漆字，风格不一，内容也是林林总总的，不由得念出了声：乾坤容我大，名利任人忙；妙也道儒释，乐乎山水茶；布豆成兵马，画地为江河；闭门千丈雪，寄命一枝灯；四围多磊落，许我作狂人；繁华三千世界，不过一缕青烟；从来名士能评水，自古高僧爱斗茶；心持铁石要长久，胸吞云梦略从容；如今寂寞东风里，酒熟诗成我自欢；饮水一杯何择地，焚香诸事不瞒天；人间英雄多种菜，山中猛士能锄瓜，云云。大烟馆里竟然出现这些风雅之辞，给自己戴了无数顶高帽子，少不了自夸之嫌；顾山农也是失笑出声，不愿意再浏览下去了，便收住了脚步。

馆内的主事闪身出来，打眼一瞧客人，便迅速拉下了脸。顾山农的头发和肩膀上落满了灰土，衣服也皱巴巴的，不像是腰包硬扎之人，大概是来尝鲜的吧。这家平心定气馆采取了新式路线，不仅建筑格局和装饰有别于同类，而且从主事到伙计这一层内部人员，统统是五门十八姓的总乡约王曰信从外省录用而来的，在凉州无根无基，铁脸冷面，除了金银钱财，谁的话也听不进去。主事虚了一礼，探问说：大掌柜，请问你是搭伙来的，还是想单独种苗？顾山农的大烟瘾忽然犯了，捂住哈欠：种苗，你最好给我一个单间，悄静些的，我不喜欢被人打扰。主事又道：哎哟，搭伙是散集，吃罢了撂下碗就走，可种苗是大价钱，现在就连寺里的法事也纷纷涨价了，一般人难以供灯。顾山农道：搭伙是入秋后的事情，无滋无味，寡了不少的乐趣，我只喜欢夏天的叶子，但不知你家里花开几亩？此乃行话，假如没有一年半载的涉猎，恐怕难以知晓其中的门道。主事当即一怔，料定对方来头不小，慌忙抱拳：呵呵，我还想多个嘴，掌柜的究竟喜欢哪一亩地里的苗子，阴坡的，还是阳坡的？上风的，还是下风的？这个关节上，也不知什么邪祟在作怪，顾山农竟然鬼使神差地说：牡丹吧，我种个牡丹的苗子。

主事在前头引路，三兜两转，将客人请进了一座别院。

不用问，别院里的客人都是来种苗的，有路经凉州的客商，有本地的纨绔子弟，有省城兰州来的公家人，也有在祁连山开金厂和煤矿的矿主，更多的则是各路大买卖人，这从他们的绫罗绸缎、玉石扳指和嚣张气焰上就能窥见一二。顾山农生怕碰上熟人，掩面而入，挑了一个最里头的单间，落座下来。主事摇了一声号铃，伙计们迅速将干果、点心、肉干、茶汤和杏皮水摆在了桌上，这是种苗之前的序曲，不可饿抽，当然也不能饱吸，否则味道便打了折扣，身体也吃不消。

主事再次重复了先前的话：请问，仁兄你喜欢哪一亩地里的苗子，我这就去准备？既然说错了话，顾山农也觉得没必要修订，依然故我地答复道：牡丹吧，我尝尝牡丹的味道。

主事面露难色，抽搐着颊脸上的咬筋，不悦道：敢问，你是来求个快活的，还是打算砸场子的，在下也好吩咐下去，仔细地伺候你？顾山农的大烟瘾更加发作了，咧笑说：狼日的，你这是店大欺客么？老子就想抽两口，你却在这里不打粮食，叫我口干舌燥的，还要等到几时才能点灯？主事沉声道：仁兄，我这个园子里什么都有，上品如芙蓉香，下品如鸽子粪，总计不下七八样，但唯独没有牡丹这一项，还请你多多宽谅，干脆换一棵苗子尝尝吧！顾山农执拗地说：呸，我偏就不信，这生人造物的主公缺了心眼，在你的园子里什么都能长，却唯独漏掉了百花之王的牡丹？我今个天着实被牡丹给害苦了，给冤枉了，纵然没死在牡丹树下，去做一个风流鬼，但这一肚子两肋巴的愤懑，总得有一条纾解的渠道吧？闻听此话，主事忽然一拍脑门，错误地领会了客人的意思，相告说：这个容易，这个简单，仁兄你稍候片刻，我这就去安顿妥当，包管你今日一佛出世，二佛升天。

终于媾和了，顾山农对这个满口秦音的家伙产生了些许好感，便掀开衣襟，从腰里摸出来一串珠子，塞在了对方手中。主事不解其意，表情狐疑，但他很快就发现黄豆大的珠子上，吊着一块镀金的方牌，约摸指甲盖大小，两面各有一颗汉字，一个是"信"，另一个则是"总"。主事突然间面红耳赤，一下子失慌了：大掌柜，恕小人有眼无珠，多嘴多舌，竟不知道你跟总乡约是同一个辈分的，我真是该死，我自愿扣除这半年的薪俸，以示惩戒。顾山农咧笑说：呵呵，你不认客人，你只认王曰信大人赠送给我的这一件东西，这当中有什么说头么？主事答复道：是这，凉州境内的大小烟馆，现在只看王郡老曰信大人的眼色行事，别无二主；这是他老人家随身携带的信物，今日得见兄台，如见本尊，我实在是臊得慌，我这就退下，你稍事歇息吧。

房门掩上后，四下里阒寂无声，顾山农的虚荣心一时间得到了满足，但终究拗不过频频袭来的哈欠，以及身心俱疲的沉重，于是摸到了床榻上，和衣而卧。

也不知过了有多久，反正日头西斜了，日光像一捧捧粗颗粒的白雪，扑打在窗户纸上，簌簌而响。待顾山农再次睁开眼睛时，骇然大惊，竟发现这四壁之内，早已换了人间，他自己不过是一介傀儡，一只玩偶。这个关节上，顾山农浑身赤条条的，一具热身子藏在了被窝里，汗下如浆，目光惊恐地盯看着身边的两名年轻女子，惧怕地说：谁，你们是谁？二位是什么来路，我怎么就睡糊涂了呀？白牡丹，小女叫白牡丹，专门是来服侍大掌柜的；你方才睡得太沉了，一直在磨牙，在打呼噜，现在醒来了就好。左侧的这名女子嫣然一笑，同样也是精赤溜光的，这让她的脖颈子显得很长，就像一只刚刚扑了脂粉的白靴子，不紧不慢地答复道。右手的也绍介说，她叫红牡丹，姐妹俩一同是武威城内沉香楼上的头牌，先前被烟馆的一辆车轿紧急接了出来，奉命款待要客，这在她们的皮肉生涯中尚属首次，所以必须格外仔细，丝毫也马虎不得。聒噪了半天，顾山农渐渐地回过了神来，瞭见白牡丹相当寡瘦，一对锁骨嵌在了肌肤之下，犹如青鱼在游动，而那两颗乳头呈朱砂色，又仿佛钤印于一张素白的宣纸上，楚楚动人。与前者不同，红牡丹丰腴而圆润，性格外向，口舌喋喋，一旦激动起来的时候，双乳澎湃，好似惊涛骇浪，也犹如在老鹰的爪子下逃命的两只兔子。顾山农陷身于此，拼命抓住了那一件被子，左右遮护，甚至恨不能变成一只老鼠，钻进墙角的地洞里，也不情愿这么无耻地暴露身体发肤，去扮演一个嫖客的角色。此刻，顾山农好歹也算明白了，一个是因为王曰信所赠的那串珠子在作祟，再一个，则是他当初慌不择词，狐假虎威，偏偏要种什么牡丹的苗子，做一回风流鬼，烟馆的主事肯定曲解了他的本意，乱开方子，以至于眼前的这个场面糟糕至极，一时间难以收拾。

不过，俗话说自屎不臭，既然沦落到了现在的这步境地，顾山农到底也是开过眼的主子，见惯了风雨，识透了人事社会，了悟了世相，知道越是深陷于泥潭当中，越不敢挣扎，只有慢慢地熬过这下半天的光阴，或许才能逃出生天，撇干净自己。顾山农左右踅摸，在床榻上搜寻自己的衣裳，却连一只袜子也不曾找见，心中不免打鼓说：怎么了，二位总得告诉我，刚才发生过什么吧？这句话犹如一块石头，扔进了平静的湖心，惹得两位牡丹花枝乱颤，一下子叽叽喳喳了起来，又是替客人揉肩按背，又是松骨舒筋，相告说：哎呀，该干的事，掌柜的你全都干了，干完之后，你便倒头入睡了，那个鼾声就好比老虎发威似的，差一点撕破了头顶上的仰衬纸！啧啧，好我的大掌柜，好我的心肝乖肉，你不愧是风月场中的细作，烟花路上的功曹！枕席之后，你的忘性竟然这么快，莫非你的身子姓了张、肝肠却姓了李么？对呀，你方才的拔山举鼎之力，挨家逐户之势，可真是咱们姐妹俩的福分，舒坦死了，熨帖极了！在风月场里住脚了这么久，实心地说，咱们还真是头一次如此受活，你不愧是天字第一号的金刚猛士！干脆再来吧，你别吝啬了，也别害臊了，你再给咱们姐妹俩布施一场法雨甘霖，一次吃饱！没有耕坏的田，只有懒死的牛，你尽管使出十八般武艺来……在这种蜂飞蝶乱、上下其手的怂恿和鼓吹中，顾山农奋力抓住了被子，仿佛它就是一块盾牌，可以抵抗眼前的挑逗与侵害，以免自己彻底地滑坡，最终覆水难收。

但是，也的确印证了那句老话，顾山农突然发现自己身心瓦裂了，脑袋还姓顾，肉身子却姓了牲口，不知羞耻地灼热了起来。意念中，两腿之间的那一条男根肿了，胀了，硬了，火辣辣地拔地而起，犹如一匹尚未被驯服的野马，一边嘶鸣，一边踢踏，带着小人那般的背信和快意。这个奇异的生理变化，让遮盖在身上的被子，蓦然隆起了一座山丘，突兀而立，并很快就被两朵牡丹发现了，于是更加放肆了起来。她们开始争抢，开始撕扯，反正互不相让，谁都打算率先骑上那一匹烈马，在旷天野地里驰骋上一回，很快就翻了脸，彼此又掐又打的，嘴巴简直就像一座座粪坑，话也越说越难听。这么着，顾山农灵机一动，慌忙抬手，指着旁边的炕桌说：不急不急，先种苗，等苗子种完后，咱们再商量也不迟，反正日头还在，日头还明晃晃的。

这个邀请，突然将眼前的尴尬化解了，于是进入了种苗的阶段。

不必究问，哪怕是瞎子也能看得出来，凭着她们娴熟的手法，默契的配合，估计在沉香楼操持皮肉生意的同时，鸦片也是这姐妹二人共同的乐土与兴趣。将炕桌挪到了床榻中央，桌面上站着一盏烟灯，下半部分是纯银质地的，镂刻了忍冬图案，在枝条和藤蔓的拱卫中，一只玻璃罩子透明而洁净。红牡丹浑身赤裸，用一根铜签剔开了灯捻，划着一根洋火，款款地喂了进去。灯光如水，眼前豁然一亮，泼溅在了红牡丹的那一对胸乳上，好像洒上了一层猪血，终于名副其实了。白牡丹打开那一只精美的木匣，陆续取出了烟枪、烟嘴、烟瓶和剔火的工具，整齐地摆放在炕桌上，一件不多，一样也不少。按照程序，吸食鸦片一般是由浅入深，由短及长。倘若不顾斯文，采取了饿马奔槽的饕餮手段，大多数人往往会眩晕上头，品咂不出其中的妙处；唯有节节攀爬，方能进入化境，抵达物我两忘的地步，要风得风，要雨得雨。鉴于这一准则，烟嘴分为四级，计有鹤嘴、鸡嘴、鸭嘴和鹰嘴，一概是由黄铜铸成的，造型栩栩如生，分量十足。白牡丹拿起鹤嘴，手中一拧，熟练地上在了烟枪头部，又轻巧地揭开了瓷质的烟瓶，瓶内共有六格，事先烧好的烟泡分大中小三种，分门别类地呈现于眼前。白牡丹玉手纤细，但小拇指特意留下了半寸长的指甲皮，似乎是专门为了种苗，轻轻一搋，便将一枚烟泡填在了鹤嘴中。

趁着这个工夫，顾山农找见了自己的衣裳，穿戴齐整后，孤僻地站在了床榻旁。

两个青楼女子扪心静气，专注于每一步细节，既然拿了烟馆不菲的报酬，万一伺候不好客人的话，将来也会断了这一条财路，所以格外地殷勤。白牡丹袒胸露腹，膝行过来，跪在了床榻边，双手将烟枪奉给了客人。红牡丹也赶紧捧起了烟灯，举在客人的面前，一边催促他快快享用，一边竟伸出手来，抚弄着顾山农的那一抹胡茬子，啧啧地谄媚道：天呐！凉州的儿郎我可是见过无数个，还从来没有遇见过这么俊秀的胡子，根根如剑戟，油亮又茂密，也难怪你刚才金枪不倒，让人欲死欲活的。大掌柜你张嘴呀，等吃完了这几个烟泡，咱们再接着耍戏吧！此乃太岁头上动土，顾山农忍受着撩拨，内里当中的怒火，就像一只被捅开了封土的炉子，呼哧一声燃烧了起来。红牡丹仍旧在轻佻，简直不知好歹，看似十八九岁的年龄，却有着过度发育的身材，两乳汹汹，肩阔臀肥，每一个毛孔里都散发出性爱的气息，不依不饶，令顾山农不堪其扰。白牡丹也不遑多让，直接扑进了客人的怀里，举起手中的烟枪，直戳戳地对准了顾山农的嘴巴，娇媚地说：你快张嘴呀，等吃完了这一锅子，你就成仙做佛了，我们姐妹俩只等着你食花好色，雨露均沾，如果今日里能结下这一场缘分，以后便可以朝朝取乐、夜夜追欢了。骚容已露，挑逗不断，面对着这两朵牡丹的淫声浪语，以及这一场肉体的欢宴，顾山农再也把持不住了，身心突然松懈了下来，满盘皆垮，接过那一杆烟枪，叼在嘴上，对准了烟灯。抽吸了第一口，烟气在冥想当中抵达了天灵盖，又反弹下来，弥漫于颅腔内部，带着一种麻酥酥的颤栗，经久不息。这一霎，顾山农当即断定此乃芙蓉香，鸦片之上品，设若头一道鹤嘴就使用了这样的成色，那么接下来的鸡嘴、鸭嘴和鹰嘴便不难想象了，必定是优中选优的极品。洵不虚言，五门十八姓的总乡约王曰信不愧是一个解人，他当初赠送那一串珠子和镀金方牌的时候，就曾经委婉地提及过，钟鼓楼左近的这家烟馆别开生面，采取了新式路线，想必指的就是烟瓶中的这一系列大小泥丸吧。揣着类似的暗喜与好奇，顾山农拼命吧嗒着嘴，一连迭地抽吸了起来，希望赶紧将鹤嘴里的烟泡烧光，进入下一个环节。终于抽完了，顾山农放下烟枪，铜质的烟嘴仍然通红，白牡丹害怕烫了手，打算冷却之后再换嘴子，于是跟着伴当，一人端水，一人递手巾，催促客人抓紧漱漱口。

　　顾山农也不作他想，接住了瓷碗，张开嘴巴，长鲸吸水般地吞下了一大口，咕噜咕噜地涮了起来。这个关节上，红牡丹突然失手，瓷碗碎在了地上，传来了一阵心荆肉棘的尖叫，呱喊说：天呐，原来你是个短舌鬼，你在前世里一定是恶人，我们不欠你的，求求你高抬贵手，放我们一条生路吧！白牡丹咬住手巾，也从惊愕中回过神来，确凿地说：不，我看得最清楚了，他可不是短舌鬼，他这是双舌，一根长，一根短，八成是凉州的怪物呀！红牡丹一下子恼怒了：婊子，我眼睛里有水，还轮不到你来指手画脚！他分明就是一个短舌鬼，等一下他吃了你，连骨头渣子也不会吐掉的。白牡丹淫邪一笑：呸，你个卖沟子的货！只要有钱可挣，别说是舌头短，就算没有那一根肉橛子，老娘也乐意伺候他。红牡丹啐着唾沫，反诘道：娼妇，仔细你的话！前面可都是咱们在嘴上逗能，如今真到了男女咥办的时候，他可是我碟子里的一盘菜，老娘不动筷子，其他人休想。这个关节上，手巾甩了过来，直接抽在了红牡丹的颊脸上，留下了一道惨白的痕迹。红牡丹也着实不甘，尖叫了一声，抄起桌子上的那一杆烟枪，劈头盖脸地打了过去。事实上，烟嘴子照旧火烫，余温未散，在触及皮肉的那一霎，刺啦刺啦地作响，漾起了一缕缕焦煳的黑烟，味道恶劣。随后，这两名青楼里的头牌女子纠缠在一起，在床榻上翻滚着，撕扯着，日娘捣老子地詈骂着，就像两条发疯的母狗那样，打斗不止。

顾山农噙住那一口水，忽然间六神无主了，劝和是无用的，但掺和进去，替任何一方去助拳，显然也违背了他个人的意志。吊诡的是，盯望着床榻上那两具互相缠斗的肉体，那一片片斑斓的肌肤之光，顾山农的心中突然滋生出了一种意外的喜悦，不，也不叫喜悦，更准确地说，应该是一份安全感。是的，在这个寂寥而漫长的下半天，在这座闹中取静的别院里，顾山农隐瞒了他的身份，悄然而至，变得野鸡无名、草鞋无号，不再是那个众人簇拥、趾高气扬的少东主，也不再是凉州父老们日夜传颂的候任郡老；他现在不过是一位普通的大烟客，置身于此，进而窥见了真实的世相，在陌生人当中，获得了一份罕见而久违了的安全感。

这么着，顾山农顿生一念，赶紧咽下了口中的污水，扑到了床榻前，费了九牛二虎之力，这才将两条撕扯不休、披头散发的母狗拉开，各自安顿在了一旁。白牡丹的脖颈子短了几寸，胸脯和脊背上全是烫伤的痕迹，水泡累累，犹如在一张公文上盖满了衙门的官印，殷红而刺目。红牡丹龇开了牙花子，疼痛在持续发作，一边呻唤，一边仇恨地怒视着伴当，她的身上布满了牙印和指甲的痕迹，乳房也被划破了，垂头丧气地吊在胸前，像两个怨妇似的。顾山农俯下身子，慢慢洞开了嘴巴，向左右二人亮出了真相，灰败地说：

"我就是双舌，我的确跟你们不一样，我多了一块肉，多了一根舌头。"

对方哑默着，此刻也并不吃惊。

"双舌不假，短舌鬼也对，因为我把多余的那一块肉割掉了，但还没有彻底割干净，没有除掉根子，它狗日的有可能复发，又长了出来，我总不能嚼舌自尽，了结了这一辈子吧？"一旦开口倾诉，顾山农倏忽间轻松了不少,这种前所未有的踏实与安全,解除了他身上多年以来的紧张和惶恐,抚平了虚弱,剔净了自卑,沉积在内里当中的那一腔苦涩及愤懑,也终于找见了可以排解的渠道,真是善莫大焉。又接着哀告说:"我是个病人,凉州病人,我跟你们不太一样。"

"可是,谁又不是病人呢?这有啥可诉苦的,病就病了么,你恓惶个锤子!"

红牡丹鄙夷道。

"不,我这个病叫报应,因果种在了我身上,现在应验了,我成了替罪的羔羊。"

"放屁的话!人吃的是五谷杂粮,喝的是阴阳之水,难免就有一个晨昏颠倒、头疼脑热,这根本不稀罕。"白牡丹也不再内讧了,相跟着伴当,劝告说,"哼,除非你绝了旁人的户,翻了寡妇的墙,刨了别人的坟,否则就不能算报应,我奶奶信佛,我懂这个。"

"我心里太苦,我一个人在受罪,我快扛不住了。"

哀戚道。

"大掌柜,那你到底是做啥的,你干的什么营生?"

"唉,我守着一座院子,天天人进人出、车马喧腾,可我又不敢给任何人掏心窝子。"

"你开的是客栈?"

"每次听见账房里的算盘声,我就知道这一辈子被耽误了。"

"当铺,还是钱庄?"

"如今想来,我之所以遭了这些罪,受了这些磨难,不外乎是被当初的一句诺言所逼迫。我答应过那位老大人,跌跌撞撞地走到了现在。我快绷不住了,我几次都想放弃,可一旦有了这个歹毒的念头,我的舌头便开始变形,我就成了双舌子。"

"咦,那你应该是唱戏的,扛的是戏箱子?"

"的确,我早年间就是一名戏娃子,后来被人下了药,嗓子就坏掉了。"忆想起从前的那些陈旧往事,顾山农恍若隔世,却也并不纠结,仿佛在谈论一碗前些天馊掉的剩饭,"我现在就是一个凉州病人,稍有懈怠的话,这个病就重了,那是报应在提醒我。"

"那你还有救么？"

"呃，我其实在找一张方子，寻了好几年，现在手上还是空的。"顾山农摊开了两手，唏嘘道。

"喊，你应该喊出来，你干么不喊，偏要给自己坐下一个难缠的病呢？"

"喊？我喊个啥么？"

"呵呵，贼骨头，你赶紧脱了鞋子，解了衣服，上来咥办正事吧。我们姐妹俩一个当被子，一个做褥子，准保叫你喊破天，让整个武威城的男将们听见了淌口水，恨得你牙痒痒。"

两名沉香楼的头牌忽然间和解了，咯咯咯地淫笑起来，意思很深奥。

但是，顾山农听懂了这种讽刺，却并没有照办，而是有了另外的主张。既然这两名青楼女子乃是同道中人，不妨将炕桌上的这些苗子拱手相让，请她们去种、去吸食、去欢快，这样也好转移了话题，搪塞了床笫之事，替自己留下一些自尊与体面。究其实，顾山农现在对个人的身体，尤其是男性方面的能力，有一种天然的伤感，一种羞耻心，所以对扮演嫖客这个身份惶恐不安，甚至反胃和抵触，于是只能作罢。顾山农拿起冷却下来的烟枪，卸掉了鹤嘴，迅速将鸡嘴上紧后，将一颗沙枣大小的烟泡装填进去，双手奉给了两朵牡丹：

"换个唱法，让我来伺候二位吧。"

"万万不可，大掌柜你才是客人。"

"不，我以前病重时，疼得就像锥子在扎我，为了止痛化瘀，我只能求助于烟土，拜鸦片为先人，但我现在不疼了，我好端端的，何故要浪费这些上等的苗子呢？"顾山农毕恭毕敬的，再次将烟枪递了过去，"赏个脸吧，我刚才抽够了，该轮到你们二位了。"

"掌柜的，这可是大价钱呀，一个烟泡等于一颗金豆子。"

"不必多虑，你们尽管放心。"

"天呐，实不相瞒，我们姐妹俩平时能吃上一点点鸽子粪，那就已经是万福了，谁还会想到今日里遇见了你这位大财神，赏赐了这么金贵的苗子。"

"对了，既然咱们有缘相逢，那我也不能空手待客，没有礼性呀。"顾山农掏出来五门十八姓的头人王曰信所赠的那一件信物，将镀金的方牌拆解下来，一串黄豆大的珠子送给了白牡丹，"总"字和"信"字交给了红牡丹，又叮嘱说，"以后但凡你们心情不错，二位想逍遥一番的话，尽管拿着这个东西来烟馆，一切费用全免。"

"全免？"

"不错，只要进了这个门，你们便是皇娘娘，自然会有人款待的。"

"大掌柜，咱们萍水相逢，你又何故如此大方？"

"答应我一个条件。"

"你说么？"

"其实，我在今天得罪了牡丹，我总要求得一个宽恕吧，否则我心里不安。"事后，顾山农忆想起这一幕时，竟然被吓了一大跳，觉得自己恶贯满盈、无耻至极，简直就是一头畜生转世的，否则就不会带着一种强烈的报复心，去针对这两名青楼的女子。顿了顿，顾山农忽然放下了姿态，满脸堆笑，恳切地说："让我来伺候二位吧，谁也不要拒绝我。"

下半天，也就是夜饭之前这短短的一个时辰内，顾山农扮演了平心定气馆里的伙计，一方面擦拭着烟锅子里的油垢，一方面更换烟泡，悉心服侍着对方。饥汉遇见了流水席，饿马跑进了苜蓿地，红白二人终于羞耻不再，彻底放开了，犹如两只赤裸裸的母狗，口舌大开，趴在了床榻边，等待着施舍。顾山农却并不着急，抱持着一颗公正心，平等相待，给左边喂完一口，自然也不能冷落了右边。刚开始，这姐妹俩姑且还有一点点礼让与谦恭，可一旦尝出了神仙味道，忽然间就变成了敌人，目射凶光，连牙齿也在咆哮，危险临近了。

很快，顾山农就找见了窍门，发现了其中的乐趣。红牡丹抽吸了几口，顾山农却并没有拿走烟枪，继续在怂恿她，在唆使她，但是白牡丹突然抽了风，一口叼住了伴当的肩膀，恶犬般地撕咬了起来，绝不退让。鲜血像一条湿漉漉的披肩，红牡丹已经皮开肉绽了，也或许是鸦片的襄助，她不仅没有一丝的疼痛，反而沉浸于烟雾当中，一派乐陶陶的表情。下一回，顾山农将天平倾向了白牡丹，但她的姐妹同样也是心生不满，一把抓起桌子上的铜签，对准那一具白雪雪的肉身子，像一根锥子似的，直接攥了进去。白牡丹白得要破了，身上出现了七八个针眼，血水犹如一根根细麻绳，捆扎在了她的脊背上，迅速漫延成了一大摊，但是她也并未喊疼，甚至连一句呻唤也没有，颊脸上乐开了花，抽吸不停。

换上了鸭嘴，顾山农莫名地产生了一种倦怠感，将烟枪扔了过去。

此后，在姐妹二人你争我抢的饕餮过程中，顾山农搬来了一把椅子，安静地坐在窗户下，目光冷漠地打量着床榻上的那一幕丑陋场景，似乎一切都与己无关。白牡丹忽然吐了，吐在了被褥上，一股恶劣的气味令人不快。红牡丹也吐了，但她采取了另外一种方式，撅起肥大的屁股，叉开了两腿，一根尿绳溅落在了地上，声音煞是激烈。和平是短暂的，除非烟泡烧光了，需要填充一颗新的，但只要锅子里剩下一缕青烟，还来不及吃干榨尽的话，这两个人的暴力便不会歇止，谁都有拳头，拳头说了算。渐渐地，她们发现比拳头更奏效的，其实是那一疙瘩烧红了的铜块，只要将鹰嘴戳在对方的胸脯上，刺啦一声，一阵颤栗般的嚎叫将带来无垠的快感。顾山农掩住了口鼻，不想接纳那一种皮肉焦煳的味道，这让他想起了屠宰市场上的血腥场面。

终于，瓷瓶里的烟泡全部烧完了，两朵牡丹露出了餍足的神情，分别将自己放倒在了床榻上，肉体横陈，呼呼大睡。暮色席卷而来，淹没了这一座诡异的房间，四下里静若墓地，相当瘆人。不过，顾山农的目光已经习惯了这种昏暗，安坐不动，可以清晰地瞭见对面的那两名女子，她们像尸体一样沉睡着，偶尔响起了鼾声，偶尔放屁打嗝。

天老爷襄助，天老爷毕竟也有私心，在役使一个人之前，势必要先给一点点甜头，将他从歧路上拉拽回来，重整笼辔。盯望了许久，顾山农的内心突然柔软了起来，一种名叫眼泪的东西漫漶于体内，禁不住地恓惶了起来，伤感连连。是的，在这个下半天里，顾山农确凿地发现了一种戕害的力量，它是一缕缕青烟，看似袅娜、轻薄和馨香，但实则不然，它其实是匕首、毒药与陷阱，仿佛事先挖开的坟坑，等待着葬埋人世上的一切腌臜，以及全部的鸡零狗碎。原本，这两个自称牡丹的女子还那么爽快，那么俊美，她们也是爹妈生养的，吃的凉州饭，喝的祁连水，像所有的河西子弟那样，要在这一片片缠绵的绿洲上过活，度过此生的光阴，种下个人的福田。然而，一旦沾染上了鸦片，举起了烟枪，一根再也平常不过的洋火，便足以焚毁一切，好端端的生命将千疮百孔、四面漏风，从此再也难以昂扬起来。在令人发慌的黑暗中，顾山农猜想说，她们肯定凉了，一寸一寸地凉了下去，热身子变成了冷身子，最后将命丧此地，陨落于这个晚夕吧。

恐惧出现了。恐惧犹如脚下的砖缝里渐渐升腾起来的那一丝丝凉意，先是盘踞在了脚趾和脚踝，而后又一寸一寸地攀援，淹过了膝盖和大腿，蹿入了四肢，在他的体内翻江倒海、汹涌不止。顾山农原本打算起身，去把把脉，去听听呼吸，去查看一下她们的死活，但奈何下盘里坠了一大坨铅块，怎么也站不起来，只有气馁地塌在椅子上，木讷地张看着。斟酌中，顾山农终于获得了一种恍惚的觉悟，一份忐忑的认知。不错，他也曾经像床榻上的这两具肉身一样，丑陋，鄙俗，可恶，龌龊而下贱，在鸦片的掠夺与煎逼下，人伦不再，廉耻皆无，就连最起码的自尊和体面也丧失殆尽，他甚至还屡次打碎过烟灯，差点将整个承平堡一把火给烧光。

事实上，这是一个革命性的时刻，也是蜕变的夜晚。所谓的洗心革面，所谓的死地重生，不过是借助了一个意外的契机，令人幡然悔过，彻悟了昨是今非，从而收复了生命的失地，阳气回还，以图东山再起。或者说，上苍有意为之，插手人世，让这个荷担了使命的人不能中途放弃，必须全美了将来的结局，给凉州一个郑重的交代。

思想完这些，顾山农忽地起身，站在床榻边，从炕柜里拽出来几条干净的被子，盖在了两名青楼女子的身上，探了探各自的鼻息，她们似乎正在做梦，正在呓语。末了，顾山农拿起烟灯，将残剩的液体泼在地上，踩碎了玻璃罩子，又抓住那一杆烟枪，在腿面上奋力一磕，撅成了两截子，心中释然不少，窃笑了几声。

打开门，顾山农来到了别院中，发现四下里无人，一时狐疑，刚要开口喊叫伙计,却听见密集的枪声传来,大概是烟馆的前门一带发生了什么吧。张皇之际,馆内主事一道烟地跑了过来,揽住顾山农的胳臂,催喊他赶紧去隔壁的马院里躲一躲,千万别去凑热闹,子弹可没长眼睛。一路小跑着,顾山农气喘吁吁地问:

"咋了,公门的人在抓凶犯么?"

"砍刀帮刚才来抢劫,他们中了警察局的埋伏,这下子可好,连一个活口也没留下。"

"对了,那两个婊子还活着,她们没死。"

"天台大人也来了,他亲自带队来的,真是太威风了,轰动了整个武威城。"

"陈垦丁?"

顾山农失声一叫,预感到真正的麻烦这才开始。

胡笳九十八节

"阁下，铜马是什么马？"

"铜马不是马。"

"呵呵，那你何必要向我勒索一匹大牲口，又不说明缘由呢？"

"你少装糊涂，你最清楚不过了，顾山农。"陈垦丁打开手巾，捏住鼻子，拼命地擤了一把鼻涕，丢在了脚下，"在下只想提醒少东主一句，现在是革命的关键时期，我完全可以以革命的名义，征用你的承平堡、你的全部人马，包括你秘藏的那一尊铜马。"

"想必，阁下也听信了武威城里的传言，所以才如此为难山农？"

"这不是秘密，天下皆知。"

"阁下，假如这是一桩冤案呢，我又该如何洗清自己？"

"哼，这个最简单了，你抓紧将铜马交给县府，而后由县府呈报给甘肃省府及南京中央政府，不至于被新城大营的那些杂种所利用，借此兴风作浪，压榨地方和百姓，恐怕这才是不二法门。"陈垦丁厌恶地摇了摇头，似乎对周围的血腥气大为不满，"对了，根据获得的秘密情报，刚才击毙的那些土匪，其实也是冲着那一尊铜马来的；他们请你去当财神，不过是一个幌子，声东击西罢了。"

"救命之恩，山农谢过天台大人！"

顾山农抱拳，躬身作揖。

"少东主，我需要你给我一个确凿的日子，交接铜马的日子。"

"山农给不了。"

"这是拒绝么？"

"不，因为顾某人这辈子只有一条命，除此之外，别无其他，更别谈什么铜马了。"

"我再说一遍,这是革命之需要,国家之渴求。"

"长官,我只是个买卖人。"

"顾山农,你的买卖也太危险了,你其实一直在玩火,你利用军地双方的隔阂与冲突,苟延残喘,首鼠两端,但你根本无法知道,究竟哪一堵山墙会提前倒塌,将你一起坑葬,拿你做了无辜的祭品。"陈垦丁心愿未了,等于碰见了一根软钉子,便不打算再谈下去了,更不想在众目睽睽之下,失了自己的风度与体面。临走之前,陈垦丁忽然俯身过来,搭在了顾山农的耳畔,悄声说:"少东主,为了革命,我建议你诽谤自己,这样大家都好过一点。"

"让我当一名小丑?"

顾山农深谙此道,所以并不惊讶。

"是的,革命需要你极力诽谤自己。"

眨眼的工夫,陈垦丁和王伯鱼等一干人马便消失了,但武威城里的看客们依旧未散,盯望着这个凉州地界上声名显赫的少东主,似乎在解眼馋。门墙下,那一匹枣红马咴咴地嘶叫着,声势颇大,皮毛油亮,已经被烟馆的伙计们刷洗得干净而威武。这时候,顾山农发现旁边有半桶子清水,于是抓起了木瓢,仔细地浇在了马背上,嘴里嘀咕道:

"铜马不是马,铜马真的不是大牲口。"

大概在亥时左右,顾山农牵着坐骑,离开了钟鼓楼一带。

少年们尾在了身后,远远地相跟着,不敢上去打招呼,但也放不下心来,只能干着急,没办法。秃头上的虱子,事情明摆着,承平堡的少东家在这个晚夕,居然走出了平心定气馆的大门,不论是会客也好,洽谈贸易也罢,抑或是心血来潮、到此一游,无论他怎么狡辩,将来都难以洗脱身上的嫌疑,一向清白而稳重的权家,自然要遭到诋毁,声誉上也难免受损。武威城里的闲话多,凉州境内的老婆舌也不少。实际上,刚才那些幸灾乐祸的看客,已经带着钟鼓楼附近的所见所闻,坐在了各家各户的炕头上,一边熬着罐罐茶,一边大肆渲染少东主顾山农的狼狈与不堪。无疑，对承平堡和当事人来讲，这个夜晚乃是一座分水岭，一切都岌岌可危，开始四处冒烟了。

不过，脱可木却有另外的看法，或者说，他在此刻发现了新的苗头，不祥的朕兆，愕然道：杀气，少东主的身上怎么突然出现了一股杀气？陈马二人驻足，仔细打望着灯火当中的那一道背影，瞅了大半天，竟也看不出什么名堂，但伴当的这种鬼话，令他们莫名地紧张了起来，心里麻酥酥的。木哥，恐怕这又是蒙家庄子的法术吧？入夜了，你可别吓唬我们，刚才没吃上你的点心，没记恨你，但你也不必对我们作法，求你了。脱可木神情凝重，仰看着武威城的夜空，犹如法官和术士在望气似的，相告说：真是奇怪了，少东主先前还月朗风清的，他头顶上的气象也没有一点点杂质，怎么就突然间杀气陡生？杀气像一片血色的云雾，一直罩在了他的身上，似乎越来越重了，他现在根本就摆脱不了。马眉臣问说：木哥，哪一刻开始的？你总得把话说圆满了，说囫囵了，大家也好有个判断吧！脱可木笃定道：陈垦丁，事发于陈垦丁，那个疯子县长对少东主耳语之后，我便发现苗头不对劲，少东主似乎心性大变，身上多了一把利器似的，当时就有了杀心。陈匹三鄙夷地说：哼，乱嚼舌头！你最好别用蒙家庄子的那一套妖术，来框定武威城里的风向；少东主向来是一位温文尔雅的君子，别说杀人了，你让他去宰一只公鸡，恐怕他也不敢，否则他就不叫顾山农。思想了片刻，脱可木忽然一拍脑门，恍悟道：对了，我现在终于想明白了，他们二人刚才在争执一件事，反复谈论着一样东西，我盯着他们的嘴型，盯了许久，原来这才是症结所在呀！伴当们拢了过来，不再奚落，也不再质疑这名来自北疆的诡谲而神异的少年，目光急迫，巴夕夕地等待着答案。脱可木截铁地说：铜马，他们当时在谈论铜马，这错不了，我敢拍胸脯发誓。

岂料，获知了这个答案，武威城里的两个子弟显然不以为然，甚至还有点失望，报之以轻蔑的态度。咹，木哥你千万别骗人，少东主那么尊贵的人，再加上一位响当当的县长，他们肯定在谈论头等大事，岂能提及一头大牲口？陈马二人纷纷摇头。脱可木意欲辩解时，却听见这两个贼呱喊说：跟上，赶紧跟上，少东主已经走远了。

这条街名叫陆家巷，位于中轴线的西侧，白昼天萧条，入夜之后却是红火的饮食市场。

枣红马穿过街道时，吃喝的人停下了筷子，吆喝的摊主闭上了嘴巴，路人们也纷纷避让，啧啧不已，惊叹于眼前这一匹优美而健硕的神骏。凉州大马，名著天下。虽然这一片祁连山下的绿洲上六畜兴旺，历朝历代以来，便有着悠久而深广的养马传统，但随着光阴的迁徙，农耕系统的发达，饲养和游牧渐渐地式微，以至于牧养贡马的历史广泛地湮没在了典籍当中，也成了口头传说的一部分。况且，本土的马匹之品质每况愈下，那些在九天之上翩若游龙的神驹，此后堕入了民间，跻身于耕田拉车、贩运赶脚的行列，面孔模糊了，身姿塌陷了，彻底不复了当年的英武，神话不再。但是也有例外，比如这日晚夕的枣红马，也不知出于什么缘故，竟然焕发出了一种罕见的神采，每一根毛尖上都挂着光芒，滴落下来一种殷红的色泽，马蹄声脆，敲击着坚硬的三合土地面。顾山农拽着缰绳，虽也诧异不断，但因为身心仍旧被陈垦丁的那一番威胁所笼盖、所打击，他也就忽视了眼前的异状，并没有往深里去思想，脚步滞重地朝北门而去，打算在城门关闸之前，赶回自己的承平堡。

实际上，顾山农在这一刻的心情，承继了下半天时，他在朱家嘴子的郊田上，针对天老爷的那一连串喝问与质疑。的确，就像陈垦丁亲口坦承的那样，在军部和新城大营这一堵高墙尚未倒塌，在马家军阀还不曾翻脸之前，武威县府却提前发难了，图穷匕见，犹如一堆意外的烈焰，以革命的名义，烧向了承平堡和他本人，一切都变起肘腋，始料不及。顾山农换了个手，抓紧了缰绳，忽然意识到从今天开始，他将不得不两线作战，一只手去对付军部和马乙麻，而另一只手必须要阻击来自地方政权的迫害。相较于马乙麻的狡诈与冷酷，顾山农觉得陈垦丁更胜一筹，也更难以对付，因为陈垦丁是革命的疯子，他已经撕破了脸皮，将这一切彻底地公开化了，武威城里尽人皆知，承平堡业已成了县府的首要敌人。

夜风汹涌而来，打在了颊脸上，顾山农感受到了一丝丝的冰凉，或许是泪水，也或许是变天了，谁知道呢。这么仓皇地行走着，顾山农的悒惶与委屈丢了一路，知道自己独木难撑，一个人无凭无靠，几乎快要坚持不住了，随时将会倒下去。其实，顾山农根本没有意识到，在他身后十几米之外，凉州少年们在暗中跟随他，在保护他。而尤为诡谲的是，另有一个突然出现的北疆人，在这个痛苦的关节上，给了他致命的一击，粉碎了他残存的最后一点侥幸与幻觉，这等于是一次淬火、一场裂变。

走累了，顾山农停在王咬金铁匠铺子的门前，刚刚喘了几口气，却瞥见一条黑影擦着地皮飞奔过来，一下子搂住了枣红马的前腿，失声号哭了起来。这算什么把戏？呵斥吧，对方显然也没有恶意，但是不过问的话，如此的举止，又令人觉得太不吉利，凉州境内哪有半夜拦马哭丧的道理？待对方稍事平静后，顾山农开腔道：

"伙计，你认得它么？"

"流霞。"

原来是一介饾饤般的侏儒，爽快地答复道。

"哎哟，你这人倒是挺痛快的，见面熟，在下养了许多年的一匹坐骑，却被你张冠李戴、昏三忘四，它并不叫流霞。"

"我叫惯了，它也知道我在叫它。你瞧，它在甩尾巴。"

"怎么称呼你？"

顾山农知道，身疾之人，必定心烈，所以小心翼翼的，语气上也不敢怠慢。

"阿骨里，我现在就叫阿骨里。实话说吧，我以前一无姓，二无名，就那么不死不活地在挣扎，结果惊白那个小贼嫌我讨厌，所以他金口一开，赐给我一个被枪决的犯人的名字，我觉得也不赖，反正我又不怕做噩梦。"这个侏儒喋喋不休，一点也不生分，似乎他被压抑了许久，此刻才邂逅了一个可以说话的对象，"你是主子，你也许不知道，我已经辞工不干了，我退出了承平堡。"

"你说什么？你在承平堡里端过碗、吃过饭？"

顾山农眉头猝然一皱。

"正是。少东主的一饭之恩，我至今不忘。"

"敢问，这是因为承平堡对不住你么？"

"不，承平堡待我不薄，也让我这个第一次进城的乡下人有了落脚之地，吃上了一口热饭，大小姐是我的菩萨娘娘，惊白更是我的齐肩兄弟，我知足了。"阿骨里合十作揖，朝着城北的方向致谢，又说，"少东主你千万别多心，毛病出在我身上，我这个半脸汉五官丑陋，手脚不全，要是继续赖在你的门下蹭饭，不免玷污了承平堡的形象，大小姐虽然嘴上不说，但我也不愿意让她坐蜡，让下人们天天去翻舌。"

"呃，那你如今靠什么过活？"

"饿不死，反正也饿不死，武威城太大了，我吃的是百家饭。"

雀跃地说。

这个关节上，枣红马似乎也受到了阿骨里的感染，探头而来，用鼻门擦刮着他的衣袖，显得兴奋异常。阿骨里事先预备了礼物，礼物不是别的，而是半块干馍馍，掰碎之后，喂给了对方。枣红马嚼吃着，更加依顺了，颈鬃就像一位将军的头盔，在铁匠铺炉火的辉映下威风凛凛，睥睨一切。发现他们彼此亲热的场景，顾山农罕见地滋生出了一丝嫉妒。显然，这恰恰是他跟枣红马之间尚未建立起来的情感，役使了它这么久，真是愧对了这个哑巴伴当。但是，顾山农还来不及忏悔，阿骨里的一句话，却让整个形势急转直下，颠覆了一切。

"少东主，我是来要账的。"

"你是说我么？"

讶异道。

"呵呵，少东主真是贵人多忘事，看不起我这个半脸汉，也忘了咱们曾经在石羊河下游，在蒙家庄子附近的羊拐骨码头打过交道。"的确，谁也不可能一眼看出阿骨里的真实年龄，他或许只是个娃娃，也或许老大不小了，但因为先天的缺陷，整个身体就像旁边的铺子里反复锻打的那一块铁疙瘩，被砸扁了，被锤实了，根本无法成器，只能如此乖张且黯然地活在这个人世上。阿骨里接续道："少东主，你的病好了么？你不会是好了伤疤忘了痛吧？"

"贼日的，你在嚼什么牙茬，胡言乱语什么？"

"你有病，这我知道。"

"滚开！老子不认得你。"

也不知是这一声断喝，还是铁匠父子打铁时，飞溅而出的火花引燃了整个天空，反正刹那之间，夜空中劈下来几道闪电，蛇形地奔向了南方，最后掉落在了祁连山的背后。在震耳欲聋的霹雳声中，顾山农不敢抬头，而是从枣红马的眸子里，瞥见了那一团团火球，同时也发现了上苍的愤怒，在这匹大牲口的身上布下的万般恐惧。枣红马觳觫不已，先前的优美与光泽一扫而尽，腿肚子打软，呼哧一下卧在了街上，每一根鬃毛都耷拉着，瑟瑟发抖。马犹如此，人何以堪，顾山农似乎被这种坏情绪连累了，倏忽间灰败至极，只想迅速离开这个是非之地。然而，阿骨里却对这种诡异的天象置之不理，倔强地说：

"我不滚，我是来要账的，你欠下我的钱，恐怕也该还了吧？"

"狼日的，你告诉我什么账？"

"打鱼，我打鱼的钱。"

"这从何说起？"

喝问道。

"少东主，我自小就在北疆一带指路为生，靠着牛皮筏子，也在石羊河上讨生活。那一年你骑马巡河，恰巧找到了我，你央求我在河里给你打鱼，专门说鱼汤可以让妇人们下奶，而奶水正是你治病的药引子。"阿骨里掰着指头细数起来，指缝当中粘连的那一层薄膜，令顾山农错愕万分，一再提醒自己，这家伙想必是阴曹地府里跑出来的恶鬼，专门来揭短的，来佛面剥金的。阿骨里又道："哼，后来你就食言了，无缘无故地断了音信，可我不能，北疆人吐口唾沫就是一根钉子，我还在替你天天打鱼，在羊拐骨码头上等你。实话说，后来打上来的那些鱼全都臭了、烂了、糟践了，这难道不是你欠下的一笔账么？"

"当众讹人，莫非武威城里就没有了王法？"

"不，这个钱是庙里的，我本人不敢花销，我其实是替佛门来要账的。想当初，我念在你是一个病人，所以答应了你。鱼一旦离开了石羊河就得死，一条鱼就是一个命，我专门在庙里发了誓，吃了咒，要将这些钱捐成香火，超度它们的亡灵。这也是北疆人的铁律，承诺的事情，谁也无法更改。"

"伙计，我的碗里从来就没有见过鱼。"

"吃鱼的是一个妇人，目的是让她下奶。"

"呵呵，况且我也不是病人，更不需要用奶水做什么药引子，你在诬陷我。"

"少东主，长生天可听见了！"

阿骨里忽然伸出一根指头，对准了夜空中的闪电，念念有词，仿佛那些发光的根须，本是他家里的穷亲戚，唯其马首是瞻。凉州太邪性了，邪性到了令人不可思议的地步，就在阿骨里的指头呼天唤神的这一刻，雷电犹如一捆崩塌下来的烈焰，照亮了这个夜晚，以及绿洲之上的万千庶民和生灵，像是在棒喝，在提醒，在告诫。顾山农慌乱不已，盯望着天空，忽然记起了下半天的时候，他在朱家嘴子的郊田上发的愿、许的诺；此刻天老爷应允了，果然在子夜之前，将答案掷在了头顶，曝光于眼前，这无论如何都是一种惩罚，等待他去接纳。然而，懦弱也是顾山农性格的一分子，再加上难言之疾，他自然要推诿和否认，将这一切指控都清理干净，以便腾出手来，去秘密地苟活，去完成那一桩凉州使命。

这时候，阿骨里的手臂垂了下来，闪电倏忽间消失了，但紧随而下的，竟是黄豆般大小的冷子，白色的冰雹，劈头盖脸地突袭了武威城，一阵阵烟雾挂在了左右两侧的黑瓦上，噼啪不绝。顾山农回头瞥见，打铁的爷父俩慌忙扔下了铁锤，跟着一群路人，纷纷挤在了屋檐下避雨。反正也急不得，大家七嘴八舌地谈论着那一匹卧在地上的枣红马，猜测它或许是发了急症，所以才如此地痉挛而恐惧，但那两个斗嘴的家伙却置之不理，继续对峙着、吵嚷着，真是不够人。脱可木与陈马二人也挤在了人群当中，按说他们应该抓紧出面，跑过去劝架才是，但是目光对视了几眼，先后打了退堂鼓，各自气馁了。不为别的，只因蒙家庄子的少年嘀咕说，少东主身上的那一股杀气更重了，恐怕马上就要爆发了出来，谁也不要动，最好先静观其变。

冷子抽了下来，阿骨里擦了一把颊脸上的雨水，继续发难说："少东主，你太尊贵了，你可以不认我，但流霞却认得我，这个名字就是我起的,惊白也这么喊它。"

"惊白?惊白他是怎么掺和进来的?"

"你怕了么?"

"贼日的,我亮堂堂的一个汉子,不信鬼,我更不信邪。"

"少东主,我还记得你每次策马北上,在羊拐骨码头取完货之后,你其实并没有马上离开,而是去了一个地方。这个地方不远,也就在蒙家庄子以东的戈壁干滩上,一根草也不长的旷原。我因为好奇,所以跟过你好几回,这才发现你并不简单,你心里一定装着几十块磨盘和石碾子,你太沉重,你也太压抑了。你往往勒住缰绳,朝着腾格里的方向上嘶喊,一直不停地嘶喊,嗓子都快喊破了,喉咙里恐怕也喊出了血。只有这样释放一场后,你才显出了轻松的样子,带着流霞回家,返回这座武威城。不过,也有那么三两次,你喊得不过瘾,也不痛快,你好像被憋坏了,从马背上摔下来,跪在了干滩上,张开两臂,对着长生天在落泪、在诉苦、在婆婆妈妈地说道。你的那些话,我其实全部都听见了,我知道你是一个苦人。"

"苦人?如果我是苦人,那我当时念的什么经呀?"

"难念的经。"

"呵呵,那你不妨当众说说?"

众目睽睽之下,顾山农的牙齿依旧很硬。

"少东主,你身上藏着一桩大秘密,这个秘密事关凉州,也跟承平堡脱不了干系。因为,你当时一直在指责长生天,质问上苍为什么要将一尊铜马托付于你,让你从此备受煎熬,担惊受怕,为这个人世所不容,也被凉州父老们所误解。"虽然是一介侏儒,身形卑微,但阿骨里在陈述这些事实时,却是长风吐纳,中气十足,"原本,你是穿着军装来的,我还相信你是新城大营的一员,也是革命军的军官,因为每年的秋冬季节,革命军都要在北疆一带拉练和演习,我并不陌生。但你根本不是军人,你不过是借了一件老虎皮,以打鱼为名,来找一个药引子罢了。质问完了长生天,少东主你就开始诋毁军部,诅咒一个叫马乙麻的人。这个名字很容易记住,可我不了解其人,我大概能猜出来,他应该是你的死敌,你的仇家。"

"这个唱本不错,可惜你只长了一张嘴,口说无凭。"

"流霞可以。"

"它是牲口,牲口怎么作证?"

"呵呵,少东主你上当了,你总算承认它叫流霞。"

在阿骨里没心没肺的诡笑声中,顾山农的双颊烧烫极了,就像旁边铁匠铺子门前的那一座高炉,火舌肆虐,被雨水和冷子疯狂地抽打,刺刺啦啦地在冒烟。顾山农偏过头去,尽力掩饰着自己的虚弱与尴尬,包括被当众撕去伪装之后的无助,目光骤然一亮,发现了地上的铁锤,以及那一把刚刚打制出来的砍刀,若有所思,心中冷不丁地暗沉了下去。这么着,顾山农逼视着对方,切齿地说:

"你是个活鬼,你这是专门来逼我杀你的。"

"不,我在救你。"

"住嘴!我一个买卖人,平生不做皱眉事,你又何必连毛带草地说话,故意激怒我,打算看我的可笑呢?快滚开,老子还要出城去,城门马上就要关了。"

"少东主,你可真是一个伪君子,扛过戏箱子的下九流!"

再次挑衅道。

"呵呵,谁都在演戏,生旦净末丑,各取所需。这个人世其实就是一座大戏楼,你也不例外,虽然我不知道谁在背后指使你。"

"无人替我做主。"

"你我素昧平生,那你干么要当一条拦路的狗?"

"我说过了,我是来要账的,替庙里索债的,否则石羊河里的那些亡灵就不会安生。我当初以为你是丘八,是革命军的一员,所以我守在新城大营的门口,天天在等你。"阿骨里犹如一根牛筋,怎么也不肯妥协,执拗地说,"刚才我进城来找食,正在喂肚子,我忽然瞥见了流霞,这才一个蹦子跑过来,原来少东主恰恰就是跟我在羊拐骨码头打过交道的人,所以我说流霞可以作证,道理就在这。"

"承平堡有很多大牲口,也不乏红毛的,下人们更多,你难道不会走眼么?"

顾山农已经被逼到了墙角,穷尽了各种手段。

"我是个半脸汉，我也许会走眼，但有一样绝不会出错。"

"什么？"

"你的病。少东主，你敢张开嘴，让我看看你的舌头么？"

冷子消失了。代替冷子狂飙而下的，则是这一年凉州的瓢泼大雨，敲击在街道两侧的屋瓦上，发出爆豆子的声音，轰鸣成河。在屋檐下避雨的少年们几乎要急死了，既不理解眼前对峙的双方在争执什么，也不敢贸然上前，去充当和事佬的角色。这个关节上，陈匹三借着湿漉漉的灯光，偶一抬头，发现在街道对面牛恒立寄售店门口的人群中，夹杂着一张熟悉的面孔，竟也一时间想不起来那是谁。陈匹三拧住马眉臣的胳膊，催促他赶紧辨认一眼，但是目光扑空了，什么也不曾发现，只有一道讳莫如深的雨幕，犹如重重的机关，隔绝了彼此。待少年们回过神来的那一霎，事情陡变，一切都失控了。

"看我的舌头？你干么如此无礼？"

"因为少东主遭了报应。"

"且能的，这个你说了不算。我再奉劝你一句，泄露天机的人，往往不得好死。"顾山农诅咒完毕，拽住了缰绳，打算一走了之，不想再跟这个杂种纠缠，但是枣红马恐惧地趴在地上，像一块山石似的，干脆不通人性，也不理解主人此刻的用意。顾山农身心俱疲，绝望地说："你试图激怒我，让我杀了你，但你做梦去吧，你休想弄脏了老子的这双手。"

"长生天知道，报应来了，所以少东主的嘴里有两根舌头。"

"呵呵，那又如何？"

"上舌张扬，用于对付这个人事社会，打理承平堡和保价局的日常事务，而隐藏的那一根多余的舌头，却在极力维护着凉州最大的秘密。"到了这一刻，阿骨里亢奋无比，血脉偾张，拔长了脖子俯身而来，大有一番引颈就戮的架势，"其实，少东主的病根子就在于，你既然受命保管着那一尊铜马，就应该深信不疑，而不是自怨自艾，以为自己是世上唯一的苦人，更不应该在旷原干滩上呼号，质问苍天。"

"敢问，铜马是什么马？"

"铜马不是马。"

"狗东西，那你又何必如此丧心病狂，朝我的身上泼污水呢？"

"铜马者，天下良驹之总枢，凉州魂魄之所在。"阿骨里本就是一个苦哈哈的下人，目不识丁，竟也不知得到了什么真传，忽然间舌灿莲花，文绉绉地讲述起来，"少东主，在我们北疆流传着一句话，得铜马者，必得河西。如今那一尊铜马就在你的手上，难怪你成了新城大营和武威县府的眼中钉、肉中刺，各方都想置你于死地，占有那一件神器。来呀，你赶快动手呀！你杀了我，你就可以借机举义，在今晚夕起事，拉起承平堡的一哨人马，从此占山为王了。"

"抱歉，老子听不懂你的话，告辞了。"

"少东主，难道你甘心自己是双舌之人，明里一套，暗中一套，永远委曲求全下去么？"

"哼！我有做人的尺码，自己的天良。"

"懦夫，阉官，胆小鬼，你顾山农就不是一个儿子娃娃。"

在阿骨里的痛斥和谩骂声中，顾山农俯下身去，拾起了缰绳，再次拉拽着枣红马，却不承想脚下一滑，重重地摔在了地上。趴了许久，顾山农觉得自己简直冻透了，但更让他悲凉不堪的，其实是那一介无名鼠辈的轻蔑与诋毁，也是天老爷此刻浇淋下来的雨水，一无温情，二无暖意，彻底丧失了往日的眷顾和垂青，让他一个人孤零零地舔舐着鲜为人知的伤口，孤苦无助，负谤难明。挣扎起来后，顾山农又拽住了缰绳，目光求助于枣红马，急切地盼望着这个哑巴伴当施出援手，带自己速速离开。但是，事与愿违，这个夜晚的一切，似乎跟顾山农格格不入，全部叛离而去，这加重了他的绝望，也让他疑心丛生，现在只剩下了最后一条路，那就是铤而走险。

见枣红马顽石一块，根本不肯通融，也不搭理自己，顾山农恶念骤起，丢掉了缰绳，突然蹿入了旁边的铁匠铺子，抓起那一把大锤，赳赳然地反身而来。枣红马甩动着颈鬃上的雨水，蓦地停下来，瞭见了主人眼中的那一缕凶光，慢慢地将头颅送了过来，仿佛在这一刻里，它已经全盘接纳了个人的命运，情愿去做一道祭品。这种漠视的眼神、决绝的姿态，终于惹翻了顾山农。他举起大锤，拼命地砸向了对方，但听咔嚓一声，枣红马的颅腔碎裂了，一座庞大的肉山坍塌下来。

鲜血喷射着,被雨水裹挟而去,流淌在了顾山农的脚下,犹如一块刚刚编织出来的栽绒地毯,殷红,刺目,充斥着一种危险的气息。顾山农盯看着地上的血水,冷不丁地忆想起了红牡丹,甚至还记起了这个青楼女子的那句话,喊,朝着天空喊,把嗓子喊破,把天老爷喊醒。这么着,顾山农张开了双臂,冲着街上的凉州看客们呱喊说:

"我没有铜马,承平堡也没有,那只是一个闲话。

"我敢对着天老爷发誓,山农是无辜的。

"谁有?呔,你们谁的手上有铜马,地底下刨出来的铜马?"顾山农冒着大雨,拖着湿漉漉的鞋子,逐个问了一圈,"我重金求购,我愿意拿整个承平堡来兑换一尊铜马,权家的大门以后将天天敞开,你们可以随时来,我恭候大家发财。"

疯了,顾山农在这一天的亥时,彻底疯掉了。天亮之后,这个消息火速传遍了凉州境内。

不为别的,只因在凉州百姓根深蒂固的信念中,马是家中的一员,马是儿女,马更是齐肩的兄弟,除了老死和横死之外,一个人胆敢冒犯天尊、忤逆地灵,亲手去杀死一匹大马,那绝对是天谴的罪孽,也是十恶不赦的勾当。但是,顾山农已经疯了,顾山农在这条不归路上走得更远,他拿来了铁匠铺子里的那一把砍刀,将马头剁了下来,扛在了脊背上。

大概在子夜时分,这一颗鲜血淋漓的马头,挂在了县府的大门上。

胡笳九十九节

城外的荒地上，偶有一些地窝子，这是牧羊人挖掘的，雨夜无人。

寻见了一处地窝子，拉粪车停下后，伴当们钻进车厢底下，解开了绳子，卸下来一只麻袋，赶紧付了钱，便将车夫打发走了。入口是一面坡道，泥浆淤积，踢了几脚，麻袋翻滚了下去，似乎有挣扎的迹象，但是惩罚才刚刚开始。摸着黑，马眉臣找见了灯台，点着之后，一团灯火照亮了这座狭窄的地下窝棚，除了土炕和石头灶台外，别无他物。三个少年怒火满腔，彼此对视了一眼，随即商量起了处决的方式。陈匹三掏出匕首，拾起一块卵石，一边磨刀，一边切齿地说：别急，先让老子割断他的走筋，再抽掉他的手筋，待他瘫痪之后，咱们再架起这个炉灶烤他的肉，天亮之前也就吃光了，再回去睡觉也不迟。马眉臣冷笑道：呸，别忘了我是大皮匠的儿子，掏心挖肺，大卸八块，肢解一头大牲口，恐怕没有谁比我更在行的了，谁也别跟我抢这一份功德。陈匹三逼视地说：大牲口？这个狗日的还没我的一颗卵子大，老子一甩鸡巴，就能把他扔进腾格里，真是不费吹灰之力。马眉臣颔首道：的确，这个贼真是没几两精肉，炸不出一颗大丸子，估计连一条狗也喂不饱。

在这种恐怖而险恶的气氛下，那只麻袋终于放弃了挣扎，如同里面塞满了秕谷和麸子似的，渐渐地干瘪起来。自始至终，脱可木一语不发，仰看着头顶上横七竖八的木头檩子，目中闪闪，也不知他在谛听外面的雨滴声，还是在琢磨什么样的惩罚手段。催问了半天，脱可木怅然地说：哎呀，这件事必有蹊跷，这根本不像是北疆人干的腥龌事，更不可能是蒙家庄子的子弟所为；不管他最后是杀罪，还是剐罪，我以为首先要来个三堂会审，然后你我他再做决断。一句话激起了城里人的愤怒，反诘道：咋了，蒙家庄子就不长稗草了，不出逆子和叛贼了？佛殿里还有灰尘和老鼠呢，金子里也有杂质呢，木哥你不能这么护短吧？毕竟年长几岁，脱可木的想法也显得较为周全，相告说：二位，你们也不想想看，少东主向来不苟言笑，沉静如水，心中有万般主张，能让他这样的人大失方寸，暴跳如雷，并不那么简单，可偏巧对方又是一个进城不久的乡下人，彼此从无交集，这个天平并不均衡，道理在这。陈匹三琢磨着，生疑地说：道理不错，确实也说得通，因为当时雨下得太大了，谁也听不见他们在争执个啥，但是从双方的情绪上看，他们原先一定认识，这绝不是新仇，而是旧恨，否则少东主就不可能发疯，干下如此伤天害理的勾当。这个关节上，大皮匠的儿子冷静地说：各位，咱们别一个萝卜两头切了，单说这杀马断头一件事，假如让我爹知道的话，想必也会去拼命的，他虽然是个有名的屠夫，但一辈子从来没伤害过马，少东主这次得了失心疯，将来也难以洗脱这个恶名。脱可木附和道：唉，这要是发生在北疆的话，指不定会有成百上千的马夫前去追杀他，这种追杀令一辈子有效，少东主将来处境堪危，咱们多说无益，赶紧打开麻袋，问问这个贼骨头吧。

事发时，天已经漏了，在疏风狂雨当中，顾山农一边呱喊，一边扛起那颗温热的马头，消失在了陆家巷的尽头。屋檐下避雨的人们真是吓坏了，待反应过来后，纷纷扑向了那一座山丘般的死尸，又喊来了一辆大车，将其运往城南的马神庙，以求紧急超度，好让亡灵去下一世里轮回。车去街空，野狗静卧，铁匠铺子门前逐渐地冷清了，阿骨里从泥水中爬起来，在高炉下烤了烤手，正要拔腿离开时，几名少年人从天而降，当即擒获了他，直接塞进了一条麻袋里，捆扎在了一辆拉粪车的底部，在城门落闸之前出了关。

孰料，真相居然提前到来了，不像是戏台子上的劈空结撰和演义，更多的则是整个凉州的愤怒与不甘，率先揭橥了秘密，将答案拱手相送。

麻袋湿透了,又是铁匠铺子里那种特制的麻袋,陈马二人解了半天,结果气馁了,拿来了匕首。这一刻,脱可木突然按住刀子,比画再三,如此这般地耳语了一番,这才扭头吹灭了灯台,四下里暗如锅底。割断了绳子,阿骨里被扔在土炕上,呜呜啦啦地叫唤着。马眉臣伸手,从这个贼的嘴里掏出来一疙瘩煤块,这才续上了气息。黑暗中,阿骨里哀告说:

"长官,这不能怪我,我也没料到会是这样。"

"咋说么?"

"天呐,我可是照着长官你的话全部说了一遍,但顾山农的牙齿很硬,丝毫也不吐口,估计他真的不掌握,承平堡里也没有什么铜马。"阿骨里感觉到了身边的愤怒,沮丧地说,"我害怕,我真的害怕了,要不是我逼迫少东主的话,他也不会当街杀马,这个报应应该由我来承担,我将来肯定不得好死。"

这种自白煞是意外,肯定大有文章,陈匹三当即变换了声调:

"呃,那依你看,顾山农这是咋了?"

"少东主惊掉了。"

"他好端端的,干么要发疯?"

"长官,那是因为你们冤枉了他,一个人被逼到了绝境,只有这样才能洗脱他身上的罪名。"仿佛换了一个人似的,阿骨里全然没有了在铁匠铺子门前的那一种猖狂,"我知道,那一锤头本来是给我的,可少东主下手的时候,他慈悲心发作,结果要了流霞的命,枣红马是替我死的,我从此就不得安生。阁下,请你仔细想想,顾山农他宁可背上杀人害命的罪名,去吃牢饭,去挨枪子,却始终不承认窝藏了那一尊铜马,这个道理简单得就像一根针。"

"呸,你以为你现在就不会死么?"

"长官,你可答应过我。"

"老子答应过你什么?"

"咦!你当初就说过,只要我照着你的唱本,当众羞辱他、质问他,逼顾山农现出原形的话,你就可以放我走,让我去外面刨食吃,你现在不能变卦呀!"阿骨里的气焰逐渐泯灭了,似乎感觉到大限将至，哆嗦道，"真的，我就是一个半脸汉，我成不了你们军部的狗，做不了马长官你的桩子。只要放了我，我马上就滚回北疆去，再也不进武威城了。"

"狗日的，马长官是谁？"

"你是哪个？"

阿骨里突然意识到不妥，愕然一惊。

这么着，油灯又被点着了，剔亮了，如水的光晕泼洒开来，将这个地窝子装扮成了一座公堂，只待惊堂木一响，便开始过审人犯。岂料，阿骨里睁大眼睛，逐个认出了土炕下的三位伴当后，不但不吃惊，不惧怕，反而咧开了嘴角，丧心病狂地大笑了起来。城墙厚的一张脸，猪狗不如的一颗心。伴当们握住刀子，咬紧牙关，盯看着这个可耻的侏儒，恨不得立刻宰了他，撕碎了他，再让荒郊野地里的狐狼，将其变成一堆屎橛子。阿骨里笑了半晌，笑得都快噎死了，忽然收住了这种狂妄，眼角一吊，哇地哭出了声。狗日的杂碎，哭也就哭了，谁还没有个伤心的时候呀，但这个贼一边在土炕上打滚，一边捶打着炕面，痛斥脱可木将他带进了武威城，却又忙着去当雅布赖盐场的经纪，不问他的吃喝，也不关照他的头疼脑热，令其在鬼门关里走了一遭，幸亏现在还剩下一口活气。事实上，这一刻的气氛危险至极，一根洋火就可以引爆全场，剩下的事情便简单多了，这个蒙家庄子的侏儒将横尸地坑，窝棚上被泼满了火油，烧得一干二净，他连一块骨头渣子也不会留下。

但是，什么也不曾发生。或者说，此后发生的惊天巨变，将颠覆性地修改整个凉州的命运，让这一帮热烈而赤忱的少年，卷入了这个时代的狂澜当中，大浪淘沙，各安其命。

哭闹结束了，阿骨里转身爬起来，跪在了炕头上，不知羞耻地说：

"长生天，我终于寻见了你们这几个贼疙瘩，我还活着，我真的还活着么？"

"问问刀子吧，刀子说了算。"

齐声答复道。

"咋了么？喂，诸位姑舅，你们怎么这样看我，看得我心里发毛？"阿骨里的一张热脸，贴在了对方的冷屁股上，自然读懂了大家的目光中所蕴含的仇恨与杀气，赶紧相告说，"我活着走出了新城大营，就是来给你们报信的。我那是诈降，我知道做人的尺码。"

"报信？你这个黑老鸹、小人、杂种，你真是愧对了自己裆里的那一块精肉！"

脱可木勃然大怒。

"听我说，惊白有麻烦了，惊白可能要出大事。"

"什么？惊白他咋了？"

"是这，我逃出了马乙麻的手掌心，就是为了捎这句话给你们。"果然，阿骨里如此一说，就像拔掉了炸弹上的引信，让此刻的气氛急转直下，难以挽回。

胡笳一百节

列位看官，总因笔墨有闲，这里驻足片刻，先来叙述一桩旧事。

大概是在脱可木离开承平堡之后，阿骨里失去了唯一的靠山，终究忍受不了伙计们的排挤与羞辱，连一个招呼也没打，消失不见了。所谓身疾而心烈，用凉州本地的老话说，阿骨里就是一个轴人，不会拐弯，也不懂得含蓄，直脱脱而来，硬撅撅而去，仍然惦记着那一笔过去的债务。那些日子，这个脖膝盖子一般高的侏儒，天天徘徊在军部的门口，打望着新城大营的一切风吹草动，开始了守株待兔。

也真就巧了，特务头子马乙麻偏偏遇见了一桩难心事，正在军营外的校场上骑马。阿骨里攀住栏杆，瞅了半晌后，忽然察觉出不妙，便喊了一嗓子，冲过去拦住了那一匹黑马，紧急叫停了。病了，你的伴当病下了，你可不敢再使唤了，它需要卧养才是。阿骨里的这句肺腑之辞，终于替自己挖开了一座坑，并率性地跳了下去。让马乙麻最近头疼不已的，恰恰是这一匹原本威猛高大的黑马出了问题。自从它驮着那一副银鞍子，去了一趟承平堡，又在黎明之前孤身一个寡落落地回到了军部，整个样子就变了，彻底丧失了昔日的神采与健硕，甚至连一头阉牛也不如。最要命的在于，它可是长官大人的心爱之物、掌上明珠，与另一匹白马交相辉映，仿佛一对双生子似的，令主子引以为傲，视若珍宝。三少君尝言，宁舍千军万夫，也不舍黑白二马身上的一根毛发，可见一斑。那日黎明，黑马是带着一身的伤痕回来的，皮开肉绽，额头上狰狞不堪，银鞍子也是沾满了血迹，黯然无光。马乙麻不明白到底发生过什么事，更无法获知那一夜的承平堡怪相迭出；他一厢情愿地认为，这是在他离开之后，顾山农退还了这份礼当，就算老马识途，但毕竟天寒地滑，少不了磕磕碰碰吧。此后，虽然军部的专业兽医治愈了黑马的创伤，伤口也日渐愈合了，然而昨是今非，它的眼睛开始呆滞，两耳耷拉着，浑身的皮毛也失去了光泽，骨架似乎也缩小了一号。马乙麻着实心焦，打算赶在三少君从外地回来之前，尽快恢复黑马的原初状态，也好璧还给长官，以免受到军法惩处，耽误了个人的大好前程，于是一连数日出现在了校场上。闻听了这个侏儒的话，马乙麻不敢怠慢，料定此乃异人指点，慌忙滚下了马鞍，又是作揖，又是称兄道弟，请教再三。阿骨里自小在北疆长大，经见过不少世面，肚子里起码揣着半本马经，直言道：晚了，迟了，这匹黑马头上的灯估计也快灭了。

头上的灯？马乙麻知道自己是瞎子，礼数更加周全了。

随即，阿骨里就被请进了新城大营，奉若上宾，专门腾出来一间马棚，用于观察黑马的动静。翻看了牙口，检视了蹄腿，反复捏摸前胯与颈项，又查看脊背，阿骨里判定这是一匹熟马，大概在六至八岁之间，换算成人的年龄，也就是一个青壮年，按说不应该如此颓废，如此的自暴自弃。马乙麻试探说：炸了肺，还是塌了膘，你究竟要下什么方子呢？阿骨里摇头，声称他必须看完了军部的所有马匹之后，两相比较，才能再做结论。看了不止一遍，而是整整三天，阿骨里最后一次摇头，让马乙麻别再指望了，赶紧挖坑，提前准备黑马的后事吧。直到此时，马乙麻这才想起先前的那句话，诘问说：你说它头顶上有一盏灯，什么灯？我咋看不见，也摸不着？阿骨里道：反正我瞭见了，我们北疆人认为山有山的灯、树有树的灯、羊有羊的灯、马有马的灯，人当然也不能例外，只可惜黑马的这盏灯快要灭了，长生天要收走它。马乙麻哀求道：你别满嘴的炉灰渣子，你给我打个比方吧？阿骨里方说：魂，一颗魂就是一盏灯，魂不在了，也就等于灯捻子烧光了。这些心荆肉棘的言辞，加上本已沉重不堪的恐惧，令马乙麻方寸大乱，抛开了其他的一切军事事务，成天跟阿骨里伙在一起，蹾在了马棚子里，半步也不敢离开。在这个特务头子的记忆里，曾经有一名军官因为鞭打了黑马，被三少君亲手枪决了，死者还是五服之内的一个亲戚娃娃。马乙麻料定有一颗子弹在等着他，这是迟早的事，也是他擅自做主的恶果。

相处在一起，话也就多了，马乙麻对这个丑陋的异人，产生了一丝莫名的尊重，探问说：照着你们北疆人的习俗，怎么才能把它的魂请回来，重新安置在马肚子里，让它活蹦乱跳起来？实际上，这可不是请教，而是重金悬赏，马乙麻开出了两根金条的价码，但阿骨里也是束手无策，只能眼热，却装不进自己的口袋：唉，死生有命，各有前定，我连自己将来的日子也不知道，又如何去打问天机呢？不过，我结识过不少北疆的马夫和马锅头，他们以前经常说，像这种大牲口的命脉与荣华富贵，一般都是由金马说了算，人只有牧养和骑乘的份儿，干脆插不上话，也无法定夺。马乙麻当即一凛，觉得此话蹊跷，以屈求伸地说：这么，这个话在下也曾经听说过，因为不光我姓马，整个新城大营里的人基本上也都姓马，况且军部饲养了成千上万的战马，但却没有一个人像你这样如此精通，揣着一肚子的马经，我应该报请长官大人，拜将封侯，聘你为首席验马官，请你以后来掌控这一切。顿了顿，马乙麻释解说：不过，马长官目前公务在外，还不曾回营，尚需一段时日，眼下最要紧的就是赶紧疗治黑马的这个急症，待事情有了转机后，指不定我会用两根金条，给你铸一尊金马，以军部的名义予以嘉奖。阿骨里却道：不，我听北疆的马夫和马锅头说，金马其实并不是金子的，而是铜铸的，一般都那么叫，叫习惯了。

这是电光石火的一霎，也是天启的时刻。

对马乙麻来讲，多年以来，他动用了整个特务组织，秘密侦查和搜寻了许久，却始终未果。凉州大地一直缄默如常，凉州百姓也是钳口噤声，仿佛他们串谋好了似的，始终不肯泄露关于铜马的任何消息，哪怕是一颗字也不会。金马、铜马，铜马、金马，原来这是一回事。据说，只有这一尊神器，掌管着河西四郡的千年命脉，分配着不同的运势，于是便有了"凉州大马，横行天下"之说，也盛行着一句"得铜马，得河西"的关键传闻。但世人难见其身，难觅其踪，似乎这位本尊早已泯然于祁连山下的广袤绿洲，不肯出世。此刻，铜马这个神秘的词汇，居然意外地从一个乡下侏儒的嘴里吐了出来，马乙麻浑浊的脑海中，忽然划过了一道启示般的闪电，他好像真的瞥见了那一匹天骏，矗立在远处的冈峦山巅上，长鬃猎猎，仰首嘶叫。马乙麻压抑着内心的狂喜，正打算步步为营、追问后续的内幕时，一名副官拿着几页电报纸，突然闯入了马棚，这不仅打断了他的兴奋，而且慷慨地给阿骨里送来了一个消息，犹如惊烽羽书。

马乙麻埋头看完了电报，也不避讳身畔的外人，质问说：妈的，怎么没有慰问团的音信，那些贼和尚在搞什么鬼？老子的头都大了！副官道：僧侣团的电台一直静默着，估计要么关闭了，要么就在山区地带，已经五天了，干脆联系不上他们，一点信号也抓不住。马乙麻再问：日能的，他们上一次报告的是什么位置，又是咋说的？答复道：五天前发来的电报，告知阁下他们正在平凉府休整，说特别代表徐惊白的脚出了麻烦，上崆峒山给摔坏的，已经请了大夫在正骨，一俟有了好转，即刻开拔。马乙麻鼻子一哼，詈骂道：狗屁！这种三岁小儿的谎话，你居然也相信，我看你该去前线卖命才是。徐惊白什么成色呀，那个小贼天生就是一只孙猴子，他一巴掌能把崆峒山拍扁，还轮不到他来受气；我当初之所以将他安插在慰问团，委以特别代表的身份，无非就是想让他做一个捣乱分子，分散刘北楼和僧侣团之间的注意力，为我所用罢了。撒完了怒气，马乙麻特地叮嘱自己的心腹：记住，三少君返回凉州的行程，你必须一日三报，我得随时掌握。

惊白？阿骨里被这个熟悉的名字叫醒了，却不敢声张，于是开始留心了。

连续几天，这两个地位悬殊、本无瓜葛的人，钻在马棚子下忙乱，仔细观察着黑马的病况，眉头不展，唉声叹气。军部的专业兽医从南线和北部防区返回后，更是带来了一个坏消息，称这一年开年不利，也不知怎么了，凉州乃至整个河西一线的骡马，统统出现了一个症状，病恹恹的，半死不活，既不是瘟疫所致，也没有发现一根闹草，情况前所未有，令人揪心。例外的是，牛羊却好端端的，骆驼更是经历了寒冬之后，抢着吃青，忙于东进西去地挣钱，唯独亏欠了骡马。活该要出事，或者说，凉州境内的一切细节环环相扣，因果不爽。阿骨里忽然想起了什么，一句话说漏了，问新城大营里是否有一匹枣红马，头尾如何，蹄腿怎样，我虽然查看完了所有的战马，却偏偏不见这一匹，它是老死了，还是去前线打仗了，你们最好能拉过来，让我跟黑马做一个比较，这样就能找出症结所在。就像被一根针刺中了眼睛，马乙麻顿感自己半生的情报生涯将毁于一旦，恨不得活吃了面前的这个怪物，这一疙瘩丑陋的肉。但是，毕竟老谋深算，心思缜密，马乙麻带着咸淡不一的口气，曲折地究问了半个多时辰，大致了解了发生在羊拐骨码头上的往事、流霞的由来，以及那个身着军装前去购买鲜鱼的可疑之人。梳理完这些线索后，马乙麻一度认定，此人非刘北楼莫属，又寻到了军部外的镇子上，找见了那两个曾经伺候过沈小姐的妇人，得知她们的确用过土方子，用鱼汤下奶，洵不虚言。马乙麻仍不放心，找来了一名天梯山的画匠，按照阿骨里的描述，将那个家伙的嘴脸呈现在了纸面上，但又不是刘北楼，完全不似。这个关节上，马乙麻想起前一日，他曾经在三岔路口邂逅过顾山农，后者当时正在送别一支山西商团，胯下正是一匹枣红马。顺着这个灵感，画匠略加修改，又在那张草图上增添了一抹盖胡子，活脱脱一个顾山农的形象跃然而出，逼真而生动。阿骨里犹豫再三，不敢认定，说虽然很像，但那个军官的嘴上没长草呀，原本很干净的，怎么就画上了盖胡子，这么老相？马乙麻嘻然道：不错，盖胡子是后来留下的，因为顾山农在出关之后，打算开坛作法，独立执掌承平堡，这八成是当年的戏娃子旧疾未改，在粉墨登场之前挂须罢了。

一经确认之后，这个结论在双方的心里，引发了相似的悲观情绪，各自黯然不已，不再吱声。在特务头子看来，羊拐骨码头上的那一幕，俨然说明了承平堡在所谓守孝的三年期间，并非一堆冷灰，它的内部一直燃烧着，在秘密地寻找一条生路，而顾山农和刘北楼之间的关系，也绝不是喝酒吃肉那么简单。不出意外的话，此乃两个人的地下结盟，一对反贼形成的抵抗力量，矛头直指整个军部。误判了，一切都误判了，马乙麻懊悔不迭，真想一拳头砸烂自己的腔子，咳出一大口鲜血来，将先前的失误与窟窿统统抹掉，全部填补上，赶紧擦净屁股上的屎。一念及刘北楼身处异地，作为军方的特别代表，正在领衔那一支凉州各界慰问团，而他的旁边恰恰是顾山农的弟弟，那个上天入地、胆如虎豹的少爷羔子，马乙麻的脑袋又肿了一大圈。这个时候，马乙麻唯一的冀望，便是倒卧在眼前的这一匹黑马，只要它能站起来，像一堵山墙那样站起来，在长官大人返回军营之际，哪怕嘶叫上一两声，他本人的罪孽便解除了，马廷勷仍旧是自己的靠山，在整个新城大营里他说了也还算。

同样，因为说漏了嘴，阿骨里在无意之中出卖了顾山农和承平堡，瞎子也能发现，那个特务头子的表情中所隐藏的敌意与惊讶。泼出去的水，点燃了的火油，一切都来不及了，阿骨里深感罪恶，知道自己沦为了小人和下三烂，便决定闭上狗嘴，不再泄露关于少东主的一星半点，哪怕是去死，将热身子变成一具冷身子。在承平堡端碗吃饭的那一段日子，阿骨里偶尔也瞥过几次顾山农的身影，可是在偌大的城堡，加之囿于下人的身份，他始终眼睛里没水，不曾辨识出故人，却不料想一步一个窟窿，如今竟成了背主的小人、下作的畜生，他甚至连死的心也有了。但是，黑马并没有错，阿骨里仍旧照看着这一位病员，跟身边的特务头子有了沟壑之见。

结果，这个北疆侏儒的话终于应验了，黑马不吃不喝，口鼻喷气，后门拉粪，将脏腑和肚子里收拾干净之后，一命归西。在葡萄园子埋完了黑马，阿骨里刚打算告别时，突然冲出来一群士兵，粗暴地绑住了他，三七不问，直接将其扔进了行刑室。

这是特务组的手段，各种刑具不下十几种，室内阴森而恐怖，几只狼狗吐着舌头，据说已经饿了有三四天，估计能吞下一头牛犊子，遑论这个侏儒了。第一道是鞭刑，鞭绳上带着倒刺，阿骨里从昏厥中醒来后，发现自己屎尿失禁，鲜血淋漓，舌头几乎快被咬断了。黑马之死，令马乙麻将怒火发泄在了这个半脸汉的头上，但现在的话题倒也简单，只剩下了承平堡和它的主人，于是一再拷打，希望榨出新的线索，找出一个能让顾山农彻底降服的良策。阿骨里会哭，哭是他唯一的抵抗，哭得比石羊河还要汹涌、还要动情，但是在心底深处，他时刻告诫自己，承平堡的一饭之恩，比天大，比娘亲，绝不能再重蹈覆辙，去干玷污与背叛的蠢事。第二道是水刑，阿骨里被悬吊了起来，倒栽葱的样子，鼻孔里插了两根管子，清水轰顶。纵然他是石羊河上的浪里白条，第一等好汉，也架不住那一阵阵袭来的溺死感，恍若沉入了河底。

偏巧，这时候副官进来了，照旧拿着几页电报纸，马乙麻不接，催令他口头汇报。副官相告说：闻下，已经跟僧侣团的电台取得了联系，对方并不解释前些日子静默的原因，只是一味地辩称，整个凉州使团出了大麻烦，肇事的主犯就是徐惊白，等待你的指示，该如何惩处。马乙麻原本就是热锅上的蚂蚁，暴怒道：贼日的，老子的半生心血，全部押在了这帮秃驴的手上，他们一个个皆是盗马贼出身，难道对付不了一位少爷羔子么？什么麻烦，到底是砸了佛像，还是毁了棺材？副官也没有一丁点答案，因为前方的电台再次静默了，毫无办法。马乙麻切齿地说：是这，你们继续发报，告诉柴汉忠那个老贼，佛挡杀佛，魔来杀魔，徐惊白胆敢造次的话，连他也概不例外，就地处决！

闻听了这些话，阿骨里的内心，忽然鼓荡起了一种罕见的勇气，不再惧怕那些狰狞的刑具，也不再哭求，目光坦荡地直视着特务头子。阿骨里思忖，他既然是一名阶下囚，一只待宰的羔羊，眼下唯一的办法，便是诈降，做一回黄盖，从马乙麻的魔爪下活着出去，将这个坏消息告诉给脱可木，再由北疆的伴当捎进承平堡，让少东主速做决断，如何去营救惊白。这么着，阿骨里突然开了腔，坦承道：对了，我想起来了，黑马的病根子肯定就在那个下雪的晚夕，我当时正在堡子里，我忘不了那一夜的惨烈，黑马彻底惊掉了，黑马企图自杀，还是少东主和管家放走了它，让它回到了新城大营的。无疑，这是整个黑马事件的命门，也是问题的核心所在，听罢了这个侏儒的绍介，马乙麻并不甘心，又开始逐一考证每个细节，逼问道：

"呃，黑马当时为啥惊掉了、发疯了？"

"它丢了魂吧。"

"魂丢了？"

"不好说，也可能不是真的，但堡子里的伙计们当中盛传，那一夜八成是闹了鬼，或许也中了邪祟，黑马瞭见了不该瞭见的东西，所以伤了它头顶的灯，掳走了它的三魂六魄，以后再也没能恢复元气，最终只能埋在了葡萄园子里。"阿骨里的眼睛不敢说谎，语气也是客观而中允，似乎在谈论一桩祁连山中的逸事，没必要遮遮掩掩，"对了，当时有两个伙计去起夜，他们被吓了个半死，因为从堡子的地底下冒出来一团白雾，那家伙性子很烈，刚猛凶悍，后来便罩在了文楼身上，但是怎么消失的，恐怕天老爷才知道。"

如此虚虚实实、神鬼莫测的絮叨，令特务头子也是如堕十里云雾当中，究问说：

"那到底是什么东西，照你的看法？"

"可惜这里不是北疆。"

"扯淡！虽然不是北疆，但毕竟也在凉州的地界上，一样管用，你尽管告诉我。"

"神主。"

截铁道。

"什么神主？你最好别打算盘，下一个是火刑，我可不想让你变成烤全羊。"

"长官，我以前在北疆的荒原干滩上刨食吃，靠指路为生，常年跟马夫和马锅头们打交道，听来了不少的古今，也记住了一些稀奇，这件事的确让人难心。据他们讲，凉州和河西一线的大马，统统听命于一位神主，就像康熙皇帝在位时的那样，其实也是君君臣臣、父父子子，百千年来一直如此，这才有了太平世界。"绳子松动了，阿骨里被放了下来，瘫坐在地上，忍住周身的疼痛，接续道，"他们还说，一旦冒犯了神主，惹得他老人家不快的话，那可就麻烦大了，一者让神主炸毛，再一个，神主也会降下灾难，惩罚地上的所有马匹，让大家一起受罪，谁也逃脱不了。所以我怀疑黑马的病根子，可能就是那天夜里种下的。"

"这也就是说，神主在承平堡里？"

"长生天知道，我不敢下结论。"

"那么神主总该有一个具体的实物吧？是壁画、偶像，还是信物？"

追问不休。

"不，我没有福报，我从没见过。"阿骨里一边答复，一边捏住鼻子咳嗽，将喉咙里的积水排解了出来，忆想道，"我听马夫和马锅头们讲，凉州的地底下埋着一尊金马，还有不少的金人，它们都是伺候金马的仆从。据说，这尊金马就是神主的化身，脚踩一只燕雀，腾云驾雾，只有在太平时节，或者大难临头之际，它才会拱出地面，现身人间。"

"喏，那你听说过铜马么？"

"北疆人叫金马。"

"当然喽，铜也是金属么。"

马乙麻心中一凛，感觉如获至宝，这么多年的侦查与追讨，此刻端倪初现，无限地接近了这一目标，他不免有些伤感，也有些自责。黑马死了，黑马这个哑巴情报员用死亡换来的消息，价值千金，让事情出现了可喜的转机。这一刻，迫于形势所逼，也缘于自己的狼子野心，马乙麻决定抛弃马廷勤长期以来的绥靖策略，不惜以铁腕手段，侵门踏户，兴师讨伐，迫使承平堡交出那一尊铜马。哪怕牺牲了顾山农这个显赫人物，以长远计，他大不了接受降级处分、关关禁闭罢了，而河西全境，指不定就被他收入了囊中，他将成为事实上的幕后之王。这么着，马乙麻计出别门，迅速采取了冒险主义的手段，堆笑说：

"伙计，我想请你去见一个人。"

"谁？"

"少东主顾山农。"

"见他干么？"

"呵呵，反正我放开了链子，随便你去咬他，一直咬到他告饶为止。"

凭着特务组的本事，追查承平堡主人的行踪简直易如反掌。这一日，顾山农率着管家从永昌城返回，刚刚踏进堡子，便被附近的特务和桩子盯梢上了。但马乙麻始终引而不发，只想找见一个公开的场合，一个稠人广众的地点，然后唆使阿骨里这一只獒犬扑上去撕咬，彻底扯下顾山农的伪装，归顺于自己。不久后，顾山农走出了堡子，在朱家嘴子一带逗留了许久，还在无人的郊田上仰天嘶叫，发过一阵子羊角风。果如所料，顾山农仿佛被一种冥冥当中的意志所诱引、所驱使，策马进入了武威城，先是在平心定气馆内盘桓了一下午，而后牵着坐骑，披着夜色，身心怏怏地走进了陆家巷。这是个相当不错的台面，欲使其名望扫地、声威破产，没有比在凉州人面前的羞辱与打击更为奏效的了。为此，马乙麻将特务组的全部人马统统拉了出来，分布于街头巷尾，还精心伪造了一纸军令，擅自钤上了马廷勷的印玺，调动了整整一个加强连，大概在黄昏时分，已经将承平堡围成了铁桶一般，只准进，不许出。在这半生的军事生涯中，马乙麻从未失过手，甚至连一个跟头也不曾摔过，此番张开了口袋，只等着猎物归案，这不免让他有点紧张，但更多的却是兴奋与刺激。啧啧，他甚至感觉两腿之间那一件男人的东西，也攥成了一只铁拳。

其间，发生在烟馆门前的那一幕插曲，并不曾打乱马乙麻的计划，甚至相反，密集的枪声就像是一种预告、一次彩排，为后续的行动做了一场热身，提前挫败了顾山农的锐气与傲慢，解除了他的警惕，真是没有比这种策应来得更为恰当，也更加及时了。自辛亥那年定鼎之后，这一片绿洲上便流传着这样的话，说凉州是军部的，武威城才是县府的，前者像一具魁伟的身躯，而后者不过是一根鸡巴，政令不出四门，自弹自唱，脖子和卵蛋被捏在了军阀的手中，随时都可以挤出蛋黄来，虽不要命，却又身不由己。长期而来，军地双方保持着一种虚假的客套、表面的敷衍，骨子里却相当冷漠，偶有联谊活动与公务往来，但地方政权根本入不了新城大营的法眼。在军方看来，县府及警察局不过尔尔，类似于一支杂牌军或民团，勉力维持着本地的日常治安，管理着琐屑饾饤之类的民间纠纷，实在是不足挂齿。对于陈垦丁其人，马乙麻所知甚少，但根据有限的情报和对他的性格分析，结论反而很简单，落实成一句话，他就是一个疯子，革命的疯子，他时常以正统革命者的面目行世，以中山先生的忠实信徒自居，志大才疏，鲜有卓识。不过，在这个晚夕，马乙麻竟然百密一疏，也太大意了，他不知道陈垦丁一朝变卦，陡然翻脸，开始对承平堡和顾山农动手，同样实施了围剿之策略。这一年夏初，凉州境内已经有特务组在追查那一尊铜马，如果再增加一方的话，那就太拥挤，也太险恶了，承平堡危如累卵，眼看着大厦将倾，一切都将灰飞烟灭。

实际上，对陈垦丁和县府的轻蔑，来得快，去得也迅疾，一眨眼的工夫罢了。令马乙麻最为恼火的，却是这个夜晚的怪异天象，以及突然袭来的冷子和黄豆般大小的雨滴，笼盖了武威城的上空，犹如一个响器班子，干扰了视听。马乙麻站在陆家巷的廊檐下，躲在看客们的身后，拔长了脖颈子，始终在关注着事态的进展，一点也不敢走神；即便他发现了街道对过的那几名少年人，也是全然不在乎。因为此乃胜负手，答案就要在这一刻见出分晓，水落石出。按照马乙麻反复设计的唱本，包括事先对阿骨里的一系列辅导与演练，一旦这只恶犬扑上去撕咬，顾山农便只有两条路可走。其一，顾山农承认他自己的过失，乖乖地交出那一尊铜马，双方皆大欢喜；如此他可以继续做承平堡的主子，钱照挣，戏照唱，烟照抽，将来就是一位闻名乡里的耆老或士绅，儿孙满堂，终老西陲。其二，倘若顾山农牙齿很硬，百般抵赖，否认铜马在他的手中，甚至被逼无奈之后，不惜痛下杀手，以强凌弱，将那个板凳一样高的侏儒掐死在街上，那也是不错的结局；借此，马乙麻就要放手一搏，当场逮捕顾山农，而后撕毁马廷勷当初跟权爱棠达成的互不侵扰的君子之约，立刻率军攻陷承平堡，哪怕是掘地三尺，摧毁那一座城池，也要找见隐匿的宝物，以偿夙愿。

无疑，这是个万无一失的计划。马乙麻站在廊檐下，不停地擦拭着颊脸上的雨水，只想目睹自己亲手导演的这一出大戏，一方面快慰丛生，另一方面却恼恨视线模糊，一点也看不清晰、听不周详。闪电消失之后，雷声仍未退场，夜空仿佛一只巨大的破釜，倒扣在武威城的头顶上，密不透风，连呼吸也困难了起来。

作为主角之一，阿骨里当然瞥见了特务头子投来的目光，一半是怂恿，一半是威胁，就像匕首的双刃，寒光四射，避闪不及。但是，放出去的狗，未必就记得身上的使命，因为承平堡当初赠送的那一碗饭恩重如山，迄今也不曾变味，让这个北疆人没齿不忘。彼时，阿骨里虽然照着马乙麻设计的唱本在陈述、在质问、在逼迫，试图激怒顾山农，但他更盼望的却是对方扑过来，跟自己滚作一团，也好趁此机会，将惊白的不利消息传递出去。为了这个幼稚的目的，阿骨里甚至开始揭短，将他在旷野干滩上偷听来的一些内容，顾山农在苍天下倾诉的那些心窝子话，统统发泄在了当事人的面前。什么双舌，什么铜马，什么因果报应，这些寸刀杀人的挑衅，带着恶毒的唾沫渣子，飞溅而去，极尽抹黑之能事，令承平堡的主人骇然万状，觳觫不已，一时间气血冲顶，紧紧地盯住了铁匠铺子里的那一把大锤。实际上，在这个紧要三关的当口，谁也不是主角，戏也干脆唱不下去了，唯有死才是头牌，占据了雨天雨地里的这一座凉州舞台。阿骨里揩掉了眼眶中的雨水，清晰地瞅见顾山农举起大锤，朝自己愤怒地砸了过来，但是就在半途中，那只铁锤突然掉头，奔向了另一条歧路，似乎连死亡也讨厌他这个半脸汉，不肯眷顾他这个孽障人。阿骨里失望地转身，瞭见那一把铁锤呼啸而去，直接敲在了枣红马的头颅上，咔嚓一声，就像一座窑洞瞬间坍塌，彻底毁掉了。

杀马！当街杀马，且公然剁下了马头，真是歹毒至极呀！

不愧是姓了马，听到那一声骨骼碎裂的咔嚓声，马乙麻难过地埋下头去，闭住了眼睛，心脏像放了血似的，在血腥之外，胃液和神经开始翻江倒海、痉挛不停，几乎要呕吐了出来。失手了，一脚踩空了，下错了棋，赌输了结局，也应该认栽了吧？然而，这并不是特务头子的性格与禀赋，马乙麻决定当场逮捕顾山农，以危害武威县公共治安的罪名，将顾山农投入大牢，待天亮之后再做决断。

神思昏聩中，副官从廊檐下曲折地挤了进来，拽了拽马乙麻的袖子，将其拉出人群，站在了牛恒立寄售店门前。不待开口询问，副官赶忙俯下身子，仓皇道：

"阁下，马长官突然回营了，就在刚才。"

"什么，三少君回来了？"

犹如五雷轰顶。

"正是。这个老贼气炸了，他已经签发了对你的逮捕令，宪兵队正在赶来。"

对于整个河西历史来讲，特务头子马乙麻及其死党的连夜叛逃，似乎并没有激起太大的风波，更不会致命。因为随着中原大战进入了扫尾阶段，凉州军阀马廷勷的贰心昭然若揭，已然被冯玉祥将军打入了另册，其命危矣。从这个角度上看，马乙麻的遁逃之举，反倒显出了他的远见与高明，而不是叛逆。诸位看官，此处暂且按下不表。

胡笳一百一节

惊白要出事。也许，惊白已经出了事，但凉州方面是瞎子，是聋子，一概不知。

听罢了阿骨里讲述的这些细节，伴当们收起刀子，敛住了杀心，一个个默不作声。而今，惊白和整个凉州各界慰问团，如同一只断了线的风筝，被哪一阵风吹起，挂在了哪一片云朵上，又飘在了人世间的哪一个犄角旮旯，究竟是疾苦，抑或是风光，竟无人知晓，也不敢贸然去判断。扯心的事情在所难免，这四个年龄各异、长短不一的伴当，假如缺少了惊白这一根大拇指，势必握不成一只拳头，也形成不了威慑力，只能是各说各话、各走各路。在这一刻，少年的情义依旧珍贵而稀罕，仿佛一盏油灯，烁闪在这个滂沱的雨夜当中，不必饶舌，也不必用誓言去印证，因为一切都知根知底、心知肚明。

末了，还是脱可木从静默中起身，率先开了腔，恳切地说：

"大家按兵不动，谁也不许造次，眼下头等关键的是维护承平堡，随时策应少东主。"

"那惊白呢？"

陈马二人问道。

"上佛眷顾，那个猴子他有时候也属猫，身上有九条命，估计也不会折在外面的。"

"诸位姑舅，从今个天开始，我就属狗了，你们千万要把我当一条狼狗看待。"阿骨里跳下了土炕，笃定地说，"我要天天围着承平堡转趿，谁要是敢来挑衅，那就先问问老子嘴里的这一副狗牙吧。"

第十六拍

胡笳一百二节

这是下半天的天气，整个原上沉浸在溽热与湿气当中，昏蒙不堪。

布虚法师从碎婆子的肚皮上爬起来，甩给她一条手巾，催喊她赶紧擦干净，再行下一轮好事。走眼了，布虚原本以为这个身材丰腴、腰肢细弱的小妇人，八成处于饥渴的年龄，那一对风骚放浪的屁股蛋子浑圆而饱满，想必也是媚狐子一个、床榻上的高手。岂料经此一遭，这才发现她青涩得很，还没有完全熟透，整个过程中就像一只绵羊羔子，一味地呻吟着，既不抓挠，亦不叫骂，简直让布虚缺少了一份征服的快感。相问之后，布虚这才得知，大财东将她娶进门的时候，已经是七十有二的高龄了，况且前面还有六房姨太太，一个个如狼似虎的，好不容易酿出那么一点点蜜，迅速就被瓜分光了，根本就轮不到她。碎婆子掰着指头，数了好几遍，自从她做了小以来，统共也就沾过五六次雨露，其余的光阴中，基本上都在守活寡，甚至连丈夫的面也照不上一回。碎婆子擦拭着身子，埋怨说：呸，早知道他没牙的话，我这个锅盔也不进这个门；如今我都快馊掉了，下面也锈死了，只有你这个贼和尚还惦记着我，斗胆在大天白日里闯进来，强行使狠，刚才差一点就把我给啃碎了。闻听此话，布虚法师料定这二十岁出头的小妇人身上有一种恨意，而这个情绪恰恰是他所需要的，可资利用的，于是戏谑道：不急，我在原上短则七八日，长则一半个月，待贫僧离开这个范家大院时，我一定要把你扶成正宫娘娘，让那六个大婆子给你当牛做马，永世不得翻身。碎婆子姓聂，单名一个玉字，忽然失笑了出来，相问道：你实话说，你们这伙人究竟是真和尚，还是假僧人，绑走了大财东不说，又凌辱我这个妇人？假如我顾及名节的话，我要么去跳井，要么去报官，绝不会跟你干这种龌龊事。彼此精赤溜光的，也算得上是坦诚相见，布虚便也放下了戒备，诚实地说：在下既不是和尚，也并非买卖人，我跟这一帮兄弟其实是凉州土匪，在刀尖上讨饭的，现在打算出省，去陕西那边找食吃，暂时在这一片原上休整人马，幸亏你们范家大院接纳了我，我真是三生有幸呀。聂玉假嗔道：哼！我才不怕你这么吓唬我，我又不是吃屎的娃娃，只要你们能让我舒坦上几天，瞧见那六个婆子被押在地窖里，就算天塌了我也不扶，我才懒得操心那些娼妇的死活呐。布虚欣慰极了，忽地起身，立在了碎婆子的面前：娘娘，我这次跑了上千里的长路，从凉州来到了陇东的原上，我专门是来给你上香的。上香？你空手赤拳的，你的香在哪呢？聂玉不怪道。这个关节上，布虚指了指自己两腿之间那一件男人的东西，分明是一柱擎天，威风再起。聂玉的身子唰地红透了，随即嘤咛了一声。

　　事毕后，布虚真是虚脱了，四仰八叉地躺在床上，在沉沉的溽热中酣睡起来，鼾声犹如风箱一般，呼哧呼哧的，几乎快掀翻了屋顶。聂玉拿着扇子，在一旁扇凉风，心里简直得意极了，忆想起前半夜的那一幕，不仅毫无畏惧，甚至还对这个施暴之人，滋生出了一丝好感。得过且过吧，刚才他壮得如同一头骡子，在自己的身上打夯，那一阵阵麻酥酥的快感，绝非老棺材瓢子所能带来的体验，新鲜且刺激；聂玉感觉她就像一口春井，水花泛滥，再也不会干涸了、枯萎了。当初，大概在子时左右，范家大院的上上下下已经歇息了，除了狗吠和夜鸟的啁啾外，一切都很平常。因为燥热，聂玉难以入睡，便点了油灯，翻看着一本册子，忽然听见前院里传来了一排子枪声。枪声消失后，又是骡马喧嚣，车辆嘎吱，似乎开进来了一支队伍，声势颇大。这一片黄土大原毗邻陕西，隔着泾河，对面便是长武县，时常有零星的土匪前来骚扰；但范老太爷也不是吃素的，凭着殷实的家底，养了一班武装家丁，况且附近庄子里的人大多是他的佃户，闻警而动，向来也不会出什么事。不过，到了天亮之后，事情却突然恶化了，一群灰衣秃头的僧侣踹开大门，闯进了家眷们居住的后院，一时间鸡飞狗跳、日月无光。待聂玉整理好衣衫，趑出了卧房后，蓦然发现另外的六个婆子已经被一绳子绑了，齐刷刷地站在墙根下，全然丧失了母老虎的威风，连牙齿也在打颤。或许是被欺负惯了，也压抑久了，聂玉在这个关口上，反而找见了一种平等，于是甩着胯，扭动着那一对猖獗的屁股蛋子，走向了姐妹们，大有甘愿就擒、生死与共的慷慨之势。这一点成功地引起了布虚法师的注意，也撩拨起了他的心火。在一番介绍后，布虚告诉这些婆子们，僧侣团只是路经此地，借宿几日，待范老太爷上完坟回来，一切将回归正常，绝不再打扰。这些话很蹊跷，聂玉当时就反了，诘问说，既不是清明，也不是寒食节，他上的是哪一门子的坟，磕的是哪个季节的头呀？布虚法师诡笑开来，说你最好留下来吧，我单独给你上一炷高香，你便会明白其中的门道。随后，法师一声令下，和尚们将另外的那些婆子押入了地窖，锁闭了铁门。

此刻，睡了半晌，布虚猛地一个激灵，突然坐了起来，凶相毕露，仿佛被一个噩梦追撵着，惊魂不定。瞧见聂玉耷拉着脑袋，斜签在一摞被褥上打瞌睡，布虚抓起匕首，抵在了对方的咽喉上，喝问说：你个卖沟子的，你刚才对我做了啥？聂玉煞是无辜，一脸的茫然。布虚便扔下了刀子，趴在床上，将整个脊背呈现出来，哀告说：赶快，你快看看我的后身子，我咋了么，我中了什么邪祟？聂玉定睛望去，一副盘龙的纹身狰狞且醒目，占据了法师的大半个脊背，但吊诡的是，每一根线条已开始发炎，变得粗肿而肥大，仿佛耕开的泥壤中，裹挟着无数条鲜红色的蚯蚓。情况越来越糟糕了，那些蠕动的蚯蚓被主人的愤怒扼死了，血水渗流出来，漫延在皮肉上，青红两色，令人莫辨。布虚法师难受极了，用了最恶毒的凉州土话，日娘捣老子地臭骂不止，但疼痛并未减缓。聂玉忽然一拍脑门，说想起来了，一定是杀跳蚤的药粉作的怪，你可能不小心沾上了，这可怎么得了呀。

为了印证自己的说法，聂玉揭开了另一头的凉席，布虚仔细瞅了半天，果然发现了异样的粉末，嗅闻到了一种杀戮的气味。范家大院什么都好，唯独让人闹心的便是跳蚤，尤其是眼下的这个天气，简直泛滥成灾了，成了家眷们的噩梦，伙计每隔几日就来撒一次药粉，但效果并不显著。原因找见了，八成是刚才从聂玉的肚皮上滚下来之后，布虚法师带着一身的热汗入睡，吸附了那些歹毒的药粉，这才祸害了这一条盘龙。见碎婆子并没有恶意，布虚的舌头上立刻抹了蜂蜜水，歉疚道：娘娘，你知道你的肚皮像个啥么？聂玉一愣：像个啥？布虚谄媚地说：哎呀，它就像一张冬暖夏凉的象牙床，我这辈子宁愿埋在你的那一张象牙嘴里，死了也风流。的确，聂玉还从没受到过如此的礼遇，目下有了扬眉吐气的机会，眼眶一红，回敬道：盘龙爷，将来你上路的时候，一定带我走吧，我恨死了这个范家大院，我巴不得明日就离开。布虚纳罕地问：盘龙爷？狼日的，你咋知道我以前的名号，谁教给你的？聂玉朝门外努了努嘴，妩媚地说：乖乖，是龙得盘着，是虎要卧着，你扛着这么威猛的一条青龙，麻眼也能瞧得出来；你快趴下吧，我用清水给你洗一洗，别让药粉作践了你。

岂料，从日后的结果来看，聂玉的这一番擦洗，实在是弄巧成拙。

聂玉蹲在床下，一边淘洗手巾，一边擦拭着对方的脊背。盆子里味道刺鼻，水也渐渐稠了，恍若一只药罐子似的，这其实加剧了药力，等于给病人贴上了一张看不见的膏药。布虚回头，瞭见掀开的凉席下压着一本书，伸手够了过来，翻看了三两页，却原来是春宫册子，就算他是曾经横行于河西一带的盗马贼头子，烧杀奸淫，恶贯满盈，此刻见了这些大胆而暴露的画面，仍不免羞臊。聂玉发现自己的秘密被窥破了，不管不顾地冲上来就抢，却被布虚一胳膊揽在了怀中，双双滚到了另一边，药粉再次沾满了整个脊背，竟浑然不觉。这时候，春宫册子便成了话题，布虚挖苦说：你个卖沟子的，原来你争不过那六个婆子，就靠这个过夜呀？嘿嘿，你真是妇人中的张飞、婆子里的曹操，偷偷地留下了一手好本事，我就喜欢你这种娼妇的泼辣劲。聂玉也不再掩饰，坦承道：唉，这个院子几乎活埋了我，我就等于是一个活死人，我要是不靠这个册子过夜的话，身子就锈死了，我还怎么来伺候你盘龙爷呀？布虚思忖了片刻，试探说：

"你帮我干件事，不要脸的事？"

"爷吩咐就是了。"

"喏，事成之后，我替你把这个院子打扫干净，将来由你一个人说了算，统统归你们聂家如何？"布虚显然被心里的想法陶醉了，抚弄着聂玉的一对硕乳,感慨道,"哼,我就不信你这么好的一块肉,哪个豹子不馋,哪个狐狸不贪,除非他就是一根榆木疙瘩。"

"你说啥?你打算让我当婊子?"

"不,娘娘你这叫施舍,也叫套狼打虎,我替你多念几遍阿弥陀佛吧。"

突然,聂玉挣脱了束缚,一骨碌骑在了布虚法师的身上,三七不问,狂躁地甩下了七八个耳光,仍不愿停手。然而越是挨揍,布虚却笑得越发开心了,因为这表明娘娘恩准了。

大概在半个月前,凉州各界慰问团驶离了崆峒山下的平凉城,继续东进。

渐渐地,这支来自河西首郡的人马,因为疲劳,因为目的迥异,也因为各为其主,露出了本来的面目,俨然瓦裂成了三部分,其一是僧侣团,其二是军地双方的特别代表刘北楼与张彝,最后一个则是徐惊白和承平堡的下人们。沿途走来,布虚法师眼观六路、耳听八方,捕捉着任何一个细节,步步惊心,连一个囫囵觉也不曾睡过,人更是消瘦了一大圈。刘张二人在明面上,成天嘀嘀咕咕的,犹如一双狗皮袜子,似乎在商量着什么。布虚对此保持着敬而远之的态度,要么集体诵经,要么一心赶路,从来也不露破绽。的确,刘北楼的手中掌握着军部签发的路线图,方向如何,每日行程若干,道路附近的驻军情况,以及各种应急措施,差不多有几十页之厚,再加上全套的通关手续,装在一只牛皮挎包内,时刻背在了政训员的肩膀上,须臾不离。据布虚法师暗中观察,离开凉州地界以后,刘北楼起初带有一种仓皇与挫败感,虽然他主导着慰问团的方向,但对于路线图一事,只字不提,讳莫如深。然而,后来进入到兰州以东的区域内,刘北楼一下子活泛多了,不仅态度热烈、嘘寒问暖,还当众打开那只牛皮挎包,展示了一幅甘省地图,征求其他人的意见,仿佛换了一个人似的。凭着经验,布虚知道这是鱼闻见了水、鸟看见了树林之前的预兆,越是接近了目标,这种情绪越是明朗,政训员根本就藏不住喜悦。揣着这个念头,布虚表面上恭敬有加,一味地附和着刘张二人,只不过他们仍有利用的价值罢了，一俟机会降临，这支队伍必定要按照他本人的意志，抵达僧侣团的目的地，那里才是真正的码头、生死输赢的道场。

其实，也并非一路坦途，这支庞大的凉州人马，迄今遭遇过好几次险境，但光芒烛地，上苍眷顾，无一例外地化险为夷了。毒泉、猛兽、塌方、洪水、灾害天气、骡马的折损、车辆的补充，以及随行人员的头疼脑热，不啻于一场场战役，令人不堪其扰，左右支绌。在路过介石铺的当夜，凉州人入住于一家车马店，后半夜里突然被一支民团包围了；经过短暂的交火，刘北楼所率的一班士兵不愧为正规军，以一敌十，果如所料地击溃了那些庄稼汉子，一口气跑出了山谷地带，这才转危为安。另一回，慰问团在一座山坳中，迎面碰见了一支定西驻军的车队，车头上挂着几颗风干的首级；原来这支驻军突袭了华家岭的土匪山寨，得胜归返，难怪气焰熏天，根本就不避让，双方拉开了枪栓，形势一触即发。在布虚看来，刘北楼简直就是个书呆子，竟然捧着一套凉州军部的手续，去跟人家争辩，结果被对方一把抢走了，扔在了空中；幸好那套手续没有掉落在一旁的山涧中，否则他就有名无实了。定西驻军干脆不认可凉州方面的讨好与殷勤，鸣枪威胁，喝令让路。无奈，布虚法师只好亲自出面，在对方首领的耳朵上说了一句话，立刻解开了这个死结，车队主动退下了山坡，慰问团也顺利通过了这一座险要的山坳。事后，刘张二人再三追问，法师究竟念了什么紧箍咒，洒了什么甘露水，将干戈化为了玉帛。布虚坦承说，诸位别忘了，这支慰问团的核心是那一具尸骸，张观察的棺木，他当时只讲了四个字：死者为大。

除了明面上的军地人员，承平堡的那帮家伙八成也有问题，引起了布虚法师的警觉。

不错，就像隔着一层纱、一道雨雾，他们潜藏在暗处，手脚不干净，另存贰心，一直咬住僧侣团不松口，这其中尤以惊白那个少爷羔子最为踊跃。离开了凉州之后，僧侣团独立成军，跟其他两方面始终保持着一种距离，此乃使命所系。毕竟，刘张是公门中人，身兼特别代表的头衔，少不了交往和商议；但对于承平堡门下的那一帮邋遢汉子，布虚的厌恶却是公开的，下人罢了，千万不能指屁吹灯。也忘了在哪个关节上，这些北疆口音的家伙忽然热络了起来，要么替僧侣团喂牲口，要么帮着推车，竟然还参加了几次诵经法会，但他们又一窍不通，连佛祖和太上老君也搞不明白。有时候，热情也是一种危险，更是伤害，布虚预感到有一堆暗火跑了过来，即将架在他的屁股底下，而惊白恐怕就是纵火犯之一。

抵达了平凉地界，慰问团就地休整几日，远处的崆峒山就像一道冷峻而优美的屏风，矗立于天际之下，令人肃穆不已。黄帝问道处，道教第一名山，布虚虽然身披僧衣，但还是忍不住敬慕与好奇，独自去游览了一趟，一饱眼福。从混元顶下来后，在半山腰左近，布虚邂逅了一座佛寺，名曰法轮，香火煞是旺盛，信徒川流不止，院中的明代砖塔凌空危峙，耸于天表。正待拔脚离开时，惊白这个碎鬼从斜刺里杀了出来，拦在了布虚跟前，申斥说：呔！见庙不拜，遇佛不跪，你究竟算是哪一门子的和尚呀？布虚苦笑道：公子，我的佛在西方，不在陇东一带，水土不服的事情，你最好别强人所难。惊白究问说：那你的寺叫什么，门朝哪开？你给我一个说法吧。布虚随口道：般若寺，贫僧就在合黎山下的般若寺里修行，弟子们也是；嘿嘿，如今它远在天边了，我想给你指一下的话，你也瞭不见。惊白诡笑道：不过，我虽然眼拙，但今晚夕我就可以查证出来，改日里，我来给你讲讲般若寺的情况，准保会吓你一跳的。布虚的心里咯噔一下，讶异道：查证？公子你什么意思？你查证个啥，你怎么查证？惊白笑而不答，攀住了对方的胳膊，相率而走。

天气太大了，法轮寺外的树林里，摆满了凉粉摊子。惊白直喊饿，撒腿去买了两大碗，将其中一份端给了法师，双双蹲在地上，搅拌起来。辣子水、蒜水、芥末水羼杂在碗底，香味扑鼻，但惊白仍嫌不过瘾，起身去讨醋时，手上一滑，整个海碗扣在了布虚的脊背上，登时弄脏了那一件僧衣，油汪汪一片。无心之过，布虚也不计较，赶紧除下了衣服，跑到附近的水潭边，搓洗了半天，而后挂在枝杈上晾晒。惊白拿出手巾，蘸上清水，执拗地要给法师擦洗后背。当他瞭见那一副纹身时，顽劣的天性终于爆发了，揶揄道：呵呵，你这个臭皮囊真是太漂亮了，要是被当年的洪武皇帝知道的话，非得赐你死罪，然后将你剥皮实草，巡游天下，以警示那些僭越之人、贪腐的官吏与各路强盗；这样的例子比比皆是。布虚的脊背里骤然一冷：干么要杀我，杀了我还要剥皮实草，这从何说起呀？这一霎，惊白竟然诡异地说：大和尚，别看你现在经念得不错，头也比较亮，但你肯定是半路上出的家，你在前半截子的光阴里，不是土匪，便是贼寇，否则你就不会在身上刺一条盘龙！哎呀，难怪你老佝偻着身子，因为你太自负了，你以为你能扛得住龙王爷么？布虚尴尬地说：公子，谁还没有过少年呀！少年的时节谁都狼狈，谁都是一堆虚火，迟早会灭掉的。

下山的途中，惊白突然一个趔趄，结果崴了脚，就此赖上了法师。布虚也是无奈，矮下身子，让这个少爷趴在了自己的脊背上，一路往下。山路蜿蜒，阶石陡峭，布虚很快就出了汗，气喘吁吁的，但惊白的那一张臭嘴仍不消停，喋喋不休：大和尚，丑话先搁在桌面上，我可不会领你的什么情；你别以为这样背我下山，你以后就可以居高临下地使唤我，僧俗不搭界，咱们两不相欠。布虚哼哧了一路，反诘道：嘻，明明是贫僧驮着你下山，当骡子做马了一回，你却这么狼心狗肺，仔细你的口德吧，小施主。惊白转而道：哎呀，你误解我的意思了，我是想说上佛降赐，佛光普照，龙太子来接我了，我此刻就趴在了龙太子的身上。说着话，惊白用指甲皮抠着对方的那一块纹身，居然抠破了，慌忙住了手。布虚听见了谄媚之辞，料定这个凉州少爷就是个捣蛋鬼，并不往心里去，却听对方又说：唉，难怪我刚才崴了脚，这或许是不好的预兆；最近一连几天，我都梦见武威城里有了血光之灾，一颗马头在街上不停地奔跑，马头后面却看不见马身子，害得我睡不好觉，所以刚才一脚踩空了。布虚劝慰说：你偷着笑吧，梦是反的；你只是记挂着凉州，所以心思才这么重，想必你是被魇住了。惊白道：对了，等回到了驿馆，我今晚夕要跟凉州方面联系一下，问问那两个贼娃子，武威城里到底怎么了，那一颗马头是否属实。

闻听此话，布虚将惊白卸在了路旁的一块石头上，试探说：咦，你还能跟凉州方面联系呀？这真是太稀罕了，刘北楼带了电台，还是公子你养了信鸽？惊白胸无城府，拼命比画了一番，但怎么也讲解不清楚地耳朵那一只神秘的法器。恰在此时，山路上走下来一群平凉城里的俊美女子，仿佛风中的细柳，有说有笑地一掠而过。惊白忽然睁大眸子，热辣辣地盯望了半天，又冲着她们的背影，打了几声轻佻的唿哨。犹不满足，惊白居然一瘸一拐地追撵了下去，吓得那些女子花容失色，一瞬间就像麻雀炸了群。人不风流枉少年，布虚见怪不怪，反而是会心一笑。

连续几日，布虚带着不安的心情，暗中观察着惊白的一举一动，所获并不多，只见这名少年抱着一块铁疙瘩在玩耍，意思不大，甚至对惊白有点嗤之以鼻。但是，布虚的怀疑并未灭失，惊白说漏了嘴；他们是如何跟凉州方面联系的，问题只能出在刘北楼的身上，其他人并无这种本事。僧侣团秘密携带了一部电台，布虚曾经给特务头子马乙麻拍过电报，质疑此事，但后者语焉不详，从无定论，反而破口大骂，训斥他分心，一再催促这支队伍加快步伐，赶紧出省。后来，布虚索性关闭了电台，让它一直处于静默状态，因为陕甘边界即将到了，一旦越过了那一道分水岭，他就要彻底反叛，从此跟凉州军阀吹灯拔蜡，自己独立称王。

按照刘北楼掌握的那一份手册，队伍抵达了泾河岸边，择日渡河，然后进入陕西长武县境内。不料想，却在这个关节上，布虚法师跟刘北楼大吵了一架，还险些动了手。

原本，刘北楼提前派出了几名属下，在泾川县城外租借了一座不起眼的庄院，濒河而立，周围树木成荫，宜于防守和通过。可仅仅待了一宿，布虚却提出换个地方，声称距此三十里外的一片黄土大原上有个范家大院，不如去那里休整，补充给养。方向反了，那是折返的路，刘北楼当即否决，并以特别代表的身份予以口头警告。三七不问，布虚率着自己的僧侣团和全部车马出了门，扬长而去。刘北楼唯恐不测，策马追撵，拦住了那一帮子和尚，举枪瞄准了布虚法师。争吵了半晌，刘北楼甚至朝天开了几枪，但根本吓阻不了对方。最后还是布虚的一句话，让他乖乖地应允了，首肯了这一建议。

布虚说：阁下，恰巧路过原上，我就去上个坟，给我爹磕个头罢了，没别的意思。刘北楼一怔：咦，你好像说过，你是河西人氏，怎么老人家的灵骨葬在了陇东？布虚坦承道：干的，这里埋的是我干爹；等我办完了这一场法事，我就去接你们过来，大家一起在范家大院里歇息吧。这个理由无可辩驳，刘北楼只得返回泾河岸边，跟张彝和惊白发了一通牢骚。

僧侣团，不，这其实是一支身披僧衣的盗马贼武装，头把子是布虚，亦即柴汉忠，二把子叫温世良，两个人是金兰兄弟，磕头的交情。温世良原本是泾川人氏，老家就在这一片原上，父辈是大地主范一挥的佃户，世代务农，老实巴交的汉子，靠体力吃饭。范家经过几辈子先人的经营，如今良田万顷，富可敌国；可偏偏到了范一挥这一辈人，竟然没有生养下一位男丁，急得他头上冒火，一连娶了好几房婆子，也不见她们的肚皮争气，却白添了一帮裆里没肉的赔钱丫头。大约在十五六年前，也就是范一挥在床上拼命耕种的时候，他邂逅了一位术士，倒尽了苦水，说自己吃遍了方子，可怎么就续不上香火，接不住一棵根苗呀。术士捧着罗盘，围着那一座院子转了几趟，最后下巴一扬，断定问题就出在了上风水一带，称范家的根脉被压住了，难怪气血不畅，子嗣不旺。范一挥跑到上风水去查看，原来那里只有温家的一个破庄子，以及十几座老坟，便当即开了价，请求他们迁离此地，在下面的川地里筑一座新庄子，还免除了以往欠下的债务。要求被拒绝后，范一挥指使自己的家丁，刨掉了温家的全部祖坟，将温家先人们的累累白骨扔在河滩里，要么喂了狗，要么撒上尿，总之极尽侮辱。胳膊拗不过大腿，温世良的父母一边号哭，一边将白骨收拾起来，一把火给焚毁了，将骨灰撒进了泾河里，而后带着一根绳子，双双吊死在了树林里。

葬埋了爹娘老子之后，家也被霸占了，温世良成了一名孤儿，在整个原上要饭吃。但是，仇恨并不曾远离，仇恨就像一块癣疥，结在了这个少年人的心口上，随时在发作。大概过了两年后，温世良终于觅见了一个机会，尾随着范一挥去了王母宫朝觐。在幽暗的洞子里上香时，温世良发现四下里无人，便抄起一块砖头，狠狠地砸在了仇人的脑袋上，范一挥血溅当场，似乎连脉搏也断送了。杀完人之后，温世良潜伏在范家大院附近，等着看笑话，等着那一帮婆子和闺女举丧。却不承想，这个大地主命不该绝，居然还活着，被人抬进了院子里，不出半个月便痊愈了。泾川县府接到了报案，派出了一支马警队、三支民团，在周围的原上和川里紧急搜捕温世良，最终却让他逃脱了，以至于泥牛入海，不知所踪。

实际上，温世良犹如一只惊魂的兔子，昼伏夜出，并没有逃入陕西境内，也不曾沿着西兰公路奔向天水和平凉，而是一路北上，取道宁夏方向，最后落脚在了河西一带。在接连碰壁、生活毫无着落的情况下，温世良徘徊于马鬃山与合黎山之间，意外地结识了盗马贼头子柴汉忠，两个人一拍即合，惺惺相惜，磕了兄弟头，换了金兰帖。温世良的入伙，让柴汉忠如虎添翼，迅速崛起在了北疆一线，成了继黑喇嘛之后最为骁勇而冷酷的新式土匪。温世良也同样声名日隆，广受拥戴，无可挑剔地坐稳了二把子的交椅。

此番，在僧侣团里，温世良的法名叫铁海。因为军部的行动计划掌握在刘北楼手上，铁海只知道这是东进途中，但根本不曾预想过，他其实是在重归故里。当他闻见了泾河水的气息，瞭见了那一片熟悉的黄土大原，扑通跪在河滩上，美美地磕了一顿头，大哭了一鼻子，而后收拾起膝盖，决定去复仇。天老爷成全，几经打听之后，铁海这才获知，范一挥竟然还活着，活成了一副棺材瓢子，仿佛他这么恬不知耻地活下来，专等着有人来了结他的狗命，送他上西天。听罢了铁海涕泪横流的陈述，布虚法师慨然答应了，扬言要御驾亲征，一定去血洗范家大院，拿范一挥的人头去上坟，去祭奠干爹。铁海婉拒了头把子的美意，说你去了坟上，兄弟我就不好意思哭了，范家大院里有的是婆子和闺女，你干脆去给她们过堂吧，只是要仔细你的身子骨。

对于这一支武装土匪来讲，拿下大地主的庄院，比抢劫商团和驼队还要简单。

"喏，那个少年叫徐惊白，估计他还是个生瓜蛋子，没尝过女人的味道，我就交给你去拾掇他吧。"布虚觉得后背上荆棘丛生，但幻想中的种种场景，又让他喜从天降，"记住，他可是一位凉州少爷，身世显赫，娇生惯养，你可别吓坏了他，只让他垂涎你的身子就够了。"

"盘龙爷，你总归把我当婊子对待，我干不了，我也不能祸害一个少年人。"

"你马上就是寡妇了，我保证。"

"天杀的！"

"嘿嘿，上坟就是个幌子，我跟铁海是金兰兄弟，我太了解他的手段了。范老太爷首先被剁掉双手，剜掉膝盖骨，在我干爹的坟头前磕头谢罪，痛哭流涕。可就算是这样，铁海仍然不会罢休，一斧头劈开老东西的脏腑，挖出他的心脏和肝胆，活祭给地下的亡灵。"布虚说话很慢，但每一句都像钝刀子割肉，令聂玉骇然失色、痉挛不已。又道："娘娘，狡兔还有三窟，人总得替自己预备一条后路吧？我前面早就说过了，这个范家大院将来由你做主，我绝不食言。"

"天老爷会有报应的，你走着瞧吧。"

"他没空。天老爷也在忙。"

"再忙，他也会收了你的，我起誓。"

"娼妇，在天老爷收了我之前，你已经就成了寡妇，还轮不到你来替我号丧。"

这么着，聂玉面色一沉，探问说：

"你说你们是一伙的，可你怎么就窝里反了，让我用下三烂的手段去对付一个少爷？我需要知道底细，否则的话，我下不了手。"

"是这，现在已经到了陕甘边境上，我跨出去一步，甘肃也就被我扔在了身后，再也休想束缚住老子了。嘿嘿，这支队伍是临时搭伙的，三根绳子拧不在一起，只要那个少爷被绊住的话，另外两名特别代表便难辞其咎，这也就给我打开了一扇生门。"有了床上的那一折子男女欢爱，布虚的戒备心荡然无存，或者说，炫耀与自夸也是一种劝说的渠道，"哎呀，如果你不想在范家大院里过活的话，你就跟着我走吧！一旦到了陕西，我扔掉这一件袈裟，仗着这次劫来的金银财宝，包管让你在这一世里成为人上人，做一位真正的皇娘娘。"

"明白了，黑吃黑，你这是打算独吞吧？"

"嘿嘿，你也并不傻。"

"好我的盘龙爷，我这一河的水马上就要开了，你快来日弄我吧。"

聂玉求欢道。

后续的队伍是入夜前抵达范家大院的，包括那一辆灵车。

按照布虚法师的分配，刘北楼、张彝率着属下，占据了整个前院，仿佛这是对凉州军部和武威县府的重大礼遇。僧侣团入住在了偌大而空旷的后院，理由是他们需要诵经、坐禅与习法，类似于闭关一段时日。长工院则划拨给了承平堡的人马，虽然名义上低人一等，但毕竟是大户人家的庄院，仍旧显出了一派不俗的气象。收拾停当后，惊白从自己的客房内踅了出来，身子突然一怔，钉在了院子里，眼泪唰地淌了下来，一时间恓惶得不成。

这个关节，落日就像一介醉汉，粗手大脚地卧在了西天上，显然是折腾够了，带着一身的疲倦，渐渐地温吞了下去。晚霞犹如开了闸的洪水，一泻千里，大水漫灌似的流淌在这一片原上，气势猎猎，不可一世，恍如从天庭下凡的赫赫帝王，在巡视人间和万千生灵。在斑斓的光影中，倦鸟归林，牛羊回栏，附近的庄子里升起了一根根柴烟，挂在天地之间，但现在却不是一个焚香祷告的时刻。

停好了灵车，安顿完了骡马，苏巴什和张汲水这才洗脸吃饭，却冷不丁地瞭见惊白瘫坐在地上，眼泪淌个不休。两个北疆汉子苦楚着表情，一左一右地蹲在惊白身边，眼神求告着，一时间不解，也无法分担少主子的哀伤，急得直搓手。恓惶罢了，惊白从败坏的情绪中脱身，收拾住泪水，抬手指着漫天的霞光，竟然诡异地说：

"你们瞧，一张马皮，像不像一张刚刚宰杀掉的天马的皮子，湿漉漉地挂在头顶？"

这类似于咒语，苏张二人大惊失色。

"血光。这是血光，老鸹们也逃回家了，狗也不敢叫了。"

"少主子，你闭上眼睛窗子吧！"

左右劝慰道。

"你们再瞧，那个太阳就像一颗被砍掉的马头，它一个人跑掉了，只把血淋淋的皮子留在了这片原上，没良心的。"惊白遥指着西陲方向的落日，仿佛在奚落一介懦夫、一员叛将、一个连鼻涕也不如的宵小之辈，鬼兮兮地说，"凉州出事了，凉州一定出了大事。"

"敢问当家的，你没发烧吧？"

"哼！小爷我清醒得就像一根针。难道你们瞎了么，瞭不见那一颗血淋淋的马头么？"

"那就好，趁着少主子你脑子还精神，我现在不妨警告你一句。"苏巴什骤然翻脸，带着一种强烈的愠怒，切齿地说，"惊白你可以撒泼，你也可以咒天骂地，在这个人世上拳打脚踢，天天日鬼捣棒槌，全然不在乎，但你最好要留个口德，绝不能亵渎任何一匹马，哪怕说半个不字，这是做人的尺码。"

游击也跟着发难了，鄙夷地啐了一口唾沫，像是在释解，但更像是一种威胁："下不为例！少主子，马是咱们北疆人的弟兄，你这种刨坟绝后的蠢话，小心遭了天老爷的报应。"

倏忽间，惊白尴尬至极，也不明白自己打翻了哪一座坛场，惹恼了伴当们；但少年人的脖颈子执拗，壳子也硬，自然不会当场低头与道歉，只能乱翻白眼，暗中收敛了那一份狂傲不羁。这时候，解围的帮手出现了，长工院的大门嘎吱打开后，刘北楼和张彝前后脚地进了门，一边招手，一边喊着特别代表，样子很着急。

惊白闻声，赶紧拽开了手脚，一道烟地跑上前去。

胡笳一百三节

就算趴在滚沸的笼屉里,似乎也要比忍受原上的这一种溽热轻松不少。

各处的土狗卧在阴凉下,舌头有一尺来长,盐碱色,喉咙里呼哧呼哧的,大概在冒烟。绿柳白杨,森森夹道,但经过一整个下午的暴晒,精魂不再,蔫头耷脑,犹如一群饥馑年代的流民,在路旁伸手乞讨。天空像一只悬垂的瓦釜,一无云气,二无雨意,火辣辣地照射着,令人目不能张,田地上野花迷离,飞鸟低空。下半天即将结束时,一辆河西风格的车轿,轧起了一股股灰白的烟尘,从泾河的方向上驶来,直插范家大院。

不料,到了丁字路口,车轿突然停住了,游击率先跳了下来,苏巴什紧随其后。惊白睡眼惺忪,脑袋探出了帘子,询问伙计们的去向。苏张二人相告说,附近有一个集市,他们打算去买蜡,因为张观察的那一口棺木八成有了裂缝,一路上鬼叫,必须用蜡封死,才能防止尸变,让人不那么恶心。惊白虽然睡糊涂了,但心里有一本明账,猜出了大概,告诫说,喝酒可以,但你们得拿回来喝,当着本少爷的面喝,我另外再给二位拌个下酒菜,请你们一醉方休。少主子通情达理,又如此慷慨,惹得两个伴当感动莫名,纷纷打听究竟是什么菜。拌个耳朵,炒个舌头,再将心肝肚肠等等的下水凑成半盆子,够你们喝上一个通宵了。惊白开始坏笑,无法无天地说,反正棺材盖子一揭开,张观察就躺在里头,尔等想怎么吃,我就怎么下料,悉听尊便。苏张二人对视一眼,突然蹲在地上,手指头捅进了喉咙里,狼狈地呕吐了起来,就像两条老狗似的,恶心到了极点。趁此机会,惊白催喊车夫，甩出一鞭子，赶紧离开了这个腌臜之地，活生生地笑了一路，笑得几乎快要断了气。

实际上，这样卑鄙而下作地说话，对亡灵大不敬，惊白也是迫于无奈，一方面为了剔除伴当们的心病，不再忌讳那一辆灵车，因为按照刘北楼的分配，现在轮到了承平堡的人马来护卫棺木，绝不能有一毫的闪失；另一方面，当然也是为了报仇，少年人的仇意清晰如昨，苏张二人的呵斥声难以消泯，此刻总算两讫了。

前一向，酷暑持续了数日，范家大院里了无生趣，即便在夜半时分，水缸突然就炸了，洗脸盆也碎成了一堆木头渣子，窗户纸和仰衬纸崩断了筋骨，在视野尽头像一个个吊死鬼似的，煞是瘆人。惊白躺在黑暗中，热得烧心呛肺、抓耳挠腮，原本还指望那一块铁疙瘩管用，可一旦抱在怀里，却发现它其实是一块烧炭，比炉子还炽烈，索性也就放弃了，不再谛听凉州方面的消息，内心颓丧不已。遁逃不得，惊白又发明了一个凉快的办法，用指尖蘸起身上的汗水，在肚皮上写字。权达云、顾山农、廖逢节、梅郎中、脱可木、朱先生、陈匹三、马眉臣等等，惊白依次写完了这些熟悉的名字，发现浑身的汗水几乎被用光了，但好在两个腋窝里还湿漉漉的，犹如一方丰沛而饱满的砚池，等待他援管下笔。这么着，惊白蘸足了汗水，陆续写下了一大堆三点水的汉字，当他写下"泾渭"二字时，头脑里灵光乍现，倏忽间便出现了一条河流的样子。

跳下床，惊白闯进了隔壁的房内，瞭见北疆汉子们也不曾睡觉，拢成了一个圈子，正在猜拳行令，喝的不是酒，而是浆水。浆水是蔬菜发酵的，酸中带甜，恰是一种清凉去热的好东西，风行陇上，难怪他们鏖战了半夜。惊白伴笑着，径自攀住了游击的肩膀，软硬兼施，说：你白叫了张汲水这个名字，汲水者，应该像一条蛟龙似的，在泾河里畅饮，而不是灌这种难闻的尿水。游击性子痛快，当即就点了头，答应次日一早带上少主子去泾河里游水，避开这种鬼天气。一旁的苏巴什却沉下脸来，火爆地说：少主子游水也不是不行，但必须有他在场，否则的话，这一帮旱鸭子谁也别想去浸湿自己的鞋子。

到了泾河岸边，挑了一块坦荡而开阔的滩涂，水势平稳，沙子细腻，无疑是一个适合戏水的所在。河风吹袭，送来了一份深秋般的凉意，一扫前些日子里的燠热与苦闷，令惊白雀跃万分，赶紧除下了身上的衣服，跳进了水中。旱鸭子，这一帮来自北疆的旱鸭子，习惯了荒原与旷野，长期跟罡风和沙石为伴，此刻面对着一条流动的大河，一方面心生畏惧，另一方面又头晕目眩，腿肚子一直在哆嗦。惊白亦不例外。他本以为离开了河岸，抛下那些狰狞的伴当，自己会像一只水鸟似的，在河面上翩然起舞，自由自在一番，但很快就失算了。刚开始，河水只淹到了脖膝盖子附近，沙子从脚趾缝里挤出来，比泥浆还柔软，比一块酥油还要润滑，凉爽一寸一寸地攀升上来，漫漶在了浑身上下，简直妙不可言。少年是危险的，或者说，少年人的贪婪缘于好奇和追逐，似乎什么都难以羁绊得了这种品行，尤其是惊白其人。伴当们龇牙咧嘴地站在岸上，仿佛牲口棚子里的一道栅栏，时刻提防着，这让惊白陡然产生了一种逆反的态度，他偏就不信，不管不顾地朝河心地带走去，矮了，身子逐渐地矮了下去。然而，逞能是徒劳的，冒险也不过是一厢情愿，这一条陇右地带的著名河流还不认识惊白，尚未备好鞍鞯与良马，来接纳这名凉州少年。惊白一脚踩空了，趔趄了几下，便重重地摔进了河里，灌了满肚子的冷水之后，这才找见了根基，呼哧一声，拔出了头颅。

末了，惊白发现泾河水其实就在自己的肚脐眼附近，开了个玩笑罢了，也没啥大不了的。但伴当们刚才却不这么想，变起仓促，生死一线，他们突然间泼上了性命，下饺子似的，纷纷跳进了河水中，不敢有丝毫的闪失。惊白揩了一把脸，定睛望去，发现北疆汉子们已经手拉手地结成了一条人链，半弧状，将自己圈在了一片浅滩上，扎紧了藩篱，想象中的欢乐与嬉戏荡然无存，太不够意思了。这个关节上，日光从斜刺里扑过来，投射在了河面上，蓦然间起了一种可怕的变化。惊白讶异地发现自己变成了两截子，下身子在左，上身子在右，榫卯错位，危如悬卵，祸福就在一夕之间。惊白吓坏了，木然地戳在河水当中，求告道：天呐，腰斩了我，车裂了我，铡断了我，你们这些狼吃的，快来搭一把手呀！岂料，伴当们就像一根根木头桩子，干脆无动于衷，任由惊白在浅滩一带撒娇和呱喊。

这以后，惊白便开始耍死狗，躺在河岸上假寐，一语不发，心里却在酝酿着另一场冒险。

大概到了午饭之后，周围庄子里的娃娃们打着饱嗝，蜂拥而至，在这一片水域里玩沙子，捉鱼，打水漂，游水，一时间欢乐得不行。惊白瞧不上那些碎娃娃，他的目光盯住了几个跟自己一般大的少年，并很快窥见了门道，越是黑不溜秋的家伙，水性就越好，只要憋足了一口气，便可以泅渡到对岸，几乎花不了半炷香的工夫。惊白替自己害臊，细皮嫩肉的，肤色就像一坨猪油，完全不是这块料子；即便在凉州的时候，身边有一个阿骨里那样的浪里白条、水中蛟龙，但他也不曾请益和求教，以至于现在空怀抱负，望洋兴叹。说到底，惊白还是惊白，忽然心生一计，抓起衣服擦脸时，偷偷地摸出来一块大洋，在北疆汉子们的注视下，乐颠颠地跑向了那些在泾河岸边长大的黝黑少年。

的确，钱的话谁都能听懂，钱的样子，普天下都认得。接住了银元，领头的森林大哥询问惊白，究竟有何吩咐，竟然让他这样无功受禄？惊白相告说，只要教会他游水，沉不下去，哪怕是狗刨也可以，假如还能像大家那样，一口气游到河对岸的话，钱不是问题。森林大哥不愧是老手，自有一套绝技，说，游水跟吃饭睡觉一样，再也简单不过了，但前提是你要习惯喝水、呛水、不怕水，才能奏效。不待对方吱声，森林大哥突然一记胳膊肘，当即将惊白撂翻在水里，又一屁股坐上去，坐在了他的脊背上，干脆不给活口。浅滩一带的河水并不太深，但也足够淹死一头牛。惊白完全沉没在水中，喊天天不应，叫地地不灵，况且身上还扛着一个磨盘重的人，他越是挣扎，越觉得自己徘徊在了鬼门关，这一世的所有把戏，即将交代在了泾河河底。事已至此，惊白索性破罐子破摔了，喝吧，呛吧，吐吧，尿吧，就像凉州人说的那样，不疼的手指头往磨眼里钻，这分明是花钱买死，一百个活该。渐渐地，一种溺水的感觉涌集而来，惊白突然尝到了一股血腥气，想必舌头被咬破了。

不远处，北疆的伴当们已经分裂了，分裂成了两派，言辞激烈，开始相互攻讦。苏巴什极为恼火，骂骂咧咧的，抓起鞭杆子，准备跑过去抽一顿那些黑泥鳅，却被张汲水迎面拦住了，急得他团团乱转。游击却相当开怀，说马驹子是一伙，狐狼是一伙，天上的鹞鹰同样也是一伙，少年人不跟少年人耍戏，难道要跟咱们这些老骨头作乐么？少主子颠簸了一路，劳碌不堪，难得他如此开心，你就别在油锅里泼水了，仔细惊白炸了毛，大家都不自在。苏巴什被劝止了，但虎目圆睁，牙关紧咬，时刻盯住那一群黑泥鳅的动静，手中的鞭子也换成了一根长绳，快速打了一个绳套。张汲水唰笑说，罢了罢了，今晚夕我给你摆一场酒，省得你头大身子小，害得我们大家也头皮发麻。

惊白沉溺在水中，忽然忆想起了在弘毅乡学里学到的一个词：灭顶之灾。

是的，当初碰见这个词时，惊白便有点晕眩，脚下不实，当晚就在旧庙的土炕上放肆地尿了一回，挨了伴当们的不少拳头。惊白犹记得，去年夏天的某日，他跟脱可木在武威城的清凉池里洗澡，面对那一池子的汪洋大海，他露怯，他懦弱，他心荆肉棘，他仓皇不安，结果被蒙家庄子的乡下人给发现了，并当场下了结论。畏水，惊白你惧怕水，你的心里也许窝下了什么病，木哥这样说。在姐姐达云请客的那个傍晚，惊白不便伤感，也不愿意提及慈善堂里发生过的那一桩桩不堪往事，于是含混过去了。此刻，惊白被整整一条泾河压住了，沉没在了河底里，当真要灭顶、要灾难、要一命呜呼了，脑海中却意外地浮现出了梅郎中的身影。有一次在家里，梅郎中给姐姐号完了脉，开了方子，竟然很悲观地说：其实，咱们每个人都有一张命里带来方子，这个方子得靠自己去找，去抓住，去痊愈，因为天底下的大夫也都是病人，他们的话不过是皮相之谈，大可不必奉为圭臬。洵不虚言，惊白对这句话印象很深，也深表赞同。

也算是一个奇迹吧，惊白在这一刻的分神，居然消除了他的紧张、他的慌乱与绝望，冷不丁地平静了下来，手脚自如，呼吸也匀称了，仿佛这身外的流水不过是一阵阵和风，将他托举了起来，抬衬了起来，随顺而飘摇，在无垠的天际下开地广壤，一马平川。实际上，森林大哥早就站开了，脊背上的那个肉磨盘也形同虚设，惊白在齐腰深的河水中扑腾了半晌后，突然像一根柱梁似的，戳在了明晃晃的日光下,一边吐水,一边没心没肺地狂笑开来。

呵呵,你可别相信我,你也不能在岸上相信一名水手;要想知道,经过一遭。森林大哥俨然是这一群泾河子弟的总班头,仔细叮嘱道。惊白赖兮兮地说:反正,我只信你,我就靠死你了,我将来当蛟龙,还是做蛤蟆,就看你这位先生的道行与手段了。果然,森林大哥不吃葱,不吃蒜,只吃姜,迅速被这一套激将之法给点燃了,相问说:渡河,现在就渡河,你敢不敢让我虱子背虮子,跟上我折返一趟,做一回水鬼?惊白拊掌大喜,全然不明白这其中的门道,一迭声地答应了,却见对方抬起胳膊,奋力一投,将那一块大洋打了水漂,扔在了十几米之外,很快就被湍急的河水笑纳了。森林大哥绍介说:呵呵,真是没办法,这是我替你打点龙王爷的买路钱,等一下你就知道了,他这个人好说话,心肠也不赖。

亲爱如素识,惊白的内里登时潮起了一股感念的汁水,眼眶也湿了。森林大哥蹲下身子,将整个脊背交给了惊白,示意他赶紧趴上去,别再忸怩作态。哦,虱子背虮子,原来如此。惊白被这个可笑的说法逗乐了,依言而行,挂在了对方的身上,攀住他的肩膀,两腿夹紧,眺望着眼前这一条苍茫而勇武的河流,忽然间不再惧怕了,反倒生出了一份热爱之心。森林大哥尖喊了一声,让惊白吸足了空气,这才跃入了泾河,赳赳然地游向了对岸。

这一突变,令张汲水刚才打的保票彻底作废了,他率先慌乱起来,一个蹦子抢上前去,但河水就像一次警告,拦在了他的膝盖上,禁绝干扰。苏巴什同样追了过来,两个旱鸭子干着急,没办法,彼此怒目而视,牙齿也快咬碎了,恨不得活吞了对方。然而,一切都很平静,泾河水仿佛在日光下晾晒的一条羊毛毯子,带着泥壤的土腥味,在这一片谷底里开阔而明亮,甚至连一声喧哗也没有。究其实,山梁崖岸、旷原平川本来就是一张供桌,谁又敢说这条泾河不是菩萨面前的一瓶净水呢?

游到了对岸,虱子卸下了虮子,两个人靠在晒烫的石头上歇息,一点也不生分。太过瘾了,惊白觉得自己剔除了一块心病,了却了一桩夙愿,鱼龙惊变,革面洗心,如同做了一场美梦似的,而这一切全拜森林大哥所赐，于是禁不住崇拜起了对方。这么着，双方约定，在惊白逗留原上的这一段时间，每逢双日子，森林大哥便会放下手中的农活，前来慷慨授课，专门给惊白开一座小灶，直到他技成出徒、花落莲出为止。歇好了，现在该折返回去，但惊白忽然变了卦，任凭森林大哥说破了嘴，他却再也不肯充当一只虮子。

"求求你，我要是再让你背过去，凉州的那些贼娃子会笑死我的。"

"咦，那你凭啥渡河？"

"胆量。"

惊白拍了拍腔子，傲然道。

"乖乖，河里的鱼并没有胆量，鱼靠的是本事。"

"胆量才是第一等的本事。子非鱼，安知鱼没有胆量？"

卖弄完这句话，惊白便把自己扔进了河水中，笨拙地划了起来，狗刨的姿势，虽然行进缓慢，但终归是他凭借一己之力，尽显出了一介少年的无畏和勇毅。森林大哥相当老练，伴随在河水的下方，相隔一米左右，展开了长臂，悄然无声地为惊白托底，既顾全了他的自尊心，又排除了危险，彼此皆大欢喜。刚开始还呛了几口水，但惊白的灵慧显而易见，让他迅速找到了窍门，不仅学会了换气，手脚也逐渐地默契了许多，似乎他也是泾河岸边长大的子弟。叼了空，惊白的猴性再次发作了：森林大哥，你猜我是属啥的？你猜猜看！对方摇头，这并不是一个说笑的场合，安全才是唯一的缰绳。呵呵，我是属猪油的，我就是一坨猪油，真的不骗你，惊白诡谲地说。森林大哥失笑了：呸！你属什么不好，你偏偏要属猪油，你小心上了岸以后，被野狗一嘴叼走，将来去肥了田。惊白笃实地说：哈哈，因为我属猪油，所以才能惬意地漂在水面上，泾河也拿我没办法，因为油比水轻么，想沉也沉不下去。言毕，这一坨来自凉州的白猪油，挣脱了身边的保护，奋力地划向了对岸。

但是，惊白的恶作剧仍未结束。大概在距离河岸七八米的时候，他猛然间瞥见了苏巴什的狰狞、张汲水的愤慨，当即决定要以身试法，挑衅一下北疆人的这种德行和嚣张。这么着，惊白忽然失去了重心，拼命拍打着河水，大呼救命，而后攒足了一口气，一头扎入了水中，来了一个倒栽葱的姿势。岂料，惊白的小聪明简直毫无用武之地，顾得了头，却根本顾不上尾，两只脚片子还暴露在外面，留下了确凿的痕迹。北疆汉子可不是吃素的，尤其是马贩子出身的苏巴什，见此情状，不知其中有诈，突然甩开了那一根长绳，抛向了泾河，直接将绳头套在了惊白的脚踝里。

苏张二人不敢大意，一前一后地挽住绳子，一面呱喊，一面往岸上拉拽，感觉天也塌了，末日来临。不一时，惊白就像一条死狗那般，被强行拖出了泾河，身上连一寸布也没有了，精赤溜光的，惹得附近的娃娃们大呼小叫，纷纷跑过来看热闹。张汲水拔出刀子，吓唬了一圈，但没有人害怕，反而笑得更凶了。游击赶紧抓起地上的衣物，将惊白的害羞处遮盖起来，解开了他脚上的绳套。苏巴什跪在地上，捧住惊白的双颊，叫魂似的吼喊了起来；却不承想，这个浑蛋竟然张开了嘴，将一口水喷在了对方的鼻脸上。

"天呐，你活着就好，你能活着回来就好。"

"滚，你们快滚！"

众目睽睽之下，惊白觉得自己威风扫地、颜面尽失，简直算不上一个儿子娃娃。

"少主子，刚才万一有个闪失的话，你让我们咋活么？"

"住嘴！"

惊白虽然大喊住嘴，但他自己却不消停，突然张开了满嘴的狗牙，咬住了苏巴什的腿肚子，半天也不肯松口。恩怨结下了，虽说惊白后来有所懊悔，却也没有一个字的道歉，只能任由苏张二人去集市上喝酒解闷，眼不见为净。

事实上，日光之下，天命难违，在泾河岸边发生的这一切只是序幕。

回到了范家大院，惊白本想去睡一觉，但一件稀罕事吸引住了他。

在内院的门端外，两个秃头和尚支起了三块石头，石头上架着一片瓦，底下是冒烟的文火。待瓦片预热后，他们拿着筷子，从木盆里撰起一只死蛤蟆、一块龟壳、一副公鸡的红冠子，依次摆放上去，开始了烘焙。惊白煞是好奇，抱膝坐在一旁，仔细地观望着，心里头却在咒骂这两个出家人，如此地伤天害命，公然杀生，佛祖也不会饶恕他们。烘焙了约摸半个时辰，这几样东西彻底焦干了，一个和尚在石臼里捣龟壳，另一个将灶房里的案板放在地上，切碎了蛤蟆和鸡冠子，开始用一根擀杖碾压。渐渐地，惊白嗅闻到了一种药粉的气味，猜想他们八成是在配一个土方子，可能僧侣团里有人得了病。随口一问，原来是布虚法师的脊背溃烂了，病得还不轻，已经在床上躺了好几天，难怪最近照不上他的面。

惊白打算去探视一下，事先在嘴巴上抹了蜂蜜水，决定让布虚高兴高兴，或许也有利于他的病情。趸入了范家女眷们居住的庭院，院子里空荒荒的，竟然连一个人影子也不见，但惊白的鼻子尖，准确地摸到了布虚养病的那一间客房，亲热地喊了一声法师。撩起帘子，惊白跨进了房门，却突然弯下腰，干呕了起来，因为一股浓烈的恶臭仿佛倒塌的山墙，劈头盖脸地砸了下来，令其脏腑之间翻江倒海，简直恶心死了。失礼了，惊白赶紧收敛了情绪，忍耐着四壁之间的那一种味道，站在了床榻前，开始嘘寒问暖。

布虚法师正趴在凉席上呻唤，整个溃烂的脊背红肿不堪，布满了脓血，皮肉也咧开了嘴，恶臭就是从那一片盘龙的纹身上散发出来的。心领了，少爷你还是回去吧，这里比粪坑还臭，真是罪过呀，布虚颓丧地说。惊白卖弄道：哎呀，入芝兰之室，久而不闻其香；入鲍鱼之肆，久而不闻其臭！我可没那么娇气，我就想陪着法师唠叨唠叨，解解你的心慌罢了。惊白搬来一把椅子，坐在了病人旁边，刚打算讲讲在泾河里游水的事，却见布虚突然伸出手，捉住了他的腕子，语气悲怆地说：

"公子，我想托付你一件事？"

点头应承了。

"是这，等将来我死了，可千万别把我装在木头匣子里，千里迢迢地运回凉州，我不想臭烘烘地回去，我也不想变成一堆腐肉。唉，照着佛门的规矩，他们应该架起火堆，一把火烧了我，但是我知道那些贼不可靠,我也根本指望不上。"布虚的话犹若一口深井,携带着肃杀而悲凉的寒气,"惊白,到时候请你替我点火吧,这一根洋火由你来划着。"

"这大天白日的,法师你咋说起了夜里的昏话?"

"我的命来了。我预感不祥。"

惊白啐了几口唾沫,不想让天公地母知道。孰料恰是这一举止,令布虚更加感动了。

"别犯愁,谁还没有个头疼脑热呀,我刚刚瞭见他们在研药。"

"迟了。恐怕太迟了。"

"呔!你这个大和尚真是太吊诡了,竟然这样不知好歹,我说了一箩筐的好话,就是要让你对自己有信心,否则华佗再世,他也疗不好你的病情。可你怎么就听不进去呀?"惊白软硬兼施,喜怒参半,发心是善良的,又吓唬说,"你不争气的话,万一真的呜呼哀哉了,我可不点什么火柴,我偏偏要作践你,你走着瞧吧。"

布虚的伤口上落满了苍蝇,稍一动弹,他就疼得叫娘,而不是阿弥陀佛之类的。

"我烂了,我已经臭了。"

"呵呵,我倒有一个办法,等你咽气后,我就把张观察从棺材里请出来,想必他早已化成了一堆白骨,他也不会怨怪你的。"惊白绘声绘色地描述着,恐怖的语气令人毛骨悚然,"然后呢,我就把你装进那一口阴宅里,放上一窝老鼠、一窝蛆,我亲自押运到凉州去。"

"你个歹人,你这么乱嚼舌头,贫僧反倒是舒坦多了。"

"以毒攻毒之法。"

"不过,惊白你总归要失算的,因为你请不出来张观察,我敢打赌。"

"大和尚,你什么意思?"

"不,没意思,我也就是那么随嘴一说,刚才疼糊涂了。"

这一霎,惊白瞥见了对方慌乱的神色,料想布虚法师肯定说漏了嘴,来不及掩饰,只能用呻唤来替代他的窘迫。惊白放弃了打听,大不咧咧地抓起一把扇子,朝着溃烂的伤口扇来扇去,轰跑了那一群苍蝇。带着好奇，惊白捏住鼻子，上下左右地查看了一番盘龙的纹身，再次生出了戏谑的态度：

"大和尚，想必你是半路出家的吧？依我看，你这个人实在是太复杂了。"

"咦，公子你有什么高见？"

在布虚的眼中，惊白不过就是一个娃娃，还谈不上有什么城府，更不具备人事社会的经验，此刻的拉呱，他顶多就是在磨牙，不足为怪。惊白摇着扇子，盯望着那一条脓血缠身的盘龙，诡笑一声，便开始了揭短与奚落：

"你前半生要么是强盗，要么就是杀人越货的主子，出家则是后来的事。"

"嘿嘿，公子你这么有把握？"

"皮囊，你的这一副皮囊便是证据。"

"那你究竟是算命的，还是卖卜的？"

"呵呵，我既不会算命，也无卦可售，但我的眼睛会剖析腠理，明辨阴阳，这是当初尹先生在弘毅乡学里讲授的，这门功课我得过甲等成绩。"一旦占据了上风，惊白便不遑多让，接着伶牙俐齿了起来，仿佛大好河山，已被他悉数收入了囊中，尽在掌握，"喏，你的后背上原本有不少的刀痕和枪伤，这说明你曾经也是甘凉道上的一名枭雄；但是你天良未泯，估计还有一颗羞耻心，所以就在身上刺了一条青龙，抹掉了你以前的罪恶。"

"这个不假。谁都有过少年的时节，难免会胡作非为、嚣张一时，等老了才知道后悔。"

"后来你放下屠刀，遁入了佛门？"

"好我的公子，你到底是来念咒的，还是来索命的？"

"沾吉罢了。"

"无吉可沾。我现在就是个病人，愧对上佛。"

"大和尚，你身上一定有过重大的变故，这个变故让你幡然醒悟，于是遁入了空门。"惊白轻佻极了，犹如凉州谚语里所说的那样，娃娃给老汉讲前程，闺女给寡妇谈忍耐，简直不知深浅，乖张不已，"但是，自打咱们这一支慰问团离开了凉州地界，一路上走来，我虽然时常碰见僧侣们在设坛作法，焚香诵经，可从来就不曾嗅见过一丝佛的味道。"

"佛的味道？"

"对呀，你这样一个穿袈裟的，难道要请教我不成？"

"贫僧愚钝，这个还需要公子你来开示。"

恰在这时，门外咳嗽了一声，帘子挑开，聂玉端着一只托盘进来了，发现有客人在场，慌忙掉转过身子，面对着墙壁。非礼勿视，惊白登时腼红了脸，赶紧用扇子遮住了自己的目光，但终究忍不住内里的好奇，瞥望过去，心中哎呀了一声。天气太大了，范家大院犹如一座蒸炉，聂玉没皮没脸的，上身只穿了一件红肚兜，整个光滑而白净的脊背上，除了一根细绳外，再无他物。尤其是那一截腰身，那一段肚皮，简直就像木匠的刨子刚刚推出来的一块白桦木，布满了纹理、经脉与细小的血管，散发出一种异性的体香，让惊白的鼻子一直在告饶。惊白瞄了又瞄，暗自孵出了一身热汗，慌忙寻了一个借口，便打算告辞。布虚法师再次伸手，捉住了少年人的胳膊，释解说这个碎婆子专门是来上药的，她一个人难当此任，希望惊白帮衬一下，最好打打下手，并当场介绍了双方的姓名和身份。惊白拗不过这种邀约，但更多的则是一份快慰，真是瞌睡遇见了枕头，正中下怀。

聂玉收拾完床铺，用一块干净的手巾，蘸走了法师伤口上的脓血，等待晾干；又匆忙出去了一趟，捧着一壶凉茶回来，沏在碗中，催喊惊白赶紧解解渴，不必拘束。惊白的眼神追着那一件红肚兜打转转，须臾不离，发现从正面看，它似乎就是两只小水囊，波来荡去，上下摇曳，充满了魅惑与挑逗。聂玉转身时，惊白又从肚兜的侧面，瞭见那一对胸乳差不多就像凉州人做下的凉粉坨子，颤颤巍巍的，惺忪而饱满，令人垂涎。惊白的喉咙很干，浑身泛起了一种莫名的变化，腋下生汗，裆里燥热，下意识地夹紧了两腿，拼命地灌起了凉茶。

开始上药了，法师平卧着，聂玉跪在床上，惊白则捧着药碗，随时听令。药粉是刚才制作的，龟壳、蛤蟆和公鸡冠子的产物，惊白熟悉它的味道，有点呛人，忍不住打了几个喷嚏。喷嚏也会感染的，聂玉尾随而至，照猫画虎地阿嚏了两声，忽然一指头戳在了惊白的太阳穴上，娇嗔道：少爷你端稳了，小心撒了。惊白喜欢女人的责怪，热衷于这样的惩罚，但酝酿了数次，喷嚏再也发不出来了，只好偎下脑袋，抵近了对方。聂玉的手指很长，葱白色，拈起了一撮碗里的药粉，轻扬慢撒，仿佛一道灰尘似的，落在了那些咧开小嘴的伤口内。药粉不是盐，但它似乎比盐还要蜇人，法师拼命喘息着，颊脸上的咬筋一抽一抽，硬是没有喊出来，算得上一介狠人。

上第二遍时，聂玉更仔细了，撅起屁股，伏下了上半身，凝神静气的。惊白的目光跳进了那一件低垂的肚兜，这才看清了里面的全貌，它既不是两坨凉粉，更不是一对水囊，而是白雪雪的乳房，一左一右地吊挂着。恍惚中，那两颗纽扣大小的乳头，就像一双眼珠子，投来了不屑的神色，吓得惊白慌忙偏过头去，不允许自己如此无礼。然而，惊白越是抵触，目光却像一根绳子似的，越被拉紧了，绷直了，仿佛有一头野兽在跟他角力，一瞬间打败了他，扑向了那个妖媚的女人。聂玉在仔细地上药，身子骨就像一张弧状的满弓，整个下盘浑圆而饱满，那一段腰身也含蓄地散发出象牙白的光芒，肌肤下的一根根骨骼缠绵起伏，历历可数。惊白烧得不成，连耳朵根子也在发烫，随手搁下了药碗，谎称自己要去撒尿，遂一道烟地跑了出去，不再丢人现眼。

谁也没有挽留那一名凉州少年，似乎惊白的存在，跟范家大院关系不大，去留自便。哑默了半天，聂玉终于上完了药，收拾停当；布虚也一骨碌翻坐起来，长出了一口气。

"方子可靠么？"

"嗯，这次用的是猛药，郎中说只能以毒攻毒了，他是专治这种背疮的老大夫。"

"我问的是凉茶，那一壶凉茶。"

"管用。你其实瞧见了，他刚才已经开始尥蹶子了，头脚上下都是汗。"

答复道。

"那就好,你赶紧让他馋上你的身子,俘虏在你的裤裆里。只要能绊住他和那一帮承平堡的伙计,等我的伤势稍有好转,我就能轻松地进入陕西境内,甘肃方面的军阀再也奈何不得老子了。"布虚猛地抬手,一把扯掉了聂玉身上的红肚兜,变色道,"呔,你别穿得像一个娼妇,他可是凉州的少爷,大户人家的子弟,你千万不要吓坏了那只小公鸡。"

"他还是个生瓜蛋子,我实在不忍心。"

"芝兰当道,不得不除。你个卖沟子的,妇人之仁千万要不得,你仔细记住了。"

布虚切齿地说。

胡笳一百四节

夜饭是半盆子手擀凉面，上头浇了芹菜卤子，早就坨住了，惊白根本没动筷子。

前两天着实热疯了，但今晚夕的燥热又有所不同，似乎是由里而外爆发出来的，浑身的皮肉渐渐地膨胀起来，麻酥酥的，无形的火苗燎原不休，就算是一片禅林佛刹，想必也会被焚成焦土。扇子没用，身上泼了冷水也没用，爬上屋顶去吹夜风更不管用，惊白想到了一句话，心静自然凉，于是抱着那一块铁疙瘩坐在长工院里，耳朵搭在嘴子上，试图打探凉州方面的消息。岂料，凉州也并不凉，同样处于水深火热当中，这一年的夏季来得过早，腾格里沙漠上的火风，已经携带着一场场沙尘，扑向了镇番县、永昌县、武威城和平番县，承平堡自然也在沦陷之列。凉州哀鸣着，犹如一头困兽；这种错乱而无助的哀鸣声，穿越了一条甘陕大道，灌注在了地耳朵里，让原本寻求一丝慰藉与清凉的惊白迅速失望了，无枝可栖，无栏可凭。这还不算，蹊跷的一幕发生了，这块铁疙瘩突然通红无比，好像被腾格里的火风淬炼了一般，成了烧红的烙铁，吓得惊白赶紧丢开手，一个蹦子跳远了。

后来，惊白叉开两腿，掏出裆里的家什，朝着铁疙瘩撒了一泡长尿。尿水落下时，地耳朵刺刺啦啦地怪叫，漾起了一团热辣辣的蒸气，尿骚味十足，颜色也逐渐地深了下去。

碰壁之后，惊白索性仰躺在床上，盯望着头顶上发黄的仰衬纸，以及墙角的那一挂蛛网，临时编撰了一首歌诀，有气无力地哼唱开来：小雪大雪三九天，石羊河上把觉眠；天子呼来不上船，自称臣是梦中仙。然而，唱了十七八遍，惊白身上的热锅还在肆意翻滚，既不能扬汤止沸，也无法釜底抽薪，喉咙里艰涩透顶，头发也在冒烟；他绝望地趴在凉席上，拳头犹如雨点似的，砸在自己的脑袋上，真是连死的心也有了。不巧的是，惊白忽然发现枕头下压着一本书，拿起来一瞧，却原来是春宫册子。

闭上门，关住窗子，惊白剔亮了油灯，就像做贼似的，凑在一团光晕中，开始翻阅起来。贼曰的，谁拿来的，又是谁藏在了这间卧房内？这分明是冲着自己来的。但惊白的重重疑问只闪现了一刹那，便迅速消失了，全部的身心立刻被摁在了春宫册子上，不可自拔。实际上，惊白对这种东西并不陌生。在弘毅乡学念书时，一俟到了就寝时分，那个旧庙便成了一座淫秽的说书场，陈匹三和马眉臣主讲，一帮童男子老练地谈论着妇人们，往往到了后半夜才能歇止。陈马二人属于街痞和二流子，偶尔在宣讲的巅峰时刻，掏出来一两本春宫册子，让伴当们轮流欣赏，但也不是免费白看，一圈过去后，他们至少能赚一两角钱，这桩地下生意始终红火，不愁客源。惊白年岁小，起初还不好意思，藏在被窝里偷听，但后来壮大了胆子，凑过去偷窥上几眼，很快就被黑暗中袭来的蹄子踢开了，声称不许他变坏，怕烂了他的那一双大眼睛。目下，范家大院里静谧至极，这本春宫册子摊开在膝头，惊白俨然是在独享，觉得这个人世上最为火辣辣的机密，竟然来得太迟了，真是亏待了他这位少爷。

蘸着唾沫，惊白快速浏览了一遍，而后扣下心来，逐章捏句地慢慢过瘾。有的是彩页，有的则是线描，有的是全貌，有的却是局部特写，但无一例外，这都是惊白闻所未闻的世界。天呐，什么枕席之数，什么房中内考，什么生我之门、死我之户，什么老先生，什么擒王捣穴，什么伤精耕血、横睡倒眠，什么上面写品字、下面写串字……这无疑是人世上最淫邪的一本"绣榻野史"，直让惊白面红耳赤，心悸不已。末了，惊白停在了其中一页，画面中的那名年轻妇人硕乳丰臀，弓下了腰肢，一截象牙白的肌肤若隐若现，似曾相识一般。忆想了半天，惊白这才恍然，她或许就是给布虚法师上药的女子，姓聂名玉。

对了，聂玉远在天边、近在眼前，跟长工院只有一墙之隔，何不去寻访一趟？

惊白登时被这个念头攫取了，赶紧藏好春宫册子，换上一件干净的衣裳，趔出了院门。亥时刚过，原本山墙耸立、人丁稀少的内院，更是显出了空旷与冷寂的一面，除了溽热，除了那一两只啼叫的夜鸟之外。惊白踮起脚尖，逡巡了一大圈，到处黑咕隆咚的，他又在布虚养病的卧房前听了一耳朵，法师的鼾声像一把油锯，实在令人不堪。穿过一段游廊，在内院的一隅，灯光泼地，仿佛十二月的大雪，落在了窗前门下，让惊白忽然间获得了一份凉爽，不由得心中暗喜，真是不枉此行。

这一刻，聂玉正盘坐在床上，从针线簸箩里挑了一根黄丝线，用舌头抿了抿线头，凑在灯台下开始穿针。隔着窗口，惊白发现碎婆子的这间屋子里琳琅满目、香气袭人，简直就像武威城里最大的百货局，墙壁上贴满了花花绿绿的剪纸，横七竖八的绳子上，挂满了各式各样陇东特色的香包，在灯光的映衬下，让人误以为踏入了后花园，置身于植物的清冽气息当中。事实上，在遭受其他婆子们的长期排斥和冷落中，聂玉恰是凭着这一份女红，度过了几年的寒暑，心死了，也掐灭了逃离的念头。针鼻子太小，穿了几次，均告失败，聂玉气得一哆嗦，却不料想扎在了手上，血水缠绕在指尖，赶紧在簸箩里揪了一团棉花，捂住了伤口。惊白突然冲动了起来，三七不问，直接冲进了卧房，抓住聂玉的那一根伤指，含在了嘴里，兀自吮吸着。血水咸腥，很快就被惊白咽进了肚子里，然后举起指头查看再三，发现针眼被唾沫愈合了，还像往常那样葱白。惊白咧笑着，仿佛创建了一桩不世之功，等待对方奖赏。

聂玉浑身僵硬，塑在了床上，一语不发，但整个颊脸上彤红绯赤，连脖子也像搽了一层胭脂，呼吸急促。也就怪了，惊白抓住那一根手指不肯放下，忽然发觉自己浑身不烧了，凉爽而惬意，甚至窝藏在皮肉下面的那一群火蚂蚁也跑光了，不知去向。聂玉穿着一件单薄的衫子，袖子滑了下去，露出一截象牙白的胳膊，跟头顶上的大小香包那样，蕴含着一丝异香。惊白实在按捺不住，一边回忆着春宫册子，一边变成了狗，鼻子搭在了聂玉的胳膊上，一寸一寸地嗅闻而去，最后停在了她的腋窝下，贪婪地吸了一大口气，闭上了双目。

原本，一切都按照布虚法师的吩咐在进行，先是一壶下了春药的凉茶，然后是一本春宫册子，这个凉州少爷果然上了钩，携带着一团欲火唐突而至，公然地动手动脚。聂玉还瞥见了他下面的那一根肉橛子起了势，傲然地支起了帐篷。自打僧侣团霸占了内院之后，聂玉的依附和献身实属迫不得已；表面上看，这是对其他婆子的示威与报复之举，也是肉体的放纵，然而在内心深处，恐惧则是唯一的理由。不错，那些姐妹已经被押入了地窖，过去了这些天，谁也不曾往里面送过一个馍馍、一碗水，仿佛她们人间蒸发了似的，与这个院子毫无瓜葛。聂玉在服侍那个贼和尚的过程中，一方面当婊子，一方面做丫鬟，整天提心吊胆的，万般仔细，生怕惹恼了对方，也被关进地窖，从此暗无天日。聂玉甚至还估算过最坏的结局，一旦进入了地窖，要么瞧见姐妹们尸首狼藉，要么她们还活着，扑上来将自己撕成碎片，茹血啖肉，如同往日那样绝不留情。目下，这个凉州少爷果然来了，就像一只被春药控制的小公鸡，开始初次打鸣，并试图在女人的身上一尝云雨之欢，等天亮之后，他便成了一介男将、一名囚徒。聂玉心知，作为帮凶的她，只要在这一刻解开身上的衫子，露出色相和肉体，剩下的事情就要交给布虚法师。至于那个贼和尚再唱什么戏，她干脆懒得去计较，实际上也操心不上。这个关节上，惊白收住鼻子，蓦然睁开了眼睛，呱喊说：

"姐。"

聂玉一怔："你喊了个啥？你再喊一声？"

"天呐，你跟我姐一样香，真的一样。我敢发誓，你们是一样的味道，就算我离开凉州再久，我也不会忘记它。"倏忽间，刚才的那一种迷离与癫狂彻底飘失了，惊白的表情突然灿若晴天，连春宫册子上的一点点颜色也不见，嘻然道，"哎呀，要是不睁眼的话，我还以为我姐姐那个母夜叉追来了，正在给我去病呢；幸亏是你，让我逃过了这一劫。"

"咦，莫非我就做不成姐姐了？"

"我只有一个姐,她还在凉州,她叫权达云。"

"呵呵,有两个也无妨呀?"

"且慢,你先让我想想。"在这个深宅大院,在这个阒寂无人的夜半,惊白忽然觉得不妥,又忆想起了自己先时的鬼祟,以及身体内部的燃烧,慌忙别过头去,打起了退堂鼓,"我姐不会针线,也不会做香包,有时候我衣服上的扣子掉了,她也要去裁缝店里花钱。"

"这是在堵我的嘴么?"

"其实,你比我姐姐还香,骗你不是人。"

闲章中,聂玉一边失笑,一边盯望着这个单纯而饶舌的少年,渐渐地滋生出了一份母性的情愫,一种必须去关爱的迫切念头。这么着,聂玉发现惊白的一只袖子烂了,忙吩咐他赶紧脱下来,并抓紧换了一根黑线,认真地缝补开来。惊白赤裸上身,抓起一把锥子,剔亮了灯芯。聂玉的目光一紧,猛然间从对方的后背上发现了异样,相问说:

"怎么,你的脊背也烂了?"

"不,我这是香头子。"

聂玉一时间不解。

"香头子烫下的,自小就有了。也不知道当初谁在欺负我,还是在好心替我驱邪,反正我背着这七颗星星,就这么糊里糊涂地长大了。"惊白半蹲在床下,将整个脊背亮给了聂玉,讨好地说,"姐,你摸一摸,这些星星可是北斗的样子,一颗也不差。"

聂玉停下了针线,用一根指头开始数起来,突然大叫道:

"快跑,你快跑呀。"

"怎么了?"

"别问咋了,你快跑,赶快离开这个院子。"

但是,一切都晚了,也太迟了。

这时候,范家大院里人声嘈杂、骡马喧腾,偶尔还夹杂着枪声,漆黑的夜色也被摧毁了,炬火飞奔而来,照亮了半个天空。惊白面色木讷,不明所以,但是他从碎婆子的骇然与慌张上,发现事情不妙,或者说已经预感到了灾难降临。聂玉嚎叫一声,从绝望中抬起头,迈着一对小脚跳下了床，一把拽住凉州少年，双双冲出了卧房。待拐过游廊，跑进了内院当中时，聂玉摔了一个跟头，半天也爬不起来。惊白没了办法，只好架住她的半个身子，一边拖行，一边寻找长工院的方位。的确，一切都于事无补，范家大院的家丁们举着一根根燃烧的松明，洪水一般地淹了过来，当即将惊白和聂玉截停了，两个人变成了一角危险的孤岛。

火光下，当间垂手而立的那位不是旁人，恰是大地主范一挥。

"呵呵，良宵一刻值千金，我来得可真不是时候，让你们犯难了。"

"不，老爷。"

"住嘴！你个小娟妇，老子还没有死，你就夹不住裤裆了。你准备改嫁么？"

聂玉嘤咛一声，从惊白的光身子上滑下来，瘫软在了地上。但范一挥根本不在乎碎婆子的生死，盯望着眼前的这名少年，眉头紧蹙，狐疑地问："你是哪个？呔，你姓字名谁？"

"晚生徐惊白，来自凉州。"

"哎哟，你怎么是个娃娃，你还长了头发？你不是那个贼和尚呀？"

"不，在下是特别代表，凉州各界慰问团的特别代表。"

"拿下，快将这一对狗男女绑了！"

范一挥愤怒至极，突然断喝道。

另一厢，因为病痛的持续发作，也因为下午的这个土方子甚为管用，布虚法师轻松了不少，吃罢夜饭之后，便趴在床上，沉沉地入睡了。临睡之前，布虚端住一碗水，站在院子里漱口，瞥见了碎婆子房内的灯光，料定接下来的这一切，将按照他的筹谋逐一落实，不可能有任何的闪失。嘿嘿，只要那个凉州少爷，他一旦掉进了聂玉的肉窟窿里，整个慰问团轻则瘫痪，重则解散，刘北楼和张彝二人绝不会背这口黑锅，只有打道回府了。此乃上佛的赐予。最近一段时日，布虚还从来没有过如此恬静的梦，他梦见僧侣团业已甩掉了军部和武威县府的羁绊，也摆脱了承平堡的那些伙计，独立成军，连夜东进，一口气跨过了陕甘边境线，危险不再，终于发了大财，并且立下了重誓，此生绝不再入甘。这个梦简直太美妙了，以至于布虚在黑暗中乐不可支，笑声就像一群野鸽子，噗噜噜地振翅而飞，每一根羽毛都烁闪着天庭的光芒。

然而，眼前的现实却出乎意料，因为并没有什么天庭的羽毛，只有杀人的火光。

布虚惊醒后，稍一动弹，骤然发现自己早就被一根牛筋绳子捆绑在了床板上，后背的伤口再次发作，脓血像一道满汉全席，招来了成群的苍蝇。铁海从口鼻上放下了手，但污浊的空气仍令其皱眉，不敢张嘴，只是阴笑了几声。大地主范一挥料理完了隔壁的事，也挤进了门。不知是因为死里逃生，还是缘于捉奸的快感，他竟然一扫老态，全然没有了七老八十的样子，激越而亢奋，攥紧的拳头嘎巴乱响，恨不得活吃了这个被缚之人。反了，整个僧侣团彻底反了。布虚瞥见屋内与窗外的和尚们高举着松明，他一手拉扯大的这支队伍，如今站在了自己的对立面，成了仇人和敌手，他不由得伤感了起来，恓惶不已。布虚挣扎着，刚打算念诵一句佛号，却忽然放弃了，直感觉世事无常，他这一生的功德与罪孽，就像满把的沙子，最终从指缝间漏光了，如今只剩下了两粒，一粒叫因，一粒为果，报应循环，上苍在掐算着这个人事社会。事到临头，布虚仍不肯放下架子，喝问说：

"二把子，你从何时开始的，我指的是你变心？"

"唉，多说无益，也没必要。"

"嘿嘿，你没去我干爹的坟上祭奠，也没宰了这个姓范的，剜下他的心肝献给亡灵。是这，你们突然和解了，仇人变成了联手，那总该有一个媒人和说客吧？"布虚的心里一直在打算盘，可是屡屡打乱了，百思不得其解，"你实话让我知道，哪怕最后我死在了这一片原上，我只想安稳地闭上眼睛，也不枉了你我曾经是换帖的兄弟、磕头的情义。"

"认命吧。头把子如果你知道得太多了，反而舍不得去死。"

铁海再次拒绝道。

"温世良，为兄最后求你一件事。"

"这个好说，你尽管盼咐。"

"电台呢？我一直让你单独保管着电台，你赶紧拿来，当着我的面发一封加急电报。"算盘终于打清楚了，布虚知道这是最后一线希望，悲凉地说，"你替我向凉州方面发一封电报，他们自然会对你有所交代。我不会乞求你，我知道你也是一条狗。"

"坏掉了，那个鸡巴早就坏掉了。"

"死要见尸，你快去给我拿来。"

"那好吧，我现在就去砸烂它，让它给你陪葬。"

言毕，铁海捂住了口鼻，掉头而走。

在这样一个失魂落魄的夜里，布虚绝望地发现，范一挥竟然神态自若，摸出来一把木梳，打理他那一部花白的胡须，仙风道骨了起来。念及自己一夕成囚，不仅众叛亲离，大半生的心血付诸东流，就连脊背上的恶疮也不肯宽恕他，布虚便不再胆怯，也不再恐惧，忽然间诡笑了出来，款然道：

"唉，我先走一步，你后来，下一个准定是你。"

"这个难说，天老爷还没下帖子呐。"

"杀父之仇，你小心为妙。"

"呸，杀我的是谁，这并不要紧，重要的是我现在还活着，这叫吉人自有天相。"范一挥收起梳子，长须蓬松，下巴上带着傲慢之气，又倚仗着他这一世的精明与诡诈，诛心地说，"法师，你趁早念念经，最好再替自己积攒一份阴德吧。呵呵，我打算过几天办一场婚事，冲冲喜，让那个凉州少爷娶妻生子、落户扎根，这座范家大院或许将来就是他的。不，肯定是他的，我一点也不后悔。"

"你是说惊白？他，他要跟谁成亲？"

"碎婆子。"

"聂玉？聂玉那个娼妇？"

愕然道。

"你看你，你道行太浅，你一点也不留口德；现在我相信了铁海法师的话，你就是一个披着袈裟的贼寇，你的孽罐子早就满了。"范一挥接住了家丁递来的那本春宫册子，翻看了几眼，忽然扔出了窗外，喝令一把火烧了,"哼,像这种册子,原上多得是,根本就不足为奇,所以你也嫁祸不了那个凉州少爷。虽说碎婆子不淑,不恪守妇道,但毕竟是被你这个贼人所陷害,我答应给她放生,再赐她一门姻缘,这岂不是皆大欢喜么?"

"你别太得意,惊白他可是凉州正经人家的公子,他不会就范的。"

"他们已经认了干亲,他喊聂玉为姐。"

范一挥如实相告。

"嘿嘿,如此一来,你便将这一桩辱没门风的丑事,消灭在了范家大院里,人鬼不知,天地不闻。"布虚知道,他这一世的生门正在慢慢关闭,马上就要合上了,机会不再,遂哀恳地说,"老太爷,我手里有一批上品鸦片,这个原上由你说了算,我现在孝敬给你!"

"大烟膏?我老了,我抽不动它。"

"你个老驴日的,那可是金子,鸦片就是金子呀!"

颓丧道。

"我不穷,我有的是钱,你收买不了我。"

范一挥掸了掸袖子上的灰土,咧笑时,意外地露出了一排金牙。

胡笳一百五节

太平驿在泾水左岸，横跨陕甘两省，属于西兰公路的一条便道。

尚未进入镇子，车胎就爆了，瘫痪在了一段狰狞的砾石上。勤务兵和司机拌起了嘴，吵得一塌糊涂，互不相让，竟然是因为车上没有备胎，按律足够枪决了他们。孙远峰倒也不急，跳下吉普车，点头首肯后，司机熟练地卸下了车胎，一路滚动着，去了太平驿补胎。不一时，勤务兵麻利地烧开了一壶水，沏了春尖茶，刚拿出干粮，却被孙远峰制止了，说稍等稍等，待客人来了之后，大家一同用餐吧。突然，附近的冈峦上传来了一两声枪响，接着又开了几枪，勤务兵不敢大意，将长官拽到了车后，迅速掏出了驳壳枪，循声望去。孙远峰不惧，一边吹着缸子里的茶叶，一边交代说，快把桌子支起来吧，客人到了。

列位，这名来客不是旁人，恰是凉州各界慰问团之军方特别代表刘北楼是也。

带着张彝，刘北楼冲下了山岗，制服和军帽早已被露水打湿了，颊脸上沾着树叶的汁水，恍若青面兽杨志。望见山坡下面的那一辆吉普车时，刘北楼一边欣慰，一边替故友叫好。这家伙不愧是黄埔武汉时期的青年俊才，神算子一个，早就掐准了这一条线路，料定这是泾河通往太平驿的必经之地，所以便在这里守株待兔。他乡异地，此刻与昔日的同窗重逢，刘北楼不胜有天涯之感，赶紧拽开了手脚，一道烟地跑了过去，扑在了对方的脊背上，狂喜不止。笑罢了，刘北楼将张彝喊过来，替双方介绍了一番，又彼此立正，互敬了一记军礼。

罐头呢，我要的牛肉罐头呢？在刘北楼的催喊下，勤务兵迅速支起了一张折叠桌,将军中的各种罐头食品摆好,咬开一瓶酒,注满了几只搪瓷缸子,招呼众人落座。孙远峰挑了其中一只罐头,用钳子撬开铁皮盖口,纯牛肉的,却被刘北楼一把抢走了,搭在鼻子上,贪婪地嗅闻了半天,陶醉地说:哎呀,好几年没吃这玩意了,真是馋疯了,做梦都在流口水,今天我可要一饱口福。孙远峰道:呵呵,恐怕牛肉罐头也只是一个借口吧,你馋的其实是军中的那种氛围。北楼兄长期远避河西一带,在中原大战期间袖手旁观,做了逍遥翁,我就不信凉州无牛可吃?这样一讲,刘北楼更加来劲了,拔出匕首,将罐头里的牛肉悉数切碎后,仰首倒在了他的嘴里,一面咀嚼,一面含混地说:远志其人,乃北楼之知音也,在武汉时期就最懂我,虽说你现在飞黄腾达了,但依然不忘旧情,念及这一份同窗之谊,专程在这里迎候劣弟,真是让人感动不已呀。笑声泛滥而起,一干人相互礼让,先后围坐在了桌旁。

但是,在凉州期间的孤寂,这些年积攒下来的苦闷与无助,恰似一口滚沸的蒸锅,终究要释放出来。刘北楼举起缸子,率先说了一句,来,革命尚未成功,随即一饮而尽。同志仍须努力,干,孙远峰应答之后,也是一滴不剩。不错,这种对白乃是往昔里的一份美好记忆,也是在武汉时期同学联谊会上的口头禅,好像不这么说一句,酒水便寡淡了,内心的激情也无从抒发。孙远峰渐渐喝热了,摘下了军帽,刘北楼诧异地说:远志,你的头发怎么白了,白得这么厉害?对方款然一笑:革命么,这一场革命就是为了催生华发,等将来中国统一后,说不定还会返老还童,回到咱们的少年时代,值得,这一切都值得。这种浪漫主义的腔调,一下子引起了刘北楼的共鸣,连续碰了好几杯,豪情万丈地说:的确,豁出咱们这一代人的青春和生命,只要求得国家之统一、百姓之康宁,让和平像这个无风无雨的夏天一样,流布在广袤的国土上,你我又何必吝啬这一颗头颅,舍不得这一腔子热血呐。孙远峰回敬了一杯,慨然道:北楼兄不愧是政训员、一名激进分子呀!远志真应该邀请你去军营里做客,给全旅官兵做一次宣讲,以提振士气、鼓舞军心。刘北楼摆了摆手,辩解说:不,现在的中国不需要口头革命者,需要的必然是实干家,还需要一大批坚定的忠臣孝子，去夯筑地基，去铸造未来，至于演说什么的大可不必。忠臣孝子？呵呵，北楼兄你的这个说法很是新鲜呀，难怪你抛下了凉州，亲自来到了作战前线！那天接到你从平凉发来的电报，远志他简直高兴坏了，只可惜……孙远峰刚打算交底，却见刘北楼不胜酒力，呼哧一声，趴在了桌子上。

在这个过程中，张彝不吃不喝，甚至连缸子也没碰一下，始终塑在凳子上，耳食着他们的说笑。罪过，真是罪过，孙远峰一面自责，一面脱下军装，盖在了刘北楼的脊背上，又转身而来，招待凉州客人。张彝欠了欠身子，开腔道：

"阁下，你不是孙远志旅长吧？"

"呵呵，还是你眼尖，你一下子就看破了。"孙远峰承认后，摸出来一支香烟，叼在了嘴角，"在下孙远峰，孙远志旅长是我的孪生弟弟。他们有很多年不曾见面了，也难怪北楼兄一时间没认出来，可能是我们兄弟俩太像的缘故吧。呃，抱歉，我是来替弟弟跑腿的。"

"孙旅长拉不开栓，所以让你全权代表？"

"确实如此。你应该知道的，中原大战已经在打扫战场，阎锡山和冯玉祥垮掉了，蒋介石成了胜利的一方，西北军十七师师长孙蔚如即将率部入甘，我弟弟奉陈珪璋之命，仍旧驻守泾川，以迎王师。"孙远峰牢骚满腹，喋喋地说，"狗屁，全都是狗屁，泾川县的裁缝铺子加班加点，正在赶制一大批旗子。等着瞧吧，过不了一年半载，又得再换花样。唉！陕西那边放个屁，甘肃这里就能听见炸雷。旅长派我来跟你们洽谈，临走前仔细叮嘱了我，说一切需求，尽可满足，你们不妨开诚布公，我回去了也好复命。"

面对这样的慷慨与磊落，张彝也是来不及思想，相告说：

"是这，我跟北楼兄一再合计过了，打算将这件事消灭在甘肃境内。"

"借兵？"

"一个连就够了，用不了半天时间。"

"对了，他从平凉发来的电报中，隐约地提及过此事，但细节不很清晰，或许是人多眼杂的缘故吧，所以才约定了今日，在太平驿面议。"孙远峰叼着烟卷,始终也不肯点燃,微笑道,"北楼和远志同出一个师门,在武汉时期就彼此莫逆、相互欣赏。我还记得,他俩的恩师视察完河西一带、返回内地的时候,在泾川逗留了一个礼拜,可没少夸赞,将这两个人视为得意弟子,并预言说他们的前程不可限量。在下有幸,今天前来迎候二位。"

"的确,进入平凉地界之后,北楼兄就欢喜不已,一路上念叨着孙旅长的威名。"

"草船借箭,古已有之,敢问你们如何打算?"

"是这,劫了这一支凉州各界慰问团。"

张彝截铁地说。

"什么?二位身为慰问团的特别代表,岂有监守自盗的道理,准备让天下哗然么?"

"不,准确地说,应该是劫了这一批鸦片。"

"鸦片?"

失声道。

"嗯,上品的鸦片,敦煌的罂粟基地秘密特制的一批优质烟土,这背后的主谋乃是凉州军阀,也是马家军的重要财路之一。根据北楼兄和我在一路上的侦查与分析,数量巨大,十分隐蔽,显然是一根难啃的骨头。"张彝点了一根洋火,喂给对方,孙远峰勉强点着了香烟,合上了眼皮子。张彝又道:"只有劫下这批鸦片,切断他们的财源,才能阻止凉州军阀的这一台战争机器。否则,一旦让它流入内地的话,这场乱局将没完没了,最终祸及的是这个国家,以及广大的劳苦百姓。阁下,这便是北楼兄和我的唯一心愿。"

"劫它并不难,那么得手之后呢?"

"事成之后,当效仿当年的太子太保林少穆,他在虎门销烟,咱们也要将其一把火焚毁在泾河岸边。唯有如此,甘肃才不至于沦落为罪恶之渊薮、战争之发动机,也才能驱逐军阀、实现共和。"

"用得着一个连的兵力么?"

"阁下,对手并不弱,他们可是武装到了牙齿。"

"什么人?"

"僧侣团。"

"和尚？出家人不去打坐念经，干么持枪弄棒的？"

"所以说，凉州不凉，它其实是一堆地火，只不过被这个国家暂时忽视了，小看了。"

这时候，孙远峰慢慢睁开眼皮子，丢掉了烟头，抓起半缸子酒水，碰了过来。张彝赶紧迎合上去，在搪瓷缸子砰然作响的那一霎，他相信对方首肯了这一计划，双方达成了协议。一口气干完后，孙远峰瞥望着附近的冈峦与丛林，冷不丁地问：

"刚才你们开枪了，有什么异常么？"

"嘻，打了几只野鸡。"

"胡闹，真是两个天真分子。"

"对不起，离开范家大院时，总得找个借口，所以我们谎称进山打猎，假如手上没有战利品的话，岂不是遭人怀疑。"天真分子，张彝闻听这样的指责，鼻脸唰地红透了，辩白说，"本以为原上和太平驿相距不远，看来地图也不可信，山中的樵夫和采药人更是乱嚼舌头，光这一座山梁，浪费了我们整整一昼夜。"

"万里赴戎机，关山度若飞，早就有人这么说过了。"

孙远峰罕见地抒情了一句。

"啊，此乃关山呀？"

其实，太平驿之约，早在半个月前就敲定了。

凉州的这支人马抵达了平凉城之后，照例要休整与补给，一干人轮换着，分别上了崆峒山去游玩，刘北楼却婉拒了，将自己关在驿馆内，也不知他在搞什么名堂。张彝有些担心，在黄昏时敲开了房门，发现刘北楼正在写大字，床头脚下铺满了西和县的麻纸，林林总总的，反正只有四颗字：平定西凉。张彝大惊，忽然记起这正是"平凉"一词的由来，当即断定刘北楼决心已下，准备在这里摊牌了。原本，在赶路的时候，刘北楼就零星地透露过，这件事最好解决在陕西境内，一方面容易摆脱甘肃势力的盯梢，从容行事，另一方面进入西安城之外，上可以揭发纠举，下可以召集各家报馆，将这一桩丑闻捅出去，搞得天下皆知，撕破地方军阀的伪善面目，全国共讨之。喂，你相信宿命么？刘北楼突然发问。张彝指着地上的字纸，坦承道：我呀，我原先不肯相信，但经你这么一提醒，平定西凉，这四个字恐怕就是冲着咱们来的，那我也只好随顺天命，唯北楼兄马首是瞻了。两只手迅速握在了一起，带着激动和颤栗，丢开后，张彝发现自己的手心里沾满了墨汁，湿漉漉的。

　　隔天一早，刘张二人便出了城，直奔平凉驻军陈珪璋部所在地。

　　不巧，陈珪璋去了天水，尚未返回，但凭着凉州军部出具的全套手续，两个人受到了殷勤的接待，对方十分礼遇。借了一部电台，屏退了外人，刘北楼坐在通讯室里，很快就恢复了指尖上的记忆，先是给新城大营拍了一封电报，呈报马长官，告知一切如常，无须担心。而后，刘北楼照着老师当初留下的地址与番号，检索了通讯室的相关记录，几乎不费吹灰之力，直接跟驻扎于泾川县的孙远志取得了联系。同学相见，自有叙不完的往事与情义，一番热络之后，刘北楼开口借兵，而且是整整一个连的兵力。孙远志更是痛快，扬言别说一个连了，我这个旅长的位子也是北楼你的，只盼你赶紧来，咱们也好抵足而眠、聊个痛快。但是，鉴于那一带毗邻陕甘边界，刘北楼还是留了一手，盯望着墙上的军事地图，不知深浅地挑了一个未知的地点，名叫太平驿，并说定了会晤的日子。

　　那日傍晚，刘张二人率领部下，进驻了范家大院，安顿完毕后，便火急火燎地闯入了长工院，打算叮嘱一番惊白。因为路上的延宕，加之在泾河岸边跟僧侣团的分歧，距离约定的日子很近了，再也不敢耽搁。岂料，在见到惊白的那一刻，这个凉州少年面对着一轮夕阳正在发症，呓语不断，什么晚霞像一张刚刚宰割下来的马皮，什么落日是一颗血淋淋的马头，云云。说者无意，听者有心，刘北楼的内里咯噔一下，忽然潮起了一种牵挂的情绪，眺望着西陲的方向，不免黯然神伤。交代完，待其他人识趣地走开后，刘北楼却又别生枝节，谦卑地央求惊白，可否动用一下他的法器，透露一点点凉州方面的消息。惊白揶揄道：啧啧，你这是儿女情长、英雄气短呀！恭敬不如从命，我这就照办。刘北楼答复说：呵呵，无为在歧路，儿女共沾巾，等你再长大一点，你也许就懂得我的现在了。惊白蹲下身子，耳朵搭在了嘴子上，将喇叭口朝向了西天的方向，仿佛这一块铁疙瘩就是他的登云靴，也是他的千里眼与顺风耳，端坐于云端之上，已然瞭见了祁连山下那一片沃美的绿洲。

听了半晌，惊白大概是听累了，露出了疲沓之相，坐在地上喘气，相告说：一切无恙，沈小姐安好，她肚子里的娃娃也安好，你尽可放心吧。刘北楼一时嘻然：我信你的话！那你再给我说说，阁兰她此时此刻在干么，我要听细节，越多越好。惊白回说：现在当然是吃夜饭的时候呀，梁华和梁凤担心沈小姐的营养不够，特地给她熬了米油，贵夫人咥了一碗半，居然是这么大的海碗。政训员瞭见惊白一再地比画着，夸张有余，事实不足，但心中陶然不已：梁华、梁凤？这是何方神圣呀，我怎么就没一点点印象？惊白道：饭婆子，这姐妹俩是一对冤家，一个针尖，另一个麦芒，但只要她们在朱家嘴子伺候沈小姐，你就别挂念了，尽管放一万个心吧！不过，惊白唏嘘了一句，告知说：沈小姐最近有些泼烦，她的两只脚肿得太厉害了，据说这就是怀上娃娃的症状；关系不大，梁华答应改天去一趟城里，替她买一双大号的布鞋。一重喜，一重悲，刘北楼心绪复杂，借口他们要去附近的山上打猎，叮嘱惊白诸人看管好慰问团的财物与车马挽具，随后便退出了长工院。

实际上，直到天明之际，这支所谓的打猎队才正式出门，又被耽搁了一夜。

耽搁的原因，在于刘北楼回到前院后，将自己关在屋子里，徘徊来去，决定要给妻子沈阁兰写一封长信。铺开信纸，拿起墨水笔，前七八页写得相当顺利，几乎是一气呵成，充满了久别之后的思念，以及浪漫主义的文风。刘北楼问候了妻子，还用了相当长的一段篇幅，幻想了孩子出生之后的美丽新世界、未来的中国，包括和平之下的灿烂笑脸。但是，在即将结尾的部分，或许是激情所致，也或许是为了表达一种男子汉的英勇与果决，刘北楼隐讳地提及了即将发生在这一片原上的重大事件，并夸口说他将一战成名，将来的历史必定有他浓墨重彩的一笔，甚至不惜以"陇上林则徐"而自居。祝福我吧，美丽的阁兰；赐予我力量吧，我亲爱的妻子；保佑我吧，让我在平凉的土地上，平定西凉，刬除这个旧世界的一切毒素，剜掉它们身上的全部腐肉，相信那一座河西首郡，正在张开臂膀，等待着一名战士回家。

也就奇怪了，发现还剩下一点墨水，刘北楼不想浪费，于是又铺排了一段，掏心挖肺地告诉妻子，这一项秘密行动并非万全之策，随时充满了危险，成则王侯，败则贼寇，但已经箭在弦上，不得不发。为了强调自己正在出生入死，也为了塑造个人的果敢形象，在最后一个段落，刘北楼竟然笔尖一滑，伤感地写道：阁兰，等到了秋风吹拂凉州的季节，倘若我还不曾返回家中，不能迎接我们的孩子降生，那一定是我战死沙场、为国捐躯了……但是，即便如此，一个老旧生命的陨灭，换来了新生婴儿的啼哭，这无论如何都是一种莫大的荣光，我必定在九泉之下朗朗大笑，我的笑声将越过河山、穿州过府，站在凉州的树林里，每一片哗哗作响的叶子，其实就是我对你们母子（女）的问候与致意。云云。

写毕了，刘北楼又通读了几遍，折叠起来，塞入了信封，地址照旧是武威城外的承平堡，委托顾山农转交。这一刻，天麻麻亮了，刘北楼拧上了笔帽，挥泪而出。

再说当日傍晚，在政训员离开长工院之后，惊白也没动弹，兀坐在原上的那一片晚霞当中，定睛打量着身旁的地耳朵。忽然，惊白发现铁喇叭的边口上，竟然有一坨厚厚的血迹，半干半湿，慌忙揩了一指头，果然是血红色，也不知道它从何而来。内心一紧，多半是害怕凶兆，惊白呱喊了起来，北疆汉子们纷纷跑过来救驾，也是一头的雾水，木然不解。苏巴什蘸着唾沫，同样揩了一指头，含在嘴里咂摸了半天，断定此乃马血，一定是又咸又涩的马血。怎么了，凉州方面究竟发生了什么？我前些天还梦见了承平堡的枣红马，也就是那一匹流霞，它跟我没说几句话就飞走了，我瞧见它长了一对翅膀，真是怪哉呀，惊白骇然地追问。到底是游击，泰山崩于前而不变色，张汲水拎来了一桶水，一边用抹布擦洗铁疙瘩，一边释解，说这有啥大惊小怪的，下午来范家大院的时候，少主子的这个法器就挂在辕马的身上，不信了你们去马厩里瞧瞧，那个大牲口的皮毛肯定被蹭破了，难免会流血呀。如此一讲,迅速平复了惊白的疑心,内里登时展阔了起来,犹如一间亮堂堂的明屋。

洗罢之后,铁喇叭除去了这一路上的尘土与疲倦,重新安静下来,焕发出一种金属般的踏实感。伴当们回去歇息了,长工院里空寂无声,惊白却怎么也睡不着,于是摸黑下床,将地耳朵支在了窗口上,对准了凉州的方向,埋下头去谛听。

倏忽间,这只神秘的法器逐渐苏醒了,动用了它全部的灵性与力量,将远在千里之外的朱家嘴子,毫无保留地奉送而至,呈现在了凉州少年的脑海中。不错,正值傍晚时分,武威城外的天光,此刻还没有散尽,在那一座新打的庄子里,忽然传出了一阵咿咿呀呀的吟唱,俨然是顾山农的声嗓,有点沙哑,也有些锈迹斑斑。这个关节上,梁华从灶房里走出来,将洗锅水泼在了树坑里,冷不丁地问道:

"少东主,你为啥天天唱《赵氏孤儿》,你就不能换一个么?"

"能唱好这个就不错了,我不图别的。"

"哼,太恓惶、太勾人眼泪了!你最好唱喜兴的曲子,别让大家心酸。"

旁侧里,梁凤正在缝制一只老虎模样的小枕头,蓦地偏过头去,请教伴奏之人:

"这个响器可真古怪,沈小姐,它叫个啥么?"

"冒顿潮尔。"

"什么,你再说一遍?"

"胡笳。你记住了,它的汉名叫胡笳。"

沈阁兰答复道。

折叠桌上,用酒液画下的一幅范家大院的地形图已经干了,慢慢消失了。

如何巧取,如何一举歼灭僧侣团,缴获那一批上等鸦片,真是颇费工夫,双方商议了整整半个时辰,这才有点眉目。半途中,刘北楼酒醒之后,一迭声地道歉,又在附近的山涧里洗了一把脸,终于轻松多了。饶是如此,在给孙远峰讲解具体的行动细节时,刘北楼酒嗝不断,带着牛肉罐头消化之际的不祥气味,令人作呕,纷纷掩住了口鼻。这时候,司机从太平驿回来了,一路扬尘,滚动着那只补好的轮胎,并利索地上紧后,按了几声车喇叭,等于宣告这一次会晤的结束。

"行动之前,会有人提前联系的,你们不可妄动,不要擅自做主,北楼兄切记。"

"大概在哪天?"

"不,我马上就要赶回旅部,将你们的这个请托报告给远志,让他来拍板。"孙远峰知道分寸,似乎从不逾矩,笃定地说,"事发突然,依我的猜测,估计也就在三两日之内吧。"

这一霎,刘北楼终于放心了,咧笑道:

"哎哟,你们兄弟俩可真像,难怪我刚才走了眼,真是太失礼了。"

"不必,这种误会是经常的。"

孙远峰言毕,脚跟一磕,率先敬了一记军礼。刘北楼赶紧戴上军帽,系住了纽扣,同样回敬了一个,又忽然扑将过去,将对方搂住,紧紧地贴在了胸口上,半天也不肯松开。眼眶濡湿了,他的内里潮起了一股温润的汁水,这是来自当年同窗共读时候的情义,不掺假,不做作,跟孙远志患难与共、默契于心,在其中一方求援的关口,必定要施以援手,相互扶助。刘北楼甚至哽咽了起来,满腹的话语,竟然吐不出一个字,脑袋埋在了孙远峰的肩膀上,只想让这一刻永久停下,千万不要流逝。张彝知道政训员已经失态,催喊了几嗓子,刘北楼这才丢开手,长叹一声,仿佛刚刚从南柯一梦中苏醒。孙远峰始终在微笑,指着自己胸前湿溻溻的汗印子,揶揄道:

"北楼兄,你可给我颁了一枚勋章呀!"

"太热了,劣弟刚才情不自禁,还望阁下海涵。"

"的确,泾川一带的麦子快要黄熟了,这个鬼天气,简直比一瓶烧酒还让人难受。"孙远峰挥手告辞,一条腿已经迈进了吉普车,回首道,"再见,咱们后会有期。"

"等等。"

刘北楼一道烟地追了过去，站在车门前，从衣兜里摸出来一封信，交在孙远峰的手中，叮嘱他不必走军邮，最好在经过泾川县城时，随手投寄在当地的邮政所。依据后来的事实，孙远峰果然一诺千金，让这封信顺利地启程了，一路往西，大概在一个半月之后抵达了武威城外的承平堡。但是，天意弄人，这封充满了滚烫情感的家书，后来竟然意外地成了刘北楼的绝笔，成了遗书，因为悲剧已经开始了。

　　返回范家大院的途中，照旧要翻越那一座关山的余脉，刘张二人在冈峦上布置的观察哨也陆续撤回，人马聚拢在了一起，枪管上挑着打来的野鸡什么的，羽毛黯然，血水凝固。不料想，刘北楼忽然变了卦，命令自己的手下挖开一个坑，将猎物悉数扔进去，仔细填埋了。这还不算，尤其激起张彝不满的，却是刘北楼接下来的一系列诡异举止，他竟然点了三支香烟，插在那一堆新土上，而后磕头如捣蒜，嘴皮子里密密麻麻地叨念着，也不知出于何种动机。一干人候了许久，刘北楼仍不罢休，张彝实在是气不过了，喝问说：

　　"呔，拜什么不好，你偏偏在拜野鸡？"

　　"不，我这是在赎罪，我再也不想杀生了，我要认真积攒一些功德，为将来计。"刘北楼洋溢着笑脸，拍净了膝盖上的泥土，释解说，"我老婆有孕在身，像这种伤天害命的事情，我以后还是少干为妙，我的手必须干干净净，以后还要抱孩子呐。"

　　张彝蹙住眉头，感觉政训员的身上有了一丝变化，莫名的改变：

　　"难怪么！"

　　"咦，你到底想说什么，不妨直言？"

　　"天真分子。北楼兄就像一名刚刚跨出校门的毕业生，容易轻信，也喜欢伤感。"

　　"呵呵，天真有什么不好？我以为这是你对鄙人的最高嘉奖。"

　　刘北楼踌躇满志地说。

胡笳一百六节

北疆汉子们已经乱作一团，仿佛被寒霜打过的秧苗，生机不再。

事发当晚，这些粗手陋脚的家伙，结伴去了一趟附近的镇子里，等他们各自揣着一肚子的酒水，于下半夜返回长工院时，一切已经枉然，惊白被囚成了板上钉钉的事情。唉，不要脸的水，苏巴什在墙根下呕吐完，一连抽了自己十几个耳光，半边脸也肿了，就像一块玉米发糕。张汲水瘫坐在地上，一边垂泪，一边捕捉着隔壁院子里传来的动静，听见惊白在大声叫骂，在不停地咆哮，心知少主子还活着，这才略微安心，于是赶紧召唤伴当们连夜商量办法，寻一个万全之策。到了公鸡打鸣时，天光已经笼盖在了这一片原上，范家大院清晰如昨，北疆汉子们这才结结实实地吵完了群架，竟也没找见什么门道，去解救自己的当家人。

一夜过去，整个范家大院成了一座武装堡垒，风声鹤唳，时有枪声响起。

实际上，大地主范一挥的家丁们，只是在院墙外游走与警戒，而真正控制了内部局势的，则是僧侣团这一支剽悍人马。图穷匕见，既然双方撕破了脸皮，已经化友为敌，铁海法师，不，温世良便也不再假惺惺地客气了，二把子变成了头把子，柴汉忠的死活就成了一颗烫手的山芋，令其左右莫是，嘴角上也上了火，急出了一片水泡。范家大院里应有尽有，温世良挑了一件长衫、一顶礼帽，鼻梁上还额外架起了一副石头镜子，恍若一介塾师，也好似一名前来做客的商人，真是身心自在，如鱼得水。这之后，僧侣团的成员们也纷纷除下了身上的袈裟，将那些鸡巴僧衣堆在一起，一把火烧光了，又各自换上了新衣新裤，仿佛集体还了俗，将沙门里的清规戒律统统抛之于脑后，心中毫无愧怍，开始巴望着新当家人发一句话，大家也好坐地分赃。劳碌了大半夜，众人已经青皮寡脸、饥肠辘辘了，温世良赶紧下令，让手下砸开了那一扇地窖的门，将范一挥的六个婆子释放出来，轰进了灶房，另外还宰了羊，杀了鸡，烟囱里冒出了一股股热烈的柴烟。也就奇怪了，这些婆子虽然被关在地下，长达数日，但她们靠着一麻袋洋芋，苟全了性命，此刻回还人间，无不欢欣而雀跃，在案板上各显身手。这一路走来，僧侣团虽然也在偷食荤腥，但此刻没有了顾忌，众人彻底放开了肚子，啃完的骨头连狗也嫌弃，狗知道碰见了一帮吝啬鬼。

或许是警觉，也或许是为了给大地主拧紧螺丝，温世良命人赶来了一辆马车，停在前院里，当着范一挥的面，直接用撬杠拆开了那只神秘的长箱子。在麦草和油布下，竟然藏着两挺机关枪、十几支步枪，以及大量的子弹与炸药，吓得范一挥哆嗦不止，眼睛里灾星四射，终于放弃了此前的嚣张气焰，蔫头耷脑了起来。温世良逡巡了一大圈，亲自选择了几处绝佳的射击角度，命令手下人加紧就位，将整个范家大院严密封锁，箍成了铁桶一般。布防完毕，温世良将自己关在屋子里，打开电台，火速发出了一条电文，也不必等待回答，因为范一挥正在门外恭候，邀请他前去喝茶。

落座在凉亭内，斥开了丫鬟们，双方互视一眼，尴尬地笑了笑，随即各自抱拳，说了不少吉祥的话。往日的血仇，曾经咬碎牙齿的恨意，酝酿了将近二十年的报复手段，在这一刻里悠然消失了，仿佛这茶碗之中的袅袅蒸气，羽化在了空气中，不着痕迹。温世良拍了拍大地主的额头，讥诮道：嘻，你别出汗，想杀你的话，你根本见不到今个天的日头；我早就饶恕了你，咱们现在算是买卖上的连手，力出一孔，心想一处，这样才能真正发大财。范一挥拼命擦汗，堆笑说：头把子说的是，哎呀，我当时已经跪在了先大人的灵牌前，因为这辈子作恶多端，人神共愤，我其实只求一死，最好给我来个痛快的，却不承想，你竟然法外开恩，让老朽从刀子下讨来了这一条老命；自今而后，你就是整个范家的佛祖和菩萨，我要单另设一座佛堂，专门供你。温世良拔出匕首,搁在了桌子上:不,你如果想供,那你以后就供它吧,它昨天没剜掉你的心,没剖开你的肝肠,也没喝上一口你的血,一定会记仇的,你要仔细善待它。这句话如同一道咒语,更是让范一挥汗下如浆,谄媚道:头把子,老朽愿意退居次席,这个院子以后由你说了算,由你来做主,我甘愿带着几个婆子,搬到隔壁的长工院去住,再把门洞封起来,咱们井水不犯河水,各自逍遥。温世良一再摇头,抓住匕首,在刀刃上啐了一口唾沫,喟叹说:哎呀,你跟我之间的杀父之仇罢了,我也不再追究了;但这个家伙没喝上你的血,它至今还在喊渴,肯定渴坏了,你作为老东家,总不能慢待吧?范一挥仍然不解,哀告说:头把子,我这辈子积攒下来的金条,全都埋在这个院子里,至少有七八窖,我现在想买你一句话,只要你肯答应,换我一个寿终正寝,它们就全部归你了。闻听此话,温世良突然恼了,手起刀落,将桌子的一角砍下来,掉头欲走。

范一挥慌忙下跪,抱住了对方的大腿,不停地哭噎,开始了新一轮的乞求。温世良重又落座,一把揽住了大地主的长髯,另一只手举起刀刃,慢慢地刮削,仿佛他是一名待诏,应邀上门打理似的。胡须被刀子毛毛糙糙地剃光了,乱草般地堆在脚下,温世良道:你看你,你非要逼我对你动刀子,现在我动完了,这一笔血仇已经两清,你再也不要老狗记起千年屎,让我恶心。到底,范一挥也是这一片原上的主宰,经见过大世面,听见话里有话,赶忙顺着温世良的目光瞥望而去,于是一拍脑门,立刻恍悟了。

沏上热茶,温世良伤感地说:唉,按理说,柴汉忠的确对我有恩,更是我磕头的兄长、换帖的情义,我不该起心动念,生出这一份杀心。但是没办法,这支队伍继续跟着他走下去的话,恐怕将来没一个活口,我不得不站出来,阻止他的疯狂。范一挥很不习惯,摩挲着光秃秃的青下巴,附和道:头把子,这个我懂,我太知道你的菩萨心肠了!布虚法师,不,姓柴的那只老狗打算吃独食,罔顾了你们二位的情分,既然他翻脸在前,把事情也干绝了,那还不如给他一次体面的葬礼,送他上路吧。温世良的伤感愈发沉重了,啜了一大口茶汤,太烫,忽然吐在了脚下:其实,也不能说这个僧侣团是假的,当初我们跟着柴汉忠落发剃度,归隐在了寺里,那也是迫不得已,为了逃避官府和北疆人的追杀;但是,在吃斋念佛的这么些年里,他却连一天的佛祖也没信过,反而是我铁海,成了一名死心塌地的沙门弟子,一不杀生,二无妄念。那你说说,我又如何能拿起这一把刀子,去割断他的喉咙呀?终于,范一挥接住了匕首,唎笑道:法师,我信你的话,你一直不肯宰了我,原来是你慈悲为怀、善心大发,但这个恶名还是让老朽来扛吧,你稍事歇缓,我这就去剜掉他的心,提来了让你过目。温世良不解:呸,你干么非要剜心,你最好利索一点,别让他太遭罪了。此时,范一挥扬了扬手中的凶器,阴笑道:呵呵,这伙计没喝上老朽的血,它现在一定是渴坏了,投桃报李,我马上就去伺候它,让它吃醉了再回来。

这么着,大地主趑出了凉亭,一口气跑向了内院,根本不似一介古稀之人,反而脚步高迈,气息匀称,犹如庭院里突然闯入了一只饿狼。

岂料,两院之间的大门打开后,范一挥突然钉在了地上,错愕万分。眼前,一帮酒气熏天、粗头乱服的北疆汉子,齐刷刷地跪在了门口,各自被一根长绳所捆缚,五花大绑的样子,乍见大地主现身,纷纷磕头求饶,开始替少主子徐惊白说项。负荆请罪,范一挥的脑海中闪现出了这一折子戏,让本已是阶下之囚的他恍惚了大半天,干脆接不住这一份抬举,不免惶惑。收起刀子,范一挥干咳了几声,这才问清了对方的身份与来由,先时的紧张与戒备,此刻就像一场薄雪,融化在了溽热的天气当中,代之而起的,却又是这一方霸主的傲慢,暗自思忖说:日翻天了,老子的这个院子,如今竟成了一座烂戏台子,什么人都敢来,什么人也都敢唱。

苏巴什泪下如雨,求告说:老东家,我家少主子一向清白,他还是个娃娃,一个童子,别说通奸这回事了,即便你让他看一眼隔壁人家的闺女,他的脸也会红上三天两夜;这纯属栽赃,这也是陷害,还望你老人家明察呀!旁侧里,张汲水却毫无眼泪,愤怒像一根扭曲的筋,布满了他的整个面庞,切齿道:呸,狗眼看人低,我家少主子身世高贵、门风沉厚、家教深稳,就算将来要娶一位少奶奶,那也得是黄花闺女、大户人家的千金，怎么能轮到碎婆子的头上，老东家你啃不动的馍馍，旁人也懒得下嘴。苏巴什的怊惶泛滥不已，又说：老东家，这件事很灾难，这分明是有人往你们范家的锅里头吐痰，借你的火，还要破你的财；你老人家乃是陇右名宿，素孚声望，千万要多长一两个心眼，不要被恶人所误呀！不过，游击的话来得更直接，也更加尖锐：老东家，实话让你知道吧，所谓明有王法、暗有神，天老爷并没有瞌睡，天老爷一直清醒着呢，将一切都看在了眼里！其实这一场罪孽的幕后主谋，不是别人，恰恰是被你们拿获的那个贼和尚，他法名布虚，他的俗名叫柴汉忠。

闻听了这些喋喋的说辞，范一挥觉得乱糟糟的，仿佛有一把铲刀在剐削着墙皮，粉尘四起，落满了他内心的每一个角落。或许是年纪大了，记性坏了，也或许是放不下架子，范一挥斟酌着这些细节，一时间不知道该如何应答。这个关节上，温世良从身后闪了出来，摘下鼻梁上的石头镜子，突然掏出驳壳枪，枪口戳在了游击的额头上，呵斥道：

"狗日的，柴汉忠这三个字，能是你叫的么？"

"老子一直这样叫他，现在还叫！"

倔强地说。

"咦，他不是叫布虚，人称布虚法师么？那你们又是如何知道他的俗家名字的？"

"忘记仇人的名字，那我还不如去吃屎！"

"什么仇？何种恨？"

"世仇！血恨！"

"呸，你这个杂种，你在撒谎。"温世良腾出另一只手，猛地扯掉了游击腕子上的那一串佛珠，瞄了一眼，"其实你们早就心存贰心，图谋不轨。这是布虚法师随身的东西，它怎么在你的手上？"

"这并不奇怪，因为那个老贼的贴身护卫，被我淹死在了粪坑里，恐怕已经喂了蛆。"

"怪我疏忽，原来你们早就动手了。"

"呵呵，那家伙可是个硬茬子，我在提前替你打扫外围。"

枪口抬升了起来，似乎这是特赦，给了对方一个辩解的机会。

话说这一夜过去后，北疆人吵完了群架，终究是计出无门，各有各的道理，各有各的念想，眼看着就要成了一盘散沙，分崩离析。这个关节上，苏巴什忽然捧起自己的那只残手，心如刀绞，忆想起这半生的仓皇与奔波，不就是为了今日，为了当年的一个血誓，为了带少主子回家，去重振北疆的家业么？目下，变起肘腋，天塌地陷，少主子竟然被无辜扣押了，被囚禁在了隔壁的院子里。这一墙之隔的距离，俨然是生与死、黑与白的界限，谁的头上都着了一堆火，谁也不甘心如此受辱，去做一个裆里没肉的软蛋。没有燃香，苏巴什干脆烧了三根筷子，插在半碗黄米中，款款地供在了桌案上，而后率着北疆的伴当们，面朝凉州的方向，陆续跪了下去，先是磕头，接着叨念开来，行礼如仪。像往日那样，这一干人刚刚吐出老主子的名讳时，忽然间悲声大作，如丧考妣，差一点淹死在了泪水当中。见火候已到，苏巴什喝问说：诸位，咱们是谁的人？众人答：续门的人。又问：哪个续？答：续命的续，续大人的续。再问：除了老主子，咱们又是谁的手下？答复说：救孤团的伙计，续门的死士。追问道：既然是救孤团的一员，那当年的血誓还算不算数？汉子们真是心碎了，齐呼道：以血洗血，以命换命！苏巴什最后问：的确，血不可白流，命不能白丢！那咱们到底图了个什么？于是，伴当们给出了确凿而清晰的答案：救孤！救少主子！救惊白！

听罢，苏巴什打开行囊，掏出一个布包袱，最后举起了一块斑驳古旧的马头牌。

谁都没瞎，谁的心中都有一盏灯，谁也都知道，此乃当年续大人的法牌，更是整个北疆最大的贩马集团的信物、家族内部的神祇。法牌乃枣木所刻，黑中带红，红中蕴黑，一颗马头目射精光、满面威棱，仿佛在飞行，也好似在嘶吼，虽然额顶一带被摩挲得发亮，但是通体上下，浸满了这个人世间的种种遭际，包括岁月的跌宕与磨折，奇崛沉郁，元气浑沦。北疆灭门惨案发生之后，也就是救孤团成立的当天夜里，这块马头牌传到了大姑爹的手上，续门的死士们正式拜他为头把子，随即展开了长达十几年的秘密搜寻，彼此执念，克尽厥职,从来没有过一针一毫的动摇与懈怠。此刻,苏巴什亮出这一件信物,等于大姑爹现身于眼前,众人莫敢不听、莫敢不从,巴兮兮地盯望着对方,单等他一声令下。

不承想,苏巴什却格外简单,叮嘱道:劫了就跑,看紧少主子,杀回凉州。

僧侣团的布防重点,自然放在了前院,因为那一辆辆停放的马车上,皆是真金白银,这也是温世良背叛的唯一理由。日光暴晒,热气蒸腾,范一挥的家丁们要么在大门外的树下打盹,要么在廊檐下乘凉,交换着关于碎婆子裤裆里的逸事,简直乐翻了天。对这些上天入地、飞檐走壁的北疆汉子来讲,擒获几名家丁,就像打个喷嚏那样简单。得手后,大家迅速分头审讯,将各方的情报汇总起来,这才获知了昨晚夕的详细内幕。惊白虽然还活着、还囫囵着,基本无碍,但是通奸的这一重大罪名,已经扣在了他和碎婆子的头上。大地主范一挥狡黠而精明,为名誉所计,他在范家祠堂里告知了列祖列宗,一纸休书,休掉了聂玉,又立刻放出风去,打算将这个可怜的女人,嫁给一名过路的凉州少爷,并由他亲自主持这场婚礼,企图博取一个范大善人的美誉。天呐,听罢这样的真相,北疆伴当们简直惊呆了,大家原本是来当死士的,怎么就成了喜客,新郎官居然还是少主子惊白。

带着这个毁灭性的消息,大家开始颠三倒四,决定去问问当事人。

在内院身后的范家祠堂里,惊白和聂玉早已狼狈万状,形如罪囚,分别被捆绑在柱子上,脱逃不得。范一挥留下话说,除非这一对男女乖乖臣服,在列祖列宗的面前,答应了这一桩婚事,否则绝不开释。挣扎了大半夜,叫骂了一上午,惊白的气焰与怒火仍旧炽烈,不罢不休,闻听门外传来的脚步声,他赶紧攒足了一口唾沫,准备啐在大地主的鼻脸上。孰料,来的却是承平堡的伴当们,一个个仓皇不安,拖曳着哭腔,大有主辱仆亡的架势。但是,因为碎婆子在侧,加之她衣衫不整、酥胸半裸,北疆汉子们并没有抢上前去解绳子,而是回避了,纷纷掉转过身子,用脊背去面对他俩。惊白咽下了唾沫,调侃说:咋样么?你们喝了一肚子不要脸的水,你们倒是快哉了,却陷我于不仁不义；这个冤仇先挂在账上，等将来再结算吧。张汲水道：少主子，我愿意领十块惩牌，再罚我一年的薪资。苏巴什也说：我领二十块，再按照家里的规矩，接受两次鞭刑。不过，这些都是日后的账目，眼下最急迫的事情，便是要将少主子解救出去，只要闯出了这扇门，咱们不愁回不到凉州。这一刻，难题摆在了桌面上，等待惊白的决断，其他人无权插手。

不，我的脑子没瓜，我不会认输，也不能那么软弱；我一旦逃跑了，将来就负谤难明，一世龌龊，再也没有了伸冤洗白的机会。果然，惊白选择了强硬路线，执拗地说：况且，我还是凉州各界慰问团的特别代表之一，我起码要等刘北楼和张彝回来，当面澄清这个事实；否则的话，这支队伍将寸步难行，别说下江南，恐怕连陕西的门槛也摸不着，忽然就树倒猢狲散了，如此一来，我又怎么给凉州方面交代？苏巴什耐下性子，苦劝了半天，惊白的心里却像横亘着一根车轴，绝不掉头，也不肯转弯。哼，我拍屁股走掉了，我姐姐该咋办？惊白瞥望着身边的聂玉，有点邀宠的意思。苏巴什诧异道：你姐？大小姐在哪？少女主不是在凉州么？这么着，惊白哈哈大笑：远在天边，近在眼前，她是我半路上拾来的姐姐，我捡了个金元宝，就算那个贼和尚绞尽脑汁、机关算尽，他也绝不会料到，小爷我还有如此高明的一手。笑疯了，惊白笑得几乎快要断了气，身上的绳索也狰狞起来，俨然盘成了一只粽子的形状。又说：呵呵，狗财东真是善解人意，居然在筹办一场婚事，这就好，这样也省得我去庙里开销了；等一拜天地、二拜高堂之后，我再跟姐姐互拜一下，岂不是等于换了帖、盟了誓，结成了这一世的金兰情义？北疆汉子们听见这种丧心病狂的话，心里头的算盘彻底乱了，开始怀疑少主子的脑筋是不是错乱了。

趁着苏巴什劝服的工夫，游击退出了范家祠堂，折返回内院，并循着那一股恶臭的气味，顺利地找见了布虚法师。此刻，布虚仍旧趴在床板上，被一根根绳索捆绑着，但手腕和脚踝里，各吊着一块石锁，整个人就像一只摊开的肉蛤蟆，动弹不得，更遑论逃跑了。张汲水捂住口鼻，查看了一番布虚的脊背，那一条盘龙完全溃烂了，脓血不止，连空气中的苍蝇也懒得光顾，实在是令人反胃。伙计，求你了，你快去把窗子关上吧，我讨厌外面的桃花，布虚哀告道。游击不为所动：咦，这个季节没桃花呀，桃花早就谢了。布虚说：花谢了，但桃树还在，总之贫僧见不得它，你赶紧帮我去把窗子关上吧。这一霎，凭着过去的经验与遭际，张汲水立刻恍悟了，奔上前去，将两扇窗子卸下来，踏上了几脚，当即踩成了一堆劈柴。

伙计，你到底是谁？布虚探问说。游击失笑道：呸，老子可不是伙计，老子是专门来索你狗命的人，你的孽罐子终于满了。岂想，布虚却毫不在意：呵呵，我的仇家太多了，想杀我的人也是不计其数，但你好歹要告诉我一个来路、一个根由吧？这么着，游击忍住了呕吐的欲望，俯下身去，搭在了对方的耳畔：哒，续门的人来了，北疆续门。

果如所料，这句话就像一把尖利的锥子，让老贼抽心一疼，惨烈地嚎叫了出来。

回到了祠堂，张汲水发现结局已然明朗了，苏巴什落了下风，正抱拳作揖，泣告道：少主子说得在理，我们这帮子粗人擅闯内院，惊吓了老东家，此刻又在祠堂里吵闹不休，这确实给凉州抹了黑，也给承平堡丢了脸，我们这就去负荆请罪，求得主人家的宽赦。惊白简直得意极了，凭着一根三寸不烂之舌，竟然驯服了这些狂燎烈焰之徒，大有招安天下的睥睨之感，遂叮嘱说：喂！你们只管去请罪，至于我跟姐姐结拜之事，半个字也不许泄露，否则你们每个人自领五块惩牌，再被慰问团除名，以后就一别两宽、各自安生吧。这时候，张汲水决绝地说：少主子你尽管放心，除了去请罪，我们还要办一件陈年旧案。只要讨来老东家的一份口谕，今个天就在范家大院里，咱们来一个三堂会审，押着柴汉忠那个狗贼慢慢过堂，也好让惊白你滴血认亲，从此知道你自己的血脉和根苗，不要再这样糊里糊涂地做人了。闻听此话，惊白眉头一皱：什么柴，柴汉忠是何许人也？苏巴什接过了话茬，哀恸地说：少主子，你有所不知，他可是续门的死敌，咱们北疆亲戚们最大的仇人。

不再多言，苏张二人率着伴当们离开后，分别将自己捆成了一名囚犯，前去请罪。

这一刻，听罢了北疆人的简短陈述，温世良和范一挥相视几眼，彼此咧笑开来。在前者的心目中，柴汉忠这个烫手的山芋算是完蛋了，劫数到了，也不再困扰整个僧侣团了。因为承平堡的伙计们自有道理，现在恨不得撕碎了他、活吃了他，而温世良将不沾血腥，手上干干净净，既保持了体面，又在喽啰们的注视下，彻底洗脱了叛逆的嫌疑。大地主的兴奋却在于，随着布虚一死，这个老贼跟碎婆子之间的奸情将化为乌有，他也避免了杀戮，不会在夜里做噩梦，以后仍旧是这一片原上的土皇帝，横行无忌，高高在上。笑罢了，温世良点了点头，范一挥立刻领会了，抓住刀子，将北疆人身上的绳索陆续斩断，感觉这比杀人要容易许多，不免骄矜了起来，抬手去摸自己的长髯时，却意外地扑空了，寸草不再。温世良掸了掸袖口，蓦地抱拳一揖：

"三堂会审，诸位的意思是？"

"呃，等了将近二十年，黑发熬成了白雪，把少年也熬成了老汉，再也等不起了，这是我们北疆亲戚们最大的心病，今个天要连根拔掉它。"被释之后，苏巴什突然心猛如虎，依稀看见了希望，赶紧还上一礼，恳求道，"铁海法师，不，头把子，你就发一句话，遂了我们这些孽障人的念想吧！"

"敢问，这哪来的三堂？杀一个老匹夫，还用得着如此唱戏么？"

"实不相瞒，头把子你贵为一方，老东家也是一方，我们这些寒碜的北疆子弟，专为复仇而来，当然也算一方。"话说至此，苏巴什一时潸然，哽咽道，"三堂会审，只为了当年的续门惨案，也是为了给过去的一名孤儿叫魂，这件事马虎不得。"

"孤儿？什么孤儿？"

诧异道。

"惊白。"

"徐惊白？就那个凉州少爷、特别代表？"

"不错，少主子他原本姓续，续命的续，续香火的续。"

苏巴什回眸，一指祠堂的方向。

胡笳一百七节

审判必须在公堂，而公堂又是现成的，就在明月朗照下的范家大院。

暮色垂降，犹如一道森严而幽秘的帐幕，斥退了这一片原上的喧嚣与酷暑，单独将这座民间公堂拱卫其中，迎向了夜空中的月亮。实际上，月亮就像一块上苍御赐的匾额，恢弘地悬挂着，似乎不着一字，但是将无垠的清辉洒落下来，洒向了人世间，磨洗着地上的一切生灵，令清白者清白，让黯淡者黯淡，各归其位，各安其命。偶尔，墙外的树林里腾起了一两只黑老鸹，翅膀擦刮着屋脊掠过，仿佛惊堂木一般哇哇乱叫，更是平添了一份庄重且肃杀的气氛。在月亮的强势辉映下，那些灯笼与松明火形如一群闲汉子，无所事事，只得蹴在一旁，哑默地围观着即将上演的这一幕三堂会审。

范一挥并不省心，吆喝家丁们搬来了一张长桌，权且当作了公案，将温世良让在了上首，他自己则谦逊地选择了末座，感觉这一夜过去后，范家大院头上的晦气和邪祟，将要涤荡一空。公案上并没有任何一件法器，相反却摆放了一些零嘴与水果，尤其是那一壶新沏的茶，让温世良大为开怀，偏过头去，询问这种茶叶的来路。大地主一时嘻然，绍介说麦客子们来了，比往年提早了半个月，因为今年热得早，他们割完了陕西的麦子，最近进入了甘肃境内，等收拾完原上的庄稼后，还要沿路向西，一直割到敦煌和猩猩峡之外，这一年也就算结束了，新茶叶便是麦客子们孝敬的，听说产地在汉中。温世良啜饮着，口舌生津，一种类似于傍晚的清凉漫溻而下，甚是惬意，随口问那些麦客子的下落。范一挥撇了撇嘴，遥指长工院北侧的方向，相告说已经将那些下苦人安顿在了牲口院里，八成在吃夜饭吧。这时候，温世良从舌尖上拈起一根茶叶，说这不是汉中的，它应该产自甘肃武都一带，这个茶叫龙井。范一挥不谙此道，拎起茶壶注水，哼哼哈哈地敷衍了过去，谁也没有在乎。

惊白是被家丁们绑架来的，公正地说，这也是他性子刚烈、自讨苦吃的结果，非要替自己和碎婆子讨一个清白，却又无人理会。刚一落座，惊白瞥见了大地主，登时火冒三丈，叱问说：喂，婚宴呢？这是你答应的婚宴么？什么菜，十八碗还是满汉全席？范一挥颇觉尴尬，回说：看戏，大家先看戏，等唱罢了再商量。惊白的目光扫视一圈，了然道：哎呀，原来是范家在唱堂会，这想必也是在为婚礼预热吧，但不知是哪个班子？凉州四喜班，还是西安的易俗社？见无人附和，惊白又道：至于唱戏么，本少爷以为还是首推顾山农，所谓举贤不避亲；别看少东主他是我哥，嗓子也早就坏掉了，可他一旦开口的话，那一种专注与洒脱，却是无人可及，堪称梨园典范。顾山农，温世良玩味着这个遥远的名字，他似乎以前在哪里灌过这么一丝耳音，但也没有把握，遂询问说：少爷，你说的这位顾班头，他最拿手的本子是什么？惊白突然灿烂开来，答复道：哎呀，当然是《赵氏孤儿》，这个我敢打保票。

这个关节上，月亮微微一颤，又清亮了些许，随即拉开了幕布。

说到底，北疆汉子们终于遂了心愿，竟然借助于僧侣团的内讧，便将仇人擒获了，即将过堂，即将开铡问斩，报了这一世的血仇。柴汉忠仍旧像一只肉蛤蟆那样趴着，四个蹄子上悬挂着石锁，绳子嵌入了皮肉，后脊背上脓血斑斑，散发着恶臭。在游击的吆喝下，伴当们连人带床板，呼哧一声，将柴汉忠抬出了破损的窗口，径直停在了那一棵桃树下。

死寂了片刻，柴汉忠睁开眼睛，仰看了一圈周围的状况，瞭见了温世良、范一挥、承平堡的少爷，以及刚才伺候过他的这一帮野汉子，心里头其实并不恐惧，只知道该来的还是来了，不早，但也不晚，趁着他害病卧床的工夫突然动手，他如今众叛亲离，俨然成了一只待宰的羔羊，听凭对方的处置罢了。自从被缚，自从沦为了孤家寡人之后，柴汉忠将这一辈子仔细地捋了一遍，发现自己血腥气太重，手上有几十条人命，即便他后来归隐在了佛门，那也不过是挂羊头卖狗肉，求一个心安，求一夜好觉，但那些冤魂是绝不会放过他的。目光一挑，搭在了月亮的身上，柴汉忠发现今晚夕的月亮略有亏欠，不像凉州的那般饱满，犹如一块银元失手落地后，磕掉了一个角。不过，柴汉忠并不打算指责月亮，转念一想，假如他还有一点点福报的话，天老爷允许他死在这样的月亮下面，也不失为一种慰藉。届时，月光像一块刚刚擀成的羊毛毯子，覆盖在他的尸首上，而他已经魂魄升天，脱略了这一具肉身，逃离了病痛，再也不受腌臜之气了，这无论如何都是一种成全，不枉他在人世上走了这一遭。柴汉忠张看着众人，欸笑说：

"铡刀呢？用绳子，还是用刀子？"

无人答复。

"二把子，念在你我结交一场的份上，我有个请求，你务必要满足我。"柴汉忠试图侧转过来说话，但绳子太紧，力气不够，只得放弃了，"毙了我吧，干脆你给我一颗子弹，那样痛快一点，也不必你们劳神费力，大家都轻松。"

"抱歉，这个我说了不算，我只是来给你送行的。"温世良的声音像蚊子。

"那么谁在做主？"

"续门。"

这个关节上，苏巴什抱着一件东西，踉跄地闪出了人群，一边号哭，一边单膝跪地。柴汉忠相当不解，他一没死，二没有孝子贤孙，咋就有人提前举丧，来替自己哭灵了呀。苏巴什扯掉了皮罩子，原来是一只旧香炉，双手捧起，搁在了仇人的脑袋旁，又带着一种电击般的颤栗，从怀里掏出来那一块马头牌，插在了香炉当中。柴汉忠枕着右颊，先是瞭见青铜香炉的一侧，铸造了一颗汉字，但这个字笔画繁复、形状吊诡，一时间难住了他，竟也不曾辨识出来。但是，当目光攀升、洒在了枣木雕刻的那一颗马头上时，柴汉忠蓦地打了几个冷子，浑身孵出了一层鸡皮疙瘩，恍惚觉得它似曾相识，可搜肠刮肚之后，却又一无所知。月亮也不曾闲着，月亮在天上慢慢蠕动，一只黑老鸹划过天幕，倏忽间搅动了这广袤的月色，一切都开始了躁动。柴汉忠突然发现，这颗马头动怒了，表情狰狞，已经张开了血盆大口，牙齿嶙峋，甩动着颈项上的长鬃，正朝着自己扑将而来。或许，记忆就是在这一刻爆发的，就像一匹夤夜飞奔的快马，蹄铁擦出了火花，随之照亮了一条长路似的，柴汉忠终于认出了香炉上的那一颗铜字：续。

"啊啧啧，看来我的死期真的到了，你们果然是续门的干将。"

"你知道就好，这样你就死得踏实了。"

"唉，将近二十年，我金盆洗手、皈依佛门，大概也有十三四个年头吧，我还以为北疆的那一把大火早就灭了，续门的人也已经散伙了，仇恨应该像一坨干牛屎，被一风吹净，但是天老爷故意跟我作对，在我临死之前，又让我出这个洋相，我真是心有不甘。"柴汉忠由衷地抱怨着，本来一求速死的，而今却成了慢性病，成了钝刀子割肉，他的心里头着实凉了大半截，"伙计，你们快动手吧，当着续门的香火、续门的信物，用我的这一腔子血水，祭奠北疆的那些亡灵，从而宽赦了我，顺便替我开一张路条，我也好去阎王爷跟前报到。"

"狗日的，亏你还记得那一场大火，那一桩灭门惨案。"

"死了三十几口人。"

"还有八百一十三匹良马，全部烧成了灰，连门齿和火印也没有留下。"

苏巴什啜泣道。

"真的，那一把大火烧完以后，我就知道自己的狗命到头了，我每个夜里做噩梦，我在白昼天提心吊胆，我怕喝水会呛死，我怕走路会摔死，我还怕续门的人前来寻仇，将我千刀万剐，剁碎了去喂狼，我每一天都不得安生。"将死之人，其言也善，柴汉忠忏悔说，"披上袈裟之后，我其实根本修不来佛法，我也没有一寸福田，我唯一的功课，就是天天跪在佛祖的面前，为北疆的那些亡魂焚香祷告，祈求他们早日转世，远远地避开我，不要再碰面。"

"法师，我最后喊你一声法师，念在佛祖和菩萨的面子上，你帮我一个忙吧？"

苏巴什忽然合十，态度软了下来。

"续门的血债，我不能不还。什么忙？"

"帮惊白认亲。"

"认亲？"

"嗯，现在也该到了少主子认祖归宗的时候了，但这件事过于麻缠，我们身为续门的下人，可信度还在两可之间，惊白未必会相信。俗话说，解铃还须系铃人，你是当年的祸首，只有你亲口讲出来，灌进他的耳朵里，说不定才能开了天眼，让他知道自己的血脉和根苗。"苏巴什挥手一指，凄凉地说，"狗日的！你仔细瞧瞧吧，那个叫惊白的少年人，他就是你当初追杀了好几年的孤儿。他还活着，他没死，他就坐在公堂上，他正在看你呐。"

"孤儿？难道他就是续大人的独子？"

"正是。"

"惊白？惊白他不是姓徐么？"

诘问道。

"哼，这不过是当年的一个误会。在你布下天罗地网、疯狂追杀的那些年，续门的人也不甘束手就擒，一路南下逃命，最后才将孤儿送进了武威城。真的，慈善堂里的那些嬢嬢都是活菩萨，她们收留了惊白，但是耳朵听岔了，明明说的姓续，却听成了徐，可这又有啥关系呢？只要少主子活泼泼地健在，北疆人哪怕天天去喝凉水，心里也是烫的。"

柴汉忠的眼角湿了，但表情古怪，似乎在酝酿着什么阴谋，末了道：

"看来，我还没有输光，我也没有惨败。"

"那你打算恶人做到底么？"

"不，麻雀还有三两的脾气呢，况且是我。"柴汉忠忽然有点松快，仿佛摸到了一扇生门，放肆地笑出了声，"除非宰了我，现在就宰了我，嘿嘿，但凡我有一口气的话，我绝不会让你们如愿，让续门突然有了惊白这只瓜，接续了香火，将来东山再起，一统北疆。"

"狗日的！你方才还在告饶，一再悔过呐。"

"现在不了，因为我抓住了惊白这一根稻草。我不承认，续门就无望，而你们这些下贱的伙计，岂不是等于白白奔忙了半辈子么。"

柴汉忠笑得更猥獗了，吓得附近树上的黑老鸹也吞声不语。

但是，笑声仅仅跑出去了五步之远，便突然刹住了车。柴汉忠冷不丁地觉得脊背上一阵子瘙痒，蚀骨的瘙痒，仿佛有一大群蚂蚁筑了巢、坐了窝，开始在这一片领地上作乱，大吃二喝了起来。虽然被捆绑着，但柴汉忠就想知道其中的原因，于是拔长了脖颈子，扭头仰看，这才发现他自己躺在了一棵桃树下。这个季节上，桃子并未成熟，约摸有羊卵那般大小，密密麻麻地吊在了树上，凉州人称其为毛桃。每一颗果实的表面，布满了细碎的茸毛，像毫针，像断发，像一蓬霜花，也像一枚枚炸雷，悬在了柴汉忠的头顶。要命的是，来自北疆的那个飞行游击，那个索命的恶鬼，抓住了桃树的枝杈，左揽右抱，剧烈地摇晃了起来。我命休矣，柴汉忠在心里呱喊了一声，绝望地埋下头去，无奈地接受了这一场最无情的酷刑。

"痒了么？开始了吧？"

"求你们了，索性给我来个痛快的，干脆毙了我吧。"

"想当年，老子也被这么痒过，一旦痒起来的话，就想杀人，就想被人宰掉，连活下去的勇气和念想也没有了。"张汲水一边摇晃桃树，一边忆及了这半生的奔波与辛酸，怆然地说，"那还是我在寻孤的路上，天老爷在试探我，在考验我的耐心，于是让我害上了这个难缠的病，名声不好的病，它几乎快要了我的命，幸亏少东主顾山农和承平堡收留了我，才让我活到了现在。"

"你干么要用毛桃？你用别的家伙杀了我吧，求你了！"

"听着，少主子在等你开口。"

"天呐，我从来没想过，我会死在一棵桃子树下。"

冥想中，那些纷纷扬扬的桃毛，比月光还绵密、还冰冷，犹如天兵天将洒落而下，在他的脊背上占山为王、打家劫舍，在蚕食每一寸肌肤，在吸吮每一滴血水，大卸八块了那一条盘龙，又慢慢地渗进了他的骨髓当中，在纵火，在放水，在下毒，在戕害，祸乱不休。不，类似的比喻太幼稚，也太拙劣了，全然错误。柴汉忠蓦地觉得，一滴针尖那么大的瘙痒，溅在了他的后背上，忽然间就引发了一系列的连锁反应，大火燎原似的，一眨眼便吞没了自己。痒，太痒了，痒得他浑身漏气，痒得他连喷嚏也打不出来，痒得他每一根毛发、每一根筋、每一根血管都是四脚朝天，抓烂了鼻脸，挠破了裤裆，恨不得一头去碰死。但是，再怎么挣扎，仍旧是身上的绳子和石锁说了算，柴汉忠根本动弹不得，知道下场来了、末日到了。幸亏嗓子不痒，嗓子就像一个隔壁邻居，突然站出来开了腔，仔细道来：

"续门的惨案，新城大营才是背后的实际主谋，那原本就是军阀头子定下的盘子。"

"这是为啥？续门跟军部从无瓜葛，何必要满门抄斩？"

"铜马。因为那一尊铜马。"

"快说，你把话说干净！"

在场的北疆汉子们抽心一烂，胸口上结满了冰。

"原因无他。只因续大人太顽固，拒绝交出那一尊铜马，所以才惹下了杀身之祸，招致了整个马营的灾难，以至于全部葬身于火海当中。"柴汉忠到底松了口，那一种奇异的瘙痒，似乎也勾起了他的殷殷回忆，坦白道，"我就是马廷勷的一条狗，一条咬人的疯狗。"

胡笳一百八节

列位，总因世道无常、人间悲凉，加之笔墨哽咽，一时间气息难平，这里暂且搁下范家大院，先来叙述一桩北疆旧事吧。

自光绪末期，及至民国初造，崛起于河西一带的大型贩马集团，渐渐地归拢于东西两姓。一个是玉门左家，势力遍布在关外三县，即敦煌、玉门与安西，主要马种来源于祁连山南麓的青海境内，但销售强劲，市场远播猩猩峡以西的哈密、吐鲁番与迪化，有一度竟然跟声名遐迩的伊犁马形成了抗衡之势。另一家则是凉州续门，马营设在了北疆，以蒙古马为主，占据了镇番县、合黎山、龙首山和马鬃山这一条西线，挥鞭东指，首先是省城兰州，而后是西安城、潼关、洛阳与开封，市场大得惊人，财源滚滚，口碑甚佳。在那个改朝换代、狼烟蜂起的阶段，虽然也有星火般的小马户和小马锅头参与贩马，但基本上属于小打小闹，不过是在续左两家的脚下，捡吃一些馍馍渣子罢了。

同行是冤家，卖面的尤其嫉恨卖石灰的。按着这个道理，人们纷纷揣测，续门和左家一定是水火不容、彼此交恶，指不定在背后还有一本血泪账，暂不为外人所知。但是，传言归传言，牙茬话毕竟是牙茬话，顶多就是一个屁，连个核也不见。到了续可荪这一辈子上，续门的生意几乎翻番了十几倍，原因杂多，但来自内地的强劲需求，犹如长鲸吸水一般，连整个石羊河都能吞得下去，遑论北疆的那一座超级马营。武昌首义、北伐战争、蒋冯阎中原大战、军阀割据，包括天南地北的各路买卖家和贸易人，凡此种种，令续门的马匹空前紧俏，一骑难求。镇番县东北向，环绕着一片水草茂密的板湖，续可荪按照诸葛亮发明的九宫八卦阵的样式，在一两年之内，构筑起了一座庞大的马营，其规模之巨，足够同时饲养上千匹良骏，根本就不必发愁。但是，灶台再好，柴火再旺，假如无米下锅的话，人也就短了一份精神。那一年秋上，续可荪屡屡碰到了这样的难题。

有一日，续可荪率着手下，正在山坡上验驹子，心情大好。所谓验驹子，就是将母马逐个拴在山头，在山脚下放开马驹，让它撒欢去找娘。假如它能一个蹦子爬上山顶，则是一等驹；倘若中间歇缓了几口气，便是二等驹；歇脚得再多，当然就被打入了另册，或许将来卖不上什么好价钱。这一批新生的马驹统共有三十骑，结果仅仅淘汰了两匹，上上签，续可荪极为满意。收队后，正在回马营的路上，迎面碰见了从玉门返家的许应南和大姑爹；两个人蓬头垢面、身形萧索，赶紧滚鞍下马，向大掌柜抱拳问候。续可荪瞭见二人的手里空着，表情落寞，当即知道他们在玉门左家碰了钉子，无功而返，这也是预料当中的事情，所以并不怨怪这两名心腹之臣，玩笑道：喏，你们晚上给我把汉武帝绑来，我一定要赏他几鞭子，最好让他改口，别再让天下人眼热凉州了。二人不解，求教其中的因由，续可荪方说：凉州大马，横行天下，世人只知道汉武帝褒扬过这么一句，却不知道刘彻的另一句话说，填不满的凉州；如今害得咱们打住了手，无货可出，恐怕这一次就要违约了。填不满的凉州，亲信们终于豁齿而笑：大人，你准备好鞭子，我们一定把那个贼疙瘩绑来，连夜给皇帝过堂。

原来，这一笔契约即将在秋末兑付，可具体数字报上来以后，却发现短了六十来匹，显然无法交接。续可荪乃是一介信人，情急之下，将希望寄托在了玉门左家，遂派出了左膀和右臂，远赴关外去借马。实际上，左家和续门一向和睦，彼此也是姻亲关系，但因为续可荪生性低调、不事声张，这件事鲜为人知罢了。大概在五六年前，续可荪亲自做主，将唯一的妹妹嫁给了左家的次子，陪去的嫁妆拉了十几车，仅良马一项，也有二十余骑，娘家礼单的分量，简直堪比一座祁连山。当晚，续可荪正在为这一桩贸易发愁，亲信们进来了，手里并没有押解汉武帝，而是揣着满肚子的所见所闻，不敢隔夜，须当面呈报。据称，自宣统二年爆发的闹草之灾，虽然在河西全境渐渐地消退了，已届尾声，但因为关外三县受害尤深，不论是生民百姓，还是大小牲口，迄今也不曾苏息过来，更难以恢复到灾前的状况。这个不假，作为过来人，续可苏仍记得那一种粉红色的歹毒植物遍地燃烧的情景，河西四郡的颤栗与哭泣，其实还未彻底消化干净，创伤随处可见。只不过续门偏居一隅、孤悬一角，侥幸逃脱了这一场天灾，实际损失并不太大。灭草，揽畜，封路，此乃当时从苏武山上传来的惊烽羽书，下达这个指令的，恰恰是凉州人众所推服的郡老班子，具有至高的权威与声望，令人莫敢不从。庆幸的是，续门的八卦阵马营毗邻板湖，左右临水，身后靠山，面前只有一条马道，封锁措施较为简便，加之板湖中盛产青草，倒也不必担心饲料短缺。两名心腹又绍介说，玉门左家的困境，闹草不过是一个外因，其真正的颓败，也许是在风水上出了麻烦。也不知咋了么，那些马匹既没有烂眼睛、害口疮，蹄子也是囫囵完好的，不像是遭了瘟疫，但一个个被拔掉了精气神，蔫头耷脑的，跑上三四步之后，忽然就垮掉了，瘫在地上吐口沫，用鞭子也抽不起来。话到此刻，续可苏方才明白，并非是左家不近人情，不肯出手相救，实在是大掌柜爱惜他个人的名声，生怕续门笑话，也怕毁了自己的牌子，所以才违心拒绝了凉州方面的请求。唉，玉门卧病了，左家也卧病了，现在还不知道这个病要害上几年，咱们可不能见死不救、落井下石，大家得寻个法子，一起渡过难关。续可苏慈心于世，又念及远嫁的妹妹，横下心来，决定出手搭救：去，快去把那三位请来，大家喝个酒，切磋切磋，也算是替你们接风洗尘。

如今看来，那是上一辈子人的大光阴，他们青春勃发、目光澄澈，一个个急装劲服，发愤为雄，俨然是河西大道上的天罡地煞、梁山好汉。甚至连大姑爷的腰杆子也是挺拔的，不像后来形同角尺，几乎成了废人。

在续门，大掌柜一再放权，提纲挈领，结果形成了许应南主外、大姑爷主内、孔德明经营饲料、连老三和程本义负责迎马和出马的稳定格局，各方配合默契，相互信任，让整个盘子运转得相当顺利。久而久之，有一个说法不胫而走，将这些人称之为续门的"五虎上将"，等传到了续可苏的耳朵里之后，他不说是，亦不言否，内心却乐开了花，默许了这一番赞美。秋夜，热酒，归人，谁也不肯亏待自己的肚皮，待喝到了半途中，该想的办法都想了，但玉门左家远在关外，一种鞭长莫及的无力感，让大家唉声叹气、心情灰败。那一刻，话题纠缠在了风水上，大姑爹忽然忆起一则恐怖的传闻，吓了他自己一跳，犹豫不定，欲说还休。据称，在当初闹草疯狂蔓延的灾年里，最后一位下世的凉州郡老，名叫赵家爸，或许他洞悉了天象，也或许透露了天机，于咽气之际，再三叮嘱后人们说：

娃子们，凉州的地底下乱了。马醒了，灯亮了，祭天的金人也来了。

到底，大姑爹没忍住情绪，热肝辣肠地讲述了这一往事，同样吓得伴当们酒醒了，不敢做声。这本来不是机密，但它是一项重大禁忌，人人知晓，但谁也不敢吐口，乱语三千；尤其是以贩马为生的续门，更是忌惮这个说法。不过，一向是博物君子的续可荪，突然接住了这个话茬，言辞也唯心了起来，迷信分分的，自称他从祖父和父亲那里，还听说过另外一种古老的传闻，或许可以佐证。

大概在汉唐时期，朝廷经略西域，展布全局，于九州万方之间，格外地倚重整个河西走廊，加之良马神骏乃是天下柱梁，安危所系，需求量颇大，于是在四郡两关一带，设立了不少的贡马场。但是，贡马再好，毕竟也是一个个肉体凡胎，难免会遭遇疾病、瘟疫、灾害、事故，以及人为的践踏，类似的惨案层出不穷，防不胜防，真是太伤脑子了。这么着，在武威、张掖、酒泉和敦煌一线，一时间冒出来了诸多的马王庙，凡两百余座，各念各的经，各诵各的神，表面上和睦，私下里却互相拆台。终于，这种一盘散沙的局面漏洞百出，根本无济于事。在万般无奈之下，各个贡马场开始议和，决定铸造一批铜马、一批金人、一批灯台，而后像钉子似的，将它们砸进祁连山下的这一片片缠绵绿洲上，钉住风水，锁牢运程，以防流失了福分与安宁。原来如此，五虎上将听得如痴如醉，简直要对续大人刮目相看了，一则暌违千年的深重机密，竟然被他讲述得云淡风轻，全然剔除了惊骇与畏惧，就像桌子上的烈酒所带来的欣快那样，令人陶醉不已。

这还没完，续可苏抓起一把炒豌豆，挑出七颗又大又圆的，逐一摁在了桌面上，竟然出现了北斗七星的形状。七星者，按《道藏经》所云，一天狼，二巨门，三禄存，四文曲，五廉贞，六武曲，七破军，北斗七星斗柄西，则天下皆秋。对此，伴当们其实并不陌生，这些惯走夜路的飞行游击和贩马者，在以往的一条条生死长路上，头顶星光，披挂寒露，恰巧就是靠着这一幅灿烂而滚烫的天空图案，穿梭东西，纵横南北，在这个薄凉的人世上奔波与活命。喏，反正这也是一辈辈老先人口口相传下来的，说这七尊铜马、七位金人，包括七盏灯台，后来就是按照北斗的形状，被秘密地埋在了河西全境，呼应着天上的星宿，接引着上苍的赐福。这以后果真就太平了起来，气候沃美，良马无数，四郡两关便也成了历朝历代的一块风水宝地，迁延了上千年，不再生锈，也不再呈现出一种僵死状态。博物君子，口舌滔滔，续可苏最后笃定道：是这，如今山河板荡，国祚难料，一路又一路军阀狼奔豕突而来，不仅倾轧地方，还糜烂了整个河西，所以我宁肯相信前辈子郡老留下的那句话，凉州的地底下乱了，铜马醒来了，灯台也亮了，祭天的金人想必已经复活了；原因无他，原因只在于铜马和金人也看不惯这个乱世，所以必定要从地底下打出来，插手干预，前来追讨一个公义的说法。

续大人的这一席话剖心献胆，既然他信了，大家也就跟着信上了，再无异议。

大姑爹姓苏，年纪并不大，但骨头老，无形中就是伴当们的领头羊，因为主内，他一向谙熟整个马营里的细枝末节与风吹草动。大姑爹突然失声道：天老爷！铜马就在咱们家里，咱们家就有一尊铜马，另有一盏灯台、一个马夫俑，估计就是铸铁的金人吧，我记得很牢靠，这错不了的。显然，这个酒再也喝不下去了，续可苏赶忙询问下落，大姑爹当即起身，拎着一只马灯，推开门板，率着众人直奔靴子坊。靴子坊是雅称，其实就是马掌间，专门替马匹更换蹄铁的，由张炬负责。临到了跟前，众人停下了脚步，但见一座炼炉被风箱吹荡着，火焰足足有一丈来高。张炬的碎儿子张汲水刚刚打制完一块蹄铁，用钳子夹住，丢在水桶中淬火，刺啦一声，漾起了一股子白烟。

旁侧里，张炬的膝头上担着一条马腿，马蹄子圆润而优美，地上有一堆切削下来的脏趾甲。张炬是慢性子，瞭见来了人，却也不着急起身，兀自含住一口烈酒，喷在了蹄子上消毒，等晾干后才能钉马掌。

见大姑爹招手，续大人也在当中，张炬便放下马腿，解开了皮围裙，慢吞吞地过来答话。面对一连迭的质问，张炬煞是干脆：炼了，炼成铁水了。大姑爹立刻慌了：炼了？你干么要炼了，你把什么炼了？张炬道：炼了铜马，炼了灯台，也炼了那一个金人，马营里的铁坯子不够用，我只得自己想办法，这是我的权力。末了，仿佛为了印证他自己的聪明能干，张炬从门墙边的钉子上，取下来一挂蹄铁，大大小小的，差不多有二十来块，稍一晃动，便发出了金属质地的鸣响，确凿无疑。大姑爹苦笑说：你呀，你个瓜怂，你这是把羊肉当成馓饭做了，你还以为你咥得美么，我真是拿你没脾气。张炬不语，但他分明从续大人的眼睛里，发现有一根渴望的火苗熄灭了。这对他来讲，不啻于一次负义、一种犯罪。

见事已至此，加之从未见识过那几样稀罕东西，续可苏倒也不太介意，掉头走了。

过了五天，也恰是在这个时辰上，续可苏正在灯下回一封信，张炬竟然独自寻上了门来，从肩膀上卸下来一只牛皮口袋，恭敬地放在了桌子上。张炬坦承，他的确将那一盏灯台、那一个金人炼成了铁水，已经打成了蹄铁，但唯独留下了这一尊铜马，现在交给大掌柜，他也就没了负担，对得起手中的饭钵。至于那日晚夕，他干么矢口否认，一推三六九，没当着大家的面拿出来，张炬声称他害怕极了，怀疑这些东西是一种作法的器具，唯恐招来不洁，将邪祟和腌臢带进马营，祸害了续门的大业。的确，在讲述这些细节时，张炬浑身哆嗦，牙齿打架，眼前出现了冶炼时的那一幕：当他将灯台扔进了炉子里，却发现一无灯油、二无灯芯的那个铁家伙，竟然光焰万丈，火舌是青绿色的，一时间压倒了炉内的炭火，几乎快刺瞎了他的眼睛；再一个，他将金人丢下去之后，那个铁疙瘩突然不干了，仿佛一个沉睡的人苏息了过来，一边嚎叫，一边拼命地攀爬，打算从炉口上逃生，结果被他敲了一椰头，最终葬身于火海。如此的乱力怪神之语，本应该受到老东家的一顿训斥,驱逐出门,却不料想,续可苏居然也变得唯心和迷信了起来。

迅速喊来了五虎上将,灯光大炽,众人围拢过来,瞭见张炬解开了牛皮口袋,捧出一块金属疙瘩,请在了桌子上。这一霎,天马出世,神祇降临,一阵莫名的秋风激荡而至,整个马营里飞沙走石、嘶鸣不绝,混乱了大概有一袋烟的工夫,这才慢慢悄静了下来,万籁俱寂。铜马,不,这一匹被金属拘禁了良久的天马,此刻挣脱了束缚,仿佛展开了一双无形的羽翅,在空气中啸叫着、踢踏着、飞行着,精神高昂,竟毫无羁绊。天马的足下,一只疾驰当中的飞燕突然敛住了羽毛,缩作一团,惊愕地回首,但它根本来不及躲闪,但见一道青铜的闪电袭来,踩在了它的骨骼上,晕厥占据了它。众人纷纷哑默着,各自倒吸了一口凉气,不知所措。这些终身与马为伴的北疆汉子们,虽说也是见多识广、眼界不凡,却从来不曾目睹过如此奇迹般的神骏。续可苏俯身,挪动着脚步,前后,左右,上下,绕了整整十几圈,将天马看了个仔仔细细,发现它足踏飞燕、尾扫虹霓、耳如削竹、目似铜铃、修颈宽肩、腰弧背平,在刹那之间的凝固当中,却大有一番虎啸龙吟、地动天惊的架势,这也就不枉了一辈辈的老先人口传下来的赞美之辞。末了,还是续可苏率先打破了眼前的寂静,他在指头上蘸了一星唾沫,从天马的耳根子上抠下来一点点琐屑,也不知是铜锈,还是泥粉,含在嘴里吮了又吮,开腔道:呵呵,凉州的味道,它就是凉州子弟。

灯下,彼此认出是兄弟。续可苏的这句话,等于换了金兰帖,结交了这一世。

张炬走后,续可苏带着手下,吹灭了全部灯火,陆续落座在黑暗当中,需要赶紧拿出一个办法。诡异的是,就在大家七嘴八舌的过程中,桌子上的那一尊天马,渐渐地发亮了,竟然放射出一种稀薄的蓝光,笼盖在了这一间厅堂,将众人的五官与周遭的一切,清晰地浮现了出来。飞燕始终蜷卧着,天马仍旧在急速的飞行当中,本来门窗紧闭,秋夜漫长,但大家明显地感觉到了天马的蹄子下,送来的一阵阵凉风,扑打在各自的颊面上,带着一种陈旧而锈蚀的气息,令人既觉得陌生，又感怀不已。蓝光辉映而下，天马开始通体透亮，双耳警觉，长尾飘曳，甚至连颈项上的那一道长鬃也在猎猎而舞，仿佛它的躯体里藏着一盏长明灯，在暗夜中指路。

沐浴着这种奇异的光芒，直到公鸡打鸣时，大家才踱出了房门。此刻，大姑爹牵来了一匹快马，许应南将那只牛皮口袋绑在身上，跃上了马背，抱拳辞行。续可苏叮嘱道：是这，你这一趟纯属去救急，但铜马可不是俗物，信则灵，不信的话便等于废铁一块，倘若左家的亲戚有一点点犹豫，你就当机立断，给我原样背回来，由咱们续门来供养。许应南回说：大人放心，这本来就是凉州宝物，玉门不过是跟着沾吉罢了。

这件事似乎过去了，也平静了。但到了第二年古历五月，玉门左家突然派人，送来了一群上等的大马，直接赶进了续门的马营，声势浩大，场面壮观。不错，听过借马的，也听过送马的，但是像玉门亲戚这样一次性馈赠五十匹良骏的，竟也是闻所未闻的大手笔，几乎惊掉了众人的下巴。玉门方面还捎来了一封信，续可苏展读之后，对心腹们介绍说，果然是天下名器，凉州神祇，左家亲戚去年接到那一尊铜马后，照着吩咐，将其埋在了马营当中，不承想效果惊人、法力大备，一夕之间便改换了风水，如今他们红火得很，今年的春上更是添丁进口，光马驹子就收获了两百多匹，所以才有了这份礼单。话虽如此，但续可苏的心里隐隐不快，左家亲戚既然可以慷慨送礼，干么不将那一尊铜马捎回来、完璧归赵呢？

岂料，河西走廊上的这一桩赠马事件，貌似美谈，但又给整个续门埋下了灭门之祸。

夏天到了，续可苏害了热伤风，正在昏睡当中，大姑爹却急吼吼地摇醒了他，相告说家里来了一位买马大户，阵势颇大，点名要见当家人。续可苏提上鞋，一路打着喷嚏，走进了待客厅。行完礼，落了座，他这才仔细打量起了来客，但见对方四十郎当岁，两道浓眉犹如铁刷，显得精神强悍，只可惜鼻梁上的那一副石头镜子，遮住了大部分表情。在客人身后，一名扈从脊梁挺拔，美男子，一袭长衫浆洗得朴素而洁净，左手捧着礼帽，右手垂立，竟然纹丝不动。续可苏虽然鼻塞，但凭着这半生的经验，当即嗅见了一丝枪火的味道，料定他们乃是军方的人，来头不小。实际上，续可荪过于保守了，也是有眼无珠，竟不知道这一天造访续门马营的，乃是新城大营的主子，凉州军阀马廷勷。而那一位跟班，或者说贴身侍卫，则是青年军官马乙麻，如今深得长官之信赖，正处于上升阶段。寒暄了几句，马廷勷亮出了身份，自称他是来自河州的买卖人，久仰续门的大名，说不定这一趟会结下缘分，互利互惠，将来可以频繁走动。河州口音，加之对方态度恳切、落落大方，续可荪便也相信了这一番说辞，甚至埋怨自己疑心太重，被这一次的热伤风搞乱了脑子。喷嚏不断，一块手巾上沾满了黄鼻涕，续可荪难免有点失态，头重脚轻地陪着客人们，参观完就近的一座马厩，赶紧回来喝药，并不曾参加后续的视察，更不知道他自己大难将临，整个续门业已危如悬卵。

　　其间，连老三进来了一趟，说那个客人的脸黑下了，比锅底还黑，忽然就不高兴了。孔德明也跑来说，怪尿了，这些来相马的人居然不识抬举，他们总该骑上了溜达几圈吧，光眼热是没用的，咱们家又不缺赞美。最后是程本义，指着马营的大门，说这个客人简直太排场了，竟然是坐着一顶呢子轿子来的，抬轿子的伙计没有三十，起码也有二十来个。续可荪不敢马虎，擤干净鼻子，正打算继续去陪同时，却见那个英俊的青年一个人回来了，手里拎着一只牛皮口袋，在落座之前，慎重地搁在了桌案上。

　　马廷勷突然走了，一怒之下撤了，委任马乙麻为全权代表，负责跟续门谈判。

　　啧啧，续门的果子真旺，一年四季都可以下果，真让人艳羡，大人的这一片果园子，在整个河西当属典范，力拔头筹，马乙麻不吝赞美地说。此乃贩马集团内部的行话，续可荪心里咯噔一下，赶紧道：岂敢，这是贵人抬爱，续某从老先人们的手上，继承了这几亩薄田，栽了几根苗子，只能勉力经营着，饿不死，但也吃不饱。马乙麻又说：但不知大人撒的什么肥，灌的什么水，你们家的果子竟然长得如此繁茂，个大、色亮、汁多、饱满，我也想趁机讨一个窍门，还望大人不要搪塞我呀。续可荪蔼然道：实在没什么窍门，也不敢妄语，在下只记得那句老话，人荒地一时，地荒人一年，所以黑夜白昼地劳碌着，眼巴巴地伺候这些树上的果子，专等着一个好季节罢了。这时候，马乙麻忽然口气陡变，蹙住了眉头：

"哼！续门也有烂果子，并不像大人刚才炫耀的那样。"

"此话怎讲？"

"是这，我以前买过续门的一颗果子，结果是烂的，糟心死了。"

"敢问，兄台是何年何月购买的？经办者是谁？花了多大的价码？果子又烂在了哪里？"续可苏一时间急了，催促大姑爹去拿销售底子，当面鼓，对面锣，也好赶紧复查一遍。又释解说："就算烂透了，只要你将果核拿来，我保证续门会以一赔三，当即兑现，绝不食言。"

"呵呵，只可惜我没有门齿和火印可带，口说无凭。"

"那就两说了，还望兄台海涵。"

续可苏柔中带刚，丝毫也不肯退让，刚打算让属下们送客，却见对方起身，簌簌簌地站在了桌案旁，解开了牛皮口袋上的束绳，掏出来一样东西：

"但我带来了这个，这就是烂果子。"

"铜马？"

续可苏乍见这一尊熟悉的铜马，矫健的身姿，拖曳的长尾，以及马蹄下惊慌失措的飞燕，禁不住失声一叫，便将整个续门的软肋暴露无遗，被马乙麻这个未来的特务头子彻底洞察了，终于找见了出处与答案。覆水难收，续可苏立刻意识到了自己的失态，抓紧擤了几下鼻涕，掩饰住这一份慌乱，堆笑说：

"抱歉，续门是几辈子先人用心栽培下来的，规矩不变，从来只出活马，不卖死肉。"

"依我看，续门也不过是浪得虚名罢了。"

"送客。"

续可苏蓦然暴怒了，断喝一声。

"大人歇息吧，在下告辞。"客人虚上一礼，戴好礼帽，拔脚而走，到了门端里，却又掉转过身子说，"对了，因为家中事急，我跟当家人今日南下，返回河州老家。至于这一尊铜马的赔偿事宜，我已经委托了一位中人,他随时会来敲续家的大门,由他全权打理。"

"不送。"

"哎呀,差点忘了说,我那个中人想必你们也耳闻过,他叫黑喇嘛。"

果真,这句话就像一根恶毒的楔子,钉在了整个马营的心口上,就此开始大面积失血。

死寂了大半天,恐惧、失望、揪心与惆怅仍未散尽,续门的这一班首领无心开口,一个个面色阴沉,统统哑巴了,谁也拿不出什么好主意,无法替续大人分忧。显然,这一尊铜马易手而来,至少说明玉门左家出了事,一定是大事。否则的话,他们根本不可能昧了自己的良心,枉顾了凉州方面的情义,去售卖法器,去玷污神祇。这个好办,续可苏闭目思忖之后,决定让许应南连夜去一趟玉门,将左家的现状了解清楚,然后飞鸽传信,不至于耽搁了其他。黑喇嘛,眼下最大的难题便是黑喇嘛;这个众所周知的悍匪头子,这个恶人,此刻就像一股突然袭来的黑烟,弥漫在了客厅上下,令人窒息,令人不寒而栗。渐渐地,随着这一幕黑烟的沉积,夜色也乘虚而入,更是平添了一种惶惑与不安,大家的心里着实堵得慌,真想摔碟子砸碗,狠狠地发泄一气。灶房里送来的夜饭凉了,冰了,坨了,谁也不想动筷子,干脆让给了一大群苍蝇。

在骏黑中,许应南首先发现了破绽,说不对呀,原先的那一尊铜马是放光的,蓝光四射,在座的诸位可都是见证人,它不仅在北疆如此,即便我背到了玉门,仍然是法力十足、通体透明,恰恰是因为这一点,才折服了左家,接纳了法器,改换了他们家的风水;但是,现在的这个铁疙瘩到底咋了,它怎么就成了一块哑炭,没个光亮呀?续可苏被一下子点醒了,跟伴当们围在了桌案旁,不错眼珠子地盯看着,又等了足足半个时辰,待整个马营里完全黑透之后,期盼中的那一道蓝光也并不曾降临,失望与沮丧开始相互传染,牢骚也马上出现了。续可苏并不是一个悲观之人,见众人将矛头指向了玉门的亲戚家,便赶紧平息纷争,说任何一件法器,其法力都是天定的,总归有耗尽的那一日,所谓英雄末路、美人迟暮,大概也就是这个意思吧,不足为怪。又说，三十年河东，三十年河西，咱们凉州续门在东头旺盛了这么多年，如今给玉门拱一把火，让左家在西边热望起来，彼此呼应，这也是对田夫故老、生民百姓的一份责任，更是对四郡两关的一个交代，不必再争执了。这句话貌似一锤定音，但大家都很清楚，最棘手的难题仍然无解。

这个关节上，一灯破夜，马掌匠张炬提着一只马灯进了门，点亮了厅内的大小灯台。

在众人的印象中，张炬是一个寡言且木讷之人，虽说手艺上乘，不可或缺，但毕竟属于内务人员，一向孜孜矻矻的，从不惹是生非，根本溅不起一星半点的水花。此刻，张炬公然闯进了厅堂，一脸的激奋，支支吾吾了半天，也不知他在喋喋什么，反正很迫切，仿佛身后追来了一群狐狼。见无人接茬，张炬突然奔到了桌案旁，抓起那一尊铜马，奋力一掷，竟然摔碎在了脚下。天呐，铜马被砸烂了、被毁灭了、被碎尸万段了，随着一声尖叫，分崩离析，碎片撒了一地。续可苏登时大怒，吼了一声放肆，接着就要痛斥，却见张炬扑腾跪下了，膝行而来，哀告说：大人，这个铜马是假的，干脆是假的，千万不能供，供了就会伤害咱们家，惹来无妄之灾。续可苏愤怒道：呔，你一个马掌匠，你如何断定这是假的，莫非你想领惩牌，或者不打算吃这碗饭了？张炬目中闪闪，愧疚地说：不瞒大家，这个东西是我亲手浇铸的，照着原样子铸下的，所以它就是赝品；如今续门有难，人家打上门来索要那一尊原件，我深感罪孽，不得不如实交代。这一席话，令众人如堕十里云雾当中，纷纷围拢过来，叽叽喳喳地开始质问，头绪全无，麻缠不堪。

续可苏稍事平静，因笑说：第一，既然你浇铸了这件赝品，但东西怎么就到了河州商人的手中，还被他们识破了，现在又来给续门栽赃？张炬的膝下血流不止，但疼痛是次要的，答复说：是这，那一套铜马、金人和灯台，原本是郭麻日卖给了马营，我当时按废铜烂铁的价钱亲自收购的；但去年秋上，他又跑过来向我加倍回购，恰巧大人也在那天晚上问及了此事，还专门到靴子坊来看我，所以我自作聪明，花了五天的工夫，将新器做旧，交给了古董贩子，而原件被大人捎给了关外的亲戚们,这件事我比谁都清楚。名为古董商人,实则是盗墓贼、骗子和人世上活着的鬼魂,对"郭麻日"这个名字,续可荪并不陌生,又追问说:再一个,那个贼娃子既然有眼无珠,将一套法器当作了废铜烂铁,卖给马掌铺子,让你将来去打蹄铁,后来他干么又反悔了,难道是河州商人出了大价钱?这一霎,张炬终于道出了内幕:大人,今个天来的可并不是什么河州商人,他们其实是丘八,新城大营开赴北疆来拉练的国民军;郭大良心,不,郭麻日他在回购之后,便将这一件赝品拱手送给了军阀,不料事情败露,我真是该死,我给续门招来了灾难。

　　山高月小,水落石出。原来这一系列变故的症结,恰在于此。

　　其实往事不远,郭麻日当年领着碎儿子,在河西境内打秋风的那些日子里,意外地邂逅了一名同行,从对方的手中买下了这一套古董,他起初并不怎么上心。几经辗转,在武威城内的城隍庙兜售无果后,郭麻日打算去一趟省城兰州碰碰运气,但是在城门楼子下,他瞭见了县府刚刚处决的一批人犯名单及画像,那个同行赫然在列,罪名是盗掘了几座汉代古墓。在城门的另一侧,县府张贴了布告,公开追缴被盗文物,头一件便是铜马、灯台和金人,吓得郭麻日父子赶紧溜出了武威城,一路北上。郭麻日天生是个贼骨头,嗅觉灵敏,知道盐一定要卖给饭馆、布料要卖给裁缝铺、香火要卖给寺庙,而这一套法器肯定与马有关,北疆的续门则是最理想的去处。岂料,负责内务的大姑爹根本不识货,匆匆瞄了一眼,就将郭麻日打发给了马掌铺子。

　　续门规模巨大,耗材也多,其中尤以蹄铁为甚。张炬掌管着这一大摊子,本着省俭的目的,平时也收购一些废铜烂铁,单独冶炼,所以见了郭麻日带来的这些生锈的东西,随口开了一个价码,爱卖不卖。郭麻日负气而走,过几日再来,价钱又塌了不少,如是者三。最终,爷父俩的吃喝告急,加之担心官府的追查,便以萝卜番瓜的价钱迅速贱卖了,两无怨言。在马掌铺子里数钱时,郭麻日发现墙角里堆满了各种动物俑,也不乏形形色色的金人,几乎被铁锈给淹没了,也难怪人家不在乎,遂安慰自己说,苍蝇也是肉,隔山的金子不如到手的铜。

这的确是实情，反正收购来的废品一直在撂荒，不到铁坯子短缺，张炬是绝不会冶炼残次品的。事情过去了许久，忽一日，郭麻日焦急地寻上门来，打开钱袋子，数出了三十块响元，声称要回购那一套古董，去救他儿子的性命。张炬见钱眼开，当即就答应了，让对方改天来取，他需要连夜倒腾一下那堆废品，此刻还顾不上。岂料，当日晚夕，续大人带着五虎上将亲自来到了马掌铺子，目标明确，同样索要那一套东西，大姑爹的记性比谁都好。

有时候，一个人的绰号，便是他这一生的命数与写照。

坏天良虽然是后来叫开的，但郭麻日的碎儿子从小就是个混蛋，也是一名恶童，令人不齿。秋季，新城大营的主力部队，按时开赴北疆一带举行实弹演习，但一名军官在镇番县办差时，手枪被盗了。马乙麻受命调查，在县城的土地庙门口，发现一个鼻涕娃娃正在砸核桃吃，用的不是榔头或锤子，而是一颗拳头般大小的石佛，便当即认定了窃贼，捕获了这爷父俩。果然，手枪就在麻袋里，还有不少的小石佛，包括两只点灯用的金碗，皆为赃物，附近玉佛寺的案件也顺带告破。经不住严刑拷打，爷父俩全盘招供了，此后被关押在骑兵营里铡草，挨过了一个寒冬。到了来年，郭麻日经常听见骑兵们在公开议论，说续门的马匹如何健硕，玉门左家的良骏如何神勇，这一定大有原因，而军部的这些战马，一个个就像兔子和旱獭，简直不值一提。这么着，骗子的本性终于爆发了，郭麻日动了心思，求见未来的特务头子，对马乙麻绍介说，续门跟玉门左家的马匹之所以抢手，原因无他，原因只在于有一尊铜马坐镇；只要铜马鼎立，天下便安抚，四海皆升平，将嚼草的大牲口变成吃肉喝血的豹子，也不过是举手之劳。那时节，马乙麻还太年轻，但雄心勃勃，渴望有所建树，又听这个囚犯说，续门的那一尊铜马，恰恰是他本人出售的，他愿意借支三十块大洋去回购，假如得手的话，以此来赎回爷父俩的自由。对这种荒诞不经的言辞，马乙麻根本无所谓，反正有坏天良这个人质在手，想必老贼娃子也不会单独开溜。

再说张炬，一方面是当家人的问询，另一方面却是三十块响元的诱惑，这是他平生遇见的最大一笔钱，岂能放手？毕竟是忠仆，张炬将原件交给了续可荪，但在上交之前，他花了五个昼夜，浇铸了一件赝品，被郭麻日带走了。张炬乃铁匠出身，这似乎难不倒他，将新器敷上了马尿与鸽子粪，又用特殊的矿石粉浸泡，在表面喷砂做旧，而后塞进一只刚刚宰杀的老羯羊肚子里迅速生锈，结果获得了一种色泽沉郁、生气横溢的效果，竟然连郭麻日这样的掘墓老手也没有发现破绽，赶紧抱住了这个命根子，喜出望外。起初，赝品送到了临时大营，引起了不小的轰动，在郭麻日的极力渲染下，每个军官都捧在手心里欣赏，那种神妙的姿态，那种飘逸的线条，以及有关它的种种传闻与非凡的法力，令众人欢喜莫名，士气空前。马廷勷也说，啊喷喷，老子姓了一辈子的马，以前糊里糊涂的，如今才知道，马是这个顿亚世界上最高贵的生灵，待回到新城大营之后，我一定要在军部单独辟出一座阁楼，专门来陈列它。不料，最初的兴奋过去后，马廷勷亲手将这件古董摆放在桌案上，它却怎么也站不住，始终也找不见一种平衡，要么头重，要么脚轻，哐当一声就栽倒了，愚蠢得就像一块铁疙瘩。尾巴太重了，快去拿锉刀来，马廷勷愤然不快，带着他自己的判断，锉了又锉，最后用指尖拈起一小撮铁屑，再三查看，作结道：他大的尿，欺负人么，老子还没上过这么大的当！

这一声詈骂，宣告了张炬造假行为的破产，郭麻日爷父俩重新被收监了，死去活来。

目下，听罢了张炬的陈述，整个待客厅里阴气森森，恍若古墓。马廷勷，国民军，黑喇嘛，赝品事件，这些黑暗的势力业已交织在一起，拧成了一个绳圈，套在了续门的脖子上，只等着最后的绞杀。见众人哑默，谁也不肯吱声，张炬一脸苦笑，心如死灰地站起来，膝头上鲜血淋漓，掉转身子出了门。俄顷，张炬又折身返回，带着那只钱袋子，将三十块响元悉数掏出来，整齐地码在了桌案上，算是一个交代。张炬蹲在地上，这里一块，那里一片，将砸碎的赝品逐个捡起来，扔进袋子里，扛在了肩膀上，一语不发地出了门。

半响后，续可荪忽然觉得饿了，蹒跚过去，轰走了一群苍蝇，捧住一碗冷饭，呼噜呼噜地吃将开来。大姑爹见状，赶忙招呼伴当们也抓紧吃饭，别糟践了粮食。这一刻，许应南拌着嘴，无缘无故地说了一句蠢话，他想连夜走一趟玉门左家，将铜马原件取回来，干脆交给马家人算了，不就是一块金属疙瘩么，划不着跟军方交恶。岂料，续可苏突然撂下碗筷，指着对方的鼻子，斥责道：呸！你吃的人饭，拉的却不是人屎，我看你就是一个家贼，愧对了凉州和先人们。

郁愤难平，怒气未消，续可苏一甩袖子，踅出了待客厅。

但是，噩讯并不是孤立的，噩讯往往成团结伙、密如箭矢。续可苏借着漫天的星光，打算回去歇息，刚走到了家院门口，便闻听到了儿子三惹的哭声，小混蛋，八成又在闹觉，这个时辰了还不肯入睡，真是折腾人。虽然嘴上怨怪，但续可苏的内里却泌出了一丝甜蜜，一时间忘记了先时的不快，打算搂着三惹过夜，也好让夫人轻省一下，她正怀着娃娃，即将临盆。推开院门，刚迈进去一只脚，续可苏突然听见身后传来了一声嚎叫，嚎叫声犹如一条被打断了脊梁的狗，瘫痪在他的面前，又冷不丁地抱住了他的两腿。续可苏定睛一瞧，原来是马掌匠的儿子，官名叫张汲水。

"大人，不好了，我爹跳炉子了。"

"你说啥？"

续可苏慌忙扶住了门框。

"我爹，我爹带着那一袋子废铜烂铁，跳进了冶炼炉，肯定是殁了。"

胡笳一百九节

张炬的惨死，只是这一幕灾难的序章。

抬埋完马掌匠，准确地说，是将那一堆炉渣挖坑填掉，隆起了一座坟丘，祭奠之后，这件事似乎就了结了。续可苏到底不忍，将三十块响元交给了张汲水，算是抚恤金，也不打算让他子承父业，在马掌铺子里睹物伤情，于是将他挂在了外围，去做了一名飞行游击。恰是这个原因，在以后的救孤团南下寻访，并以武威城内的清凉池为秘密据点，日夜守候着少主子的那些年月里，名册中并不见其人。但是，张汲水独马单枪，以一匹独狼的方式，仍旧效忠于续门，万水同源，最终还是被救孤团所吸纳，成了一介铁血死士。

实际上，另有一句话，张汲水始终不解，也不愿透露。在那个仓皇且沉痛的夜晚，他的爹老子死志已决，在跳进炼炉之前，曾经仰看着北疆的夜空，一半是吃咒，一半是发愿，泣告道：郭大良心，将来的时节，一定会有一位凉州的大人物出面替我说话的，我奉劝你守好自己的天良吧！一语成谶，许多年以后，郭麻日的儿子坏天良死于顾山农之手，彻底终结了他们父子俩的骗子生涯。或许天老爷才知道，这究竟是不是一种巧合。

随后的一段时间，续门的生意就像被人念了恶咒，接二连三地出了麻烦。向西，卖给甘州和肃州方面的六批马队，先后被土匪劫掠，马夫们也程度不一地受了伤，幸亏保住了性命；往南，输送给镇番县、武威城和永昌县的马匹，沿路上被一个个哨卡扣留，莫名地多出了各种苛捐杂税，要么交钱，要么拴马，根本不肯通融；马营的东侧，一直延伸到腾格里沙漠之西翼，早已被国民军划为了军事禁区，此路不通。这也就是说，续门的整个营生，只有北部的通道是口敞的、开放的，而这个方向指向了蒙古境内，只许进，不许出，实际上也处于瘫痪状态。可偏偏，续门在去年预定的几百匹儿马，现在到了交割的季节，一群接着一群，尘土飞扬地赶进了八卦阵当中，马棚子爆满，场地上也挤满了大牲口，加上原来存栏的，数量达到了八百余匹，这是从未有过的记录。压力空前，首要的问题则是饲料，续门的大小伙计们奔赴周围的各个庄子，求爷爷告奶奶，但是所获无多，哪怕是陈年的麦草也被搜刮来了，却只够填个牙缝。在百般无奈的情况下，续可苏挑选了两支队伍。一支队伍奔赴马鬃山，前往黑喇嘛的老巢明水碉堡去游说，恳请他火速让开一条路，能将马匹贩运出去，利润对半分成；另一支队伍则撒成了一张大网，奔赴蒙古境内、河套平原、乌鞘岭及祁连山两麓，只要是有利植物，续门统统收购，以备度过这个即将来临的严冬。

对于黑喇嘛，续可苏并不陌生，先前还见过数面，但那是老一辈人的交情了，不在他的这一幕光阴中。虽说黑喇嘛恶名远播、杀人盈野，但在他纵横北疆一带的疯狂岁月里，却意外地对续门青眼有加，但凡哪一支马队悬挂了续门的号旗，便基本上东西无碍、南北畅达。不料，许应南从马鬃山空手回来了，称黑喇嘛的明水碉堡既萧条、又荒凉，如今早已成了狐狼与老鸹的营盘。据几名留守的老土匪说，他们也不清楚头把子去了何处云游，头把子毕竟是鹞鹰的化身，天空也束缚不了他老人家。主仆二人凝重不堪，唉声叹气地坐了大半夜，始终也寻不见一个良策，只能硬着头皮，被动地应对这迎面而来的一切。

亲戚之间的心，或许是相通的，玉门方面可能听到了某些坏消息。那日早上，续可苏刚刚洗漱完毕，大姑爹突然闯进了院子，将怀里的一只牛皮口袋搁在窗台上，说左家派人连夜将铜马送还了回来，他在后半夜里反复检查过了，蓝光依旧，的确是真品原件。哎哟，续可苏一拍脑门，蹲在了地上，抱怨说，左家人真是没脑子，这无异于抱薪救火，假如继续放在玉门的话，我还能瞌睡装死，蒙混过关，如今担子又转嫁在了我肩上，那我只能硬扛了；不管来日大难，还是天塌地陷，凉州先人们铸造的这一尊法器，绝不能落在外人的手中。这个工夫上，刚刚学会蹒跚走路的三惹，贴着墙根过来，好奇地拽了拽绳子，牛皮口袋哐当一声摔下来，砸在了地上。续可苏大为光火，抬起蒲扇般的大手，一个耳光抽在了儿子的颊脸上，准备再揍时，却被大姑爹拦挡下，后者转身又将娃娃搂在了怀中，连拍带哄的。续可苏赶忙打开牛皮袋子，将铜马掏出来，栽在了地上，上下，左右，前后，仔细地查看了好多遍，发现它还囫囵着，谢天谢地。娃娃挨了一记耳光，着实被打蒙了，等知道了疼痛后，哇地一声呱喊起来，颠覆了这天早上的太平。夫人听见了哭叫，挺着大肚子，累赘地走出了卧房，待瞭见儿子脸上的那一块红手印时，突然就炸了，一股脑地将怒火泼向了丈夫，眼泪下成了雨。

　　夫妻拌嘴，内容大多是鸡毛蒜皮的琐事，大姑爹不便在场，遂抱起三惹出了院门，去马营里荡秋千，一下子就哄乖了娃娃。续可苏四十三岁得子，头一胎便是个裆里有肉的，自然欢喜得不成，朝佛、告祖、大宴宾客，却偏偏被一件事难住了，怎么也给儿子起不上一个理想的名字，连《康熙字典》都快翻烂了，一直无果。上半年，夫妇俩带着娃娃去镇番县城探望一位老友，碰巧在素食桌子上邂逅了一位方丈，诉完了苦闷，当即求请对方赐赠一个名字。老和尚接过娃娃，捏摸了一遍骨相，口气相当干脆，说就叫三惹吧，三生万物的三，惹是生非的惹。续可苏虽然不快，但猜想其中一定颇有缘由，果然听见方丈剖析说，这个娃娃可不得了，八成是哪吒转世来的太子，小时候惹父母，少年了惹伴当，长大了惹官府，所以暂时就叫三惹，提前把他身上的这股火气给喊灭，给喊光，你们以后也就省心了。这么着，续可苏宽下心来，不再着急，整个马营里也迅速周知了，少主子名叫三惹。

　　荡着秋千，大姑爹渐渐地发现，三惹的半个脸庞红肿了，像一块红枣发糕，更像一只猪尿脬。无疑，续可苏刚才的那一耳光，在明确无误地告诉旁人，于取舍之间，他宁肯选择那一尊铜马，也绝不会偏袒自己的儿子。大义，义薄云天，此乃为凉州所计，也是为生民百姓所着想，续大人突然焕发出来的这一种接天壤地的情怀，大姑爹听懂了，也听进去了。

但是，危机并没有解除，持续恶化着，日甚一日。

马营身后的山上，不停地有巨石滚下来，砸毁了两里多长的栅栏。门前唯一的通道被掘开后，堆满了砾石、荆棘与铁钉，显然是为了给大牲口开膛破肚，手段阴险至极。续门购买的大批饲料和粮食蔬菜，统统被一伙武装土匪阻绝在了三里地之外，冷枪不断，已经有几名马夫被流弹所伤，性命堪危。天老爷，幸亏马营的左右两侧被板湖所包围，波光潋滟，水草丰茂，可以解一时之急；但是每座马棚子下面，牲口们已经出现了消瘦与疾病的迹象，耳朵一律耷拉了下来，眼神黯淡，后门里排泄出可疑的汤汤水水，夹杂着不祥的血块。这个节骨眼上，夫人却意外地摔了一跤，恐怕是动了胎气。收生婆查看之后，说羊水破了，脉息也很弱，估计马上就要生了，要下娃娃了。

按风俗，续可荪不能进屋，急得他在门外一直搓手，闻听着窗内痛楚的呻吟，只好仰首祈祷，恳求天老爷垂青，赶紧降下来一场慈云法雨，豁免了夫人身上的这种磨折。院门一响，孔德明和连老三先后闯了进来，神色惊慌，续可荪当即不快，刚要挥手轰出去时，却听二人相告说：郭大良心，不，郭麻日那个驴日的来了，他俨然是黑喇嘛的说客，恐怕是来劝服的，大人见与不见？续可荪思忖片刻，苦笑说：他儿子一定在土匪的手中，他也是被逼无奈，这就是做父亲的难肠，我来替他解这个套吧，见，立刻见！

一进待客厅，郭麻日扑将过来，跪在了续可荪的膝下，抱住一双靴子，贴在了他的颊脸上，仿佛在觐见一位王爷。续可荪有君子之风，一面安慰，一面将其搀扶起来，安顿在了椅子上，客套了几句。虽然号称郭大良心，但在这一刻，想必郭麻日的那颗良心也在油锅里备受煎熬，恐惧攫取了他，一直在瑟瑟发抖：

"大人，这件事因我而起，我是罪人，如今殃及到了续门，我真是该死！"

"唉！恐怕这也是劫数，迟早会来的。"

"不，因为我干下的这种刨坟挖墓的营生，得罪了地底下的神灵，惊扰了凉州先人们的亡魂，祸害了他们的灵骨。如今报应来了，报应最先应该掐死我、宰了我、收走我，而不是让我在大人的面前如此狡辩，借故洗清自己的罪恶。"

这些首鼠两端的言辞，里外讨好的心态，令续可苏大为困惑，叱问说：

"咄，你究竟是续家的门人，还是黑喇嘛的说客？"

"两军交战，不斩来使。"

郭麻日突然表明了身份。

"放肆！你这是借我的火，破我的财，专门来佛头泼粪的么？"

"大人息怒，我的确是来赎罪的，我就是一条狗，我可能狗性难改，刚才冲撞了当家人。"郭麻日诡谲无常，或者狡黠，或者卑微，果然是一个在阴阳两界里吃饭的无耻杂种。又道："大人或许有所不知，眼下围困了整个马营的土匪，可并不是黑喇嘛，而是另有其人。"

"你说什么？外面不是黑喇嘛？"

"来的是盘龙爷。"

"柴，他叫柴什么来着？"

"柴汉忠。因为他的脊背上刺了一条青龙，人称盘龙爷。"

盘龙爷。这个江湖名号犹如一瓢冷水，突然泼在了滚沸的油锅里，溅起了惊叫，腾起了烈焰，一时间乌烟瘴气，暗无天日。续可苏嘴里的一口茶喷了出来，茶碗也摔碎在脚下，身边的五虎上将更是骇然万分，错愕不已。近些年，在合黎山与龙首山之间，崛起了一股新式的土匪武装，与黑喇嘛那一代不同，他们属于超级盗马贼，每次得手之后，往往将相关人员赶尽杀绝，从不留任何活口，在北疆境内犯下了一桩桩滔天血案，而其中的头把子便是盘龙爷。续可苏掸掉了袖子上的水渍，告诫自己不能胆怯，探问说：

"喇嘛不来念经，龙爷打算降雨么？"

"大人不知，如今的各路土匪，三五结伙也好，百千聚众也罢，但凡干下什么伤天害理的勾当，便一概将罪名栽在了黑喇嘛的头上，但其实各吃各的饭，各拜各的庙。"

"呸，蛇鼠一窝罢了！"

"呵呵，续大人不愧是一门之主，有君王之风，居然这么英武从容，气定神闲。"

"你捎来的口信呢？不妨直言。"

"不，那个贼匪并没有派我来充当说客，这也不是盘龙爷的做派，原因只是我良心发现了，我觉得愧对续门，所以才将犬子质押在他们手上，前来给大人谏言几句。"郭麻日手抚自己的心口，一再鞠躬，哀恳道，"大人干脆就坡下驴吧，赶紧将东西交出去。灾难当前，退一步海阔天空，这样大家也都各自体面，以后安心去发财。"

"放屁！你真是猪狗不如，这难道就是你郭麻日良心上的话么？"

"容我辩解几句吧。续大人，我自小干的就是这种绝户断后的龌龊营生，我也从盗墓掘坟的同行们嘴里得知，其实铜马不止一个，相传有整整七尊，它们分别埋在了河西的这些绿洲上，埋了有上千年之久，一直在地底下睡觉呢，做梦呢。"此刻，郭麻日透露的这些讯息，其实跟续门平时搜集而来的情报相当一致，高度吻合，并不令人诧异。又说："大人，现在续门保存的这一尊，不过是其中一件，并非孤品，你索性交出去吧，它值不了几个钱。"

"你个歹人，你根本不知道轻重，这跟钱财无关，此乃凉州大义。"续可苏的愤怒溢于言表，哽咽道，"单说一件，就凭着张炬跳进了炉子，尸骨无存，我也绝不会让步。"

"他不过是个下人，一个马掌匠。"

"驴日的，你不能坏了天良。"

"大人如果点头，我想当着诸位的面，现在吃个咒？"

"咒？你吃什么咒？"

"只有将铜马交出去，盘龙爷他才肯退兵，续门才能解除压力，马营里的那些牲口也就有了活路。大人，命值钱，命才是最贵的；你现在损失一尊，我将来给你补偿六件，我发誓余生就是续门的走狗，一定要找见另外的埋藏地点，哪怕将整个河西掘地三尺。"

"呵呵，那我也给你一个血誓，你最好捎回去，捎给贼匪柴汉忠听听。"

"大人请讲。"

"是这，假如续门有难，而这一场劫难因军阀而起、因土匪而起、因这一尊铜马而起，就算我们这一家人不得好死，共赴黄泉，将来也一定会变成厉鬼和恶煞，找见另外的六尊法器，让它们永远不再出世，深埋在这一片先人的土地上，哪怕是朽烂，哪怕最后变成一堆废铁。"气氛冷寂，寒如三九天气，这一次的见面即将不欢而散。续可苏兀自蹒跚过去，推开了一扇窗子，仰看着凉州广大而深沉的天空，肃穆地说："除非太平，除非太平的光阴降临在了四郡两关，要不然的话，拿什么来摆放供桌，献上净水，恭迎老祖先们赞唱的这些神圣法器莅临人间、加持天下呢？"

郭麻日被冷落了，被拒绝了，灰头土脸的，欠身一揖，便打算告辞。

不承想，在这个关节上，灾难循声而至，一只脚已经野蛮地踏进了续门，开始电闪雷鸣，摧枯拉朽。随着一声凄厉的尖叫，丫鬟从家院的方向上跑来，一路跌着跤，最后摔倒在了待客厅的门槛上，尖喊道：夫人难产了，夫人突然殁了，大的小的都没有保住，天杀的。

是日，马营里搭起了一座灵棚，开始为女主人办丧。

整个续门乱作一团，满地的黄叶飞卷着，仿佛是上苍不忍，怜悯地撒下来的一沓沓冥亡钱，在追悼这一对母子。郭麻日被人遗忘了，也搭不上一把手，悻悻地蹴在了廊檐下，目睹着灾难践踏过后的这一片狼藉，纵然他是个恶棍，心里也着实不好受，眼角上挂了一两滴泪水。到了天色昏黄时，郭麻日竟然意外地成了续门的一名临时信使，回到了土匪的营帐，将白昼天里发生的这一幕悲剧，仔细地说与了盘龙爷，并捎去了续可苏的原话：容后三天，再借一条发丧的路，待三日之后抬埋完毕，双方再理论也不迟。柴汉忠毕竟是悍匪头子，口头上答应了，但私下里却加紧布防，以备不测：哎呀，续大人太不幸了，中年丧妻，也不知道他如何才能渡过这一道难关，人马退后三里地，立刻。

起风了，这是来自俄境和蒙古方向的秋风，也是冬季罡风到来的前兆，刮进了八卦阵马营当中，平添了更多的悲戚与伤感。作为唯一的孝子，三惹头缠孝布，腰系麻绳，卧在灵棚门口的一堆麦草上烤火盆、打瞌睡。可怜的娃娃，他还太小，他不知道母亲已撒手人寰，自己的半座靠山崩塌了，一只邪恶之手将要把他扔出去，往后的生命恍惚难辨，形如一粒芥子，在这个人世上随波浮沉、死生不知。大姑爹张罗着各种琐事，忽然蹙住鼻子，觉得不对劲，一个蹦子跑将过去，果然瞭见三惹的孝衣烧焦了，被火盆烤化了，但娃娃茫然不知，还在丢盹。大姑爹怆然泪下，用巴掌扑灭了火苗，解开自己身上的袄子，抱起娃娃，紧紧地搂在了怀中。因为被困，续门请不来和尚与道士，也没有唢呐班子前来吹奏，丧事冷冷清清的，家里的几名丫鬟早已哭干了喉咙，披头散发地围坐在棺木旁发呆，难免会忘了那个幼小的主子。

整个一天，续可荪将自己关在待客厅里，拒绝茶饭，谁也喊不开那一扇门。

大姑爹生怕娃娃受寒，抱着三惹来到了待客厅门口，却见门是开着的，并不曾反锁，便也不假思索，一脚碰开后，唐突地闯了进去。突然一怔，大姑爹发现其他的伴当们都在，续可荪及时地收住了话，不再言传；这让大姑爹尴尬坏了，颊面上臊得慌，犹如一个外人闯进了筵席，却发现根本没有他的一双碗筷那样。这倒也罢了，更为吊诡的是眼前的桌案上，已然供着续门的那一块马头牌，枣木质地，沉郁油亮，甚至有点干裂的迹象。大姑爹本人清楚不过，倘若不是万不得已，续大人决然不会请出这一尊神主，祈求先人们的庇护。左侧是香炉，右侧是净水，中间还有一盘子花卷与点心。氤氲的气氛中，地上堆着一摞子粗碗、一坛高粱酒、一把菜刀，竟然还有一只挣扎的大公鸡，力气明显衰竭了。大姑爹当即恍然，如果这不是在祭奠，便是在盟誓，可偏偏少了他这个姓苏的干将，也不知问题出在了哪里，慌忙却后几步，就想开溜，但是被当家人一嗓子喊住了。哑默了片刻，续可荪铁青着脸色，笃定道：

"是这，就按刚才说下的办理，此乃最后的机会。"

"大人，后日发丧么？"

"不，提前一日，明早天不亮就出殡，趁着混乱的机会，你们只要冲出了贼匪的包围圈，剩下的就简便了。"续可荪目射精光，俨然有了一个清晰的想法，"我只借了三天，按风俗停灵也是单日子，但等不及了,不能等着柴汉忠挖好坑,张开口袋,大家再一起跳进去。"

"那么将铜马送出去,将来交给谁?下家是哪一位?"

许应南的不解,同样问住了续可苏,他荒凉地摇了摇头,沮丧道:"天知道。"

"没有下家,那这个烫手的山芋仍旧在续门的手中,以后也摆脱不了危险。咱们的对手可不单单是柴汉忠这一支,军阀跟新城大营才是真正的噩梦,还请大人三思。"

"凉州郡老?干脆交给郡老班子?"

"大人,你八成是忘了吧,自从闹草引发的灾年开始,穆赫穆大人、赵家爸他们这一届郡老班子便先后谢世了,徒有一个空架子,迄今也不曾公推出来,尚未配齐。"

续可苏苦笑着,仿佛踩在了仰衬纸上,每一脚都是一个窟窿:

"也罢,那就由咱们续门来掌管它吧,谁叫咱们是贩马的人家,这一辈子靠马匹吃饭呢。这或许就是天命,天命难违。这样吧,不管是谁带着这一尊铜马逃出去,将来一定要随时背在自己的身上,从此隐姓埋名、不事声张。凉州的天总要亮的,我偏就不信,整个河西会永远生锈下去,太平的光阴照不进这一片爹娘的土地,诸位切记!"

"不过,武威城里倒是有一位乡绅贤达,但可惜他年事已高,玉山不稳。"

"姓权?"

续可苏豁然一笑。

"对呀,他就是素孚众望、赫赫著闻的权老太爷。他虽然不在六郡老之列,但谁也不敢轻视权门,常常有人去请益和求教。他老人家的后人名叫权爱棠,承袭了乃父之风,也不是平地里久卧的角色,将来必定是凉州的门面人物。续大人,走一步看一步吧,现在多说无益。"

"嗯,果子挂在树上,秋天会让它黄熟的。"

言毕,续可苏努了努嘴,连老三赶紧摆碗,孔德明拍开泥封,将高粱酒倒在了粗碗中,程本义手起刀落,剁掉鸡头,在酒水中逐个洒上了鸡血。这一刻,续可苏率着四名心腹干将,齐刷刷地跪在了桌案旁，嘴皮子乱颤，似乎在叨念什么誓语，却也不闻具体之内容。末了，他们各自捧起了血酒，一饮而尽，转身离开后，厅堂里只剩下了续可荪一人。

大姑爹盯望着当家人，忽然发现了一种迫切的眼神、求援的热望，当即明白了他被排除在外的理由：大人，你干么不让我去死，我也是你的臂膀，你的金兰兄弟呀？续可荪道：你就别争了，死是容易的，另有一件比死还要困难的事，需要你去办理。相问说：啥事？还有什么能比死更棘手、更难为情的么？答复道：活下去，一直活下去，替续门照看好这一根独苗，你也就是在替我续命，我就不会再扯心了。大姑爹一面点头，一面解开袄子，将熟睡中的娃娃交给了东家，转身跪在了马头牌下，仔细地倒了半碗高粱酒，又用匕首挑破了自己的指尖，洒下几滴鲜血，而后悉数灌进了他的肚子里，感觉一团烈焰瞬间爆炸了，竟然天旋地转的。实际上，此乃续门的规矩，仿佛不这么痛饮一碗的话，便不足以慷慨领命。

托孤，在续门的剧变与灾难来临之前，续可荪总算了却了这一桩心愿。

不承想，就在大姑爹分神的过程中，续可荪揭开儿子的衣服，露出了一块巴掌大的脊背，猛地喷了一口酒，然后抓起袖子擦干净。狠了狠心，续可荪用臂弯夹住娃娃，另一只手伸向了香炉，拿过来一根燃烧的线香，在儿子的脊背上戳了七下，不多不少，总共七下。娃娃突然疼醒了，尖厉地哭喊了起来，但也拗不过父亲的挟持，无法诉冤，哭了个半死。续可荪害怕伤口感染，又抓来一把香灰，撒在了那七颗星星状的伤口上，当即止住了血水。大姑爹被这种诡异的行为吓呆了，瘫在地上，半晌后这才反应过来，呼啸地冲了上去，一把抢走了娃娃，查看了伤口，咆哮道：你这是做啥么？虎毒不食子，你当爹的竟然也下得了手？续可荪婆娑着泪水，借故说：哎呀，这个小贼疙瘩心太硬，他娘就这么下世了，不逼着他哭上几嗓子的话，夫人也不会闭眼。

这是托词，大姑爹立时醒悟了：大人，怎么是七颗？这分明是北斗星宿的形状呀！续可荪顿了顿首，心思被窥破了，却也相当高兴：

对呀，咱们是贩马的人家，渡过这一劫，将来一定还会东山再起，因为河西的地底下，总共埋着七尊铜马，也就是七盏长明灯，始终在护佑咱们这些后世的子孙，这是恩养，也是一份乳汁；现如今，既然凉州的这一盏出世了，被军阀和贼寇盯上了，但只要咱们豁出性命去照看它，世上的路肯定就不会走绝的。大姑爹听懂了，搂紧了娃娃：大人放心，只要天上的北斗不乱，少主子脊背上的这七颗星星，便是续门的香火，也是替这一帮伴当指路的明灯，绝不会迷了路。

　　至此，这是主仆二人的最后一面，于这一幕光阴中彼此诀别。

　　次日一早，也就是寅时将尽时，续门的出殡队伍正式启程了，前后足足有一里地长，没有哭喊，也没有唢呐，唯有一只只燃烧的马灯，于黑夜中沉浮游动，首尾相衔，光芒凄厉，驶出了八卦阵马营。提前发丧，这大大出乎了柴汉忠的预料，但因为有求于对方，也不便发作，赶紧命令喽啰们暂时填埋了堑壕，修补好道路，又派出一支人马沿途尾随，最终抵达了墓地。实际上，所谓的墓地不过是一片戈壁滩，拳石累累，寸草不生，四野大荒之上弥漫着最后的星光，腾格里方向的地平线已经隐约发白了，就像一件袄子被撕破后，露出了一绺新棉花。落葬之后，续门的人各自捡了几块石头，压在了坟堆前，不一时，便砌成了一个祭台的形状。孝子三惹仍在熟睡当中，被丫鬟们搂抱着，象征性地磕下了三个头，又迅速回到了车轿内。临走前，空荒而凄冷的旷原上，突然爆发出了一阵阵撕心裂肺的哭叫声，夫人生前的几名贴身丫鬟不干了，寻死觅活的，一面叨念着女主子的种种好，一面扑将过去，似乎要碰死在那一堆石头上，拉也拉不住。

　　一骑飘失，迅如流星。

　　趁着这个工夫，许应南独马单枪，带着那一尊凉州铜马，就此失踪了。

　　天明之后，回到了马营，续可苏面色凝重，簌簌簌地爬上了瞭望台，观察了左右两侧的板湖，审视了几眼身后的山峦，又盯望着广漠的北方，忽然发现天象有异，充满了不祥的预兆。续可苏下来后，立刻去了粮库，检查再三，只有几麻袋麦子、码了半墙根的玉米和豌豆，饲料池子也已经见了底，恐怕难以为继。这么着，续可苏当即下令，开仓喂马，让牲口们吃掉这些活命的粮食，有少没多，哪怕是填个牙缝，它们好歹也能增加一点点力气，再去找寻各自的活路。大姑爹照章办理，虽然心里很不痛快，但猜想这是当家人的最后一搏，开弓的箭，肯定没有了回头的可能。

午时刚过，日头悬在了北疆的头顶，黄疸的颜色，不似往日。续可苏命令马夫们打开了全部的马棚子，拆除了营盘周围的栅栏，准备将它们统统放生。原本是锦衣云帽的蒙古大马，但因为饥饿的缘故，现在一个个呆头呆脑、皮包骨头的，仿佛从灾年里流窜而来的一群饿汉子，身影飘忽，目光虚弱。马夫们一再断喝，扬起手中的长鞭，甩出一记记鞭花，噼啪作响，炸开在了空气中，但是马群挤作一团，不为所动，根本就不领情。没了办法，马夫们抬出来一箱平时专门吓唬狐狼的土鞭炮，一把火就点着了。

在令人恼恨的爆炸声中，马营上空腾起了一团黑烟，受到惊吓的马群突然散开后，犹如两股疯狂的洪水，泄出了八卦阵，乌泱泱地漫延而出。其中一路冲向了马营的大门，但是柴汉忠下令开枪，先是一梭子子弹袭来，击毙了头马，接着是机关枪和手榴弹的咆哮，弹片横飞，碎石乱空，彻底地关上了这一扇门。马群被阻击了，艰难地掉转过队形，复又折回到了营地内，汇入了另一支队伍，向着对面的冈峦狂奔而去。

岂料，山腰上的土匪们砍断了绳索，燃烧的草捆子就像巨大的火球，飞滚而下。

草捆子浸满了火油，一面奔逐，一面喷溅，冲进了马营之后，四处纵火，迅速点燃了这一座北疆地区最大的营盘。此刻，秋风携带着一场沙尘暴，从腾格里的方向上掩杀过来，仿佛一只拉动的巨大风箱，拂吹着，鼓噪着，火借风势，风助火威，将烈焰与虐杀降临在了八卦阵当中，一时间马嘶人号、鸡飞狗跳，犹如末日来临一般。沙石呼啸着，尘土蔽日，续门的马夫们一边揉着眼睛，一边拦挡大牲口，要么被一头撞翻了，要么就被一蹄子撂倒了，无一幸免，每个人都是鲜血淋漓，自顾不暇。马营里本来有几口深井，另有不少饮马的水缸，程本义、连老三和孔德明互相泼湿了衣裳，吆喝大家先灭火，但已经来不及了。圆木构建的马棚子开始坍塌，引发了一系列的连锁反应，炸飞的蚂蟥钉天女散花，更像是一颗颗子弹，击中了奔逃的马匹，削掉了几名伙计的膝盖骨。倏忽之间，八卦阵彻底消失了，烈焰蝉联而起，结成了整体，犹如一座危险的火山，矗立于湍急的沙尘暴当中，一直燃烧到了傍晚左近，这才渐渐地倒伏下去，留下了遍地灰烬。

续可苏死志已决，殉难于老先人们交在他手中的这一座马营，保全了自己的名节。事后，两个幸存的亲戚娃刨开了一堆黑炭，找见了当家人生前从不离身的那一枚扳指，竟然奇迹般地不曾被焚化，他们将其扔进了湖水当中，祭奠再三。续门的三十几口子人，包括那些丫鬟和饭婆子，全部葬身于火海，无一幸存。马匹死伤惨重，除了极少数泅渡过板湖，在对岸悲鸣之外，包括烧亡的、窒息的、溺死的、自尽的，凡八百一十三骑。

板湖周遭的这一片杀戮之地，此后寸草不生，飞鸟绝迹，就像一块被上苍诅咒过的疤痕，钉在了北疆，一方面令人恐惧，另一方面又让人唏嘘不已。马帮和驼队一般不敢靠近这里，或者炸群，或者害病，所以人畜宁可一路上干渴，也不去板湖饮水。早年间，一个牧羊人耽搁了行程，拢着百十来只羊在此过夜，忽然听到了地底下马蹄杂沓、哭天抢地的声音，整整轰鸣了一夜，将他吓了个半死。这个传言扩散之后，关于续门的惨案便有了传奇性和神话色彩。道路纷传，那些蒙古神骏其实并没有死，因为板湖实乃天老爷划出来的一座露天马厩，它们还活着，它们就在那一片湖面上繁衍生息、代代不绝。

大概是在1970年，北疆人忽然发现，板湖旁边的这一块不毛之地绿草丛生，蜂飞蝶乱，一种罕见且蓬勃的生机，布满了旷原干滩、湖水沙地，大有接天壤地之势，并且悄然地抹平了那一块大地上的疤痕，修复如故，太平降临。

对此，凉州百姓们也是见怪不怪，因为就在前一年，武威雷台的一座汉墓中，出土了一尊铜马。马踏飞燕，郭沫若先生对此郑重命名，其通高34.5厘米，长45厘米，宽13.1厘米，重7.3千克。铜马呈昂首嘶鸣状，体格健硕而四肢修长，身形轻捷，三足腾空，一足脚踩飞燕，飞燕愕然回望，俨然一派天做故乡、地为世界之正大气象。1983年，这一尊铜马被国家旅游局确定为中国旅游标志，广为世人所知，也是首批被禁止出国的国宝级文物。

是的，天马一出，德润凉州，法安天下。

再说那一日，黄昏席卷下来时，沙尘暴也逐渐消失了，马营的废墟上暗火丛丛、黑烟不断，老鸹与狐狼乘虚而入，抢食那些尚未被焚化的马肉，掀起了另一场战争。但是，死亡并不能赶尽杀绝，连老三和孔德明竟然爬出了井口，程本义也从水槽中现身，三个人湿漉漉地抱在一起，哑着嗓子哭了半天，这才想起要去救人。寻了大半个营地，一个碎娃娃的啼哭忽然开了光、塑了佛、筑了庙，引得他们纷纷聚拢了过去，这才惊讶地瞭见大姑爹瘫在地上，拼尽最后一口气，将手中的一卷羊皮袄递给了伴当们。火势肆虐的那一刻，大姑爹同样也是无路可逃，他恰巧跑进了马夫们的睡房，便掏开了炕洞，连滚带爬地钻了进去，又用砖石封住了洞口。大通铺，这个季节尚早，还用不着烧热炕，加之烟道从容，外面的烈焰与毒气无法倒灌进来，于是避开了这一场劫难。但是，不幸也如影随形，绝不会放过这个忠诚不屈的仆人，就在大姑爹摸着夜色，刚刚趔出了那一间睡房后，一根冒烟的梁木垮塌下来，当场将他一巴掌拍在了地上，脊椎骨咯噔一声，似乎是断了。

三年之后，大姑爹这才逐渐康复，艰难地从炕头上爬了下来，但他的脊梁再也无法挺直了，犹如一根角尺，卑微而低下。其实，人世上的光阴是经不住开销的，等到大姑爹佝偻着身子，带着救孤团新一代的北疆子弟，进入武威城以后，一切早已面目全非。那个阶段上，少主子三惹已经离开了慈善堂，被抱进了权家，做了权爱棠大人的义子，从此姓了徐，官名叫惊白。鉴于权家老辈子先人们积攒下来的昭昭清誉，以及这一门人谦虚抑让的德业，又念及少主子马上就到了开蒙的年龄，武威城的教育水准堪称河西一流，远非北疆可比，大姑爹便忍痛放弃了抢人的计划，率领一帮死士，以卖洗澡水为生，秘密蛰伏在了城内，日夜盯望着恩人的家门，打探着惊白的一举一动。如此寒暑易节，春秋更替，救孤团在十几年间一直隐姓埋名、忍辱负重，也始终引而不发，静待着一个最佳的机会。

需要补缀的是，在续门的五虎上将当中，连老三和两名伙计，因为托孤，死于慈善堂门前的那一幕追杀。而程本义和孔德明是同一天被击毙的，事发于去年的重阳节当日，在军部的特务组绑架了惊白，正打算押赴北门外的刑场途中，他们鲁莽地动了手，最终寡不敌众，双双送掉了性命，横尸街头。至于携带那一尊铜马南下亡命的许应南，则是另外一个说头，这里按下不表。

也就奇怪了，等吹净了灰土和烟垢，打开那一件羊皮袄时，原本还撕心裂肺的三惹，突然停止了号哭，吮着一根指头，吧唧着小嘴，开始撒尿了。伴当们轮换抱住了少主子，每个人将颊脸贴了上去，碰了碰娃娃的额头，心里一瞬间就甜化了，仿佛吃下了一口蜜糖。这个关节上，板湖对岸庄子里的后生们跑进了马营，见状大惊，知道这根本不是什么火灾，而是一场大规模的屠杀，便吵嚷着散开，去寻找活口了。少年苏巴什也跑来了，呱喊了一声爹，吓得双腿一软，蹲在了地上。大姑爹并没有理睬儿子，抬手指着祁连山的方向，干涩地说：

"快跑！你们赶紧跑，一直往南跑。"

"干么要跑？"

"逃命呀！土匪柴汉忠绝不会放过续门的人，哪怕是一个孤儿，他势必要斩草除根。"在即将昏厥之前，大姑爹透露了机密，"是这，武威城里有一座清凉池，那是续大人当年经营的一个果园。你们等着我，将来咱们一起把少主子拉扯大。"

三位伴当陆续起身，哭着答应了。

"另外，续门的马头牌就在皮袄里，那个比命还要紧，你们务必要妥为保管。"

胡笳一百十节

现在，月亮也束手无策，因为树上的桃毛抢了它的风头，甚至比它还要慷慨。

痒到了极点，痒得开膛破肚，痒得抠心挖肺，痒得每一根毛发都绝望，每一片指甲皮都在颤栗，却仍然消停不下来。那个可恶的游击拼命地摇晃着桃树，枝叶簌簌而响，桃毛落了一层，又落下来一层，仿佛一群无形的索命鬼，覆盖在了柴汉忠的脊背上，如弯钩，如绣针，如牛毛，如草尖。不，其实什么也不像，桃毛就是一种难以抗拒的瘙痒，正在拔掉他的魂魄，灭失他的心脉，让他一吐为快，将续门的惨案悉数道出。好了，此刻说完了，说得嘴里头连一粒唾沫渣子也不见，柴汉忠挤出了最后一点力气，恍惚瞥见惊白那个少年突然扑将过来，尖喊了一嗓子，当即跪下了。

就在惊白月下认亲的这一霎，苏巴什赶紧跑过来，将青铜香炉和那一块马头牌郑重捧起来，放在了朝向凉州的一角。北疆汉子们不敢马虎，纷纷尾在了少主子的身后，乌泱泱地匍匐着，垂下了头颅和内心的焦渴，一时间悲声大作，淹没了整个范家大院。过往的身世，清晰如昨的恩仇，历历在目的细节，加之眼前这一座猝然来临的道场，让惊白忽然被一种叫作时间的东西给压垮了，不得不认命，也不得不服膺了这样的叙述与逻辑；他一连迭地磕头，额顶上血痕斑斑，表情也在抽搐。磕完了，惊白又掉转过身子，冲着救孤团的各位伴当三叩首，哭诉说：天呐！我不值当，我根本就不值当，诸位划不来为我操劳，耽搁了你们的光阴，枉费了大家的心血，这让我欠下了一屁股的债，我如何才能还清？张汲水立时翻了脸，驳斥道：呸！乱嚼牙茬的话，神主牌就在这里，你小心让先人们听了去。苏巴什哀恳地说：惊白，少主子，今个天还不是哭坟的时候，等将来回到了凉州，你把石羊河哭干，你把祁连山喊塌，那才是你这个孝子的本事，现在住嘴吧！恓惶了半晌，惊白慢慢地收住了泪水，感觉自己被大家可怜了，也被同情了。

既然在北疆汉子们跟前碰了壁，惊白就想挽回一点颜面，只好下坡里追乏兔、柿子捡软的捏了，于是他踱到了仇人的身边，蹲下说话。恰巧，这时候一阵风吹来，桃树晃了晃，有一颗毛桃再也挂不住了，吧嗒一声掉下来，砸在了柴汉忠的后心里，溅起了一蓬微芒，不，其实是桃毛。柴汉忠蠕动着，犹如一只浑身恶臭的肉蛆，忍受着绵绵而来的磨折，沮丧道：

"真的，我根本没料到，我会死在桃子的手里。"

"这是为啥？"

"唉，人一旦作下了孽，这个世上的生门全就关闭了，连桃子也不肯放过你。"稍一动弹，绳索便越来越紧，越来越急迫，尤其是脖颈子里的那一根。柴汉忠忽然有了诉说的欲望，告诫道："公子，你一定要惜福呀，一个人的福分其实也没有几两几钱，不会很多。"

"笑话！你的嘴里还能吐出一根象牙么？"

"想当年，你被续门的下人们抱走后，一路亡命。为了斩草除根、不留后患，我将马营附近十几个庄子里跟你差不多大小的娃娃们全部杀掉了，但是唯独走脱了你。那些娃娃是因你而死的，他们的福报积攒起来，这才灌满了你的池子，成全了你的今天，你要惜福呀！"

"贼和尚，你现在倒是想立地成佛了？"

"可惜来不及了。"

"那你死了以后，你下辈子打算投哪个胎？"

"锯子。"

"什么锯子？"

"呃，我就想变成一把锯子，不过斧头和菜刀也可以，只要是利器，我什么都愿意。"柴汉忠挣扎着，撇过头去，将一束目光挂在了桃树顶上，但是绳索再次勒紧了，他的呼吸突然间跟跄了起来，"布虚，我这个法名太糟糕了,也被叫坏了,真的。"

"咋说么?"

"嘿嘿,其实人世上的大小事情都真实不虚,确凿无误,就像这树上的桃子,总是带着业报。续门大火之后,我也害怕,我也恐惧。我带着这一帮土匪落发为僧,当了和尚,但终究没有一座寺庙能慑服自己的野心,也不见有哪一只木鱼,能敲醒我的良心。"

冷不丁,又掉下来两颗毛桃,砸在了那一片脓血当中,微芒烁闪。惊白发现不妙,忙问:

"哎呀,你想不想翻个身?"

却不见声气。

第十七拍

胡笳一百十一节

刘北楼拽上张彝,将惊白堵在了房间内,这是三位特别代表的首次争吵。

争吵的议题不外是婚礼。一方是当事人惊白,觉得只有剑走偏锋,临危犯险,在大庭广众之下突然跟聂玉结拜,认她做了姐姐,方可洗脱身上的污名,还自己一个清白,倘若私下里和解,心中总是不甘。这便是凉州少年的倔强与异想天开,他一旦认定了,哪怕是九匹大马也难以让其回头,况且又是惊白这样的贼骨头。作为反对的一方,刘张二人的态度激烈而恳切,陈述了一大堆理由。什么婚姻要经得权家人的同意,必须由权达云和顾山农点头才行;什么身为特别代表,使命在肩,假如惊白一意孤行的话,他们有权执行纪律,立即扣押,并将其迅速遣返凉州,再作处分;什么在这样千里之远的路上,连慰问团的安危也难以确保,遑论一门姻缘了,加之聂玉又是大地主的碎婆子,人家岂有拱手相让的道理,这八成就是一个陷阱、一个阴谋;再说了,那一支僧侣团发生了内乱,原因不详,但温世良居然轻易地铲除了头把子,收服了诸人,而且大家又获悉布虚和尚是被几颗毛桃给害死的,如此诡谲且荒谬的变故,实在是令人难以信服,疑点重重。但是浪费了半天口舌,全无功效。惊白气呼呼地说:呸,屎盆子扣在了本少爷头上,别人不来舔,那就只有我亲自来洗白了!谁要是再劝我,把我惹急了,那我索性一不做二不休,就在这片原上落户扎根,跟凉州一刀两断。面对如此孟浪的一介少年,面对轻佻的惊白,刘张二人话到了嘴边,差一点交了底,但在目光对视的刹那,又彼此警告,于是无奈地摇了摇头,将行动计划咽进了肚子里。

但是，惊白的疯癫状态这才刚刚开始，正所谓响水不开，开水不响。

桌子上搁着一只红漆箱子，惊白打开黄铜锁扣，原来是一套新郎官的衣裳。长衫是紫红色，鞋子是千层底的，上黑下白；尤其是那一顶夸张的白礼帽，在左右两侧各吊挂了一只崭新的香包，一个是龙，一个是凤，掐金丝，走银线，煞是喜兴。箱子是范一挥的家丁们刚刚送来的，另有一碗手擀的长面，在原上称作"离舍面"，男女双方连吃三顿，便意味着可以婚配了。惊白端住碗，用筷子夹起汤面上的一坨肉臊子，隔窗丢了出去，瞭见一条土狗跑过来，将其吞掉了，他自己也咥得一干二净。抹净嘴，漱了口，惊白骑在床头上，开始大张旗鼓地换新衣裳，故意给刘张二人难堪。显然，这是一种示威，亦是挑衅，预示着凉州各界慰问团彻底瓦裂了，从此各走各路，各说各话。

拾掇完自己，惊白俨然成了一位别致的新郎官，戴好礼帽，摇晃着一龙一凤，踅出屋门，去别处炫耀了。这是大地主刻意交代的，按照原上的风俗，新郎官享有这个特权，一切行为不受限，来去自由。岂料，惊白根本没走远，反身推开了窗子，将脑袋探了进来，瞭了一眼刘张，獐头鼠目地说：对了，枕头下面有一本春宫册子，最新版的，二位可以打发今个夜晚了，可千万别淌口水呀。张彝气了个半死，一个蹦子追了出去，却见惊白乐颠颠地跑掉了。屋顶上游走着范一挥的几名家丁，纷纷抬起了枪口，对准了张彝和刘北楼。

从太平驿返回后，刘张率领的这一支队伍人困马乏，浑身上下也被关山的夜露打湿了，狼狈万状地进入了范家的长工院，瞭见在廊檐下枯坐的苏巴什和张汲水腾地站了起来，仿佛迷路的娃娃，终于找见了自家人，眼睛红肿地相告说，大事不妙了，还请二位特别代表赶紧拿个主意吧，否则就完了，一切都完了。直到此刻，刘张二人这才获知，一路相随的僧侣团发生了惊天变故，布虚法师突发恶疾，结果让几颗毛桃要了命，已经在前天夜里被抬埋掉了，现在是由铁海和尚，不，由名叫温世良的那个家伙说了算。北疆汉子们避重就轻，挑肥拣瘦，自然也是存了私心，绝不会如实告知那一幕续门复仇的情景；他们老实巴交的样子，更不可能引起对方的怀疑。该死的，刘北楼惊呼了一声,布虚的噩讯已经让他惶惑不安,骇然万分,但接下来的这个消息更是千荆万棘,山崩海立,将后续的计划统统打乱了,令人哭笑不得。

惊白要成亲?惊白迎娶的女方,居然是大地主的第七房,一个叫聂玉的碎婆子?

当即就炸翻了,刘张二人换上干净的制服,带着凉州军部和武威县府的全套手续,惶惶然地冲进了前院,去找范一挥理论,要求他立刻取消这一桩婚事。的确,眼见为实,整个前院里已经气氛喧腾,热闹非凡,头顶上悬挂着各式灯笼与彩带,堂屋与婚房也布置一新,门口矗立着一座旗门,左右两侧张贴着大红对子。院墙下,一个响器班子正在练习,喜洋洋的乐声中,掺杂了一丝松香的气息。大概有十几张喜宴桌子摆在了花坛周围,飞下来一群麻雀,在公然啄食碟子里的点心。最兴奋的当属范一挥的那六个大婆子,死里逃生之后,原本将矛头对准了聂玉,却不承想,当家人棋高一着,直接将那个娼妇嫁了出去,下嫁给了一个青皮少年。虽说老东家还花钱置办了这么一场婚宴,但实际上这是公开羞辱,也是明显的作贱。范家杀鸡烹羊,婆子们联袂动手,做出来的大馍馍和碗蒸肉,层层叠叠地码在了廊檐下,花红柳绿,惹人馋涎。刘张二人顾不上饥饿,穿过游廊,在一座葡萄架下寻见了大地主。

架子上挂着几只鸟笼,范一挥捧着一盅黄米,正在喂八哥。请求撤销婚事;慰问团不再叨扰,尽快开拔;一应支出,双方结算清楚,两不相欠,等等。听罢了两位特别代表的陈词,范一挥竟然头也不回,兀自对着八哥说:啧啧,说得比唱得好听,你们来,你们也给长官阁下嘀咕几句,卖弄一下本事吧。八哥颇通人性,雀跃不已,熟练地说:快就座,请喝茶。果然,叫声引来了一名丫鬟,提着一壶开水,沏上茶,让了座。刘张二人收敛了先前的愤怒,不再咄咄逼人,并且挤出了一大堆笑容,决定以理服人。耄耋之年的大地主,这几天被一种亢奋与激越的情绪所裹挟,一扫老态,也完全丢弃了羞耻心,喋喋一通,添油加醋,讲述了惊白和聂玉之间的私情。通奸,春宫册子,被捉拿在床上,死不认罪,这些话从范一挥的嘴里讲出来,由不得对方不信。刘张二人面面相觑,简直快要臊死了,顿感他们不是前来交涉的,实际上乃是惊白的同谋，专门听候判决的。难怪么，难怪先前询问起这一场婚事的由来，那两个北疆的贼人遮遮掩掩，语焉不详，拼命地替惊白辩护，却原来这个凉州少爷是一名花痴，一介淫贼，在千里之外的异地他乡，捅下了如此大的乱子，他本人肯定难以收拾，并将祸及整个凉州慰问团的声誉。变起仓促，横生枝节，刘张二人登时哑默了，赶紧用茶盅遮住了鼻脸，等待大地主的进一步抱怨与发落。

这时候，范一挥起身，摘下其中一只鸟笼，放在膝头上，吹了个响儿。笼子里的两只八哥听懂了，也回报了一连串的啼叫，彼此默契。突然间，范一挥两手一扯，将鸟笼撕碎了；见八哥们噗噜噜地飞出来，盘旋在葡萄架下，他的眼眶里立时储满了泪水，哀告说：走吧，你们走吧！我放生了你们，就别再打搅我了。待两只八哥消失后，范一挥这才掏出了肺腑，说他这辈子真是不易，虽然范家是这一片原上的豪门巨户，但老了老了，家中却出了这样的丑闻，他的心里龌龊得不行，幸亏迄今还不曾扩散出去，他不如成人之美，撮合了惊白和聂玉这一对男女，一来替范家止血，再一个也加固了他范大善人的美名。又绍介说，他也是抹下了老脸，仗着个人的威望才这样办的，因为按照本地的乡规民约，凡是偷情与通奸之男女，一概处死，要么沉入泾河，要么活埋，他的大度和慈悲，理应得到两位特别代表的理解。见事有不欢，一切都僵死了，再无通融的可能，刘北楼便提出让慰问团先行开拔，进驻于泾川县城，待范家的婚宴办完后，惊白再来会合。张彝会意了，频频点头，刘北楼的这个算盘打得精，只要靠近了泾川驻军，随时可以向孙远志的混成旅求援，不怕生变。但是，范一挥却不这么想，甚至觉得这是对方在威胁，他抓起桌子上的那一套通关手续，掂量再三，轻蔑地问：怎么，你们打算去县府报官么？呵呵，天下的衙门朝南开，可偏偏泾川县的衙门是个例外，只向着范家开，我可不希望二位去击鼓喊冤，将这件丑事闹得满城风雨，人尽皆知。似乎在印证大地主的傲慢，这一刻，头顶上的一只八哥清脆地发声：范家爸，给范家爸请安。范一挥赧然而笑，释解说：听听，连这个鸡巴东西也明白事理，知道县长很有一阵子没来看我了，它一旦听见"泾川县府"这四个字就敏感，所以才开口请安的。指桑骂槐的话尚且如此，但接下来的这一幕更让人色飞骨惊，不忍目睹。只见范一挥摘下那只鸟笼，扔在桌子上，又拎起半壶滚烫的开水，仔细地浇在了八哥身上，一边浇，一边切齿道：多嘴的货，谁要是冲撞了这门婚事，这就是下场！

八哥挣扎了几下，竟被活活烫死了，鹅黄色的长喙，突然就白了。

临走前，范一挥交代丫鬟婆子们，抓紧给二位客人摆一桌席，开一坛西凤酒，并且相告说，接下来的流水席要吃整整十天，千里姻缘一线牵，鉴于新郎官也是一名特别代表，那么凉州慰问团全体上下，则是夫家的宾客，既来之则安之吧。范家大院里的喜庆，招摇的旗门，热烈的红灯笼，尤其是那一声声刺耳的唢呐，分明是讽刺与嘲笑，简直让刘张二人拿不动筷子，举不起酒盅。荒凉了大半天，他们二人又深感太平驿之行过于草率，过于自以为是，也过于理想化了，书生意气，纸上谈兵，如今却碰了一鼻子的灰。刘北楼为了挽回颜面，笑容僵硬地说：再等等吧，待泾川方面的援兵一到，我发誓要捣毁这一场婚宴，将僧侣团和这个老地主全部拿下，谁也走不脱。张彝并未附和，目光尽头，范家堂屋的屋脊上，赫然架着一挺机关枪，事情到了这种地步，胜负已然有了答案，不言自明。张彝蹒跚到了架子下，揪下来一根葡萄串，含在牙齿间一咬，又噗地吐掉了：酸的，他妈的太涩牙了。

倏忽间，张彝的眉头蹙成一堆，似乎想起了什么，撒丫子就跑了。刘北楼觉得情况有异，跟丫鬟们打了声招呼，表面上嘻嘻哈哈的，步伐却十分匆促，跟出了院门。

果然，在惊白的枕头下有一本册子，却不是春宫图，而是由屠思聪所著、世界舆地学社发行的《中华最新形势图》。这是惊白从凉州捎来的，扉页上还有国际观察家张翘楚的落款与印章。刘张二人相当警觉，不敢吱声，慌忙翻看了起来，最后在泾川县及陕甘边界的关山这一页，发现了惊白留下的一行墨字：

危险，速逃。

而后，刘北楼将这一页撕扯下来，喂了一根洋火，化为了灰烬。

阅后付火，这是他一贯的做派。张彝摸出来一把匕首，含在臂弯里，悄然出了门。不到半炷香的工夫，张彝复又溜了进来，刀子已经红了，滴答着血水，指着隔壁说：邪门了，刚刚宰掉的这个家伙是一个贼和尚，他交代说自己是铁海法师安插的桩子，专门来盯梢惊白的。刘北楼顿感太平驿之行，属于重大失误，错过了范家大院里发生的惊天巨变，以至于他和张彝现在聋了、哑了、瞎了，两眼一抹黑；也难怪惊白留下了这样的警告，想必那个猴子般的少年人发现了某种危险，所以他才独自出了门，一个人顶风犯险去应对了。一念至此，刘北楼头皮发麻，感觉自己生涯当中的一座桥梁突然崩塌了，慌忙跟张彝简单交流之后，决定提前动手，将凉州方面的所有车辆与辎重付之一炬，烧毁全部的鸦片，而后连夜西返。

　　下半天的时候，刘张二人率着军地双方的随行人员，各自分工，推盘演义，又喊来了苏巴什和张汲水，一五一十地告知了详情，迅速结成了同盟军，打算拼死一搏。听说要回凉州，今晚夕就可以出发，北疆汉子们一时间难以置信，互相捶了一拳头，这才知道不是在做白日梦，群情沸腾。但是，刘北楼命令大家统统闭嘴，蛰伏在各自的睡房内，养精蓄锐，只待入夜之后瞅准时机，以枪声为号，迅速扑向前院。

　　暮色降临在了原上，犹如一条悠长的黑色挽带，预示着这是一个转折之夜。

　　哐当一声，长工院的大门打开后，伙计们挑着担子，送来了两桶子烩菜、一筐花馍馍，撂下了一摞子海碗。沾了婚宴的光，烩菜太肥了，几乎全是丸子、肉片、里脊、羊骨头和鸡肉疙瘩，跟平时的伙食大相径庭。门外的几名家丁抽着鼻子，忽然忍受不住诱惑，纷纷将长枪支在了墙根下，端起满满当当的大海碗，一个个咥开了，吃得大汗淋漓，连呼过瘾。这一刻，他们根本不知道，这已经是他们的最后一顿吃喝了，俗称辞阳饭。刘北楼不敢马虎，递出了一记眼色，还根本轮不到其他人动手，北疆死士们便用了最原始的手段，人手一根绳子，就将家丁们变成了亡人，全部放翻在了地上。

　　行动开始了，军地双方的人员呼啦啦地冲进了前院，刘北楼率先开了几枪。

　　枪响之后，正在忙碌的伙计、丫鬟和婆子们鬼哭狼嚎，乱作一团。脸盆被打翻了，锅灶上的热油腾起了火焰，桌椅板凳挡住了人们的腿脚，家犬在吠叫，一群待宰的公鸡挣脱了束缚，飞上了葡萄架，夜色顿时被搅稠了，一切都影影绰绰了起来。但是，刘北楼记得僧侣团的那一支车队停放的位置，它叫歇马场，就在范家大院的门首，一般用于接待访客的车辆和坐骑，所以他并不会迷路。绕过了一对凉亭、一座荷花池与假山，穿过了一条游廊，等跑到了照壁附近时，张彝忽然停下来，朝周围的屋顶上逡巡了一圈，眼底发黑，大喊不妙，但是为时已晚，刘北楼早已带着军警们狂奔而去，一阵风地刮进了歇马场。

　　此刻，僧侣团的十五辆胶轮大车，整齐地停靠在歇马场，但车厢是空的，空无一物。

　　那些起自凉州的神秘木箱不见了，马夫不见了，大牲口不见了，哪怕连一个鬼影子也没有。刘北楼怒火中烧，一下子扯开了喉咙，咆哮不止，显然已经失去了理智和一名职业军人最起码的判断。他放弃了突围，居然抢过来一把炬火，点燃了胶皮车轮，疯狂地发泄起来。火光大炽，毕剥作响，熔化的橡胶炸裂之后，携带着奔突的星火，又引燃了周围的车架，一时间烈焰遍地，集结成了一座燃烧的山峦，气势冲天，照亮了整个范家大院。

　　但是，密集的枪声来得更加凶猛，也毫无一点点朕兆，绝情辣手，横扫一片。

　　张彝中弹了，胸口上炸开了一个窟窿，来不及呱喊，人便栽倒在地。苏巴什心系伴当们，张开臂膀，老鹰一般地遮护着大家，但一梭子子弹追了上来，钉在了他的脊背里，同时也撂翻了其他的北疆汉子。唯一侥幸的则是张汲水，凭着飞行游击的本能，几个蹦子闪开后，匍匐在了照壁下，捡了一条性命。其间，枪声歇停了片刻，刘北楼仓皇地环视一遭，发现凉州人马纷纷倒地毙命，犹如野草似的，被一把无形的镰刀彻底刈除了，声息不再。愣怔之后，刘北楼忽然抡起了手中的炬火，朝着黑暗深处断喝道：来呀，来杀我呀！在下刘北楼,来自凉州,老子行不更名,坐不改姓,快来杀我呀!很快,这样的咆哮得到了答复,也满足了这名青年军官的索求。一排子弹呼啸而至,刘北楼的右臂当即被打烂了,炬火掉在了脚下,他摇曳一番,最后硬是用一只膝盖支住了整个身子,不曾摔倒。

"北楼兄,咱们又见面了,这么快呀!"

"啊!孙远峰,怎么会是你?"

刘北楼从疼痛中睁开双眼,视线模糊不清,但好歹也认出了眼前说话的人。

"哎哟,北楼兄身为特别代表,不远千里,专门从凉州来向我借兵,这是信得过我,也是抬衬我,我岂有不照旨遵奉的道理,所以就急慌慌地赶来了。"孙远峰掸了掸肩膀上的柴灰,指着身边荷枪实弹的一帮人,"其实,这些陕西来的麦客子,提前几日就进入了范家大院,他们比你要快,兵贵神速么。"

"远志在哪儿,孙旅长呢?你弟弟他怎么没来?"

"抱歉,计划有变。"

"那你干么要开枪?你知不知道,这地上躺的人,可全都是我带来的。"

"芝兰当道,不得不除,阁下你也不例外。"

孙远峰挥了挥手,麦客子们扑将上来,当即擒获了刘北楼。

下半天即将过去,惊白穿戴着那一套新郎官的衣裳,出行无阻,来去自由,在范家大院里游荡了许久,终无所获,不免有些沮丧。现在,只剩下了最后一处地点,虽然身心疲倦,惊白还是决定擅闯牲口院,去一探究竟。

牲口院比别的院子更大,仿佛走进了野山草海当中,满眼皆是麦草垛和苞谷秸秆堆成的山峦,气息清冽,带着这个季节的微醺与汗漫。牛哞阵阵,骡马嘶鸣,从牲口的叫声中便可以获知,此乃整个原上数一数二的豪门巨户,别无分号。新鞋子太夹脚,有点不适,惊白趔趄而行,在草山与秸秆的罅隙间一瘸一拐的,终于踅出了这条孔道,长吁了一口气。突然,惊白瞭见眼前那一座宽阔的茅棚下,麦草覆地，阴凉婆娑，一群粗衣陋服的汉子正在酣睡，磨牙声、呼噜声掺杂着一种令人呕吐的汗臭，让他慌忙捂住了口鼻。

不巧，惊白下脚太重了，其中一人忽然翻坐起来，拽住了他的衫子：你谁呀？你弄啥的？惊白恼恨地说：丢手，我是范家的新姑爷，你没看见这身衣裳么？那你们又是谁，大天白日的在这里偷懒，成何体统？也许，新郎官的这件行头就是招牌，对方松开手：是这，我们是从陕西来的麦客子，替老东家来割麦子的，天气太大了，今晚上才能开镰。原来如此，惊白故作轻松地说：呃，睡吧，你们接着睡吧！我也就是转一转，这个袍子真是累赘死我了。

告辞后，惊白三兜两转，按着碎婆子聂玉的描述，站在了套院门口。

套院不大，却别有洞天，十分紧凑，这是范一挥私下里接待特殊官商的所在，自成一格。惊白一时间喜出望外，刚刚抬腿迈进了门槛，斜刺里杀出来一名持枪的士兵，浑身警觉，突见新郎官，掉转过枪头，上去就是一记枪托子。惊白哎哟一声，捂住了肚腹，疼得眼泪也快下来了，赶紧求援说：

"阁下，你的狗从来不拴链子么？"

"我是专门来给新郎官贺喜的，如果牵一条恶犬，岂不是大煞风景。"

窗子里传来了一阵爽朗的笑声，随后喝令士兵退下。

"嗯，那倒也是，一个叛将离开了凉州，在逃亡的路上惶惶如丧家之犬，当然不能拴链子了。"这时候，惊白终于寻获了答案，释然无比，便一屁股坐在了廊檐下，兀自失笑道，"长官，我忽然想起来一句诗，权当是我送给你的见面礼吧？"

"岂敢，卑职在洗耳恭听。"

"风萧萧兮易水寒，马乙麻来到了牲口院。呵呵，这句如何？"

"好诗，的确是好诗，比李太白还攒劲，凉州少爷的狗嘴里，到底吐出来了一根象牙，也不枉了我对他的一番器重。"门帘萧条地悬挂着，马乙麻并未走出来见客，却热络地说，"在下实为叛将，根本没脸扮演一名壮士荆轲，也不想做易水之别。其实我是专门来接你这位少爷的，我怕惊白你走失了。"

"同为天涯沦落人，那你找我干么？"

"求一个好前程。"

"你撒谎吧，我明天就要当新郎官了，我的前程简直黑透了，我也不奢望什么。再说，临离开凉州的时候，你还送给我一只指北针，结果把我带进了死胡同，我信不过你。"

惊白摘下礼帽，从帽兜里取出指北针，踩在了脚下，嘎巴碎了。

"哼，这个倒也简单，你干脆别做姑爷了，你拜老东家为义兄，结成金兰之交。我来出面吧，反正范家置办了这么一场体面的酒席，总不能打了他们的脸，拂了人家的美意。"

"我负谤难明，头上顶着一盆子屎，还连累了那个聂玉姐姐。"

"不过，我现在有一个主意可以解脱你。"

"什么办法，阁下？"

"喏，这其实就是一桩花案。依我看，少年不孟浪，少年不拈花惹草，岂不是浪费了大好年华么，况且是像你这样的少爷羔子，对此我并不吃惊。"马乙麻掩门不出，但兴奋之情溢于言表，相告说，"惊白，你现在已经清白了，你也可以挺直腰杆子做人了，因为就在刚才，聂玉已经离开了范家大院，这辈子她再也不会回来了，我向你保证。"

"她去了哪儿？聂玉姐姐干啥去了？"

"聂玉出家了。聂玉去当姑子了。哎呀，这也是没办法的事，一个人如果心死了，那就谁也不想见。野庙荒寺，青灯黄卷，恐怕就是她最后的归宿。"

惊白愕然不已，诘问道：

"牲口！是你逼她的，还是那个老地主撺她走的？聂玉姐姐去了哪里？你实话告诉我。"

"据说进了关山，那里有不少的尼姑庵，天知道。"

"关山？"

"对了，铁海和尚，不，我已经委托温世良带人，驾着一辆最快的马车走了。想必他们现在已经渡过了泾河，等他回来后，你可以当面问问他。温世良是我埋在柴汉忠身边的一根暗桩，你别看他也穿了那么多年的袈裟，但他其实是现役少尉，如今正式归队了。"

"姓马的，原来你一直在幕后打算盘，你在操控这一支凉州慰问团？"

"过誉了，在下实不敢当。"

"我明白，你还在继续打算盘。"

"坦率地说，在下以前打得并不痛快，打成了一笔糊涂账，过于自负和傲慢，加之时运不济，所以才被凉州所弃，成了一个孤魂野鬼，流落在此。"马乙麻停顿下来，伤感了半天，热烈的口气突然卷土重来，"惊白，你跟我一起走吧，咱们去求一个不错的前程如何？"

不曾响应。

渐渐地，夜色如同一道流水，泻下了屋檐，将神伤不已的惊白淹没了。世道浇漓，人间难以圆满，惊白思忖着，心却已经飞离了，不停地幻想着聂玉，捏得手上的骨骼嘎巴作响。难怪么，惊白忆想起上半天去找姐姐的情景，聂玉当时正在打一个行李卷，颊脸上挂着泪水。惊白懵懂，乐颠颠地描述着他即将在婚礼上变法的计划，揣摩着大地主吹胡子瞪眼的表情。聂玉不表态，也不附和，一味地苦笑着。其间，聂玉挑了几件贵重的首饰，交给惊白，叮嘱说：喏，等将来你回到凉州之后，送给你真正的姐姐吧！我只是个样子货，你最好把我给忘了，我根本就不值价。惊白立刻拒绝了，说我凉州的姐姐从来不戴首饰，她只喜欢玛瑙石，蓝色的戈壁玛瑙石。临走之际，聂玉忽然冲动了起来，捧住惊白的下巴，在他的额头和脸蛋上亲了几口，亲得很慢，也很热乎，臊得这个少年人连耳朵根子也红透了，夺路而逃。

但是，聂玉又追出了门，对惊白悄语说：你记住，你惹谁都成，但千万别去惹牲口院里的那个凉州客人。我听我的丫鬟说，她去送饭时，亲眼看见温世良和老东家被训得一塌糊涂，很显然，那个人才是拿事的，这些天他一直躲藏在套院里，大门不出，二门不迈。惊白疑惑道：什么，凉州来的客人？聂玉点头说：对了，客人姓马，穿的是军装，还带了副官和卫兵。惊白豁然一笑，当即猜中了这个神秘的客人就是马乙麻，凉州军部的特务头子。

聂玉的话不过是一阵耳旁风，但吊诡的是聂玉的命运，竟然也是马乙麻说了算。

惊白陷落于一种败坏的情绪当中，根本不愿搭理窗子里的问话。关山，这个只在地图上见过的名字，计惊白觉得遥不可及，即便天老爷赐下一对翅膀，恐怕此刻也难以追上聂玉了。但是，在范家大院里，另有一帮同行的伴当，他们也珍贵，也是爹妈所生所养，再也不能有丝毫的闪失了。惊白依照对马乙麻的了解，断定这个特务头子的出现，一定会带来一场血雨腥风，但无论他再怎么开动想象，也不可能知道这竟然是整个凉州各界慰问团的末日。上半天时，正是带着这种揪心与不安，惊白匆匆留下了"危险，速逃"的留言，夹在了《中华最新形势图》当中，期盼着刘张二人有所警觉，而他自己则决定孤身犯险，去直面马乙麻一遭。

冥想中，惊白的失落与颓丧简直无以复加，就像一道道夜色流泻而来，令其有一种濒临溺死的窒息感。突然间，范家大院里传来了几声枪响，停顿了片刻，枪声猛地密集了起来，似乎将头顶上的这一座穹顶打成了破筛子，打得千疮百孔，一地碎屑。惊白不明白发生了什么事，木然地张看着前院，听见枪声渐渐地止息了。但吊诡的是，屋内的特务头子竟然充耳不闻，无动于衷，就连一声咳嗽也没有。他显然知晓这一切，或者说，他就是幕后的主谋。

事实上，马乙麻开始动手了，他在剿灭凉州使团。

惊白呼哧一声站起来，撩开门帘，直接冲了进去。桌子上的灯苗闪了闪，马乙麻哎哟一叫，慌忙丢下针线，将扎破的那根指头含在了嘴里，目光煞是无辜。惊白瞭见了一只针线簸箩，原来马乙麻正在灯台下穿针引线，给一件摊开的新式军服仔细地缝缀着领章与帽徽。真是难为了他，针脚粗陋，样子也是歪歪斜斜的。惊白含着嘲讽的笑意，发现这件军服的颜色和款式，与凉州军部的迥然不同，这似乎也说明了那一阵枪声的真正缘由。

"惊白，你是如何知道我叛逃的？"

"听来的。我要是告诉你，我有一件神奇的地耳朵，你肯定也不会相信。"

"他妈的，看来刘北楼这个混账真是该死，死有余辜，老子枪毙他十回也不冤。"马乙麻吐掉一口血唾沫，恶狠狠地说，"什么鸡巴耳朵，惊白你不必替刘北楼打掩护，我相信他的手里有一部电台，他一直在跟凉州方面联系，也在跟我处处作对。呵呵，幸亏老子来得及时，将你们这支队伍拦截在了甘肃境内，否则进入陕西的话，那可就麻烦大了。"

"你干么要威胁杀他，刘北楼跟你是同僚呀？"

"不，现在不是。"

"因为你背叛了凉州，你就想杀人灭口？"

"惊白你听好了，如今是河州方面的第一团占领了凉州，团长名叫马训，已经成立了凉州城防司令部。不过，马训只是个过渡，新城大营将来的新主子则是马步青阁下，他率领的甘肃骑兵暂编第一师，目前驻扎在了平番县，等待气候一好，才能翻越乌鞘岭，进入河西境内。"马乙麻拿起剪子，剪断了针线，将那一件新式军服穿在了身上，"怎么样，还得体么？惊白你吭个气，这是不是衬我？"

"的确衬你，但里头的瓢子没变。"

惊白失笑道。

"咦，你什么意思？"

"这就像凉州一样，再怎么变化，瓢子都姓马，都在你们马家人的股掌之间。"

"呵呵，惊白你跑了这一趟远路，还真是开了眼界，长了见识，悟到了这一层是非关键。"马乙麻系住了纽扣，在一块水银镜子前端详着自己，透露说，"三少君死了，他实在不应该暗中勾结蒋介石，结果被冯玉祥的特务们获悉，诱捕于郑州车站，在河南焦作被枪决了。"

"马廷勷？马廷勷被杀了？"

"中原大战业已结束，蒋介石正在重新洗牌。"

"于是，你就像变色龙一样，换上了这身老虎皮？"

惊白讥讽道。

"古人云，良禽择木而栖，贤臣择主而事。这一年天象凶险，祸事迭出，咱们每个人其实都站在了分水岭上，必须去抉择，去领受个人的前定。"马乙麻拿起军帽，吹了吹浮灰，恳切地说，"惊白，我带你去投奔马步青长官，求一个好的前程吧。我已经联系上了他，我还准备了一份天大的厚礼，咱们回家，去平番县跟马步青会合。"

"你干么非要强人所难？我自己也有两条腿，不必你操心。"

"呵呵，你可是我的护身符，我的招牌。"

"我并不是一枚棋子。"

"少爷，我如果不把你安全带回凉州，我本人也就难以进入河西，继续在新城大营里吃饭了。你固然人微言轻，无足轻重，但是我不能不顾忌承平堡与顾山农的面子，因为保价局是马廷勷和我共同开设的，它当初就是军部的一条秘密财路，我可不想失去这桩生意，我必须得重新找回来。"

"原来如此，承平堡就是你们的一件摆设，少东主听命于军部。"

"呵呵，钱的话谁都能听懂，不是么？"

马乙麻将新式军帽戴在头上，一下子精神了许多。

"抱歉，偏偏我听不懂。"

"你跟钱有仇呀？"

这一霎，惊白冷不丁从腰里拔出来一把勃朗宁手枪，三七不问，将枪口戳在了特务头子的太阳穴上。事发突然，马乙麻根本没料到这个少年竟是一名刺客，不由得一怔，用余光瞥望着凶器，慢慢地合上了双眼，似乎甘愿接受这种不堪的命运。惊白浑身颤栗着，激愤道：

"你还欠我一枪，我的耳朵当初就是被你打聋的。"

"我很欣赏你，真的。"

"不必使诈，你也不用说软话。"

"有仇不报，枉为了做一个儿子娃娃，那也绝不是壮士之行径。惊白你卧薪尝胆，跟我结交了这么久，岂不就是在等待这一刻么？"马乙麻取下军帽，偏过脑袋，找见了一个挨枪的最佳姿态，催促道，"别发抖，拿好，你赶紧扣扳机呀。"

惊白突然恼怒了，一不做二不休，当即扣动了扳机，但是枪没响，失手掉在了脚下。随着马乙麻一声断喝，门外扑进来了几个麦客子装束的士兵，将惊白撂翻在地，五花大绑后，拖出了这间客房。半响后，马乙麻从震惊中回过神来，弯下腰，拾起了那一把勃朗宁，擦掉了尘垢，发现枪柄上刻着一个陌生的名字：江青峰。

对了，此乃特派员江青峰的配枪，也是惊白当初在西山之行时悄悄捡走的，一直秘不示人。目下，江青峰这个名字和勃朗宁一样生锈了，不值得马乙麻去追究。

胡笳一百十二节

这日晚夕，牲口院里灯火丛聚，亮若白昼，一切都揭开了谜底。

与其说这是一幕分赃仪式，不如讲，实乃一次弑神行动。僧侣团的人员听见马乙麻的命令后，迅速攀上了一座麦草山，用木杈和耙子掀开了上面的草捆，露出了埋藏其中的一只只沉重木箱，这恰是从凉州方面押运过来的那些神秘辎重，也难怪刘北楼消息不确、功亏一篑。在一群麦客子的相帮下，箱子被陆续卸了下来，头尾相衔，比邻而立，整齐地码放在了宽阔的庭院内。倏忽间，气氛凝重和肃穆了起来。

孙远峰从前院里进来时，马乙麻赶紧迎了上去，双方各自敬礼，相视而笑，会心不言。怎么样，我像不像贵军的一员？这个领章可是卑职亲手缝上去的，粗野之人拿起绣花针，真是我平生头一遭呀，马乙麻逊然道。孙远峰却后一步，目光来回审视，忽然咧笑说：真像，像极了，不是一般地像，而是专门像旅长和师长！我把你的这个话捎回去，让远志他赶紧让贤，把位子腾出来，你抓紧赴任，兄弟我也好追随你发大财呀。马乙麻立时慌了，攀住了对方的胳膊，哀告说：哎呀，这个玩笑开不得，也千万不敢开，这是杀头的话，我可不想让孙旅长砍下这颗脑袋，拿去给你们祭旗；在下只是来拜码头的，路过罢了。孙远峰也是乐呵呵一笑，缓颊道：阁下，孙旅长交代过了，假如以后你在凉州不开心、难如人愿的话，你尽可以随时来泾川，混成旅的大门一直都在向你敞开。马乙麻清楚这句话的含义与分量，答复说：的确，在下将来走投无路的时候，一定会来你们兄弟俩的大营挂个单，一边站岗，一边放哨，求一碗可口的甜饭。

这么着，马乙麻将自己的指头含在了对方的掌心里，抛出了一个价码。孙远峰斟酌之后，也叫出了他的价码，双方僵持了片刻。阁下，你也要体谅我的苦楚，我原本是马廷勷的旧将，现在去投靠新主子，马步青长官难免会疑心我，假如我手里没有一份能够让他动容的大礼当，那我肯定就是去找死，请你尽可能地宽谅在下吧！马乙麻哀恳道。终于，孙远峰松了口，慨然地说：那好吧，你五我五，咱们对半分了，我得抓紧回旅部，军务紧急。

一声令下，麦客子们和僧侣团的人员拿来了撬杠与斧子，将所有的木箱逐一劈开后，开始瓜分这一批物资。场地上铺开了两大张油布，一方是凉州方面的，另一方则是混成旅的，绝不能含混。令孙远峰意外的是，从箱子里起出的并不是想象当中的一包包鸦片，而是大大小小、造型各异的佛像，也不乏菩萨与罗汉，杂乱无章地被扔在了地上，伸胳膊蹬腿的，仿佛一座尸骸堆积而成的小山。孙远峰当即不怿，蹙住了眉头：呔，你在搞啥名堂么？这可是神佛，岂能如此对待，我还想多活几年呐。马乙麻摇首道：阁下，你大可不必紧张，凉州谚语说，塑匠给爷不磕头，爷的底细我知道，这些破玩意不过是木头、铁丝、棉胎和泥巴糊成的，毫无神性，我不过是借助它们，这一路上才顺利闯关的，砸了也就砸了吧。孙远峰反诘道：哼，你可以不信，但我不能不敬重，你不要拿自己的疯狂，一再试探我的底线。言毕，孙远峰背转过身子，不想目睹这一场毁佛灭神的场景，内里当中也滋生出了一种极度的厌恶感，跟马乙麻这个凉州特务头子出现了重大分野。

实际上，砸毁这一堆精美佛像的，恰恰是来自河西境内的僧侣团成员。

他们均为盗马贼出身，一群野汉子，长期在旷原干滩上找饭吃，一向杀人如麻，轻生死，重钱财，只不过后来迫于头把子柴汉忠的淫威，隐藏在了佛门，暗地里却听命于马乙麻的秘密调遣，实在是受够了。此刻他们终于寻见了发泄的渠道，岂能错失良机。什么戒律，什么头顶的香疤，什么身上的佛珠与金刚杵，什么僧衣，总之再也束缚不住这些家伙内心的凶残与仇恨了。他们争先恐后地举起斧子和榔头，敲碎了菩萨，击毁了佛像，一时间残尸遍地，乌烟瘴气。每毁坏一具佛像，他们便从里面掏出来形状不一的羊皮口袋，这便是鸦片，而后一分为二，分别放在了双方的油布上，彼此毫无异议。或者说，在他们的眼中，这些神圣的塑像不过是一些役工、驼夫与脚户，如今办结了，也该到了卸磨杀驴的时候了。这些该死的背信者和施暴者，似乎找到了一种疯狂的快感；这种快感来自鸦片，这东西等同于叮当作响的金条与银块，慢慢地堆成了两座山丘，可感，可触，可信，犹如衣食父母那样值得他们信赖。马乙麻谄媚地说：阁下，感谢你这一次的襄助，这两吨重的鸦片，乃是卑职的一点点心意，足够孙旅长再装备一个营的兵力了。孙远峰见状，也不免兴奋起来，于举手投足之间便获得了如此巨大的一笔财富，真是难掩他心中的狂喜：哎呀，的确太遗憾了，咱们就要各奔东西，但愿将来还有联手的机会，孙某能为你再效犬马之劳。彼此互相恭维着，客套不已，大有一番不忍别离的架势。到了最后，他们还要处理刘北楼这一件棘手的问题。

在攀谈的过程中，双方的人马已经搬走了各自的鸦片，牲口院的门外，传来了汽车的喇叭声，那是混成旅的接应部队。不一时，院子里空旷与肃杀了起来，刘北楼被士兵们押解着，那一根被打烂的右臂仍旧流淌着血水，趔趄不已，他身后尾随着惊白和张汲水，以及七八个半死不活的凉州车夫。行刑队已经一字排开了，正等待口令。刘北楼诸人停在了一座麦草垛下，待认清了眼前的危险后，忽然间没有了生气，在夜色下显得孤单而绝望，甚至连嚎叫和乞求也显得多余。实际上，这还是马乙麻的招数，故伎重演，再一次诛心罢了，只为了杀灭惊白身上的嚣张气焰，为其所用。

一声令下，枪口齐刷刷地举起来，瞄准了前面的目标，等待开枪。

但是，静默了半晌，杀戮并不曾发生。马乙麻突然拽开了手脚，一道烟地跑上前去，哎哟哎哟地乱叫了几声，迅速斩断了惊白身上的绳索，又释放了游击张汲水。惊白的喉咙顿时通畅了，一连迭地咳嗽了出来。马乙麻愤恨地说：你个尕狗日的，你的壳子太硬了！你给老子我服个软，下个话，咱们也好捐弃前嫌，一趟子回凉州呀！现在可好，反倒是我在找台阶下，你却摆出了一副少爷羔子的架势，日能你死了。惊白吞下了咳嗽，冷不丁地抓住麦草垛上的一把木杈，贴着地面横扫过来。马乙麻躲闪不及，惨叫一声，当即抱住了自己的脚踝，瞥见惊白依旧不饶，腾身而至，两个人顿时滚作了一团。

这时候，孙远峰似乎受到了冒犯，再也无法忍受眼前的这种儿戏了。他马上拔出枪来，咔嚓一声上了膛，追到了麦草垛子下，连续放了数枪，击毙了那几个躺在地上呻唤的凉州车夫，而后掉头对准了刘北楼。疼痛持续着，刘北楼歪斜着身子，眼底里金星四射，昏厥正在袭来，却清晰地听见对方低语说：北楼兄，真是对不住你了，在下孙远志。孙远志？闻听这个熟悉的名字，刘北楼艰难地抬头，瞭见对方讳莫如深地笑了笑。不待回话，孙远志当即开了一枪，刘北楼的身体弹了出去，一头栽进了麦草垛子里，迅速被淹没了。

闻听枪声，马乙麻和惊白不再缠斗了，鹅立着，亲眼目睹了政训员被杀害，一切都快如迅雷。军务在身，告辞了。孙远志丢下这句话，率着所有的部下扬长而去，门外的汽车声消失在了这个黑夜的尽头。半晌后，马乙麻忽然挥起拳头，朝惊白的胸膛上捶了一下，露出紫红色的牙花子，狂笑说：惊白，咱们赢了，咱们这回赢了。

为了炫耀这一份功绩，也为了彰显他的不可一世，马乙麻不由分说，拽住了惊白，大呼小叫地带领其余的僧侣团成员，一股脑地跑出牲口院，冲进了长工院内。在特务头子的指挥下，原本停放在农具棚子里的那一辆灵车被拖了出来，车头被款款地支在了一张条凳上，揭开肮脏的篷布，露出了那一具庞大的棺木。仔细些，千万要仔细些，马步青长官只想见到干货，他可不愿意让一口棺材进入平番县。马乙麻一边吆喝，一边指使众人，拔掉了棺板上的冥钉，撬开了棺盖，拿起一根炬火，照亮了眼前。但是，棺木里并没有国际观察家张翘楚的尸骸，充满四壁的，竟然是一块又一块炼砖般大小的鸦片，估计不在一吨半，至少也有一吨的重量，难怪车身也被压弯了，犹如一张陡峭的弯弓似的。

跟此前牲口院里的那种大烟明显不同，这一批鸦片俨然是上品中的上品，并非泥膏状，而是在石臼中完整地压制出来的砖块。每一块鸦片砖都包裹在一只袋子里，袋子雪白，小羔子皮质地的，正反两面呈现出了两枚焦糖色的火印,一枚是"芙蓉香",另一枚则是"花花子";束绳是猩红色的,打了一记鸳鸯结,显得喜庆而简洁。很快,棺木内的鸦片被全部取了出来,仿佛在廊檐下砌起了一堵砖墙似的,灯光映照上去时,砖缝中散发出一种惊魂动魄的香氛,别有怀抱,令人一时间迷离而混茫,大有横睡倒眠的念头。

惊白拔长了脖颈子,朝着棺木中检查再三,错愕不已,仓皇地问:

"张观察呢?他不是躺在里面么?"

"不,他留在了凉州。"

"狸猫换太子?"

"哎呀,即便将一具死尸送到上海滩,它仍旧是一具死尸,反正张观察也无法复活,还不如善待亡灵,就地埋掉。"马乙麻享受着此刻的愉悦,伸手拿起来一块鸦片,牙齿在砖角上轻轻咬了一下,咧笑道,"惊白,这可是敲门的金砖,也是咱们回家的免死金牌,待温世良从关山回来后,大家再一马杀向凉州界。"

惊白哑默着,在屠杀与震惊过去后,他的内里当中突然滋生出了一种巨大的恐惧,一种难以遏止的思念,遂将目光瞥向了西天,但夜色如一道深沉的帐幕,不着一字,答案全无。偏巧这时,大地主范一挥急吼吼地跑了过来,躬身一揖,雀跃地说:

"惊白贤弟,虽说婚事取消了,那咱们干脆去关帝庙里换个金兰帖子吧?"

岂料,惊白攒了一口唾沫,啐在了老东家的鼻脸上:

"奸臣,你个杂怂!"

事实上,在马乙麻挟持着惊白诸人,千里投靠了马步青之后,虽然被新军阀头子全盘收编,但也并没有解除他们身上的重大嫌疑。人世上的光阴春秋轮替,莺飞草长,牛来马去,一切都影影绰绰的。在接下来的整整六年当中,这帮人一直被羁押在乌鞘岭东侧的平番县境内,始终也无法靠近一山之隔的河西首郡,仿佛在这个世界上失踪了似的,从无线索。

胡笳一百十三节

冥冥中，一定是范家大院的枪声，引发了凉州方面的不测，沈阁兰首当其冲。

夜饭罢后，不光是武威城，包括北郊的承平堡与朱家嘴子一带，暑气未散，溽热难耐，似乎打上一个喷嚏，就能将空气点燃。梁氏姐妹洗锅刷碗，收拾完灶台之后，一人一只马扎，落座在了廊檐下，互不搭理，各自发呆，然而窝在腔子里的心事却是一样的。这个季节上，蚊子就像嫖客，一个个游荡在暮色中，找寻着可以下手的对象，令人不堪其扰。梁凤挥舞着一根抽子，抽打着空气，可她还是被偷袭了，眉心里肿起了一个红疙瘩，瘙痒不止：呸，枉担了这个好名声，凉州其实不凉，不像凉粉，它偏偏就是一碗热炒粉。妹妹见状，赶紧拿来了一瓣蒜，咬掉了半截子，嚼烂之后，仔细地敷在了梁凤的红肿处，发现姐姐的眼眶中储满了泪水，但不是因为蚊子的缘故。蓦地，梁华失声道：坏了坏了，这下子犯了沈小姐的忌讳，她不许吃蒜，她闻不惯这个味道，咱们这回该吃惩罚了。此言一出，姐姐的眼泪再也绷不住了，唰地淌了下来。

就说么，咱俩的发心原本是来服侍大小姐的，可主子的大腿没抱上，希望落空，结果到头来捧的却是北平城的一双臭脚，窦娥也比咱们的命好！姐姐泄愤道。梁华反诘说：夹紧，把你的臭嘴夹紧，少放屁！大小姐的心里比谁都苦楚，如果不是少东主那么败家，那么窝囊，那么不争气，她又何故低三下四，将一个外来的学生婆子奉为上宾，使唤咱们来伺候呢？姐姐并不气馁，执拗道：哼！放着家里的大小姐不疼爱，却招来了一个大肚子的女学生，窝藏在这个庄子里。他还以为自己三宫六院的，其实武威城里的风早就吹邪了，传遍了，说少东主怨怪夫人不能生养，迄今没个一男半女，所以他就坏了天良，纳了一房小妾，如今被撵出了承平堡，天天在朱家嘴子吹笛子唱戏呐。梁华阴笑说：你个卖沟子的，你吃的是承平堡的饭，砸的却是少东主的锅，外面的闲话和牙茬再多，那是别人身上长的狗嘴和猪嘴，但你不能带进这个门里来，这是做下人的规矩，仔细我敲碎你的狗牙，割了你的口条。姐姐揉搓着眉心里的那一疙瘩红肿，唏嘘道：放屁！你梁华又不是瞎子和聋子，自从上一回大小姐来这个院子，跟少东主吵完架、撕破了脸皮之后，她就再也没来过朱家嘴子半步，明摆着的，两个人的关系已经凉了、散架子了，人心再也焐不热了。文斗不如武斗，梁华摸出来一把锥子，攥在了手中，打算兑现刚才的话；但姐姐也并不让步，她张开了右手，将一枚顶针慢慢戴上，箍在了指根里。顶针的顶端有一根牙长的尖刺，金属质地的，锥子当然也不是棉花搓成的。恰是凭借了这两样东西，梁氏姐妹于风华年少之季，曾经在北疆一带叱咤风云，声名远播，有一度还赢得了凤姑姑与华姑姑这样的广泛美誉。

不巧，尚未动手，前面院子里传来了一种呜咽而绮丽的吹奏声，登时让夜色生了锈。

只听了一耳朵，梁凤便发作了，抱住脑袋哀告说：天呐！它又来了，它没完没了的，我的脑浆散花了，这如何得了呀？在这一点上，梁华跟姐姐保持着罕见的一致，扔掉锥子，痛斥道：贼学生，这是在号丧呢，还是在叫魂？我天天晚夕被这一支笛子摧残着，吃也吃不好，睡也睡不香，真是落下了头疼的病，十三省也没有治好我的大夫了。梁凤又道：哎哟，这个瓜婆娘，她还以为她肚子里灌了墨水，高人一等！其实天下的妇人们谁不是两腿一叉，沟子一撅，从肉缝缝里下娃娃的，天老爷一律均等，不分贵贱。梁华附和道：说得对，胎气一定要保，万万不可走泄，像这个瓜女子天天抱着一截木头棍子，吹来吹去，肚子里的娃娃肯定也让她吹坏了。梁凤扑哧一笑：呵呵，那可不是吹火棍子，我问过少东主了，那个东西叫冒顿潮尔，也叫胡笳。梁华腾地红下了脸：你夹紧，我早就知道那是胡笳。

絮叨了半晌，抱怨了一大堆，但胡笳的吹奏声仍不见减缓，接下来，顾山农的唱腔也适时地开始了：程贤弟却怎么不见回转，倒叫我年迈人坐卧不安；但愿得抱孤儿平安出院，我这里往空拜大谢苍天……从此后你要受万般苦，二十年费心血困难重重；叫贤弟咬着牙忍辱负重，把孤儿养成人万古留名……程贤弟可算得才能出众，好男儿大丈夫赤胆忠心；到明日见屠贼撕打拼命，留下个忠良后奸贼难存。

其实，嫉恨的只不过是外人，针对沈小姐和胡笳罢了，可一旦到了少东主这样悲愤不已地开唱时，姐妹俩便立刻规矩了，不敢言传，双双沉浸在了婉转而跌宕的故事当中。《赵氏孤儿》，本子戏，公孙杵臼，这几个月以来，顾山农声称他的嗓子破了，不想唱别的，专唱这一出令人惝惶的老古今，仿佛这个戏就是一张生羊皮，他揉来搓去，非要榨干旁人的最后一滴眼泪，才能将皮子熟透，才肯罢休似的。早年间，还在梁氏姐妹年幼时，曾经跟着双亲浪过几趟镇番县，在县城的戏楼子里听完了这个戏，印象犹在。但真正让姐妹俩知道了人间疾苦，懂得了这一幕悲剧的内涵，则是在北疆的续门惨案发生之后。她们的爹老子作为马营的一员，殒命于火海，家里只剩下了寡妇和闺女，生活停顿了，难以为继。北疆的死士们在南下寻孤的途中，也曾经借住在梁家庄子里，姐妹俩了解一点内情；但毕竟是女流之辈，大姑爹不忍心让她们参与，更不允许这二人在刀尖上经历生死，于是便成了外围人员，探风、打杂、卧底，在承平堡里扪心等待，盼望着少主子惊白早日归来。聆听着公孙杵臼对义士程婴托孤的这一折子，梁华的泪水收不住了，哽咽道：大姑爹现在咋样了么？可很有些日子没见他老人家了，他天天守着个清凉池子，心魂不定，真让人揪心呀。姐姐却很干脆，扇了自己一耳光，貌似惩罚，其实在打蚊子：别号丧了，我叨个空进一趟城去，好好给大姑爹擀上几张子长面，蒸上些花卷和馍馍，再腌上一缸酸菜，也就够他老人家吃十天半月的了。梁华哭得更凶了：唉，我真该死，我昨晚夕做了个龌龊梦，我梦见少主子在长路上赶脚，鞋子里忽然掉进去了一根钉子，当时就把我扎醒了，疼了这整整一天。姐姐大怒：呸！你个娼妇，你做啥不好，偏偏要做这种腌臜的噩梦，你还够人么？梁华说：我朝个佛去，我给庙里供个香，我再饿上自己三天，我来赎这个罪。正在拌嘴不休，顾山农的唱腔突然消失了，只传来了那种呜呜咽咽的胡笳声，比拉锯还难听，后来又像一条蛇滑过了泥泞的青苔，没了气息。

坏了，坏了坏了，沈小姐肯定是动了胎气！姐姐骇然道。梁华也凭着妇人的经验，附和说：这个沈小姐呀，真不是一个省油的灯，她怀的那是娃娃，她的肚子可不是吹唢呐的风箱，这下子走气了。姐妹俩相视一眼，立刻跳将起来，冲进了灶房，一个炒沙，一个攒灰。

沙和灰，这是凉州的收生婆们必备的两件法器，前者专门垫腰，预防产妇落下个腰腿病，后一个则用来收集秽物，不能玷污了炕面。沙子是提前洗干净的，芝麻状，梁凤拿着锅铲，一刻不停地翻炒着，渐渐地烧烫了，储备足了高温，分别灌入了几个枕头套子里。平时烧的是木头棒子，但这一回梁华扔进炉膛里的却是新麦草，气息甘洌，积攒了整整一簸箕灰烬，待晾凉之后，又用擀杖碾压了几遍，过完筛子，比面粉还要细腻。干罢了，姐妹俩还来不及喝一口水，却见顾山农仓皇地跑了进来，惊恐道：

"八成是要生了，沈小姐要生了，疼得她一直在呱喊。"

"天老爷，这可是早产呀！"

"快去，你们快去附近的庄子里，把收生婆请来。"

"不必花钱了，我俩就够了。"

姐妹俩笃定地说。

三个人不敢耽搁，带着热沙与草灰，簌簌簌地跑入了前头的院子。瞭见姐妹俩钻进了沈阁兰的卧房，顾山农也是懵懂无知，刚准备抬腿迈脚时，却被梁凤一胳膊搡了出来。顾山农不甘，用膝盖顶住了门扇，目光凶恶，赳赳然地逼视着对方，却不料想一下子惹恼了对方。梁凤当即抬手，给了他一顶针。顾山农的肩膀一麻，趔趄了几步，梁凤也追了出来：

"少东主，这可不是大小姐在下娃娃，这是别人家的妇人，你不能看，你也看不得。"

"这有啥么，我给沈小姐鼓个劲罢了。"

"天呐，这里头可污秽得很，小心烂了你的眼睛，败了你的福分，将来要生疮害病的。"梁凤真的急了，又举起了顶针，哀告说，"你快回承平堡去吧，你别太过分了，大小姐的心已经被你伤烂了，你别再往她的伤口上撒盐，我好心奉劝你一句。"

"承平堡，我还能回得去么？我现在回不去了，唉！"

无助地说。

的确，顾山农的夫子自道，乃是一种实情，承平堡的大门，业已对他关闭了。甚至不，整个凉州开始将他撂在一旁，鲜有人问及，仿佛他是一坨去年的狗屎，意思不大。

梁氏姐妹在卧房里忙碌着，偶尔出来烧开水，偶尔出来泼脏水，鼻子不是鼻子，脸不是脸，臊得顾山农就像一名丑角，四处乱窜。然而，沈阁兰的哀叫声又仿佛一根明晃晃的链子，拴在了顾山农的颈项上，撵也撵不走，一任其徘徊、唏嘘、垂头丧气，被凉州的夜色渐渐吞没了。其间，顾山农踮起脚尖，趴在了窗户上，支起耳朵偷听，发现沈阁兰的叫声并不单纯，在疼痛与嘶喊的另一面，更多的则是她的抱怨、责怪和委屈，想必眼泪淌了满满一炕，怎么也拾掇不住了。刘北楼，沈阁兰在喋喋地指责这个名字，呼唤这个不在产房的丈夫。她应该是又咬牙，又揪头发，一副根本不肯饶恕的口气。谛听了半晌，顾山农的内里寡落落的，似乎掉下来了一颗酸杏子，汁水肆意，连牙根子也在嫉恨。不巧，屋里传来了梁华的呵斥声：天杀的，二流子也不会这么下作，你这是要烂眼睛、烂裤裆的，我明天就去给大小姐告状，你等着挨板子吧！

顾山农取下门框上的那只羊皮灯笼，跳着脚跑走了，躲在了堂屋附近的榆树下。

吃罢夜饭后，还是这几个月以来的老习惯，沈阁兰两手撑在腰后，在院子里散步。沈阁兰的肚子大得出奇，好像坠了一只气囊似的，声称她连自己的脚面也瞧不见，惹得梁家姐妹也同样惊怪不已，说见过不少孕妇，但从没见过如此夸张的肚子，似乎她怀的不是婴儿，指不定就是哪吒和金刚。毕竟是北平城来的高材生，眼界宽，说头也多,自有她的一套理论,而饭后散步就是其中的主题之一。先时,庄子外的朱家嘴子一带,春树婆娑,野花遍地,尤其到了傍晚之际,更是笼盖了一种古典而蓊郁的田园气息,令沈阁兰大为向往,将这里开辟成了一块散步的场所。但是,仅仅两三个月之后,因为几次邂逅与冲突,顾山农吓唬说,附近的庄子里频频出事,鸡狗牛羊被狼群祸害了不少,开膛破肚,死状惨烈,村人们围追堵截,但还是让一两只恶狼逃脱了,如今就潜伏在这一片草海当中,须当心才是。沈阁兰的浪漫之举被彻底叫停了,诗意不再,也不必顾山农搀扶,她一个人摇曳着身子,溜回了庄院,从此开始在院子里散步,绝口不提外出。

未必有狼,但比狼群更为凶险的,则是朱家嘴子左近的凉州父老,那些可恶的看客。

日能的,也不知道这一股邪风,到底是谁放出去的,反正承平堡的少东主领着一个女学生,一个孕妇,在荒郊野地里乱转的消息,忽然间长了腿,跑遍了四乡八村,引来了田夫故老和长舌妇们,一个个流连在官道两侧的榆柳下,拔长了脖颈子,眺望着这一幕西洋景。刚开始的阶段,顾山农间或有一点点难为情,这是他跟妻子达云之外的女人第一次结伴与独处,心慌是一方面,表现欲则是另一方面。久而久之,后者压倒了前者,他渐渐地心安理得了,甚至于干上了瘾似的,比去了一趟平心定气馆还要踏实而惬意。沈阁兰寄身天涯,不了解凉州,更不知道这一片河西绿洲,其实也是黑白混淆的烟瘴之地。在经历了前期的磨折与打击后,她如今总算安定了下来,一则惦念着出门在外的刘北楼,再一个,全身心地被肚子里的孩子所俘虏,沉浸于再为人母的喜悦当中,对朱家嘴子的社会现状视若无物。穿行在绿树草海丛中,虽然脚步滞重,身子不便,但沈阁兰也不肯邋遢,依旧收拾得光鲜体面,风姿绰约,头戴那一顶从北平城里带来的时兴礼帽,两根艳丽的飘带曳在身后,一时间蜂飞蝶乱,洋气极了。沈阁兰对什么都好奇,左一嘴,右一嘴,问个不罢,在顾山农的指导下,慢慢地认识了柽柳、白刺、沙蒿、针茅,又陆续了解了沙米、沙竹、芨芨草、爪爪刺和牛皮屑等等的本土植物。爪爪刺和牛皮屑,沈阁兰听到这种吊诡的名字，误以为对方在搪塞，在哄骗，当即就不高兴了。顾山农释解说，这不过就是打个比方，我早些年扛戏箱子的时候，还曾经获得过一个绰号，叫风中马，形容我的嗓音很亮，也很迅捷，好比是一匹逆风奔跑的骏马，本名反而被人很少提及，爪爪刺和牛皮屑这样的比喻当然浅显易懂了。沈阁兰吃惊地说：哎呀，你原先是唱戏的？你干么现在不唱了？我可最爱听戏了。顾山农汗颜道：唉，人在少年的时节，免不了要走弯路，唱戏就是我的一段弯路，悔不当初呀！

脚下的卵石与沙土，以及沟沟坎坎的羁绊，让傍晚的散步并不轻松。但沈阁兰的喜悦，来自那些无名的野花；走一趟下来，她往往要采撷上一大捧，回到庄院之后，插在一只泥坛子当中，表情上会沁出一层蜜色，开心不已。恰是在日落时分，在这种目中无人的徜徉之际，凉州父老们纷纷被惹毛了，也被激怒了，有唾骂的，有跺脚的，有打唿哨的，也有掉头走掉、连夜去给郡老班子的成员们揭发纠举的，总之双方形成了对峙的局面。乡邻们实在搞不明白，朱家嘴子跟承平堡不过是咫尺之距，大小姐还在堡子里过活，顾山农到底吃了什么豹子胆，喝了什么猛药，发了什么急症，如此公然且嚣张地败坏纲纪，挑衅乡党，辱没了权爱棠大人这一家的门风。目光尽头，乡邻们发现那个原本英气逼人、沉静内敛的少东主，那个曾被凉州人赞誉为知大局、善揣摩、通辩词、懂机会、全智勇、长谋略、能决断的顾山农，竟然在一夕之间堕落了，无耻了，变成了一条哈巴狗，尾在那个大肚子学生的旁边，寸步不离，极尽阿谀和献媚之事。凉州人的心肺几乎快被气炸了，恨得牙根子都在发痒。

渐渐地，这股风也就吹得更邪乎了，人们汇总了各路的消息，经过爬梳、整理、归纳，理水治河一般，廓清了泥沙，找见了顾山农腐化与堕落的因由。其一，少东主怕是疯了，自从他在那个电闪雷鸣的雨夜里，锤杀了一匹枣红马，而后又背着血淋淋的马头，跑到县府门口击鼓鸣冤，显然心智错乱了，脑子里的丝弦也崩断了，才能干出这等千夫所指的勾当，被人唾弃；其二，风传顾山农跟平心定气馆有染，一个是吸食鸦片，另一个则是嫖宿，他手上有一块神秘的镀金方牌，蠲免所有费用，且能支取大量现金，放眼整个凉州，恐怕只此一例吧；其三，顾山农突然领来了一个北平城里的女学生，先斩后奏，种瓜种豆，提前把人家的肚子搞大了，眼看着纸里包不住火，这才将沈小姐安顿在承平堡的眼皮子底下，还公然出游，采化摘草，俪影双双，无视凉州本地的道德与伦理，俨然成了一介反动之典范，风气着实堪危。综上判断，人们在痛斥顾山农的负义与无良之外，更多地将同情的泪水，洒向了九泉之下的权爱棠大人。他的一世清名，权门的殊荣旷典，如今被这个戏子出身的家伙辜负了、玷污了，承平堡的凋败与沦丧，或许为期不远。但是，在这些乱如缠麻的道理中，人们小心翼翼地维护着大小姐达云，毕竟她的肚子不争气，不曾生养过，夫妻俩的膝下也没有一男半女，这是一个致命的缺憾，同样也是软肋，一戳就疼。

那一次邂逅来得意外而蹊跷，对方竟然是一个孽障老汉，脊梁折了，腰身像一把角尺。

散完步，天色犹如一张麻纸，泄下来些许的星光。站在庄院门口，顾山农拿着抽子，掸净了沈阁兰身上的尘土，先送了进去，这才反身出来抽打自己。突然，墙根下扑过来一团黑影，冷不丁地抱住了顾山农的大腿，呱喊了一声少东主。闻听这种苍老的声音，顾山农忙问：叔，我认得你么？你是哪一条路上的，你要盼咐什么？对方是个结巴，答复道：不，我不敢盼咐，我也没资格奢求，但我只想讨少东主你的一个口唤，替承平堡消灾攘祸，免除这一场天谴，求得一个安定和圆满。什么天谴？你说承平堡大祸将临，你乱嚼什么舌头？顾山农虽然仓皇，心里面户破堂危、瓦砾横飞，但这种突然而至的报警之辞，仍然让他蹙紧了眉头。老汉的腰身早就塌了，艰难地仰起了脸孔：唉，是这，那一颗马头被我寻获了，那一具马身子我也找见了，我打算将枣红马的身首缝合起来，一起抬埋掉；但是照着规矩，在葬埋之前，你得给我一个口唤，否则它的魂魄入不了六道轮回，将来会殃及整个凉州和承平堡的。顾山农冷笑道：呸，你个半脸汉！你别吓唬我，老子不过是杀了一匹马，天下的王法里，有哪一条禁止我动手宰自己家的牲口了？对方决然地说：不错，王法里没有，但天良却不允许！少东主你身为承平堡的当家人，你可不是贩夫走卒、马户驼夫，你在武威城里公然虐杀一匹良骏，你忘记了当时你头顶上的电闪雷鸣了么？那恐怕就是天老爷对你的呵斥，已经重重地给你记了一笔，你自己去思量吧。实际上，顾山农对这一桩往事不敢忘，也忘不掉，依旧心有余悸，胆怯地说：叔，你道个蔓儿吧，你究竟是什么来路？山农有何德何能，才能给你递一个口唤？这么着，对方忽然摸出来一把明晃晃的剪刀，示意顾山农低头，相告道：

续门。北疆的续门。养马的续门。

闻听是这个来路，顾山农血脉偾张，慌忙垂下了头颅，一副驯服的样子。北疆续门，那可是曾经掌管过凉州马市的总舵，后来因为一场冲天大火覆灭了，消失了，但传奇犹在。此刻，续门居然找上了门来，要替顾山农收拾残局，他当然没有不相信的道理。这个聱障老汉伸出手，抓住了顾山农的一绺头发，咔嚓一剪子，铰断之后，将东西揣在了怀中，掉头欲走。叔，这算个啥口唤么？我干脆跟着你去抬埋了枣红马，我也就安心了，顾山农求告道。对方却说：不必了，我把你的头发烧在墓坑里，枣红马也就得到了你忏悔的口唤，它一定能闭上眼睛的，这件事就这样了结吧，你也不要太内疚了。望着对方佝偻的腰身，艰难的步履，顾山农一时间心酸，赶紧跑上前去，恳切地说：叔，你我素昧平生，你干么要有恩于承平堡，给山农施舍了这么大的福分呢？稠密的夜色中，这个角尺般身形的老者潸然不已，叮咛道：少东主，惊白他还在远路上，他迟早会回来的，你得把承平堡这个窝维护好，经营好，让他起码有一个家吧？顾山农一怔：叔，你都已经是神仙岁数了，你怎么认识惊白那个娃娃的？你可把我搞糊涂了。半晌后，对方走远了，消失在了朱家嘴子的广袤黑暗中，丢下话说：惊白，少主子他还在远路上，我真是操心死了。

除了邂逅，更多的则是冲突，报警之声喋喋不休。

有一次，在散步的途中，顾山农忽感尿急，让沈阁兰原地不动，他却跑进了附近的林子里，掏出家什来解决。尿毕了，顾山农正在系腰带，突然发现几个人从天而降，从树冠中跳将下来，将他拢在了中央，无路可逃。顾山农定睛一瞧，不是旁人，原来是脱可木、陈匹三和马眉臣这些后生，也就根本没当一回事，嘻嘻哈哈了起来。闲扯了几句，脱可木突然发难说：少东主，你有失君子之风！你放着家中的发妻不管，对大小姐的病痛置若罔闻，却在这里陪侍一个跟你毫无瓜葛的女人，如今武威城里传遍了，凉州境内也是谣诼不断，想必只有姐姐一个人迄今还蒙在了鼓里；我们是来劝你收手的，你别再一意孤行，酿出更大的事端来，就此打住吧，你也该醒醒了。顾山农当即黑下了脸，呵斥道：乱嚼牙茬，沈小姐暂居于此，乃是因我受友人之托！假如我撒手不管、不去悉心照顾的话，岂不是有负于这种信任？再说了，顾某人也不是才高行短、命重品低之辈，至于他人的非议与毁谤，我这个七尺昂藏还能装得下，只当是一种鞭策罢了。脱可木的肩膀上挎着一只算盘，每颗珠子都油光发亮，说明了生活的不易，反诘道：少东主，俗话说耕田而食，取流而饮，你的天命肯定不在陪侍一个陌生女人，也不是在朱家嘴子当仆人；凉州之大，还需要你和承平堡去积极发动，去锐意争取，整刷一切的社会风气，但不承想，你自己却率先掉进了烂泥污水当中，竟然还以此为乐，沾沾自喜。顾山农尴尬而笑：唉，其实我的心早就乏了，我也厌倦了，承平堡再好，何如在朱家嘴子做一个寓公呢？

见文戏无效，接下来便是武戏登场了。

陈马二人了解底细，参与过在罗什寺身后的法牙街上解救沈阁兰的一幕，彼时的仓皇，那一刻的惊险，当初的鸡皮疙瘩，似乎还没有散尽，心中难免残留着怨气与不快。陈匹三说：少东主，你别看军部的特务和桩子最近少了，但陈垦丁确实疯了，王伯鱼那只恶犬更是磨尖了牙齿，在四处抓人，县牢里已经人满为患，赎一个人也得三块响元，你跟沈小姐的这种罗曼蒂克，指不定早就被人家给盯上了。顾山农不以为然：哼！革命不是一句口号，陈垦丁在为他的疯狂筹措经费，但现在还不到宰牲的季节，他得先把承平堡养肥了再说吧？马眉臣不愧是大皮匠的儿子，杀伐果断：少东主，假如你心软，你下不了手，那就干脆交给我们吧，只要将沈小姐送上了长途汽车，押解出凉州地界，你也就省心了，反正这跟你没有一毫的关系。顾山农大惊失色：怎么，你们想绑架她，想让她消失，还是打算杀人灭口？马眉臣决绝地说：少东主，没有非常手段，你又如何能从这一场迷局当中清醒过来呢？这个黑锅我们来背，这个罪名由我们来认领，你只需要给我们半天的工夫，就半天。这一刻，顾山农突然炸毛了，抽出身上的腰带，三七不问，劈头盖脸地追打了过去。少年们犹如一群鹞子，扑棱棱地飞远了，事情不成，反惹了一身的骚。

但是，这些少年的陈词与劝告，不啻于一炉铅水，浇注在了顾山农的体内，令其沉重不堪，内心灰败。顾山农疲倦地靠在一棵柳树上，伤感而委屈，就连沈小姐的喊叫也置之不理，相信她一个人也能找见回家的路。

这时候，眼前闪出来了一团黑影，蹲在地上，从背筷里取出来一只马灯，挂在树上，又划着了一根洋火。别点灯，就着黑说话吧，顾山农吩咐道。管家依言，吹灭了洋火，赶紧拿出来一杆烟枪，照旧是填好了烟泡，直接可以上嘴吸食的。停顿了半晌，顾山农始终未接，摇头拒绝了，但眼睛里的渴望犹如一块燃烧的红炭，明晃晃的。咋了，你跟沈小姐置气了？廖逢节相问说。顾山农苦笑道：唉，女人大概都是属狗的，鼻子太尖了。上一次我抽完回去后，姓沈的就闻见不对头，问这问那的，幸亏她还单纯，不知道这是鸦片，这就是芙蓉香。廖逢节再次将烟枪递了过来，怂恿说：抽吧，你把这个抽了吧，我掌握着火候呢！断也不能这么断，五天一次，七天一次，九天一次，否则你一咔嚓断掉的话，太伤身子骨了。顾山农伸出手，却又停在了半空中，果决地说：不，我不能让沈小姐失望！我身上一旦沾染了这种气息，她迟早会知道的，还不如当机立断，戒了这个鸡巴东西。廖逢节收起烟枪，戳在了背筷里，一边苦笑，一边噙住了眼泪：嗯，大小姐最近都好，也没犯过病，她真是聪明过人，很快就掌握了保价局的各种门道，将那些客商收拾得服服帖帖，即便是一只刺猬，也从不敢跟她扎刺。现在每天的流水都很可观，少东主你尽管放宽心吧。顾山农思忖说：呵呵，逢节你只知其一，却不知其二。达云把她自己弄得像一只陀螺那样忙乱，不过是为了麻痹自己，免得黑白无明地去惦记那个小贼疙瘩；惊白才是她的坛城，她的主心骨，就算我这个做丈夫的也轮不上。管家道：哎哟，小少爷应该不错，你别看他在家里是一名哪吒、一个孙猴子，如今出门在外，他恐怕也就驯服了，况且还有刘北楼在约束他，大小姐也这么看。何出此言？顾山农的目光敲打着对方。这时候，廖逢节从怀里摸出来一封信，递给了当家人：喏，刘北楼的，烦请你转交给沈小姐吧。只要有书信往来，说明慰问团还不错，应该还在赶脚的路上。

当晚，顾山农发现沈阁兰屋内的灯光，一直亮到了子夜时分。她在兀自发笑，笑个不停。

与其他人不同，朱绣朱先生的到来，令顾山农略感紧张与尴尬。那日散步完毕，顾山农正在门口抽打身上的灰土，跑过来一个鼻涕娃娃，传话说有人想见他，姓朱。朱家嘴子遍地姓朱，并不稀奇，可不知咋的了，顾山农的脑海中忽然跳出了朱先生的形象，当即判定非他莫属。这么着，顾山农一边碎跑而去，一边猜想此君来者不善，要么浑身针刺，要么夹枪带棒，绝非善茬，背后的主使当然是凉州的郡老班子。

岂想，瞭见顾山农应约而来，朱绣嫣然一乐，赶紧放下肩上的担子，开始布置起来。这个老夫子，竟也不知他发了什么症，在草地上支起小方桌、两只马扎，外加一壶热茶和两只茶盅。顾山农抱拳作揖，说了吉祥的话，落座下来：先生，日头都快落山了，你这份雅兴也不讲究时辰呀？依我猜，你一定是又作了诗，千古一文，所以马不停蹄地来跟山农分享，真是有劳你了。朱绣沏完茶，茶水很烫，回说：哎呀，许久没见少东主你了，怪惦记的，所以一时激动，但愿没打扰你的作息。这句话绵里藏针，顾山农听出了其中的余韵，伸手说：给我吧，让我一睹为快，对照自检，再由朱先生当面赐教，醍醐灌顶。什么？少东主你啥意思？朱绣甚为不解。顾山农苦笑道：呵呵，郡老班子一定闻听到了凉州各路的传言，一个是顾某人锤杀了一匹良骏，另一个不外乎是山农分灯法脉、别立门户，在朱家嘴子私养了一房小妾，极尽风花雪月之事，于是惹恼了诸位神仙，你们一定密商过了，意见一致，然后再由朱先生你执笔，草拟了一篇《劝止顾山农纳妾书》，你今天是专门来最后通牒的吧？朱绣被一口茶呛住了，摇首说：多虑了，少东主你这是不打自招，你赋闲在朱家嘴子的这一段，郡老们并未谋过面。实际上我也很悲观，这个班子如今形如散沙，各自谋利，面和心异，恐将是凉州的最后一任了。顾山农并不意外，附和道：唉，苟活于乱世当中，人人都揣着一本苦难经书，在各种复杂艰险的人事社会上跋涉，岂能是一只手可以捏塑成形的？郡老们老也老了，本儿也够了，何不如凭栏一片风云意，去做神州袖手人，落得个清静自在最好。朱绣相问说：咦，这莫非就是你一直婉拒、不肯入班子、挂在候任名单上的原因吧？这么着，顾山农得意扬扬，撇了撇嘴角。

茶壶穿了一件棉衣，就算跑了七八里的长路，可茶汤仍旧烫嘴。

少东主，恕老朽直言，我知道你这不是赋闲，更不是归隐，你这叫以退为进，给凉州人施放了一颗烟幕弹，朱绣耿介地说，显然是读书人的性子又发作了。顾山农眉头一挑：先生，这个茶不错，山农洗耳恭听。夕光浸染，这一片草地忽然幻化成了一座黄金课堂，朱绣眺望着南部的祁连山，笃定地说：喏，当此恶流奔进之时，得一二自好之士，洁身引退，岂非希世懿德；然欲以化民成俗，请于百尺竿头，再进一步；夫生存竞争，势所不免，一息尚存，既无守退安隐之余地；排万难而前行，乃人生之天职，以善意解之，退隐为高人出世之行，以恶意解之，退隐为弱者不适竞争之现象；欧俗以横厉无前为上德，亚洲以闲逸恬淡为美风，东西民族强弱之原因，斯其一矣，此乃退隐主义之根本缺点也。事实上，这些深奥而诘屈的言辞，顾山农觉得相当耳熟，思忖了片刻，这才忆起曾经跟刘北楼对饮时，那个家伙多次吟诵过，还绍介说此乃新文化运动旗手陈独秀先生之宏论。听罢了对方的引经据典，顾山农盯望着朱绣潮红的表情，诘问说：先生，你何以认为山农在归隐，在逃避，在做缩头乌龟？呵呵，你这个茶可不太好消化呀，这一夜我恐怕要失眠了。朱绣粲然一笑：不错，这便是我今个天前来拜访的目的，少东主你失眠事小，但承平堡的局面才最为紧要。顾山农戏谑地说：咋了，这么快就要易帜，收走权力，打算将承平堡改造成五凉书院，你也好尽快做你的山长么？朱绣坦承道：不，其实我最近一直在教书，突然获知了一个惊天秘闻，就紧着赶来了。

原来，新城大营里秘密换防，马廷勷的部队被解散的解散，被充边的充边，新军阀马步青的主力部队夤夜占领了中枢要地，这一切概不为民间社会所知，凉州的天下依旧姓马，依旧是换汤不换药。鉴于初来乍到，河西方言颇为难懂，如今的甘肃暂编第一骑兵师师部几经打听，寻到了凉州总教的家门上，聘请朱绣为短期教席，轮番培训这些军官和兵士。一个多月以来，朱绣一直吃住在军营内，今天终于找了个回家的借口，这才专为报警而来。你说什么？马廷勷被冯玉祥扣押了，还凶多吉少？顾山农大惊失色，茶盅掉在了脚下，幸亏没碎。朱绣颔首道：的确，马廷勷自以为聪明，他首鼠两端，暗中结纳蒋介石，恐怕将来也没什么好果子可吃；但这个不是我来见你的目的，我想谈的是特务头子马乙麻。一听见这个让人心惊肉跳的名字，顾山农的眼底里就黑透了，仿佛被人念了一句恶咒，表情不堪。朱绣接续说：马乙麻叛逃了，新城大营里贴着几张旧布告，悬赏一千五百块大洋，公开缉拿那个贼，死活不论。这下子，顾山农的震惊来得更为猛烈，更加错愕：叛逃了？马乙麻他不在凉州？

这个烽烟警报，这个结论，令顾山农突然有点失重，就像不小心踩在了仰衬纸上，一步一个窟窿，荒谬而讽刺。日能的，他那么日能的人，咋就跑了，背主了，将凉州的这一切撒手不管了呀？顾山农的内里不停地嘀咕着，不是不舍，也不是留恋，这就像一对掰手腕的人，较量了四五年之久，但对方忽然厌倦了，不告而别，徒留下他一个人甩着胳膊，在凉州的戏台子上东张西望，活脱脱一介小丑似的。朱绣在对面絮叨不止，眉飞色舞，至于他具体说了些什么，顾山农干脆没听进去，末了却冷不丁地说：先生，你刚才训斥得对，退隐主义不单单是一种缺点，它还是一个贼，既是山中贼，也是心中之大贼。朱绣不谙对方的这种失落，以及他心理的隐秘变化，慌忙抱拳道：不，老夫不敢掠人之美，这句话实乃陈独秀先生之发明，我只不过是一只老鸹，给少东主转述一下罢了。

喝毕了，朱绣收拾完家当，重又将担子挑在了肩膀上，忽然面色一紧，相问说：少东主，你觉得小女朱懿如何？哎哟！也是拜大小姐瞧得起，达云最近天天领着那个死丫头在武威城里胡吃海喝，还给她做了好几身衣裳,又托了媒婆子来探我的口风,我着实不安呐!顾山农听懂了,但心思不再,便也随口敷衍说:嘻,这个达云呀,她也真是闲得心慌,惊白又不在凉州,她干么大包大揽的?再说了,现在也是文明社会,讲究的是自由恋爱,不兴旧式的那一套礼数了。朱绣愣怔了片刻,一语不发,投进了周围的夜色当中。顾山农并不知道,他的话其实是一种伤害,一种侮辱。

俄顷,朱家嘴子传出了两次响声,一个是朱绣的茶壶碎了,另一个则是庄院的门碰上了。

此后的几天,顾山农一直闷闷不乐,鲜少开口,关在屋子里发呆,甚至丧失了胃口,懒得吃饭。沈阁兰瞧在了眼里,督促他赶紧回家去,去陪陪嫂夫人,不必在朱家嘴子逗留。顾山农执拗不从,目光呆滞,如同一尊泥塑似的。沈阁兰心生一计,带着刘北楼寄来的那封书信,趴在了窗台上,一面添油加醋地讲述着凉州各界慰问团在长路上的见闻,一面探讨这支队伍的去向与目前的位置,以期引发对方的共鸣,走出眼前的这种恶劣情绪。岂料,顾山农兴趣不大,附和了几句后,照样是哑汉一个,冷漠似铁。这么着,沈阁兰拎来了自己的小皮箱,搁在窗台上,掏出来一样东西,递给了窗内的顾山农。

"乐器?"

"呵呵,你果然是戏班子出身的,幸亏没看成打狗棍。"

"沈小姐,这件乐器到底叫什么呀?"顾山农握在手中细察,发现乃是木制管身,三眼按音孔,簧片是极薄的金属物,整件乐器朴拙而古旧,幸赖包裹在了一张油布中,不至于皲裂和破损,"哎呀,我刚才眼花了,我还以为是一支笛子呐。"

"它叫冒顿潮尔,蒙古语。冒顿是木头的意思,潮尔指的是双声部。"

"咦,这个名字很罗曼蒂克。"

"胡笳。它也叫胡笳。"

"文姬归汉,胡笳做伴。"

顾山农脱口而出。

"正是。据说当年文姬归汉,《胡笳十八拍》也曾经奏响在凉州,所以我从北平城西来时，特地捎上了这件乐器，但一直压在箱底里，要不是少东主你说你会唱戏，我恐怕也就忘记了。"沈阁兰的语气格外喜兴，仿佛头顶上的晴天丽日一般，绍介说，"我当初选修音乐班时，北平的先生让大家各挑一件乐器，我偏偏就选了胡笳。嗯，可能是我太思念哥哥的缘故，也期盼他能像文姬归汉那样回家，所以我天天朝着凉州的方向吹奏。不过现在手太生了，气息不够，身子骨也太累赘，少东主你可不许笑话我呀！"

"沈小姐一鸣惊人，山农真是有耳福了。"

这一刻，屋门打开了，顾山农走了出来，眼睛里放光，精神焕然。

"不过呢，我有个建议，我来吹，你来唱，咱们合作才是？"

"这可要不得，我这个蛤蟆嗓子，恐怕会糟践了你的天籁之音。"实际上，顾山农从未见识过这种乐器，心里根本没底，更谈不上去配合对方的吹奏，但是瞭见沈阁兰的那一番殷勤之意、邀约之态，他便迅速改变了主意，"恭敬不如从命，沈小姐你就包容一下我的老鸹唱腔吧。呵呵，这个戏如此伴奏，还真是开天辟地第一回，也不知该怎么命名它？"

"凉州十八拍。"

沈阁兰截铁道。

"十八拍。凉州。凉州十八拍。"

顾山农一再品味着，不由得灵感乍现，心绪浩渺了起来。

自此，在朱家嘴子的这一座庄院里，每到了傍晚时分，便传出了一种怆然而悲凉的胡笳声，夹杂着顾山农的唱腔，一咏三叹，如琢如磨，仿佛平地里忽然生出来了一个微型的戏曲班子，自成一格。乡邻们原本是来看西洋景的，尤其是那个北平城的女学生所带来的骚动，足够凉州人去幻想，去谩骂，去挥霍，但现在形势骤变，那一扇大门突然关闭了，大家也就兴趣索然，盘桓了几日后，各自散去。宁听驴放屁，不听秦腔戏，虽然开唱的是承平堡的当家人，但那一件古怪的乐器却令人不快，不如唢呐嘹亮，也比不上锣鼓那般铿锵，即便是笛子与二胡，也比这种声音显得亲切。夏日的晚夕，朱家嘴子这一带的草海中，百虫齐鸣，夜鸟啁啾，胡笳的吹奏声拂过时，似乎擦亮了它们的翅膀和羽毛，又涂抹上了一种古典的光泽，犹如身处旧时的王朝年间。

不过，达云的突然驾临，让顾沈二人的这种唱和，险些毁于一旦，狼狈不堪。

也不知咋了，或许这就叫缘分吧，达云在第一眼瞭见朱绣的闺女时，便断定朱懿是自己家里的人，跟弟弟惊白十分般配，至于将来的姻缘能否水到渠成、两家通好，则多半是事在人为。揣着这个念想，达云率着朱懿和叶小梳，坐上一辆豪华的绿呢子车轿，隔三岔五就去武威城里浪大街，一面吃喝，一面采买，总之使出了千般招数，只为了哄唆这个丫头高兴，争取提前把路铺好，等弟弟回来后，再完美地移交过去。这一日，车轿路过了冰鉴照相馆，达云早就忘记了从前的不快，赶紧叫停了车子，拉着朱懿飞奔而入，开始拍照。幸亏刚才在王宝珠裁缝店取来了订做的几身新衣裳，还在赵汇鞋袜店买了新鞋子，朱懿在大小姐的调遣下，左一套，右一套，简直拍美了，兴奋异常。到了结账时，掌柜的忽然拿出来一摞子照片，交给了达云，说这是他们姐弟俩上回拍摄的，因为机器在兰州城里修好了，底片也保住了，现在总算可以完璧归赵。达云忙不迭地捧住了那些照片，泪水唰地淌了下来，仿佛捡到了一块金元宝似的，忙跟朱懿和叶小梳埋头欣赏了起来，冰鉴照相馆登时变成了一只鸟窝。

照片上，惊白身穿一套少年军的制服，挺拔英武，肩膀平阔，眉目俊朗，仿佛具备了当年的大汉将军班、霍之风采，一时间让人惜疼不已。啧啧，你来瞧瞧吧，走遍武威城，你拿着笸子梳一遍，我保证你也挑不出这么一名优良的少年郎。达云就像吃醉了酒似的，将弟弟惊白一夸二赞三吹捧，描金绘银，简直到了无以复加的地步。直到口舌说干了，达云犹不罢休，搬过来一把椅子，摆放在幕布前，她率先落座，将朱懿安顿在了身后，又将丫头的手拽起来，抚在了她自己的肩膀上：喏，当初拍照时，惊白就是这个样子，他可听话了，但也太黏我了，我现在要狠心把他扔出去，给他断奶。朱懿虽小，但灵慧无比，惧于大小姐的威势，只能用羞臊的表情来作答，举止也很僵硬。

不对呀，姐姐有两个肩膀，你按住了一个，那另一个该怎么办，总不能撂荒吧？达云诘问道。朱懿偏过了头去，颊面像一匹红练，真是难为了这个丫头。叶小梳瞥见了女主子递来的眼色，即刻说：哎哟，这还用问么，一个肩膀是弟弟的，另一个当然就是弟媳妇的了；姐姐如母，姐姐的话便是懿旨，等惊白回来后，你们两个人准保能对上眼的，金童玉女，门当户对，这样也就了却了大小姐的一番苦心。达云得意极了，一切都在良善的方向上发展，为了朱懿这个可心的闺女，这些日子里，她几乎不再惦记远路上的弟弟了。

在城里玩闹够了，一行人坐着车轿，驶出了北门，回到了承平堡。

尚未进入堡子，达云望了望傍晚的天光，忽然更改了主意，催喊车夫掉头，径直朝朱家嘴子驶去。一路上，达云捏着那些照片，不肯松手，似乎弟弟被她给逮住了，贼疙瘩，再也不许惊白离开自己的视线。达云一厢情愿地认为，丈夫肯定也会像她那样，天天在为远路上的弟弟扯心，忧伤不已，而他身为一介男将，只不过从不轻易表露罢了。无疑，这些照片就是解药，一俟顾山农拿在手上，他一定会眉开眼笑、心花怒放的。到了庄院门口，还等不及车夫摆放下马凳，达云便一个蹦子跳将下来，仿佛喜鹊似的，喊叫了一声山农。

但是，门里面无人响应，回答达云的，则是一种呜咽而凄凉的胡笳声。这种缓慢的吹鸣声，被塞上凉州的暮色所浸润、所渲染、所扩散，犹如一根根无形的针茅，落在了达云的头顶和肩膀上，令其身心一紧，心生悲切。一转瞬，顾山农开了腔，先是韩厥登场，漫唱道：适才间到屠府前去拜访，那老贼合着眼不把眉扬；压住了心头火暂且忍让，等贤弟他回来了细问端详……胡笳变声，一番铺垫过后，这一回又是程婴亮了相，抒怀道：为孤儿十五年吞声饮气，在人前强笑脸苦在心中；今夜晚见韩厥细盘细问，看一看他如今是奸是忠。聆听着丈夫的一唱三叹，达云忽然被带入了这种波澜不已的故事当中，怦然心动，慢慢地推开了大门，瞭见了院子里的蹊跷一幕。

原本，沈阁兰骑坐在凳子上，手执胡笳，在投入地吹奏。虽说荒疏了许久，手也太生了，但经过最近这些日子的演练，捡起来似乎并不难。沈阁兰也明白，顾山农的嗓子和唱念自有一番节奏，他需要的并不是乐器班子，更不是一件古老的胡笳，而是一幕氛围，一种在黄昏下遐想与诉说的契机。于是，她尽量追随着对方，不至于各说各话，变成了两张皮。可偏偏，沈阁兰的下一口气没有及时跟上，彼此两岔了，她腾地站了起来，迈着肿胀的双脚，去拿窗台上的杯子。

刚走出几步，沈阁兰突然站住了，两只手撑在腰后，感觉肚子里着实不堪。不是疼，而是像被一块磨盘坠住了似的，眼冒金星，举步难行，她随时都有摔倒的迹象，伸手在虚空里拼命地抓了几把。顾山农见状大惊，来不及去拿凳子，一道烟地抢上前去，扑通一声趴在了沈阁兰的身后，拱起脊背，催喊对方赶紧坐下来，坐在他的身上。沈阁兰并未从命，摇曳了几下，顽强地挣扎了一段距离，最终靠在了院子里的那一棵大榆树上，又慢慢地滑将下来，瘫坐在了树坑里。

也是活该，顾山农竟然忘了收起自己的膝盖，也忘了这一种狼狈与猥琐，继续拱起脊梁，像一座吊桥那般趴着。院门突然被踹开了，达云的表情上埋着一堆烈性炸药，赳赳然地冲了过来，趁着丈夫还未回过神来的工夫，当即一脚，将顾山农踢翻在地，气得她浑身发抖。千计万算，顾山农也不会料到妻子居然从天而降，目睹了他谄媚与下作的这一行径；他慌忙爬起来，又是挠头，又是堆笑。达云清醒过来了，鉴于有外人在场，不得不顾及丈夫的尊严，将那些照片递给了顾山农，努了努下巴，示意他去院门外等候。

其实，沈阁兰只是用气过度，引发了一阵子眩晕，被达云掐了掐人中，又带着叶小梳和朱懿将其搀进屋子里，安顿在了炕上，随即她也就清醒了过来。梁氏姐妹闻讯，提心吊胆地从后院里奔了过来，一嘴一个大小姐，既怕吃了惩罚，更怕女主子翻脸，当场辞退了她们，但根本无法讨好达云，最后灰溜溜地出去沏茶倒水了。达云来了，百闻不如一见，沈阁兰挣扎着坐起来，攀住了对方的胳膊，哽咽地说：

"嫂夫人，阁兰给你有礼了。"

"别动弹，你仔细躺下，小心肚子里的金疙瘩。"达云带着艳羡的心情，抚了抚对方隆起的肚腹，拉开一床棉被，盖在上面，"沈小姐，恕我不周，我早就打算过来看你的，但诸事麻缠，一直脱不开身，还望你宽谅才是。"

"不，应该是我去拜谒嫂夫人的，是我失礼了，只因我的脚。"

"脚？你的脚咋了么？"达云失声问道，也顾不得她自己的身份，亲手将沈阁兰的鞋子脱下来，发现这也是一双天足，跟自己好有一比，但显然因为妊娠所致，它们肿胀如球，就像两块膨胀的发糕似的，"天呐！这可真让你遭罪了，我改天去请梅郎中来一趟，给你开个方子吧。"

叶小梳伸长脖颈子，提醒说，梅郎中进了祁连山，他采买药材去了，不在城里头。

"嗯，这是正常的妊娠现象，嫂夫人不必操心，你照顾好自己的身子吧。"

沈阁兰口干舌燥地说。

"哎哟，我刚才站在门外，可是偷听了那么一阵子，你跟我家山农真可谓琴瑟和谐、有腔有调，彼此之间的默契就像是天赐的。明白的人，知道你是一位客人；不明白的人呢，八成还会以为你们是一对伉俪。"达云也不是吃素饭的，咽不下这口气，眼白一翻，便代替梅郎中下了一味药，"不过呢，你们二位唱什么不好，偏偏挑了这么一个不祥的本子，我真是替沈小姐你揪心。"

"《赵氏孤儿》怎么了？"

"喏，沈小姐你可别忘了，和尚庙里不炼丹，道士塔下不作法，这样的苦情戏，最好不要让你肚子里的娃娃听了去，总归是不太吉利吧。"达云深奥地说完，反正也不必诠释，人已经迈出了门槛，"不打搅了，择日再来看你，沈小姐你抓紧歇息，你好自为之呀。"

自此，达云长袖一甩，随意埋下的这个药引子，让日后的胡笳吹奏彻底走了调，也让顾山农的漫唱变得索然无味，最终不了了之。

趑出了院门，瞥见丈夫的那一副无赖嘴脸时，达云心头的炸药终于引爆了，嘶吼着扑了过去，仿佛母兽一般。彼时，顾山农正失神地坐在院门外，头顶上挂着一盏羊皮方灯，那一摞子来之不易的照片，竟然被他随手扔在了脚下，一阵夜风擦着地皮刮过，将它们吹得七零八落，簌簌而去。达云抽心一疼，逐个儿捡拾了起来，又是吹灰，又是在衣襟上擦拭，这才保住了最珍贵的念想。达云站在了丈夫面前，捧着照片，叱问说：

"你瞎了眼么？这是弟弟，这可是惊白呀！"

"别激动么，他还没回来。"

"顾山农！"达云断喝着这个名字，终于抗拒不了满腹的怒火，抬手给了丈夫一记耳光，泪水盈盈地说，"哼，我看你的魂已经被勾走了，被那个妖精学生给勾走了。你别再回家，承平堡的庙实在太小，以后也容不下你，你继续去扛你的戏箱子吧！"

胡笳一百十四节

　　昏坐了半晌，一个婴儿的啼哭唤醒了顾山农，他腾地站了起来。
　　不，不是一个婴儿，而是两个。顾山农是戏班子出身的，对声音格外敏感，当即判断出沈阁兰诞下了两个娃娃，发出了他们在这个人世上的第一声啼哭。窗户紧闭，但开水的蒸气从缝隙间泄露出来，扑在了顾山农的鼻脸上，既窥探不了，甚至也帮不上什么忙。娃娃们的哭声就像两疙瘩闪光的银块，在这个夜晚烁烨不已，带来了一种艰难的喜气，虽说世道浇漓，人间坎坷，但这哭声至少也令人倍感温馨。梁华出门后，将一簸箕肮脏的麦草灰倒在墙下，又从灶房里拎来了半桶子开水，临进去时，对顾山农悄语说：下了两个，龙凤胎，这可是早产儿，太孽障了，比你的拳头也大不了多少呀。顾山农慌忙攥住了两个拳头，彼此比对着，竟也想象不出婴儿的大小，更不知道早产意味着什么。梁华又说：少东主，你赶紧离开吧！瞭见这种腌臜的场合，会给男将们带来晦气和邪性的；你最好躲远一点，这是凉州的规矩。可偏偏，屋子里传来了沈阁兰痛苦的哀求声，催喊顾山农快点进去说话。梁氏姐妹倒也知趣，疲倦地坐在廊檐下歇缓，大口喘息着，故意回避开了。
　　那一刻，沈阁兰躺在棉被下，简直虚弱极了，但颊脸上敷着一片泪光，始终在抽泣。水蒸气太大，弥漫于四壁之间，还充斥着一种污血的味道。婴儿们不哭了，顾山农还来不及去探望这两个小客人，赶紧蹲在了炕头旁，目光询问沈阁兰。
　　"少东主，北楼他死了，他被枪杀了，就在刚才，我怎么就亲眼看见了呢？"

"荒唐。你这是疼晕了，幻觉而已。"

顾山农劝慰道。

"不，我真的亲眼看见了，北楼的一只胳膊被打断了，后来他站在了一堆麦草垛前面，被人给枪杀了。"到底是忍不住了，沈阁兰突然悲声大作，放肆地号啕了起来，仿佛同样被千里之外的那一颗子弹所击中，噩耗昭彰，拿走了她的魂魄。又哭噎道："这可怎么得了呀，这两个孩子刚刚降生，就遭遇了丧父之痛，我将来如何拉扯，如何把他们养大成人呢？"

"沈小姐，我请你记住这一句话。"

哭声停下了。

"你务必要记住，他们也是承平堡的娃娃，更是凉州的后人。"

"凉州后人？"

"不错，凉州和承平堡绝不会亏待他们，我发誓，我发下这个愿。"

言毕，顾山农掉头出了门，挥手让梁氏姐妹赶紧进门，去仔细照顾月婆子。

兀立了半晌，顾山农忽然瞥见了那一支胡笳，便踽踽到了榆树下，弯腰捡了起来。这一夜，顾山农一直游荡在朱家嘴子的草海当中，心绪茫然，试图去吹奏胡笳，却发现自己懵懂不知，即便是一个音节也吹不出来。天亮了，日头从腾格里沙漠的方向上渐渐跃起，顾山农踩着公鸡的啼叫返回到了庄院，叩了半天的大门，竟无人响应。

事实上，顾山农最终返回承平堡，还是缘于县长陈垦丁的突然造访，也因为武威城治安形势之极度恶化。

当年的新城大营，牛皮吹上了天，一直号称军部，但现在易帜之后，南门上悬挂了一块崭新的牌匾，正式番号是甘肃骑兵暂编第一师。牌匾的左右两侧，刷了白色的油漆大字：军事要地，不得擅入。这一阶段，正值马步青长官麾下的主力部队从平番县开拔，越过天堑乌鞘岭，抵达了河西首郡，抓紧接管新城大营。拆建的拆建，粉刷的粉刷，整个军营就像一座热闹的工地，卡车轰鸣，乌烟瘴气。连续几日，顾山农一直守候在北门外，不为别的，眼睛始终盯住了那些垃圾车。

果然，又有五六辆垃圾车驶出了师部，七兜八转的，停在了一片荒滩上，附近是一座干涸的涝坝。车夫们将垃圾倾倒在了深坑里，拾荒的娃娃老汉们犹如一群苍蝇，乌泱泱地扑将上去，疯狂地翻找了起来。顾山农策马而立，掩住了口鼻，等待着消息。不一时，这些拾荒大军便拿来了各种各样的碎纸头，逐一铺在了地上，请他过目。找到了，终于找到了，就像朱绣朱先生前不久介绍的那样，这是一份对特务头子马乙麻的通缉令，悬赏一千五百块大洋，死活不论。顾山农仓皇地跃下马脊，撒出了一大把麻钱，轰走了娃娃老汉们，仔细地将这些残纸拼贴在一起，基本上恢复了原貌，拼成了一篇完整的文字。顾山农不肯放过任何一个字，逐字逐句地详看了七八遍，甚至将落尾一带的军部大印，以及马廷勷的个人印信也辨认了许久，这才确信它是真的。顾山农甚是沮丧，事情已然发生了，他竟然后知后觉，将这样一碗好饭活生生地放馊了，再也难以下咽。

叛逃。马乙麻背叛了主子，一骑飘失，如今没有了下文。

说到底，这份通缉令含糊其词、语焉不详，既没有罪名，也不见事由，但是满篇当中格杀勿论的口气，仍然让顾山农感觉到了马廷勷的怒火与失望，乃至于一种难以言表的恐惧，此事必定非同小可。顾山农坐在荒滩上，日娘捣老子地痛骂了一番马乙麻。他在这一刻的失望、无力与心理落差，其实一点也不比当初的马廷勷差多少。你个狗日的，你把我骑在沟子下面五六年了，现在你却拍屁股走掉了，我就像一只生锈的弹簧，再也舒展不开筋骨了，这才是你真正的罪孽。顾山农的怆惶无以复加，眼角湿透了，又接着嚷骂说：承平堡本来不是现在的这个样子，它应该是一座书院，但因为你这个特务头子的压榨和煎逼，我的外父大人寻了死，我也沦落到了有家难回的境地。我诅咒你，我要在满世界诅咒你！

这个关节上，远处扬起了一道烟尘，传来了一阵急促的马蹄声。顾山农不敢大意，赶紧将残纸收拢起来，喂上一根洋火，仔细地焚烧干净，脚下缭乱着一堆黑色的灰烬。原来是县警察局的王伯鱼，距顾山农十米之外时，他乖巧地翻身下马，簌簌簌地碎跑过来，抱拳一揖，呱喊了一声少东主。顾山农立起身子，一只手遮挡着荒滩上的毒日头，闻听对方说：

"陈垦丁想见你，他还说要在承平堡里用晚饭。"

"啊，县长发了什么急症？"

眉头一皱。

"回少东主的话，伯鱼着实不知，但据我猜测，他八成是被革命陶醉了，最近在四处宣谕他的那一套激进主张。估计他也打算让你成为一名信徒，取得你的襄助罢了。"王伯鱼措辞谨慎，欲言又止，既顾及了他个人的身份，也不想得罪眼前的金主，又道，"少东主，最近时局不靖，城里面连发了十几桩恶性案件，想必县长也是太闹心了，才有了这么一折子。"

"他不会是因为我锤杀了一匹枣红马，犯了凉州大忌，前来秋后算账的吧？"

"不，杀掉一头大牲口，屁都不是。"

"要么，他就是跟马乙麻一样，几次三番，逼我交出一尊所谓的铜马，替他辟邪，为他赐福，他至今还迷信凉州人的那一种传言？"

"少东主，这些跟他的革命统统无关，他这个人现在只迷信革命，革命才是他的唯一信仰。"王伯鱼迄今仍然身兼步警队和马警队队长，觊觎了良久的局长大位，因为陈垦丁的缘故，迟迟不曾到手，所以他最近小心做人、两面讨好，"是这，少东主你还记得么，我曾经给过你一本肉表册？呃，要是承平堡最近账面上紧张、打住了手的话，你随便挑选几家凉州的豪门巨户，将他们的黑材料泄露上一星半句，我就不信他们不乖乖从命，吐金献银。如此一来，今晚夕陈垦丁给你施加的压力，你也就可以转嫁出去，分摊给诸位财东们，不至于让保价局失血，受这个窝囊气。"

喂不熟的狗！顾山农听罢了这些话，脊背上孵出了一层鸡皮疙瘩，冷寂地说：

"我已经烧掉了，没有什么肉表册。"

"你竟然烧了？"

"对，刚刚烧掉的，你自己瞧吧。"

顾山农指着荒滩上凌乱的灰烬，再次确认道。

"天呐，少东主你知不知道，那本肉表册还是吕介侯当县长的时候，在下翻遍了警察局里的机密档案和各种卷宗，整理出来的凉州各路财东们的黑材料。它本质上不是一本册子，那可是一笔笔真金白银呀！"王伯鱼拍打着自己的脑门，沮丧与失落溢于言表，"阅后付火，少东主你的这个习惯真应该改一改了，虽说这是个乱世，但你也谨慎得过了头。"

"君子不为，像肉表册那样的下三烂手段，你不必再提了。"

呵斥道。

"少东主，实心说吧，我可是身在曹营心在汉，一直秘密服属于承平堡，效忠你这位大当家的。"王伯鱼发现了顾山农的轻蔑与鄙视，便打算挽救这种局面，相告说，"是这，陈垦丁确实老练极了，他一直在等凉州的伤口溃烂了，脓血化开了，才能放手使用他配的药。他的方子就是革命，顺我者昌，逆我者亡。眼下，武威城里连发了十几桩恶性案件，闹得人心惶惶，社会动摇。城外的新城大营旧军阀走了，新军阀马步青还在平番县观望，在权衡利弊，迟迟不肯赴任。这可是个难得的空荒期，陈垦丁如今为王，他怎么可能不施展抱负、不痛下猛药，去实施他疯狂的革命呢？"

"多谢了，你的这些话值三十块劝牌。不，值五十块。"

"我并不是来领赏的，少东主。"

"呵呵，你抽空去找廖逢节兑付吧，顺便也把你上半年的分红给领了，据说还不少呐。"顾山农抓住了自己的坐骑，临上马前，又回头叮嘱道，"伯鱼，女人可都是窟窿，填不满的窟窿，你在外面置办的那三房年轻婆子，一定开销不少，你小心自己的身子骨吧。"

"哎哟，原来少东主你早就掌握了我的那些龌龊事？"

"还记得马乙麻么？他告诉过我。"

"嗯，那是个驴日的。"

"不，他其实属狗，狗的鼻子可要比驴尖，你好自为之。"

王伯鱼苦笑着，身心俱疲，觉得自己刚刚吹大的一只尿脬，被顾山农的这句话给一针扎破了，彻底放了气。踩住铁镫子，王伯鱼艰难地骑上马背，勉强跟上了前头的顾山农。

胡笳一百十五节

地宫？去承平堡的地宫？陈垦丁一愣，这完全出乎了他的预料。

堡子门前，顾山农已经梳洗完毕，身穿一件干净的长衫，修理了盖胡子，正在殷勤地等候客人。时隔数月，再次回家后，顾山农感觉亲切极了，满目中的一切都很新鲜；伙计和丫鬟们更是欢喜雀跃，纷纷围过来嘘寒问暖。恰巧达云不在，又领着朱家闺女和叶小梳进了城，但妻子的气息无所不有，在丈夫缺席的这段日子里，她独自撑起了这一座堡子，将家里整饬得窗明几净，换了一幕天地似的。接到了贵客临门的消息后，管家迅速吩咐了下去，洒扫一新，清水泼地；灶房里的砧板和煎炸声就像一个响器班子；管家还特地将宴席安排在了东南角的文楼上，连桌椅碗筷也都是新换的。这个关节上，一辆小汽车驶下了三岔路口，打着黑屁，朝着承平堡的北门开来。虽说此前也有过口舌之争，但王伯鱼还是识相，偎到了顾山农的身畔，绍介说：喏，美式卧车，马廷勤留下的，现在归了县长阁下，不必再坐八抬大轿了，真是鸟枪换炮呀。顾山农反问道：咦，听说马长官被冯玉祥扣在了河南，现在情况如何了？这么着，王伯鱼伸出来大拇指和食指，以手作枪，戳在了他自己的太阳穴上，兴奋地说：砰，脑袋搬家了，人就殁了。

下了车，握完手，陈垦丁自称是来讨饭的，但主要目的却是请益与求教。顾山农涨红了双颊，说粗茶淡饭，阁下将就吧，像你这样的天台大人光临寒舍，实乃承平堡莫大之光荣，将来必定也是一段凉州佳话。侍卫们提着三样礼当，一份是兰州天生园的酥皮点心，一份是江南风格的精美茶具，最贵重的则是一件猞猁皮的女式小坎肩。当得知少夫人并不在堡子里，陈垦丁难免有些失望，唏嘘再三。按着事先的安排，管家和王伯鱼在前头引路，准备沿着角楼下的台阶登上迈道，这样就可以将整个承平堡尽收眼底，待参观完毕后，直接去文楼上入席。可偏偏，顾山农不是一个循规蹈矩之人，他知道这一台戏不能这么唱，否则就寡淡和粗鄙了，必须要有异峰突起的转折、别开生面的情节，总之不能按照客人的本子入戏，唱得三心二意，悖逆了自己的心愿。这么着，顾山农突然捉住了对方的腕子，喜兴地说：阁下，我带你先去参观地宫，请你看个稀罕东西吧。

地宫？

众人一怔，全部泥塑在了原地，眼见着宾主二人扬长而去，穿过三道门、二道门，竟然钻进了东南角下的草料棚内。这个季节上，大牲口以青饲料为主，所以棚子里干净而空旷。顾山农站在墙壁下，款款卸下来一块方砖，露出了暗藏的机关，并邀请陈垦丁亲自动手开门。陈垦丁也是好奇，扳动了一截把手，轰的一声，一扇门迅速敞开了，扑过来一股潮湿而陈旧的气息，他不由得悚然一惊。顾山农拎着一盏马灯，率先进去了，并依次点亮了下面的全部灯火，这才呼唤客人正式入内。

在搞什么名堂？陈垦丁踩着台阶往下走时，心中狐疑不断，但渐渐地被眼前的这座地下建筑震惊了。这显然是承平堡的一个隐秘通道，也就是说，顾山农提前预备了一条生路，一扇活门，以防不测。让陈垦丁百思不得其解的，却是顾山农的大方与慷慨。他何以洞开了山门，掏出了家底，将这一切都和盘托出呢？不，这不仅仅是示好，亦非结缘，而是另有企图罢了。带着类似的疑问，陈垦丁摸出来一块白雪雪的手巾，捂住了口鼻，掩饰着自己错愕的表情，站在了穹顶下。空气陈旧，似乎有点发酸；左右两侧的砖壁上，甚至长出了一层芒硝，连灯光也显得表情老迈、滞重不堪。来回徘徊了两趟，陈垦丁发现每一扇房门上，挂着不同的标记牌，粮库、米仓、工具房、车马挽具间、灶房、水井台、果蔬地窖等等；略一估算，即便将承平堡的全部人马拉进来，隐藏于此，也足够坚持一个多月，想必这就是地宫的用途吧。陈垦丁料定，对方带他来此，并不是要参观这些隐蔽的设施。果然，顾山农再次打开了一扇门，做了一个邀请入内的手势。

光芒丛中，墙壁上的各个龛笼里，居然摆满了大大小小的金人、马俑、骆驼俑、牛俑、羊俑和微型的车马，恐怕不下三四十件。这些东西材质殊异，有金属的、木质的、陶土的、瓷器的、砖雕的，还有用大牲口的皮张裁剪缝制的，造型生动，栩栩如生，仿佛这间屋子就是一座庞大的营盘，充斥着无声的嘶鸣、筋骨的挣扎，以及鲜为人知的秘密。逡巡了一圈，陈垦丁刚要收回目光，却见顾山农抓住墙角里的一只麻袋，解开束绳，将里面的东西倾倒在了地上，竟然又是各种动物俑之类的玩意，只不过残损得非常厉害，色彩剥落，缺胳膊少腿的。陈垦丁垫着手巾，从龛笼上取下来一尊奔马俑，前后左右地欣赏了一番；突然吹了一口气，灰尘弥漫，煞是呛人，他这才相信这不是临时摆上去的，的确有些年成了。顾山农并未意识到对方的这种火力侦察，而是按照他自己的唱本开了腔：

"阁下，请你随便挑一件，留个纪念吧。你刚才送了那么大的礼，让山农诚惶诚恐。"

"呵呵，原来你是为了这个呀！"

陈垦丁如释重负。

"嗯，这些东西绝对是清白的，来路正规，所以我也敢斗胆呈送给阁下。"顾山农接住了客人手中的那尊奔马俑，介绍说，"比如这一件，这是当初修建承平堡，在挖这个地宫时，碰巧起获了一座汉墓，骸骨已经被妥善处理了，但我不想让它重见天日，被世人所糟践，所以继续保存在了地底下。阁下或许会问，难道这些都是在同一个墓坑里发现的么？不，其实绝大多数是收购来的，就在最近的这几个月。"

"少东主除了擅长贸易，原来也喜欢藏古呀？"讥讽道。

这一刻，顾山农蓦地抱拳，深深地作了一揖，忏悔道："阁下，我单独请你来这里，也是为了避开他人，掏出肺腑，专门说一声道歉的。山农罪孽，真是不可饶恕，当初竟然被邪祟拿住了魂魄，在武威城里公然锤杀了一匹大马，玷污了河西首郡的门面，扮演了反面之典范，同时也辜负了凉州父老和阁下的器重。反省再三，我愿意接受县府的惩处，绝不透过。"

"好一个顾山农，你果然不简单，我刚刚进门，你就堵住了我的嘴。"

"因为罪孽不能隔夜，所以我自请处罚。"

再次躬身一揖。

"锤杀大马，且砍下马头，在县府门前公然击鼓鸣冤，勒索本地政权，这件事的确过于惨烈和血腥了，影响恶劣。事发之后，不仅凉州本地，包括河西全境都在议论纷纷，声讨不断，更有不少的正义之士投书本府，要求对你严惩不贷，绝不姑息。但这些都被我统统压下了，不予理会，如今也就不了了之，想必你也能感觉得到吧？"

"山农心虚，着实不敢见人，这段日子里我一直在面壁思过，真是如坐针毡。"

"呵呵，你的袖子上沾满了脂粉气，最近的戏也唱得不赖么。"针对朱家嘴子的情报，陈垦丁悉数掌握，难以逃脱他的法眼，但这根本不是他造访承平堡的目的，所以随口讥讽了一句，便也不再提及，"少东主，我今日专程来拜访你，却是为了另外一件事。"

"革命。阁下是为了革命。"

顾山农主动破了题。

"的确，这你就说到了根子上。少东主不愧是凉州英才，那你如何看待这一场革命？"

"山农愚钝，我也就是个买卖人，不敢指手画脚地妄议阁下的宏图大业。但根据我的心得，小到一个卖凉粉的摊子，大到像承平堡这样的局面，但凡想要在这个人世上有一点作为的话，无一不是黄金开道、白银铺路，否则便一事无成。我猜测，阁下的革命应该也像门外的那一辆漂亮卧车，一旦发动起来，它就需要喝油水，需要金钱来撑腰。"

陈垦丁开始鼓掌了。掌声在地宫里回旋着，显得孤寂而单调。

"阁下，我想为革命出一份力，我打算响应县府的劝募，认捐一样东西。"

"不知少东主要捐献什么？"

"这座堡子。"

"承平堡？"

一时间，陈垦丁面露难色，仿佛整个躯体担在了一根梁上，头脚不能落地。

"阁下，容我放肆说话吧，因为除了像你这样的天台大人，凉州境内真也没有第二位可以让山农打开心扉，将这些年的磨折与煎熬一吐为快，借此减缓一下心中的负累。"这时候，就连顾山农也不曾料到，他的嗓音突然变了，许久不见的仄身子口音，此刻失而复得，清晰地萦回在这一道穹顶之下，"不瞒阁下，想当初，这样的话我曾经对新城大营、对马乙麻也讲过。我请求军部拿走这座堡子，捐给马廷勤，但他们不干，以至于耽误到了现在。"

"怎么了？少东主你的嗓子咋了么？"

失声一问。

"我是个病人，我的这个病名声不好。"

"病在了哪里？"

"双舌。阁下，我其实有两根舌头，割了又长，长了又割，你不妨来瞧瞧吧。"顾山农洞开嘴巴，揪住了盖胡子，坦诚地将这个难以启齿的秘密暴露给对方，一点也不羞愧，"瞧见了么？上面一根，下面也有一根，叠床架屋的，所以我的嗓音就成了这种仄身子。天呐，我不知道究竟是什么报应种在了我身上，让我在替凉州赎罪，但这肯定跟承平堡脱不开干系。"

陈垦丁瞄了几眼，但不很真切，最终觉得也没必要去深究，因为一个男人如此卑微地诉说他自身的疾病，这多半不是虚构，而是为事实所迫。陈垦丁也是志气如神、见多识广之辈，但一个人竟然拥有双舌，这简直太匪夷所思了。他慢慢地按住了心中的震惊与错愕，拍了拍顾山农的肩膀，戏谑说：

"怎么，你跟罗什寺结缘了？业报在你的身上获得了证悟，求取了正果？"

"不，山农并不是佛门弟子。"

"所以么，你也不可能长出一根不灰之舌，成为罗什寺的传人与香火。你这个病多半叫息肉，需要手术，少东主大可不必担心。"陈垦丁忽然忆想起了什么，摇首道，"凉州人，不，世人只知道鸠摩罗什法师的神奇，也听说过罗什塔下珍藏的舌舍利，却根本不清楚他另有一句让人铭肌镂骨的遗言，他曾经在弥留之际说过：学我者病。"

"学我者病？"

"对呀，佛经和圣行并不是教条，更不是指南。革命乃是一场新式的社会运动，革命绝不相信这些野狐禅，以及怪力乱神之辞。"

"山农身为一介布衣，羡慕的是野鹤闲云。"

"呵呵，这恐怕就是你的病根子。承平堡并非罗什寺，少东主你也不是当年的那位龟兹王子，居凉州十六载，讲经说法，名满天下，恩泽后世。总之，这种幻觉是要不得的，你应该如实讲话。"

"阁下，我可没有大吹法螺，我也不敢乱搓捻子。"

"是么？你情愿捐出这座堡子，你方才的话言犹在耳，还没有变凉。"

"阁下，容山农如实相告，再恳请你明辨是非，有所论列。"

到了这个火候上，顾山农料定，比起特务头子马乙麻来讲，陈垦丁的要价更高，也更蛮横，似乎毫无回旋的余地。虽然马乙麻野心太重，可他毕竟属于孤狼，他打着军阀马廷勷的旗号，在中饱私囊，在秘密地扩张他个人的势力，如今鸡飞蛋打、树倒猢狲散了。但陈垦丁却占据了天时地利，他作为河西首郡的地方首脑，于新军阀缺位、新城大营暂时空虚之际，突然开始发力，打算将这一把火烧出武威城，燎遍整个凉州大地，这才是他最为可怕和疯狂的计划。而在这个晚夕，陈垦丁专程来拜访承平堡，无疑是他落下的第一枚棋子，不大可能空手而归。革命，这个虚幻而危险的辞藻，令顾山农茫然万分。他依稀记得当年尹先生来权家串门时，曾经跟泰山大人唠叨过，称现阶段的所谓革命，不外乎就是一件貌似精美且奢华的貂裘，但里面却塞满了烂棉絮与旧布头，难以保国家和民族之暖，凉州自然也无法幸免。巧合的是，缘于陈垦丁其人的性格及抱负，革命这一粒种子，一旦在他的心田上破土发芽，又衍化成了一种偏执与虚妄的疯狂行为；或者说，疯狂同样也是一种病，沉疴缠身，与顾山农的双舌并无两样。这么着，几经斟酌之后，顾山农索性放弃了以前针对马乙麻的以屈求伸之策略，不再讨好，也不想示弱，坦率地说：

"其实，承平堡就是一根鸡肋，无肉可食。"

"此话怎讲？"

"不但是一根鸡肋，承平堡还是一个弥天谎言，我的舌头可以作证。"

仄身子口音，陈垦丁被这种异样的腔调所困扰，一时间眉头不展。

"阁下，我的这个病外人不知，但我深受其苦，着实不堪。这些年以来，我一直含着两根舌头，就像有两个人在替我说话，左一嘴，右一嘴，但究竟哪一句才是我的肺腑之辞，我也被搞糊涂了，内心分裂。"顾山农仰首，盯望着头顶上的那一片穹顶，黯然地说，"当初，由我外父权爱棠大人挑头，举凉州之力，修建了这一座堡子，原本是要筹办一所书院。可天不假年，空怀一腔热情；他老人家突然下世后，这座堡子便也萧条和荒芜了，杂草丛生，狐狼游走。山农身受凉州父老们的抬爱，称誉我取今复古、一心不乱，在这个院子里披麻戴孝地守丧了三年之久，虽说负有时誉，但也深以自危。然而，这不是事实，承平堡现在的这一切，其实是新城大营的压力使然，更是马乙麻亲手设计了如今的局面。"

"这个早有结论，我始终相信你就是军部的一员，但被时任县长吕介侯给压下了，迟迟没有采取措施，也不曾对你上过任何手段。"

"山农不过是一介傀儡，挣钱的机器罢了。"

"哼，你其实只差一件马廷勤的军服。"

讥讽道。

"唉，身为凉州的一员，县府子民，在这个荒凉的堡子里守孝的那三年期间，我真是困坐愁城，度日如年，等于活埋了我，生殉了我。每当入夜之后，我寂寞得要死，为了不让自己疯掉，我又捡起了以前的老本行，开始唱戏，对着明月清风唱，对着狐狼老鸹唱，对着一堵堵城墙唱，无人喝彩，也没有人来给我披红，我一直会唱到东方破晓，公鸡打鸣。"

"很奇怪，你只唱《赵氏孤儿》，却不唱别的？"

"的确。过去的那些戏，我差不多都忘光了，但《赵氏孤儿》不同，它是我离开戏班子之前的最后一次登台演出，反而记忆不灭，犹如昨日。"般般回忆，一瞬间打开了顾山农的伤感之河、悲怆之源，突然漫流而下，不可遏止似的。他指着自己的喉咙说："阁下，山农的嗓子也许就是在那时候开始坏掉的，起初长了一粒黄豆大的肉瘤，后来竟一发而不可收拾，有了这根多余的舌头，说话也成了仄身子。"

陈垦丁一边颔首，一边用指节敲打着太阳穴，脑子里嗡嗡营营的，弥漫着仄身子的腔调："少东主，你蛰伏三年，不就是为了今天么？"

"不，我宁可不要。"

"但是，根据我掌握的消息，军部和马乙麻下令封锁承平堡，圈禁了你长达三年，刚开始起心动念的，却不是为了开一家保价局，而是逼迫你交出一尊凉州古董，也就是河西境内传说中的铜马。听说它不但发光，还具备了十足的法力。"这一刻，盯望着地宫里的丛丛火光，陈垦丁猜想除了仄身子的口音，想必也是缺氧吧，难怪他的头颅快要爆炸了，每一根神经都在燃烧。又说："抱歉，在下当初本打算去跟军部交涉一下，将少东主你尽快解救出来，但吕介侯其人书生气太重，他根本不相信这个情报，加之他一贯胆小怕事，在新城大营面前就像个爬虫。"

"阁下，确有此事，逼迫我交出铜马在先，保价局则是后来的主意。"

"那他们干么放弃了？"

"不，从未放弃过，就像他们不会放弃姓马，也不会放下屠刀。毕竟隔山的金子不如到手的铜，一尊铜马再好，但终究抵不上真金白银，所以他们开设了这家保价局，马乙麻同时借助这条线，在私下里秘密经营他个人的势力。"

"少东主最终臣服了，归顺了军部和马乙麻？"

"阁下，我可不想被活埋，被殉葬。山农也有妻子和家人，心也是肉长的，只有答应了马乙麻，我才能活着走出承平堡，再世为人，凭借这一项贸易养家糊口，所以根本谈不上臣服与归顺。"一旦触及这个话题，顾山农内里的酸楚昭然若揭，丝毫也掩饰不住，"实话说吧，保价局的确有赚头，进项颇丰，因为这是个垄断性的行业，尤其在战争的年头。但是，自打开业以来，承平堡陆续赚下的利润几乎都被瓜分光了，吃饭的人不少，伸手索要的人更多。我还特地拿出了一大笔钱，来收购墙上的这些东西。"说着话，顾山农指了指龛笼上的各种摆设，凄楚一笑。

"呵呵，最近城里并不安宁，凉州的地底下也不太平，谁都知道少东主在收购古董。"

"拜阁下所赐。"

"不，我跟军方的乱臣贼子们不同，我之所以在钟鼓楼下有那么一说，也是在变相地提醒少东主你，千万别惹火上身，着了军阀的道，因为马廷勷当时气数已尽，不值得结交。"陈垦丁重又拿起了那一尊奔马俑，释解说，"至于我么，在下这一生除了笃信革命、效忠国家之外，从来就不喜欢这些玩偶与摆设，这就是我跟军阀的界限。"

"但是，假如没有阁下那一天的煎逼，我又何必锤杀了自己的枣红马？"

顾山农执拗地说。

"杀了也罢，不就是一头牲口么。"

这个关节上，陈垦丁被眼前的气氛所迫，或许也是为了表明心迹，他突然扬手，将奔马俑奋力地掷在了脚下，砸了个稀巴烂。那一声惊叫尚未消失，在地宫中徘徊着、回荡着，但整个俑身已经彻底瓦裂，留下了一地的心荆肉棘，不复存在。顾山农绝望地瞥了一眼客人，膝盖发软，蹲在了地上，捡起一块碎片，哀叹道：

"天呐！这让我如何给马乙麻交代呀，我答应过他的。"

"哼，他叛逃了，他失败了，说不定他现在已经被杀了，他绝不会再活着回来了。"

"他不会善罢甘休，他的目标是我。"

"不，革命将无情地绞杀他，革命不允许他再次涉足凉州，走着瞧吧！"

陈垦丁咆哮道。

这时候，挂在地宫里的一只号铃响了，显然是管家在催促，似乎在说该开席了，不要让客人饿了肚子。顾山农暗自一笑，赶忙起身，将陈垦丁让在前头，双双走出了幽冥的地下世界，穿过草料棚，进入前院，重又被众人簇拥着，众星捧月一般。直到此时，陈垦丁仰望着承平堡头顶上的那一抹夕光，这才长长地出了一口气，回转过神来，确信自己刚才因为缺氧，八成是梦游了一趟。顾山农适时地偎了过来，目光追随着对方的眺望，依次逡巡着文楼、南门楼、武楼、瞭望台、北门楼和东北向的角楼，末了对视一眼，恳切地说：

"阁下，山农立意已决，打算将这座堡子捐献给革命，捐献给县府。"

"唉，我可不想在螺蛳壳里做道场。"

"除了这个堡子，山农再无其他，还请阁下宽赦，多多谅解这一大家子人的不易。"

"不是还有一桌饭么？"

"哎呀，山农多有怠慢，阁下快快上楼，咱们即刻开席。"

礼让道。

陈垦丁一直怏怏的，心有不怿，跟着主人跨上了台阶，暗自告诫自己说，这不过是前半场，打了个平手，等开了席之后，绝对不能再被顾山农牵着鼻子走，让这个戏子一个人唱念做打，逍遥作法，务必要迫使他当面认捐，将真金白银吐出来，襄助这一场革命。

刚刚登上了迈道，文楼近在眼前，却不料想，北门外突然传来了一声凄厉的长嚎，但见一个身挂黑色孝带的家伙簌簌簌地跑了进来，伙计们来不及拦截，他便跪在了庭院当中，朝着城墙上的宾主们磕头不止，呱喊说：郡老殁了，郡老下世了，郡老在临咽气的时候，叮嘱我第一个来承平堡，专门给少东主报一声丧。顾山农头皮一麻，扑在了垛口上，喊问说：喂，哪一家的郡老么？你别慌忙哭，你先告诉我府上怎么称呼。来人擦掉了眼泪，相告说：下世的不是旁人，正是秦望澜秦大人；他还让我捎一句话给少东主你，请你念在他那一张老脸的分上，抓紧办一件事情。死者为大，事态紧急，顾山农责无旁贷，赶紧丢下客人，一道烟地跑进了庭院，将报丧之人搀扶起来，又让丫鬟们端来了茶水。这时候，陈垦丁诸人也下了城墙，围拢过来，面色焦虑，因为一位郡老的过世，在凉州属于头等事件。

报丧者乃是秦家的老仆，饮完茶，润了润嗓子之后，这才绍介说，秦望澜大人希望丧事从简，从速抬埋了他，并委托顾山农操办这一切，不许他人插手。尤为要紧的是，郡老再三交代，等丧事办结完毕，还请顾山农分别致信他在远方的一双儿女，告诉秦木和秦琼，大可不必千里还乡，专门来凉州祭奠亡父，天涯远隔，山河随处，兄妹俩只需要简单地烧上一两张黄表，也就算尽了孝道。顾山农悲戚地说：这是个啥道理么？难道不用停灵了，不等孝子们回来磕头了？这个我可办不到。老仆释解说：秦大人讲了，秦木和秦琼如今在革命军中，为统一而战，生是国家的人，死是共和的鬼，他早就将这一对儿女捐给了革命；至于他本人么，死不足惜，只求尽快入土，一埋了之。顾山农哑默下了，一时间怆然泪下。

闻听此话，陈垦丁顿时血脉偾张，双颊潮红，跺着脚说：听听，尔等都张开耳朵，仔细听听吧！这位秦望澜大人可谓是凉州典范、河西肱股，他老人家真是深明大义、气作河山，不仅为革命捐出了一双好儿女，还蔑视并嘲讽了一切粗鄙的旧式风俗，实在是高山仰止，令我辈肃然起敬啊！这么着，陈垦丁当即吩咐了下去，次日一早，他要亲自前往秦府致祭，并代表武威县府与凉州百姓守灵一日，以表哀恸之情。旁侧里，顾山农琢磨着天台大人的这些话，料定陈垦丁已经开始拿郡老之死大做文章了，这是他的革命嗅觉与信念所致。

但是，坏消息依旧马不停蹄，再一次向承平堡袭来。

就在陈垦丁滔滔不绝地演说之际，家里的车夫突然回来了，满身鲜血，狼狈不堪，摔倒在了门槛上，一时间气息奄奄。廖逢节火速奔了过去，将车夫揽在臂膀里，转移到了廊檐下的一张凉床上，又是喂水，又是掐人中，这才稍有好转。车夫盯望着顾山农，哭喊说：

"天老爷，可不得了了，大小姐她被打劫了，半道上被劫走了！"

"你哭个屁，你快说呀！"

管家咆哮道。

"天黑前，我带着大小姐她们出了城，却在五里铺附近被土匪打劫了。"

"是谁？到底是谁劫走了大小姐？"

"黑喇嘛。"答复道。

胡笳一百十六节

列位，总因狼烟蜂起，笔墨告急，这里简述几段当下武威城内的现状与危机。

在将近二十余年的光阴中，黑喇嘛始终像一块顽固的癣疥，依附在河西走廊的四郡两关身上，时而溃烂，脓血不止，时而消停，不知其影踪。各路军阀，当地政权，民团和乡野百姓们，都对这一支凶悍而血腥的土匪武装莫可奈何，深受其苦。尤其是穿行于北疆一线的商团、驼队、马帮与零客们，更是闻听其名，头就肿了一大圈，裤裆里也总是湿漉漉的。吊诡的是，关于黑喇嘛的种种消息，犹如天边的暗火，一直在炽烈不息、烟尘蔽日，但实际上真正得见本尊的人，却又寥寥无几，因为他们都横死了，去了阎王殿里吃饭。有一度，省城兰州的报章上大肆宣扬黑喇嘛早就被杀了，其头颅已经抵达了莫斯科，被浸泡在一家博物馆的福尔马林药瓶中，做了标本。但河西父老们对这种荒诞不经的论调，一概嗤之以鼻，称之为怂话。原因无他，民间流传的一种说法占据了上风，黑喇嘛有九条命，即便折损了其中一条，那也就等于丢了几角钱，不至于伤筋动骨。果然，到了今年上半年，关键是最近这几个月以来，黑喇嘛的人马化整为零，频频进入武威城，一连制造了诸多的恶性案件，虐杀民众，劫掠财物，挑衅本地政权，显然已到了你死我活的地步。

在新城大营暂时缺席的背景下，武威县府与陈垦丁其人，一直独力支撑着河西首郡的安危，剔除弊端，倡导革命，扶大厦于将倾。对于这一功德，凉州百姓们有目共睹，铭记于心，纷纷将天台大人赞誉为谙熟边局、爱凉如己之旷世贤员。

大概在初夏的时候，武威城里的妇人和丫头们陆续换上了单衣，将家里人过了一冬的棉袄棉裤，晾晒在了绳子上，打算等暄软之后，再存放起来。奇怪的是，早起的人们陆续发现，凡是女人的裤子，裤裆都被剪烂了，撕开了一个破洞，而男将们的衣裳却好端端的，寸布无损。这件事持续了有半个多月，虽说令人费解，但大家将原因归咎于野狗和黄鼠狼，夜里只是在门扇上多加了一根杠子，并不太在意。渐渐地，绳子上晾满了浆洗后的单衣，遭到祸害的仍旧是女人们的衣裤，裤裆被剪烂了，上衣撕开了两个破洞，恰巧就是左右乳房的位置。这种下作的手段不可能是野狗与黄鼠狼所为，显然是有人在故意使坏。恐慌弥漫于全城，各种骇人的传闻一浪紧似一浪，人人自危，户户不保。于是，武威城里以街巷为单位，开始大规模抽丁，组成了各种巡防队，一俟入夜，便把守在了街口和巷尾，虎目圆睁，盯视着空气中的一切异动，连个喷嚏也不敢打。

饶是如此，接下来发生的事情，却更加伤伦灭理，让人魂飞魄散。恶性案件就像一场瘟疫似的蔓延开来，多达三十七宗，搅乱了这座郡县。

一日清晨，冯标子家的闺女跟往日那样，提早下炕，去给爹娘老子做早饭。米汤熬在了锅里，闺女抓起一把柴草，填进了炉膛，突然被浓烟呛了一口，人就失去了知觉。待苏醒之后，闺女从柴堆上爬起来，头顶上凉丝丝的，伸手一摸，半边脑袋的秀发竟然被剃光了，成了一个阴阳头。一声惨叫后，爹妈跑进了灶房，一面救人，一面发现那根黝黑而粗壮的长辫子，正在炉口上燃烧，焦煳的烟气挂在屋梁上，犹如一炷邪恶的高香。事情传开后，人们断定这是歹人在作法，在施展妖术，在窃取正常人的魂灵。冯标子赶紧去叩衙报官，大哭一场。王伯鱼亲自率人勘验了现场，查了个仔仔细细，却也是一无所获，便单方面认定此乃冯标子的仇人所干；况且县警察局天天要处理一河滩的琐碎，不可能为了一根辫子而消耗警力，浪费公帑。不承想，这一桩噩梦并不是孤立事件，武威城内的类似案件开始频发，几乎要失控了。孔尚仁家的小婆子单独睡在夏房里，半夜起来喝水时，也是半个脑袋一凉，吓得她伸手在水缸里一抓，竟然捞出来了一大把头发，又慌忙在镜子里一照，阴阳头，当即晕死了过去。路经凉州、在海龙商栈里歇脚的一个青海贸易团，也遭遇了同样的事情。他们的女眷统统住在后院里，次日一早要赶路时，却发现门框上挂着一捆长辫子。妇人们惊愕之余，纷纷在各自的颈子后摸索，这才明白每个人都丢失了一根辫子，而剩下的那一根，免不了要让她们亲自动手剪掉。贸易团吓坏了，滞留了一日，并且投书县警察局，指斥当地恶劣的社会治安；王伯鱼顿时被惹恼了，将这一支商团押解出城，勒令他们原路返回。可想而知，这些人的嘴就像一支支肉喇叭，在铩羽而归的途中，说尽了凉州的坏话，令其形象丑陋，名声不堪。

  大财东吉文轩一直罹患脑中风，缠绵于病榻，长达七八年之久，家眷们早就疲沓了，在佛堂里念经祷告，不过是一种习惯罢了。这一夜，吉文轩的两个闺女点了灯，供了香，玩起了羊拐骨，后来便四仰八叉地睡在了拜毯上，其中一个滚进了桌案下，浑然不觉。大概是后半夜，一个黑影闪了进来，不敢吹灭佛前灯，抓起闺女的一根辫子，用剪子铰来铰去。或许是辫子太油了，也或许是剪子太老了，这个歹人干得很仔细，一点也不着急。突然，桌案下探出了一颗脑袋，昏沉地问：你是谁呀？你干么要给人剃头，你是哪家的待诏？对方一惊，答复说：老子叫黑喇嘛，下一个就是你。话音未落，一把香灰袭来，搅乱了整个佛堂，待灯光平静下来后，这个歹人却也不知去向。此宗案件，让黑喇嘛这个名字浮出了水面，虽然他早已名冠河西，在北疆一带犹如凶神恶煞，但他如此公然地进入了武威城，对着妇孺们下手，却是旷古未闻的重大暴行。另有一桩案件，佐证了黑喇嘛的出现。那日晚夕，位于城内东南角的草料场，忽然响起了一阵敲门声。看门人打开一瞧，得知是几名外乡的妇人，声称天色已晚，恳求在麦草堆上将就一夜，她们明天还要继续赶路。子夜刚过，有两条黑影跳下了围墙，蹿上了麦草堆，一手攥着剃刀，另一只手扯下了熟睡当中妇人们的头巾，却冷不丁地发现，她们竟然全是秃子，脑袋上寸草不生。原来，这是一群来自河南洛阳的尼姑，计划奔赴敦煌的雷音寺求经问法，刚刚进入河西。贼不走空，见剃发不成，这两个歹人突然生出了淫邪之心，反正在如此偏僻的院落里，一无神明，二无王法，刀子说了算。正当他们野蛮用强时，看门人冲了过来，手握一根丈八蛇矛般的木杈，跟歹人们对峙了起来。天亮之后，在一群哭哭啼啼的尼姑簇拥下，王伯鱼带着手下来到了草料场，看门人的尸骸已经凉透了，身首分离，脖颈子上仅仅粘连着一丝皮肉，剃刀的杰作。王伯鱼从看门人的胸口上捡起来一件小东西，仔细一瞧，却原来是一枚黑色的金刚杵，生铁打制的，而这恰恰是北疆悍匪部落的标志，不由得失声一叫：糟了，又是黑喇嘛，黑喇嘛那个贼又来了。

鉴于事态紧急，治安恶化，县府迅速颁布了法令，禁绝所有的剃头坊和理发铺子开门营业。步警队总共收缴了两麻袋剃刀，在火记铁匠铺的高炉里，炼成了一块精砖，于各界代表的见证下，扔进了一座粪坑里，烧了纸，化了表，一帮子阴阳还念了大半天的咒。

事实上，这一剃发事件的最终平息，跟电灯公司旁边的露水市场有关。是年，新近成立的电灯公司，为了推销他们的光明，专门开辟了一个早间集市，招徕城外的庄稼汉们携带着刚刚摘采下来的果蔬，在这里叫卖。由于菜蔬新鲜便宜，更因为一只只电灯泡子所带来的刺激与好奇，每天天亮之前，市场上便成了一锅粥，喧腾不已。这日凌晨，发电机冒出了一股黑烟，突突突地叫唤开来，待烟雾散尽、灯丝发光之后，人们愕然地发现柜台上躺着两具死尸，每个死人的手里握着一把剃刀，而打开旁边的一只麻袋时，竟然发现了一百多根粗黑的长辫子，煞是瘆人。这让凉州人的脊背上，长了半个多月的鸡皮疙瘩。

或许，有些妇人和闺女被剃了头之后，羞愤难平，耻于出门，不敢哭喊着去报官，所以缺失了她们的数字。三天后，县警察局张贴了一份公告，宣布此案已被侦破，凶犯业已伏法。

也就是在冯标子家出事的前后，位于城西的革命军第七仓库被盗了。

随着新城大营的易帜，第七仓库似乎被骑兵师师部所遗忘。军饷拖欠，粮草断供，整个守卫排人心涣散，凭借着他们开垦的五六亩荒地勉强度日。但愤怒一直在发酵当中，单等着一粒火星子引爆开来，做一个最终的结论。这天，守卫排斗了整整一夜的酒，喝了个七荤八素，起来一瞧，这才发现军火库被盗了，丢失了整整二十箱枪支和子弹，足够武装一个手枪连了。畏惧之下，排长率着弟兄们南下遁逃，仓皇翻过了祁连山，去投靠青海境内的马步芳，并留下了一个口信，委托武威县警察局料理后事，拜托再三。

接报后，形势突变，风声骤然肃杀，城内的主要街道上，加派了不少的便衣和桩子，四门严查，日落宵禁。县牢里一时间人满为患，又紧急征用了两所学校，专门关押各种嫌犯。一改惯例，县府和警察局并不曾采取以往的那种秘密侦查的方式，而是大张旗鼓地发动民众，鼓励百姓们揭发纠举，提供破案线索，争做典范之公民。这一阶段，北门外的新城大营里乱象纷呈，自顾不暇；作为河西第一等郡县的武威城内，同样也像一锅饭放馊了，长了绿毛，令人难以下咽，更无法消化。

虫草商人王更登，承继了上几辈子老先人留下来的这门贸易，虽说为人恳切，一世低调，不显山，也不露水，但实际上富甲一方，财力雄厚，控制着西安城、兰州城和口外的迪化这一带的虫草价格，说一不二。一根几个瓜子，更登定盘子。流传在河西境内的这一句行话，描述的便是王更登的权威与不可冒犯。据说，他在收购虫草时，从来不闻、不嗅、不查、不看，只需要瞄上一眼形状，便可以当场作价，不容再议。一旦碰上了让他中意的虫草，王更登就当众解开了腰带，掏出来一只小皮囊，开始数瓜子。这可不是一般的瓜子，而是纯金打制的，饱满而光泽，背面镌刻着一枚王氏虫草的记符，既像一棵草，又像一根蠕动的虫子，栩栩如生。对外，离开了这个隐秘且深奥的虫草世界，王更登走在武威城的街道上，恐怕也没有几个人能认得他。谁也不会知道，就是这样一个瘦削的尕老汉，竟然俩卵蛋碰得叮当响，但是比那一对卵蛋更加嘹亮的，则是他拴在腰带上的那一包金瓜子。间或，在路上邂逅了老熟人，相互寒暄时，王更登总是喜欢叫穷，自称他是一个养蛆的，但这几年青海那边的气候不佳，雨水不旺，最近只能喝风拉屁，勉强过活了。离开后，老熟人们冲着王更登的背影，往往要啐一口唾沫，或者用指尖挖出来一疙瘩鼻屎，狠狠地弹过去。

喝风拉屁不过是一句谦辞,王更登最喜欢的,则是隔三岔五去一趟羊市巷的夜市,咥一碗杂碎,或者啃一只羊头。这日晚夕,王更登落座在摊子上,羊头上来后,他仔细地剥下了头皮、眼睛、舌头和脑子,又撒上一把盐粒,等待稍微凉一凉。忽然,对面伸过来了一只手,爪子张开后,竟然是一把新剥的蒜瓣,另外还有一张笑脸。突见上家,王更登一时间喜出望外,知道事情成了,货到了,今晚夕应该是交接的日子,便赶紧让摊主又端来了一只热气腾腾的羊头,招呼伴当吃喝。闲章了几句,上家露出了愧疚之色,相告说他这一趟去了青海境内,运气不佳,只收购了七斤左右的虫草,目前还短了三四斤,实在是没有办法了,这才返回来给老掌柜一个交代。刚攥起一块头肉,蘸了醋水,王更登又扔在了盘子里,面露不怿,说少了这三四斤,凑不够一个整数,买家是绝对不肯答应的,务必要补齐这一块,时间不多了。实际上,三四斤虫草可不是一个小数目,它是青海境内十几座山坡的产出,晾干之后,足足有半口袋的样子。上家难心死了,反问说,凑够一个整数,什么整数?这个关节上,王更登急火攻心,草率地掏出了底牌,伸出一个巴掌,在对方的眼前晃了晃。五十斤?上家吓坏了,一碗羊汤洒在了地上,追问说,究竟是何方神圣,什么样的买家呀?天老爷,这是虫草,这可不是麦糠麸皮子,到底是谁下了如此大的本钱,想一口气吃下整整五十斤呢?王更登自知失言,话太多了,暴露了这一桩贸易的底细,便赶紧岔开了对方的问询,打算现在就去验货,先将这七斤左右的虫草搞到手,防止夜长梦多。上家却称,客栈里人多眼杂,实在是不太方便,干脆去你的府上吧,你在家里候着,我带着货随后就到。言毕,这个虫草捐客簌簌簌地离开了,王更登也丧失了胃口,付完钱,赶紧撤出了羊市巷。

大概是一个半月前,王更登在家中接待了两名来自省城的要客,查看完一系列的虫草样品后,他们直接下了订单,五十斤整,优等品,并提前支付了几根金条,签订了契约。王氏一门世袭不辍,几辈子人以虫草为生,见过财大气粗的,但从来也没有领教过如此开山劈石、鲸吞四海的客人,着实惊了一大跳。王更登探问说,你们这是下药呢,滋补呢,还是送礼呢?两位客人也是彬彬有礼,相当的体面,或许是为了引起老掌柜的重视，按期交货，直言说，这是省主席下达的指示，这批虫草将要送往南京，打点中央政府的要员与权贵，所以不能出任何麻烦，必须优中选优、精益求精。临走前，对方再三交代说，他们是从省城兰州慕名而来的，撇开了武威县府，一竿子插到底，切记要保密，不希望走漏了风声。

亥时已到，也就是夜里十点来钟，上家按约进入了王府，将肩膀上的一只口袋，款款卸在了客厅的灯光下，等待查验。跟以前不同，捐客这次不是一个人来的，身边居然多了两名伙计，一边嚷喊，一边帮忙。王更登并未生疑，毕竟虫草堪比黄金，谁也不敢掉以轻心。检查了五六根之后，王更登大为满意，绝对的上品，随即挑中了一根品相不错的，掰开后，鼻子嗅闻了半天，又放在牙齿上品咂了几口。恰在这时，一阵穿堂风拂过，送来了一股羊肉的膻味，王更登猛地抬头，喝问那两个伙计：哒，你们不是在羊市巷里卖羊头的么，怎么闯到了我家里来了？见事情败露，这两个恶棍并不慌张，分别从腰间拔出来一把手枪，咔嚓上了膛，齐刷刷地瞄准了王更登，诡笑说：哎呀，你们不该在饭桌上谈生意，尤其不该在杂碎摊子上露富！如此地孝敬，我们不来一趟的话，岂不是不识抬举？王更登毫不惧怕，诘问道：什么路数？二位是哪个山头的把子？我也好吩咐下去，设宴款待。对方答复说：黑喇嘛，头把子叫黑喇嘛，我们只是他老人家的跟班。

岂料，这个工夫上，虫草捐客已经慢慢地躲在了墙根下，突然一耸身，跳到了窗台上，正打算逃走。枪响了，一连开了两枪，子弹射穿了捐客的脊背，他的整个肉身就像一根折断的椽子，颓废地栽了下来，再也没有了声息。闻听枪声，王家的三个儿子从门外跑了进来，同样被枪口锁定了，当场钉在了地上，扯开了哭腔。留人就舍财，舍财便留人，土匪们也是开门见山，坦言他们就是冲着这一批虫草来的，也不愿意伤天害命，让地上再躺下几具尸首。死寂了半天，王更登艰难地睁开了眼睛，以长辈的口吻劝服说：娃辈们，如果这些虫草是我的，那倒也简单了，我一定会如数奉上，它们不过就是一些晒干的蛆虫，绝对不会比命价贵，这个账我还能算得清楚；可问题在于，现在它们的主人是省主席，你们不敢惹，也惹不起，到了大后天，省府将派来一支武装押运队，一旦我无法交货，谁的头上都会着火。土匪们对这种陈词嗤之以鼻，说三天就足够了，三天之后，头把子黑喇嘛将坐在云端，瞭见下界里的武威城乱作一团，相互厮杀，他老人家兴许会多喝上半斤八两，为凉州助兴的。纠缠之际，王更登的长子忽然绷不住了，一边抹泪，一边打开了旁边的夹墙，拖出来几只箱子。揭开箱盖后，里头码满了清一色的精美木匣，每一根虫草都腰身挺直，在静谧地酣睡，仿佛空气也是一块温润的土壤。倏忽间，王更登被长子的软弱激怒了，破口大骂，举起拳头飞扑而至，但是一声枪响，将他瘦削的身体扔了出去，当即毙命。其余的两个儿子见状，来不及号哭，冲上来搏命时，又被子弹击中了，横尸于眼前。

直到次日一早，这一桩血案才被县警察局接获，而报案人恰是王更登的长子。

待王伯鱼率着一班警员，仔细勘察完现场，开始录取口供时，这个长子仍旧痴痴呆呆的，尚未从血腥的杀戮中醒转过来，一问三不知，既无法提供这两名杀手的长相特征，也描述不出大宗虫草的下落。半晌后，这个长子才迷离地吐出了三颗字：黑喇嘛。王伯鱼气炸了，甩了一顿耳光，詈骂说：难怪人家不杀你，黑喇嘛留你一条命，就是为了传信的；这分明是挑衅警察局，公开跟县府作对，等我剿灭了那个土匪头子，我再来收拾你也不迟。根据现场遗留的物证，包括对几枚弹头的分析与比对，凶犯所使用的枪械，很快就指向了第七仓库被盗的那一批武器。这说明形势急遽恶化了，北疆的悍匪集团业已进入了凉州的核心地带，随时都有可能犯案，再次制造像王氏一族这样的灭门血案。

有鉴于此，县长陈垦丁紧急签署了《劝募呼吁书》，剖析了当前的局势，梳理了时下的社会治安现状，以及民心思定、收秋在即的前景，并且罕见地交代了县府捉襟见肘的窘况，以至于人手不够、警力不足，造成了如此剧烈的社会动荡，实在是难辞其咎。在文末，陈垦丁以拳拳之心透露说，他已经具文陈请，上报甘肃省府，自请处分，绝不推卸这一桩责任，同时号召各界民众精诚团结，众志成城，度过这一个艰难时刻。银峰印刷所加班加点，将这一篇呼吁书印制了上千份，满城张贴，几乎投放到了每家每户，尽人皆知。事实上，这一张散发着油墨气息的报帖，等于是天台大人的罪己诏，凉州百姓们读罢之后，一时间热泪流淌，心中哽咽，目光眺望着县府的方向，深深地被陈垦丁的坦率与勇敢所折服，随即开始忧心起了他独木难撑的境地，纷纷为他捏了一把汗。但是，手上的汗并不管用，陈垦丁极力倡导的革命，需要的乃是干货，是真金白银，是沸腾的民意和呐喊，也是这一座河西首郡必须燃烧起来的柴草、火油与脂膏。可偏偏在这个节骨眼上，夜宿于火神庙门外的六个乞丐被杀了，死状惨烈；位于流木巷的一家典当行、两家钱庄遭到了洗劫，并被纵火灭迹，幸亏不曾引发大面积的灾难。借着剿匪的名义，县府的武装力量第一次冲出了武威城，扫荡了附近的丰乐镇与大柳乡，镇压了当地的抗粮运动，将几名激进分子绳之以法，公开处决。据密探所报，福禄巷的一个调料商人，收集了不少的报帖，不是为了阅读，而是当成了包装纸；这还不算，这个狗日的在茅厕里拉完屎后，竟然用报帖擦他的屎沟子，被邻居们当场擒获，争执当中，也不知怎么他就气绝身亡、一命呜呼了。大乱才能大治，乱世须用重典。凉州百姓们格外体恤陈垦丁的不易，也理解县府在这个阶段的矫枉过正，于是一边倒地倾向于当地政权，渴求这一场风暴来得更为猛烈，涤荡了人世间的污浊与泥潦，还苍生赤子一个清明的天地。

这么着，武威城内的豪门巨户、缨鼎之家，开始纷纷解囊，互相攀比，通往县府的街道上车马喧腾、人粥稠密，俨然汇成了一条民众的河流，此乃凉州的力量，也是来自社会各阶层的共同心声。赵钱孙李，周吴郑王，这家捐出一张银票，那家献上几根金条，前头的认捐了十辆胶皮轮子的大车，后面的也不甘输脸，立刻登记了两千斤新麦子，随时等待公家去灌粮食。在县府门外，分布于城内主要街道的各个劝募点，白昼天人满为患，蛇形的队伍一直望不到尽头，入了夜之后，照样还是灯火大炽、拥挤不堪。男将们的捐赠五花八门，除了袁大头、零碎钱与角票之外，另有银饰的刀子、镶金的马鞍、敷了金皮的佛像、嵌有宝石的头盔与腰带，总之花样杂多，估计他们将老先人留下来的老底子翻了个底朝天，一点也不吝惜。这当中，尤其值得竖起大拇指的,则是那些迈着小脚而来的妇人和闺女,她们站在劝募点上,用土姨子水蘸湿手腕,慢慢地褪下了金镯子、银镯子和玉石镯子,脸色彤红,好像吃掉了一盒子胭脂似的。有了婆婆和娘老子的示范作用,尕媳妇与闺女们便也慷慨大方,从耳朵上摘下了金耳环,从指根里卸下了金戒子,还有人从脖颈子里取下吊坠,款款地放入了公家的箱子里,仿佛完成了一桩终身大事似的。劝募活动持续了整整两日,县府为保密起见,并不曾公布具体的明细,但再次以陈垦丁和革命的名义,发布了一份《告凉州人民书》,一鞠躬,再鞠躬,三鞠躬,感激之情,充斥于字里行间,令百姓们深信不疑、感慨万端。

真是风助火势,火助风威。到了第三天,王更登家的灭门惨案迅速被侦破了,满城争睹。

那天天亮时,县警察局的大门打开后,传事室的人提着扫把出来,突然瞭见廊檐下躺着两个家伙,轰赶了半天,方才发现他们早就死掉了,身体硬撅撅的。王伯鱼下令圈住了现场,几乎不费脑子,便明白了什么路数,因为这两个恶棍的嘴里塞满了虫草,他们的身上还各自别着一把手枪,脖颈子里有一道勒痕,骨头也被绞断了。借此,陈垦丁签署了一级通告,晓谕全城民众,黑喇嘛的这两名杀手,亦即制造了王氏一门血案的罪因,已被县府于昨夜实施了绞刑,并悬尸五日,以供凉州百姓参观与挞伐。

与此同时,王更登的长子暂时离开了丧事现场,带着整整一马车的上等虫草,走进了李伯安驿馆,当面验讫,将货物交给了从省城来的那一干人马。虫草总计四十六斤,虽说短了四斤,但当对方瞭见这个大儿子戴着重孝,满脸悲戚,又获知王更登猝然下世,便不再指责与作梗,爽快地支付了尾款,并一再安慰说节哀顺变,一定要节哀顺变。

至于这一批贵重的虫草,如何离开了武威城,安全抵达了省城兰州,此处略去不表。

上述案件虽然血腥异常,且令人胆寒,但仍然比不上"双门爆炸案"来得更为恐怖,更加雷霆万钧。

刚开始,冯证家的碎儿子不见了,爹娘老子还以为他出去淘气,也就没当一回事；可过了几天后，家里人便慌掉了，赶紧去县警察局报案，请求寻人。唐六安的一双闺女上的是私塾，仅隔着一条街，打个喷嚏就是一个来回；可这天晚夕她们迟迟不回家，当爹的跑去问先生，却被告知下半天就放学了，苦等了一夜，天不亮便去叩衙报官了。天公巷的邴福源一家午睡起来，开始拌凉面、制卤子，打算等暮色降临以后，拉着架子车去夜市上售卖，因为是老牌子，不愁吃客，所以并不着急。忙罢了，邴福源就想逗一逗四岁的儿子，可当他推开卧房的门，却发现自己的命葫芦不见了，炕头上竟然还洒落了几滴血迹，于是一个蹦子飞将出来，直接哭晕在了县警察局的大门里。最近一段，一名来自洛阳的画片商人，在城隍庙里开张营业，总计有两台戏，一个是《西厢记》，另一个则是《牡丹亭》，惹得各家的小姐和丫鬟们趋之若鹜，红火得不得了。周荣贵家的千金年方七岁，丫鬟眼睁睁地看着她钻进了一件黑色的斗篷内，可是左等右等，画片商人开始收摊时，却不见了小主子，吓得她跑回了家里，也是无从寻找。趁着东家们号哭和叫骂的工夫，性格刚烈的丫鬟悄悄地溜进了灶房，用一把菜刀抹了脖子，以死谢罪。来自永昌的煤炭贩子苟进祥，已经在武威城里盘桓了七八年，如今买下了宅院，打算安家落户，还将婆娘和童养媳从老家接了过来，一家人好歹也团圆了。童养媳还小，一直在当干闺女养活，苟进祥打算再等几年后，把这一桩婚事给办了，了却自己的心愿。岂料，那日午后，童养媳坐在自家门口洗衣裳，等发现她失踪时，地上只有木盆、搓板和凳子，人却像被一阵风给拽走了，连一声咳嗽也没有留下。

稽查专员牛星海在县府里当差，大概是老来得子，也或许是天气太热的缘故，最近一段日子，他时常将命葫芦拴在腰带上，带着五岁的儿子进出衙门，也不怕同僚们说闲话。牛星海在屋子里核对账目时，放心让娃娃在县府大院内拍皮球；皮球是问陈垦丁借来的，很时兴的一项运动，爷父俩的脸上自有一份荣光。悲哀的是，这个娃子在早上就丢失了，人们在门口捡到了那只皮球，还有一只沙包大的布鞋，鞋窝里搁着一枚生铁打制的金刚杵，意思再也明确不过了。据传事室的同僚讲，他最后一眼瞭见娃娃时，县府门口过来了一个货郎挑子，挑子上挂满了各种风车，货郎有一嘴大龅牙，叫卖的声音含混不清。隔天，海藏寺的一群喇嘛就像头上着了火似的，围堵在县警察局门口，一面击鼓，一面失声痛哭。原来，寺里的住持这一天接待了他的俗家弟弟，茶饭之余，他带着小侄娃子在门前的放生池投麻钱，玩得开心不已。却不料想，这一刻祸从天降，突然驶过来了一辆陌生的车轿，强行将娃娃掳走了，住持本人也是失足落水，等他爬出池子时，一切都为时已晚。

最为轰动的失踪事件，发生在了赫赫著闻的凉州郡老沈光宅的身上，同时也揭开了他的一桩桃色新闻，让这个权威班子的名誉与声望岌岌可危，显然在短时间之内难以修复。作为河西境内的最大盐商，沈光宅长期奔波于雅布赖盐场和武威城之间，竟也不知中了什么样的邪祟，遭了什么样的恶咒，忽然就瞧上了燕春楼里一个肉乎乎的窑姐，一无姿色，二无性格，除了屁股大得像一尊马臀。沈光宅舍得花钱，将肥女子赎了身，在贡院巷置办了一座宅院，秘密地包养了起来，很快就抱上了一个儿子，如今已整整六岁了。这日中午，沈光宅包下了福乐泉酒楼，仅订了一桌酒席，率着伙计和婆子们，正在给娃娃办生日。这个碎儿子八成是哪吒转世的，一会儿索要头顶上的灯笼，一会儿砸碟子摔碗，让大家都吃不高兴。这么着，丫鬟将娃娃领出了酒楼，站在街上看一个耍猴的正在表演，突然一扭头，却发现小少爷不见了。半个时辰过后，外出找人的伙计和婆子们陆续回来了，两手空空，做母亲的肥女子急火攻心，一个蹦子跳上了窗台，威胁要寻死。在万般无奈之下，沈光宅硬着头皮走进了县警察局，单独跟王伯鱼见了面，一五一十地述说了自己的苦楚与难肠，请求他尽快平息了这件事，务必不要玷污了郡老班子的名望。但他也根本没料到，这桩龌龊之事，犹如秋季旷野上的风滚草，携带着火焰，一下子燎遍了整个凉州大地。

掐指一算，在短短几天的工夫内，河西首郡总计丢失了九个娃娃，天塌了，地也陷了。

一时间，武威城里就像死了爹、丧了娘似的，一种大限临头的杀戮之气弥漫在大街小巷，家家闭门，户户落锁，大人们恨不得将子女用一根链子给拴了，捆绑在炕上，不许出去。黑喇嘛来了，黑喇嘛这个恶魔从阎王爷那里，借来了一把长镰，来收割凉州的后人们了，这种传言扩散开来，更是加剧了城内的恐慌。人们进一步剖析说，稽查专员的儿子都丢了，大住持的侄娃子被劫走了，尤其是郡老沈光宅大人的私生子也不翼而飞，如此看来，失踪一两个平头百姓的娃娃，岂不是等于掐死一只跳蚤那般简单么？在探究黑喇嘛伤天害理、绑架无辜孩子们的动因时，公说公有理，婆说婆有理，凉州人的意见始终汇不在一个池子里，出现了巨大的分歧和撕裂，其中也不乏夫妻反目、父子成仇的例证。不过，种种的揣测与猜想，很快就归于破灭，因为黑喇嘛亲自出马，将一张通牒性质的布告，张贴在了县府门前广场的旗门下，登时引人注目，广为周知。

这是挑衅县府，蔑视政权，也是对我陈某人的公开羞辱。据称天台大人这样定性。

黑喇嘛的布告，写在了一张红颜色的纸上，楷书，结字周正，笔法俊秀，文白相间，仿佛一份甲等的状元试卷，令人啧啧称奇，竟不敢相信这出自一个杀人如麻的土匪头子之手。在文中，黑喇嘛一连迭地道歉和谢罪，为自己绑架了九个娃娃、得罪了凉州父老辩解再三。这让围观者切齿痛恨，看清了他的狰狞、他的绝情无义，以及他的恶魔本性。实际上，这份布告的重点在于勒索县府，黑喇嘛在最后一段的表述中，强迫陈垦丁于次日子夜时分，将劝募所得的黄金白银，统统装在一辆三匹马的篷车上，不得有任何记号，车子必须停在郊外的长官路口，凡是公家人一概退出五里地之外，不能越雷池一步。末了，黑喇嘛图穷匕见，发誓说倘若县府和陈垦丁不满足他这一卑微的愿望，他将炸毁武威城的东西二门，以示惩戒。

东门，亦称中山门，西门则是林森门。这两座巍峨高耸的城门，就像一把黄铜的机密锁钥，锁住了河西走廊东段，扣住了甘凉大道上的全部风水，实乃龙穴虎巢、天地之命门也。中山门的城楼上，张挂着一块巨匾，上书四颗大字：东望中原。林森门的头顶上，同样也悬吊着一块匾额，却是另外的内容：西接阳关。针对黑喇嘛的这一迫切威胁，陈垦丁仅仅是轻蔑一笑，对着旗门下的凉州父老断言道：看来,也无须在下动手了,假如这个杂种胆敢造次,东西二门哪怕是受到了一点点皮外伤,上苍会惩罚他的,天老爷一定会站在凉州这边。

孰料,陈垦丁的话还未变凉,就在当日傍晚,黑喇嘛兑现了他的诺言。

先是中山门爆炸了,一声巨响之后,"东望中原"的巨匾被彻底炸碎,分崩的木屑伤及了几名路人,一个挑葱卖蒜的小贩丢失了眼珠子,满面鲜血。过了一刻钟,林森门也爆炸了,"西接阳关"的牌匾掉落下来,砸在了摊贩们的棚顶上,除了油漆剥落而外,幸亏保住了全貌。当陈垦丁带着警察局的全部人马,查看完东西二门的爆炸现场,下令即刻宵禁,开始全城大搜捕时,旗门下再次出现了一张红颜色的布告。这份布告不太长,简短而强硬。黑喇嘛重申了他的条件,勒令县府和陈垦丁不要抱侥幸之心理,尽快满足他的要求,否则下一次爆炸的目标,必将是东西二门上的阁楼,他发誓一定要连锅端掉。

在凉州人的记忆中,这是一个狼狈而恐惧的不眠之夜。随着大搜捕的进行,陈垦丁连续走访了十几户人家,包括几个丢失了娃娃的家庭。海藏寺的住持也住在城里的客栈,见了陈垦丁的面,当即捐出了一张银票,天台大人立刻笑纳了。沈光宅的秘密已经不再是秘密,在肥女子的哭诉声中,他收拾起膝盖,从地上爬了起来,将两千块大洋交给了陈垦丁,承诺只要娃娃能活着回来,他情愿再追加三千块袁大头,绝不食言。其他的走访对象,涵盖了凉州各界的头面人物,陈垦丁绍介了目前的困局,以及迫在眉睫的恐怖威胁,但谈话的重心,依旧是革命、革命和革命。这个神奇的辞藻,加上陈垦丁本人的性格魅力与绚烂的口才,犹如一场广大的甘霖法雨,洒落在了这些乡绅耆老、巨门著户的身上,令众人如痴如醉,深表赞同。天色熹微时,陈垦丁可谓是满载而归,疲倦却又兴奋地回到了县府大院,催促账务人员抓紧登记造册,详实统计。抽了空,陈垦丁去冲了一个冷水澡。在他看来,冷水澡也是革命的题中应有之义,能够让人时刻清醒,保持一种亢奋的动力。

但是,新的一日并不轻松,因为距离黑喇嘛设定的最后期限,仅有一个白昼天了。

大概是午时左右，在水井巷的一家东乡锅盔店里，有个人买了六十个大饼，又在隔壁铺子里采购了黄瓜、洋柿子和一桶杏皮水，装在一辆帆布遮盖的马车里，悄然驶向了城西的一片菜地。这一桩看似平常的买卖，成功地引起了几个人的注意，当即尾随而去。

到了下半天，正在警察局里忙碌的王伯鱼，猛地瞭见传事室的一名人员，火急火燎地跑了进来，将一封信交给了他，并绍介说，方才有人突然袭击，扔过来一把匕首，将信件钉在了门板上，他根本没看清对方的特征。王伯鱼撕开信皮一瞧，发现是一张简略的位置图，寄信人以十万火急的口气，敦促县府和警察局即刻去一趟城西的菜地，紧急营救那九名丢失了的娃娃，因为天气太大了，气候溽热，如果再拖延下去的话，那几条无辜的小生命恐遭不测。王伯鱼大怒，摔碎了手中的茶碗，带着这封信，惶惶然地穿过了院中的隔门，来到了县府，将这一突发事件报告给了陈垦丁。

所谓城西的菜地，实际上是一片瓜田，烈日当空，沙石横陈，空气干燥得呛人。这个季节，旱沙西瓜约摸有拳头那么大，正在疯长，最怕的就是瓜贼，所以瓜田中央矗立着一间看守的窝棚，相当地醒目。一支武装马队驶出了县府，流星般地穿过了半个武威城，抵达了城西地带。陈垦丁和王伯鱼双双跳下了马背，相视一眼，便下令警员们开枪。这是马警队的人手，王伯鱼的嫡系，十分卖力，打完了匣子里的全部子弹，这才扇形地包抄了上去，准备冲进窝棚里。但是，王伯鱼并不想让部下们抢了头功，迅速喊了一声退后，再退后，接着踹开了那一扇柴门，与天台大人相率而入。窝棚并不大，大概有二三辆马车的面积，但是足够吊死五个彪形大汉，再将他们倒悬起来，用绳索挂在头顶的大梁上，去犒劳一群又一群的苍蝇。刚才的那一阵乱枪，已经将倒挂的五具尸体打成了破筛子；但吊诡的是，枪眼中并没有太多的血水淌出来，尸身硬撅撅的，这说明杀戮在前，扫射在后，中间起码也有一两个时辰了。待王伯鱼检查完最后一具大龅牙的尸首后，陈垦丁询问说：怎么干掉的？马警队队长张开臂膀，在虚空中拉开了一根无形的绳子，缠绕在他自己的脖颈子上，猛地一拽，吐了吐舌头，意思是被绞死的。陈垦丁又问：依你看，这到底是些什么人？

竟然如此神速，如此地精准打击，痛下杀手，他妈的连一个活口也不留。王伯鱼指了指头顶，失笑说：阁下忘了么？你前些天还当众讲过，上苍会出手的，天老爷总归还不曾睡着，他老人家的心中肯定有一台天平。

窝棚的身后，有一间地窝子，原本是在秋天储存西瓜的，现在却是娃娃们的囚牢。

傍晚左近，已经获知喜讯的那些爹娘老子，携着家中的伙计和丫鬟们，络绎于途，蜂拥而来。前往城西的一条条土路上，一方面被浓厚的尘土所笼盖，另一方面又被震天响的哭喊声完全遮蔽了，连夕光也浓稠得化不开，但这种哭喊声俨然是被佛祖和菩萨加持过的，蕴含着一种悲喜双运的澄明与光芒，令人没齿难忘。在这些失子家庭的队伍后面，凉州人也不甘缺席，犹如成千上万只的雀鸟，纷纷栖落在了城西的瓜田附近，张大眼睛，目睹着这一幕人间奇迹的上演。沈光宅肯定是最高兴的，慷慨地拿出来一大笔银两，马上请来了一支唢呐班子、一支锣鼓班子，外加一支旱船班子，也顾不得瓜田李下，当即就在这一片田野上拉开了阵势，吹吹打打地表演了起来。

在鞭炮的轰鸣声中，陈垦丁亲自揭开了地窝子上的几块盖板，警员们摸黑下去，陆续将娃娃们挨个儿抱了出来，赶紧捂住了他们的眼睛，背对着夕光。天老爷，丢失的娃娃们一个不多，一个也不少，全部都囫囵着，既不会哭，当然也不会笑，表情木讷，就像刚刚抟出来的泥偶那样。趁着妇人们上去叫魂的工夫，稽查专员突然下跪，实实在在地给陈垦丁磕了三个响头；海藏寺的住持掏出来一条洁白的哈达，挂在了天台大人的脖颈子里，还送上了一段吉祥的祝福；下人们打开了一只木箱，取出来十几条鲜红的被面，绸子质地的，对折之后，交给了主子，沈光宅将被面担在胳膊上，眼含热泪地上前，准备给恩人披红。

这一刻，陈垦丁抬起了坚毅的目光，扫视着一堵堵山墙般的凉州民众，蓦地腾起了一股血勇之情、慨然之义，感受到了一种前所未有的领袖与头羊的尊荣。不过，唯一败兴的是，陈垦丁在人群中瞭见了承平堡的廖逢节，他猜测这个管家不仅仅是来看热闹的。

胡笳一百十七节

在河西一线，人们将途中的歇脚点分为干站和水站，这显然是以水来划分的。

五里铺便是一个水站，因为在道路的西侧有一眼不冻泉，不管是炎天，还是寒季，常年喷涌着温烫的流水，水雾缭绕，空气也湿漉漉的。附近庄子里的人们，在泉眼上盖了一间石屋，砌了一座池子与孔道，将多余的泉水引向了不远处的萨班渠，不至于浪费。据车夫描述，他带着大小姐、丫鬟和朱家闺女浪完了武威城，路过这个水站时，达云忽然叫停了车轿，招呼大家吃香瓜。哈密香瓜也叫马首瓜，刚刚买下的，今年的头一茬，又脆又甜，简直香死了，甜得让人头晕。吃罢后，大小姐她们正在池子里洗手，却不料想，土匪黑喇嘛的喽啰们围住了车轿，开始行凶作恶。车夫刚要反抗，肩膀上便挨了一刀，血水横流，他只好赶紧跑回承平堡来喊人。

变起仓促，又事关人命，顾山农和陈垦丁不敢大意，前后脚地奔出了堡子的北门。

约摸一根烟的工夫，双方几乎同时抵达了五里铺的那一间石屋。顾山农是策马从荒滩上过来的，陈垦丁则坐着那一辆打着黑屁的小卧车，嘎吱一声踩住了刹车，管家廖逢节也随后赶着呢子车轿前来援手。这时候，呈现在众人面前的，确乎是一种被劫掠之后的惨状，拉车的辕马不见了，整个车轿已经被烧塌了，只剩下胶皮轮子带着一两根火苗，还在颓丧地冒烟。达云狼藉万状，惊魂不定，颊脸上还挂着血迹，颓坐在墙根下，正在失神地发呆。叶小梳抱着大小姐的左腿，朱懿则抱住了右腿，这两个闺女的喉咙已经哭哑了，泣不成声。顾山农从惊骇中清醒过来,抢上前去,一把搂住了妻子的肩胛,瞭见达云的眼睛在动,嘴角上有一抹凄楚的笑意,鼻孔中的血水正在滴答而下,掉在了衣襟上。犹不放心,顾山农撸起袖子,一只手伸进了妻子的领口,仔细地摸了一遍她的前心与后脊,没有发现受伤之处,胳膊还在,大腿还在,耳朵和下巴也囫囵着,他这才长长地舒了一口气。偏偏这时,王伯鱼拎着一把驳壳枪凑了过来,职业性地问说:大小姐,对方是什么人,一共几个,朝哪个方向上跑了?叶小梳突然变色,在马警队队长的脑门上凿了一记栗子,反诘道:咋了,你能吃了黑喇嘛么?刚才黑喇嘛逞凶的时候,你们这些吃官饭、拉闲屎的公家人干么去了?王伯鱼耐下性子,继续说:大小姐,只要人没事就好,具体被抢劫了什么,待你回家歇息之后,再给我一个单子也不迟;我发誓,我一定要破获这个案子,给承平堡和你一个交代。叶小梳鼻孔朝天,鄙夷地哼了一声:咋了,明明魂都不在了,你还说没事就好?这大天白日的,你嘴里怎么都是夜里的黑话?王伯鱼不想抬杠,摇着头闪在了一旁。

陈垦丁摘下了白手套,欠身一礼,哀恳地说:实在是抱歉呀,让大小姐你受惊了,这是在下治郡无方、隔膜民众的后果,我此刻真是心如刀绞、愧怍不已,还望你多多宽谅,再给陈某人一些时日吧。达云敛住了惊惧,扶着墙挣扎地站了起来,咧笑说:阁下,下半天我去县府拜访你,可惜不遇,不承想你却到了承平堡做客,咱俩真是想到了一处呀。陈垦丁呃的一声:哎呀,大小姐上了县府的门,竟然没喝上一口热茶,这实在是在下的不恭,告罪,告罪!但不知你有何吩咐,现在告诉我也不迟啊?这么着,达云抬手指了指对方的衣裳,释解说:喏,你们男将们可真够粗心的,扣子掉了有一年了,还不赶紧补上,我其实一直惦记着这件事,但阁下的这种扣子不好找,前不久我才托人从兰州城买来了一包,足够你把这件衣服穿破了。陈垦丁往身上一瞧,瞬间恍悟了,并忆想起了去年在潘麻子羊肉店里的那一幕,慌忙道:哎呀,区区一枚扣子,让大小姐你记挂了这么久,我真是该死。达云使了个眼色,叶小梳从挎包里掏出来一包纽扣,转手递给了长官,又道:我也没啥事,我去县府就是为了这个。陈垦丁将东西抱在了怀中,内里忽然潮起了一股温润的汁水,鼻酸不已,恳切地说:

"无功不受禄。大小姐，你总得让在下做点什么，我也好心安呀？"

"那好吧，你可别拒绝我？"

陈垦丁颔首。

"阁下能否告诉我，凉州各界慰问团如今在哪里？惊白，我弟弟他现在怎么样了？"

"哎哟，这的确难死我了，但我还得硬着头皮告诉大小姐，在下也不清楚。"

"什么？你身为县长，你竟然也不知道？"眼泪唰地淌了下来，达云摇晃着头颅，不肯再听类似的鬼话，凄楚地说，"我想死弟弟了，我一连好几天都梦见了惊白，他在喊我，他在向姐姐求援，可是一睁开眼睛，惊白他就不见了。"

"大小姐，没有消息，便是好消息，这说明一切都还正常。"

"县长的嘴，哄人的鬼。"

讥讽道。

"呵呵，在下虚心接受了，权当这是大小姐在策励陈某人。不过呢，我还是重申那句话，好消息总是姗姗来迟，只有坏消息才马不停蹄，我可不希望听见慰问团在外面出什么事，丢了咱凉州人的面子。"陈垦丁的这份耐心异常罕见，再次欠身一礼，笃定地说，"大小姐尽管放心，一旦有了最新的消息，我一定会亲口转达给你的，绝不派人传话。"

"有劳阁下，让你费心了。"

也不知是先前被抢劫时的惊恐未散，还是因为此刻的思念所致，达云忽然打起了摆子，双腿颤栗，接着嘤咛一声，瘫软在了地上。顾山农眼底发黑，一个不祥的念头戳在了心上，犯病了，达云的风湿病又犯了，这可怎么得了呀。顾山农蹲了下去，将妻子抱入怀中，紧紧地搂在了胸膛上。这一刻，涉及黑喇嘛及其抢劫的话题，已然不重要了，要紧的则是救人。陈垦丁亲自打开了车门，再三邀请，要让小卧车送达云回家，但被顾山农婉拒了。管家也揭开了车轿上的帘子，支起上马凳，但顾山农同样不干，反而催促他带着丫鬟和朱家闺女，务必去请梅郎中来一趟。事实上，顾山农也没有别的想法，他只打算在这个黄昏，在这一条旷无人烟的土路上，跟妻子单独相处一段时间，用一个丈夫身上的力量，将达云抱回承平堡。

暮色释放出了一团又一团的墨汁，填满了头顶的天坑，但是一些星宿像发光的蛾子，在上面扑扇着翅膀，忽明忽暗。突然，小卧车的头灯打开了，两根雪白而笔直的光带飞奔出去，慷慨地铺在了土路上，照亮了顾山农的脚步，但是他既没有回头，也不曾道一声谢谢，似乎浑然不觉。盯望着承平堡主人的背影，陈垦丁摸出来一根香烟，叼在了嘴上，王伯鱼赶紧划着了洋火，喂了过来。

"他妈的，全都乱套了，谁让你袭击大小姐的？"

"阁下，这件事并不在盘子里，肯定不是咱们的人干的，我以这一颗脑袋作保。"

"哼，那可就奇怪了，凉州真是一个出产妖魔鬼怪的地方，既然你我没有下令，那又是谁有样学样，打着黑喇嘛的旗号，在这里抢劫大小姐的？"陈垦丁喷吐着烟雾，不得其解，又道，"黑喇嘛太多了，革命并不需要这么多的黑喇嘛，现阶段武威城的这一池子水够浑了，计划暂缓，静观其变，我就不相信那一股潜藏的力量露不出马脚。"

"卑职想知道，阁下突然造访承平堡，那你在顾山农的身上发现了些什么？"

"一无所获。"

"你们在地宫里待了许久，阁下亲自出马，火力侦察，难道顾山农有所警觉？"

"不，他在跟我抱怨，在诉苦，在痛陈自己的生平点滴，我几乎被他的牢骚和怨气搞疯了，差一点就被活埋在那个鬼地方。"陈垦丁抽到了半截子，扔掉烟蒂，狠狠地用脚尖踩灭了，"顾山农不像是装的，他八成跟这一系列黑喇嘛被杀的案件无关。当然了，我也没必要替他打保票，他仍旧是目前最大的嫌疑人。"

"阁下，他可是戏子出身，难保大小姐被劫不是一出苦肉计？"

"天知道，承平堡的乌龟壳子太硬了。"

陈垦丁感慨道。

身后的灯光消失后，夜色卷土重来。

其实，达云并没有昏厥，一直清醒着，她只是浑身乏力，被一种深刻的疲倦攫取了、统治了，甚至连笑容也很艰难。而这恰恰是风湿病发作的前兆，唯有蜷曲了身子，卧在丈夫的臂弯里，她才感觉安全。顾山农的两臂托住妻子，嘴巴里含着一绺达云的头发，浑身火烫，竟然走出了一身的热汗。这是一个亲昵的时刻，自打成家以来，顾山农还从未如此地宠爱过妻子，真是捧在手里怕掉了，含在嘴里怕化了，万般地小心翼翼。渐渐地，顾山农滋生出了一个可怕的念头，因为他发现达云的骨骼变轻了，轻得就好像一只麻雀的重量，并且还在继续蜷缩着，越来越轻。这么一思想，泪水婆娑开来，顾山农便担心妻子真的会变成一只麻雀，冷不丁地振翅而起，扑棱棱地飞走，让他在余生的光阴当中，一个人形影相吊，一个人垂头丧气，终老凉州。这个想法持续恶化着，终于糜烂开来，以至于让顾山农脚步踉跄，好几次险些摔倒在地，将怀中的妻子摔了出去。

累了吧？你赶快把我放下来，我能行的，达云恳求道。顾山农朝胳膊上灌注了一股力气，抱得更牢了，目光眺见了远处承平堡门楼子上的灯光，玩笑说：呵呵，皇娘娘回宫，讲究的是脚上不能沾有一点点俗世的灰尘，奴才岂敢怠慢，玷污了这一双玉足呀！女人是最容易被哄开心的，达云心花怒放，一时间乐不可支：山农，你这一张好嘴是谁开过光的，哪个大德高僧呀？答复说：没谁，我的这张嘴只有菩萨才能开光，其他人还不配。又问：菩萨？哪里的菩萨，你抽空请来，也让我结识一下吧？回答说：哼哼，我的菩萨，我的这位护法神远在天边，近在眼前，她现在就躺在我的怀里，我这辈子也不可能丢手，我靠死她了。这一霎，顾山农惨叫了一声，因为妻子的指甲掐住了他的一疙瘩肉，着了火似的。哎呀，即便你不说，我也知道，你的这张嘴肯定是被沈小姐的那一支笛子开过光的，跟我这个病婆子牵扯不上；你也不必在我面前卖乖了，我可没准备下六合糖。来了，醋劲又来了，顾山农并不想在这个话题上逗留，方绍介说：呵呵，那可不是笛子，那个乐器叫冒顿潮尔，咱们的老先人们称之为胡笳。为了证明自己的清白，尽快从朱家嘴子的那一场误会中解脱出来，顾山农透露说：对了，沈小姐还真有意思，她给两个娃娃起的名字，竟然也是

"胡笳"二字,儿娃子叫刘小胡,闺女叫刘小笳,刚开始还念不习惯,听梁家姐妹说,现在越叫越顺口了。

达云不语,哑默了半晌后,忽然说:山农,我擅自做主了,我打算将这两个娃娃认个干亲,收成一对干儿子和干闺女,这样就能让沈小姐松活一点,轻省一些,安心去养她的咳嗽,千万别种下什么病根子。顾山农停下了脚步,假装在换气,但心中涌集而过的,却是一种巨大的空虚与怅然,甚至是惶惑不安,因为妻子这一番话的潜台词,无疑在为她不能生养,没有为丈夫带来一男半女而抱憾、而致歉。好呀,你当了干妈,那岂不是我也做了干爹,咱们等于是白捡了两疙瘩金子,一夕暴富啊!顾山农故作轻松地说。达云喟叹一声:唉,沈小姐的这个病的确奇怪,不分昼夜地干咳,胡思乱想地做噩梦,尤其是在月子里她身体还虚,我让叶小梳天天去一趟朱家嘴子,从梁家姐妹的嘴里打问消息,真是揪心死了。顾山农埋下头去,用颊脸贴了贴妻子的额头,哀恳地说:菩萨,你就是承平堡的菩萨,我这一世里的菩萨,你别再分心了,你先把自己理顺,你照顾好自己吧。

站在了承平堡的北门下,正在焦急等候的丫鬟和伙计们,先后冲了出来,赶紧接住了大小姐,抬进了睡房内。廖逢节相告说,梅郎中不在家里,他至今还在祁连山上寻访奇花异草,但去年的方子就是梅郎中开的,效果也不错,已经抓药熬上了,大家先松口气了再说。这个关节上,顾山农突然面色一沉,表情凝重,指着城门洞子里那两块高大的门扇,喝令管家掉头回去,迅速关闸落锁,任何人不得外出。

轰的一声,承平堡彻底关闭了,唯有顾山农站在门外,兀立于苍茫的夜色当中。

果然,一阵阵滞重的马蹄声越来越近了,刚才的判断没错。

顾山农挽起袖子,心沉似铁,迎着对面的马蹄声迅速离开了北门,前去会合。刚才在抱着妻子拉呱的途中,顾山农分明感觉到另有一支队伍,在暗夜中悄然行进,跟自己保持着一样的节奏,但马蹄声碎,泄露了他们的方向,似乎也是去往承平堡。达云的身体堪忧,天气尚未寒凉下来,病症就提前爆发了,这着实不是一个好兆头;看来今年的秋冬二季，已经是一个难关、一道坎，必须仔细应对才是。此刻，妻子业已回家了，顾山农腾出手来，决定让自己一个人来处理突发状况，哪怕它是一堆乱如缠麻的荆棘，哪怕是一池子的浑水。这么着，顾山农暗自鼓舞，踌躇满志，加快了脚步，仿佛他本人就是承平堡派遣出去的一块盾牌，足以抵御任何来袭的枪林弹雨、飞沙走石。

但是，意外并不曾发生，事情出现了另一种重大转折。

就在打头碰面、相距还有十几米的时候，对面的马匹忽然停下了蹄声，咴咴地嘶鸣了起来。顾山农一怔，嘶鸣声乃是亲昵的表现，刚要发问，却见那匹马突破了夜色，踢踏着跑了过来，嗅闻起他的鞋面，又用一对长耳朵刮擦着他的袖子与衣襟，亲爱如素识。没错，承平堡自有一种特殊的气息，别样的味道，外人根本难以测知，只有他们内部的人马，才能辨析出其中的蕴含。咦，顾山农当即认了出来，这一匹健硕的辕马，包括它身上的那一块火印，岂不就是在五里铺水站被劫走的大牲口么？顾山农压抑着内里的喜悦，伸手摸了摸辕马的鼻门，瞭见了它身上的惊恐与疲惫，但更多的却是见到了主人之后的那一番雀跃。来不及缠磨和诉说，顾山农还有更迫切的事情要办，于是冲着四下里的黑暗，断喝道：什么人？有胆量就站出来说话吧，在下顾山农。

闻听那一阵算盘珠子的响声，顾山农悬垂的心，好歹落在了腔子里，瞭见几条人影依次从夜色中现身，纷纷围拢了过来，牙齿一律白生生的，身形犹如年轻的豹子，疾风闪电一般。果不其然，这几个家伙便是脱可木、陈匹三和马眉臣，尤其是那个雅布赖盐场的经纪，肩膀上总是挎着一张旧算盘，浑身上下挂满了叮叮当当的老声音。这一刻，顾山农不免失笑起来，刚打算开口询问之际，却见这三个人齐刷刷地抱拳欠身，深深地做了一揖，齐声说：少东主赎罪，劣弟们真是罪不可赦，所以连夜来面见你，求请你从速发落，重重地惩处。倏忽间，顾山农恍悟了这桩事情的大致脉络，俯下身去，拾起了地上的那一根缰绳，缠绕在了他的腕子上，相问说：

"还马来了？"

"嗯，少东主法眼，还请你当面过目，绝对的毫发无伤。"

脱可木傲然道。

"但是，承平堡并没有给你们借过马，又怎么能谈得上还呢？"顾山农反戈一击，让这几个少年人顿时哑然无语、理屈词穷，不免尴尬了起来。在凉州的长夜下，顾山农面对着他们，忽然觉得弟弟也应该在场，惊白就在其中。这个激越的念头翻江倒海、不可遏止，一时间令其血脉偾张，眼睛里湿润了不少，嗔怪说："贼疙瘩们，你们打着黑喇嘛的旗号，在五里铺制造了一桩劫杀案，现在却又来给我还马，这葫芦里到底卖的什么药？"

"少东主千万息怒，但是个中的详情，你还是不知道为好。"

"我是傀儡？棋子？皮影？"

诘问道。

"不，恰恰相反，少东主应该是承平堡的基石，凉州之柱梁，一日也不可或缺。只是恳请你继续这样过活下去，一问三不知，那么县府和警察局就拿你没办法，也殃及不了这一大家子人。至于承平堡外围的垃圾与龌龊，自然归这一帮弟弟来打扫，你不必多虑。"

顾山农似乎醒悟到了什么，心中一凛：

"咦，那么照你脱可木的意思，你们在水站动手，刻意上演了一出苦肉计？"

"但也不知道奏效了没有。"

"此话怎讲？"

"少东主，弟弟们今个天临时起意，仓促行事，虽然冒犯了大小姐，冲撞了活菩萨，但也确实是事出无奈，十万火急。实话说吧，只有唱这样一出苦肉计，才能真正解除承平堡的压力，暂时挪开少东主头上的火盆子，让你稍微松活一段日子。"

"笑话，真是笑话！什么压力？哪来的火盆子？"

面呈不快。

"少东主，一个人不能过于隐忍，否则隐忍就是一份罪恶，一种可耻的败北。"

"但隐忍并不是认输，假如它是一种守护呢？"

"请问，你要守护到哪一天？"

"天下太平,凉州不凉,这一片绿洲不再让人心寒。"

"啧啧,少东主的话确乎漂亮,但可惜陈垦丁不信,他对承平堡和你本人的怀疑一直都在,所以才会突然造访,当面试探你,真可谓是亲力亲为、非要眼见为实呀。"一旦举步,脱可木身上的算盘珠子就会响动,声音也像一群发光的蛾子,在昏暝的夜幕中纷乱不止。又道:"实在没办法了,我们几个人商议之后,只能出此下策,铤而走险,狠心砍了车夫一刀,烧掉了那一辆车轿,掳走了这匹辕马。哎呀,罪过的就是让大小姐受惊了,她至今还蒙在鼓里,想必这一夜也不得安生,睡不上一个安稳觉,我们真是该死!"

"难道,这一切都是为了让陈垦丁相信,黑喇嘛也不会放过承平堡和我本人?"

"暂时是这个目的。"

"呵呵,你们这些小贼少不更事,年少轻狂,这么容易就钻进了陈垦丁的圈套。"

"少东主的意思是?"

北疆少年也是一怔,盯望着顾山农,不免有些骇然。

"是这,拥敌自重不过是一个古老的战术,一个旧把戏。当初,军部和马乙麻为了钳制北疆一带的贸易,暗中敲诈威逼、勒索钱财,的确雇佣了不少归化的土匪和贼寇,打着黑喇嘛的名义,在各处劫掠商团与驼队,中饱私囊。然而,陈垦丁却是更加老练之人,机心太重,手段毒辣。他现在也拾起了这个把戏,旧戏重演,只不过将戏台子变成了整个武威城,演得更加带劲、更有精神罢了。"实际上,关于最近以来这一系列频发的惨案与局面,顾山农都是从管家的嘴里获知的,在心里捋了无数遍,也逐渐有了他的个人判断。又说:"跟那些军阀不同,陈垦丁其人生性自负,棋高一着,往往是一石三鸟。他在幕后撺掇并指使所谓的黑喇嘛们,制造了大大小小的血案,引发了整个城市的恐慌,接着又开始高调地剿匪,对那些冒牌的家伙格杀勿论,博得了百姓们的欢呼,赢取了民众的拥戴,仅仅劝募一项,就可以让县府赚得盆满钵满,他口口声声的革命,便也有了充足的资金和动力。陈垦丁的野心,绝不在这一座巴掌大的城池,他也不甘做一个七品小吏，经过此役，他或许已经积攒了可以跟新城大营抗衡的本钱。"

"拥敌自重？他借黑喇嘛之名，其实在行个人之实？"

"不错，这正是陈垦丁的可怕与无耻。"

"唉，武威城彻底乱了，凉州也乱了。但是请问少东主，他身为天台大人，执掌着河西首郡，他又何必自毁炉灶，往自己的脸上抹锅灰呢？"

"革命胜利了，革命是唯一的赢家，这就是陈垦丁求取的目的。"

"这岂不是不择手段？"

"不，这是革命应有的一部分，革命也需要恐怖，需要一种血腥来祭献，我记得张观察这样告诉过我。"截铁地说。

倏忽间，场面冷清了下来，彼此不再做声，似乎也不愿意去攀谈。在顾山农方面，刚才的口舌滔滔，强力辩解，真是一吐为快，扫除了陈垦丁在傍晚时分所带来的压力与窒息，以及对妻子遇袭的担忧。与此同时，面对着弟弟惊白的这一帮少年伴当，顾山农忽然找见了他自己的角色和年龄，渐渐地生发出了一种呵护的冲动，兄长般的疼爱，于是掏出了满腔子的肺腑，剖析时局，讲解利弊，以期让他们不要被这一场席卷凉州的革命所裹挟，进而耽误了各自生命当中的大好光阴。另一厢，陈马二人巴兮兮地盯望着北疆少年，唯脱可木马首是瞻，等待着他来拿主意；但是半晌了，只听见这名经纪的拳头捏得嘎巴乱响，却放不出一个屁来，真是急得人火烧眉毛。毕竟年长几岁，脱可木也经历过世事的浇漓与磨折，心智略微成熟一些，听罢了顾山农的一席话，在在分明，但他也不肯轻易放弃自己的主张，遂道：

"少东主，敢问惊白给你托过梦没有？"

"干么问这个？"

"呃，是这，"脱可木立起身子，站在了顾山农面前，慨然道，"惊白如今身在远路上，他可不是为了游山玩水，寄情天下。作为一名特别代表，他其实是在谋凉州的明天，也是在开山劈路，寻找一个新的天地。我梦见了惊白，我一连梦见了好几次，他举着一支大喇叭在对我喊话，我发誓，我听得清清楚楚的。"

"他在喊什么？"

"惜疼凉州。他的确是这样说的，他让我们大家惜疼这一片绿洲，等他回来。"

"儿戏。一派胡言。"

顾山农感觉自己受到了冒犯，突然痛斥道。

"不，这根本不是儿戏，也不是年少轻狂，蚍蜉撼树。凉州者，乃百姓之故土、河西之锁钥、天下之粮仓，更是老先人们的埋骨之地，岂能让一个接一个的军阀来践踏，让陈垦丁和他所谓的革命糜烂四方？哼，假如别人不惜疼凉州，那就由我们几个伴当开始吧。"

"呵呵，别再逞能了，武威城里没你们的戏台子，现在只有陈垦丁的道场。"

"但是，我们已经动手干了。"

"干了什么？难道你们这几个自称黑喇嘛的娃子，烧掉了一辆车，掳走了这匹马，就算惜疼了凉州，就可以阻止陈垦丁及其疯狂的革命么？"顾山农的呵护和关爱是由衷的，但在这样的场合，却又让人觉得他咄咄逼人，趾高气扬，"记住，黑喇嘛这张牌，陈垦丁原本已经打顺手了，可今个天你们这样鲁莽地逞能，并不在他的单子里，就算是瞎子也能看出来，你们属于不打自招，引火烧身，我担心的是将来。"

"少东主，我们结社了。"

"什么社？"

"行道社，意思是替天行道。"

截铁地说。

"呵呵，就你们三个青皮少年，乱头粗服的，还敢妄称替天行道、匡扶天下么？"

"所谓结社邑义，重在精，而不在于多。除了我们几个，还有张彝以前步警队的若干骨干，他们也对眼下陈垦丁的革命持有异议；我们不谋而合，内外策应，绝不能任由凉州这么昏天黑地下去，陷入不可自拔的泥潭。"既然说开了，脱可木也就不再隐瞒，直言道，"少东主，最近这一系列的凶案，不论是剃头事件、虫草被劫、王氏父子丧命,乃至于九个娃娃命悬一线,最终都是由行道社破获的,给事情打了一个绳结。虽然县府和警察局冒领了这些功德,但至少正义得到了彰显,让百姓们知道,天老爷的眼睛还睁开着。"

"日能的,这些都是你们干的?包括解救那九个娃娃的命?"

"不错,九个娃娃就是九张嘴,他们一定会要吃要喝,哪怕是一口干粮,所以只需要盯住锅盔店和馒头铺子,破这个案子便易如反掌。"

"瓜娃子,卵不敌石,你们干么要用自己的肉脖子,一再去试探铡刀的心肠呢?"

"惜疼凉州。"

"呸,凉州千秋万代了,凉州根本不稀罕你们这样的孝子贤孙、鲁莽少年。活着,只要隐忍地活下去,哪怕是含着一口屈辱和悲愤,满身屎尿,将来终归会有拨云见日的那一天。"顾山农也是急了,掏心挖肺的,仿佛这几个弟弟就是压不住的一丛丛火苗,正从他的指缝中突围而出,燎原开来,"瓜娃子们,你们知道这人世上最便宜的是什么?是鲜血,尤其是少年人的鲜血,一文不值,仔细你们被利用了,被陈垦丁的所谓革命拿去祭刀。"

"就算少年人的鲜血并不值钱,但它至少是滚烫的。"

"天呐,这可是在凉州!"

"少东主,鲜血也会把凉州焐热的,哪怕它是一块冷石。"

恳切道。

不必饶舌了,顾山农明白这些弟弟的少年意气,此刻到达了巅峰,犹如分散的火苗集结成了一团,在炽烈燃烧。他唯一能办的,便是不再说教,孤独地忠诚于自己,静待来日。这么着,顾山农提住缰绳,一个蹦子跃上了马背,兀自返回了堡子,还丢下一句话:

"好自为之吧,承平堡不欢迎诸位。"

半晌后,承平堡的北门訇然关闭了,城门楼子上的灯火也渐次熄灭。

一切无果,不但吃了闭门羹,还碰了一鼻子的冷灰。这几个伴当面面相觑,表情无奈,在黑暗中各自吐了吐舌头,打算收拾起精神,在附近寻一块宽展的地方露宿一夜,等次日一早武威城门开启时,再回家也不迟。这个关节上，旁边的草海中忽然传来了一声声嘬哨，三长一短，又两短一长，脱可木也回复了一句老鸹的啼叫。眨眼的工夫，一个侏儒状的家伙溜出了草海，嬉皮笑脸的，却原来是阿骨里那个贼。

阿骨里也不废话，掏出来一把东西，先是脱可木，而后是马眉臣和陈匹三，给伴当们的手里挨个儿塞了一件。他自己则抱起胳膊，痴呆呆地发笑。什么呀？伴当们黑灯瞎火地询问，觉得手心里又软又黏，相当的恶心。笑够了，阿骨里划着一根洋火，举在了诸人眼前。大家这才发现握住的竟然是耳朵，人耳朵，总计有三只。

在惊骇当中，三只耳朵掉在了地上，被浮土吞没了。阿骨里敛住了表情，相告说：

"堡子外两个，朱家嘴子一个，全是警察局布下的暗桩子。"

"一家割了一只？"

大皮匠的儿子问说。

"当然了，做人也不能太绝，留下一只耳朵让他们听话。"答复道。

胡笳一百十八节

那种干咳声冷寂且空洞，回荡在朱家嘴子一带，就像棒槌敲在了破鼓上，也仿佛一颗颗冻硬的石头砸在了冰河上，带着失败的情绪，滑向了远处。渐渐地，梁氏姐妹总结出了一个规律，沈小姐的这个病在白昼天略好，一旦入夜之后，便会剧烈地发作，简直能把她自己的心肺和肠子咳出来，令人束手无策。

虽然在月子里，但是沈阁兰没过上一天月婆子的生活。红枣米汤，鸡汤和羊汤，臊子旗花面，黄芪炖羊骨髓，姐妹俩换着花样将饭食端过去，沈阁兰不忍拂了她们的好意，简单地尝上一两口，便兴趣全无了。或许，天老爷耳语了什么，这两个刚刚来到人世上的娃娃乖极了，一不哭，二不闹，要吃一块吃，要拉一起拉，省去了不少的麻烦。一胎两个，又是龙凤双至，沈阁兰的奶水明显不够。达云知道后，专门安排了一个伙计，在附近的庄子里采购新鲜羊奶，早晚各一趟，源源不断，绝不会饿了婴儿的肚子。幸亏梁家姐妹有经验，待黄疸褪去后，将羊奶上的那一层油皮舀出来，专门喂这个；等出了月子以后，娃娃们的腿脚和胳膊，仿佛靴子店里的木质楦头，一个个浑圆而瓷实，惹人怜爱。但是，照顾了小的，却伺候不了大的，沈阁兰的沉郁状态让姐妹俩揪心万分，私下里剖析再三，也摸不准她的脉息与心理。不承想，这个关节上，沈阁兰的干咳爆发了。

窗户是封死的，门上还挂着棉布帘子，冷风难以侵袭。屋内也没有煤烟的迹象，热炕的炕洞专门砌在了外面，方便填充柴草，一切都是为月婆子准备的，相当地完备。刚开始，那种干咳声还很轻微，就像酵起来的面团，偶尔冒出一两个气泡，噗嗤就破了。可紧接着出现了锣鼓的节奏，干咳声频密了许多，前一声还没完，后一声又追了上去，声音叠加在一起，犹如抹了一层层腻子似的。鉴于这种情况，姐妹俩将两个婴儿抱到了后院，安顿在了她们的睡房内，一个看守着，另一个则去陪伴大人。天黑之后，尤其到了下半夜，在沈阁兰干咳剧烈发作的时候，梁华一般也不客气，土法上马，将其剥得一丝不挂，而后用拳头敲击她的后背，直到精疲力竭了，双方都大汗淋漓的，这才歇下手来。外因欠火候，还需要一些内服的东西，抑咳平喘，滋阴润肺。梁华抽空进了一趟城，采买了一筐祁连山里的酸果子，跟冰糖和酥油炖成了一锅汤，晾凉后，一日三次地服用，但是效果也并不显著。眼见着干咳声像一地的蚂蚱，在朱家嘴子的这座庄院内泛滥成灾，忧心忡忡之际，姐妹俩一度怀疑沈阁兰害上了痨病，该死的痨病，于是偷偷摸摸地请来了几位附近的郎中，站在窗户外听了听，一致否决了。没有痰音，也不曾咳出血水来，这不是痨病的症状，十有八九，估计是事主的心里泼烦了，长满了疙瘩。姐妹俩拍着大腿咒骂说：唉，十三省的大夫死绝了么，难道十三省也出不了一位华佗么？

那日夜里，梁华又敲完了病人的后背，擦干身上的汗水，吹灭了灯台，催促她入睡。刚打算离开时，沈阁兰突然拽住了梁华，哀告道：姐，你们不必再费心了，我的病只有我知道，恐怕一时半会也好不起来的。又说：其实呀，我的这一个躯体就像被掏空了的琴箱，他在天上弹着弦，我的咳嗽不过是回声罢了。梁华讶异道：谁，谁在天上弹琴呢？你可别吓唬我！这么着，干咳变成了号哭，沈阁兰悲声大作：天呐！我可怜的孩子们，他们刚刚出生就成了孤儿，这将来的路怎么走？我如何才能将小胡和小筘拉扯大呀？

渐渐地，日短夜长了，恰是在这种不眠不休的干咳声中，院子里的那一棵老榆树开始泛黄了，叶子在秋风中飘落于地，昭示着整个凉州进入了寒冷的一季。沈阁兰终于下了炕，浑身臃肿地走出了睡房的门，结束了所谓的月子生涯，但情况依旧不容乐观。时常，沈阁兰一个人塑在地上，仰看着天空中一行行南下的大雁，兀自呢喃着，絮叨着，泪水敷面，竟也不知道她在诉说些什么。或者，沈阁兰在树下捡拾落叶，挑出一些金黄色的，一边干咳，一边蹲在院子里拼字，今天一个"刘",明天一个"北",后天再是一个"楼",每一颗字恍惚有炕席那么大,金灿灿地躺在日光中,让她端详再三。但是,这些字的寿命并不长,一夜秋风过后,它们统统被扫进了簸箕里,最终被填了火炕,用于御寒。

另外被烧掉的,还有一封信。

用羊奶喂完了婴儿,姐妹俩已是人困马乏,熄了灯入睡。窗外是一阵紧似一阵的风声,拂吹在朱家嘴子的上空,屋顶上的瓦叶子也在晃动,呜咽不止。然而,沈阁兰的干咳声力压群雄,犹如一把绣花针从前院里抛撒了过来,刺破了门窗,让姐妹俩实在难以将息,干脆拢在了一个被窝筒子里开始拉呱。梁华从褂子里摸出来一封信,绍介说这是她在浣洗枕套时发现的,沈小姐天天晚上捧着它发呆,恐怕原因在此。点上灯,姐妹俩凑在了光芒当中,一页一页地翻看。她们原本就不认识几个字,现在更是被搞糊涂了,成了睁眼瞎。实际上,那些信纸都被泪水打湿过,如今皱皱巴巴的,字迹也是漫漶不清,无从知晓其中的内容。辨识了半晌,梁凤忽然来了气,说这种东西八成和咒符差不多,不如烧了,还沈小姐一个清静。梁华深表赞同,当即就喂在了火上,化成了一撮灰烬。

岂料,前脚刚走,另一封书信后脚就追来了,给沈阁兰带来了最后一击。

那日傍晚,沈阁兰又收集了半背篓的落叶,坐在凳子上挑拣。有的叶片蜷曲着,有的被虫噬了,这些都入不了沈阁兰的法眼,她需要的是那种光洁平整、带着黄金色泽的叶子,好去完成自己的心愿。挑选完毕,沈阁兰将一摞子黄金叶片搁在凳子上,却没有忍住咳嗽,一口气喷了出去,叶子在空气中飘失了,令其沮丧透顶。怎么了,你们也嫌弃我,丢下我不管了么?沈阁兰一时失神,对着广袤的虚空发问。又道:凉州太冷了,也太封闭了,凉州一直不待见我,我从来就没有暖和过,一天也不曾快乐过,我到底犯了什么太岁呀?但是,这个傍晚的朱家嘴子寂寥而空旷,甚至连路过的秋风也懒得搭理这个异乡人,一任其颓废、孤单而无助。见无人理睬,沈阁兰蹲在地上,将那些黄金叶子逐一捡拾起来,紧紧地攥在了手中,生怕再一次失手。

这一次应该写"楼"，刘北楼的"楼"。虽说笔画繁复、间架凝重，但沈阁兰迅速写完了，仿佛在院子里筑起了一座大厦，雄阔地矗立于凉州的天际下，谁也无法轻易忽视。恰巧，一抹夕光从祁连山的方向上投射而来，点燃了地上的那颗字，倏忽间发亮了，带着一种跳跃般的烁烨感。沈阁兰大为开心，却后几步，眯缝着眼睛打量了起来。其实，这个时刻是沈阁兰精心计算出来的，她需要的就是这一道夕照，来满足自己的想象与祈祷。前天的"刘"字，昨日的"北"字，包括眼前的这个"楼"字，它们无一例外地都在发光，似乎早就串通一气了，就像电灯公司的那些透明灯泡，充满了奇迹一般的法术和本事。欣赏罢了，沈阁兰正蹲在廊檐下洗手，忽然闻听院门一响，忙一回头，发现顾山农走了进来。

最近一段，顾山农隔三岔五就来一趟朱家嘴子，照例文章，要么捎来达云的问候，要么送来一些新鲜的菜蔬和羊肉。这个季节的羊肉最美，尤其是北疆的滩羊肉，有钱也未必能买得上。进了门，顾山农立在院子当中，还未及开腔，却发现沈阁兰腾地站了起来，嘴脸突然变了形，表情也瞬间瓦裂。顾山农低头一瞧，黄叶纷飞，在自己的裤腿之间左右飘落。他自然不知道这意味着什么，于是用目光询问了过去。沈阁兰抢上前来，但一切都为时已晚，不由得惊叫了一声：北楼，刘北楼咋这样了？

这一刻，顾山农不解其意，误以为对方洞悉了他的卑劣与下作，赶忙从口袋里摸出来一封信，递给了沈阁兰：哎呀，我真是该死！上两次专门过来送信，可一说别的事情就给忘了，结果在我的口袋里揣了许多天，告罪。沈阁兰喜出望外，接在了手中，搬上一只马扎就跑远了，坐在廊檐下埋头读信，一遍又一遍的。事实上，这封信来了也有一个多月了，但一直被扣在承平堡内，不曾转交给当事人。因为顾山农仍记得上一次的情景，也是因为刘北楼的来信，才导致了沈阁兰的早产，整个月子里她悲戚不已，吓坏了众人。缘于好奇，不，主要是惦记着那一支远路上的队伍，顾山农用热蒸气打开了信件，仔细拜读了一番，被刘北楼文字中的热情与豪迈所感染，确信各界慰问团并没有危险，迄今仍在长途跋涉当中。最后他又抹上了糨糊，将信件恢复了原状。在沈阁兰安静阅读的过程中，顾山农颇感无聊，抓起一把扫帚，踱到了老榆树下，挥起臂膀，打扫刚刚掉落的秋叶。

冷不丁，干咳声就像一锅炒豆子，在沈阁兰的喉咙中爆炸了，害得她扔掉了手中的信纸，捏着拳头，一个劲地在捶打胸脯，但丝毫也不管用。梁华闻声，从后院里跑了出来，给沈阁兰端了一杯酸果子水，又给了顾山农半碗羊奶，说娃娃们吃不完，别糟践了，便掉头去忙正事了。饮下了半杯，沈阁兰噙着眼泪，拾起那几页信纸，塞入信封，揣在了贴心的位置，而后凝重地说：

"少东主，最坏的结果来了，北楼他凶多吉少，怕是已经出事了。"

"乱放狼烟。喏，他不是来信报了平安么？"

顾山农了解这封信的全部内容。

"不，有些话，恐怕只有夫妻之间才能听得懂，就像你跟大小姐那样，一个眼神、一个措辞便足够了，不需要赘言。"自从上次的惊魂噩梦过去后，沈阁兰似乎一直在酝酿着某种精神，储备着什么力量，以应对今天的这种打击，所以她并不软弱，也不再慌张。其实这也是她的整个月子一塌糊涂的原因所在。又说："少东主，我没有害怕，北楼他离开凉州之前，该说的话，我跟他已经说光了。即便这一次他战死疆场、为国捐躯，大不了我再做一回未亡人，替他在心里治丧，为他守寡，至少我们还有一双儿女，我其实并不孤单。"

"沈小姐，我不允许他死，他也不会死，北楼兄一定会活着回到凉州的。"

"我也相信，但这只不过是一个愿望。"

"敢问，你还记得《赵氏孤儿》么？记得胡笳么？你我二人配合过许多次，但我不能只当卖嘴的戏子，不做戏中的主人翁。"顾山农突然激动开来，喋喋道，"唯有一愿在，能呼观世音。沈小姐，假如程婴不信，他又如何背负着小人的恶名，熬过了整整十五年，将赵家的孤儿拉扯成人，最终杀了仇人屠岸贾，又让他跟庄姬公主母子相见呢？"

"可惜那是戏。"

"不，它不单单是一出戏，那是天道，那也是良心。"

"少东主，我已经决定了。"

"决定了什么？"

"嗯，我也该走了，我在凉州滞留了许久，劳烦了承平堡，也劳烦了你和大小姐，真是抱歉。这里是我的伤心之地，我早一日离开，或许也会早一天好受些。我先准备一下，我打算抱着两个孩子去兰州城，去西安城，然后再回北平。"

闻听此语，顾山农一下子失慌了，手里的半碗羊奶洒了出来，愕然道：

"不行，断然不行。沈小姐，你务必要给山农一个报答的机会。"

"我替北楼谢谢你，也替孩子们。我知道的，你跟北楼情同手足，彼此莫逆。"

"不，因为我喝过你的奶水。"

"少东主，不可妄语。你快走吧，天色不早了。"

沈阁兰断喝一声，下达了逐客令。这一霎，顾山农自知失礼，说话过于突兀了，但是泼出去的水，再也难以收回，只能用更多的陈词来弥补，修复眼前的这个缺憾。顾山农放下羊奶，躬身作揖，肃穆地说：

"我曾经也是一个月子里的娃娃，小时候。"

"笑话，谁不是由婴儿长大的？"

"不，我跟旁人不同，等我成人之后，我又做了一回婴儿，重生了一遍，所以才有了刚才那句冒昧的话，还请沈小姐宽谅，容我现在长话短说。"顾山农掉转过身子，抬望着这个秋天巨大的夜空，忆想起过去的诸般经历，忽然产生了一种生而为人的无助感，一种芥子心理，"因为我撒过谎，一个关于凉州的弥天大谎，这个谎言至今犹在，所以天老爷惩罚了我，让我多长了一根舌头。我是双舌之人，但愿没有吓到沈小姐。"

"生理方面的异常，我并不会大惊小怪，我以前在北平城听过医学课。"

"北楼兄在凉州的时候，他见过我口腔里的那种丑陋。"

"少东主，你到底想说什么？"

沈阁兰依旧面呈愠色，不怿道。

"呃,是这,因为我撒过谎,报应就开始了,我的舌根下意外地长出了一个肉瘤,起初只有黄豆那么大,但渐渐地发育了,竟然成了小舌头,这让我的嘴巴里拥挤不堪。最为怪异的,在于这根小舌头也会开口,它的话往往违背了我的意志、我的心愿。我越是想掩盖什么,它就越想挑衅我、戳穿我、揭发我,对我心存贰心,我真是快被它的仄身子口音逼疯了。"

"这叫病灶,不是你们迷信所说的报应。"

"当初,我就像一头怪物,被自己的这个小舌头吓坏了,去央求梅郎中,他决定割掉,但必须养大之后才能动刀。"旧事重来,那些不堪的日夜烟尘四起,拂荡在顾山农的脑海中。他唏嘘地说:"梅郎中开的土方子,就是让我再做一次婴儿,喝月子里的奶水。那时候,我被困承平堡,等于是军部的一名囚徒,奶水是北楼兄带来的,我知道出处。"

"后来呢?手术成功了么?"

"割是割掉了。"

"那就好,省得少东主为病情所困。"

"不,它又顽固地长了出来,至今还盘踞在我的嘴巴里,我真是拿它没办法。"顾山农转过身子,蔼然地目视着对方,"山农不敢造次,我方才说的话句句是真,天老爷明鉴。沈小姐,奶水是你身上的,一滴奶水等于一饭之恩,我岂能不当面报答,撒手不管,眼睁睁地看着你们母子离开凉州,在这个险恶的人世上担惊受怕、一路漂泊?"

"少东主言重了,你大可不必这样。"

疙瘩解开了,原来如此,沈阁兰缓颊道。

"沈小姐,我本是戏子出身,我知道什么叫塑造。在此之前,北楼兄跟我多次绍介过你,坦承是你塑造了他,奠定了他的信念,这才有了以后的作为。山农不才,既然北楼兄将你们母子三人托付给我,我岂敢有负于他。我相信这也是一种塑造,我准备着。"

"大言欺人,你不要听北楼他瞎讲。"

"山农有一个不情之请,假如沈小姐觉得在朱家嘴子憋屈了,受到了冷落,那么保价局的大门现在向你敞开了,有一张主事的柜台,还等着你去坐镇呐。"

欠身相告道。

"为了挽留我,少东主就可以不计血本,如此的慷慨么?"

"不,不单单是我个人,还有承平堡,还有整个凉州的父老百姓,这个帖子其实是我代表他们来呈送的。"此刻,这个大胆的提议、突兀的邀请,竟然让顾山农热烈开来,激奋地说,"沈小姐,我先头讲过,我曾经撒过一个谎,因为承平堡就是这个弥天大谎。这么些年来,为了维持这个谎言,我四处示弱,我八面讨好,甚至于装疯卖傻、各路乞怜,我真的快支撑不住了,我需要你来援手,也好给我搭一把力气。"

"少东主,既然是一个谎言,干么还要继续经营下去呢?"

"铜马。因为铜马。"

截铁道。

"呃,我现在似乎明白了,承平堡里的确埋着那一尊真正的铜马。北楼曾经说过,它是凉州的魂魄所系,也是先辈们留下来的河西信物。"沈阁兰款款起身,踅出了廊檐下的暗影,顺着顾山农的目光,也在仰看这一片繁星初现的夜空,慰藉地说,"如此说来,少东主你那个就不叫谎言,但你采取了一种奇怪的战术,人人疑心你,你却在公开求购铜马,你彻底把水搅浑了。"

"我被迫的,惊起麻雀群,才能保住鸽子蛋。"

"请问,少东主的这些话,究竟是你用哪一根舌头讲的?"

"不,这可不是舌头说的,是我的心。"

顾山农抬手,捂在了胸口上。

沈阁兰是带着激烈的干咳声,进入承平堡,开始全面执掌保价局的。

那时候,凉州已是深秋季节,接近了年根。堡子外萧瑟一片,枯草连绵,附近的郊田上鸦雀纷飞,捡拾着遗漏的粮食;狐狼们也掀开了战争的序幕,血腥的氛围笼盖于四野,俨然成了一块杀戮之地。但是,北疆一带的运输贸易却是反季节的,天气越是寒凉,大型牲口越是精神抖擞、脚步劲强，商团、驼队、马帮和零客们下厂的次数也越发频密。加之新城大营换了新主子，原有的防区正在撤换当中，游动税卡也消失不见了，这无形中让各路领房子们嗅见了利润的诱惑，一时间麇集于此，将这一条线路，迅速哄抬成了热点。俗话说，不怕一万，就怕万一，驼主、马户和商团领袖们为安全起见，当然也是口口相传的缘故，在拔脚启程之际，还是要来拜访一趟承平堡，在保价局里备案、验货、交保、签契，然后扛着一捆捆牙旗慨然出门，插在队伍的行列当中，这才像吃下了一颗定心丸那般踏实。

在三岔路口，凉州的各路贩子们仿佛在赶大集，卖饲料的，卖车马挽具的，卖牲口药的，卖各式火具的，卖靴子和皮袄的，卖干粮的，更换轮毂与车轴的，修补笼辔的，钉马掌的，卖卜打卦的，剖析未来天象的，总之是牛来马去，烟尘蔽日。连续十几日，沈阁兰女扮男装，游走在这些稠密的人群中，只带着一对耳朵，将捕捉来的全部信息带回去，夤夜研判，去弊存真，渐渐地有了新颖的思路，以及整体的打算。为了廓清道场，腾空舞台，让沈阁兰一展身手，顾山农辞退了保价局的一线人员，包括几位账房老先生，又多方打听，重金聘请了一批从省城兰州毕业的青年学子，组成了一个先进班子，来辅佐新掌柜。最棘手的问题也解决了，顾山农虚声下气，耐心说服了妻子达云，让她搬离了承平堡，重新回到了武威城内的家中，不再染指堡子里的大小事务。另外还有一个是管家廖逢节，顾山农叮嘱他以后专心经营好权家的那几座油坊，不要别生枝节，况且大小姐的身体每况愈下，不容任何人分心。

在赴任之前，沈阁兰特地抱着两个娃娃，拜会了一趟达云。

为了这次见面，达云倾囊而出，差不多准备了四五天，不但让伙计们清扫了内院和外院，擦亮了申明亭和旌善亭，还在廊檐上挂满了红灯笼，在院门上贴了福字。丫鬟们醛了发面，蒸了一大案板的花馍馍，在上面用红曲画出了花瓣的形状，煞是喜兴。达云还分别在王宝珠与张宝福裁缝店里，给娃娃们定制了七八套衣裳，夏有单，冬有棉，足够他们穿到三岁的光阴上，连虎头帽子和鞋袜也备齐了，一式两套。到了那一日，廖逢节亲自驾着一辆红呢子车轿，车内带着一只无烟的火炉，跑了一趟朱家嘴子，将一行人接到了城内。车子甫一驶停，鞭炮声大作，伙计们扯着嗓子呱喊：亲戚们来了，尕心疼上门来了，喜鹊在树上蹦跶了。权家的热闹声，引得这一条街道也彻底轰动了，左邻右舍纷纷跑出来观望，猜测不已。谁都知道，此乃权爱棠大人下世后，这一门后人至为罕见的欢乐。

因为不良于行，达云的双腿盖着一块羊毛毯子，盘坐在热炕上，接待了客人们。嫂子，嫂子我来看你了，你可要给我恕罪呀！沈阁兰率先跑进了门，骑坐在炕头上，一把攀住了达云的肩膀，不由分说地贴了贴对方的颊脸，又亲了一口她的额头。这种新式的礼节，让达云的颜面上挂了一块红布似的，一方面告饶，另一方面拉拽对方赶紧上炕，也好方便说话。抬望中，达云发现沈阁兰已经入乡随俗了，不再是那个来自北平城的洋气女学生，她头戴粉色包巾，大襟黑上衣，抿裆裤子，手上的皮肤也皲裂了，毛毛糙糙的。紧随其后，梁家姐妹也抱着娃娃们进来了，款款地放在了达云的身畔，左手是刘小胡，右手则是刘小笳，摆脱了门外的喧嚣，此刻安静了不少。达云诧异极了，揩掉了眼窝里的一滴泪，壮着胆子，伸出了一根指头，碰了碰娃娃们的脸蛋，妈呀一声，又闪电般地缩了回去，目光寻求着援助。在众人的不断鼓舞下，达云终于俯下身子，亲了亲这一对婴儿，贪婪地吮吸着那一种甜香的奶腥气，似乎上了瘾似的，欲罢不能。待熟悉了之后，让沈阁兰最为失笑的，则是达云捧起婴儿的小脚，将脚趾头含在了她的嘴里，又是亲，又是啃的。沈阁兰问：嫂子，小蹄子好吃么？达云假嗔道：一边去，不许这么说我的宝贝疙瘩，仔细我翻脸。

惜疼了半晌，进入认亲的环节上，轮到了经验丰富的梁家姐妹说了算，开始主导后续的一切细节。按照吩咐，达云用指尖掭了一疙瘩新鲜的酥油，分别点在了小胡和小笳的眉心里；又拿起剪子，铰下了娃娃们头顶上的一小撮胎毛，化成了灰，羼杂在半勺子温水中，服进了她的肚子里。来而不往非礼也，既然娃娃们此刻成了膝下的干亲，达云就必须当众还一个大大的礼性，于是她拿出了锦囊，掏出来两只黄澄澄的长命锁，不偏不倚，一家一个。纯金的，这是武威城里最好的金匠打制的，上面还錾刻了刘小胡与刘小笳的名字及生肖图案，分量十足。沈阁兰拒绝说：使不得，这个礼物太贵重了，他们还小，还压不住浮财。达云却道：留下吧，将来让这两个娃娃打一双黄金的登云靴，上天入地，富贵一生，也不枉了我这个干妈的心意。达云的喜悦溢于言表，拿出了前几天才刚刚学会的儿歌，轻声念叨了起来：大月亮，小月亮，哥哥起来做木匠，嫂嫂起来擀寿面，婆婆起来骂姑娘。又道：小老鼠，上灯台，偷油喝，见人来，骨碌骨碌滚下来……

趁着达云和娃娃们热络的工夫，沈阁兰带着一声声干咳，退了出来，钻过月亮门，站在了外院的申明亭里，单独会晤了顾山农。谈议了一番，沈阁兰讲述了她的计划，以及对承平堡和保价局的改良措施，包括改建堡子内的佛堂、中西会客厅、马厩与草料棚，该迁的迁，该拆的拆，势必要以崭新的面目示人，以新式的理念来运作，一扫陈规陋习。这当中，尤其让顾山农大感意外的，则是沈阁兰决定重开承平堡的南门，使之与北门彼此呼应，一气贯通，呼吸畅快，不再那么拘束与压抑。啧啧，原来你狼心狗肺、下手狠毒，直接将我逼到了指甲皮大的一块地方，只给我留下了那个小小的角院，让我以后在螺蛳壳里作法呀？顾山农戏谑道。沈阁兰眉尖一挑：喏，少东主你曾经说过，惊起麻雀群，才能保住鸽子蛋。我认为只有将南门彻底敞开了，在晴天丽日之下，凉州的护法才能彰显正义，也才能为百姓们所共享，否则的话，它不过就是一块废铜烂铁。这些话如此直白而扎心，令顾山农一时瞠目，却也挑不出一个字的毛病。

末了，沈阁兰掏出来一份契约，让顾山农过目并签署。念了两遍，顾山农突然气炸了，诘问说：咋了，你当甲方，把我办成了乙方？我还要聘请你担任保价局的总经纪，合伙人？沈阁兰颔首道：不错，这是北平城现在的先进方式，新型的雇佣关系，我可不想无名无分、束手束脚，在承平堡这里装点门面，赔本赚吆喝，我必须明确自己的角色。再往下一瞧，顾山农更加火了：沈小姐，朱家嘴子的那一座庄院，可是承平堡无偿提供给你的，分文不取，你这样写，岂不是多心么？沈阁兰答复说：不，我只是一位房客，我将来按季度支付租金，绝不拖欠。顾山农懊恼极了：你自己瞧瞧吧，这最后一项，你惹的可不是顾某人，你这是故意在给活人的眼睛里扎刺呢！梁华和梁凤，明明是达云派过去专门伺候月子娃的，你干么要给报酬，支付佣金？沈阁兰款笑道：大小姐的那一关，我自己去说服她，假如少东主你没有异议的话，那就抓紧签字吧。顾山农无奈，接住了对方递来的一支墨水笔，在落尾上签下了自己的名字，而后在一阵阵干咳声的欢送下，沮丧地走掉了。

在权家逗留了半个多时辰，天气忽然糟糕了起来，客人们着急出城，毕竟朱家嘴子还有相当一段距离。仍旧是廖逢节驾车护送，娃娃们已经被抱上了红呢子轿厢，各种礼包塞得满满当当的，几乎快装不下了。千阻万劝，达云根本听不进去，非要拖着羸弱的身子，亲自站在院门外送别。这么着，叶小梳给达云披上了一件长袄，搀扶着她走出了卧房的门，却冷不丁地瞭见沈阁兰弯下了腰，扶住自己的膝盖，正在激烈地干咳。这种咳嗽声空旷、干涩、短促而尖厉，就像一把镢头正在开挖窟子，突然吃住了一堆卵石似的，令人发指。达云蓦然忆想起了什么，对丫鬟耳语了几句。叶小梳反身跑进了灶房，不一时，便抱着一只安口镇出产的坛子回来，揭开封盖，在小碗里沏满了一种深红色的液体，恭敬地奉给了客人。沈阁兰真是咳坏了，彤红绯赤，眼冒金星，慌忙接在了手中，一种强烈而馨香的酸味扑面而来：

"醋么？"

"凉州熏醋。沈小姐，你赶紧喝了吧，这个对你的咳嗽有好处。"

"嗯，嫂子开的方子，自然不会有错。"沈阁兰当即长鲸吸水，一口气灌了下去，咂巴了半天的嘴，果然舒服多了，"我本来不会吃醋，今天可算是破戒了。"

"的确管用。家母生前也有过一年半载的干咳，幸亏喝了这种熏醋。"

"嫂子，那万一我上瘾了呢？"

"呵呵，那你最好就留在凉州吧，我一辈子供养你，让你喝个够。"

达云喜兴道。

一语成谶。在未来的光阴中，沈阁兰终究因为这种毫无根由的干咳，因为两个孩子，也缘于如日中天、贸易繁昌的保价局，羁留在了河西首郡，成了凉州本地的一分子。这是或然，还是一种天命般的前定，谁也无法去猜解。

胡笳一百十九节

后来，在祁连山下的这一片广袤绿洲上，当庶民百姓、田夫故老、引车卖浆者之流，纷纷掰起指头，闲话古今，细数承平堡的过往时，一致认定在罗什寺举办的那次会议，分明是凉州历史的一道分水岭。

头三天，一条布标就提前悬挂在了寺门上：罗什寺整理委员会成立大典暨各界恳谈会。

其实，重建罗什塔，修缮寺庙，再塑金身，此乃顾山农长期以来的一个隐秘愿望。为此，顾山农先后拜访了郡老班子的诸位成员。大居士彭澹然自不必提；凭靠着他深谙佛法、广结众缘和无上慈悲的金刚德行，一夕之间，这个消息便传布了出去，迅速点燃了凉州信众们的热情，并得到了本地沙门以及敦煌雷音寺、张掖大佛寺、兰州潴源寺诸方面的响应，不胫而走，一时间成为了陇上美谈，僧俗两界，翘首期盼。作为凉州城外五门十八姓的总乡约，王曰信因为秘密垄断了鸦片生意，旗下的各家平心定气馆戕害生命，毁灭了不少家庭，大赚昧心钱，这些年来他一直如芒刺在背，深感罪孽。见顾山农登门拜访，王曰信料定这是一个洗刷罪恶的机会，千载难逢，当场接住了其中一页劝募性质的单子，满口答应了，大到开工时在塔基内安放的一尊金佛、七匣子经书，小到典礼当天向信众们发放的舍饭，态度干净利落。令人悲伤的是秦望澜先生的离世，让郡老班子这一团体出现了豁口。他的一双儿女宦游在外，儿子秦木如今是一名上校武官，女儿秦琼则在南京政府里当差，似乎割断了与凉州的一切联系。但是，事情的转圜往往就像枯草逢春、病木开花，秦木和秦琼最终还是获知了父亲过世的噩讯,以及成立罗什寺整理委员会的消息,于是委托亲房们变卖了亡父的宅子,将这一笔钱捐给了整理委员会。大盐商沈光宅噩梦初醒,不久前才从儿子被绑架的事件中回过神来,相信这一切都是上佛的怜悯、菩萨的眷顾,而登门造访的顾山农,想必也是上苍派来,在试探他的一番诚心,所以有求必应,绝不拖泥带水。至于总教大人么,顾山农的目的倒也简单,赠送给朱绣先生一套湖州毛笔,恳请他高屋建瓴、文采斐然地撰写一篇《重修凉州罗什寺感应塔记》,以便将来勒石刻碑,留诸后世。

　　实际上,世道浇漓,又为时势所屈,顾山农的性子在这些年里貌似被磨平了,一无棱角,二无锋芒,但是在内里当中的那一双眸子,始终是睁开的,心明眼亮。果然,顾山农在罗什寺身后的法牙街上物色来的那名瓜果商人,姓魏名龙,如今便成了他最为得力的助手,以一当十。魏龙忠厚善良,且是信徒,跟罗什寺的僧侣们颇为熟悉。虽说玉蝉方丈云游在外,但魏龙经过接洽,很快就敲定了典礼的场所,毗邻着残损的塔基,搭建了一座旗门,布置了庄重的会场。广撒佛帖,遍邀英杰,姑且不论凉州境内的僧俗弟子,以及受邀的各路门面人物,即便是那些不信神佛的民众,得知了重建罗什塔的消息后,也感觉这是本埠自民国定鼎以来,最为激奋人心的一桩盛举,于是万众期盼,翘首以待。经朱绣朱先生私下里点拨,并由他本人执笔,六易其稿,顾山农以罗什寺、郡老班子、承平堡和广大信众的名义,向武威县府呈报了相关的材料,请求予以备案,并诚挚邀请天台大人出席此次的典礼仪式。岂料,县府方面迟迟不做批复,顾山农干等了半个月,甚至连一声咳嗽也听不见。有一次,担任整理委员会副会长的魏龙,跑上门去打探,却被县府的文书告知:日能的,东三省都沦陷了,你们那种尿脬大的事情,根本就上不了台面。

　　典礼的前一日,凉州的天空上就出现了吉兆;尤其到了傍晚左近,南部祁连山一带的祥云成群结伙,层峦叠嶂,如宫殿,如城池,如巨塔,如义军。夕光从敦煌的方向上驰援而来,穿透了云层,让这些幻变丛生的形象高大巍峨,凛凛生辉,仿佛贴上了金箔,包裹了银角,上苍、佛陀、菩萨与度母正翩然降临,梵乐四起,万方来朝。当日凌晨，罗什寺里还下过一阵子小雨，将地皮打湿了，脚下酥软，空气清新。僧侣们做罢早课之后，纷纷站在院子里望天，不敢出声，好像湛蓝的天空就是一纸贝叶经，等待他们去识读，去参禅，去领悟。

巳时刚过，大概在十点半左右，随着寺里的一声法螺吹响，仪式正式开始了。

彭大居士身为整个典礼的总绾，这一天特地换上了一件褐色的棉布长衫，黑鞋白袜，一条鸡血色的羊毛围巾煞是显眼，又凭借着他的卓著声望、一世道行，将寺门内外的一切调度得井然有序，气氛热烈。在梵乐班子演奏之后，彭澹然带着僧俗各界的信众代表，包括河西全境士农工商方面的门面人物，蝉联而上，依次向那一座罗什塔的废墟燃灯点香，布献三牲，而后绕塔基三周，祷念不已。彭澹然沐浴在凉州的日光下，一扫老态，焕然得就像一名青年人，声嗓清亮，语调高迈，向在场的众人简略介绍了鸠摩罗什的生平，包括这百千年以来，无上法师对这一片沃美绿洲的恩泽与雨露，点点滴滴，桩桩件件，犹如这头顶上的一道广漠天穹，令人景仰和膜拜。当述及公元385年，后凉王吕光将鸠摩罗什迎请至凉州，至尊法师居此地一十六载，讲经说法，大兴佛教，并率众弟子译介经书74部、凡384卷之时，彭澹然已经是浑身战栗，泣不成声，慌忙扶住了旁边的一位知事，这才稳住了下盘。接下来，在各界代表致辞后，凉州总教朱绣先生诵读了《重修凉州罗什寺感应塔记》一文，并不厌其烦地念出了将近四百余位捐赠者的名姓，将整个仪式推向了高潮。

岂料，就在列位代表拾级而上，相互揖让，抓住了缠挂着红绸子的铁锹，正准备象征性地开挖奠基时，寺墙外突然传来了一阵阵喇叭声，驱赶人群。倏忽间，县府的小卧车驶停在了门端里，陈垦丁仓促下车，在王伯鱼和一干文员的簇拥下，目不旁视，径自走进了会场。这个关节上，顾山农正躲在一间禅房的窗户后面，定睛眺望着塔基周围的盛大仪式，似乎这一切都与己无关，他只不过是一位首倡者和实际的操盘人罢了。魏龙惊慌地跑了过来，告知天台大人驾到，并试探说，典礼是否再来一遍，只当前面的那一幕是预演？这可是真正的主子，需要全须全尾、有始有终，丝毫也不敢马虎。顾山农蹙住了眉头，不知道陈垦丁到底拿的是什么唱本，但也来不及多想，一道烟地奔出了禅房，冲向了寺门。县长的突然莅临，引起了不小的轰动，人们纷纷鹅立着，争相目睹父母官的尊容，也好为将来平庸而琐屑的日子，储备下一些津津乐道的话题。

知事和僧侣们拉成了一条人链，将陈垦丁等人送上了会场，立在了旗门下。

先是接见的环节。顾山农夹杂在各界代表和主要信徒当中，伸出双手，等待着对方亲切而有力的一握。然而，这一刻的陈垦丁面色焦虑，神思恍惚，显然不在意这种场合，只是照例文章地碰了碰那些凌乱的手掌，蜻蜓点水似的。乍见顾山农，陈垦丁的眸子忽然一亮，蓦地攀住了对方的肩膀，热络地问：咦，你太太呢？怎么没见大小姐的面？答复说：哎呀，达云她腿脚不便，天气寒凉，恐怕是风湿病又犯了。陈垦丁唏嘘一番，又问说：对了，你告诉我达云的鞋号，她穿几码的？我不能太逗留，我马上就要赶赴省城，去兰州参加省府的军政会议，假如得了空的话，我想送大小姐一双皮鞋，这个情我必须要还上。顾山农一面摇首，一面纳罕道：阁下，你这个玩笑可开大了，内子不过就是一介民妇，怎么敢让天台大人牵挂呢？陈垦丁摸着衣襟上的一枚纽扣，款笑说：大小姐馈赠了一包这个，够我用一辈子的了，我回赠她一双皮鞋，总不为过吧？顾山农恍然道：唉，达云她这次病得可不轻，以后能不能站起来，还在两说；阁下的这番美意山农心领了，等回去了再如实告诉她。这一刻，陈垦丁固执地说：少东主，请你捎一句话给夫人，我要替她办一件事，无论何时何地，只要达云开口，在下绝不推诿，必当遵奉办理。或许，恰恰是这样的关照与礼遇，让顾山农一时间温暖，进而有了一种异样的结局。

彭大居士做主，梵乐班子和僧侣们再次演唱了一段大经乐章，算是给天台大人清场，接下来便由他代表县府致辞。在薄凉的北风中，陈垦丁的目光扫视了一圈罗什寺内的人群，忽然被凉州民众的肃穆、虔敬与热忱所感动，又蓦地记起了现在的时局、外敌的侵略和国家的苦难遭际，开腔道：诸位，自九月十八日开始，东北彻底沦陷了，东三省如今成了日本国的砧板之肉、刀俎之鱼，东北父老们也深陷于刀枪丛林当中，生死不定，命运堪忧；但是凉州作为抵御外辱的大后方，凉州定然不能无动于衷、袖手旁观，今日重修罗什寺内的这一座感应塔，想必也是一种积极而有力的实践、一份声援。待罗什塔竣工之后，咱们再举整个郡县之力，重开春秋法会，专门为拯救东三省而集体祈祷吧。县长大人的这一席话，匡危扶倾，众所推服，似乎赋予了这个典礼以格外的意义，超拔于云天之上，令人热血激荡、难以自持。果然，人群当中的几名青年学子振臂高呼，口号声不断，响应了这一号召。顿了顿，陈垦丁掏出来一份《西北民国日报》，开始展读南京中央政府于 7 月 23 日发布的蒋主席训词，标题是《告全国同胞一致安内攘外》：攘外必先安内，去腐乃能防蠹，……故不先消灭赤匪，恢复民族之元气，则不能御侮；不先削平粤逆，完成国家之统一，则不能攘外。念毕了，陈垦丁将那张报纸折叠起来，揣在了口袋里，叹息道：

"唉，诸位贤达不问苍天问神佛，我原本就对这个典礼保留意见，持有异议，但后来抓紧翻看了几本经书，我又修正了个人的看法。"

"机会难得，还请阁下当众开示。"

大居士吁请道。

"依我看，鸠摩罗什本人也是一名真正的革命者。"

"此话怎讲？"

"凉州方面的正确态度，应该是不问苍天问革命。革命，也唯有革命，这才是当前最迫切的行动，也是至高无上的指南。"陈垦丁摸出怀表，看了看时间，终止了这次谈话，"抱歉，咱们以后再叙吧，公务紧急，告辞了。"

来时一阵风，去时一团尘。小卧车打着黑屁，在王伯鱼的护送下，驶离了人头攒动的这一条街道，开出了中山门，目的地直指省城兰州。典礼结束后，剩下的最后一道程序，则是由几位郡老搭伴，集体去一趟土地庙，给土地爷知会一声，罗什寺就要动土开工了。

临近中午，寺里准备了一桌素饭，招待几位郡老。

顾山农在禅房内签署了契约，跟施工队交割完毕，支付了第一笔款项，并再三叮嘱了细节，这才作罢。隔壁一直在催喊他吃饭，催急了，顾山农来不及收拾材料，便掀开门帘入内，落座在了饭桌旁，发现大家也真是客气，根本就没动筷子。素饭太素，无非是洋芋、胡萝卜、白菜和粉条之类的烩菜，一人一海碗，甚至连一滴油花花也不见。顾山农拿来了一盆热馒头，刚出屉的，一边吹着蒸气，一边掰开，分送给了郡老们。一时间，众人吃得很饕餮，四壁间充斥着喉咙的响声，谁也顾不上言传，因为土地爷还在那边等着，过午不候。

还没吃上几口，顾山农偶然抬头，竟发现桌子对面的朱绣一直塑在凳子上，吹胡子瞪眼的，面色愠怒。咋了么，谁又动了总教大人的香头子，惹他不快了？顾山农一边寻思，一边劝慰说：朱先生，你先凑合一下吧，这里到底比不上鸿宾楼，纯属哄肚子的。岂料，这句话就像一桶子火油，泼在了对方的柴堆上，朱绣忽然从桌子底下取出来一个细长的布口袋，又从袋子里抽出来一根家什，啪的一声，拍在了饭桌上。郡老们停下筷子，狐疑地张看过来，表情吃紧，原来是一根哭丧棒，心里立时呱喊说，坏了，坏了坏了，这个老匹夫准定是吃错了药，开始发羊角风了。果然，朱绣这个一向博学孝友、持身端严之人，此刻居然不顾罗什寺的清规峻律，也拂逆了同僚们的好心相劝，抄起哭丧棒，抽打着饭桌，突然扯开了声嗓，犹如哭灵似的，无法无天地叫骂开来：

"尹先生，你这个老贼，我朱绣诅咒你！"

座中皆惊，也不知这是哪一出戏，干么要伤及一位亡人。

"好你个尹贤，你撒手人寰也有个一年半载了，可你布下的因果、撒下的种子，死而不僵，腐而不烂，到了今个天还在凉州的大地上发芽、开花、结果，一气作祟，不见消停。"显然，朱绣的这一番陈词绝非空穴来风，一定是在他的肚子里酝酿了许久，将怒气发酵成了烈焰，瞅准了这个难得的机会，在罗什寺里彻底爆发了。又詈骂说："哼！凉州的整个教育，总归是因为你尹先生的撺掇与放纵，才成了如今这样的不堪局面，徐惊白退了学，脱可木跑了，陈匹三和马眉臣也堕落成了街上的二流子，前后左右，各家乡学里总计流失了二十七名生员，凉州无望了，凉州迟早也会关门大吉的。"

"你何出此言？尹先生他也是为了保护弟子们，算得上杀身成仁吧？"

顾山农断喝道。

"哼！我原本以为少东主身具人主之风，但交往下来，却也不过是一介凡人，有心说话，无力兑现。究其实，这里面的原因，无非就是尹贤那个老贼的阴魂在作怪，什么自由之精神，什么独立之思想，这统统不过是败坏纲常、蔑视教育的一套托词，鬼才相信呐！"

听罢此话，顾山农摸到了对方的脉息，恍然道：

"朱先生指桑骂槐，原来意思在承平堡的身上呀，晚生这才醒悟了。"

"老夫错看了你，少东主你金蝉脱壳，你打算毁约么？"

"不，山农的诺言犹在，铮铮如铁，一字不改。承平堡这座堡子，将来还是五凉书院的所在，由朱先生你来执掌。"一场庄严而热烈的重建典礼，本来已经束了绳、打了结，完满地接近了终局，但身为郡老之一的朱绣突然发难，陡生枝节，简直让顾山农就像吞下了一颗苦胆，无以应对。忙释解道："是这，长则五六年，短则三四年，待保价局有了一定的实力和储备，我才能将承平堡改建成一座书院。到了那时，山农必定会体面地退出来，不再染指。"

"一派谎言！凉州人谁不知道，保价局现在换了一个女掌柜。"

"哎哟，沈阁兰她只是我聘用的总经纪。"

"那是你的障眼法，也是少东主的高明与狡黠。"

"山农绝无此意。"

"呵呵，一个女学生，北平城来的，据说沐浴过欧风美雨，思想开明，贸易手段激进，正所谓外来的和尚好念经，如今恰恰是这种人吃得香，在座的诸位不过是一群涝坝池子里的土鳖，入不了少东主的法眼，那你又何必让大家来捧场呢？"

"朱绣，少东主乃是有信之人，你可不要不识时务，在圣寺里卖弄正直，沽名钓誉。"

彭大居士拍案而起，罕见地动了怒。

"诸位郡老，眼前的这个道场，本就是顾山农精心设计的，咱们不过是陪客罢了。"

"咋了，我们还想做帮凶，你敢去报官么？"

总乡约和大盐商也扔掉了筷子，一朝反目，纷纷斥责，却被顾山农劝开了。

"敢问朱先生，这个典礼又如何变成了晚生一个人的道场？"

"哼，你最清楚！"

"山农不知，还请朱先生打开窗子说亮话，给晚生一个公道。"

"唉，老朽也是半截子入土的人了，在这个阳世上活了几十年的光阴，现在终于相信了那句老话，狼奔着肉走，狗奔着屎走，人奔着势走，如今我却成了孤家寡人，成了凉州的罪人。"朱绣不停地战栗着，扛在肩膀上的那一根哭丧棒簌簌抖动，麻纸横飞，内心就像生出了一层苍劲的铁锈，揭橥道，"少东主，想必你是来罗什寺归还舌头的吧？"

"什么舌头？"

如遭电击一般。

"因为你一再反悔，一再地放弃承诺，践踏了权爱棠大人和你当初的誓约，久拖不办，将凉州百姓们一砖一瓦、一梁一木、心香泪酒地修筑起来的承平堡收为己有，当作了私产，而后又大兴贸易，垄断了北疆一线的运输业务，赚了个金山银山。然而，这并不是承平堡的初衷，也不是原有的计划，那个堂皇的四方城，应该是凉州的贫寒子弟们念书的地方，是一个体面的学堂，一座装满了千经万典的书院才是。"

"确乎如此，但山农也有苦衷，容晚生当着郡老们的面释解一二。"

"不，老朽累了，也厌倦了。"

"那朱先生又为何抹黑在下，在这里纠缠不休？"

顾山农沉痛地发问。

"少东主，我只告诉你一句话，天下只有一根不灰之舌，那就是鸠摩罗什的法舌；凉州也只有一位圣僧，他便是鸠摩罗什本人，除此无他。"这时候，读书人的固执，凉州总教的尊严，让朱绣犹如一介抱薪救火之人，鲁莽而无畏，"顾山农你一再毁约，言不由衷，我真的怀疑你就是一个双舌子，身心瓦裂。难不成你今日就是来赎罪的，归还你那一根虚妄的舌头，继续把事情坐实么？"

"朱先生，你怀疑我是双舌，是撒谎之人？"

"呵呵，若要人不知，除非己莫为，那就请少东主你把嘴巴张开，让大家来验证。"

"你太过分了，朱绣！"

哀告道。

但是，就在凉州总教兵临城下，下达了最后通牒，正在得意洋洋的关节上，突然袭来了一记耳光，劈山开石似的，打在了他的颊脸上。这个耳光到底是谁打下的，已经不必再追究了，要紧的是朱绣慌忙捂住了腮帮子，泪下如雨，立时明白了一个道理，他被彻底孤立了，他也被踢出了这个声威卓著的议事班子，仿如一粒芥子，从此失去了根基。

这么着，朱绣号啕开来，拖拽着那一根哭丧棒和嘶哑的长调，跑出去哭庙了。

胡笳一百二十节

这一场哭庙，在日后凉州的史料记载中，被称为：儒子哭佛。

其实，朱绣是有备而来的，原本就打算借着这一幕重建典礼，大闹会场，当众给顾山农一次难堪，令其千夫所指、幡然悔悟，让五凉书院有一个眉目。县长陈垦丁的来而复去，打乱了朱绣的计划，他被迫收敛了一段时间，最终只能窝里斗了，在同僚们的面前袒露心迹，发泄一气。适才在饭桌上，朱绣只拿出了一根哭丧棒，便立竿见影，当即起到了威慑的作用；但那一记耻辱的耳光，将他的傲慢与尊严打了个七零八落，斯文扫地，让他一时间大脑空白，顿生了一种生不如死的感觉。奈何不得，朱绣只好罢席而去，在罗什寺空旷的庭院里上演一出独角戏，力争挽回一丝颜面。

在凉州长河滔滔的历史中，亦不乏哭庙的先例，但那基本上都是哭在了文庙，儒生们哭山河破碎、哭朝代更迭、哭文脉式微、哭纲常败坏、哭人间不义，然而像总教大人这样不信神佛之辈，公然哭在了沙门净土，却也是闻所未闻的一桩怪事。朱绣奔出了禅房，扯掉了身上的罩衣，里头竟然是一袭白布的孝服，腰间缠着一束乱麻，拎着哭丧棒，扑通一声，跪倒在了罗什塔残破的塔基下，开始指天骂地，大吐苦水，赌咒发誓。这一回，朱绣的花样没有点滴变化，一骂尹先生，二骂凉州教育之现状，三骂保价局为富不仁，四骂承平堡的堕落与被篡改的命运，而后哭声大炽，一把鼻涕一把泪，向权爱棠大人频频告状，吁请他的在天之灵降下法旨，速将这一切拨乱反正，澄清云泥，尽快回到人间正道上来。实际上，朱绣另有一个如鲠在喉的原因，不能在大庭广众之下道出，但这个隐秘的疙瘩，最近一直盘踞在他的心头，徘徊不去，令其寝食难安，几乎要坐出了一场大病。前一段，朱绣的闺女乃是权家的常客，大小姐的尾巴，身份特殊，似乎跟小少爷惊白的一桩姻缘指日可待，彼此的亲家关系也将水到渠成。可不知咋了么，事情后来就凉掉了，闺女整天窝在了家里，哭哭啼啼的。妻子朱王氏断言，权家的门槛那么高，怎么会瞧得上一个教书匠的穷寒丫头呐。朱绣只知其一，却不知其二。原本是因为达云的旧疾复发了，难以下地，只能静养，但他却唯独记得顾山农曾经说过，少年人的婚事就由少年人去做主，不可大包大揽，尤其在目下这个共和的新时代，当有文明的新方式。狗屎吧，杂碎吧，托辞吧，朱绣觉得自己这回被小看了，被轻慢了，被糟践了，一种反弹的力量就像错乱的真气，游走于体内，于是只能借题发挥。针对上述事实的唯一责任人，朱绣姑且隐去了顾山农这个名字，留下了一定的余地，在一群和尚错愕的注视下，以头抢地，呼号道：

"罗什寺，你可不要瞎掉了眼睛，你断然不能收回那一根说谎的舌头。

"让它烂掉吧，现在就烂掉！

"天呐！凉州只有一根不灰之舌，那就是鸠摩罗什的法舌。"

在朱绣跑出去哭庙后，顾山农见午时已近，赶紧招呼几位郡老出了门，先期赶往土地庙，切勿错过了良辰吉时，他答应随后就到。站在罗什寺门前，各家的车轿不见了踪迹，或许是因为刚才陈垦丁出席典礼的缘故吧，警察局将附近清场了一遍，一时难觅。顾山农连忙交代给魏龙，让他去寻一下管家廖逢节，将承平堡的厚呢子车轿吆过来，上头有烤手的炉子，别冻坏了神仙大人们。等待中，郡老们仍旧在气头上，切齿不已，涨红的脸色似乎要将一块块老人斑挤下来，摔成八瓣似的，但谁也不愿意再提朱绣这个名字，耻与为伍一般。那一记响亮的耳光究竟是谁动手的，顾山农已经无心去猜，重建典礼有惊无险地结束了，这才是唯一值得欣慰的结果。这一刻，顾山农仰看着凉州正午时分的天空，仿佛隐隐地瞭见了两张熟悉的面孔，一位是权爱棠，另一位则是尹先生。他的内里当中忽然潮起了一股酸楚的汁水，澎湃不息，默然地求告说：外父大人，尹先生，你们当初开的这个方子,我今个天抓药吃上了,剩下的因果,就等着鸠摩罗什上师的法力,尽快拔掉我多余的舌头,剔净我的仄身子口音,让我像一个平头百姓那样,过完余下的半生吧!我实在是太累了,我真的扛不住了。

一阵响铃传来,魏龙带着厚呢子的车轿,停在了寺院门口,支起了上马凳。车头上插着一杆牙旗,承平堡专有的号旗,但车夫却不是廖逢节,而是两个伙计。顾山农感觉诧异,但也来不及多问,搀扶着郡老们坐进了轿厢内,放下了棉布帘子,催促车夫即刻上路。一名车夫问道:少东主,你怎么还不上车呀?答复说:哎哟,我被绊住了,我随后就到,你们快走吧,别让土地爷等得太久了。顾山农兀立在街道上,盯望着车轿驶远的背影,忽然有一种莫名的心慌,便问魏龙那两个车夫叫什么,具体姓字名谁。魏龙身为整理委员会的成员,与承平堡无涉,他只是按图索骥,瞭见了那一面牙旗,这才将车马带过来的,并说那两名车夫自称叫浅瓜和粉林。浅瓜?粉林?顾山农当即想起来了,这两个手脚不干净的家伙,恰是前一阵子被开除掉的伙计,他点的头,他签的字,只为了替沈阁兰扫清障碍,大干一场。这么着,顾山农叮嘱说:你快去,你赶紧去追,追上了以后你亲自驾车,撅开那两个贼娃子!咱们在土地庙里见,我先去平息了朱先生的怒火,他当然也不能缺席。魏龙得令,拽开了手脚,一个蹦子就跑远了。

待顾山农跨进寺门,循着朱绣哭庙的声音上去后,凉州最为诡谲的一幕发生了。

这个关节上,朱绣依旧沉浸在他个人的悲情当中,一边撅起瘦沟子,一边抽打着哭丧棒,对着虚空当中的鸠摩罗什法师频频发咒,请求对方即刻降下一道金刚法力,毁灭了那一根说谎的舌头。朱绣的放肆与颠顸,引来了罗什寺的和尚与知事们的围观。虽说众人恼火,但鉴于总教大人的特殊身份,竟也没有一个人敢去劝阻,更谈不上将其驱逐出去。突然间,就在朱绣的号哭声中,一只黑老鸹从空气中滑了下来,紧接着,另一只也收束翅膀,双双栖落在了残破的塔基上,犹如两名黑衣刺客似的,令人心惊。

两只黑老鸹蜷起身子，探出了长颈，虎视眈眈的。突然，它们的长喙如闪电一般出击，戳在了塔基的砖缝中，一顿撕咬之后，先后昂起了头颅，嘴尖上竟然挂着一串串鲜肉，血水淋漓的，迅速吞进了肚子里。黑老鸹属于饕餮客，一口不够，三口不饱，一直在埋头啄食，除了鲜肉之外，还有一些肠肠肚肚的杂碎，反正也不挑食，一概笑纳。这是在佛寺里公然杀生，也不知被害者是老鼠还是雀鸟，是野兔或者黄鼠狼的幼崽，总之将这一幕惨烈的杀戮，呈现在了大家的面前。有两个和尚当即就吐了，蹲在地上抠嗓子，叨念着阿弥陀佛；其他人则反身跑掉了，不忍目睹眼前的罪孽，似乎这样的血腥，足够他们去做半年的噩梦。但是，凉州总教却不这样认为，朱绣知道黑老鸹乃是金刚的化身，它们翩然而至，恰巧在罗什塔的道场上大摆筵席、推杯换盏，吃喝得如此欢愉，绝非没有道理。在黑衣刺客们的狂欢中，朱绣扔掉了哭丧棒，收拾起膝盖，忽然用余光瞥见顾山农过来了，心里咯噔一下，便单方面地认定，这是天老爷应允了他的请求，满足了他的嘶吼，派遣了两名金刚使臣，前来当众作法，兑现因果。这么着，朱绣拿出了一种倨傲的态度，冷笑说：

"老朽相信，这两只老鸹现在吃掉的，一定是那根说谎的舌头。"

"你何苦不放过我呢，朱先生？"

卑微地问道。

"呃，当然是因为五凉书院。少东主，实话说给你知道吧，我朱绣乃一介寒士，疙里疙瘩地活了大半辈子，一文不名，毫无建树，原本指望着在总教的这个任上，亲手将一座书院筹建起来，让凉州子弟们有一顶天棚，有一间理想的课堂，但我却一再地失望，一再地被戏耍，我的心已经死了。"朱绣的悲愤真切而悠长，或许是缘于刚才号哭的结果，喉咙里仿佛生了锈似的，苍老地说，"这不叫私怨，这应该是公仇。老朽所做的这一切，也并不是卖直讪君，争个短长。"

"我需要时间，朱先生。"

"不，我等不及了。"

像以往一样，这个话题显然僵死了，形如一碗昨天就已经坏掉的羊奶。

就在顾朱二人你来我往、言辞斗法的这一刻，他们的身后却冷不丁地出现了达云、梅郎中、廖逢节和丫鬟叶小梳。管家刚要上去劝架，却被达云及时制止住了，让他悄声。于是几个人张起了耳朵，将方才的那些争执悉数听了进去，明白了是非曲直。这天晌午，在祁连山里寻方问药的梅郎中返回武威城，应约去了权家出诊，给大小姐号完脉，开了最新的方子，又另外赠送了一件意想不到的礼物。这个礼物不是别的，恰是一辆德国产的轮椅，简便，轻巧，不锈钢的材质，由酒泉海关的洋大夫施耐德托人捎到了凉州，但梅郎中根本用不上，又热肝辣肠地转送给了达云。达云一时间好奇，让叶小梳将她抱在了轮椅上，在宽敞的庭院中连续兜了十几个圈子，简直快慰极了，又喊又笑，仿佛那一对锃亮的轮子，就是天老爷赏赐给她的一双好腿脚，再也不必担心下不了炕，看不见武威城里的风景了。正在兴头上时，管家廖逢节表情黯淡、灰头土脸地跑进来搬兵，搭在达云的耳朵上，状告说朱先生在罗什寺里犯病了，公然哭庙，正在拿少东主和承平堡开刀，大做文章，话也说得很难听，明显是要撕破老脸的架势。听罢后，达云不但不犯愁，相反却哈哈大笑，吹嘘说朱先生的这个病除了她之外，恐怕十三省的医生也难以治好。达云下令说：走，大家一趟子去罗什寺，且看本姑娘的手段吧。

偷听了半晌，最先忍不住的竟然是叶小梳，怒气冲冲地跑上前去，拾起地上的那一根哭丧棒，杀向了塔基上的那两只黑老鸹。偏巧这时，武威城内突然传来了一声巨大的爆炸，一团黑云腾空而起，挂在了半空中，寺墙和佛殿上的枯枝败叶被冲击波所裹挟，弥漫于眼前，四处飞卷，沙尘呛人。两只黑老鸹矬住身子，蹲入了烟尘当中，险些被哭丧棒一杆子打下来，最后丢盔卸甲地扔下了几根黑羽毛，消失不见了。朱绣猛地回眸，发现了达云和廖逢节，包括那个一向难缠、言辞辛辣的梅郎中，正拄着一对精铁的拐杖，冷漠地盯视着自己。朱绣当下就慌了，赶紧迎了过去。

这一刻，达云肃穆地坐在轮椅上，双腿并拢，腿面上盖着一条薄毯子，毯子上摆放着一只精美而庄重的木匣子，目光抬望着凉州总教。千计万算，朱绣也不曾料到自己的丑态，夸张的哭庙，放言无忌的斥责，居然被他平生最看重的权家人亲眼目睹了，登时心虚不已，抱拳作揖，分别问候了大小姐与梅郎中。梅郎中抓起一根拐杖，重重地戳了几下地砖，哀声一叹，别过了头去，态度煞是不屑。达云取下头上的帽子，理了理鬓发，苦笑道：

"朱先生，你干么如此谦逊，称自己一文不名、毫无建树呢？"

"这不叫自谦，乃是实情。"

"呵呵，如果朱先生一再贬损他自己，那么依我的看法，凉州就再也没有读书人了。"达云抽开了木匣子的盖板，目光示意了左右，"你们来瞧瞧，这是朱先生的大著，我提前从莫高印书坊请来了一套，专门给朱先生你报喜的。另外还有两百余套，他们会择日送到你的府上。哎哟，凉州有福了，届时朱先生的诗名将如日中天，令广大学子们引为楷模。"

"什么？大小姐，你说这是我的大著？"

诧异道。

"不错。但是在朱先生笑纳之前，晚辈还有一个条件。"

"大小姐吩咐！"

"嗯，请你立刻除下身上的孝服，这总归不是一种体面的打扮。"

穿起来很麻烦，但脱下来却简单，朱绣迅速扯掉了麻绳和孝服，一脚踢远了，而后蹲在了轮椅前，巴兮兮地盯看着那只颜色清亮的木匣子。在动手翻阅之前，朱绣拽起衣襟，依次擦净了十根指头，款款地捧出来两本新书，忽然间激动无比，浑身在剧烈地发抖。洵不虚言，这两本新书的封面为真丝冰梅兰绫面，山根里印有"莫高印书坊"的字样，以及上下二卷的款识，右上角的真丝白绫签条上，端庄地印制着一行书名：

《苦主斋诗钞》 凉州朱绣 著

"朱先生，家父在世的时候，曾经有一个心愿，就是要将你多年以来的诗作结集镌版，刊刻枣梨，行诸于世，让学子们景仰和膜拜，让同道们研习与吟诵，替凉州争得一份光荣。"达云似乎终于踏实了，长长地出了一口气,接续说,"现在好了,我跟山农终于了却了父亲生前的愿望,今个天将大著敬献给了先生。不妥之处,还望你多多宽谅。"

"是啊,上一次达云从古浪土门镇的姨娘家回来,我俩去了朱先生的府上做客,偷偷拿走了一摞子你刚刚整理完的手稿,现在告罪也不迟。"顾山农绍介道。

"天呐,少东主你怎么不早说呢?"

朱绣噙住了泪水,将自己平生仅有的这一本著作贴在了心口上,内里轰鸣,却又凝噎无语。需要补缀的是,大概在1987年,这本册子经过筛选与修订,作为武威地区系列文化丛书之一,由甘肃人民出版社出版发行,责任编辑杨继军;只不过,这个重见天日的版本,书名已经更换为《凉州诗抄》。

恰在这时,魏龙突然一声惨叫,从罗什寺的大门外闯了进来,浑身鲜血淋漓,衣衫破碎,跟跄了十几米之后,终于摔倒在了地上,哭喊说:少东主,灾难了,可不得了啊!家里的那一辆车轿爆炸了,当街爆炸了,已经炸成了粉末,彭大人、沈大人和王大人全部都殁了,一个也不得活,土地庙门口都是人肉疙瘩,都是辕马的骨头,我算是捡了一条命回来的。闻听此言,顾山农色飞骨惊,骇然万状,慌忙跑上前去,一把抱住了魏龙的脑袋,耳食到了他在昏厥之前的最后一句话:他们,粉林和浅瓜,他们是冲着你来的,结果把郡老们给一锅端掉了,幸亏少东主你不在车上。

事实上,这一桩从未破获的爆炸案,彻底终止了凉州六郡老这一议事班子的历史,将其连根刈除,沙生草绝,此后再也没能苏息过来,即便朱绣一个人还在吟诗作赋。同时,罗什寺整理委员会也在成立的当天,一劳永逸地停摆了,散架了。作为死亡孑遗,作为一介幸存者,顾山农在此后的漫长光阴中,将他自己圈禁在了承平堡的角院里,一不问世事,二不插手保价局的贸易,仿佛又被活埋了似的,离开了整个凉州的视线,不为人知。

角院的大门,最终还是由弟弟惊白打开的,但那已经是六年之后了。

第十八拍

胡笳一百二十一节

六年过去了。六年。

最近一段，县府里真是忙得淌屁，连个上茅厕的工夫也没有，谁都在抱怨，谁的眼珠子都像兔子那么红，但革命不允许有一丝懈怠，且不容置疑，尤其是在这个围剿红军的重大关口上。天黑前，武威城又被架在了蒸笼当中，溽热难耐；这一片绿洲上暑气漾荡，蝉噪不已，真是亏欠了"凉州"二字的本意。脱可木赤裸上身，坐在传事室里，一边摇扇子，一边擦汗，等待夜班的同僚前来交接。后来，热得快要着火了，脱可木这才习惯性地拿出了那一只老算盘，趴在桌子上拨打起来；只有在算盘珠子清脆的声响中，他才能觅见一点点凉意，恍惚那是雨滴，便也不觉得这一份差使苦闷而单调。不一时，每一颗算盘珠子上都沾满了汗水，声音也是黏糊糊的，烦躁再次涌集而至。脱可木刚要起身，准备去大门口吹吹凉风，却见县邮电所的副所长谢荣胜醉醺醺地走了进来，手里拎着一只帆布袋子，摔在了桌案上。谢荣胜是武威城里有名的酒鬼，号称三斤润喉，五斤漱口，七斤八斤才能打出一个酒嗝。再则，他是陈垦丁安插在邮电所的一根暗桩，与长官单线联系，偶尔过来一趟，并不太逗留。这次也是，闻听县府大院里无人，县长不在，谢荣胜便委托眼前的这个传事员，一定要将袋子亲手交给陈垦丁；至于袋子，他本人择日来取。送走了醉鬼之后，脱可木在门外凉快了一阵子，这才反身回来，突然发现帆布袋子上缺了一根铅封。

的确，不管是醉与不醉，反正谢荣胜每次送来的帆布袋子上，都打着一根铅封，这让它显得异常重要，而且充满了神秘感。脱可木一边喝水,一边盯视着这个袋子,心里七上八下的,最终还是忍不住好奇,动手将里面的东西悉数倒了出来,摊开在桌子上。失望随即而来,这不过是三摞子书信,皱皱巴巴的,分别被麻绳捆扎起来,打上了十字绳结,但是上面又各自别着一张字条,用墨字注释道:一般嫌疑,中等嫌疑,重大嫌疑。好奇心总是趋向于最后一项,脱可木拿起了这一摞,并不太厚,总计有五六封的样子,随意翻看着信皮上的地址。这一霎,"承平堡"三颗字出现了,"顾山农"这个名字也赫然其上,落尾的地方却很简单:内详。

偏偏这时,交接班的同僚进了大院,招呼一声,便蹲在了门外昏黄的暮色中洗脸。脱可木来不及细想,匆忙将这封信揣在身上,又将桌子上的其他信件揽进了帆布袋子,从床铺下拉出来一个他自己装杂物的木箱,藏匿其中,挂上了锁头。告辞后,脱可木踅出了武威县府,在门前的小广场上徘徊了几趟,最后站在了旗门下,孤零零地仰首问天,发现这一年凉州的天空殷红无比,充斥着一股强烈的血腥味。

重大嫌疑。承平堡。顾山农。

这些字词熔化后,如同被一个糟糕的铁匠,铸成了一颗铁球,棱角万状,此刻吊挂在了脱可木的身体内,来回摇晃,令其心荆肉棘,不得安生。虽说还未曾获知信中的具体内容,但靠着这些年在县府的传事室里长下的心眼、积攒的经验,尤其是目下正处于大规模围剿红军的节骨眼上,脱可木生出的第一个念头,便是少东主的麻烦来了,承平堡的灾难到了。重大嫌疑,这一封被截获的信件,万一落在了陈垦丁的手中,难保它不是一根火捻子,一颗炸弹,一桶火油,给承平堡带来一场灭顶之灾,同时伤及大小姐达云,菩萨一般的姐姐。思想至此,脱可木忽然产生了一种剧烈的后快。这种隐蔽而刺激的欢愉,让他潮起了一份诉说的欲望,渴望与他人分享。但是,孤单与落寞,乃是这个北疆青年长期以来的影子,寸步不离,时刻蚕食着他的内心,磨折着他的意志。陈匹三的爹娘老子已经相继下世了,如今的佛具店靠他一个人在勉力支撑;乱世当中,凉州的各家寺院也冷清了许多,哪怕是请一盏灯,供一炷香,几乎都成了一种负担。前几年,大皮匠在宰杀一头骆驼时,不幸被牲口咬了一嘴,脊梁骨断了,如今瘫痪在床上;儿子马眉臣左手接过了屠刀,右手端住了屎尿盆子,天天在尽孝,也是分身无术,鲜有跟另外的两个伴当聚首的机会。徘徊再三,在殷红而滞重的暮色中,这种诉说的欲望渐渐地不了了之了,脱可木打算抓紧回家。当下首要的是过一眼那封信,假如发现了其中的不祥苗头,他必须赶在城门关闸落锁之前,跑一趟承平堡,去给少东主紧急报告。不承想,脱可木刚刚走出了一段路,却发现前头的岗哨附近,马警队员们正在搜查行人,于是他掉头离开了。

雅布赖盐场一直雄踞于北疆,其贸易范围西达猩猩峡口外,东至河套平原,一向财大气粗,不可一世。然而,六年前土地庙门口的那一场爆炸案令大盐商沈光宅殒命后,他所控制的运输线路全部中断了,加之盐场内讧,生意一落千丈。脱可木这个年轻的经纪是第一批被盐场辞退的,生计便成了问题。屋漏偏逢连夜雨,赌鬼父亲欠下了一屁股的债,被人羁押在郊外晒粪,一次醉酒后栽进了粪坑,被蛆虫给吃光了,脱可木只捡到了几根干骨头,葬埋在了荒滩上。在万念俱灰之下,脱可木打算返回石羊河下游的蒙家庄子去种瓜,临走前,特地去了一趟权家,专门给达云告知一声。岂料,这个当姐姐的立刻翻了脸,予以驳回,又央告说:天老爷,你走了姐姐可咋办么?只要你在武威城里晃悠着,我还能觉得惊白那个小贼就在我身边。你们可不能串通好了撂下我这个病人,剜了我的心,拔了我的肝花,让我以后天天哭鼻子抹眼泪呀?姐姐的话当然就是圣旨,犹如她亲手砸下了一根钉子,将脱可木挂在了武威城里。

挂是挂住了,但也不能让脱可木无所事事,再生出别的是非来,耽误了他的前程。达云心思澄澈,计划缜密,坐着那辆德国产的轮椅,去了一趟县府大院,拜谒了天台大人。陈垦丁犹记得自己的诺言,果然很爽快,甚至连眉头也没有皱一下,当即便答应了,将脱可木安排在了传事室里当差,按月付酬。达云略感失望,觉得美中不足,猛夸了一阵子脱可木的算盘打得好,最好不要屈才了。陈垦丁却道,英雄出于草莽,俊才来自泥淖,县府的门房也不是下九品,一步一步来吧。在传事室的同僚们当中,脱可木能写会说,眼睛里时时有活,很快就出息了,赢得了伴当们的一致好感,但是有一只无形的手始终压住了他,令其无法升迁。

离开了旗门下的广场,脱可木穿过几条昏黑而逼仄的巷道,故意在兜圈子。身上的那封信,不,应该是那一颗长满了针刺的铁球,仍旧在体内晃荡,锤击不断,让他心虚,让他有了一种做贼的感觉。不料,迎面碰上了一群野狗,算盘珠子的响声激怒了它们,一股脑地追了过来。没辙了,脱可木一跃而起,骑在了墙头上,又不辨东西,忐忑地越过了一片片蝉联的屋顶,猛一抬头,突然瞭见了灯火如昼的复兴门。

平素里,复兴门是不会开闸放行的;城门一带的场地,一般用于公审罪囚。

脱可木挑了个位置,坐在屋顶上,恰巧将复兴门下的一切尽收眼底,但空气中飘来的血腥气和死尸的味道,又让他深感恐惧,恨不得马上溜走。视野中,城门左右两侧的高墙上,刷着一行又一行白色油漆的标语:武装保卫苏联;红军万岁;红军不死;拯救东三省,打回老家去;抗日民族统一战线永生;停止内战,联共抗日;团结则存,分裂则亡;国内和平,一致对外,等等。脱可木记得县府大院里的人们曾经议论过,称这些猖獗的标语乃是共产党的地下组织所为,他们企图声东击西,用这些乱人心魄的辞藻,搅浑凉州的这一池子水,趁机去营救那些流落在河西境内的红军官兵,然后逃入兰州城,逃入河套一带,最终的目的地则是陕北的延安。第一条标语出现在夏初,陈垦丁恼火万分,责令王伯鱼带队去清除干净,并在复兴门附近安排了大量的密探和桩子,试图抓捕嫌疑人。但是,这堆火不仅没有被扑灭,反而愈演愈烈,几乎快要失控了。上一次的标语刚刚被清洗掉,可三五天之后,新的标语又赫然站在了城墙上,简直就像示威一般,而且由石灰水换成了油漆,很难清除。为此,王伯鱼的脑袋肿了一大圈,索性将这一带划为了禁区,严禁百姓们驻足与观望。抓不完的红军战士,共产主义的顽强星火,在祁连山下的各个绿洲之间潜行着、出没着,势必将连成一片,打开一个缺口,寻求突围。作为河西首郡的凉州,军地双方终于搁置了分歧,达成了罪恶,开始对被俘的红军官兵大开杀戒。在县长兼国民党武威县党部书记长陈垦丁的授意下，复兴门重新被启用了，但主要是为了展示他们的淫威与无情；县府还发放了大量的报帖，广为告知，要求城内的百姓们前去参观和助阵。

举首望去，在离地三丈高的城门楼子上，一共挂着五颗人头。人头分别被装在了简陋的木框子当中，框子的边角上挂着一盏特制的油灯，足够燃烧整整一夜了。在烟火的熏烤下，那些不屈的头颅仍旧怒目圆睁，睥睨世间，对复兴门下看客们的指指戳戳无动于衷，冷面相对。据警察局传来的消息说，天气太大了，这些人头实在不好保存，他们先是用熔化的石蜡敷在了表面，但效果不佳，后来又采用了祁连山里土著人的方法，将陈年的老酥油涂抹在了五官与皮肉上，这才有了基本的样子。城门下更是热闹异常，在一大堆燃烧的柴火旁，矗立着三座木笼子，彼此呈掎角之势，围拢在了烈焰周围，显然是在用火刑。前几日，县警察局又抓获了几名红军战士，挑出来两男一女，此刻就关押在了笼子里，行刑队员一边拨转着木轴，一边朝他们的前心后脊里泼冷水。水火交融，升腾而起的一团团蒸气，覆压在了木笼的上方，让他们一时间窒息难耐，喘也喘不上，咳也咳不出；但这并不能阻挡红军战士的反抗，他们要么在大声痛斥，要么攒起了一口唾沫，飞射而去。这种行为，自然激起了行刑队员的恶意，他们绞动着脚下的轮盘，将卡在三名俘虏颈项上的械具，慢慢抬高了一寸，又抬高了一寸。渐渐地，红军战士们被悬吊了起来，脚尖离开了地面，昏厥在一刹那席卷了他们，求生之门关闭了，而死亡派来的一辆黑色马车，停在了复兴门下。

夏夜太长，虐杀也才刚刚开始。

转瞬，行刑队员们拖着一个筋骨俱裂的道长出来了，连踢带踹，直接绑在了一根石头柱子上，撕开了他的道袍，在胸膛上泼了一桶子冷水，准备剖心摘胆，杀一儆百。年初时，寒天冻地的季节，在倪家营子吃了败仗的一支红军官兵，落难到了凉州境内，走投无路之际，他们敲开了城外天庆宫的大门。清虚道长心生怜悯，当即就收留了他们，一人发了一件道袍，让大家装扮成自己的弟子，抓紧疗伤和恢复身体。岂料，这件事被告发了，原来这其中有一名红军的高级干部。

王伯鱼亲自出马，却缉拿无果，便将怒火撒在了道长的身上，决定将其公开处决。又泼上了一桶子冷水，待皮肉紧致之后，刽子手举起匕首，在道长的胸膛上划开一个十字，豁开一个血洞，一拳头戳进了对方的体内，寻找着器官。自始至终，清虚道长一语不发，甚至连一声疼痛的呻吟也听不见，唯独那一部白雪雪的长髯被鲜血染红了，湿漉漉地垂挂着，不再迎风飘舞。或许，刽子手也害怕了，掏摸了半天，竟然一无所获，正在坐蜡。恰在这个时候，城门楼子下悲声大作，乌泱泱地跪倒了一大群人，原来他们并非看客，而是信教的民众，专门来诀别清虚道长的，哭声中夹杂着仇恨。为了防止哗变，王伯鱼立刻下令，让人将一桶子火油浇在了道长的头上，扔过去一根带火的木柴棒子，点了天灯。

也许是饿坏了，但更多的却是被空气中死亡的气息所驱策，脱可木忽然跪在了屋顶上，一股胃液冲决而出，当场呕吐了起来，连膝盖也打湿了。这一刻，被烈焰吞没了的清虚道长嘶喊着，扭动着，肉身就像一根柱梁似的，突然间炸裂开来，星火四射，照亮了整个复兴门左近，魂归道山。脱可木吓了一大跳，恍惚觉得那些漫天飞扬的火花兜头而下，仿佛一张可怖的大网，沾满了血肉与脂膏，即将落在他的身上。如此一想，脱可木赶紧顺着坡形的屋顶滑了下来，跌落在了附近的一条巷道中，借着远处的火光，撒丫子跑走了。

一口气跑过了复兴街，跑过了杨府街，跑过了民族街，到了共和街口时，脱可木这才刹住车，反身停下来，打开了路边的一把铁锁，钻进了清凉池的院子里。不必点灯，脱可木对这里早已经了若指掌。身上的汗水尚未干透，黏糊糊的，他感觉自己就要发臭了，便赶紧取下肩膀上的老算盘，掏出来那一封具有重大嫌疑的书信，扔在窗台上，进门之后，一个蹦子跳进了水池当中。

池子里的洗澡水晒了一整天，此刻就像一坨清白而滑腻的凉粉，蠕动在脱可木的身上，释放着凉意与静谧，解除了他这一路上的狂乱和惊惧，让他慢慢地稳静了下来。黢黑中，脱可木闭目思索，捋了好几遍这天晚夕的遭际。凭着北疆人动物一般的嗅觉，他猜测危险将至，承平堡和少东主恐怕在劫难逃。这么着，脱可木突然疯掉了，一个人呱喊说：来呀，你们全都来呀！你们尽管冲着我来呀！别对着我姐姐使坏，别耍你们的威风，老子要是不剁了你们的爪子，砍掉你们的脑袋，我就不是蒙家庄子的后人。无巧不成书，仿佛在回答脱可木的这种挑衅，洗澡间的木珠帘子哗啦一响，闪进来了一道黑影，哑默地站在了池口上。

脱可木一时怔忡，赤身裸体的，又不便一跃而起去跟对方干架，只有暗中攥紧了拳头。

相当一段工夫，彼此之间对峙着，黑暗中的气氛煞是紧张，似乎一触即发。那个黑影塑在屋梁之下，肩膀不抖，脑袋不晃，犹如一块铁石，盯看着这一方池水，渐渐地把脱可木给看毛了，使他不由得敷出了一层鸡皮疙瘩，喘息声也加重了。劫匪？脱可木这样思忖时，又迅速否决了这个猜测，谁会来抢劫一家洗澡堂子呀，除非他的眼睛瞎了。大姑爹是前些年下世的。自知不久于人世之前，他专程去拜访了权家，谈了整整一宿，最后将这份财产委托给了达云，请大小姐将来转交给惊白、苏巴什和张汲水，由北疆的后人们去打理。抬埋完了这位身形佝偻的老人，达云将钥匙交在了脱可木手中，省得他居无定所，四处借宿。难道是隔壁邻居？不，自打入住以来，脱可木便一向深居简出，甚少跟附近的街坊们来往，也毫无必要。红军？这个念头突然像一根刺，扎在了脱可木的脑海中。他猛地激灵了一下，此刻不再是疑惑，而是一种深渊般的恐惧，迅速攫住了他的全部身心。从年初到现在，县府和警察局在武威城内，大肆搜捕共产党的地下组织，包括失散的红军战士；而在城外广袤的绿洲与旷原干滩上，来自新城大营马步青所辖的骑兵第五师，拉开了漫长的战线，关卡丛立，步步设防，早就编织出了一道天罗地网，宁可错杀一千，也绝不放走一个。无疑，陈垦丁所标榜的革命，在这一年达到了鼎沸阶段，这让他亢奋、偏执而激烈，冒险主义的主张占据了上风，并因此和新城大营取得了默契，跟马步青更是心照不宣，军地双方合力夹击，战绩不凡。脱可木浸泡在池水中，思来想去，觉得最后一种可能性极大，这八成就是逃命的红军战士，在宵禁之前无处躲藏，这才跑进了清凉池，多半是来寻求庇护的。孰料，暗中攒足了精神，正在跟对方赌气斗法的关键时刻，一个意外的喷嚏，让脱可木率先败下阵来，简直扫兴极了。

"喏，你可能着凉了，你赶紧上来吧。"

"上去了能咋样？"

脱可木诘问道。

"是这，我的时间并不多，我可只有两天，满打满算也就四十八个小时，我可不想跟你太废话。"对方的臂弯里挂着几件衣裳，甩手扔在了池口上。嗅见那一股汗臭味，脱可木知道这是他自己的，慌忙伸手抓住了，又听见对方说："难不成，还需要我去请一趟姐姐，让她一狗耙子将你刨出来，再给你一个子丑寅卯么？"

"贼疙瘩，你，你是惊白吧？"

"木哥。"

恳切的一声。

"天呐！你这个小贼，你这么日能的，你简直要把老子的魂都吓没了，苦胆也快吓破了。"脱可木一时激奋，戳在了池子当中，挥动着双臂，不管不顾地抡起了洗澡水，拼命泼向了惊白，一连迭地叫骂说，"你个狼吃剩下的，你还知道有脸回来么？哎哟，我也就算了，你只当我是一把鼻涕，但你不能亏欠了姐姐，作践了大小姐，她现在的身子骨太差，就连梅郎中也开不出一个好方子，谁也不敢打保票。对了，你现在就滚蛋，赶紧滚出去，你不该半夜来清凉池，你应该先去家里，向姐姐下跪请罪，求得她的宽赦，否则老子也概不接待。"

"我跟姐姐刚分手，所以才知道你这个老鼠一直盘踞在清凉池里打洞呐。"

"姐姐咋说么？她没惩罚你？"

好奇道。

"木哥，我没空跟你嚼舌头，来不及了。我刚刚说过，我只有四十八小时，不，现在已经过去了一个时辰。"听口气，惊白业已成熟和稳重了许多，不再是六年前那个毛糙而冲动的少年，相反他却有一份志在必得的信念，一种勇敢分子的果决。又说："姐姐也答应了，但她担心我只手斗不过群狼，所以才让我来找你，求助于木哥，争取把这件事干漂亮。"

"小贼，你说了不算，我想知道姐姐的原话。"

"救孤。"

"救什么孤？你这是唱的哪一折子？"

脱可木失声一问。

"共产党的孤儿，红军的后人。我要将他们安全带出凉州，留给我的时间不多了。"

"哼，乱语三千！你肯定给姐姐撒了谎，骗取了她的信任。"

"你知道姐姐就是一尊活菩萨，她一向心肠火热，母仪天下，慈悲为怀。"

"但这回却是共产党，是红军。"

"木哥，权家人都敢收养我这个马贩子的后人，其他的也不在话下。"

"天老爷，惊白你的脖子里抹了酥油，你在等着挨刀么？你现在真应该去复兴门下看看，那些同情分子、包庇分子和收留分子，不是被砍掉了脑袋，就是被点了天灯。你刚刚回到凉州，对这里惘然不知，你何苦要把祸水引向权家，连累了大小姐呢？"虽说暌违六载，一夕相见，但这种突然莅临的喜悦，并不能遮蔽脱可木谨慎而冷静的天性，他当即嗅出了其中的危险，拦挡说，"走，我带你去见大小姐，让姐姐撕你的嘴，戳穿你的谎话。"

"罢了，既然木哥不认我，我自有一支援兵，我并不缺你这位梁山好汉。"

言毕，惊白掉头欲走。

"你个小贼，你给我回来！哎呀，等一下就全城宵禁了，你可千万别惹事，今晚夕就跟我住在清凉池，我不许你出门。"脱可木急吼吼地爬出池子，胡乱穿上了衣服，喝问道，"惊白，除了大小姐，少东主知道你的这颗贼心么？他可是一家之主，你不能背着他乱打算盘，最后惹出一桩天祸来。"

"实不相瞒，我现在就要出城，去一趟承平堡。"

"宵禁了，你听听外面的号声。"

"呸，那又能怎样？"惊白拽开了手脚，虎虎生威地撩起门帘，闪身而出，丢下话说，"城门虽然关闸了，但新城大营的几辆卡车马上就要出城，这是给我们的机会。"

"我们？那你们还有谁？"

很快，这个疑问就有了答案。待脱可木追了出去，猛地抬头，这才发现陈匹三和马眉臣斜倚在门框左右，一人叼着一根烟卷，正冲着他坏笑，笑得他心里发毛，但又庆幸自己终于跟伴当们伙在了一起，不曾被孤立和抛弃。分别多年，此刻的重逢必须要有一件事实来证明，才能重新加入这支队伍，成为其中不可或缺的角色。这么着，脱可木面呈喜色，赶紧点亮了一盏油灯，拿出来那一封具有重大嫌疑的书信，交给了惊白，并大概绍介了前后左右的原因。惊白掂量了几下，表情狐疑，但最终还是忍不住好奇，慢慢地撕开了信皮子，掏出了里面的信瓤，在灯光下展读起来。有惊白就足够了，其他人并不需要亲自拜读，只是旁观在侧，瞥见这封信并不长，只有短短的两页。惊白看了三四遍，从头读到了尾，又从尾翻到了头，突然将信纸揉成一团，攥在了手心里。在伴当们询问的目光中，惊白叮嘱说：

"大家记住这个地址，孝友街32号，在兰州外城。"

"怎么说？"

"孝友街32号，这是八路军驻兰办事处的地址，咱们最终的目的地。"

"你个小贼，你真的打算去闯祸么？"

脱可木的牙齿依旧很硬。

"木哥，就算你我不去闯祸，灾祸也会寻到咱们的头上，炸开承平堡的大门，殃及所有的人。是这，现在也不是说理的时候，将来我会一五一十地道出原委，诸位务必要相信我，相信惊白也是儿子娃娃，绝不会辜负了凉州这个父母之邦。"这时候，惊白忽然松开手，将那封信喂在了灯台上，迅速焚毁后，纸灰掉在了脚下，"不过呢，丑话先说在前头，这一趟千里救孤，生死难料，性命各保，责任自担，谁要是想打退堂鼓，现在还来得及。"

"谁放的臭屁？呸，照老子的看法，阳世上来了，咱们就在阳世上闹，不闹的话，实在是枉活了少年一场。"马眉臣趴在惊白的肩膀上，挤眉弄眼的。陈匹三也附和道："日他的，哪怕老子将来被绑上了公堂，也强似天天蹲在那个佛具店里。惊白你不必再啰唆了，你就领着咱们放火烧山，斩将夺旗，闹出一个天大的动静来吧。"

"行道社。我听说你们意气相投、结社邑义，曾经有过一个行道社？"

"但它早就死了，死了六年了。"这是陈马二人在跟惊白见面时讲过的，此刻旧话重提。

"不，行道社现在复活了，人也齐了。"

截铁道。

毕竟年长，脱可木越往下听，越是觉得榫不对卯，味道异样，赶紧究问说：

"惊白，你干么要烧掉这封信，你这是在故意砸我吃饭的碗么？"

"反正你也回不去了，县府的传事室并不缺你这个人，但我需要木哥。因为这一切事发突然，人命关天，这也是姐姐的意思，她让我如实地转告你。"

"这封信可是少东主的。"

"不，收信人实际上是沈小姐。"

"既然有重大嫌疑，那这封信的内容到底说了些啥，少东主怎么会背上这样的恶名？"

"因为马乙麻回来了。"

"啊，那个特务头子？"

"不错，他如今是骑兵师的军法处处长，马步青重新起用了他。马乙麻确信承平堡跟红军有瓜葛，两天之后他就要动手了。"惊白的身心俨然成熟了许多，措辞谨慎，即便面对这三位知根知底的伴当，哪些该说，哪些又必须掩藏在肚子里，他分明已经权衡好了，犹如心中揣着一本明账似的，催喊道，"立刻出城，再迟就麻烦了。"

吹灭灯台，脱可木仅仅犹豫了半秒钟，便一道烟地追随而去。

胡笳一百二十二节

列位，总因笔墨悲痛，往事惨烈，这里先简述一段红军西路军的艰难岁月。

1936年秋，日本帝国主义对绥远东部发动了军事进攻，并增兵关内，企图完全占领整个华北地区。在这个寇深祸亟、民族生死存亡之际，蒋介石及其南京政府仍旧坚持"攘外必先安内"之反共政策，集重兵于西北，大肆组织围歼红军主力的通渭会战，由西北"剿匪"军第一路军总司令朱绍良指挥，分片集结。朱绍良命令马步芳、马步青驻扎于黄河西岸，修筑工事，堵击红军渡河，妄图将红军消灭于黄河以东、渭水以北的这一片区域。鉴于战事受阻，战局迅速变化，11月11日，红四方面军河西部队奉中央军委命令，改组建立了西路军，辖五军、九军和三十军，另有骑兵师、妇女独立团、回民支队等，全军总计21800余人，疾速向河西进发，首要目标便是乌鞘岭西侧的凉州门户、河西走廊要冲的古浪县城。

一片土地一片血，一个战士一团火。

古浪城之战，九军折损近半，这是红军西渡黄河以来，与敌人持续时间最长、规模最大的一次交锋。就在九军激战的同时，红三十军先头部队全力扑向了河西首郡，并封锁包围了武威县城与新城大营，做出了大举攻城的架势。在此之前，马家军的主力被牵制于古浪一带，马步青空守大营，不胜惶恐，惊魂未定，只得堵塞城门，切断各路交通，实施戒严。为了解除凉州之围，就连远在异地的胡宗南之补充旅也星夜西进，开赴河西走廊，声援马步青以及从青海境内进入绿洲的马步芳铁骑。实际上，红军无意攻城，"以打通远方，争取在甘、凉、肃地区建立根据地为主要任务"；总指挥徐向前紧急致书马步青，声言在国难当头、民族危亡之际，应停止内战，一致抗日，此番红军只是借道而过，无攻取凉州之意，望勿阻拦。马步青顺风扯旗，祸心暗藏，亦表示欢迎红军路经武威，希不要久驻，云云。谈判结束后，红军归还了百余名战俘及枪支，马步青也派人送给红军五十双鞋子，并十听炮台牌铁皮装香烟。红军旋即绕城而过，攻克了永昌城，在塞外酷寒的天气里，单衣麻履，伤病交加，继续迈向了更加险恶与未知的征程。

自该年 11 月 9 日进入古浪，至 24 日晚撤离武威四十里堡，红军先后在凉州境内征战十六天，不顾在长征途中的辛劳与弹药物资等方面的严重匮乏，不畏强敌压境，孤军深入，久战不绝，最终成为一支疲劳之师。后经永昌鏖战，策应西安事变，高台血战失利，苦战倪家营子，恶战三道柳沟，于 1937 年 3 月 12 日，终因弹尽粮绝、寡不敌众，红西路军陷入了力竭无援的境地，在梨园口遭致了失败。据统计，红西路军有 12000 多名将士壮烈捐躯，4000 余人失散流落于甘青宁三省，有 4700 多人经党中央和劳苦大众的多方营救，最终回到了陕甘宁边区（包括进抵新疆的 420 人）。

但是，凉州之围纾解后，马步青返本还原，迅速变脸，连电马步芳会商，重新调整了作战部署，打开城门，调集重兵于凉州北郊，以二十个团的兵力，分左中右三路，开始疯狂地追击和截杀红军战士。为了达到全部歼灭红西路军的罪恶目的，马家军在对被俘人员实行暴虐行径的同时，还纠集当地警察、土豪劣绅、地痞恶棍与武装土匪，设立关卡哨所，严密封锁各个交通要道，清乡坚野，昼夜搜查。此后，在马步青所控制的新城大营、看守所、军法处、特务处与第二监狱等地，前后关押过 5000 多名被俘人员；又针对红军干部、红少年、女红军和一般战士，做出了不同的处理，要么活埋和枪决，要么劝降与感化，伎俩百出，手段毒辣，企图彻底瓦解并粉碎这一支队伍。

红西路军虽然折戟于途中，但流散各处、漂泊天涯的官兵命运，一直被延安和党中央时刻牵挂，并竭尽全力，设法营救，争取接回这一批宝贵的财富与骨干。西安事变发生后，周恩来同志一方面为和平解决此事、促成国共合作而日夜辛劳，另一方面也是多方奔走，寻计问策，并且两次派员奔赴河西首郡，去跟马步青当面洽谈和斡旋，据理力争，试图找见突破口。恰是在党中央和八路军驻兰办事处的不懈努力下，马步青对被俘红军的残害，不得不收敛了许多，这也为以后红军战士返回延安，起到了一定的疏通作用。

回头再看，将近六年以前，也就是凉州各界慰问团分崩离析、使命瓦解之后，马乙麻携带着大约两吨重的上等鸦片，以僧侣团的那些土匪分子为班底，押解着凉州少年徐惊白和游击张汲水，开始卷旗西返。这一路上，为了避开友军的防区、民团的袭扰，他们昼伏夜出，行进在羊肠小道上，终于在次年的春天，抵达了乌鞘岭东麓的平番县，进入了马步青的临时营帐，纳下了投名状。彼时，马步青也在等待乌鞘岭上的冰雪融化，以便率部长驱直入，抵达那一片绿洲，正式接管凉州政权。乍见马乙麻千里投奔，归附于自己，尤其是送来了这么厚重的一份见面礼，马步青自然是喜出望外，杀鸡烹羊，一连摆了整整三天的筵席，满营欢庆。在西域马氏军阀集团内部，马乙麻可谓是一个响当当的角色，一等一的硬茬子；他不但是情报高手，还是一尊活财神，同时又以毒辣、阴险与六亲不认而著称。岂料，当初见面时马步青的那股热乎劲，很快就消失了。虽说身处同一座山坳里，但现在马乙麻要求见长官一面，不是被搪塞，便是被礼貌地拒绝，而且也迟迟得不到任命，他免不了心灰意冷，觉得自己被慢待了，犹如明珠暗投一般，所托非人。究其实，在马步青的心目中，这个家伙乃是贰臣叛将，随着旧主子马廷勤被枪决，他实际上无路可走，陷入了绝境；而他公开攀附自己，不过是临时之计，早晚也会反水的，实在是不值得信赖。渐渐地，马乙麻被借故下了枪，带来的那些土匪跟班也被拆散了，屁股后面只跟着一名凉州少年，天天躺在山坡上长吁短叹，日娘搞老子地痛骂，仿佛一只被剪掉了翅膀的鹰隼，构不成什么伤害。

刚刚入夏，骑兵师的主力部队即将开拔，向凉州方面运兵时，马步青突然接获了一封来自包头的电报。电报是他派遣的秘密小组发来的，声称已经将那一批两吨重的鸦片出手，兑换成了黄金，并按照长官大人的指令，在军火黑市上购置了大量的枪支弹药，足够武装一个团的兵力。这其中最为显眼的，则是用重金购买的山西造中型山炮，总计五门，堪称是一桩特大惊喜，这也奠定了将来炮兵团的雏形。鸦片变现，多达一长串的天文数字，让马步青在吃惊之余，忽然觉得十分内疚，冷落了马乙麻这一位财神爷；于是紧急召见对方，促膝封坐了大半夜，道出了他的真正想法。

不，这并非建议，更不是恳求，此乃最高军令，不得违拗。

马乙麻听罢，堆起了笑，颔首答应了，心里却说，老子是扛枪吃粮的，以前精心编织的那一张情报网还留在凉州，还等着我去激活呢，你却偏偏让我在这一片狼不拉屎的山沟里种田，生产罂粟，这绝不是重用，这叫羞辱！作为一名资深的特务头子，马乙麻同样笃信这句话，是龙得盘着，是虎得卧着，人在房檐下，不得不低头；他甚至幻想这也许是长官大人的一次考验，在测试他的忠诚与能力。果然，主力部队起营拔寨之后，马步青特地留下了一个加强连，封锁了四面的山头，将山谷地带的青稞地悉数捣毁，辟成了罂粟田，由马乙麻全面掌管种植事宜。

此后，在这一片高寒阴湿的山地上，马乙麻忍辱负重，度过了五个年头，与寂寞相伴，跟鹰隼对峙，最终也是所获无多，铩羽而归。事实上，种子还是花花子，水也不赖，几乎全是融化的雪水，但不管如何侍弄，长出来的罂粟苗子就像一根根线香那么细，病恹恹的，花骨朵也只有指甲皮那么一丁点，干脆割不出烟膏来。一年如此，两年如此，到了第三个年头时，周围竟然走山了，倾泻而下的泥石流淹没了罂粟地，吞噬了十几名伙伴，不得已又在别处开荒垦地，从头再来。在惊白的相帮下，马乙麻吭哧吭哧地修书一封，寄往了新城大营，向长官讲述了橘生淮南则为橘、生于淮北则为枳的道理，但也是泥牛入海，不曾得到马步青半个字的答复。心死了，心就像一张破羊皮，千疮百孔，朽烂不堪，根本上难以修复。这一座山谷俨然是森严的牢房，捆住了马乙麻的手脚，但他却从没有想过自杀之类的蠢事，一直等待着翻盘的机会。绝望到了顶点，绝望也会汗颜不已，拱手相让。大概是在去年的秋末，一辆卡车突然驶进了山谷，接上了马乙麻及其伴当们，紧急返回了凉州。原来，红军三大主力，亦即一、二、四方面军历经艰难跋涉，冲破了重重险阻，业已在甘肃会宁实现了大会师，这也为举世闻名的万里长征画上了句号。是时，西北全境，尤其是甘肃省的局势骤然一变，诸马集团捐弃前嫌，开始共同联手，准备应对红军。

马乙麻被再次起用了，干的却不是老本行，而是担任了军法处处长。随着红西路军在河西境内的频频失利，失散的红军官兵仿佛一股股潜流，流布于这一片广袤的绿洲上，星火不灭，静待时机。为了追剿红军将士，同时也是急于证明自己、表达忠心，马乙麻在军法处刚刚站稳脚跟之后，便迅速唤醒了那一张正处于冬眠状态的情报网，为其所用，特务处也很快被他扔到了五十里铺之外。他理所当然地成了长官大人眼中的红人，马步青格外倚重的干将与急先锋。几个月下来，军法处捕获的红军官兵，几乎是特务处的六倍之多，不管是军营外面的监狱、地牢和劳动营，抑或是新城内部的感化院、训诫所与谈心室，一时间人满为患，难以为继。无奈之下，马乙麻专程去了一趟武威城，跟陈垦丁当面洽谈，打算借用一下县警察局的监狱，连夜转移过来一批被俘的红军战士。面对军方的请求，陈垦丁既不说是，亦不言否，拽着马乙麻的胳膊，在几个院子里溜达了一圈，结果发现树上绑的、柱子上捆的、地牢里关的、房梁上吊的、马车上拴的，一概是伤痕累累、衣不蔽体的红军被俘人员。分手前，陈垦丁建议说：阁下，我倒是有一个办法，可以让革命轻装上阵，一劳永逸地进行下去，且不花费一文钱的成本。马乙麻咧笑道：这个我也懂，消失，尽快让他们消失。

这么着，军地双方沆瀣一气，达成了罪恶的默契，开始加快了屠杀的节奏。

惊白如今长大了，个头蹿高了一大截，肩膀宽了，胸脯也厚实了，喉结凸出，刚刚进入了豹变的年龄。假如说，成长是一次供香的话，那么这些年以来，惊白点的是高香，是快香，是焰火，是刹那间的冲天一怒，需要他加倍燃烧，释放少年之潜能，尽快缩短痛苦的磨折，争取在一夕之间锻造成型。凉州各界慰问团的覆灭，刘北楼、张彝、苏巴什诸人的罹难，国际观察家张翘楚的不幸命运，以及他本人作为北疆续门孤儿的坎坷身世，包括救孤团的死士们在十几年间的苍茫寻找，这些铁血一般的事实，本来让惊白就难以消化，始终盘踞在他的内里深处，天天在霉变、发酵、腐烂，但是比起上述种种，眼前的这一座新城大营，才是真正的人间地府、修罗之场。自从跟着马乙麻，被迫进入这一座军营后，惊白兵不是兵，民不是民，身份含混不清，无法界定，却也始终没有人前来过问，给出一个明确的说法。在外人看来，惊白是军法处处长的跟班、影子和勤务兵，谁也不去招惹他，主要是不敢招惹。而在马乙麻的眼中，惊白又是一个放心的伴当，他可以尽情地咒骂、发泄与抱怨，但绝不担心自己会被告密，被揭发纠举，进而引来杀身之祸。如此一来，双方的关系就像一帖凉州本地的祖师麻膏药，彼此粘连着，互相倚赖，须臾也不可分离。不过，为了防止意外发生，马乙麻特地留了一手，褫夺了惊白外出的权利，还再三叮嘱内务处，不得给这个青年颁发任何级别的通行证。实际上，这等于下达了一份判决书，将惊白圈禁在了军营内，就此开始了变相的服刑。有一回，马步青正在饭后散步，瞥见了惊白，便问及这个青年的来历。马乙麻删繁就简，如实地说：阁下，他可是一位身世显赫的凉州少爷，我破例允许他带着一名自家的伙计，不为别的，只因他是我打开武威城的一把钥匙，也是我将来给承平堡剥皮掏心的一把利刃，你就静候佳音吧。

在谄媚的同时，马乙麻偶尔也从长官的目光中，窥见了一丝异样的神情，那就是对贰臣与叛将的不屑，这反而激起了他空前的表现欲，试图去洗清自己，取悦于上司。陈垦丁的话，更是对马乙麻的一次诱导，他可不想让县府抢了风头，让军方沦为一个笑柄。恰是在这样的心理作用下，军地双方展开了一场杀人的竞赛，在阡陌纵横的大路小径上，在烟树环绕的村寨庄户里，追捕，围堵，猎杀，他们犹如对待野兽一般，绝不放过任何一名红军战士和同情分子。而在具体的杀人花样上，城里城外也不分伯仲，公开较劲，枪决、活埋、溺死、绞刑、点天灯、乱石砸死、疯狗咬毙、扔进石灰池子焚烧等等，总之是恶行盈野，罪孽昭彰。到了夏末时，新城大营发明的一种杀人技法略胜一筹，被广为宣扬；陈垦丁派员前来观摩学习，但无论怎么传授，却始终也上不了手，最后只得放弃了，让军方一枝独秀。这种技法是马子高少校发明的，美其名曰：胸前挂印。

马子高乃是猎户出身，青海贵德人，原本是马步芳麾下的一名工兵排长，驻扎在柴达木，力大无穷，状若铁塔。据称，他胳膊一抬，便能放倒一头牦牛，屁股一墩，可以压死三只野狼。因为受不了上司的排挤，马子高扛着一把精铁打制的砍刀，翻过当金山口，进入了祁连山下的绿洲地带，并一路寻访下来，终于在凉州获得了礼遇，重新穿上了制服，加入了行刑队。马子高从来不用枪，不浪费一颗子弹，他靠着那一把砍刀，赚取了上千块大洋的赏金，名利双收。在屠杀红军的过程中，马子高自诩从不斩无名之辈；倘若是一般的战士，他便交给另外的刽子手去乱刀砍死，但凡是连级以上的干部，则由他本人亲自执行，还提前将时间地点嚷嚷了出去，遍邀官兵们前来围观。一刀砍下去，被害者的脖颈子就断了，头颅挂在胸前，只粘连着一层薄薄的皮肉，却也掉不在地上。胸前挂印，马子高凭着这种嗜血的手段，牲口般的疯狂，如今在新城大营里可以横着走路，谁也不放在眼里。这一日，马子高瞭见了惊白的那番古怪举止，一时兴起，便打算动一动这位凉州少爷的香头子。

在内城的迈道上，最近几天，每到了傍晚左右，惊白闲荒下来后，便将那一支铁喇叭架在城墙垛口上，对准了远处的承平堡，谛听周详。迈道的上空绷紧了一根根绳子，晾晒着各式各样的衣物，在风中拂荡，恰好可以遮掩这个少爷的鬼祟之举，不至于被巡逻队发现。实际上，这样的谛听异常珍贵，每次上去晾晒衣服时，惊白拎着的木桶里一定藏着那块铁疙瘩，神不知，鬼不觉，来去安全。相距咫尺，却又远隔天涯，在天气晴好的日子里，惊白曾经站在城垛上，瞭望过承平堡，但它不过是一团模糊的影子，似乎夏日的光芒收走了它，正在夕阳的炉子里冶炼。六年来，惊白每一天都在掰着指头数日子，指尖上搓掉了十几层皮，疼在心里，可始终也不敢呱喊出来，生怕走漏了风声，妨碍了自己回家的脚步。顺从，服帖，惊白相信只有这两个词汇，才能变成一双耐磨的鞋子，将他捎回家去，送到姐姐的面前。

于是他更加收敛了不羁的天性、顽劣的毛病，深埋自尊，对马乙麻唯唯诺诺，言听计从，甚至包揽了端洗脚水、给皮鞋打蜡、洗衣服等等的活计，难怪让其他人误以为他是一名勤务兵。想姐姐，想少东主，想凉州的伴当们，想家里的饭食，想自己睡惯了的那只荞皮枕头，那个板凳。这种情绪一旦入夜，就像满满一大缸酵坏了的发面，在满世界流淌，味道酸兮兮的，怎么也收拾不住，惊白只好放任自流，一个人在被窝里暗自哀嚎。千里路上，惊白几乎把别的什么全都丢光了，但唯独铁喇叭还在，不离左右。惊白知道唯有这一件法器，才是自己跟姐姐与承平堡之间最后的联系，一旦失去的话，他将是断线的风筝、无根的漂萍，所以也就格外爱惜，将其当成了命根子。

听了大半晌，承平堡的方向上干脆没啥名堂，地耳朵里除了马嘶狗吠之外，就连一个熟识的人也听不见，大概是去吃夜饭了吧。惊白从垛口上取出铁喇叭，正待离开时，猛地瞭见那个让人闻风丧胆的马子高，他此刻正蹲在迈道上，一边洒水，一边磨刀。石头大了绕着走，这是古训，但惊白一时间仓皇，忘了将铁疙瘩藏在木桶里，从而暴露了他的个人秘藏。马子高始终在诡笑，闪身而来，提起那一把砍刀，在惊白的腿脚前虚切了几下，又在身后虚砍了三刀，释怀地说：好了，这下子总算好了，再也没有人胆敢打你的鬼主意了，你是我的，我终于有后了。惊白简直吓坏了，膝盖发软，盯望着对方，瞥见那一把砍刀明晃晃的，刀背寸厚，而锋刃薄如蝉翼，足足有二十来斤重，鼻端上挂着一只金环，叮当作响。叔，好我的叔，你这是做啥么？惊白哀求道。马子高说：啧啧，那么一大群人刚才围着你，把你前呼后拥的，我断了他们的念想，你也就轻省了。惊白张看着眼前的迈道，天光甚好，阒寂无声，狐疑说：什么人？现在就你我两个，你可别乱说胡话呀？对方却道：不然，人真是太多了，我刚才听见你的这个铁家伙里像是在赶大集，吵死我了；他们现在吃了我几砍刀，也就不再泼烦了，你现在可是我马子高的，谁也抢不走。惊白思忖，或许这个刽子手也有一定的法力，窥破了秘密，便搪塞说：叔，这就是一支破喇叭，吓唬狐狼猛兽的，也难怪刚才打扰了你的清静，我这就走了，你接着凉快吧。这一刻，马子高突然拽住了惊白，落下泪来：

不，少爷你可不能走，我已经观察你许久了，最后才挑中了你，我答应收你为徒。

"收我为徒？"

愕然道。

"怎么，你小看我了？你瞧不起这一碗饭？"

"叔，我可不想惹你生气，你这么赏识我，我高兴还来不及呐。但是我天生胆小，一没杀过鸡，二没宰过羊，你现在却打算教我杀人，这个坎我恐怕过不去的。"惊白骇然至极，料定自己一旦被刽子手这块臭膏药贴上的话，将来就难以撕扯下来，只好一面敷衍，一面下话，"叔，我自小见不得血，一看见血我就能晕死过去。再说了，我听见新城大营的人都在议论，说你们杀红军是有讲究的，一点也不马虎？"

"这个不假。凡是红五军的，一律砍五刀。"

"九军的就砍九刀？"

"呵呵，最惨的莫过于三十军的，他们每个人要挨整整三十刀，最后都被剁成了肉泥，拿去肥田种庄稼了。"马子高不愧是一介屠夫，口舌间也沾满了血腥之气，忽然呈现出一种狂妄、狞厉与陶醉的状态，"少爷，那些不过是下三烂的手段，大丈夫不为，我只想教你一招，名叫一刀斩。"

"胸前挂印？"

"呵呵，你果然有灵气，师父没有看错你，有了你这个徒弟娃子，我此生足矣。"

"师父，我需要回一趟家，但我没有特别通行证。"

惊白忽然灵机一动。

"回家？你个没良心的小贼，你准备扔下我不管么？"

"不，就是因为要拜你为师，我得回一趟家，给我姐姐告知一声，否则的话，她那个母老虎一定会把我撕烂了吃掉。"惊白巧舌如簧，一点也不害臊，又说，"天地君亲师，这么大的事，必须得有一个庄重的坛场，我才能给师父你磕头啊。"

"这个并不难，你啥时候想回家了，只管告诉师父一声，我替你护驾。"

"徒弟告辞了。"

惊白觳觫不已,拎起铁喇叭,赶紧跑向了目光尽头的坡道,只想尽快摆脱马子高这个噩梦。岂料,噩梦也并不消停,一道烟地追逐而来,再次拦住了他。马子高盯看着惊白手中的那块铁疙瘩,仿佛捡到了一只金元宝似的,开怀道:

"呵呵!这块料子还真不错,你干脆送给我吧。"

"不,它可是我的命根子。"

抗拒道。

"哎呀,少爷你是误会我了,师父打算用这块精铁,给你锻打一把最好的钢刀,将来杀一百个红军,它也绝不会卷刃,尤其是适合一刀斩,让共产党胸前挂印。"

在这个拉锯的关节上,马乙麻就像一颗救星似的出现在了迈道上。其实,夜饭之后,马乙麻就在内城一带散步,偶然抬头,瞭见惊白正在城墙上面替他晾晒白衬衣和军服,几乎天天如此,免不了心中一热,便绕道上去,拨开了一排排衣物,竟发现苗头不对。见惊白不答应,不肯松手,简直就是要造反,马子高一时愠怒,出手如电,直接将大砍刀架在了对方的脖颈子上,开口申斥。但是,刚刚骂到了兴头上,马子高突然间哑巴了,身体僵硬,接着脊背上凉飕飕的,因为有一把上了膛的手枪,此刻顶在了他的下颌上,令其闭嘴。

狗日的,你仔细听好了,你以后离这位大少爷远一点,最好在十米之外,否则老子就不客气了,马乙麻警告道。马子高回过神来,辩解说:咋了,他可是我刚刚收下的徒弟娃子,我碰了你的哪根筷子了?马乙麻冷笑道:呸,你个吃脏饭的东西,你不配说这个话,你也高攀不起这位大少爷,老子不想再重复第二遍了。马子高不服,刚要抽刀的一刹那,嘴巴上却挨了一记枪把子,顿时血流如注,跌倒在了地上。趁着刽子手寻找门牙的工夫,马乙麻搂住了惊白,慢慢走下了内城的坡道。

"明天起,惊白你就去军法处帮忙吧,不许你离开我的视线。"

叮嘱道。

胡笳一百二十三节

在红西路军陷入绝境的残酷背景下，周恩来派遣的特使团抵达了凉州。

马德涵先生，乃西安回民中的领袖人物之一，早年毕业于四川成都讲武堂，彼时担任陕西省回民抗日救国会会长，为人正派，交友广泛，曾与马步青有过一段师生之谊。受周恩来同志的委派，马德涵率领一行人搭乘欧亚公司的飞机，从西安抵达兰州，住宿了一夜后，便在当地相关人员的陪同下，驱车经过平番县，翻越乌鞘岭，进入了新城大营。谈判是艰难的，特使团转达了中共方面的意见，要求马步青尽快释放被俘的红军官兵，不得虐待，但军阀头子却是两面三刀，虚与委蛇，一方面热情款待，另一方面又加快了屠杀的节奏。

议事堂设在了马步青公馆的东侧，原本是一座私人花园，曲径通幽，林草茂密，大有江南庭院的那种婉约风格，与河西一带的粗粝之气，形成了鲜明的反差。提前数日，马步青便抽调了专门人员，组建了一个高级别的筹备班子，精心谋划，慎重布局，小到议事堂门口的旗门如何搭建，大到特使团入住的河西旅社如何警戒，以及赴海藏寺等地参观游览的线路等等，可谓是用心良苦，完备无缺。按理说，这一项接待工作应由师部的内务处全权办理，似乎跟军法处无关，但马步青一纸令下，让马乙麻也参与其中，具体的原委，或许只有长官大人才明白。

首日总共谈了两轮，上半天一场，下半天再一场，终归是各说各话，各唱各调，未曾达成任何协议，这从双方代表走出议事堂那一刻的脸色上，便能发现某些端倪。午饭吃得很冷清，特使团的人员各自端着半碗菜，筷子上插着几只热馒头，蹲在了庭院当中，一边咀嚼，一边商量对策，自然是害怕被窃听。晚餐照例是豪华宴会，从武威城里请来的顶级厨子们拿出了看家本领，精心制作了名菜十八碗，席开七桌，鸡鸭鱼肉，款待八方，其中也不乏凉州本地的耆老乡绅、头面人物。渐渐地，特使团摸到了马步青的脾气，号出了主人的脉息，那就是好吃好喝好招待，但绝不吐口，绝不给一个字的承诺。吃罢之后，宾主们怏怏地踅出了饭堂，马步青亲自送到了小卧车旁边，叮嘱特使团的诸位代表赶紧回河西旅社歇息，明天再接着合计。岂料，就在辞别的时候，马步青忽然忆想起了什么，叫停了整个车队，赶紧执弟子礼，对马德涵恳切道：先生，你来一趟河西也太不容易了，这是学生的荣光，更是整个骑兵师的幸事！我也是临时起意，何不如现在就办一场雅集，恳请先生赏脸，给咱们凉州多留下一些墨宝，以便德润人心，指点迷津？马德涵思忖，这或许是一个不错的交流机会，比起谈判桌上的严肃与板正，雅集更让人放松，更容易掏心窝子，于是痛快地答应了。

原来，马德涵先生乃是陕西境内数一数二的书法大家，声望卓著，一字难求。宾客们皆大欢喜，相互寒暄着，簇拥着，纷纷掉头朝议事堂走去。这个关节上，惊白和一群勤务兵被紧急招来了，搬走了大堂中央的两排谈判桌，撤掉了椅子，将屋顶上分散的电灯泡子丛集起来，照亮了那一张书案，并摆好了纸墨笔砚，虚位以待。马德涵先生古风盎然，谨守仪轨，首先漱了口，又用清水净面，而后凝神思索，援管下墨，潇洒地书写了起来。第一幅字献给了凉州，曰：与月上下，如对至尊。第二幅字写给了新城大营，曰：细斟北斗，万象如客。第三幅字的题款则是"马步青长官哂之"，俨然放下了他的身段，曰：仁为己任，善与人同。这一批次的挥毫结束后，马德涵先生品茗说笑，歇息了片刻，倏忽间兴致勃发，答应给在场的官兵们每人赠送一幅墨宝，权且留作纪念。如此一来，议事堂里群情沸腾，掌声四动，人们全都拥向了那一张书案，唯恐自己吃了亏，最终落得个两手空空。

其间，师部还特地准备了各色点心、水果与瓜子，七碟子八碗地摆在了窗户旁的桌子上,供客人们随意。惊白被安排服务,双手端着一只大托盘,托盘上是切开的北疆镇番县的蜜瓜,一边让给客人,一边笑吟吟地提醒说:慢吃,小心甜掉牙,小心甜掉牙。客人们咬上一口,当即目瞪口呆了,甜得令人晕眩,让人抓狂,又忍不住询问这种甜瓜的来由,惊白逐一作答,骄傲得就像一只公鸡似的,只差一声啼叫了。礼让了一大圈,惊白后来走到了议事堂的最里梢,瞭见一位客人头戴礼帽,正在假寐,忙说了相同的话:慢吃,小心甜掉牙。这一霎,客人似乎清醒了过来,嘀咕了一句谢谢,伸出左手,抓住了一牙蜜瓜,却不料滑脱了,掉在了脚下,他又赶紧俯下身子去拾。脏了就脏了吧,何必去捡呢,惊白迅速放下托盘,一心要阻拦对方,鬼使神差地抓住了客人的另一个胳膊,竟然失手了,原来袖管里是空的,他是个独臂人。惊白诧异极了,跌坐在地上,举首望去,发现那一张伤痕累累的面孔似曾相识,突然电光石火地想起了一个名字:

"北楼兄?"

"闭嘴。你根本就不认识我,在下黄开良。"

"呵呵,乱嚼牙茬,你北楼兄的声音,我怎么能记不得呀?你姓刘,你肯定不姓黄。"

惊白的嗓门一粗,对方便不愿纠缠,抚了抚礼帽,拔脚欲走,悄声道:

"少爷,我在六号粮库那边等你。"

作为新城大营曾经的政训员,刘北楼知道哪里是死角,何处才是僻静的所在。

六号粮库是一块独立的区域,毗邻着议事堂,因为谈判在此举行,为保密起见,连附近的岗哨与警戒也全部撤走了,在秋夜下一派阒寂,恰好是一个可以诉说衷肠的角落。此刻,见到了承平堡的少爷后,黄开良,不,刘北楼很快就承认了他的真实身份,并一再追问惊白怎么出现在了新城大营,从军了?还是另有原因?惊白先前在议事堂里的那一声讶叫,险些暴露了刘北楼,幸亏这座军营已经易主,相识者甚少,并不曾引起军方的猜忌,连累了这一场重大谈判,所以止血和警告乃是当务之急。惊白婆娑着泪眼,长话短说,扼要介绍了一番自范家大院惨案之后的曲折经历,又简述了自己被困新城大营的现状,目光盯看着刘北楼,仿佛见到了少东主和姐姐一般,内里酸楚,喉头哽咽,大有再世为人的那种错觉。刘北楼长叹一声,到底相信了惊白的这些不堪往事,他竟也没料到这个当初的莽撞少年,如今已然长大,长成了一介英俊之青年,赳赳然的汉子,在暗夜下目光清亮,凛凛有神,顶天立地。倏忽间,刘北楼趋上前去,冲动地揽住了对方,只想抱一抱这个弟弟,却被惊白生硬而粗暴地拒绝了。惊白逼问说:

"你的胳膊呢,你右边的那个胳膊怎么就没了?"

"事情都过去了,不说也罢。"

"不,这究竟是怎么一回事?你明明被枪杀了,我亲眼看见你死在了范家大院里,倒在了那一堆麦草垛上,你又是如何活过来的?"

"这是另外一个故事,或许我的那位黄埔同窗顾及旧情,枪口抬高了半寸吧。"

语气似铁,不容再议。

"北楼兄,那你也是跑到凉州来,专门来救红军的么?"

"是的,在特使团的名单里,我叫黄开良。记住,你我根本就不认识,也没有这次见面。"

"我还记得,当年在翻越六盘山时,你偶尔对我说起过,你打算给自己改个名字,不叫黄开良,而是刘幻园。"惊白的记忆力确实匪夷所思,目中闪闪,"幻灭的幻,花园的园。"

"不,我不再幻灭了。如果一个人找到了他的真正信仰,他就会开心,他也会精良。"

"那你是共产党?"

"我不否认。"

"哎呀,我现在终于明白了,你和那些被俘的红军官兵,你们既然是换帖的伴当、割头的兄弟,那你当然不能无情无义,丢下他们,撒手不管呀。"

如此朴直的认知,生动的说法,让刘北楼怦然心动,刹那间产生了一种宣喻的念头。他知道,惊白是一棵好苗头,一根未来的栋梁之材，而扩红原本就是共产党的一贯主张。这么着，刘北楼肺腑地说："其实，我现在也是一名八路军，驻扎在省城兰州的办事处，因为我以前有过在凉州的履历，所以党组织特地派我前来，暗中协助特使团的工作，化名黄开良。惊白，营救落难的战友，接回被俘的红军将士，当然是此行的第一要义，但是从长远的角度上来看，抗日图存，打败敌寇，才是我们这个民族最迫切最神圣的使命。只要是中华好男儿，凉州的儿子娃娃，就应该效忠国家，舍小利，趋大义，尽快走上抗战的第一线。"

"报效国家，去做这一片河山的忠臣孝子、烈士武臣，尹先生当年也这样讲过。"

惊白的眸子突然一亮。

"呃，时间不早了，惊白你记住一个地址，一定要记牢。"

"我在听。"

"兰州外城，孝友街32号，忠孝的孝，友爱的友，这是八路军驻兰办事处的地址。将来的哪一天，如果惊白你有了尽忠报国的念想，有了儿子娃娃的胆气和勇毅，你可以随时来找我，我一定敞开大门欢迎你。"闻听对方念叨了一句，刘北楼又断喝道，"你再重复一遍！"

"孝友街，32号。"

刘北楼颔首，蓦地掉头走了。

静默了片刻，惊白这才拔脚动身，刻意保持着一段距离，朝议事堂走去。然而，刘北楼又慢慢地停下了脚步，终于绷不住了，语带哽咽，痛彻地问道：

"惊白，你是否知道沈阁兰的现状？孩子呢，我的孩子如何了？"

"那你不去承平堡看看么？"

"不，我现在叫黄开良，我不能暴露。"

"沈小姐不错，她现在是承平堡的总经纪，门脸人物，干得可欢实了。"惊白快人快语，就像一只喜鹊那样叽叽喳喳，又说，"哎呀，你的一双儿女现在也长大了，娃子叫刘小胡，闺女叫刘小筘，认了我姐姐做干妈，如今他们在朱先生的私塾里开蒙，这个你不必犯愁。"

"什么？惊白你是说，我有了一对龙凤胎？"

"这千真万确。"

闻听此言，刘北楼忽然蹲在了地上，被夜色所淹没，唯有压抑的啜泣声像一串串水泡，浮现出来，又无形地破灭了，令悲伤满地流淌。的确，近在咫尺，却不能跟妻儿相见，难以团聚，这种心如刀割的痛彻，即便是像刘北楼这样的军人，也是不堪承受，以致他哭破了苦胆，哭瞎了眼睛，怎么也收拾不住泪水。末了，刘北楼拔长了脖颈子，生疑地问：

"惊白，这些事情你是如何知晓的？你刚才说，你一直被困在这里，你没出过门呀？"

"我有一只地耳朵。"

"铁喇叭？"

"对。这个你知道，你也曾经领教过它，这是我的秘密法器，不足与外人道也。"

"天呐，你这个小贼疙瘩，你可真是一只孙猴子。"刘北楼模仿顾山农当年的口气，嗔怪了一声，又郑重地嘱托道，"惊白，假如有一天你走出了新城大营，你一定要当面告诉沈阁兰，让她在合适的时候，带着两个孩子来兰州，找见那个地址，一解我的相思之苦。我盼望这个时刻越早越好，因为我担心我随时会有不测，但在我倒下之前，我起码要见孩子们一面。"

"你已经死了，不是么？"

"唉，我前不久还尝试着给承平堡写过一封信，请少东主转交沈阁兰，我知道这很危险，但我实在是忍不住了。很遗憾，至今也没有收到一丝回音。"黑暗中，飘来了一股强烈的血腥味，刘北楼抬手，用袖子擦掉了鼻孔下的一片血水，苦笑说，"老毛病又犯了，这是我当年丢掉这个胳膊的后遗症，大夫们诊断出了败血症。抱歉，我不该让你看见这些。"

"败血症是啥病？"

"呵呵，就等同于感冒、着凉、打喷嚏、发烧，反正不值一提。"

"北楼兄，我必须告诉你一个事实，马乙麻还活着，他就在附近，他可是属狼的，他一定会嗅见你的气味，所以请你务必不要接近承平堡，试图去跟沈小姐联系，哪怕是书信，这肯定是最臭的一步棋。"惊白到底成熟了，不再是刘北楼印象当中那个轻佻而顽劣的少年人，他如今机决明断，独立成章，相告道，"再说了，孤儿寡母一直是沈小姐和两个娃娃的身份，幸亏有承平堡在罩着他们，目前安然无恙。假如你不小心揭开了这个盖子，势必要将祸水引向他们。马乙麻长了一口什么狼牙，你最清楚不过。"

"六年多了，我天天被这种思念折磨着，度日如年。"

"我答应你，我一定会办到的。"

偏巧这时，从六号粮库的后面跑过来了一道人影。这家伙也是长了狗鼻子，径自攀住了惊白的胳膊，热络地喊了一声少主子，却原来是游击张汲水。你咋来了？你不是一直在城外背尸埋尸么，你哪来的空闲呀？惊白问说。游击瞥了一眼旁边那个戴礼帽的人，自然没认出刘北楼，但也并不生分：是呀，最近这几天杀的人太多了，每天要杀五六十个红军，连女人和少年也不会放过，全部坑葬在了干滩上。我现在回来要带着几颗人头出营，送到河西医院里去换酒精水，但邓砚耕正在给那些人头拍照，所以我就抽空过来找你了。邓砚耕是马步青的专用照相师，如此地兴师动众，一定有他不可告人的目的，惊白免不了要打听。游击果然老练，相告说：

"一共有三颗人头，其中一个是红五军军长的，名叫董振堂。"

"董振堂？"

刘北楼失声一叫。

"我听说，他们要先拍一些照片，寄往南京去请赏，随后再将人头押送过去，但是天气太大了，根本就放不住，已经开始腐烂了，必须连夜更换酒精水。"游击被这一段日子的背尸生涯所煎熬，愤恨地说，"天老爷，戈壁干滩上的黑老鸹和狐狼简直成灾了，它们就像在过大年。凉州的罪孽太深了，凉州如今就是一座大坟滩，将来也洗不干净。"

"呸，那就以血洗血，以命换命吧！"

刘北楼切齿道。

胡笳一百二十四节

谈判陷入了僵局，歇息一日，马步青安排特使团去往海藏寺游玩。

实际上，这不过是支走了马德涵先生一行，新城大营在紧急处理一桩见不得人的丑闻。年初，红五军孤身奋战，血战高台，终因寡不敌众，军长董振堂、政治部主任杨克明，以及全军官兵之大部，壮烈牺牲。这以后，敌骑五师旅长韩起禄残忍地割下了三位红军高级将领的头颅，用一条绿裤子包裹，派其亲信送到了新城大营。马步青率领参谋长等人，命令将三颗头颅摆放在院子里，并押来了十几名被俘的红军战士予以指认，认定其中一人乃是董振堂，其他二位却无法落实。于是，马步青让专用照相师拍完照，由河西医院找来了几只洋铁桶，将三颗头颅浸泡在了酒精里，并向南京方面发去了长电，准备邀功请赏。但是，这一年国内形势激变，自打西安事变之后，各方正在角力当中，南京方面自然没有了下文。在冯玉祥主政西北的那些年，马步青和董振堂均为冯的部下，曾经有过一段同僚之间的关系。或许是出于这个原因吧，马步青命令部下制作了几只木匣子，将三颗头颅装殓起来，埋到了武威城西门外小教场东面的一堵土墙下。

葬埋完红军将领的头颅，返回师部之后，马乙麻觉得身上太脏了，也太晦气了，便抓紧冲了一个澡，正在宿舍里换衣服。这时候，情报处的一名上尉闪身而入，转达了马步青长官的指令。称特使团早上在海藏寺参观游览时，有不明身份的人试图接近，最怕的就是共产党的地下组织，所以催促军法处处长赶紧去现场处置，不得有误，绝不能让双方打头碰面，有所交流。马乙麻闻讯，一点也不敢懈怠，奔出了房门，召唤车马和手下立刻出发，又叮嘱在廊檐下发呆的惊白，让他擦干净自己的靴子，将地上的一堆脏衣服抓紧洗了。

花了大半个时辰，惊白洗完了马乙麻的外套和衬衣，晾挂在了内城的迈道上，反身回来，坐在宿舍里擦靴子。惊白真是厌恶极了，就算刚才打了十几遍胰子，可他总觉得手指上沾满了死亡的味道，挥之不去，那是衣服与靴子所带来的杀戮气息，红军冤死的证据。如此一想，惊白气得扔掉了靴子和刷子，惬意地躺在椅子上，端起马乙麻刚才泡好的一壶清茶，啜饮开来。虽说是军法处处长的影子及跟班，但惊白其实很少涉足马乙麻的宿舍；他习惯了站在门外听候差遣，与人方便，当然也就是与己方便。现在可好，惊白独自一人享有了这个空间，感觉煞是新奇，这里翻翻，那里摸摸，犹如钻进来了一个小偷。末了，他的目光停在了门墙左侧的一颗钉子上，上面挂着一串钥匙，长短不一，黄铜的质地。

也许，恰是从这一刻开始，凉州的大幕真正拉开了，整个故事进入了终章。

惊白根本来不及思考，慌忙取下钥匙，挨个儿捅了一遍，终于打开了锁头，将床头上那只洋铁皮柜子的门扇慢慢揭开。其实，惊白并不打算做贼，他只是盼望着能找见一张特别通行证，然后像一只雀鸟那样振翅而飞，迅速逃离新城大营，扑向承平堡，扑向权家，栖落在姐姐的膝头上，求得一个团聚罢了。但是，期冀越多，失望也就来得更加迅疾，惊白搜腾了半天，竟然一无所获。刚要放弃时，却意外地发现了一个暗格，他轻易地将其抽取了出来。暗格里藏着一本文件夹，褐色的羊皮封面，封面上烫着一枚火印，乃是骑兵第五师的徽章，另有两颗大字：密件。

这么着，惊白将文件夹拿出来，摊开在书桌上，逐章捉句地研读了起来，顿时吓得魂飞魄散，惊骇无比，眼底里喷涌出了一团沙尘暴般的黑暗，弥散无际。在这种冰冷且沉重的黑暗中，惊白清晰地发现凉州的天空上，其实早就架起了一把又一把明晃晃的铡刀，对准了承平堡，对准了顾山农，同样也对准了刘北楼夫妇，令他们岌岌可危、命悬一线，随时都有可能遭遇不测，性命不保。天老爷，惊白在心里拼命嘶叫了一声,这才知道了马乙麻的阴险与毒辣。原来这个特务头子如此机深莫测,又如此地手段凌厉;事实上他什么都知道,他甚至连每一个枝节也不曾忽视,一切风吹草动都在他的掌握当中,仿佛他本人就是盘踞在一张蛛网中央的君王,只需要一个收网的借口。

密件一:在特使团的花名册中,马德涵、张文彬、马宪明等九名成员的个人材料均无异样,双方签字认可,并加盖了骑五师的蓝色印章。但是到了黄开良这一页时,虽说也有签字与印章,但是在姓名栏的上方,出现了一行朱笔的批注:独臂人,五官有伤痕,高度怀疑其为马廷勷时期的旧军官刘北楼是也。惊白认得,此乃马乙麻的笔迹,恐怕这也是他一个人的秘密发现,所以写得飞扬跋扈,傲慢十足。

密件二:这是一份存根,其内容为催款明细,分别罗列出了这六个年头里,保价局所欠下的份额,总计是八万六千块大洋,收款方为马乙麻本人。在备注一栏里,同样也是这个特务头子的笔迹,却是用黑色墨水笔写就:据侦知,顾山农其人性情大变,隐匿不出,常年蛰伏于承平堡之角院内,迄今也无法联络,并数次退回了催缴信函。目下急需要一次雷霆手段,予以警告处置。

密件三:沈阁兰,实乃刘北楼之妻,原为北平燕京大学学生,满人;目下担任承平堡柜台之总管,保价局门面之总经纪。高度怀疑这是顾山农施放的一颗烟幕弹,一面幌子,需要继续侦办。刘沈夫妇育有一儿一女,已届开蒙之年龄,受权达云委托,凉州总教朱绣在家中开设了私人课堂,至今已授课半年,并无异常,门牌地址如下。

另有几份毫不相关的密件,惊白匆匆扫了一眼,略过不提,但是其中一封标注了"绝密"字样的军方信函,却让他突然间心血来潮,一时沸腾,干脆不计后果,直接掏出了里面的电文,展读再三。天可怜见,这才是高悬在承平堡头上最致命的一把铡刀、一场灾难的闪电,惊白几乎被吓瘫在了椅子上,半天也提不起一口气。

原来,这年八月,日军在上海登陆,上海抗战全面爆发。国民党电令新城大营在河西一带征集壮丁,补充兵员,但马步青阳奉阴违,出于个人的利益,擅自扣留了征集到的大批壮丁,紧急编入了他的骑五师,又计划把被俘的红军战士顶替上去。此时,第二次国共合作已经基本形成,参谋总长何应钦电令马步青将被俘的红军官兵,全部押送到汉口,而后赴上海参战。但是晚了,一切都为时已晚,因为马步青杀心太重,疯狂地屠杀红军,出现了巨大的兵员缺口,这个计划难以实施,于是将名额分配了下来,责令各个处室限期解决。在马乙麻的这份材料中,附有一页军法处上报的解决方案,矛头直指承平堡,因为保价局私自拥有一支上百号人的队伍,名为保商护队,实为可疑之力量。在这个方案的末尾,马乙麻同样留下了一行令人不安的墨字:待合围承平堡,全力抓捕。

惊白攥住了文件夹,盯看着羊皮封面上的那一枚火印,骑五师的徽章,渐渐地眼花了,恍惚觉得它就像一张狼嘴,张开了血盆大口,正在嘶吼,正在咆哮。惊白真是气不过,一拳头砸了下去,却不料被夹子里的钢钉剐破了手掌,一线血水洒在了纸面上,文件尽毁,留下了外人翻动过的痕迹。这是个重大失误,不管惊白怎么擦,也擦不干净,马乙麻绝不会饶恕这种行为。但恐惧和对家人的牵挂,又逼迫惊白别无选择,只有横下一条心来,决定踏上逃亡之路。立意已决,惊白匆忙挑出了几份关键的密件,包括那一纸电文和军法处的行动方案,折叠起来,揣在身上,又将其他的一切迅速恢复了原状,钥匙挂在墙上,制服与衬衣叠放在床头,靴子也打完了蜡,这才掩上了房门。

时值午后,整个军营里正在歇息当中,巡逻队也开始了交接班,附近杳然无人。惊白站在秋天的日光下,远眺着紧锁的城门,以及耸入云表的高大城墙,料定闯出去将是一件极其困难的事情,只恨他自己没有翅膀,也没有一双登云靴。但是,少年的血性犹在,或者说惊白依旧是一介永不服输的凉州少年,这根本难不倒他,因为他想到了一个人:马子高。

在求助于马子高之前,惊白当然不会扔下伴当不管,于是扛着那一支铁喇叭去了劳工队,将张汲水从土炕上揪了出来。游击又在坟滩里忙碌了整整一夜,虽然疲惫不堪,但是听罢了惊白的计划后,也是眼珠子滴溜溜乱转,雀跃得不成。少主子,这块铁疙瘩可是你的命根子,你真的想毁了它,锻打成一把钢刀么?张汲水不解道。惊白搂住了铁家什，惜疼地说：唉！它跟了我这好几年了，横跨南北，纵横东西，几乎算是我的一个哑巴伴当，千里眼，顺风耳，让我跟承平堡没断过一天的联系，真可谓功高盖世，实属不易；我到底也舍不得它，我不想毁掉这一件凉州法器，但是如果它能变成一把钢刀，劈开一条活路，打开一扇生门，那我也绝不会哭鼻子。既然当家人这么决定了，游击便附和道：舍了吧，干脆就舍了吧。

杀了一夜的红军，马子高也在宿舍里补觉，闻听旁边有人在一个劲地喊师父，一骨碌从床上爬起来，瞥见惊白跪在地上磕头，身畔栽着那一支铁喇叭，便知道事情成了，心愿已偿。恰巧，马子高的那一把大砍刀最近也钝了，沾满了太多的罪恶，正打算去城里的牛万金刀具坊修补，于是三七不问，欢喜地拽住了这个徒弟，游击也扛起了铁疙瘩，一同朝军营外走去。实际上，新城大营的哨兵们有三不惹：马长官不敢惹，马长官饲养的鸽子不去惹，另一个则是刽子手马子高不能惹，一碰就见血。乍见凉州少爷要公然出营，哨兵们也是慌了，正要阻拦时，却被马子高的大砍刀喝退，并乖乖地放下门杠，打开了城门。一行人慨然走出了新城大营，雇了一辆敞篷的车轿，杀向了武威城。

那几日，也许是为了抗议特使团对当地政权的漠视，陈垦丁加快了杀人的节奏，复兴门一带搭建了木头架子，正在悬挂被害红军的首级，以便在夜晚公开示众。

过了复兴门，车轿抵达了牛万金刀具坊，打铁的声音异常响亮。俨然是旧相识，老掌柜一见马子高，当即扔下了手中的活计，接过那一把大砍刀，用舌头舔了舔，断定这是钢软了，丧失了筋骨，需要再三淬火，才能激发出它的杀气。当听说要用惊白的铁喇叭锻打一把同样的大砍刀，牛万金用指节叩了叩铁疙瘩，听了听声音，说这是一块上好的精铁，但制作起来很费劲，没有个七八天，恐怕也拿不下来。马子高听岔了，当即摔了摔钱袋子，传出来一枚枚银洋的声响，夸口说钱不是问题，你现在就开工，我有的是耐心，我必须立等可取，我要亲手将新打的砍刀交在徒弟的手上，然后再给他传授一招胸前挂印的绝技。终于，悲剧发生了，那一支铁喇叭被扔进了高炉里，炉火熊熊，光焰炙人。惊白的眼泪唰地下来了，恓惶不堪，感觉自己的耳根子在疼痛，心头也在滴血。

见惊白满脸哀伤，煞是不舍，马子高便想取悦于徒弟，赶紧拉上惊白和张汲水，跑到了隔壁的集市上去吃红柳烤肉。称了一根羊后腿，在店家切肉、串红柳枝子的时候，三个人边喝杏皮水，边嗑瓜子，沐浴在了下半天的日光中。隔了整整六年，此刻逃离了新城大营，重回人间，置身于武威城的街道上，旧日的气息扑面而来，一切都那般熟悉，一切也都如此地陌生，令惊白忐忑、局促、惶惑不安，却又兴奋满腔，感觉身体里有一壶水烧开了，沸腾不已，只恨自己的两只眼睛不够用，满大街地张看着。但是，这种兴奋是短暂的，也是浅薄的，惊白其实一直在暗中寻找借口，酝酿一个理由，只想赶紧摆脱马子高这个刽子手，回家去找姐姐，去吃家里可口的饭食。心念至此，想必天老爷也不忍辜负，凉州也一定会让他遂愿的。

突然，张汲水用胳膊肘捣了一下惊白，手指着集市的方向，颤栗地说：少主子，你快瞧，你瞧那是谁？惊白呼地站了起来，手搭凉棚，仔细一瞧，瞭见一辆拉满了菜蔬与瓜果的马车驶了过来。坐在辕驾上吆喝的车夫不是旁人，正是管家廖逢节，手里挥着一根鞭杆子。在青翠而蓬松的马车身后，另外跟着一辆麻布的车轿，车头上摇曳的号旗，分明来自承平堡。这时候，惊白再次恓惶开来，抽了抽鼻子，一下子嗅见了姐姐的气味。这种气味无人知晓，无人得见，普天下也只有惊白一人，才能从茫茫人海当中辨识出来，拥抱在怀。姐姐来了，惊白内里的一颗苦胆破了，但流淌出来的并不是酸楚，而是蜂蜜水，是融化的酥油。

这么着，惊白仓朗朗而起，冲到了街道中央，张开双臂，拦住了前头的那辆马车。廖逢节拽住缰绳，盯望着对面的这个无礼之人，正打算呵斥时，却又吞声不语，一个蹦子跳下了辕驾，差一点摔倒在地。惊白跑过去搀住了管家的胳膊，嘀咕了一句什么，兀自咧笑开来，嘴角都挂在了耳朵上。廖逢节拾起了膝盖，故意问：日头呢？凉州的日头到哪里去了？惊白指着祁连山的方向：西头，在西头呐。廖逢节道：日能的，日头真的从西边升起来了？你个贼疙瘩，你刚才可把老子的膝盖都吓软了，你是何处的天兵天将，你干么要拦这一辆銮驾？惊白戏谑道：哎呀，见也就见了，你何必行这个大礼呢？我真是担待不起。闲章了几句，廖逢节举起巴掌，拍净了惊白身上的尘土，又朝掌心里啐了几口清唾沫，抚平了惊白额头上的一绺乱发，叮嘱说：你呀，你最好正人君子一点，赶紧去见大小姐吧，别输了礼数。

其实，达云已经下了车，整个身子陷在了轮椅当中，身后是另一名车夫。

突见姐姐，惊白赶紧趋前几步，又冷不丁地戳在了地上，感觉下盘里灌满了铅水，再也难以挪动半寸。在往日的想象中，姐姐应该是凤冠霞帔，母仪天下，活蹦乱跳，精心维护着这一大家子人的欢欣，她一没有头痛，二不会脑热，堪比女王武则天。即便退一步讲，就算六年过去了，光阴磨折，它也无非就是给姐姐增添了几根白发，镂刻了几道皱纹而已，不足为怪。但是，天打雷劈的，这一切根本就不是当初揣测的那样，惊白发现姐姐似乎缩小了不少，身子骨在向内塌陷，那一件衣裳犹如脆弱的鸡蛋壳，松松垮垮的，包不住里面的瓢子，在四面漏风。这个关节上，达云也认出了眼前的青年，身子一怔，目光清冷地投送过来，将惊白上下左右，仔细地捋了好几遍，终于确信这就是弟弟。然而，未及开腔，一阵剧烈的咳嗽冲出了肺腑，喀喀喀的，达云攥紧拳头，捂在了嘴巴上，一时间剧烈抖动，颊面上似乎挂了一块红布。惊白再也忍不住了，拽开手脚，抢上前去，扑通跪倒在了轮椅前，磕下了一地的响头，终于面对面地喊叫了一声："姐姐。"稍事平静后，达云问管家要来了鞭杆子，气呼呼地挥舞起来，但是下手很轻，象征性地虚打在了弟弟的脊背上，打了三下：

"你个小贼疙瘩，你居然还知道有我这个姐姐呀？"

"姐姐如母，我一天也不敢忘记。"

"哼，你个卖嘴的，你在新城大营都快一年了，离承平堡也就牙长的一段路，你竟然不来看我一眼！要不是吴家的擀杖哥在军营里做饭，他认出了你，我还当你去了紫禁城称王呐。"达云到底踏实了，揪住了弟弟的脸蛋，缓颊道，"你刚回家了么？你怎么追上我的？"

惊白不敢大意，生怕姐姐说漏了嘴，慌忙抱住了她的一对天足，夸张道："天呐，你这一双大脚太野了，简直就像蛮婆子似的，难怪你走不动路，坐在了轱辘车子上。"

"姐姐也不想坐，但这就是命，命把我拴在了这对车轱辘上。"

"那我来背你吧，姐？"

惊白掉转过身子，将整个脊背交了出去。

红柳烤肉上桌了，加之刚才目睹的那一幕令人费解，马子高亲自跑过来询问。当得知达云是徒弟的姐姐时，这个平时凶焰烈烈、杀人如麻的家伙，忽然间态度温和，满脸笑意，显得毕恭毕敬。简单寒暄了两句，马子高善心大发，叮嘱惊白暂且留在武威城内，多陪陪姐姐，他现在就去牛万金刀具坊监工，而后带着新砍刀回营，先杀几个红军，试一试刀刃的锋芒。临走前，马子高撂下话说：

"给你两天，你可记得按时回来呀，别让马乙麻日弄我。"

"他去了海藏寺。"

"这我早就知道了，他跟马长官都去了海藏寺，计划改变了，特使团的客人被挽留在了城外，要在那里住两夜，他们大后天返回省城。"马子高开心极了，指了指耳朵，"那个恶棍不在，我的耳根子至少能清静一两天，我着实杀不动人了，因为我的孽罐子太满了。"

"师父，罪孽还有罐罐么？"

"唉，我可以有，但惊白你可不能犯罪。"

刽子手摸了摸徒弟的脑袋，惜疼道。

胡笳一百二十五节

"好我的弟弟,你现在闯下了大祸,你居然还有贼胆量跑进武威城来,在大街上招摇呀?"达云仔细看完了那些密件与电文,忽然气炸了,将东西掷在了炕上,悲戚地说,"你老实告诉我,你到底是来求死罪的,还是想申领剐罪?你是不是嫌自己活够了?"

"姐,我是专门来报警的。"

"你还敢犟嘴?"

"哎哟,幸亏这些东西被我发现了、看见了,也幸亏马乙麻那个屠夫不在师部,否则的话,他一定会将承平堡和权家连锅端掉的,他有这个本事。"此刻,身处于飓风的中心,惊白反倒显得很平静,沉着而不浮扬,笃定而不焦躁。又道:"姐,图穷匕见,我偷走的不过是一些字纸和文件,但这个计划早就完整地装在了马乙麻的脑子里,他一旦实施的话,谁也拦不住那个疯子,还请你抓紧时间定夺吧。"

"天老爷,你干么要碰这个马蜂窝?你为啥要蹚这一道浑水呢?"

"我只想来尽孝。"

"尽孝?你给谁尽孝?"达云一惊。

"给凉州。"

"真是笑话,你好大的口气呀。凉州好端端的,凉州它已经活了成百上千年了,并不缺你这样一个鲁莽的贼娃子,你就别自以为是了。"达云冷笑着,这种笑声甚至比她身上的风湿病还要冷寂,还要枯干,"哼,就算是天塌了下来,那还有大个子在撑着,在修修补补,根本轮不到你去搭台唱戏,去出这个风头。"

"不管怎么说,至少我还是凉州的一个儿子娃娃。"

沉静道。

"那我算啥？姐姐的话等于放屁么？"

"不，菩萨从不放屁，菩萨只会播洒佛雨甘露，布施众生，这就要看姐姐的念想了。"

如此的恭维与赞唱，让达云一时间理屈词穷，红霞满面。

恰在这时，禅房的门被敲开了，无量寺的管家和小僧奉方丈之命，送来了两碟子素点心，一盘干果，另有一壶热茶，敬请两位施主慢用。达云道了谢，又让小僧端来了一脸盆热水，催促弟弟抓紧洗脸，别那么五花八道的，像一个脏哪吒似的。很快，水就变稠了，但弟弟的五官蓦然间清亮了许多，鼻直口方，棱角分明，洋溢着一种难以磨灭的青春之气，依旧是达云所熟悉的那个样子。给个好心，但暂时别给他好脸，达云仍然维持着一种愠怒的状态，将那些密件和电文丢在炕下，又扔过去一盒洋火，示意弟弟烧了，立刻烧了。

惊白无奈，乖乖地蹲在地上，划着了一根洋火，喂给密件与电文，一页一页地焚化后，将灰烬卸在了脸盆里，水突然就黑了，犹如一团墨汁似的。就在烟雾缭绕的那一霎，姐弟俩陷入在了一种虚实莫辨的幻境中，似乎短暂地分开了，消失了，却又影影绰绰，近在咫尺，无力去捉住对方。的确，这一幕烟雾名叫六年，两千多个日子的人世光阴，将弟弟和姐姐阻隔开来，生死不知，一派茫然。现在可好，仰赖了天老爷的垂青，凭借着佛陀与菩萨的无上恩遇，惊白从天而降，居然浑身囫囵地回来了，一根汗毛都没有损失，样子也阔阔气气的，这简直让达云内心焕然，有了一种香音神飘飘欲仙的失重感。惊白蹲在地上，肩膀耸动，一道绷紧的弧线，勾勒出了他的脊梁骨、他的厚度与韧性、他的力量。达云一边吃惊，一边感慨万端，猜想这六年之久的破碎光阴，到底在弟弟的身体内，留下的是什么？或许是一片残垣断壁，也或许是金刚之身；可能是一条养育之河，也可能是一块不毛之地。然而，在这个四海波靡、病入骨髓的乱世当中，谁的内心不是灶冷烟寒，万冢累累？又有哪一个不是死生如蜕，孑遗在世？如此一想，达云朝自己羸弱而寡瘦的身上瞧了瞧，忽然间长舒了一口气，觉得自己终于有了靠山，有了一个能够托命的亲人。

"惊白，恐怕你是对的。"

"姐，你饶恕我了？菩萨娘娘要发话了么？"

"是这，你说得没错，你脑瓜子也管用，承平堡现在确实被架在了柴堆上，屁股下面坐的是火油，一点就炸。"达云挪了挪身子，偎在了炕头上，悄语道，"我刚才带着廖逢节去采购了，买了整整一马车的菜蔬和瓜果。这本来不是我的事，但承平堡突然多了十几张嘴，连病带伤的，我只好亲自出马了。红军，堡子的地底下藏着一帮红军，我不能瞒自己的弟弟。"

"红军？哪里来的红军，这么多人呀？"

"捡来的，拾来的。"

"姐，这可是要抄家灭门的，新城大营的毒辣，你根本就想象不到。"

"你个小贼，你太自私了。你可不能数典忘祖，忘了你自己也是权家当年捡来的。"达云面色不怿，踢了弟弟一脚，但也未遂，"红军咋了？我见过他们几次，他们也是爹妈所生，也有兄弟姊妹，一个人就是一条命，难道要见死不救么？"

"哎呀，我错了，你别这么咬牙切齿。"

"贼骨头，你最好记住爹老子生前的那句话，凉州权家的门叫生门，绝不是禁地。"

惊白赶紧告饶，姐姐自然也是大人不记小人过。

"其实吧，这是沈小姐干的，当然也是少东主他的意思了。最近这一年来，保价局就是个空架子、清水衙门，可怜得连一笔贸易也没有，因为整个河西在打仗，北疆的路全部断了，没有任何买卖，只能坐吃山空。"既然开了腔，达云便想一吐为快，悉数道尽，况且面对的是久别重逢的弟弟，毫无隐瞒的必要。又说："呃，承平堡虽然马瘦毛长，不比以往，但还是隔三岔五地派出一支支队伍，假装上了路，在四处寻访红军，搭救性命，迄今为止少说也拾来了几十号人。等红军养好伤病之后，少东主还给他们发了大洋，陆续离开了凉州，现在剩下的也不多了，十来个左右吧。"

"反正这是定时炸弹，能把承平堡炸上天去。"

"好我的弟弟，你拿个主意吧。"

"姐，必须马上转移他们，立刻遣散，让大家各自活命去吧。至于将来的事情，就看天老爷的恩赐，凭每个人的造化了。"惊白也是急坏了，伏在炕头，将姐姐的手捧在了掌心里，"就算马乙麻不在，城里的杀戮也还在进行，陈垦丁彻底疯了，他在跟新城大营比赛杀人。"

"我正要出城，惊白你跟我一起走吧？"

"不，我要去找帮手。"

"他住在清凉池，我指的是脱可木，你的木哥。"

这个关节上，惊白蓦地松开了手，一把揽住了姐姐的肩膀，将其拥入怀中，又在她的颊面上亲了一嘴。达云失笑开来，咯咯咯的。弟弟的这种亲昵之举前所未有，突然袭击，竟让她产生了一份别样的慌乱，意外的欢欣。转瞬，达云不再失笑了，贴住了弟弟的胸膛，因为她嗅见了一种男人的气息，混合着汗水的味道，强烈且刺激，澎湃不息。真的，惊白已经长大了，这千真万确，他的臂膀那么有力，胸膛又如此厚实，达云虚弱的身体忽然间获得了一份底气、一种支撑，鼓荡不已。惊白思忖片刻，嘴巴搭在了姐姐的耳畔，秘语了半天，如此这般地交代完毕后，这才作罢。达云的情绪再次受挫，热火冷灰似的，一下子堕入了谷底，面色冰雪冷凝，语气苍凉地问说：

"你非得如此么？你这样干，岂不是要跟少东主撕破脸皮？"

"姐，我怀疑了整整六年，这次你一定要相信我。"

恳切道。

"你要动土？动土那可是大事呀，我心里很乱。"

"这是万全之策，没有别的路了。"

"惊白，姐姐照你的话去办，我可以不相信任何人，但是你除外。"达云的两腿吊在了炕头上，寻摸着地上的鞋子，"我现在就去大雄宝殿，在你动土之前，我先要点香，我要供灯，祈求上佛与菩萨的宽宥，将来如果有罪孽和惩罚的话，姐姐一个人来担。"

这时候，禅房的门再次被敲响了，管家廖逢节在外面催促赶紧。

此前，在集市上邂逅之后，达云本想带着弟弟出城，去承平堡团聚,但被惊白拒绝了。

街道上人多眼杂,市声喧哗,不便细说,但一种焦虑之色笼盖在了弟弟的颊脸上,达云当然心知肚明。恰巧,西郊一带无量寺的晚钟,弥漫在了武威城的上空,仿佛召唤,又好似一种慰藉,及时提醒了达云,让她忽然间醍醐灌顶。达云跟无量寺颇为熟悉,这承继了老先人们的传统,她时常在这里朝佛,一直受到了礼遇。这么着,达云将弟弟拽上了车轿,直奔无量寺,迅速开了一间禅房,打算和惊白畅谈一番,倾诉一下这六年以来的思念之苦。

姐弟俩进去以后,廖逢节带着车夫,将两辆大车停在了寺门外,各自丢下了一堆青草,让大牲口们自便,人也就闲荒了下来。傍晚的天气沁人心脾,尤其是无量寺外的郊田上熟黄一片,清凉如许,拂来了各种作物婆娑的味道,俨然是一个不错的年景。廖逢节揭开车轿上的帘子,本打算邀请梅郎中下来,在空旷的地带上透透气,却发现这个一路上都在参禅入定的古怪之人还在打坐,一副拒斥的样子,便也打消了念头,不敢叨扰。嘴里实在焦干极了,廖逢节回头喊来了游击,建议一起去寺里讨一碗热茶。张汲水慌忙摇头,大概是忌惮于过去的不快经历,就怕和尚们认出他来,少不了耻笑,倘若再让管家耳食了去,那将来就更难做人了。于是乎,游击从菜蔬车子里拔出来几根青萝卜,揪掉了秧子,反客为主地说:走,咱们啃萝卜去。

双双离开了寺门,跑到了郊田附近的沟渠旁,在渠水里洗净了萝卜,咔嚓咔嚓地嚼吃了起来。这种旱沙萝卜不太辣,汁水饱满,回甘浓烈,每一根都有胳膊那么长,碗口那么粗,能扛住饥饿。吃了没几口,管家随意问:咦,你的伴当们呢,怎么不见那几个北疆的姑舅呀?没有答复,游击咀嚼得越来越快了,泪水滑入了口中,等于萝卜撒盐,吞进了肚子里,又啃下来一大块,哀伤不绝。管家完全不知道内幕,也是没话找话,重复了一遍刚才的疑问。这么着,张汲水停止了咀嚼,吐掉了嘴里的萝卜渣子,号哭开来:天老爷,你在惩罚我么?你把苏巴什他们全都请去做客了,让救孤团的伙计们去享清福了,你干么偏偏扔下我不管,让我孤零零地活在这个光阴里,一个人生,一个人死,到了现在两无依靠呀?管家大骇,料定这其中一定埋伏着惊天的剧变，硬着头皮探问详情。末了，游击止住了哭声，相告道：死了，他们全都死了，苏巴什死了，刘北楼死了，张彝也死了，凉州各界慰问团就是一个骗局。

在秋日的薄暮下，在鸦雀归林、寒星点点的沟渠旁，张汲水打开话匣子，简述了各界慰问团的这一段历史。奔逃，内讧，分裂，死亡，以及缠绕其中的那一连串的阴谋与反叛，令管家周身寒彻，瑟瑟发抖。但是，比起凉州各界慰问团这个骗局来讲，最让廖逢节揪心和忐忑的，却是北疆救孤团的死士们，在十几年间的一意孤行，执念寻找。假如没有一种切齿的仇恨，没有一种隐忍不乱的空前定力，没有一种深情大义，这些粗莽而勇武的汉子，绝不会挣扎到今天，也不会找到他们的少主子惊白，遂了当初的心愿。呵呵，惊白这个贼疙瘩，从小看大的鼻涕娃子，权家的小少爷，弘毅乡学里的读书郎，原来他身世显赫，根苗不浅，居然是大名鼎鼎的北疆续门的后人；也难怪游击说起这个名字时，满脸的虔敬，左一声少主子，右一声当家人，唯恐他自己僭越了，冒犯了。各为其主，廖逢节的忧虑开始像一大坨铅块，吊挂在身体内，不堪其重，相问说：怎么办，你们现在寻到了惊白，难道还要请回北疆去，继承续门的家业，继续以贩马为生么？张汲水满面悲伤，一再摇头，怆然道：不，惊白如今长大了，他也成年了，这个主意应该由他自己来拿，来定夺，而不是我这个下人。顿了顿，又说：其实，北疆那边什么都没有了，上无片瓦，下无寸土，回去了也只能喝风拉屁，但惊白在这里至少还有姐姐，有少东主，有你们诸位，这才是他真正的归宿。

这是个令人惬意的回答。人敬我一尺，我须还人一丈，廖逢节掏出钱袋子，哀恳道：那些姑舅们客死他乡，想必亡灵还被耽搁在长路上，一时半会也难以回家，不如我陪你去寺里点灯，替他们叫魂，这也是少东主的意思，你看如何？游击收拾住悲伤，慨然应允了，抓起沟渠里的一把污泥，胡乱抹在了鼻脸上，这才跟着管家进入了无量寺。

奉上了香火钱，值更的僧侣们也认出了这是承平堡的管家，随大小姐一道来的，于是赶紧准备了两套供品，最好的香烟纸火，在主殿下摆开了阵势。廖张二人行完了大礼，双双蹲在桌案下，开始点火焚表，一边忙乱，一边叨念着各界慰问团里死难者的名字，吁请他们乘愿归来，尽早返回凉州地界，不要再做孤魂野鬼了。但是，絮叨了半截子，廖逢节忽然忆想起了什么，被一种尖锐且疼痛的东西攫取了、占领了，他悄悄地止住了声息，暗自在袖筒里掰起指头，数了又数。不错，整整十年了，权爱棠大人的祭日原本在夏天，可现在已经入秋了，或许是最近过于忙乱，怎么就忘了这个悲伤的日子呢？这多半是管家的失职与罪愆。这么着，廖逢节再也不管不顾了，丢开身旁的游击，长身伏地，磕下了一大堆响头，呱喊道：

"权大人，逢节来给你点灯了，来给你行这个礼性了。"

"你老人家下世已经整整十年了，人世上最好的光阴都随你去了。权大人，你拔掉的肝花，在我的肚子里烂了根，你戳破的苦胆，在我的腔子里坐了窝，我没有一天不想你，没有一夜不梦见你。我的惝惶，我的眼泪，你老人家现在听见了么？"

"对了，大小姐和惊白也在附近，等一下让他们过来，给你老人家磕头吧。"

闻听管家换了嘴子，突然哭起了权家的老主子，张汲水立刻哑巴了，不好意思另开道场，擅自经营，慌忙攀住了对方的胳膊，劝慰再三。是的，生而为人，苟活于这个湍急且薄凉的人世上，谁的心中不曾竖起一块墓碑，谁的光阴里没有一座秘密的坟场呢？哄唆了半天，但廖逢节就像掉进了一座涝坝池子里，被泪水淹没了头顶，怎么也拉拽不上来，张汲水真是急出了一身的火灾，干着急，没办法。这个关节上，游击蓦地瞥见权家的车夫闯进了无量寺，一边擦着鼻脸上的血水，一边报信说：不好了，要出人命了，梅郎中快被人打死了！

待廖、张二人踉跄地跑出了寺门，借着稀薄的天光，发现梅郎中躺在车轿下，奄奄一息。

行凶者不是别人，原来是县警察局的两名年轻警员，王伯鱼新近招募来的。他们早就在城里头盯上了这两辆车子，一路尾随而来，趁着寺门前寥落无人，突然发起了攻击。眼下，这两个狗贼已经捣毁了菜蔬车子，萝卜、包菜、西葫芦、茄子、黄瓜、芹菜等等的被掀翻在地，西瓜、洋柿子、甜瓜什么的也是开膛破肚，就像一层烂泥似的，铺在了脚下。这些菜蔬和瓜果的下面，藏着一只木箱子，箱盖已被撬开了，里面竟然是一大堆药品与绷带。人赃俱获，这免不了让这两个警员乐陶陶的，仿佛中了头彩一般。廖张二人刚刚跑到了马车旁，未及开口申辩，却见两支黑乎乎的枪口瞄准了自己，并迅速威逼而来，分别戳在了他们的脑门上。其中一人说：呔！别告诉我这是梅郎中的东西，他一向不用绷带，也不用西药，他只是个号脉开方的瘸子。管家答复说：长官，这的确是梅郎中采购的，我本人可没害病，我干么要抓药呢，这不符合常理。另一个问道：红军在哪里？共产党的那些伤病员藏在何处？管家一味地摇头，苦楚着表情，吞声不语。这么着，警员诡笑地说：告诉我，承平堡里究竟窝藏了多少红军的伤病员？这是个活命的机会，你们可不要浪费呀。

　　对峙中，游击突然矬下身子，避开了枪口，而后扳住对方的胳膊，大腿一抬，磕在了膝头上，咔嚓一声，骨头就断了。另一名警员移开枪口，对准了游击，却已经来不及了，但见张汲水从腰间拔出来一把金斧头，直接砍在了他的喉咙上，鲜血喷射，随即就像一根葱似的，栽在了地上。骨折的那个家伙一直在哀嚎，疼得他在打滚儿。游击真是杀红了眼，扑上去薅住了对方的头发，将那颗脑袋夹在了他自己的裤裆里，屁股一扭，对方当即就没有了声息，因为脖颈子彻底断了。眨眼之间，游击便葬送了两条人命，令廖逢节色飞骨惊，一时骇然。张汲水催促道：你快去，你去请大小姐和少主子，我来料理这两个杂碎。

　　薄暗中，待达云和惊白走出了寺门，地上果然干干净净的，连一丝杀戮的痕迹也不见。

　　马车迅速恢复了原样，虽然损失不少，凌乱不堪，但仍旧飘散出一种菜蔬和水果的清洌气息，让这个秋夜略显温馨，不那么狼狈。梅郎中刚才牙齿很硬，拒不交代，以至于无辜被打，伤势颇重，达云决定先将他送回家去，看这个样子，起码要在病榻上逗留三五个月，真是难为了这个先生。待达云离开轮椅，钻入了轿厢，车夫收拾起上马凳，点亮了一盏羊皮方灯，挂在车头上，正要挥鞭掉头之际，梅郎中突然喊了一声惊白，热烈地说：

"公子，我记得你以前是属猴子的，我现在替你改一下吧？"

"先生说啥，惊白就属啥，绝不反悔。"

"猫，你干脆属猫吧，这样你至少就有九条命，够你这一辈子去挥霍了。"

"请教先生，败血症是个什么病？要紧不要紧？"

惊白偎在了轿厢旁，恳切道。

"败血症？你干么问这个？"

胡笳一百二十六节

"山农，我所求不多，只要你能给我一个可以下跪的地方。"

"怎么了，这半夜三更的？"

顾山农猛一激灵，盯望着月夜下的妻子。

"我需要下跪祭父，但我从来也找不见一个能放下膝盖的角落，你比谁都清楚。"

"胡闹！你发了什么急症？"

"顾！山！农！"

达云的这番语气，冰冷而截铁，一字一顿，似乎咬碎了这三颗字，它们根本不像糖果，更接近于一种疗治心碎的药丸。

顾山农不愿争执，也不打算跟妻子冲突。毕竟，达云的病况不佳，整个身体在向内塌陷，骨骼始终蜷曲着，陷入在了轮椅当中，仿佛一只受伤的母兽，卑微，寒栗，弱小，他甚至连疼爱都来不及呢，又怎么敢去冲撞与顶牛。避其锋芒，顾山农赶紧踱开了几步，掉转过身子，将目光投向了凤凰滩。

凤凰滩原本叫北面滩，拳石累累，沙土密布，跟附近的农田有泾渭之分。相传，清末年间，朝廷的肱股之臣左宗棠抬棺西行，穿越整个河西走廊，在奔往口外的途中，曾经率领大军驻扎在这一片武威城外的旷原干滩上。见此地风水甚佳，左宗棠大人便撂下了狠话，说倘若战事吃紧，他一旦不讳之后，必须暂厝于此，全军官兵务必以大局为重，誓要收复疆土，以告亡灵。既然左大人寻龙问穴，点石成金，看上了这一块荒滩，凉州百姓们便也笃信不疑，望风归附，陆续将下世的先人们的灵骨葬埋于此。后来，也有阴阳和术士在这一带望过气，动过罗盘，纷纷采信了左大人的主张，声称他们在夜半时分，亲眼瞭见有一对灿烂的凤凰，从地底下飞升而起，攀援在天空中，并搭起了一座耀眼的拱桥，既连通了今生与来世，又弥合了阴阳两界，有利子孙，有利五谷稼穑，也有利于凉州，于是更名为凤凰滩，一直享有不错的声誉。吊诡的是，刚刚吃罢了夜饭，顾山农正在角院里凉快，管家却跑进来传话，称大小姐邀请他去一趟凤凰滩，现在，马上，立刻。顾山农感觉头皮发麻，瞠目结舌，当即料定这一夜最难将息。

提前抵达了凤凰滩，满目中的月光犹如上涨的潮水，开始慢慢地聚集。

听见身后的那一阵响铃，辕马也在月光下打着响鼻，两辆车轿就停在了不远处。顾山农慌忙踽跚上去，挥手让廖逢节退后，抓紧回避。管家哀叹了一声，心知这是主子们的家务事，便拽住了缰绳，赶忙移动车子。叶小梳的愤怒堪比达云，脸色就像一张黄表那么差。当顾山农悄声打听大小姐兴的什么师、罚的什么罪、究竟害了什么急症时，这个倔强的丫鬟竟然造反了，冷不丁地踹了他一蹄子，变色道：呸，你少啰唆，你赶紧去上大小姐的公堂吧！孽罐子满了就应该倒掉，恶果子熟了就应该打落，你仔细自己的口舌。顾山农苦笑连连，接住了丫鬟递过来的一块薄毯子，知道她们同气连枝的，再问也是白搭。不过，面对着这个唯唯诺诺、满脸谄媚的当家人，叶小梳终究还是心生不忍，透露了天机：是这，少东主你最好有个精神准备，因为小少爷回来了，他们姐弟俩缠磨了整整一下午，现在的烙铁还红着呢，你可千万别把手指头往上凑呀。你说什么？哎呀，你个该死的丫头，你快点把话说干净，惊白他回来了？惊白他现在何处，怎么见不到他的人影呢？顾山农忙不迭地问。叶小梳诡笑道：呵呵，小少爷八成去了角院；他趁着你不在，去给权大人烧香磕头了，这才是孝子的作为，千里路上回来，当然首先要给爹老子报一声平安喽。这一霎，顾山农钉在了地上，预感不祥，竟也不知道是眼中的火花在烁闪，抑或是头顶上的彗星在坠落，总之是金星四射，目眩头晕。他暗中咬紧了牙关，这才慢慢稳住了自己的下盘。

一切都明朗了，清晰了，这肯定是妻子达云在背后捭掇，调虎离山，将他赚出了文楼下的角院，腾空了现场，以便让弟弟惊白放开手脚，破门而入，进入那一间墓室，下跪，号啕，点灯，祭拜，完成孝子的一番心愿。平素里，在顾山农的严密控制下，那一扇墓室的门板是绝不会打开的，锁头也已经锈成了一块铁疙瘩；即便到了清明节和送寒衣的日子，达云也只能在院中枯坐半天，隔窗遥拜，意思一下罢了。不错，榫卯匹配，两厢对应，达云刚才的突然发难，简直戾气十足，要求给她一个可以下跪祭父的地方，一个能够安放膝盖的角落，所以她才出此下策，仓促传话，有了这一幕深夜的晤面。念想至此，顾山农蓦地释然了许多，在黑暗中拔出腿脚，走向了妻子。实际上，顾山农太自负了，他只猜中了其一，却不知有二。

　　列位，总因事态紧急，笔墨冒烟，接下来的讲述，将直接切入承平堡的生死一夜。无疑，这也是后世的凉州贤孝艺人们最为热衷的一段故事，至今仍然广为传诵，弹唱不绝。

　　岂料，就在走向达云的途中，顾山农竟然被月光绊了一下。或者说，冥冥当中的一种意志突然显灵了，促使他灵光乍现，幡然一醒。该死，我真的是该死啊！难怪妻子会如此大动干戈，不依不饶，原来我竟然忘了今天是外父的冥诞，既没有哭坟，也不曾祭奠过。顾山农一面自责，一面抖开了那条薄毯子，覆在了达云的脊背上，也遮住了她的寒腿，哀告说：

　　"这是我的错，我的罪孽，十年了，我本不该忘记的。"

　　"唉，十年前的夏天，我跟弟弟成了孤儿。"

　　唏嘘道。

　　"达云，我真是很抱歉，我不该疏忽的。这个错误酿得太大了，太严重了，恐怕也伤了你和惊白弟弟的心，我难辞其咎。"月夜下，顾山农单膝跪地，靠在了轮子旁，忏悔地说，"这一段，承平堡上上下下拧成了一股绳子，结成了一张大网，不惜钱财，也不计昼夜，统统撒向了凉州全境，在全力营救红军官兵，拾一个，是一个，救一个，则活一个。我以前干脆不了解红军，但'红军'这两个字，却是外父大人和尹先生口中的常客。他们的赞美，便是山农的发心，他们的赏识，更是山农的动力，我又怎么能忍心红军官兵被枪杀，被砍，被活埋，被绞死呢？这不，前不久我还带着伙计们去了一趟祁连山里的华窑煤矿，幸亏救出了七名红军战士；半个时辰过后，马步芳的骑兵连就从青海那边杀下来，扑了个空，气急败坏地炸毁了矿坑。唉，我这不是在狡辩，我作为女婿，作为半个儿子，疏忽了今天就是外父的生日，我的心其实也在滴血，罪不容赦。"

"山农，这并不能怪你，救人比亡灵要紧，这个道理就像一碗水那么简单。"

"可毕竟是我失了礼，我太粗心了。"

顾山农用额头频频触碰着妻子，似乎在寻求对方的宽恕。

"规矩也是人定的，法无定法，你不必自责。"

"达云，你真让我一头雾水？"

"其实，就算你现在给我一个可以下跪的地方，一个祭父的场合，我也是有心无力，再也办不到了。你瞧瞧，我这一双腿脚废了，麻木了，不中用了，根本就跪不下去，我只能在心里搭一座道场，给父亲点灯磕头了。"达云回眸，瞥了一眼不远处的叶小梳，知道这个冰雪聪颖的丫鬟按照吩咐，已经给顾山农交了底，上紧了螺丝，他起码有了一定的心理准备。但时间尚早，火候还不足，达云的嘴角上挂着一丝难以觉察的表情，又说："山农，你我夫妻一场，知根知底，你可以对我吝啬，万般阻拦，但是对弟弟来讲，你没这个权力，你得给他一个祭拜的机会。"

"哼！他今晚夕偷偷去了角院，此刻就在承平堡。"

不怪道。

"少东主，你就宽谅他吧，这是我做的主，我指使的，我还将你哄骗了出来。"达云喋喋不休，一直在饶舌，想必只有这样才能消除丈夫的疑心，拖住他的步履，不至于杀向承平堡。又说："惊白孝顺，惊白回到武威城的头一件事情，便是去给爹老子报个平安。我知足了，此生有了这个弟弟，也算是权家的福分吧。"

"他怎么突然跑出了新城大营，擀杖哥也没听见一丝风声呀？"

"也许，天老爷开了眼。"

达云并不打算掏出肺腑，虽然她了解整个事情的原委。

"不，新城大营不信这些，师部的头顶上也没有天老爷，只有马乙麻那个恶鬼在独唱。"顾山农感慨连连；但惊白的突然出现，仍旧是一个深邃之谜，一道未解的悬念，让他嗅见了危险的来临，忙说，"是这，这些年我还存下了一点钱，我考虑将惊白赶紧送走，去西安城，去武汉，去广州，继续他的学业。只要这个弟弟离开了凉州，你和我才能安生，况且你的病再也不能拖了。"

"这个主意得惊白去拿，他现在成年了，你我无权做主。"

"哼，他是权家的后人，你是当姐姐的。"

"山农，此话差矣，他虽然是权家的义子，也是北疆续门唯一的骨血，但说到底他终归是凉州的儿子娃娃。惊白如今长大了，他可不是谁家的私产，谁也别想把他夹在胳膊下，让他做一只驯顺的羔羊，至少我的这一关难过。"

顾山农诧异极了："咦，你怎么知道续门的故事？谁告诉你的？"

"可怜了我的弟弟，我原先只知道他是慈善堂里的孤儿，却不了解他的身世竟然那么惨烈，那么悲苦，幸亏他被权家收留了，否则也活不到今个天。"从武威城回来的路上，廖逢节将游击讲述的那一段北疆续门的往事，原原本本地转告给了大小姐，令其错愕不已。此刻，达云旧事重提，不过是为了拖延再三，绊住丈夫的脚步，给弟弟争取一些时间，借此揭开角院里的秘密。又感喟道："为了惊白这个续门的孤儿，北疆救孤团的义士们，一直蛰伏在武威城内，十几年间隐姓埋名，吃尽了苦辛，只为了让他在权家的庇护下，有一个优良的生长环境。这件事，我也是最近才知道的，你和父亲对我三缄其口，从未提及。"

"呃，这是外父的叮嘱，我不敢不从。"

"敢问，还有什么秘密，是你们翁婿二人共同筹谋的，将我这个权家的女儿排除在外，我一概不知的？"逼问道。

"只此一桩。但这个发心是善良的，就担心你会对惊白有另外的看法，他毕竟是一个孤儿，权家多了一副碗筷，在跟你争抢父爱，人心都是肉长的，外父也是鉴于这个顾虑吧。"

"哼！谁也别想从我的手里抢走弟弟，打发了他，哪怕是山农你。"

"这是在讹诈我？"

"惊白他是个孤儿，他一旦迈进了权家的大门，我就得对他终生负责，不会撒手。山农，我曾经在无量寺里吃过咒，我也在爹老子的灵牌前起过誓，虽然我现在只剩下了这半条命，但谁也休想绕过我。"

"人人都是孤儿，遍地孤儿，满中国都是心碎的孤儿！"抢白道。

"不错，你顾山农是孤儿，我达云是孤儿，惊白他也是孤儿。可那些红军呢，他们被围捕、被追杀、被剿灭，一个个破衣烂衫、缺胳膊断腿的，真是比孤儿还可怜，比孤儿还要孽障。"喋喋了这么多，达云终究疲惫不堪，汗下如浆，恳切地说，"既然大家全都挤在了承平堡的屋檐下，那就一个也不能少，一个也不能丢。假如惊白有什么冒犯的地方，山农你切不可对弟弟发火，我提前告诫你一声。"

水落石出，这种漫长的告白，原来不过是一种铺垫。顾山农听懂了，诘问说：

"你们姐弟俩究竟要干啥？"

"听惊白的，现在是他说了算。"

"呵呵，这算是兵变么？我这个权家的女婿被罢黜了，终究抵不上一个干儿子？"

回答他的，却是妻子一连迭的咳嗽，咳个不停。

见话有不欢，顾山农便也狠下心来，撇开妻子，对咳嗽声不闻不问，兀自踱到了凤凰滩的边缘，举目望去。这一刻，夜空澄净，明月高挂，一种扯天漫地的银辉婆娑而下，犹如落雪，犹如天庭的絮语，也犹如启示，扬洒在了眼前的旷原干滩上。那些寂然而寐的坟头，披上了缟素，那些狰狞的沙石，陆续笼盖上了一层恍惚的梦境，总之就像一座清凉世界，一览无余。突然，顾山农忆想起了凉州各界慰问团离开的那一日，不也是罡风劲吹、雪大如席么？不也是兄弟生离、痛彻肝肠么？不也是患得患失、前程未卜么？何其相似乃尔。如果再进一步细究的话，上一场的风雪跟这一幕广阔的月光，其实互为表里，如出一辙。它们之间并没有六年的距离，似乎也不存在别离之苦，更谈不上挣扎、哭泣与生死。这就像上半夜的更声，一直流淌到了下半夜，人们沉浸于睡梦当中，往往是物我两忘。

但是，唯有顾山农知道，痛苦就像个猖獗的婊子，假如放纵这个婊子披头散发、寡廉鲜耻，站在武威城里骂大街、口舌无忌，那将是一件极其败兴的事，令人斯文扫地，体面不再，实在是男儿不为。六年了，不，在这十年当中，顾山农仿佛一介勤勉的裁缝，白昼做鬼，入夜为人，一针一线地将自己的痛苦与酸辛锁紧扎牢，毫无罅隙，几无破绽。但是，在他缝纫的过程中，一粒沙子掉了进去，从此被心血和骨肉滋养着，形成了一颗痛苦的结石，始终在磨折着他，喊天不应，喊地不灵，简直要了他的半条命似的。实际上，这一粒沙子来自弟弟，当惊白在那个风雪肆虐的天气下，跟着凉州的队伍踏上了千里长路，当他本人赤条条地装疯卖傻的那一刻，这个病便落下了，时常发作，六年不愈。虽然隐忍是一桩美德，牺牲也是他个人的选择，但顾山农到底洗脱不了出卖弟弟的嫌疑。外人异样的目光，凉州遍地的传言，让他几乎颜面尽失，无地自容，只有逃进那一座角院当中，将方寸之地，当作了他自己的乌龟壳子。

不巧，从腾格里沙漠的方向上，急速驶来了一大坨云团，停在了头顶，兜住了整个月亮。天空陡然暗沉，慌忙俯下身子，收走了凤凰滩上的全部银辉，犹如一场积雪瞬间融化了，也好似一个人的尊严与秘密，即将被褫夺干净，彻底一无所有。

听见爆炸声之后，顾山农迅速回头，目光望向了承平堡一带。

胡笳一百二十七节

秋天的焰火并不叫焰火，应该是一种追悼。

先于爆炸声，远处承平堡的方向上，腾起了一团团焰火。焰火是发散的，拖曳着马鬃状的长尾，在夜空中澎湃上升，抵达顶点后，这才抖擞身子，突然间就爆炸了，声震郊野。焰火是白色的，仿佛一朵巨大的菊花盛开，镶嵌着金边，花蕊呈柱状，喷吐着火舌。顾山农当即认了出来，此乃佛具店的产物，凉州人用来追悼亡魂，但因为价钱太大，一般人可是用不起。蹊跷了，顾山农再三眺望，确定了方位，这朵白菊花不偏不倚，恰巧就长在了承平堡的头顶，但是它所为何来？它的根由又在哪里？在思忖的这个过程中，白菊花渐渐地熄灭了，或者说，它揭开了一道夜色的帘子，隐身于天庭的门后，只留下了一团悬念的烟雾，令人费解。如电，如露，亦如梦幻泡影，顾山农忽然忆想起了佛经上的这句话，登时心生聊赖，无滋无味。实际上，这仅仅是个开头，作为当事人，顾山农这一生的无力感似乎刚刚破土萌芽，一种深刻的虚无犹如藤萝与蔓草，正在侵袭而来，即将攫取他，吞噬他，毁灭他。

焰火走了，那一坨遮星蔽月的云团也迅速消失了，仿佛它的使命，专门是为了爆炸的这一刻，好让顾山农这一具肉身凡胎，及时窥见命运的残酷、个人的局限，以及这个烽火乱世的真谛。倏忽间，凤凰滩上再次月光吹袭，银辉漫洒，月光就像一只只羔羊耸动着、咩叫着。顾山农疲倦了，收回了目光，知道这种夜半的寒凉之气对妻子不利，打算赶紧回家。

不料想，达云挣扎而起，离开了轮椅，蹒跚上前，目光凶险地对

峙着丈夫:

"空棺!假坟!"

"你又咋了么?"

"顾!山!农!"达云语气寒颤,牙齿刚硬,再次咀嚼着这个铁石般的名字,这三颗让人毕生不愈的毒丸,"天呐!你现在必须告诉我,家父的遗骸呢?灵骨呢?它们究竟埋在了哪里?葬在了何处?角院里安葬的怎么是一副空棺材,阴宅里也不见家父的一寸衣物?这到底是咋了,家父的归宿在什么地方?"

"乱嚼牙茬,他老人家在天上安详呐。"

"呸!你竟然还在撒谎。你说了整整十年的谎,欺骗了我,欺骗了弟弟,恐怕连你自己也信以为真了吧?"这个关节上,达云忽然摸出来一把锥子,寒光凛冽的锥子,对准了她的双眼,寂灭地说,"烟花告诉了我,刚才的那一阵子烟花是惊白点的,在承平堡放的。实话说知道吧,在你跟惊白之间,我宁肯相信自己的弟弟,哪怕你是我丈夫。"

滚石袭来了,顾山农的内里天塌地陷,山崩海立。他勉强镇定住情绪,失声道:

"你们究竟刨了坟,还是掘了墓?"

"这叫开棺验证。"

"为了啥?"

"哼,求个明白,求个这一生的安心!"

"日能的,你们这样动土扰灵,干涉了外父他老人家的在天魂魄、道山清静,将来一定是要吃报应的,谁也无法脱逃,就连承平堡也不可能幸免。"顾山农心知,他和泰山大人万般经纬的这一桩凉州机密,历经十年,九死一生,却在这个平淡无奇的秋夜里,彻底曝光了、崩塌了,被刚才的那一束焰火喷射在空中,仿佛昭告于绿洲全境。不,究其实,至为悲哀的在于掘墓者不是旁人,恰恰是权爱棠大人的这一双儿女,吃了豹子胆,生了悖逆心,干下了如此令人发指、败坏天良的勾当。顾山农仓皇极了,也恐惧极了,一方面提防妻子手中的锥子,另一方面又疑窦丛生,惑然不解:"谁指使你们的?县府,还是新城大营？"

"因为红军！"

"红军？红军跟外父他老人家的遗骸有啥瓜葛，这又从何谈起？"

"只为了迁坟，移灵，重新安葬。或许只有这个办法，躲藏在承平堡地下的那些红军伤病员，包括家里的丫鬟伙计们，才能寻见一个借口，摆脱县府和警察局的监视，逃出生天。一旦离开了堡子，新城大营对咱们汉人的丧葬，向来是不闻不问的，这就有了机会。"达云的脑海里装着一篇腹稿，而真正的撰写者，无疑是弟弟惊白。又说："毕竟，惊白在新城大营里被困了这么久，他耳食来的东西，也总比咱们亲眼见到的多。我相信他，如果不是迫不得已，惊白也绝不会借父亲的亡灵大做文章。"

"原来，你们背着我串通一气，不惜刨坟掘墓、亵渎先人，目的就在于帮那些红军战士逃出凉州？大小姐，你这是什么买卖，你仔细掂个斤两吧！"

"顾山农，这可不是你保价局的买卖，这叫救命！"

"哼，难道就凭你们姐弟俩？"

"救了红军，同样是在救承平堡，救咱们每个人。俗话说，覆巢之下无完卵，大家现在挤在了同一只筏子上。时间不多了，两天，不，其实只剩下了一天半。"

"日能的，你们干脆无视我顾山农呀！"

情绪败坏地说。

当然，刚才的那番话不过是一鳞半爪，遵弟弟所嘱，达云自然不会透露被焚毁的密件与电文中的内容。丈夫的懦弱、沉闷和胆小，包括他在角院里精心设计的那一桩骗局，封闭的墓室，刻意堆砌的坟丘，空空荡荡的棺木，乃至于当初为他赢得了广泛声誉的所谓守孝三年，如今看来，不过是这个戏子的高明之处，欺骗了家人，欺骗了承平堡，也欺骗了郡老班子，进而欺骗了凉州百姓们。很显然，夫妻之间的信任业已坍塌，天平也急剧地倾斜了，达云带着一个女人的彻底绝望，毫无保留地倒向了弟弟，似乎只有惊白才是她的最后一口气，也是她溺水之后的唯一一根稻草。锥尖近在眼前，就在鼻梁上晃动，有那么一瞬间，达云真想对自己下手，猛地扎下去，刺瞎了这一对眸子，再也不必过问这个残酷的人世间所上演的一幕幕伤害与背叛、负心和别离。然而，一旦念及弟弟的托付，加之牵挂着惊白的义举，达云忽地冷静了许多，放下了手中的锥子。

不承想，对面的顾山农神色骤变，咬筋凸起，痛苦地尖嚎了一声，突然用手捧住了他自己的双颊，疯狂地甩动头颅，呼哧一下，拔长脖颈子，拼命吞下了一大口生气。稍事平静后，顾山农慢慢地放下了两手，冲着妻子惨烈而笑，不像是讨好，也不像是驯顺与招安，事实上这才是他绝地反击的开始。

月光太亮了。月光照着天上地下，将凤凰滩周遭的一切逼现了出来，清晰入目。达云的老寒腿始终在哆嗦，在发木，毫无知觉；她用锥子轻轻刺了一下，强迫自己站稳当以后，突然瞭见丈夫的嘴巴上挂着鲜红的血水，汩汩不绝。达云讶叫了一句，刚打算过去查看时，却被丈夫粗暴地拒绝了。顾山农抹了一把嘴角，将血水甩在了地上，决绝地说：

"这样就好了，我咬断了它，我吞进了肚子里，我决定不再撒谎了。"

"你吞下了什么，山农你快说呀？"

"舌头。我有一根多余的小舌头，自从我开始撒谎以来，我就是双舌之人。"疼痛漫漶不堪，半个脑袋都在熊熊燃烧，这些佶屈聱牙的话，一定是眩晕所导致的，顾山农料定妻子不解，也难怪她的表情如此迷离，如此困惑。又苦笑说："咬断了就好，吃掉了最好啊！省得我再用仄身子口音跟你说话。哎呀，我以前一直预谋着，但是下不了狠心，可今个天到底怎么了，难道这是个大日子，让我比梅郎中干得漂亮，让我将它斩草除根了？"

"天老爷，我不知道你在乱语什么，但你的心里一定有苦，你苦极了。"

达云只恨自己双膝如木，不能上前去安慰。

"怎么怀疑上我的，你们非要开棺验证？"

"因为张观察，张观察就是一个例证。"话题折返了回来，达云渐渐恍悟了，这才是今晚夕的主题，而丈夫的自残之举，大概也源出于此吧。这么着，达云将弟弟所介绍的关于凉州各界慰问团的内幕悉数道尽，不敢隐瞒："他们扶灵出走，长途南下，本打算将张观察的遗骸送到上海滩，可谁也没有料到，那一具棺木是空的，竟然是空的。"

"空的？那么张观察去了哪里？"

"天知道。"

"他们扶了一路，尸骨竟然不在？"愕然无比。

"扶的就是一句谎言罢了。"

"哎呀呀，整个凉州兴师动众，千里送灵，闹得举国皆知，莫非是县府和新城大营从中做了手脚，在暗中贩运鸦片，共同渔利？"顾山农抽心一疼，却也来不及忆想张翘楚先生对自己的万般信赖、诸种善待，仓促道，"所以，你跟惊白怀疑上了我，怀疑那一座角院，今晚夕就不惜掘墓，非要将我逼到墙角不可？"

"我跟弟弟约好了，如果家父跟张观察同样的结局，同样的下场，他就会放白焰火。"

"那好吧，权家的儿女们现在遂愿了。"

"家父呢？"

"我承认，角院的那一间墓室是我伪造的，屋内的那一座坟丘也是我故意堆砌的，地底下的那一具棺木更是空空如也，甚至连一个衣冠冢也算不上。因为外父大人原本就不在角院，也不曾长眠于他亲手缔造的承平堡内。这一切，山农必须据实相告，不敢隐瞒。"顿了顿，顾山农后快地说，"这样也好，我快被这一根多余的小舌头磨折死了，煎熬坏了，我现在终于干掉了它，我轻松、利落和自在，我总算可以活得像一个正常人那样了。"

"那你告诉我，家父的亡灵在哪里？尸骨又去了何处？"

达云咆哮道。

虽然故作轻松，但顾山农的口腔里储满了血水，他拼命咽下去一半，另一半却流淌了出来，滴落在衣襟上，打湿了整个胸膛。不忍让妻子揪心，顾山农踱开了几步，掉头面对着月光下的凤凰滩，一时鼻酸，视线模糊，知道那一定是泪水的缘故。这一刻，月光无垠，夜风浩荡，眼前的旷原干滩上，仿佛奔跑着一群又一群无辜的羔羊，向着未知的地平线尽情驶去。虽然生而为人，谁又敢说自己不是其中的那一只呢？凉州不凉，凤凰滩上无凤凰，这也许就是人世间的悖论与荒谬，没有人能逃脱这一种空前的宿命。顾山农盯望着这一个月夜下的寂静世界，突然掐住了声嗓，朝着虚空深处吼喊道：

"外父，你老人家在么？我和达云来看你了，请你显个灵吧？"

"权大人，整整十年了，山农如今走到了绝境。"

"太抱歉了，我是白手来的，我没带香火，我只带来了一颗下跪的头颅。"

列位，总因笔墨迂回，因果不辍，这里需要打开一张旧卷子，叙述当年。

大概是在承平堡即将落成的半年前，也就是北疆续门惨案发生多年以后，依照当家人续可苏的遗命，作为五虎将之一的许应南历经生死，策马南下，出现在了武威城的北郊地带。续门人士的秘密求见，让当时正处于工程收尾阶段的权爱棠心中一惊，料知有事，但不得不停下手中的忙乱，于当日深夜，独马单枪地前往二十里地之外的蒲家庄子赴约。许应南着实老了，须发花白，身心皆伤，暂避于此，突然见到了传说当中的权爱棠大人，一时间涕泗横流，感动不已，迅速掏出了满腔子的肺腑，说与了对方。对北疆续门的敬重，尤其是对那一桩灭门惨案的深刻同情，让权爱棠格外冷静，扪心倾听，连一句话也不敢遗漏。在那个后半夜，他们具体详谈了什么，外人终究难以测知，但是当天光大亮之际，二人趑出了庄子，许应南引缰北上，权爱棠则纵马返回，他的身上却多出了一件东西：凉州铜马。

为了表达信赖，按照北疆贩马集团的最高礼仪，彼此互换了坐骑，含泪揖别。岂料，这一亲昵的举止，竟然给权爱棠带来了杀身之祸，同时也将濒临竣工的承平堡推入了深渊。

想必是了结了这一桩夙愿，不负当家人的临终所托，许应南如释重负，欢天喜地，在路经双城的一个镇子时，走进了一家酒馆。活该要出事，在这些年里恪守本分、滴酒不沾的许应南，迅速就被半碗高粱酒给拿住了，当即撒起了酒疯，并跟旁边一桌的军部特务们发生了冲突。在许应南跃上马背、夺路而逃的时候，一梭子子弹很快追上了他，人畜共亡。

古历四月八，这一天是佛诞日，适逢承平堡的小佛堂开光迎神，为佛像装藏。仪式毕，权爱棠亲自将几位大德高僧送到了三岔路口，这才折身返回，但是到了堡子跟前时，却发现所有的工匠和伙计已经被驱逐出来，四门关闭，大门外站满了荷枪实弹的士兵，气氛肃杀，凶焰高炽。经过一番交涉，权爱棠获准带着自己的女婿入内，荒凉地站在庭院中，眼睁睁地看着特务们乱砸一气，掘地三尺，似乎在找寻什么东西。起初，权爱棠甚为不解，这一座半截子书院，完全是由民间力量筹建的，一不树敌，二不招惹官府与军阀，现在为何要将其扼杀在摇篮之中呢？搜查无果之后，特务头子马乙麻适时出现了，开门见山，直言权爱棠和北疆续门在不久前有过秘密接触，并拿出了一把马刀，一块大牲口身上的火印，以佐证他的看法。马刀的刀柄上，镌刻着一枚续门的家族徽章，而火印当中的一颗"权"字，则无疑指向了权爱棠本人。马乙麻倒也很干脆，军人作风，开口索要那一尊罕见的铜马，但此时的权爱棠因为承诺在先，唯恐辜负了北疆领袖的在天之灵，玷污了他自己亲手捧回来的凉州神器，便果敢地拒绝道：

不，权某不曾见过，这个堡子是清白的。

交涉失败，马乙麻便开始退兵，率众离开了承平堡，然而并未完全撤离，而是在周围百米之内，布置了大量的游动岗哨，由便衣和桩子昼夜监控这一座城堡，实际上是将这翁婿二人软禁了起来，就怕投鼠忌器，事情恶化。的确，权爱棠的名声太响亮了，声贯河西，众所推服，即便是凉州的郡老班子，也时常在他的门下请益与问计，在河西境内无人能及。另一方面，在军方内部，围困承平堡的秘密行动，其实是马乙麻的个人意志。追杀了十几年的许应南，现在有了结论，他跟权爱棠晤谈了大半夜，已经被蒲家庄子的村民指认了，确凿无误。马乙麻相信，他一直梦寐以求的凉州铜马，必定就藏在那一座尚未竣工的堡子里，假如时机恰当，城门打开，由他亲手迎请出来，再转交给马廷勷长官的话，将不啻于头功一件。三少君爱马、懂马、收养名马，马乙麻为了他自己夸下的这个海口，甚至不惜将续可苏一族斩草除根，一夜灭门，如今又怎肯善罢甘休、暗自服输呢？武戏不能唱，只有让文戏登台，凭借这一道严密的封锁线，马乙麻猜测，最多半个月之内，权爱棠也就不攻自破了。

不料，此后数月，承平堡跟军方的这种僵硬对峙，竟然以另外的面目，持续了下去。

彼时，虽然已经入赘权家，但顾山农对这位声威显赫的外父大人心存忌惮，唯谨唯恭，从饮食到起居，照顾得滴水不漏，无微不至。一日三餐，顾山农基本上都在灶台旁忙碌，照猫画虎地做出一些粗糙的饭食，权爱棠却从不计较，总是一口气吃光喝净，而后钻进小佛堂内，闭门不出。在被软禁的头一个月里，顾山农真是坐卧不宁，万般不适，天天仰看着日落月升、晨昏更替，空旷的庭院逐渐被黑老鸹、雀鸟和黄鼠狼占领了，露出了破败之相；他感觉整个凉州已经将爷父俩抛弃了，无视他们的生死。在枯坐的时候，顾山农也在猜想佛堂里的情形，不明白外父大人在干么，会不会窝出什么毛病来；虽然着实担心，但也不敢上前窥探。女婿的焦虑与徘徊，自然逃不出权爱棠的法眼。忽一日，他将顾山农喊进了佛堂，命令他研墨。直到此时，顾山农这才发现老岳父原来一直在抄经，案头上码放的经文册子足足有一米厚，难怪他老人家一直寂静无声，兀自修行。

人磨墨，墨磨人。在这个过程中，顾山农的心性和脾气渐渐平和了，不再狼顾四方，而是专注于那一方砚田，发现眼前的这一池子水越来越浓，越来越清亮。在漫长的抄写中，翁婿二人几无交流，甚至连目光的碰触也不存在，偶尔的一两声咳嗽，却显得格外亲切。究其实，此乃权爱棠的一番良苦用心。望远皆悲，他或许已经预测到了来日大难，所以使出了这样的笨拙方式，试图祛除女婿身上的浮躁，剔净他的火气，迫使女婿按照他权爱棠的那一番精心设计，去迎面命运的进一步打击。

但是，进入夏天之后，变故来得太突然了，抄经也戛然而止，权爱棠本人首先乱了方寸。

廖逢节获准进入了堡子，捎来了换季的衣裳，并支走了顾山农，单独跟权大人见了面。据管家介绍，承平堡目下有难，但城里头的家也并不太平，怪事接二连三的。比如一座油坊半夜起火，烧成了废墟；比如，院门上最近被人泼过狗血，泼过大粪，还时常有砖头瓦块飞进来，一连砸伤了好几个伙计；比如，大小姐坐着车轿前去弘毅乡学门口接弟弟，一次是车轴断了，另一次则是辕马惊掉了，幸无大碍；再比如，大小姐带着弟弟去城外的果园里帮着采摘，不料被一群流氓痞子纠缠不止，惊白为了保护姐姐，脑袋被开了瓢，在炕上躺了有七八天，等等。此后，时任县长吕介侯在警察局局长陈垦丁的陪同下，专程拜访了权爱棠，追问军部何以干涉地方事务，现如今将承平堡围得铁桶一般，这让县府的面子往哪里搁？没有答案，权爱棠也是一脸的无辜状，将客人们送到了堡子门口。临别前，吕介侯逡巡了一眼这座四方城，劝慰说：先生，军阀势力就像这一堵堵砖墙，而你不过是一颗鸡蛋，你既然没有乌龟壳子，那就最好不要去冲撞对方，我是善意的。权爱棠道：阁下过誉了，我其实连一颗鸡蛋也不如，但是如果城墙自己塌下来的话，那只能算是我的前定，毕竟命不由人啊。果然，城墙安然，高接云表，但是另一堵无形的山墙劈空砸了下来，闹得烟尘弥漫，无孔不入。

这显然是马乙麻的恶毒招数，他让特务们拉来了几十车的青色秸秆与新麦草，堆在堡子的各个入口，纵火焚烧。这种烟雾浓黑而滞重，样子湿漉漉的，贴着地皮漫延开来，灌进了门缝里，承平堡仿佛被强行按在了一口巨大的染缸当中，不得喘息。一连数日，翁婿二人蹴在文楼之上的角落里，用湿手巾捂住口鼻，昼夜干咳，偶尔向窗外眺望时，发现运送秸秆和麦草的马车竟然长达五六里地，马乙麻似乎从中获得了快感，乐此不疲。有时候，北风强劲，燃烧的火焰呼啸而起，挂在了东北方向的角楼一侧，熏坏了簇新的门窗，烧裂了墙砖，爷父俩只能干着急，没办法。隔年，当顾山农梳理外父的这一段生平时，隐隐地猜测，或许正是在烟雾重锁的环境下，他老人家已经预感到了走投无路，所以开始酝酿自己的死亡计划，一旦酌定，便迅速付诸实施。

那天夜里，权爱棠将女婿喊进了佛堂，却不是为了铺纸研墨，而是交给他一个蒲团，双双落座在了供桌前。划着了洋火，权爱棠点亮了油灯，会心一笑。顾山农猛地抬头，瞭见那一尊庄严而珍异的铜马就站在桌案上,浑身锃亮,遍体蓝光,呈驰骋状;他心里立时明白了,此乃老泰山为他单独开设的一间课堂,即将说法,即将口传心授。凉州大马,横行天下,顾山农同样也耳食过不少关于这一尊神圣法器的传说,知道这是他们翁婿二人被困于此的问题所在。但是当权爱棠开口讲述时,他还是被震惊了,被吸引了,陶醉于这一幕席卷千年的古老传说当中,就此深信不疑。

深夜的晤谈,总是带着一种斑驳且古旧的口吻,令人缅怀。权爱棠讲述了铜马的来由:河西境内的先贤们,如何在当年按照北斗七星的形状,埋下了神圣法器的动人传说;北疆续门为了保护眼前的这一尊铜马,如何与军部对抗,最终不幸被满门抄斩的前前后后;许应南辗转多年,九死一生,终于将这一件宝物托付给他,他也慷慨承诺,一定要将其珍藏下去,留给后世的光阴,留给未来的凉州子孙们,等等。其间,权爱棠还透露了一桩秘密,这个秘密原本是他跟尹先生寻访获得的,不为外人所知,顾山农则是第三个人,那就是关于惊白的曲折身世。一俟谈及这名义子,权爱棠突然间老泪纵横,捶胸顿足,再三告诫女婿,务必要善待这个淘气的弟弟,彼此友爱,努力将他拉扯成人,送上正途。大概是子夜时分,权爱棠停下了话头,拽着女婿,一前一后地跪在了供桌前,对着佛像和铜马起了誓,吃了咒,相约终生守密。顾山农退出了佛堂,刚打算去歇息时,忽然被岳父喊住了:呃,是这,你帮我去烧一桶子水,我要洗个澡,我喜欢干干净净地出门。

次日早起,当顾山农端着拌汤和花卷,进入外父的睡房后,失声一叫,托盘当即摔在了地上。彼时,权爱棠已经换上了一套崭新的衣裳,须发洁净,手脚并拢,横陈于炕头,但是没有了脉息,也失去了心跳,热身子变成了冷身子。权爱棠是服毒自尽的,但是那一包毒药从何而来,究竟是什么成分,所有的痕迹早已被他从容而耐心地带走了,终究成谜。在炕桌上,权爱棠留下了一封书信,背面注明"阅后付火",封皮上则是八颗笃定的墨字:

凉州儿男,义无再辱。

实际上，这封信只有短短的一页纸，权爱棠安排了他自己的后事，条分缕析，细节明确，责令女婿遵奉办理，不得逾矩。其核心意思便是速葬，棺木必须当天入土。

顾山农冷静下来后，忆想起前半夜的那一番长谈，这才恍然：外父大人早就死志已决，不屑于这个薄情的人世了。他老人家留下来的临终遗言，自己又岂敢掩袖工谗、辞谢不办呢？敲开了堡子的大门，顾山农抓紧将这一噩讯递送了出去。马乙麻在第一时间赶到了承平堡，给死者三鞠躬，又亲自查看了遗容。得知权大人是在睡梦中下世的，无病无灾，并且出于对汉人丧葬习俗的尊重，他此后也不再过问，附近的封锁也宽容了许多。顾山农获准走出了大门，在周围的庄子里买了一口棺材，拉进了承平堡，很快就钉上了冥钉，将其停放在文楼下的角院里。傍晚时，顾山农通知了城里的家人，让他们抓紧过来参加下葬仪式。

但是，当达云和廖逢节进入角院后，那一间被改造为墓室的屋子刚刚砌完了前墙，重新装上了门窗。墓室的中央已经掘开了一个坑穴，棺木被绳子缒了下去，只剩下填土堆坟这唯一一道工序了。达云惨叫着，惊魂不定，一个蹲子跳下了墓穴，不停地拍打着棺盖，非要见父亲最后一面不可，却被丈夫强行掳了出来，愿望成空。惊白来得很迟，他是被家里的伙计们从弘毅乡学里接来的；他毕竟还是个娃娃，不懂得义父的猝然离世，对他到底意味着什么，只有披麻戴孝，跟在姐姐的身后，趴在角院里频频磕头，喉咙也哭哑了。下葬完毕，顾山农走出了墓室，将一只冰冷的铁锁挂在门扣上，亲手锁闭了，并当众转达了外父大人的遗愿：达云和惊白二子，以后不得跨入承平堡半步，否则就不是权门的后人；他的亡灵也需要安息，不希望被人打扰。

头七是最难度过的。每天傍晚，顾山农都要陪着妻子和弟弟在堡子外送水火，焚黄表，布施吃喝，而后将一盏引魂灯挂在车头上，接引亡灵回家。但这样的祭奠，往往以达云的昏厥而草草收场，显得有头无尾，不甚严肃。三七，五七，七七，及至百日之后，按照凉州的风俗，权爱棠的丧事也算告一段落，真正地魂归道山了。可是顾山农却另有一件要紧事需要办理，于是背着一只空匣子，策马走出了承平堡，对马乙麻释解说，他要去权家的老坟上取一点点土，撒在外父的坟头上，这样才算认祖归宗，全须全尾。特务们放行后，顾山农很快就抵达了凤凰滩，见到了郊外化人场的老掌柜，并从对方的手中接住了一包骨灰。实际上，在事发当夜，权爱棠的尸骸便通过地宫，被秘密转运出了承平堡，如今化为了一捧冷灰。按着遗愿，在简单的祭奠之后，顾山农打开包袱，扬撒在了深夜的旷原干滩上，骨灰随即就被一阵风吹走了，消失在了黑暗无垠的穹顶之下，永世流芳。到底不忍，在剩下最后一小撮骨灰时，顾山农拌着沙土，将其款款地装进匣子里，背回了承平堡，悄悄地埋在了墓室的封土中。是故，角院里的那一座坟堆究竟是真是假，谁也不敢质疑，更无须指责。

干完了这些，顾山农修书一封，告知凉州的郡老班子，他决意要在承平堡里守孝三年，绝不食言。如此的古典操守，如此的仁义心肠，如此的猎猎孝行，让那一帮老神仙感动得哭天抢地，广为传颂，众口一词地将顾山农列入了郡老班子的候补名单中，只等他出关之后，再予以确认。在长达三年的光阴中，凉州人的心始终记挂着那一座堡子，凉州人的目光也一直盯望着顾山农本人。仰赖了权爱棠大人生前的一世善功、毕生修为，百姓们等待着那一扇大门重新开启的时刻。

熬。这个字乃是权爱棠留给女婿的秘诀，不二法门。

但是，字虽然简单，做起来却难上加难，仿佛矗立于南部的祁连山那样，天马怒龙，面笼寒霜，令人心生敬畏，不敢造次。秋天深了，也就是刚开始的那半年多，顾山农心乱如麻，恍惚成狱。在每个白昼天里，他枯坐在庭院当中，要么盯看着日头的影子在地上乱舞，要么就去数麻雀、黑老鸹、野兔和黄鼠狼，彼此结交，互相不惧。入了夜，顾山农也懒得点灯，难以入眠，忽然发现成吨成吨的黑暗掩埋而下，砸在了他的身上，一种被活埋了的窒息感无法摆脱，犹如掉进了阴曹地府当中，此生无望。渐渐地，城墙陈旧了，门窗上的油漆陆续剥落了下来，锁子也生了锈，地上的野草纠缠而起，昔日的承平堡呈现出一种颓败之气，像极了主人的心境。不过，也不是没有交流，干脆跟外界音信隔绝。大概每十天半月一趟，管家就会进入承平堡，带来一些菜蔬、瓜果与干面，陪着顾山农坐上片刻，再唠叨一些家里的情况，诸如惊白的学业，以及大小姐最近的情绪和身体状况，等等。堡子外的封锁持续着，内松外紧，马乙麻偶尔来了兴趣，也会跑进来喝一壶茶，直言道：权大人的死过于蹊跷，我很后悔当时没有让军部的法医过来出现场，结果被你们连夜下葬了；但承平堡的嫌疑犹在，我相信那一件法器还在这里，咱们最好不要撕破脸皮，两败俱伤，我在等你乖乖交出来的那一天。顾山农连连摇头，面色茫然，一问三不知。

其实，真正让顾山农磨掉棱角，敛下性格，死心塌地开始面对这一场囚禁的，则是尹先生的来访。见面后，两个人自始至终也没有过多的言语，只是盘坐在热炕上，闻听着窗外肆虐的风雪，各怀心事，各打各的盹。然而，顾山农从对方的鼾声和举止上，分明窥见了一位知情者特有的表情，他那么宽阔，他那么从容，俨然是外父大人生前的一名共谋。临走前，尹先生送给顾山农两样礼物。一件是他的墨宝：如入火聚，得清凉门。另一件则是《赵氏孤儿》的唱本；尹先生对此释解说：喏，坐密室如通衢，驭寸心如六马，你干脆把自己的嗓子拾起来吧，这样也许会好受一些。

于是乎，顾山农果断重操旧技，拾起了老本行，开始在偌大的堡子里吊嗓子，一个人搭台唱戏。在城墙投下的斑斑阴影中，在蒿草连天的庭院内，无论晨昏，也不计寒暑，那种吱吱呀呀的漫唱声，显得格外孤独而倔强，并且渐渐地招募了一批听众，除了雀鸟之外，还有野兔、雉鸡与狐狼。的确，尹先生用意太深，程婴其人花了十五年的光阴，才将赵氏孤儿抚养成人，他顾山农的苦役也不过才刚刚开始，又何必纵容痛苦这个婊子去随便诉说呢？起初，顾山农很喜欢程婴这个角色，但是当他发现自己的口腔里长出了一颗小肉瘤，甚至继续膨胀时，嗓子突然就坏掉了，他只能选择公孙杵臼这位老臣了。

也就是在三年即将到期、守孝临近结束的前夕，马乙麻带着一包春尖茶进了门，一扫特务头子的戾气与强硬，满面和煦，谈兴甚浓。末了，马乙麻提议说：少东主，这个堡子不能再荒废下去了，干脆由军部出资，你来主持，咱们开设一家保价局，大家一起发财吧。顾山农诘问道：阁下，你这是建议呢，还是命令？马乙麻指了指新城大营的方向，款笑说：三少君的意思，长官大人特地委托卑职前来协助你；只要有钱赚，我偏就不信，我焐不热你这一颗石头般的心，我也不相信那一尊凉州铜马能飞出这个院子，让别人捡了去。熬吧，只要你一直熬下去，熬到军部的态度有所松动，事情或许也就有了转圜的时机。顾山农惦记着外父大人留下的这个策略，面露难色地说：好吧，那就不妨试试。

事实上，顾山农并不知情，恰是在这一年，敦煌方面的罂粟基地大获丰收。为了开辟贩运鸦片的通道，北疆地带的运输贸易必须兴旺起来。唯有如此，军部才可能浑水摸鱼、扩兵买马，以便马廷勷在河西境内筑牢自己的根基。

胡笳一百二十八节

"达云，我现在就给你一个祭奠的地方，下跪的所在。"顾山农朝着虚空深处吼喊完毕，料知自己没有了退路，便强硬地说，"棺木确实是空的，这个不假。因为我在十年前的一个黑夜，将外父大人的骨灰，撒在了这一片凤凰滩上，角院只不过是一个幌子。"

"这是你们翁婿二人密谋的吧？否则，你顾山农也不敢如此张狂，擅自做主，对么？"达云并未惊慌，她可能已经猜到了，父亲才是这一桩诡谲之事的定盘星，也是幕后之主宰。

"对不起，我没能照顾好他老人家，我亏欠了他的亡灵。"

"那你告诉我，棺木里藏下的究竟是什么？"

"凉州神器。"

"铜马？"

"不错。外父曾经说过，这件事总得有人来干，凉州总要站出来一个儿子娃娃，荷担这一桩使命，去保全河西首郡的魂魄，不至于让这一片绿洲精气皆失。他老人家慈心于世，慷慨举义，不惜捐出了自己的性命，而我这个不称职的女婿，不过是扫尾罢了，我又有什么资格去轻言痛苦，奢谈勇敢呢？"

"哼！只可惜你扫尾不彻底，你让家父的亡灵，迄今还在天底下四处游荡，居无定所。"

诘难道。

"我发誓，我终归会让他老人家入土为安的。"

"不必了。"

恰在这个关节，眼前的凤凰滩上，出现了几个人影。转瞬之后，不远处便传来了镢头和铁锹的声音。拳石密布，沙土板结，在那些家伙刨挖的过程中，铁器喷射出来的一颗颗火星子，似乎要将这一片片稠密的月色点燃，也仿佛要将那一群群耸动的羔羊驱逐出境。顾山农举目，认出了前面的廖逢节和两名车夫，他们一边用腿丈量，一边挥锹挖掘，显然是在打穴筑墓，预备迁坟。顾山农苦笑着，知道自己说了不算，已然被褫夺了权力，再多的辩解也是苍白，于事无补。果然，达云在他的身后叮嘱道：

"惊白说了，时间不多，一切都要从速办理。"

顾山农颔首答应，突然膝盖一软，跪在了干滩上，拼命地咳喘了起来，声嗓嘶哑，血沫飞溅。达云真是疲倦极了，加之夜色寒凉，腿脚上就像灌满了铅水似的，刚刚挪移了几步，人便歪了下去，幸亏被丈夫一把揽住了，抱在了怀里。但是，顾山农的咳喘声仍不见消停，血水满襟，面色煞白，冷不丁地洞开了嘴巴，咳出来一块软乎乎的东西，掉在了沙土上。借着月光，达云清晰地发现那一小疙瘩东西在蠕动，在收缩，失声道：

"山农，你把自己的心咳出来了么？"

"不，这就是磨折了我整整十年的小舌头，你赶紧让他们埋掉吧。"

空棺。寿材里空无一物，甚至寸布不见，整个墓室就是一则长达十年之久的谎言。

惊白的头皮麻酥酥的，脊背上敷出了一层冷汗；当棺盖打开的那一瞬，真相毕现，吓得他一屁股跌坐在土堆上，半天也回不过神来。虽然猜中了，预感得到了印证，然而一旦念及义父大人如今尸骨无存，亡灵漂泊在外，不得安息，惊白的泪水突然间储满了眼眶，身心颤栗，难以平静。墓室内灯火如昼，四壁之间散发出一种陈旧而诡异的气息，脱可木同样讶叫了一声，陈匹三和马眉臣也是骇然失色，纷纷盯望着惊白，竟不知接下来将要发生什么。哑默了片刻，惊白挣扎着站起来，朝陈匹三点了点头，后者掉头出了门。不一时，佛具店的年轻掌柜点燃了一支焰火，焰火冲天而起，将一朵白色的特大菊花，绽放在了整个堡子的头顶上，昭告四方，以示追魂。

果然，这一束白色焰火所带来的连锁反应，堪称山崩地裂，犹如海啸一般。

动手吧，立刻拆掉它，咱们天一亮就出棺！惊白指着墓室的前墙与门窗，断然下令。张汲水却是细心之人，并不打算用一顿镢头刨掉墙体，引发漫天的尘土，玷污了那一具敞开的棺木，而是率着伙计们，拉成了一条人链，将砖头逐个卸下来，整齐地码放在了旁边。刚才的那一次爆炸声简直太突兀了，丫鬟下人们纷纷聚拢过来，站在文楼下的角院附近，张看不休。惊白刚刚踅出了院门，瞭见擀杖哥迎面跑了过来，气喘吁吁的，喝问道：

"到底咋了么？谁在放白焰火，出了什么事？"

"没咋。"

小时候，惊白还认得擀杖哥，但随着面汤爷和义父的先后下世，家里的重心转向了承平堡，尤其是在他求学之后，彼此之间的走动也就渐渐少了。傍晚在无量寺，惊白听姐姐说过，擀杖哥被新城大营招募走了，去了师部的灶房里帮忙，一天要擀十几案子的长面。也恰恰是他首先发现了被囚禁中的惊白，一直不敢当面相认，但是将这个消息说与了大小姐，达云这才吃下了一颗定心丸，不再揪心弟弟的安危。喜鹊，权家的喜鹊，惊白忆想起姐姐对擀杖哥的戏称，不由得展颜一笑。

"没咋？没咋你还这样放焰火，你就不怕招惹祸端么？"

"现在便是最坏的时候，转机就要来了。"

惊白倔强道。

"哼，你八成还不知道吧？马子高找不见你，正在新城大营里跳脚骂人。他原本打算要扛着砍刀来承平堡寻你，却接到了紧急命令，现在官兵们不得出营。"擀杖哥虽然地位低下，但耳朵灵光，心肠火热，又道，"我在夜饭时听说，海藏寺那边出了麻烦，师部跟特使团的代表谈崩了，不欢而散，客人们连夜返回兰州城，已经在路上了。"

"什么麻烦？"

"共产党。听说共产党的地下组织，试图接近其中一名代表，但马乙麻相当无礼，不仅人没抓住，还冒犯了客人们。结果呢，双方几乎翻了脸，一气之下，马德涵先生带着特使团连夜开拔了。唉，我把明天早上长官大人的面食做好后，刚刚离开师部，在半路上瞭见了白焰火，这才跑来的。"

"怎么，马乙麻他们杀回来了？"

"天亮吧。哎呀，这下子红军又该倒霉了，马乙麻肯定要大开杀戒。"

这个工夫上，惊白忽然瞥见沈阁兰也挤在了人群当中，一样的焦虑，一样的茫然。惊白沉下性子，辞别了擀杖哥，挥手驱散了丫鬟和伙计们，冲着沈阁兰扬了扬下巴，而后迅速离开了角院一带。

入夜后，当惊白带着自己的伴当们，安全逃离了武威城，来到承平堡的南门下时，那一辆马车上的菜蔬、瓜果、药品及绷带已经被搬空了，秘密送进了地宫内。弟弟总算回家了，达云的喜悦再次爆发，赶紧将沈阁兰拽过来，分别替两个人做了介绍，自然是多有夸赞，美言不少。沈阁兰哎哟一声，将羊皮灯笼举高了一尺，啧啧道：天呐，这么英俊的青年，真是打着灯笼满世界也难找，难怪大小姐夸了你许多年，百闻不如一见，今天可算是我的喜日子啊！惊白赧然道：沈小姐，你知道我的太少，但我知道你的太多，所以咱们并不陌生，以后有机会再详叙吧。谈话戛然而止，沈阁兰猜到了姐弟俩有急事，不便打扰，但她也未曾料到，这一夜将是颠覆性的，半个凉州几乎都被裹挟了进来。

此刻，惊白抛开了文楼下面的嘈杂，披着满身夜色，径直来到了北门前，又跨上台阶，登上迈道，闪身钻进了东北方向的角楼里。推开窗子，空气中依然充斥着一种火药的气息，那是焰火的余韵，略感呛人。目光尽头，远处的新城大营只有一线隐约的轮廓，浸淫于月光当中，看似入梦，实则不然。惊白思忖再三：海藏寺的不欢而散，特使团的愤然离去，一定会让马步青的老脸上挂不住，只有虐杀红军，才能解除这位新城大营主子的心头之恨。马步青的门下拴着两条恶犬，一只是马乙麻，专门搜捕失散的红军，另一只则是刽子手马子高，喜欢砍头，专门以杀人为乐，这一对狗娘养的杂种。不出意外的话，当马乙麻在天亮后返回军营，发现他的密件与电文失窃了；当马子高获知惊白显然戏耍了他，利用了他，绝无归附之意后，这两头恶犬必然会张开血盆大口，一道烟地扑向承平堡，将这里的一切撕成粉末，吃干嚼尽，方可罢休。的确，留给惊白的时间并不多了，这桩桩件件的麻缠事，还有待他去仔细应对，逐一化解，而沈阁兰便是其中最棘手的角色，因为陌生，也因为她是女人和母亲。

咿呀一声，门扇被推开了，沈阁兰出现在了眼前。

惊白摸见洋火，点亮了石头案子上的油灯，抱拳一揖，喊了一声嫂子。沈阁兰猛地怔住了，这个称呼令她措手不及，虽然亲切，但也过于遥远了。她失慌地问：你喊我什么？你喊我嫂子？惊白未及作答，却见对方突然扑将过来，一把抱住了自己，埋在他的怀里，啜泣不已：嗯，我知道，你这是冲着北楼喊我的！你也是北楼的弟弟，你当然要喊我嫂子了，是不是？惊白抬手，抚了抚她的脊背，安慰道：我有一个姐姐，现在又多了一位嫂子，我高兴还来不及呢，我可不想听见哭声。憋了那么久，沈阁兰并不想放弃这个发泄与倾诉的机会，泪下如雨地说：弟弟，你回来了就好，大小姐也终于可以安心了，但你的身后却少了一个人，我是在哭北楼，我总算知道自己的丈夫真的走远了，我此生没有了指望，我要断了念想。惊白矛盾重重，内心瓦裂，一方面想道出真相，告诉这个落难凉州的女人，刘北楼尚在人间，她的丈夫迄今还活着，她并不是雌守一方，拖儿带女；但是另一方面，惊白又果断地掐灭了这个善意的念头，决定隐匿不告，让她以一介未亡人的形象继续下去，不至于破坏了明日的计划。先时，在清凉池里的那一幕犹在眼前，脱可木私自截获的那封信件，显然是一次报警。虽然内容平淡，大概是在投石问路，但惊白仍然从一纸左撇子的字迹当中，确定它出自刘北楼之手。哭了半晌，沈阁兰哽咽地说：惊白，嫂子可没那么窝囊，也并不软弱，你现在告诉我刘北楼他是怎么死的，他到底死在了哪里？这一刻，惊白立意已决，绝不相告，猛地将一股力量灌注在了他的臂膀当中，紧紧地搂住了对方，忏悔道：嫂子，惊白对不起你，我以前没能保护好北楼兄，但这次不会了，我发誓！

这次？沈阁兰听懂了这句话，当即收起了恓惶，敛住了悲伤，落座在油灯的一侧。惊白也赶紧坐下来，颊脸上敷满了一层热烈的光芒，倏忽间满面威棱，五官宏阔，剀切地说：

"嫂子，这下面一共藏了多少红军？"

"剩下七个。"

"那他们的伤势如何？自己能走么？"

"其中一个完全康复了，现在活蹦乱跳的。有三个属于轻微骨折，伤在了腿脚上，不太利索。另有两个的枪伤正在恢复，弹头早就取了出来，料无大碍。最麻烦的就是一个十五岁的湖北少年，他现在还昏迷不醒，生死难测。"沈阁兰肩膀一耸，坦承道，"我以前也学过医科，包括护理专业，这回算是用上了。"

"既然昏迷了，那就让他跟姐姐坐一辆车轿吧，他们的身份应该是承平堡的伙计。"

"惊白，你打算干什么？"

沈阁兰感觉不妙，相问说。

"逃出去。天亮之后，咱们逃出承平堡，逃出凉州地界，逃出整个河西走廊，替大家寻见一条生路，不再有性命之虞。"惊白眺望了一番窗外的夜色，显然已经是后半夜了，时间迫切，恳切地说，"嫂子，我要带走你的一个娃娃，直接去兰州城。"

"你疯了？你干么要打我孩子的主意？"

"呃，为了保险起见。嫂子，因为这一趟很危险，随时都有可能被围追堵截，被打散，遭遇天大的不测，所以这两个娃娃必须分开。是这，你带上一个，跟着姐姐北上，脱可木熟悉北疆的全部路线，那里是他的地盘。我来抱另一个，只要我翻过了乌鞘岭，摆脱了凉州的军阀势力，我就能安全进入兰州城。"

"休想！我不会答应你的。我们母子三人，也绝不会分开，哪怕是去死。"

沈阁兰咆哮道，起身欲走，却被惊白一把拽住了，复又跌坐在凳子上。灯苗晃动着，骤然一暗，仿佛预示着这一场谈话陷入了僵局，即将一拍两散。其实，为了真正取信于沈阁兰，惊白自然也不会两手空空，毫无准备。这么着，惊白掏出来一杆墨水笔，一枚徽章，款款地放在了桌案上，又将油灯移了过去。沈阁兰一时惊愕，左手抓住了墨水笔，右手翻看着那一枚凉州各界慰问团的特制徽章，竟然在背面发现了自己丈夫的名字，失慌地说：

"这是北楼的遗物，我认得这一杆钢笔，我怎么会忘记呀。"

但是，惊白并不想讲述发生在六号粮库旁边的那一幕。

"好吧，我现在相信你了，小胡和小笳这两个孩子，惊白你可以带走一个。"

"嫂子，咱们兵分两路，各自奔命，大家都要万般珍重才是。假如这一路上顺利的话，将来你一定要带着娃娃去兰州城，找见孝友街32号这个宅门地址，会有人接待你们的，你务必要记住。"这时候，角楼下传来了车马的嘈杂之声，以及廖逢节特有的粗嗓门，惊白知道姐姐和少东主回来了。不敢怠慢，惊白赶紧抬身出门，却又特地丢下了一句话："对了，有位叫黄开良的先生，他前不久托我问候你。"

"黄开良？这可是北楼的别名，惊白你是怎么知道的？"

门开了，风声很大。

虚无。

这种空旷且瘆人的虚无，无边无涯，让顾山农渐渐生出了一种失败、颓废与萧瑟的无力感，仿佛他本人的这一场生命形如漏斗，在这苍茫十年间，始终在漏气、流泻和干瘪下去，不复当年的那一种英勇及果敢，同时也丧失了现在的心劲，颇为倦怠，无比空虚，断定这一切都是荒唐的游戏。顾山农坐在土堆上，冷笑了半天，盯看着脚下的墓坑，忽然抓起身边的土疙瘩，掰碎后，朝着空荡荡的棺材匣子里砸去，很快就铺满了一层。

从凤凰滩回来后，顾山农粗头乱服，满身血污，那一抹盖胡子也被血水板结了，步伐踉跄地冲向了文楼下的角院。当家人的张狂与疯癫，一时间吓坏了堡子里的丫鬟和伙计们，大家纷纷躲闪开来，大呼小叫的。张汲水生怕少东主当众丢丑，瞅了个空子，冷不丁地抱住了对方，往睡房里拖去，却被顾山农咬了一口，咬在了肩膀上，他哎呀一声松开了手。这时候，管家突然抽了一鞭子，霹雳声起，炸响在了空气中，断喝道：谁也不许拦，这还是少东主的天下，让他为非作歹吧。反了，全都是反贼，顾山农一边失笑，一边从地上荒凉地爬起来，吞下了嘴巴里火辣辣的疼痛，蹒跚而去。

角院的大门敞开着，但墓室的前墙与门窗已经被拆掉了，彻底洞开。灯火之下，那一口陈旧的棺木卧在了墓坑当中，棺盖早就被揭开了，斜靠在侧墙上，挖掘出来的坟土一左一右，堆在了坑道两旁。在浓烈的泥土味道中，顾山农意外地嗅见了一丝花香，瞥望过去时，果然瞧见那一棵牡丹树繁花绽放，样子猖獗，而这些居然被他在平时统统忽视了。来不及思想，顾山农连滚带爬地扑进了墓室，趴在那一堆坟土上，睁大了眸子，往下张看。空棺，这当然是空棺，权爱棠大人原本就不在此处，这并不是他的龙穴，更不是他的阴宅。整个棺木坐北朝南，飞翘的龙头气势威猛，两翼平展，足足有半尺来厚。顾山农盯住了棺木内侧的那一扇暗门，榫卯齐全，锁扣完整，如果不是一个内行人的话，实难发现这个隐秘的机关。不错，这恰是外父大人曾经亲口讲述过的，权家的历代老先人们就长眠在这样的阴宅内，暗门里可以存放一些生前的钟爱之物。事发后，顾山农凭着记忆，亲手画了一张草图，又使出一大笔银子，央求附近庄子里的寿材匠改制成功，这才在当天夜里紧急下葬了。

天老爷，你善待了我，你成全了权大人的心愿，你庇护了承平堡，你给凉州全境洒下了甘露，给百姓们降赐了福德！假如以前我向你俯首称臣的话，自此而后，我将是你的忠臣良将、孝子贤孙。顾山农一边叨念着，一边撅起沟子，身体滑了下去，钻进了棺木当中。

暗门上落满了灰土，没有任何异常。顾山农抓住袖子，仔细地擦拭干净后，找见了那一道隐蔽的锁扣。拔出一根三角形的木头销子，掰开了左右两侧的秘密机关，顾山农很轻易地打开了两扇窗户状的小门，突然间一怔，三魂颤栗，六魄昏聩，立刻跌倒在了棺材里。没了，啥也没了，暗门里空空如也，原先隐藏于其中的那一尊凉州神器，那一匹驰骋的天马，那一疙瘩金属宝物，居然不见了，杳无踪迹，似乎化成了这个深夜的空气，飘失一空。顾山农噙着一口血水，挣扎而起，艰难地爬出墓坑，坐在了坟土上，扬声詈骂道：

"日能的，又来了一个反贼，你们统统是反贼！

"呸，什么凉州法器，什么铜马，它不过就是一头畜生，吃草的大牲口罢了！

"走了也好，老子真是累了，我才不稀罕呐！"

如此下去，一种空前的厌倦与疲惫，仿佛将顾山农押解到了一座巨大的风箱当中，在一拉一抽的呼啸之间，彻底耗尽了他的热情，拔掉了他的火气，扒光了他的尊严，令其颜面扫地，无足轻重，甚至连一根鸡毛也不如。幻灭、失败、虚无、沮丧、败坏、懊恼、绝望，这些排山倒海的黑暗情绪完全裹挟了他，沉沉下坠，逼使他即刻缴械，强迫他马上认输，并且勒令他去自裁，去殉葬，根本就没有一丝赦免的可能。十年，整整十年呀！顾山农似乎听见咔嚓一声巨响，那绝不是头顶上的屋梁折了，而是他自己的这一生猝然断成了两截子，一半是苦楚，另一半则是荒唐与无为。这么着，顾山农惨笑起来，笑得就像一壶温吞之水，笑得阴鸷而恐怖。但是突然间又泄了气，笑声戛然而止，他伸手朝屁股下一摸，登时僵住了，知道自己大小便已经失禁。

拉了，又尿下了，后门大开，竟然还是在坟头上这般放肆无礼，如此兴妖作怪。顾山农抽出手，搭在鼻子上嗅了嗅，反正自屎不臭，他倒也不觉得有什么罪不可逭。

这个关节上，惊白悄然进来了，英气逼人地站在顾山农面前，先是热烈地喊了一嗓子哥哥，见没有响应，又郑重地称呼了一声少东主。天涯不再，久别重逢，惊白拼命压抑着内里的狂喜，赶紧张开了双臂，一个蹦子抢上前去，就想抱一抱兄长，再摸摸他的那一抹盖胡子。但是，迎接惊白的却是一记响亮的耳光，突然且凶狠，毫无朕兆，打得他一个趔趄，慌忙扶住了旁边的砖墙，泪水盈眶，简直是委屈极了。呵呵，顾山农终于占据了上风，这一巴掌打下去，顿时让他的怒火与恨意消减了大半，气息也平顺了许多。顾山农活动着手腕子，眉头一挑，断喝道：

"你个狗日的逆子、贼娃子、败家子，你居然连老先人的坟也敢刨开,我替爹老子扇你。"

"少东主,诓骗天下、欺瞒世人的,恐怕正是你本人。"

显然,惊白已经听姐姐讲述了凤凰滩上的那一幕,所以他并不退缩。

"呸,你个狗东西!你让我两手空空,一无所获,这辈子活成了一个笑话。哪怕这个谎言一直持续下去,花掉我全部的光阴,我也乐意上当受骗,终老凉州。可偏偏,你这个害人精,你这个贼日的,从半道里杀出来,让我既辜负了外父大人,也丢失了那一尊铜马,将来肯定要被千夫所指,难以洗脱我自己。"

"少东主,相比你所谓的那一尊神器,我以为那些孤儿更珍贵,更值得我拼命。"

惊白瞥望了一眼天色,焦急不安。

"不,铜马乃是凉州的精魂所在,也是整个河西四郡两关的命脉所系,它可不是一块简单的顽石黑铁,它的身上具备了灵性和无上法力。"顾山农的裤裆里湿漉漉的,屎尿横流,不免让他的这一番陈词显得不那么自信。又斥责说:"小贼,你也别忘本,你可是北疆续门的骨肉。当初为了这一尊神器,你的整个家门都赔光了,全部搭了进去,只剩下你这一个孤儿,现在你却来倒打一耙,不是毁谤,便是玷污。"

"不错,我身为孤儿,我如今才知道了孤儿的苦辛。"

"你在忤逆,你在背叛!"

"少东主,实话让你知道吧,我这一趟回来,专门就是来搭救孤儿的,而天亮之后的所谓迁坟,所谓移灵,只不过是一个借口,一个幌子,我提前告知你一声。"院子里传来了伴当们的喧哗与催促声,似乎是乌泱泱的一大群人,惊白肃穆下表情,恳切地说,"哥,对不住了,我这次让你失望了。因为在弟弟的心目中,你的那一尊神器即便是黄金铸造的,也肯定比不上一位中国的孤儿。"

"谁是孤儿?你搭救的到底是谁?"

"红军。"

"哼,我也在帮他们,承平堡一直在帮,但他们并不是孤儿。"

"他们现在就是孤儿，但将来绝不会是孤儿。这就像我一样，蒙受了权家和整个凉州百姓们的搭救，才捡回了这条命，终于长大成人，由此知道了人世上的恩德、天地的慈悲，以及众人的礼遇。杀戮当前，时间不多了，让我来荷担这一份使命，由我来肇始吧！请你最好让开，马上，立刻。"

"呔，我要是不答应呢？"

"你敢死，那我现在就敢埋了你，这个坑便是你的归宿。"

惊白呼哧一声，抓住了那一把铁锹，虎目圆睁。

"好吧，好吧好吧，反正我这个权家的招女婿说了也不算，我这个戏子的唱本，现在也无人爱听。"顾山农好歹确认了，所谓的虚无，不过是被抛弃、被罢免、被褫夺，一种深刻的无力感迫使他后退，龟缩在了墙角，"天呐，我演了大半生，唯一没有演好的就是我自己。"

"少东主，劣弟告辞了，来日再见。"

惊白俯下身子，恭敬地鞠了一躬。

随着一声唿哨，外面的伴当们蜂拥而入，分作两厢，站在了墓坑的左右，抛绳的抛绳，拉拽的拉拽，很快就将那一具陈旧的棺木拽了出来，盖上棺板，呼啸地抬出了墓室。四下里阒寂了，文楼下的这座角院，再次陷入了一种废墟般的荒凉当中。夜风从屋瓦上滴落下来，摇动着花木；几只早起的麻色雀鸟，站在屋脊上梳理羽毛，唧啾不休。盯看了半天，顾山农觉得眼前的这一幕情景似曾相识，不错，这不就是他当初枯坐愁城、守孝期间的样子么？怎么又来了，又从天而降，试图将他圈禁在这里，活杀了他，熬垮了他，继而葬埋了他呢？墓坑敞开着，宽了一尺，深了一寸，仿佛在虚席以待，静候着后来人。一念至此，顾山农害怕极了，拖着一屁股的屎尿，狼狈地爬出了墓室。

但是，出于忌惮的心理，也许还带着复仇的快意，顾山农在临走之前，又干了一件慰藉自己的事情。顾山农找来了一把菜刀，坐在地上，将那一棵牡丹树拦腰砍断后，收集起拳头大小的花朵，包括满地的枝枝杈杈，悉数丢进了墓坑当中，而后开始填土。顾山农捧住泥土，忽然忆想起来了，这里面还掺杂了外父大人的一小撮骨灰，乃是他当年亲手所为。鉴于这个因素，谁也不能去指责这仅仅是一座牡丹冢，而不是权爱棠本人的坟茔。这么着，顾山农宽释了不少，拍了拍坟丘，吹灭了周围的灯台，掉头出门。

这时候，从腾格里沙漠的方向上，投来了一种广漠的天光，割裂了夜色，分开了云泥。天光是粉末状的，伴随着这日清晨的一丝丝雾气，长篇大论般地笼盖在了承平堡的头顶。顾山农提起裤子，别扭地走到了院门前，刚要伸手去抓门扣时，突然被一股莫名的力量袭击了，冲撞了，他哎呀一声，随即就四仰八叉地摔倒在了地上。紧接着，那一扇门板轰地炸裂开来，木屑横飞，门框倒地。恍惚中，仿佛有一个大家伙挥动着翅膀，脚步踢踏，一道烟地冲出了角院，就此消失不见了。

半晌后，顾山农慢慢咽下了疼痛，收拾起膝盖，抓住了地上的那只金属门扣，这才发现它已经崩断了，茬口狰狞，光芒锋利。这一刻，天空中渗流下来一种异样的声音，咳咳不已，似乎在提醒，也仿佛在辞别。顾山农拔长了脖颈子，朝着文楼翘望上去，却见阁楼的顶端被一大团雾霭与流岚所遮蔽，反射着遥远的天光，刹那间灿然一片，炽烈如岩浆，犹如上苍正在秘密降赐，递送下来一颗世所罕见的金色舍利子。

"太阳。原来太阳也是天马，也是凉州神器。"

顾山农如此指认。

胡笳一百二十九节

迁坟，移灵，在凉州本地的风俗中，最好是在鸡叫头遍之前。

因为在这个时辰，人世上天色昏暝，阴阳参半，人鬼混居，可以借机将棺木异地葬埋，而骨殖却浑然不觉。即便亡灵知道了，恼恨了，但这一切为时已晚，因为公鸡的啼叫充满了阳气，它们的尖喙与爪子，也绝不是吃素饭的。临出发前，达云一声令下，伙计们灭掉了承平堡里的全部灯火，天空陡然一沉，每个人都感觉到了今日的不同，以及肩膀上的分量。大家又纷纷喊话，不准哭，也不许落泪，因为这不是新丧，这只是一次孝行。

惊白作为权爱棠的孝子，领衔而出，白衣束麻，头顶着一炉香灰，刚刚趔出了堡子的北门，突然丢开手，将其摔在了地上，当场砸了个粉碎。

这一次放弃了车马，用擀杖粗的长麻绳捆住了那一口棺木，由八根黑色的大杠分别抬举，伙计们肩胛耸动，步履劲强，乌泱泱地驶离了承平堡，准备一路北上，奔赴凤凰滩。在棺木的身后，跟随着几十名下人和丫鬟，众人的领口上系挂着一根根白色孝带，在晨风中猎猎作响。孝带是临时撕扯下来的，为此毁掉了不少的被褥，但恰好可以轻装简行，大家也不必为行李所累。在这支队伍的最后，三辆黑色的车轿头尾相衔，蝉联而出。惊白最是清楚不过，除了姐姐之外，那几个伤病缠身的红军战士就藏匿在轿厢内，他们的身上覆盖着一大堆祭祀的用品，像这样的事情，当然难不住佛具店的年轻掌柜。

走了很长一段路，惊白心下焦急，隔着帘子，赶紧跟姐姐密谈了几句，而后接住马眉臣递过来的缰绳，跃上了马背，一声唿哨，闪电般地离开了这支移灵的队伍。这个时候,腾格里的方向上越发浑白了,天边挂着一抹鸡蛋清似的曙色。秋晨的一道道薄雾,在马肚子下飞掠而过,略带寒凉,刺激着惊白的神经,让他仔细斟酌了一路,盘磨着所有的细节,须臾也不敢大意。但是,毕竟天胜半子,即便惊白千计万算了一番,还是出现了重大失误。因为就在他打马狂奔的那一刻,惊白根本无法知晓,他跟身后的姐姐竟然渐行渐远,将在这一世的光阴里彻底诀别,永生不见。

来到了三岔路口,惊白勒住缰绳,打眼一瞧,愕然发现只有沈阁兰和张汲水站在路旁,而周围再无其他人。下半夜时,惊白叮嘱游击陪同沈小姐抓紧去一趟朱家嘴子,尽快将两个娃娃接到这个路口来,双方会合,但显然事情无果。一时间,惊白动了怒,喝问道:

"人呢?娃娃们呢?"

"哎呀,昨晚上就没回来,他们一定睡在了朱先生家里,这是常有的事。"

沈阁兰释解道。

"那我去找吧,我这就进城。你们可别动,大小姐他们马上就过来了。"

言毕,惊白迅速拨转马头,拐向了通往武威城的那一条官道,打马如飞。张汲水唯恐出事,吼喊了一声少主子,解开拴在路旁柳树上的缰绳,策马追赶。孰料,游击刚刚追了上去,却被惊白三言两语地拦挡了,他停在了半道上,又灰头土脸地折返而来。

门开了,朱家的闺女妈呀一声,险些晕倒,幸亏被惊白一胳膊给搀住了。

朱绣正在院子里晨读,丢下书本,循声而至。突然瞭见了一个披麻戴孝之人,俨然是来报丧的,正寻思着这是哪一门的亲戚,却见对方张开了笑脸,冲着自己颔首致意。惊白?哎呀,你这个猫鬼神,你可把老夫的苦胆吓破了!你这是唱的哪一折子呀?朱先生喜极而泣。也难怪,城门刚刚开闸,惊白是第一个进城的,公鸡才叫了头遍,街坊邻舍们还在惺忪的睡梦当中,这个时辰上,谁都忌讳一个白衣束麻者来叩门。朱懿稳静之后，闻听父亲在叫惊白这个名字，她也依稀认出了权家小少爷的嘴脸，忽然羞臊开来，一把打掉了对方的胳膊，跑回了屋子，去喊两个娃娃起床。

趁着这个空档，惊白肃穆地鞠上一躬，道了吉祥的话，又简单绍介了一番替爹老子迁坟移灵的事情；至于重重内幕，他并不打算透露半句，以免打扰了这位凉州总教。朱绣的内里咯噔一声，断定承平堡一定有变，什么迁坟，什么移灵，什么披麻戴孝，这统统不过是借口，况且今个天不宜动土，凶日。你实话告诉我，承平堡到底咋了？大小姐呢，少东主他在哪里？朱绣耐心地询问。惊白含糊其词，指天说地，但这样的鬼把戏，实难逃脱凉州总教的法眼。敢问，你们权门的后人在凤凰滩上替老先人更换龙穴，培土筑坟，这跟沈小姐的一儿一女有啥瓜葛，值得你这个孝子大清早的跑来接人么？惊白提前预备了腹稿，答复说：哎呀，这都是我姐姐的主张，她受了风水先生的蛊惑，场面上需要一对金童玉女，所以沈小姐指派我这个孝子来请人了，赶紧吧。这么着，朱绣短暂地离开了，声称他去换一件衣裳，惊白撇了撇嘴，知道麻烦来了。

不一时，两个娃娃被领了出来，瞌睡还没醒。惊白将他们抱上了马背，拽起了缰绳。

岂料，还没走上几步，这一对小贼忽然就醒转了，哇地哭出了声，猴子一样地滑下了马背，分别抱住了朱懿的大腿，怎么也哄劝不住。在朱家的私塾里开蒙，娃娃们惧怕的是朱先生的那一张冷脸，但是对朱懿却格外地亲近，甚至有些黏人。闺女在哄，可朱先生在一旁大声呵斥，几无效果，娃娃们反而哭得更厉害了，半条街都能听得见。无奈之下，朱懿抬望着惊白，哀恳地说：干脆，我陪他们去一趟吧，我也好久没见大小姐的面了，真是怪想念的，我正好去请个安。面对着这个五官俊秀、面如满月的年轻女子，惊白也是不忍拒绝，痛快地答应下了。

这个秋天的清晨，这个时刻，一行人拐出了巷口，来到了宽阔的杨府街上。除了风声，除了雀鸟的鸣叫外，马蹄声碎，一点一滴地踏破了武威城内的寂静，犹如鼓点，也好似心跳，带着一份别样的节奏。渐渐地，朱绣故意落在了后面，但是脚步高迈，内里晴朗，仿佛有一勺新鲜的酥油，一碗甘甜的蜂蜜，融化在了他的心中。这简直是一种平生未遇的享受，一刻千金。在朱绣的视野中，惊白跟自己的闺女并肩而行，有说有笑的，那么温馨，如此般配，恐怕就是天造地设的一双吧。朱绣暗喜，幻想他握住了一支无形的墨笔，在婚书上批阅道：郎才女貌，天作之合。

临到了正伦门，也就是北门附近时，惊白和朱懿忽然被堵住了。

眼前，总共有三匹骡马拖拽着一根拉绳，拉绳的后面竟然是一辆黑色的小卧车，车子的轮毂嘎吱作响，似乎生了锈，在艰难地移动。王伯鱼骑在马背上，率着部下，一边驱离零星的路人，一边警戒，正在护送小卧车出城。真是眼尖，王伯鱼一下子发现了惊白，赶紧跳将下来，攀住了权家的小少爷，询问这一身孝服的原因。惊白一时间紧张，毫无对策，只得如实相告，称今日里给亡父迁坟移灵，现在来接一对金童玉女出城，可巧就碰上了。王伯鱼吃惊不小，说这么大的事，警察局怎么连一点消息也没有，真是失职呀。但是，王伯鱼的心思并不在此，他瞟了一眼朱家父女，担心人多眼杂，蓦地搂住了惊白，朝着那一辆小卧车走去。车门打开后，惊白被按在了后排座椅上，王伯鱼也随后坐了进来，关了门，插上了插销。登时，外面的喧嚣声被隔绝了，车厢里安静得要命，王伯鱼点了一根烟，开怀道：

"少爷，干脆我送你一程吧，偏巧我要去新城大营。"

新城大营？惊白的腿肚子在暗中哆嗦。

"唉，县长阁下的这辆车三天两头就坏，这一次更是打不着火，非得让骡马拖到师部，让专业的技师去维修。"王伯鱼朝窗外打了一个手势，骡马开始嘶鸣，车子缓慢地向前移动，"惊白，我跟少东主和大小姐都很熟，关系不一般，所以咱俩也不应该生分，对吧？"

惊白无奈，一个劲地点头。

"那你实话告诉我，张彝真的死了么？"

"他死了。他死了有六年多了。"

"那是你亲眼看见的？你在现场么？"

"我在。他是被一梭子子弹打死的，满身的血窟窿。"

王伯鱼掐灭了烟头，突然转身，一把将惊白抱在了自己怀里，不管不顾地用下巴上的胡茬，在惊白的脸蛋上狂扎一气，以此来表达此刻的狂喜。事已至此，惊白知道自己难以下车，忽然想起临来的时候，姐姐交给他的一样东西，慌忙从兜里摸了出来，递给了对方。王伯鱼正在喜悦的巅峰，赶紧打开那一张窄小的纸条，瞥见了一行熟悉的笔迹，整洁的楷书：

听大小姐的，从速照办。陈

惊白知道，这张发黄的字条，还是当年在潘麻子羊肉店，姐姐正式宴请脱可木的那个晚夕，因为发生了意外，她从警察局局长陈垦丁的手上讨来的，不承想，竟然保存到了现在。果然，这张字条法力犹在，依旧管用，王伯鱼在一瞬间开明大度了起来，敲了敲玻璃窗，当即叫停了车子，还亲自打开车门，让惊白自便。下车后，惊白也没忘记将那一张字条索要回来，偷偷地吞入口中，咽进了肚子里。朱家父女牵着马，刚刚走出了城门楼子，惊白掉头折返，挥手迎了上去。

恰在这个关节上，北门外冲出来一伙陌生人，身形矫捷，动作凌厉，将正在抬腿上车的王伯鱼一脚踹了进去，怦地一声关闭了车门。王伯鱼变成了一头困兽，拼命敲打着窗户，但回答他的却是一排子清脆的枪声。玻璃碎了，车门烂了，前头的骡马也挣脱了绳索，一道烟地跑掉了。北门下场面大乱，进出城的凉州百姓们纷纷逃命，担子和箩筐遍地，菜蔬满街，尖叫声就像一道垮塌的堤坝，在肆意漫流，汪洋一片。枪声停止了，待那一帮陌生人彻底失踪后，王伯鱼的警员们这才回过神来，一边朝天上放枪，一边嚷喊道：

刺客，共产党的刺客，赶紧关闸，全城大搜捕。

事实上，这是一次失败的刺杀行动，但是对陈垦丁及其所谓的革命而言，却是一种强有力的反击。刺杀事件发生后，王伯鱼当场毙命，陈垦丁这个疯狂的革命者因为躲过了一劫，开始变得小心翼翼，有所收敛。直到半年后，他被甘肃省府革职，调入了省城兰州，做了一名税务专员。

就在警员们吹响哨子、城门关闭的时候，惊白拽着朱懿和一个娃娃，牵着那匹马，离开了北门楼子下的是非之地。钻进了一片杨树林子，惊白这才发现人数不对，慌忙问朱先生的下落。朱懿相告说，她爹已经抱着那个娃娃跑了，直接去了凤凰滩，去跟大小姐会合了。哪个娃子，他抱走了哪个娃子？惊白确实分不清这一对双胞胎，因为他们太像了。朱懿撇嘴道：当然是儿娃子了，我爹的那个封建脑子，一向是重男轻女。这么着，惊白得知，他即将带走的这个娃娃叫刘小笳，一个奇怪的名字。稍事休整后，惊白跃上了马背，朱懿居后，将刘小笳护在了中间位置，迅速挥动了鞭子。

大概半个时辰之后，惊白勒住了缰绳，嘴嘴上到了。

六年前，也就是在嘴嘴上，在这个空旷的路口，惊白跟随着凉州各界慰问团由此出发，踏上了远去的长路。光阴湍急，犹如逝水，长流不息，人世上的六年忽忽焉而过，但当年的那个少年已不复存在，或者说代之而起的，则是现在的这名冷峻、缜密与果敢的青年。如果说，上一次是被迫出走的话，那么此番却是一次主动的出击，积极的远行，长缨在手，目标确凿。假如讲，六年前是为了扶灵南下，代表凉州去请罪、去忏悔，沿途中充满了悲戚之色，那么这一趟却是血勇而热烈，为了专程护送一名孤儿。不错，她迄今仍就是孤儿，所以要突破古浪峡与乌鞘岭天堑，将其送入兰州城，让他们父女相认，骨肉团聚。惊白跳下马脊，把缰绳交给了朱懿，他疾步走向了十字路口的那一块巨石，发现诸位伴当一个不落，按照先前的约定，朝自己迎了过来。

办妥了么？惊白开口询问。脱可木点了点头：妥了，全部办妥了，权大人的亡灵已经安奉完毕，大小姐带着人马已经上路了，我们随后就能追上，肯定误不了事情。这时候，马眉臣将一捆干净的麦草堆在地上，迅速点燃了，陈匹三赶紧摆上了一只香炉，插了三根燃香。惊白解开了自己腰间的一捆束麻，除下孝服，丢在了火堆里，又缓缓地放下膝盖，趴在地上，朝着凤凰滩的方向，磕了一地的响头，心中祷告不止。游击抽空跑开了，他从自己的坐骑上取下马褡子，掏出来一样东西，郑重地交给了少主子。惊白定睛一瞧，这不是别的，却原来是北疆续门的神主牌，那一颗木质的马头斑剥、古旧、皲裂，他不由得浑身颤栗起来，贴在了自己的颊脸上，久久也不肯放下。天光越发明亮了，根本来不及怆惶与悲伤，惊白横下心来，将神主牌喂在了火焰当中，匍匐在地，认真地磕下了三个头。

路祭之后，惊白离开了那只香炉，另外找了一块宽展的地方，率先跪了下去。伴当们也是不遑多让，纷纷尾在了惊白的身后，一边合十，一边朝着武威城的方向，埋下了各自的头颅。这一刻，秋空明净，四野无人，整个凉州大地异常静谧，万般安详，犹如一座神圣的佛龛，默然矗立于祁连山北部的这一片广袤绿洲上，长风吹袭，馨香弥散。

辞别了许久，惊白一直塑在十字路口，面色凝重，若有所思，眺望着脱可木、陈匹三和马眉臣远走的背影，以及狂乱的马蹄腾起来的那一团团黄雾，渐渐地飘失殆尽。张汲水喊了没用，朱懿也喊了几嗓子，不见应答，倒是刘小笳的那一声稚嫩嗓音，让惊白一下子清醒了：

"丫头，你刚才喊我啥？"

"叔。"

"不，你可不能把我喊老了，你只能叫我哥哥。"

事实上，就在惊白率着伴当们策马狂奔，扑向河西走廊门户古浪峡的过程中，达云也带领着一支车队，快速北上，于当日深夜，顺利地渡过了石羊河，马不停蹄，夤夜疾行。二十多天后，在雅布赖盐场以东，亦即腾格里沙漠北翼的红柳疙瘩一带，他们意外地跟陕北方面派来的营救小组邂逅了，几经接洽，将七名受伤的红军官兵，安全地交给对方。此后，营救小组掉头东去，越过了娜仁哈拉山、阿毛乌苏、巴音呼都格，进入了包头和榆林一线，并于当年年底，终于抵达了延安。在这支队伍中，额外增加了来自凉州方面的两个人，大人叫沈阁兰，另一个则是她的儿子刘小胡。

此去经年，在石羊河畔的蒙家庄子里，达云携着浑身的病痛，隐姓埋名，秘密地生活了下来。照顾权家大小姐的，便是以种瓜为生的脱可木，另有他的妻子叶小梳。

而在武威城内，由梁家姐妹经营的清凉池一直不温不火，勉强可以填饱肚子。佛具店的年轻掌柜和大皮匠家的儿子，时常跑过来洗澡。进了门之后，这两个贼娃子立刻就规矩了，左一声凤姑姑，右一声华姑姑，嘴巴上如同抹了陈年的老蜂蜜。

秋天的怒火，必须用山炮来解决，马乙麻这样认为。

是日，在距离承平堡不远的一片郊田上，来自新城大营的炮兵们，从卡车上卸下来五门山西制造的中型山炮，一字排开，将炮口瞄准了目标。实际上，这些山炮恰是马乙麻投靠马步青之后，用那一批上等的鸦片购来的，对付河西境内的流散红军，似乎有些大材小用，所以一直存放在库房内。今天也是军法处处长特别申请，长官大人这才破例批准的。在呈报给马步青的紧急报告中，马乙麻确凿地认定，在承平堡的地底下，窝藏了几十名溃散的红军伤病员，而这件事的主谋之一，便是保价局的门面女掌柜沈阁兰。海藏寺的谈判不欢而散，马步青本来就头大，听不得"红军"二字，大手一挥，当即首肯了这一次的炮击行动。但是，在马乙麻的内里深处，另有一桩耻辱实在难以消化，如鲠在喉。他觉得自己一向对惊白不薄，善待有加，但这个小狗日的居然窃走了重要的密件与电文，一走了之，不知所踪。当然了，还有惊白公然背叛，认贼作父，跟刽子手马子高穿上了同一条裤子，这在同僚之间等于是笑话，也不啻于在他的头上浇了大粪，泼了污水。仇恨从不过夜，此乃马乙麻的人生信条，这一次也绝对不能坏了规矩。

日头西斜，夕光温吞如水地泼洒下来，视野中开阔明净，坦荡如砥，可以清晰地瞭见承平堡的北门大敞，一切如素，并无任何异常。马乙麻开始踱步，来回巡视了三四趟。瞭见炮兵们撬开了密封的弹药箱，开始整理炮弹，他的心中瞬时涌过了一丝亢奋与激动，知道最后的时刻即将到来。不巧，身旁的马子高这时候放下了望远镜，遥指着远处，贼兮兮地说：哈哈哈，我的徒弟娃子回来了，惊白可真是一个守信之人，天黑之前果然就来找师父了。言毕，这个刽子手冲着马乙麻眨了眨鬼眼，傲慢且轻佻，然后一道烟地飞奔而去，跑向了承平堡。这仿佛是一记耳光，再次打在了同僚的鼻脸上，十足的羞辱。

马乙麻着实气不过，赶紧举起了望远镜，的确发现有一个人走出了承平堡，径直朝炮兵阵地而来。有点逆光，远处影影绰绰的，实在是难以分辨，但是从对方的姿势、步态与体形上来看，马乙麻断定来者并非惊白，而是另有其人。视野尽头，马子高终于跟那个人说上了话，但是又迅速分开了，他兀自跑向了承平堡。马乙麻心生疑问，一直将镜头锁定在了那个陌生人的身上，寸步不离，可是始终也解不开这个疙瘩。半响后，直到对方靠近了，那张僵硬的嘴脸上露出了一丝苦笑，马乙麻这才恍悟了过来，脱口道：少东主，你这是咋了么？

与往昔里截然两样，此刻的顾山农却是面目全非，他不但剃光了头颅，还刮掉了那一抹盖胡子，脚蹬一双白底黑帮的布鞋，身上竟然穿着一袭僧衣。无疑，过去的这一夜，乃是顾山农此生的断裂之处、转折之时，十余年的隐忍、坚守与做戏，到头来只不过是南柯一梦，他左手抓住的是虚空，右手抓住的还是虚空，如今鸡飞蛋打，满盘皆输。而真正摧垮顾山农的，实际上是拉在裤裆里的那一泡热辣屎尿，这对他来讲真是难以忍受，不堪记忆，也由此觉悟到了肉身之沉重，以及这个仓皇而平庸的人世间，实在是不值得留恋。或许，上苍有好生之德，也可能顾山农本人的天命尚未了结，恰恰是这一件僧衣，保住了他的一条性命，继续驱遣着他在凉州的大地上跌仆、颠沛与悲号，四处碰壁，渐入尘烟。僧不可杀，马乙麻放弃了杀心，手也离开了枪套，重复了一遍刚才的问话。

"我要去云游了。"

顾山农回答。

"云游？少东主，你哪来的这个好兴致？"

"是这，一方面云游，另一方面我打算去各地劝募，罗什寺整理委员会还没有散架子，我当初发下的誓愿，我要争取兑现。"顾山农不急不躁，沉寂如水，似乎在谈论一桩化外之事，"等将来罗什塔竣工以后，我的这一身僧衣也就合格了，再也脱不下来了。"

"请问少东主，那这一座承平堡呢，难道你就撒手不管了？"

"璧还凉州。"

"我知道，你身上并没有携带那一尊铜马，你们凉州人奉若神明的所谓法器。我当初也算是上了当，信以为真，可后来觉得这件事很荒唐，也很可笑。"马乙麻收回了篦梳般的目光，失笑道，"真没办法，但这不能怪我，新城大营也是水土不服，一直驾驭不了河西四郡。"

"十年啊！"

"抱歉，你跟我各自被耽误了。"

"十年。"

顾山农不停地叨念着这句话，犹如喇嘛念经似的，掸了掸僧衣上的灰土，跺了跺脚，而后萧然地离开了，根本无视眼前这一块炮兵阵地上的威胁。马乙麻盯望着顾山农孑孑而行的背影，直到其渐渐地被暗沉下来的夕光抹掉了，隐入在远处的一片林子里。这时候，马乙麻下达了开炮的命令，但炮兵连长抗拒不从，声称马子高已经进入了承平堡，必须暂缓片刻。岂料，马乙麻拔出了手枪，瞄准了对方，断喝说：日你妈的，老子给他发抚恤金！

先时，刽子手马子高乐颠颠地跑过去迎接徒弟，但是走近了仔细一瞧，对方并不是惊白，而是一介僧侣。马子高不认识这名当家人，随口问了一句惊白在哪儿。顾山农根本不愿意作答，回眸一瞥，最后深望了一眼身后的承平堡，黯然离开了。马子高误以为这是暗示，一个蹦子飞走了，奔向了堡子。等跑到了城门楼子下的时候，他举首一瞧，果然发现有个人正站在上面。这么着，马子高不请自来，疾步穿过了城门洞子，登上了台阶，款然站在了迈道上，吼喊说：惊白，你这个小贼娃子，你忘了师父么？闻听声音，那个人慢慢地掉转过身子，却原来是一名苍然老者。

列位，此君并非旁人，恰是凉州总教朱绣朱先生。

上半天的光景里，当朱绣抱着沈阁兰的儿子，逃离了刺杀现场，他赶紧雇了一辆城外的马车，一口气赶到了凤凰滩。彼时，落葬仪式已经结束了，戈壁干滩上筑起了一座新坟，周围是焚化的纸钱与孝服，灰烬就像一群不祥的黑蝴蝶，在旷原的微风中纷飞不停。朱绣将儿娃子交给了沈阁兰，又简单介绍了另一个娃娃的去向。沈阁兰母子俩抱成了一团，相拥而泣。这个关节上，达云坐在车轿里，正在给承平堡的丫鬟和伙计们发钱，每人五块大洋，一边遣散，一边叮嘱大家尽早回家，以后各自安生吧。别离的场面，犹如针扎刀割一般，令众人不舍，主仆们哭得泪水涟涟，又是捶胸，又是顿足。管家跑了过来，问候了总教大人，并领着他首先去了坟上，简单地祭奠了一番。朱绣鞠完了三个躬，揣着满肚子的疑问，面色阴郁地去找权家的大小姐理论了。

敢问，像这样给令尊大人迁坟移灵的事情，怎么连权家的一个男丁也不见？少东主呢？惊白咋也不来磕头？朱绣诘问道。达云说：朱先生，权家只有我这么一个后人，难道我说了不算么？缺一个招女婿，少一个干儿子，莫非这个坟就筑不起来了？话不投机，双方当即就接上了火。朱绣耐下性子问：看样子，你们这是在拆家散伙，砸锅倒灶，你们这样子拍屁股走掉了，那承平堡怎么办？达云道：朱先生，那个堡子本来就不是权家的私产，它是凉州百姓的公物，我背不动，我也扛不走。恰在此时，旁边的车轿里传来了一声声痛苦的呻吟，好像有人在喊疼，达云慌忙落下了轿厢的帘子，催促廖逢节立刻上路。

直到这一支车队，消失在了石羊河的方向后，朱绣这才徒步南下，走进了承平堡。

但是，命运乖违，缘悭一面，朱绣还是来迟了一步。待他登上北门楼子这边的迈道后，意外地发现顾山农早就离开了承平堡，一个人浪荡在秋天刈后的郊田上，那么孤单，那么形影相吊。更让朱绣不解的是，顾山农居然已经改头换面了，一袭僧衣，一双纳底鞋。恍惚中，顾山农的萧然举止，犹如正在寺门外做晚课的一介僧侣。现在，一切都没有了答案，朱绣也无从问起。

"呔，老子在问你话呢，惊白去了哪里？"马子高喝问。

"他飞远了。"

"飞了？"

"对，惊白走了，他们去行正道了。"

言毕，朱绣苦笑着，从怀里掏出来一本崭新的《苦主斋诗钞》，开始一页一页地撕扯起来。朱绣撕得格外认真，恨不得将每一颗墨字都撕碎了，撕成一堆粉末。不巧，承平堡的院子里突然传来了剧烈的爆炸声，一股股气浪冲击而来，掀起了脚下的纸屑，仿佛一匹从天而降的白练，刹那间吞没了凉州总教。

胡笳一百三十节

一行大雁，在烟云变灭之间。

这个渡口名叫卸甲滩，位于兰州城北金城关下的滩涂上，对面的码头则叫白马浪。相传唐僧师徒前往西天取经时，就是从这里横渡黄河，顺利抵达彼岸的。当然了，这些都是穆萨哥哥亲口讲述的古今，依照他的性子，绝不会哄骗凉州来的客人们。穆萨哥哥又说，假如从卸甲滩下水的话，不费吹灰之力，你只管躺在水皮子上面，几个浪花打过，河水便会把你送到下游，你拔脚上岸，眼前一定就是省城兰州。这句话多半像是在吹牛，惊白思想说，千万不能在岸上相信一名水把式，哪怕他是穆萨哥哥。

七天前，惊白率着张汲水、朱懿和刘小笳，离开了乌鞘岭东侧的平番县，一路辗转，终于来到了黄河北岸。隔着一线河水远眺，兰州城就像一座巨大的营盘，矗立于南岸，看得见，却摸不着。本来，中山桥是开放通行的，但甘肃城防司令部贴出了告示，声称本月之内将有重大军事之行动，无限期关闭，禁绝车马行人，禁绝任何类型的渡河工具，否则严惩不贷。无奈之下，惊白诸人徘徊在金城关附近，白天蹲在山根里发呆，一旦入了夜，就躲在别人家的屋檐下，至少不那么寒寂。毕竟是深秋了，天气阴得要命，还时常下雨，铅云就像一坨酵不开的面团。那一日，刘小笳出现了异状，连续打了十几个喷嚏；打完之后，娃娃哭得伤心极了，面色如同搽了一层胭脂粉，浑身上下也很烧烫。这时候，一位拄着拐棍、戴着黑色盖头的阿奶恰巧路过，被娃娃的哭泣声绊住了脚，扯住了心。她老人家伸手试了试刘小笳的额头，又摸了摸那一双小手，慈悲地说：走，咱们到家里去吧。

阿奶和穆萨哥哥是本地的回族人，穆民家庭，母子俩的土坯院子就在河岸旁，单门独院。刘小箎躺了有三天，阿奶照顾了整整三昼夜。别看阿奶岁数大了，但茶饭手艺堪称一绝，吃得惊白等人一直在打饱嗝，腮帮子也胖了一圈。当然，也不能无功受禄，游击承担了去山上的泉眼里挑水的任务，随时将灶房里的那几口大缸灌满。朱懿喜欢打扫院子，白卵石铺就的地面上连一粒灰土也不见，她还经常去帮灶，陪着阿奶说笑。惊白则变成了一根尾巴，曳在了穆萨的身后，须臾不离，左一声哥哥，右一声哥哥，简直比喜鹊还要殷勤。相熟了之后，惊白这才获知，阿奶一家是金城关下的土著居民，穆萨是她的独子，今年四十啷当岁了，还没有说下媳妇，不是找不来，而是他根本就不想找。穆萨唯一的理由，说他是一名水把式，这辈子就在黄河上讨生活，太过于危险，他的心里不能有任何惦记，所以也不敢去祸害别人家的闺女，让人世上再多出来一个寡妇。为此，母子俩时常拌嘴，彼此争得面红耳赤，凉州客人们便充当了和事佬的角色，最后的结局往往是其乐融融，谁也不会记恨。那几日，这个原本清贫而寂寥的院子里，弥漫着一种温馨的气氛，阿奶常常捧住刘小箎的尕脸蛋在出神，一看就是大半天，从来也不掩饰做母亲的心思。

得知凉州客人们打算渡河，要进兰州城，穆萨哥哥只是一味地摇头，但也不告知原因。

气候不佳，天阴得就像一块脏抹布，让这个河谷地带湿漉漉的，雾气缭绕，始终也拧不干空气中的水分。白昼时，惊白枯坐在廊檐下望天，偶尔会瞥见一行大雁，穿行于烟云变灭之间，滴落下来的一声声啼叫，令其坐卧不宁，心急如焚。与惊白的焦躁不同，穆萨哥却很安静，他就像李逵拿起了一根绣花针，正在扪心静气地缝补一只只羊皮囊。这些皮囊是从羔羊的身上完整地剥离下来的，除了头颅与蹄子之外，剩下的一应俱全。缝补完了漏洞和孔隙，穆萨哥往往在他的掌心里倒上一把胡麻油，开始拼命地揉搓皮囊，使之浸润，使之舒张，直到揉搓得温软光亮极了，仿佛一块上等的杭州料子那样，再接着挂在晾绳上，去慢慢地阴干。这还不算完，待阴干之后，穆萨哥逐个抓住了皮囊，将嘴巴搭在了气门上，呼哧呼哧地往里面灌气。眨眼之间,那些原本干瘪而塌陷的皮囊,犹如被施了法术,一个个浑圆了,饱满了,丰腴了,通体透亮,身形轻盈,继续挂在了那一根晾绳上,似乎在咩咩咩地撒娇。惊白是经见过世面的,知道这是穆萨哥哥的饭碗,他在修补羊皮筏子。

但是,一俟天黑之后,穆萨哥恍如换了一个人似的,脚步匆促,提着一只马灯,闪身走出了院子,几乎天天如此。惊白终于按捺不住了,带着游击追随而去,准备一探究竟,这才发现穆萨哥蹲在卸甲滩的码头上,正在查看水情。灯光促狭,大概照亮了一张毯子那么大的河面,但穆萨哥却看得津津有味,喋喋地说:哎呀,太子山下雨了,碾伯城那一带也下雨了,大通河里发了洪水,河口附近的象鼻山恐怕是走了山,塌方得相当厉害。无疑,这是水把式的本事,也是穆萨哥的独门绝技,他显然可以从水纹、泥沙与速度上,辨识出上游的天气状况,以及未来的水情。可是,真正让穆萨哥犯难并且上火的,却是最近三两天发现的一个异常,这简直让他伤透了脑筋,始终也无法破解:喏,你们来瞧瞧,这些水皮子破了!水皮子上有一个破洞,肯定有什么大家伙跳进了河水里,现在就潜藏在下面,我真是猜不透。针对这些神鬼莫测的描述,惊白干脆就不上心,他只想打问清楚渡河的时机。穆萨哥答复说:哎呀,千万碰不得,这条河现在太危险了,我也是许多年不遇,我也害怕。惊白又问:那依你的经验,像这样的状况,还能持续多久?穆萨哥说:十天,不,这起码还得大半个月。

干吧,不能再等了,冒险也要渡河。私下里,惊白跟张汲水达成了一致,计划将朱懿和刘小笳留在阿奶的身边,他俩则先期进入兰州城,跟孝友街32号取得联系之后,再做打算。

这日凌晨,惊白偷偷从晾绳上取下来两只大皮囊,跟着游击溜出了院子。到了卸甲滩码头后,他们迅速除下了身上的衣服,捆成一卷,各自塞入了空皮囊,而后用嘴巴含住了气门,拼命地灌气。皮囊渐渐地鼓胀了起来,浑圆如石,好似一个人刚刚睡醒,筋骨劲强,力量非凡,他们又赶紧用牛皮绳子扎紧气门,打上了死结。倏忽间,天色麻麻亮了,一幕粗颗粒的薄雾,凝滞不动,笼盖在了宽阔的黄河河面上;虚空中传来了水鸟的鸣叫,清晰可闻,也显得意味深长。临下水前，游击放心不下，叮嘱道：少主子，我来打头阵，你只管跟在我身后，千万不敢冒失呀。惊白扬起了下巴，傲然地说：哼，当年我在泾河里学狗刨时，真是颇有心得，这个根本难不倒我。言毕，惊白奋力将皮囊扔在了河面上，人也顺势跃了下去，恰好扑住了那一疙瘩浑圆的空气，双脚拍打着，急速离开了码头。

滑行了片刻，惊白被一股股泥沙翻卷的河水，带离了边缘地带，很快就进入了主河道。突然间危机乍现，惊白的身体踉跄不已，皮囊也险些脱了手。这片水域就像一座冰窖，瘆人，刺骨，滞重，张开了血盆大口，迅速将惊白浑身的体温吞噬殆尽；他感觉两臂发麻，腿脚上也灌满了铅水似的，几乎动弹不得。冷是一个方面，但最大的威胁，在于从上游里冲刷下来的树干、枯枝、水草与死尸，死尸大多是一些泡得肿胀的牲口，犹如滚石那样，从惊白的两翼呼啸而过，激起了巨大的浊浪。惊白死死地抱住了那只皮囊，但还是身不由己，随即就被卷入了一个磨盘那么大的漩涡当中，一直在打转转，在急遽地下沉。惊白接连喝了几大口泥浆水，被呛得头晕目眩，三魂即将出窍，六魄就要升天，真是命悬一线。张汲水发现不妙，赶紧靠拢了过来，一边呱喊着，一边伸出胳膊，拼命去拉拽惊白；但是漩涡很轻易地分开了他们，黄河水六亲不认。

这个关节上，游击的眼泪淌了下来，他决定放弃自己去救主，剩下的听天由命吧。张汲水拔出了身子，拼命将自己的皮囊抛给了惊白，催喊他一左一右地夹在腋下，或许这样才能逃出险境。但是失手了，惊白的胳膊格外僵硬，抓也没抓住，只好眼睁睁地望着那只皮囊被河水所裹挟，消失在了下游。岂料，奇迹发生了，就在这只圆滚滚的家什跑下去五六米的时候，突然从河底里钻出来了一个人，动作凌厉，身形矫捷，刹那间纵身跃起，将皮囊骑在了他的胯下，抱拳一揖：

"末将阿骨里，前来听令。"

"阿骨里？"

"正是。末将跟随少主子离开凉州，一路来到了这座金城关下，我最近已经摸清了黄河的脾气，我刚才就潜伏在你们二位的身下，左右护驾,不敢马虎。"

"难怪么,难怪穆萨哥说最近水情不对,黄河上有个老鼠洞。"游击戏谑道。

"呵呵,末将可不是老鼠,北疆人尊称在下浪里白条。"

阿骨里狡辩说。

"天呐,你这个石羊河上的老贼娃子!"

惊白心中大喜,浑身燥热,嘴里叨念着阿骨里这个他曾经亲自敲定的名字,突然间血勇无比,大喝一声,慷慨地爬出了那一道漩涡。

约摸一刻钟过后,阿骨里拖拽着惊白和张汲水二人,慢慢地划向了浅滩地带,最终抵达了黄河南岸,站在了兰州城下。枪声时起,附近有不少巡河的士兵与民丁,惊白诸人根本来不及喘息,赶紧打开了那两只皮囊,将干爽的衣服掏出来,迅速穿在了身上。刚要离开时,游击突然间一跳脚,手指着身后那一条广阔的黄河河面,兴奋地说:少主子,你看谁来了。惊白蓦地回头,抚掌而笑,他清晰地瞭见穆萨哥哥划着一只羊皮筏子,已经停靠在了滩涂上。筏子上的两个人正在朝惊白拼命招手,一个是朱懿,另一个则是刘小笛。

天光再次雪亮了一丈,两岸的雾气正在慢慢散尽,一缕日光刺破了厚重的云层,投射在了黄河南岸的这一座古老城池上。实际上,濒临河岸的这一面威峙雄阔、接天壤地的巨大城墙,乃是当年陕甘总督府的观景台。在城墙中央著名的拂云楼上,悬挂着一块漆地金字的巨大牌匾。自右至左,牌匾上镌刻了四颗苍茫而遒劲的大字,由赫赫著闻的左文襄公当年于兰州城内亲笔所书,流传甚广,家喻户晓。这一刻,惊白扪下狂乱的心跳,拽开了手脚,赶紧跑上前去,以手加额,仰看着光芒丛中那一面精神血肉般的牌匾:

大河前横

一本书打开一个世界

欢迎订购、合作

订购电话：0571-85153371

服务热线：0571-85152727

KEY-可以文化　　浙江文艺出版社　　京东自营店

关注 KEY-可以文化、浙江文艺出版社公众号，
及浙江文艺出版社京东自营店，随时获取最新图书资讯，
享受最优购书福利以及意想不到的作家惊喜